Amor Towles

THE LINCOLN HIGHWAY

林肯公路

全球暢銷書《莫斯科紳士》作者 亞莫爾・托歐斯——著 李靜宜——譯

獻給我親愛的哥哥斯托克利與妹妹金布蘿

《林肯公路》媒體評論

我已經是亞莫爾．托歐斯多年的粉絲，他最新的小說《林肯公路》非常精彩。背景設定在一九五四年的這本書，藉由兩兄弟的故事告訴我們，我們的人生旅程從來不是直線前進，也永遠不會照我們的期待進行。——比爾．蓋茲

這不只是我所讀過最美的一本書，也是在我們最需要的時刻來到我們面前，描繪希望、友誼與同伴的一個故事……托歐斯以深刻如詩的文字，巧妙刻畫每一個角色的內心世界。這八個角色具有不可思議的文學份量……我認為亞莫爾．托歐斯是可以成為我們這一代文壇史坦貝克的作家。而且我認為，《林肯公路》會是流傳多年的經典之作。——珍娜．布希．海格（歐普拉之後最強推書人，小布希總統之女）

在這部描繪友誼與冒險的鉅作裡，漫長路程轉瞬飛逝，厚重篇幅令人欲罷不能。故事情節集中於十天之內，刻畫四個男孩人生開展、縮摺、破裂、再癒合的過程。——安．派契特（美國小說家，《倖存之家》作者）

絕美之書。每一個角色都宛如珍寶，繁多的地點帶來鮮明的生命力，這部小說用深刻動人的方式描繪旅程，以及旅途中無數出人意表的轉折。托歐斯寫來卻似全然不費功夫。我才剛讀完，就想再讀一遍。——塔娜．法蘭琪（愛爾蘭小說家，《神秘森林》作者）

這是我近年來讀過最精彩的小說。在《林肯公路》這部宏偉、原創且讓人振奮的小說裡，亞莫爾．托歐斯發揮無可匹敵的天分，讓故事完美開展。每一個精巧絕倫的段落都帶領讀者更加深入內心世界，我們的每一個選擇都重要，我們的人生意外處處，以及人值得不辭勞苦生活的那個世界。這是

一本很難得，也很特別，讓我們能回歸自己內心深處的書。——克里斯．克利夫（英國作家、記者，《不能說的名字》作者）

對話精彩，行文優美。亞莫爾．托歐斯是兼具作家與說書人才華，不可多得的作者。——傑佛瑞．亞契（英國小說家，《該隱與亞伯》作者）

詼諧睿智，極富閱讀趣味的小說……托歐斯運用神話與荷馬史詩中的豐富複雜敘事方式……所刻畫的每個角色，都是一場既獨特又普世的冒險故事主角……流暢非常……煥發光彩、機智與青春……托歐斯剪下一小段時光——僅僅十天——透過他的視角，我們在這段短短的時光間隙裡看見滿滿的故事，宏偉如史詩。——《紐約時報》書評

《上流法則》與《莫斯科紳士》多才多藝的作者亞莫爾．托歐斯帶著一部美國流浪（picaresque）小說回來了。這部小說必定成為經典……有著探險旅程與難忘的角色。托歐斯運用多層次的視角，以及喜劇與悲劇之間的來回穿梭，引人入勝。——《歐普拉雜誌》

戲劇化情節……托歐斯的書迷可以享受他們期待托歐斯帶來的閱讀樂趣：步調輕鬆的多層次觀點小說；多名可愛、有時甚至讓人抓狂的角色；每個轉折處都有驚喜的完美布局……托歐斯再度創造了一部迷人的小說，心懷感激的讀者必定欲罷不能，甚至會一次次翻閱到破舊。——《書頁雜誌》

輕鬆但發人深省的小說……（托歐斯）技藝純熟地揮灑故事布局，從一個敘事聲音到另一個聲音，在感性與離奇之餘，又透著哀傷的懊悔，一路發展到勢將引起討論的結局。——《書單雜誌》

閱讀這部傑作非常享受，你會一路讀到底，折服於亞莫爾．托歐斯豐富的創造力與說故事能力……《林肯公路》布局精巧，扣人心弦……故事豐盈……這部小說裡有許多不可思議的角色……充滿偏離常軌、魔幻詭計、憾事、彌補與理不清的索債償債任務。——美國全國公共廣播電台

技法精妙……托歐斯在這部小說裡結合悲憫與細膩細節……在昔時與今日的社會弊病之間畫出一條線，把他角色的渴望與我們這個反覆無常的時代結合在一起。他運用別具風格且細膩精巧的敘事技

巧……這部小說以技藝高超的筆觸刻畫我們個性裡的矛盾，引領讀者湧起一股漂浮的感覺——宛如在溫暖的夏日，順著寬闊的河水漂流而下。——《華盛頓郵報》

美國的開放、不斷分裂破碎的自由意志，以及命運的變幻莫測，構成緊張的動力，推動托歐斯這部刺激且富閱讀樂趣的流浪小說……這些故事讓我們重新反省自己，托歐斯彷彿告訴我們，只要我們能敞開胸懷，接受這些力量……踏上《林肯公路》的人定能享受這段旅程。——《洛杉磯時報》

歷史與探險在《林肯公路》碰撞……步調快，文字簡潔，無論在床上或喧鬧的咖啡館都能沉醉其中。——《出版家週刊》

托歐斯的第三部小說比他廣受推崇的《莫斯科紳士》更引人入勝……出色融合甜美與厄運的《林肯公路》不只探討美國神話（American myth），也展現說故事藝術與歷史難以違逆的拉力。令人欣喜的橫越美國之旅。——《科克斯書評》

極吸引人的歷史小說……橫越國土的探險之旅，令人難忘的角色、生動的場景和扣人心弦的情節，在在讓讀者欲罷不能。——《時代雜誌》

扣人心弦……《林肯公路》有懸念，有幽默，有哲學，時地感強烈，進展迅速，朝令人滿意的結局堅定前進……就如同作為書名的這條公路一樣，《林肯公路》非常長，也複雜曲折。出於文字大師托歐斯之手，這絕對是不虛此行的旅程。——《聖路易斯郵報》

令人振奮的英雄探險……托歐斯以獨具匠心的方式運用流浪、成長小說與史詩的元素……難以磨滅的最後一景，出人意表，但完美扣緊「遺緒」（inheritance）的主軸，描述每一個角色面對自己所得到的，做出什麼樣的選擇，又如何決定了他們自己的命運。——《西雅圖時報》

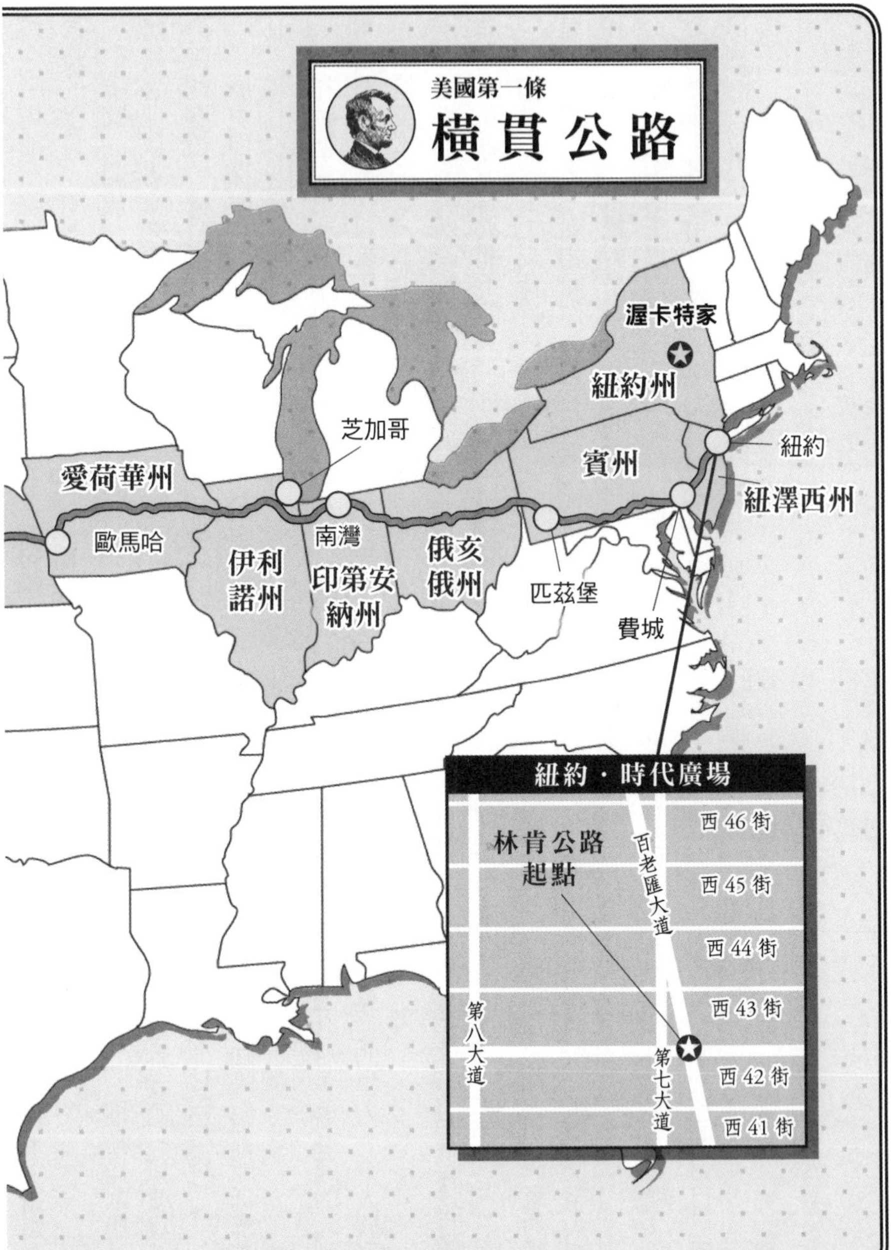
美國第一條
橫貫公路
渥卡特家
紐約州
芝加哥
紐約
賓州
愛荷華州
紐澤西州
南灣
歐馬哈
伊利
諾州
印第安
納州
俄亥
俄州
匹茲堡
費城
紐約．時代廣場
林肯公路
起點
百老匯大道
第八大道
第七大道
西46街
西45街
西44街
西43街
西42街
西41街

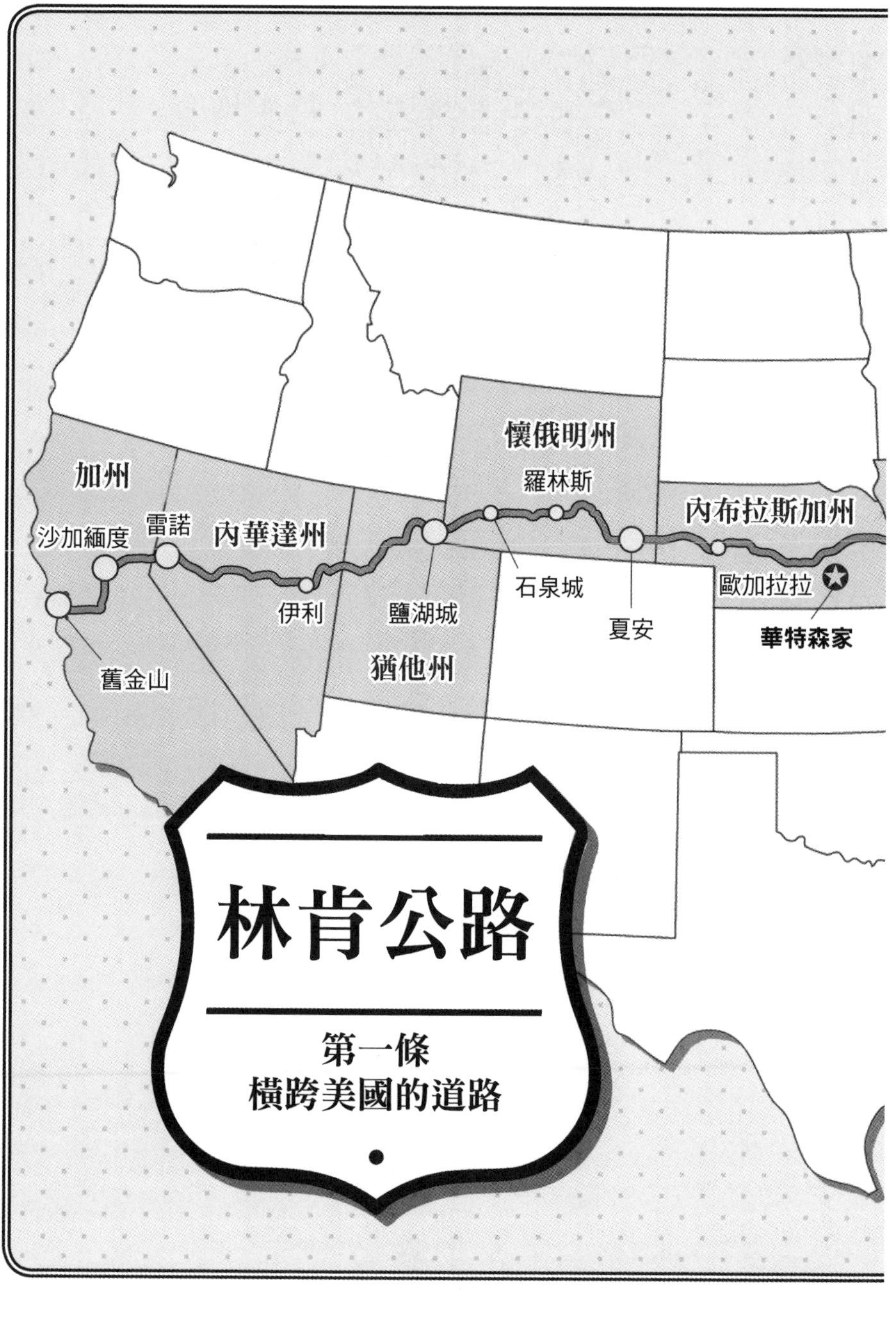

林肯公路
第一條
橫跨美國的道路
加州
沙加緬度
雷諾
內華達州
舊金山
伊利
鹽湖城
猶他州
懷俄明州
羅林斯
石泉城
夏安
內布拉斯加州
歐加拉拉
華特森家

暮色與平坦之地，
豐饒，昏暗，沉寂。
剛犁好的地，綿延一哩又一哩，
沉重，烏黑，充滿力量與磨礪。
抽長的麥，抽長的草，
辛勤的馬，疲累的人。
空曠漫長的道路，
鬱鬱燃燒的夕陽，隱去
永恆無回應的天空。
與此相反的，
是青春……

《噢，拓荒者》，薇拉．凱瑟[1]

1 Willa Cather，1873-1974，美國作家，《噢，拓荒者》（*O Pioneer!*）為其知名小說，講述二十世紀初一個移民家庭在內布拉斯加農場的故事。引文為小說中的短詩〈草原之春〉（Prairie Spring）。

·倒數· 第10日

埃米特

一九五四年六月十二日——薩林納到摩根的車程是三小時，但一路上，埃米特幾乎什麼話也沒說。剛開始的大約一百公里路，威廉斯典獄長很努力和他親切聊天。講了幾個他小時候住在東部的故事，問了幾個埃米特在農場生活的問題。但這是他們在一起的最後幾個鐘頭，埃米特似乎不想聊這些。所以越過堪薩斯州州界，進入內布拉斯加州之後，典獄長便打開收音機，而埃米特瞪著窗外的大草原，沉浸在自己的思緒裡。

車子開到小鎮南邊約八公里處時，埃米特指著擋風玻璃外面。

——下個路口右轉，再開大約六公里，會看見一間白色的小房子。

典獄長放慢車速，右轉。車子駛經麥可考斯特家，接著經過兩座紅色大穀倉對稱的安德生家。幾分鐘之後，他們就看見埃米特家矗立在離路邊約三十公尺的一小片橡木林旁。

在埃米特看來，鄉間這一帶的房子看起來都像是從天上掉下來的。而華特森家的房子，落地的時候似乎比其他房子摔得更重，損毀得更厲害。屋頂從煙囪兩側往下垂，而窗框扭曲的程度，剛好讓一半的窗戶不能完全打開，另一半的窗戶沒法完全關緊。再往前開一點，他們就可以看見牆板油漆剝落的慘況。但車子才開進車道約九十公尺，典獄長就把車停在路邊。

——埃米特，他雙手搭在方向盤上說，我們進去之前，我有些話要對你說。

威廉斯典獄長有話要說，其實一點都不意外。埃米特剛到薩林納的時候，典獄長是個名叫艾克力的印第安納州人，那人不愛給口頭忠告，因為他相信棍子更有用。但威廉斯典獄長是個有碩士學位的現代人，心地善良，辦公桌後面還掛了裱在相框裡的富蘭克林．羅斯福總統照片。他有很多從書本和經驗裡得來的看法，也有許多話可以隨時拿來當成建議。

——有些到薩林納來的年輕人，他說，不管是因為發生什麼事情而來接受我們的教化，他們麻煩重重的漫長人生都只是剛開始而已。這些男孩在小時候沒人教他們分辨是非對錯，如今也覺得沒什麼理由要學會判斷。無論我們多麼努力灌輸他們價值觀與雄心壯志，他們只要一離開我們的視線，就把這些全拋在腦後了。可悲的是，這些男孩遲早會發現自己又身陷囹圄，關在托佩卡，甚至更慘的地方。

典獄長轉頭看埃米特。

——但我瞭解你並不是那樣的孩子，埃米特。我們認識的時間不算長，但從和你相處的經驗裡，我看得出來，那男孩的死對你造成很沉重的良心負擔。沒有人認為那天晚上發生的事情顯示你的惡意或代表你的個性。那純粹是運氣不好。但我們是個文明社會，即使是出於意外造成他人的不幸，也必須受到應有的懲罰。當然，之所以要懲罰，一方面是為了彌補因不幸而受苦的人——例如那男孩的家人。但另一方面，這也是為了身為厄運**代理人**的那個年輕人著想。讓他有機會償還自己的罪，從懲罰中得到寬慰，有所補償，然後就可以踏上重生的旅程。你瞭解我的意思嗎，埃米特？

——我瞭解，先生。

——很高興聽你這麼說。我知道你還有弟弟要照顧，目前的情況或許會讓你有點氣餒，但你是個聰明的年輕人，面前還有整個人生。我希望你償完罪之後，可以充分善用你的自由。

——我也是這樣打算的，典獄長。

此刻，埃米特是真心真意這麼想的。因為典獄長大部分的看法，他都同意。他清清楚楚知道，他面前有整個人生要過，而且他還有弟弟要照顧。他也知道，他只是厄運代理人，而不是厄運製造者。然而他並不認為自己已經完全償清罪債，因為不管這件事情的運氣成分有多大，你用自己的雙手終結另一個人活在世上的時間，就算全能的上帝證明你值得祂寬恕，你的餘生也無法因此而少背負一點罪孽。

典獄長給車子上檔，轉進華特森家。前門的空地上有兩輛車——一輛轎車，一輛小貨卡。典獄長停在小貨卡旁邊。他和埃米特才下車，就有個頭戴牛仔帽的高個子男人走出前門，步下門廊。

——嗨，埃米特。

——嗨，藍勝先生。

典獄長對這個農場主人伸出手。

——我是威廉斯典獄長。謝謝你特地過來。

——一點都不麻煩，典獄長。

——我猜你認識埃米特很久了。

——打從他出生，我就認識他了。

典獄長手搭在埃米特肩上。

——那我就不必多費唇舌，告訴你說他是個多麼好的年輕人了。我剛剛在車上告訴他，還清欠社會的債之後，他面前還有整個人生。

——確實是，藍勝先生也同意。

三個人就這樣沉默著站在一起。

典獄長搬到中西部還不到一年，但他從站在別家農舍門廊下的經驗得知，交談到這個階段，主人應該會邀請你到家裡，請你喝點冰涼的飲料，而一旦獲邀，你就必須接受，因為如果拒絕，就會被視為無禮，就算你還有三個小時的車程要開也不能當成藉口。但不管是埃米特或藍勝，看來都沒有要邀典獄長進去的意思。

——那麼，典獄長過了一會兒之後說，我想我該回去了。

埃米特和藍勝先生再一次謝謝典獄長，和他握手，目送他坐進車裡開車離去。典獄長的車沿著馬路開了四百公尺之後，埃米特才對著那輛轎車點點頭。

——是歐布梅爾先生？

——他在廚房等。

——比利呢？

——我叫莎莉晚一點再帶他過來，這樣你和湯姆就可以先把你們的事情處理好。

埃米特點點頭。

——你準備好要進去了嗎？藍勝先生問。

——越快越好，埃米特說。

他們看見湯姆．歐布梅爾坐在小廚房裡的餐桌旁。他穿白色短袖襯衫，打領帶，要是他也穿了西裝外套的話，想必是留在車上，因為並沒掛在椅背上。

埃米特和藍勝先生走進門來，似乎讓這位銀行主管猝不及防，因為他猛然把椅子往後推，站起來，伸出一隻手。

——噢，嘿，埃米特，很高興見到你。

埃米特和他握手，但沒回答。

埃米特打量周遭，發現地掃過了，流理台很乾淨，水槽空空的，櫃子關得好好的。在埃米特記憶中，廚房從沒這麼乾淨過。

——來，歐布梅爾先生說，指著餐桌。我們都坐下來吧。

埃米特坐在這位銀行主管正對面。藍勝先生還是站著，肩膀靠在門框上。桌上有個褐色的檔案夾，裡面厚厚一疊文件。擺放的位置超出銀行主管手臂所能及的範圍，彷彿是別人留在那裡的。歐布梅爾先生清清嗓子。

——埃米特，首先我要說，我對你父親的事覺得很遺憾。他是個好人，不該這麼年輕就病逝。

——謝謝。

——我想你出來參加你父親葬禮的時候，瓦特．艾伯斯塔特應該有機會和你坐下來討論你父親的資產。

——沒錯，埃米特說。

這位銀行主管點點頭，露出憐憫的理解表情。

——那我想瓦特也說明了，三年前你父親在原本的抵押貸款之外，又新增了一筆貸款。當時他說是為了更新設備。但事實上，我們懷疑大部分的款項是拿去償還舊債，因為我們在這個農場上唯一找到的新設備，是穀倉裡的強鹿牌曳引機。不過我想現在也無關緊要了。

埃米特和藍勝先生似乎也都認為無關緊要，因為兩人都懶得回答。這位銀行主管再次清清嗓子。

——我的重點是，過去幾年的收成並不如你父親預期，而今年因為你父親過世，所以完全不會有收成。我們別無選擇，只能收回貸款。我知道，這不是件愉快的事，埃米特，但我希望你瞭解，對銀行來說，下這個決定也很不容易。

——我覺得現在對你來說，做這個決定應該很容易，藍勝先生說，因為你已經做過這麼多次了。

這位銀行主管看著藍勝。

——欸，艾德，你這樣說很不公平。沒有哪家銀行放款的時候會想要沒收抵押品。

銀行主管轉頭面向埃米特。

——貸款的基本條件是要定期支付利息和本金。但是信用良好的客戶如果延誤付款，我們也會想辦法通融。延長期限，暫緩收款。你父親就是很好的例子。他開始逾期付款的時候，我們多給了他一些時間。後來他病了，我們又給他更多時間。但有時候人的運氣就是會壞到無以復加，給多少時間都不會有用。

銀行主管伸長手臂，把手貼在那個褐色檔案夾上，彷彿終於宣告那是他的東西。

——我們本來一個月前就可以清理這片房產，公開銷售，埃米特。我們有權利這麼做。但我們沒有。我們拖著，好讓你從薩林納回來之後，可以睡在你自己的床上。我們希望你和你弟弟有機會慢慢收拾屋子，整理你們的個人物品。該死，我們甚至讓電力公司把瓦斯費和電費掛在我們公司的帳上。

——你們人真好，埃米特說。

藍勝先生咕噥一聲。

——但現在你既然回來了，銀行主管繼續說，如果我們能把整個程序走完，或許對所有的當事人來說都好。我們身為你父親資產的執行人，需要你簽署幾份文件。然後，很抱歉我得這麼說，幾個星期之內，你必須安排好一切，帶你弟弟搬走。

——如果你有東西要我簽，那現在就簽吧。

歐布梅爾先生從檔案夾裡抽出幾份文件。他把文件轉過來，正面對著埃米特，拆下後面幾頁，說明各個章節的主旨，解釋相關術語，指出哪些文件應該簽上全名，哪些只需要姓名縮寫。

——你有筆嗎？

歐布梅爾先生把他的筆交給埃米特。埃米特想也沒想，就在那些文件簽上名字與姓名縮寫，然後推到桌子另一頭。

——就這樣？

——還有另一件事，銀行主管把文件穩妥收進檔案夾之後說。穀倉裡的那輛車。我們在房子裡進行例行檢查的時候，找不到車鑰匙。

——你們要車鑰匙幹嘛？

——你父親借的第二筆貸款，並沒用來購買特定的農業機具，所以農場購買的所有新資本設備都應該列入償還貸款之用，包括那輛車子。

——那輛車不包括在內。

——唉，埃米特……

——那輛車不包括在內，因為不是我爸的資本設備。那是我的。

歐布梅爾先生對埃米特露出既嘲諷又同情的表情——在埃米特看來，根本不可能同時出現在同一個人臉上的表情。埃米特從口袋掏出皮夾，抽出行車執照，擺在桌上。

銀行主管拿起來仔細看。

——我確實看到車子登記在你的名下，埃米特，但這恐怕是你父親替你買的……

——並不是。

銀行主管看看藍勝先生，尋求支持，但沒得到回應，於是又轉頭看埃米特。

——整整兩個夏天，埃米特說，我替舒爾特先生打工，賺錢買那輛車。蓋房子，鋪屋瓦，修門廊。事實上，我還幫忙裝你家廚房的櫃子。要是你不相信，歡迎去問舒爾特先生。不過無論如何，你都不准碰那輛車。

歐布梅爾先生蹙起眉頭。埃米特伸手要回他的行車執照時，銀行主管並沒反對。他帶著檔案夾離開時，埃米特和藍勝先生都沒特地送他到門口，但他也不怎麼意外就是了。

銀行主管離開之後，藍勝先生走到外面去等莎莉和比利，留埃米特一個人在屋子裡走來走去。

埃米特發現客廳和廚房一樣，比平常更整潔——沙發角落豎著抱枕，茶几上整整齊齊一小落雜誌，爸爸書桌的頂蓋已闔上。樓上比利的房間，床鋪得平平整整，蒐集來的瓶蓋與羽毛整齊擺在架上，一扇窗戶開敞著通風。走道另一頭的窗戶想必也開著，因為有風吹動了掛在比利床鋪上方的戰鬥機：噴火戰鬥機、戰鷹戰鬥機和雷霆戰鬥機各一架。

埃米特對著這幾架飛機溫柔微笑。

他組裝這些戰鬥機的時候，年紀和比利現在差不多大。他媽媽是在一九四三年給埃米特這組模型的，當時他和他朋友討論的話題都離不開在歐洲和太平洋戰場展開的戰爭，美國喬治．巴頓將軍率領第七軍團橫掃西西里海岸，以及帕皮．博因頓[2]的黑羊中隊在所羅門海譏笑敵軍。埃米特以工程師般的精準能力，在廚房餐桌上組合模型。他用四小瓶翠綠色顏料和一把細毛刷，在機身塗上標章與序號。完成之後，把這三架戰鬥機在他的抽屜櫃上沿對角線排成一排，彷彿停在航空母艦的甲板上。

從四歲開始，比利就很喜歡這幾架戰鬥機。有時候埃米特放學回來，會看見比利爬上椅子，站在抽屜櫃旁，用戰鬥機飛行員的語氣自言自語。所以比利六歲的時候，埃米特和爸爸就把飛機掛在比利床鋪上方的天花板，當成給他的生日驚喜。

埃米特沿著走道走到爸爸房間，發現同樣整潔：床單被子鋪得好好的，櫃子上的照片撣淨灰塵，窗簾拉開，繫上蝴蝶結。埃米特走到其中一扇窗前，望著爸爸的這片土地。犁地耕種二十年之後，這片田僅僅荒廢了一季，就可以看到大自然堅韌不倦的入侵——山艾、狗舌草和紫苑草在牧草地裡已建

2 Pappy Boyington，1912-1988，第二次大戰期間的美國海軍陸戰隊王牌飛行員。

立起勢力範圍。若是再過幾年不耕種，那麼你絕對看不出來曾經有人在這幾畝地上耕作過。

埃米特搖搖頭。

運氣壞……

歐布梅爾先生是這麼說的。這運氣壞到做什麼都沒用。這位銀行主管說得沒錯，完全正中要點。談到壞運，埃米特的爸爸向來不缺。但埃米特知道並不能單用壞運來解釋。說到判斷錯誤，查理．華特森也同樣向來不缺。

埃米特的父親在一九三三年帶著新婚妻子，懷抱耕種土地的夢想，從波士頓來到內布拉斯加州。接下來二十年，他嘗試栽種麥子、玉米、大豆，甚至還種過苜蓿，但每回的收成都很不好。如果他某一年選擇栽種的作物需要充足的水份，那麼就會連兩年旱災。如果他轉種需要充足陽光的作物，那麼西方就聚積雷雨雲。大自然很殘酷，你或許會這麼反駁。冷漠且難以預測。但有哪個農夫每隔兩三年就轉種作物？埃米特還小的時候，就知道這是個徵兆，證明這是個不知道自己在幹什麼的農夫。

穀倉後面有一部從德國進口的特殊設備，是專為高粱採收之用。有段時間被認為極其必要的這部機器，很快就變得毫無必要，擱到現在也完全不能用了——因為他爸爸不再栽種高粱之後，也沒想到要把機器賣掉，就只是丟在穀倉後面的空地，任憑雨雪摧殘。埃米特像比利現在這麼大的時候，住在附近農場的朋友會過來玩——在戰火正熾的年代，那個年紀的男生喜歡爬上任何機器，假裝那是坦克——但他們從來不碰那部收割機，彷彿出於本能地察覺到那部機器是某種凶兆，知道這生鏽的機身內藏有失敗基因，所以不知是出於禮貌或自我保護，絕對不肯接近。

埃米特十五歲那年，學期即將結束的某個傍晚，他騎腳踏車到鎮上，敲敲舒爾特先生家的門，請他給份工作。聽到埃米特的請求，舒爾特先生覺得很有趣，所以要他在餐桌旁坐下，請他吃了塊派。接著問埃米特，為什麼一個在農場長大的男生會想要在暑假敲釘子。

並不是因為埃米特知道舒爾特先生是個好人，也不是因為他住的是鎮上最好的房子。埃米特來找舒爾特先生是因為他知道，無論發生了什麼事，木匠總是可以找到工作。房子不管蓋得多好，都會傾頽。鉸鍊鬆脫，地板損毀，屋頂縫隙裂開。你只要繞著華特森家走一圈，就可以親眼見證時間對房子會造成多少種損害。

夏天的那幾個月，有時夜裡會有轟隆隆的雷聲或呼嘯的狂風，埃米特聽見隔壁房間裡的爸爸輾轉反側，無法入睡——他自有睡不著的理由。因為背負貸款的農人就像雙臂平舉、兩眼緊閉的人，走在橋梁欄杆上。他們過的生活，是只要幾公分雨水或幾夜寒霜就能帶來天壤之別的後果——決定他們是富裕豐足或傾家蕩產。

但木匠不需要因為擔心天氣而徹夜難眠。他們歡迎大自然的極端作為。他們歡迎暴風雪、豪雨與颶風。他們歡迎黴菌滋生，蚊蟲襲擊。大自然的力量緩慢但無可避免地會毀壞房屋的完整，朽化地基，腐蝕梁柱，剝落灰泥。

舒爾特先生問他這個問題的時候，埃米特並沒這樣回答。他放下叉子，簡單回答說：

——就我的理解，舒爾特先生，約伯養牛，而挪亞拿釘鎚[3]。

舒爾特先生聽了哈哈大笑，當場僱用埃米特。

郡裡的大多數農家，若是長子有天晚上回家宣布他找到木匠的工作，父親大概會好好訓他一頓，讓他很長一段時間忘不了。但這樣還不夠，他們接著會開車到木匠家，說上幾句話——讓木匠下次打算要插手別人教養孩子的事時，會想起的幾句話。

但是這天晚上埃米特回家，告訴爸爸說他已經在舒爾特先生那裡找到工作，爸爸並沒生氣，只是仔細聽他說。思索了好一會兒之後，爸爸說舒爾特先生是好人，而木工也是門有用的技藝。夏季的第

3 約伯（Job）為《聖經》人物，蓄養無數牛羊的富人，屢受撒旦試煉，失去一切，但對上帝信心不渝。挪亞（Noah）則依上帝指示製造方舟，在洪水降下時拯救物種。

一天，他給埃米特做了一頓豐盛的早餐，準備了午餐，滿懷祝福，送他出門去別人家上工。

這或許也是個判斷錯誤的表現。

… …

埃米特回到樓下，看見藍勝先生坐在門廊台階，前臂擱在膝上，帽子還拿在手裡。埃米特在他旁邊坐下，兩人一同眺望這片未耕作的農田。八百公尺遠處，隱約可以看到藍勝先生家土地起始界線的圍牆。他有九百多頭牲口，僱用了八個幫手。

——我要謝謝你收留比利，埃米特說。

——照顧比利是我最起碼能做的。況且，你可以想見莎莉有多高興。她每天為我照料家務，但照顧你弟弟又是另一回事。自從比利來了之後，我們吃得好多了。

埃米特微笑。

——對比利來說也是啊，生活也大不相同了。知道他在你家，讓我很放心。

藍勝先生點點頭，接受這年輕人表達的感激之意。

——威廉斯典獄長看起來是個好人，他隔了一會兒之後說。

——他是個好人。

——看起來不像堪薩斯人……

——他在費城長大。

藍勝先生把帽子拿在手裡轉。埃米特看得出來這位鄰居心裡有事，正在思索該怎麼說，或該不該說。也或許是想挑適當時機開口。但有時候時機會自己替你做決定，約一公里半以外的道路上揚起團團塵土，是他女兒來了。

——埃米特，他開口說，威廉斯典獄長說的沒錯，你的罪債已經償清——在社會來看是如此。但這裡是個小鎮，比費城小得多，摩根這裡並不是每個人的看法都和典獄長一樣。

——你指的是史奈德家。

——我指的是史奈德家，埃米特，但不只是史奈德家。他們在郡裡有親戚，也有鄰居和家族老朋友；有和他們往來做生意的人，還有教會的人。我們都知道，吉米．史奈德不管惹上什麼麻煩，都是他自作自受。他十七年的人生，基本上就是一堆爛帳。但對他的兄弟來說，這並沒有什麼不同。特別是他們在戰爭裡失去喬二世之後。如果說他們對你只被關十八個月很不滿，要是知道你因為父親過世，提早幾個月從薩林納出獄，肯定就要氣炸了。他們只要逮到機會，就會盡可能讓你感受到他們有多生氣。你面前還有整個人生，或者應該說，就是因為你面前還有整個人生，所以你也許應該考慮在其他地方開展你的人生。

——你不必擔心這個問題，藍勝先生，埃米特說。再過四十八小時，我想我和比利就不會在內布拉斯加了。

藍勝先生點頭。

——你爸爸沒留下多少東西，所以我會給你們兩個一點小小意思，幫助你們重新開始。

——我不能拿你的錢，藍勝先生。你已經為我們做得夠多的了。

——那就當成是貸款吧。等你站穩腳步之後再還給我。

——目前，埃米特說，我覺得華特森家的貸款額度已經滿了。

藍勝先生微笑點頭。他站起來，把帽子戴回頭上，因為他那輛暱稱為「貝蒂」的舊貨卡已經開進車道。開車的是莎莉，比利坐在前座。車子還沒停穩，排氣管還沒排出逆火，比利就開門跳下來，肩上的帆布背包大得垂到褲子臀部。他衝過藍勝先生身邊，雙手環抱埃米特的腰。

埃米特蹲下，摟住他弟弟。

莎莉走過來，身穿顏色鮮豔的夏日洋裝，雙手端著一個烤盤，臉上掛著微笑。

藍勝先生看看那件洋裝和微笑，露出深思的表情。

——哇，她說，看看這是誰。你會不會把他摟得太緊，要了他的命啊，比利．華特森。

埃米特站起來，手貼在弟弟頭上。

——哈囉，莎莉。

莎莉緊張的時候有個習慣，就是不廢話，馬上講正經事。

——房子打掃乾淨了，床也都鋪好了，浴室裡有肥皂，冰箱裡有奶油、牛奶和蛋。

——謝謝妳，埃米特說。

——我本來提議你們兩個和我們一起吃晚飯，但比利堅持說你們的第一頓飯要在家吃。可是你才剛回來，所以我幫你們兩個弄了焗烤雞。

——妳不必這麼麻煩的，莎莉。

——不管麻不麻煩，反正我都弄好了。你要做的就只是放進烤箱裡，三百五十度，烤四十五分鐘。

埃米特單手接住烤盤，莎莉搖搖頭。

——我應該要寫下來的。

——我想埃米特會記得妳的交待，藍勝先生說。要是他不記得，比利也肯定記得。

——把烤盤放進烤箱裡，三百五十度，烤四十五分鐘，比利說。

藍勝先生轉頭看女兒。

——我想這兩個男生急著要聊這段時間的情況，而我們家裡也還有事要做。

——我進去一下，看看是不是都……

——莎莉，藍勝先生說，用的是不容提出異議的口氣。

莎莉指著比利，綻開微笑。

——小朋友，你乖一點喔。

埃米特和比利看著藍勝父女各自上車，重新開上路。然後比利轉身又擁抱埃米特。

——你回家了我好開心，埃米特。

——我也很開心回家了，比利。

——這次你不必再回薩林納了，對不對？

——對，我永遠不必回薩林納了。來吧。

比利放開埃米特，兩兄弟走回屋裡。進到廚房，埃米特打開冰箱，把焗烤雞放進下層。上層的架子有莎莉說的牛奶、蛋和奶油，也有罐自製的蘋果醬和另一罐糖漬水蜜桃。

——那要喝點牛奶嗎？

——不想，謝謝你，埃米特。我們過來之前，莎莉給我弄了個花生醬三明治。

——你想吃點東西嗎？

——好。

埃米特把兩杯牛奶放在餐桌上，比利拿下背包，擺在旁邊的空椅子上。他解開最上面一層的掀蓋，小心翼翼拿出一個鋁箔紙小包，打開來。裡面是疊成一疊的八塊餅乾。他放兩塊在桌上，一塊給埃米特，一塊給自己，然後又把鋁箔紙包好，擺回背包裡，重新扣好背包掀蓋，回到座位上。

——這個包真不錯。

——這是真正的美國陸軍背包，比利說。雖然陸軍說這是剩餘物資，因為其實並沒送到戰場上去。我是在岡德杉先生店裡買的。我也買了剩餘物資手電筒，剩餘物資指南針和這只剩餘物資手錶。

比利伸長手臂，給哥哥看鬆鬆掛在腕上的手錶。

——這連秒針都有呢。

埃米特讚賞完手錶之後，咬了一口餅乾。

——好吃。是巧克力碎片？

——對。是莎莉做的。

——你也幫忙？

——我洗碗。

——我就知道你會幫忙。

——其實莎莉烤了一大盤要給我們，但是藍勝先生說她做太多了，所以她告訴藍勝先生說，她只給我們四片，但偷偷給我們八片。

——我們運氣真好。

——比起只拿四片，我們運氣算不錯，但如果能拿到一整盤，那運氣就更好了。

埃米特微笑，喝了一小口牛奶，透過玻璃杯杯緣打量弟弟。他長高了大概兩三公分，頭髮短了些，應該是在藍勝家剪的。除此之外，身體和精神都跟以前沒什麼兩樣。對埃米特來說，去薩林納最痛苦的，就是要離開比利身邊，所以看到他沒什麼變，非常開心。埃米特也很高興和比利一起坐在這張舊餐桌旁。他看得出來，比利也很高興坐在這裡。

——這學期過得還好吧？

——我地理考試拿了一百五十分。

——一百五十分！

——通常不會有一百五十分這種分數，比利解釋說，通常最多就只有一百分。

——那你怎麼向庫柏老師要到這五十分的？

——因為有一題加分題。

——題目是什麼？

比利回想那個問題。

——世界上最高的建築是什麼？

——而你知道答案？

——我知道。

……

——你不打算告訴我？

比利搖搖頭。

——這樣是作弊。你得要自己去知道才行。

——好吧。

沉默一晌之後，埃米特發現自己瞪著牛奶看。現在，心裡有話想說的人是他。輪到他要決定如何說，要不要說，什麼時候說。

——比利，他開口說，我不知道藍勝先生是怎麼跟你說的，但我們不能再住在這裡了。

——我知道，比利說，因為我們的房子被查封了。

——沒錯。你知道這是什麼意思嗎？

——這表示現在房子是儲蓄貸款銀行的。

——對。雖然銀行拿走了房子，但我們還是可以待在摩根。我們可以在藍勝先生家借住一段時間，我回去替舒爾特先生工作，到了秋天開學的時候，你可以回學校，最後我們也可以負擔得起自己住的地方。但我一直在想，也許現在是你和我嘗試新開始的好時機……

埃米特一直在思索該如何措詞，因為他擔心比利一聽到要離開摩根就會心慌意亂，特別是他們爸爸才剛去世沒多久。但比利似乎一點都不慌亂。

——我也在想同樣的事情，埃米特。

——是嗎？

比利熱切地點點頭。

——既然爸爸過世，房子被查封，我們就沒有必要繼續留在摩根了。我們可以收拾行李，開車去加州。

——我想我們意見一致，埃米特微笑說。唯一的差別是，我想我們應該搬到德州去。

——噢，我們不能搬去德州，比利搖搖頭說。

——為什麼？

——因為我們要搬去加州。

埃米特正要開口，但比利已經從椅子上站起來，去拿他的背包。這一次他打開前面的口袋，拿出一個小公文封，然後回到座位上。他小心翼翼拉開信封封口的紅線，開始解釋。

——爸的葬禮結束，你回薩林納之後，藍勝先生叫莎莉和我去房子裡找看看有沒有重要文件。在爸抽屜櫃最下面的一格抽屜裡，我們找到一個鐵盒。盒子沒鎖，但看起來像是如果你想鎖就可以上鎖的那種盒子。裡面是一些重要文件——就是藍勝先生要我們找的——例如我們的出生證明，爸媽的結婚證書。但是在盒子最底下，最最底下，我找到這個。

比利拿起信封，把裡面的東西倒在餐桌上，是九張明信片。

埃米特從明信片的狀態可以得知，這並不是很久以前的東西，但也不算新。有些是照片，有些是圖畫，但全都是彩色的。最上面一張是位於內布拉加斯州歐加拉拉的威爾許汽車旅館——旅館的外型摩登，有白色小屋、路邊植栽，還有飄揚著美國國旗的旗桿。

——都是明信片，比利說。寄給你和我的。媽媽寄的。

埃米特大吃一驚。八年前他們的媽媽送他們上床睡覺，幫他們蓋好被子，親吻道晚安，然後走出家門——自此而後，他們沒再聽到她的隻字片語。沒有電話，沒有信件，也沒有包得漂漂亮亮的包裹在聖誕節送達。甚至沒有某人嚼舌根，說碰巧從誰那裡聽到什麼消息。至少，就埃米特瞭解是如此。直到此刻。

埃米特拿起威爾許汽車旅館的那張明信片，翻到背面。就像比利說的，媽媽優雅的筆跡寫著他倆的名字。因為是明信片，所以就只能寫上幾行字。整體看來，雖然她才離開一天，但已經開始想念他們兩個了。埃米特從那疊明信片裡又拿起一張。左上角有個騎在馬背上的牛仔。他拋出的套索延伸到前景，連成一串文字：來自平原之都——懷俄明州羅林斯的問候。埃米特翻到背面。總共有六行字，包括擠在右下角的一行，媽媽說，她雖然沒在羅林斯看見拋套索的牛仔，但看見很多牛。結尾再次說她愛他們，也很想他們。

埃米特一一看完餐桌上的其他明信片，看見不同城鎮的名字，不同的汽車旅館與餐廳，不同的觀光景點與地標，發現除了一張之外，全都是澄藍晴空。

埃米特知道弟弟在看他，所以表情維持不變。但他內心有一股忿怒——對爸爸的忿怒。他一定是中途攔截這些明信片，藏了起來。不管他有多生妻子的氣，都沒有權利藏起寄給兒子的明信片，特別是不該瞞著埃米特，因為他當時年紀已經夠大，可以自己讀信。但埃米特心中的怒火只維持了一下下，因為他知道爸爸這樣做才是合理的。畢竟，偶爾收到某個決心拋棄親生兒子的女人，在要價三毛五分的明信片背後寫上幾行字，又有什麼好處呢？

埃米特把羅林斯的那張明信片放回餐桌上。

——你還記得媽媽在七月五日離開我們的情形嗎？比利問。

——記得。

——接下來九天，她每天寫一張明信片。

埃米特再次拿起歐加拉拉的那張明信片，看見媽媽第一行寫的是親愛的埃米特和比利，上方並沒有日期。

——媽沒寫日期，比利說，但你可以看郵戳。

比利從埃米特手中拿過歐加拉拉的明信片，把所有的卡片都翻過來，排在餐桌上，指著一個個郵戳。

——七月五日。七月六日。沒有七月七日，但有兩張七月八日。這是因為一九四六年的七月七日是星期天，郵局沒開，所以她只好在星期一寄兩張。可是看看這個。

他又從背包的前口袋掏出個像小冊子的東西。在餐桌上攤開之後，埃米特發現那是一張菲利普斯六六石油公司的美國公路地圖。地圖中央是一條比利用黑色鋼筆特別標示的公路。沿著這條公路，有九個位在美國西半部的城鎮名字被圈起來。

——這條是林肯公路，比利指著那條黑線解釋說。是一九一二年興建的，用亞伯拉罕・林肯的名字命名，是第一條橫跨美國東西岸的公路。

比利從大西洋岸開始，手指順著高速公路往西行。

——公路的起點是紐約市的時代廣場，延伸五千四百多公里，到舊金山的林肯公園。這條公路經過中央市，離我們家才四十公里。

比利的手指從中央市滑開，指著他在地圖上畫的小星星，那代表他們家。

——媽在七月五日離開我們，走的就是這條路⋯⋯

比利拿起一張張明信片，翻過來，在地圖下半部按著相對應的地名擺放，一路往西。

歐加拉拉。

夏安。

羅林斯。

石泉城。

鹽湖城。

伊利。

雷諾。

沙加緬度。

最後一張明信片是座大型的古典建築，聳立在舊金山某個公園的噴泉之上。

比利把所有的明信片按順序在餐桌上排好，滿意地呼口氣。但這整套明信片讓埃米特覺得很不安，彷彿他倆偷看了其他人的私下通信——他們不該與聞的事情。

——比利，他說，我不確定我們該去加州……

——我們必須去加州，埃米特。你不明白嗎？就是因為這樣，她才寄明信片給我們。讓我們可以找到她。

——可是她八年來都沒再寄明信片。

——因為她到了七月十三日就沒再移動了。我們要做的，就是走林肯公路去舊金山，我們可以在那裡找到她。

埃米特本能的反應，是講幾句理性且有說服力的話來規勸弟弟。說媽媽不見得會留在舊金山，她很可能繼續往其他地方去，而這也是最有可能的情況。她最初幾個晚上或許想念他們兄弟倆，但所有的證據都顯示，在那之後，她再也沒想起他們了。最後他指出，就算她還在舊金山，他們實際上也不可能找到她。

比利點頭，但臉上露出早就已經思索過這個困境的表情。

——記得你告訴過我，媽媽有多喜歡煙火，說她七月四日國慶日會大老遠帶我們到席華德，就為了看放煙火嗎？

埃米特不記得自己告訴過弟弟這件事，而且從種種情況看來，他也覺得自己不可能這麼做。但他不能否認這是事實。

比利拿起最後一張明信片，就是有古典建築與噴泉的那張。他翻過來，手指指著媽媽的筆跡。

——這是舊金山林肯公園裡的榮勛宮，這裡每年七月四日都會有全加州最盛大的煙火表演。

比利抬頭看哥哥。

——她就在這裡，埃米特。榮勛宮七月四日的煙火表演會上。

——比利……，埃米特說。

但比利在哥哥口氣裡聽出了懷疑，已經開始搖頭，用力搖。然後他又低頭看餐桌上的地圖，手指順著媽媽的路線走。

——歐加拉拉到夏安，夏安到羅林斯，羅林斯到石泉城，石泉城到鹽湖城，鹽湖城到伊利，伊利到雷諾，雷諾到沙加緬度。這就是我們要走的路。

埃米特坐回椅子裡，開始思考。

他選擇德州並非隨機的。他思索自己和弟弟應該要去哪裡，非常仔細且有條理地思索過。他在薩林納的小圖書館裡花了很多時間，翻閱年鑑和一冊冊百科全書，最後他們應當去哪裡的問題，變得再清楚不過。但是比利也像他一樣仔細且有條理地理清了思路，所以比利也覺得自己對這個問題的答案同樣非常清楚。

——好吧，比利，我們這麼辦吧。你何不把這些明信片收回信封裡，給我一點時間思考一下你說的話。

比利開始點頭。

——好主意，埃米特。這是好主意。

比利按從東到西的順序把明信片整理好，放回信封，繫上紅繩，綁得牢牢的，然後放進他的背包裡。

——你花點時間想想看，埃米特。你會明白的。

••••　••••

比利窩在自己樓上的房間時，埃米特沖了個長長的熱水澡。沖完後，他從地板上撿起衣服——他去薩林納和從薩林納回來穿的都是這套衣服——從襯衫口袋掏出一包菸，然後把那堆衣服丟進垃圾桶。一會兒之後，他把香菸也丟了，還小心地藏進衣服底下。

他在房間裡穿上牛仔褲和丹寧襯衫，配上他最愛的皮帶和靴子。然後他打開抽屜櫃的第一格抽屜，拿出一雙捲成球形的襪子。他打開襪子，甩一甩，他車子的鑰匙掉了出來。他穿過走道，探頭到弟弟房間裡。

比利坐在地板上，背包擺在身邊，膝上是一個老舊的藍色菸草罐，印有喬治·華盛頓的頭像，他的銀元[4]一行行一列列整整齊齊排在地毯上。

——看來在我不在的時候，你又找到更多了，埃米特說。

——看，比利一面仔細地把銀元放在正確的位置，一面說。

——還缺幾個？

比利的食指指著行列中的空位。

——一八八一、一八九四、一八九五、一八九九、一九〇三。

——你差不多全集滿了。

——可是一八九四和一八九五的非常難找。我運氣很好才找到一八九三年的。

比利抬頭看哥哥。

——加州的事情你想過了嗎，埃米特？

4　指的應該是美國鑄幣局於一八七八至一九〇四年發行的一美元銀幣。

——我一直在想，但我需要再多一點時間想想。

——好吧。

比利又繼續排他的銀元，埃米特再次打量弟弟房間，這是今天的第二次。他再次看見整整齊齊排在架上的收藏品，以及掛在床鋪上方的飛機。

——比利……

比利再次抬頭。

——不管我們最後是要去德州還是加州，我想我們上路的時候最好行李簡單一點。因為我們要有新的開始。

——我也有同樣的想法，埃米特。

——是嗎？

——亞伯納斯教授說，英勇的旅人通常只帶能裝進一只背包的東西上路。所以我才會去岡德杉先生店裡買這個背包，這樣你一回家，我就可以準備好離開。這裡面裝了我需要的所有東西。

——所有的東西？

——所有的東西。

埃米特微笑。

——我要去穀倉檢查車子，你要跟我來嗎？

——現在？比利驚喜地問。慢著，等我一下！別自己去！

比利把原本仔細按年份排好的銀元全掃成一堆，儘快丟回菸草罐裡。他蓋好罐蓋，把錫罐收進背包，揹在背上，然後領頭衝下樓梯，跑出門去。

穿過院子的時候，比利回頭報告說，歐布梅爾先生在穀倉門上加了掛鎖，但被莎莉用擺在她那輛小貨卡後面的撬棍給拆了。

果然，他們走到穀倉門口，就發現倉門鬆垮垮地掛在螺絲上，掛鎖還在門上面。裡面的空氣暖暖的，很熟悉，聞起來有牲口的味道，雖然這裡從埃米特還是小男生的時候就沒養牲口了。

埃米特暫停腳步，讓眼睛適應裡面的光線。在他面前是那部新的強鹿牌曳引機，就在一架老舊的聯合收割機後面。走到穀倉深處，埃米特停在一個蓋著帆布、有斜度的龐大物體前面。

——歐布梅爾先生扯掉帆布，比利說，但莎莉和我重新蓋好。

埃米特抓住帆布一角，雙手扯下蓋布，落在腳邊堆成一團。等在他眼前的，就是和他分開十五個月的粉藍色四門硬頂汽車——他的一九四八年份斯圖貝克陸上巡洋艦。

埃米特手掌撫過汽車引擎蓋之後，打開駕駛座車門，上了車。他就這樣雙手擱在方向盤上，坐了好一會兒。買下這輛車的時候，車子里程數已快要十三萬公里，引擎蓋上有凹洞，座椅椅面有香菸灼痕，但開起來非常順暢。他插進鑰匙，發動引擎，準備好要聽見引擎聲響起——但一片沉寂。

一直沒說話的比利走過來，一臉擔憂。

——車壞了嗎？

——沒有，比利，應該是電池沒電了。車子太久沒開就會這樣。但這很容易修好的。

比利如釋重負，坐在一大綑乾草上，解下背包。

——你還要再吃片餅乾嗎，埃米特？

——不用了。可是你可以吃。

比利打開背包的時候，埃米特下車，走到車後，打開後行李廂。掀起的廂蓋正好遮住弟弟的視線，他滿意地拉起備胎放置凹槽上的毛氈，手輕輕繞著外圈摸索。就在最上方，也就是爸爸交待過的地方，他找到了那個信封。裡面是一封爸爸親筆筆跡的短箋。

另一個鬼魂寫的另一封手寫信，埃米特想。

親愛的兒子，

讀到這封信的時候，我想農場應該已經落入銀行手裡了。對於這個結果，你也許會對我生氣或失望，但我不怪你。

要是你知道我父親過世時留給我多少東西，或我祖父留了多少給我父親，我曾祖父留了多少給我祖父，你應該會大驚失色。他們不只留下股票和債券，也留下房宅和畫作，家具和銀器。俱樂部與各種協會的會員資格。這三位都恪遵清教徒傳統，努力留給下一代更多的財產，比自己從上一代所繼承來的更多，以得到上帝的榮寵。

在信封裡，你會找到我留給你的全部東西——兩件遺產，一大一小，但都可視為是種褻瀆。

寫這封信的時候，我為自己這樣度過人生覺得有點羞愧，我打破了祖先們所建立的勤儉美德循環。但我同時也覺得自豪，因為我知道你可以因為這些微不足道的紀念品，得到比我仰賴財富而得到的更大的成就。

致上我的愛與讚佩，

父 查爾斯．威廉．華特森

信上附了一小張紙，是爸爸留下的第一件遺產——從某本舊書撕下來的一頁。

埃米特的爸爸不是會痛罵小孩的人，儘管他們有時候很欠罵。事實上，就埃米特記憶所及，爸爸唯一一次對他勃然大怒，是他因為毀損教科書被學校趕回家。那天晚上爸爸讓他痛苦領會到，損毀書籍是仿傚西哥德人的野蠻行為。書本是人類最神聖最高貴的成就——人們發揮能力寫下了自己最高明的見解與情感，透過書頁與人分享。我們必須捍衛這樣的成就，制止任何人損毀。

對他爸爸來說，撕下書頁是一種褻瀆的行為。更驚人的是，這一頁是從拉夫爾．華爾多．愛默生[5]《散文集》裡撕下來的。這是他爸爸最愛的一本書。在書頁底端，他爸爸謹慎地用紅筆在兩個句子底下畫線。

每個人在求知的過程裡，總有一天會認知到：妒忌是無知，模仿是自殺，不論好壞，每個人都必須接受自己；儘管廣闊的世界充滿善舉，但若不在屬於自己的那片土地上辛勤耕耘，富於營養的穀物也不可能自己送上門來。蘊藏在他體內的力量，是一股新的力量，除他自己之外，沒有人知道他能做什麼，甚至連他自己，也必須在實際嘗試之後，才能知道。

埃米特馬上就知道愛默生的這兩句話代表了兩重意義。首先，這是個藉口。用來解釋他爸爸為什麼違反所有的理性判斷，拋棄房宅、畫作、俱樂部與協會會員，跑到內布拉斯加來種地。埃米特的爸爸拿愛默生的這一頁當成證據，彷彿這是天命，所以他別無選擇。

但如果說這一方面可看成藉口，那麼從另一方面來說，這就是一句規勸，規勸埃米特不後悔、不歉疚、不遲疑地轉身拋下他爸爸半生耕耘的這一百二十公頃土地，只要他拋棄這一切，不嫉妒、不模仿，去追尋屬於他自己的人生，就可以發現自己能獨力做到什麼。

愛默生那頁書後面塞著第二件遺產，是一疊簇新的二十元紙鈔。埃米特拇指滑過這乾淨爽脆的鈔票邊緣，發現總共約有一百五十張，也就是大約三千元。

埃米特或許理解爸爸為什麼認為撕下書頁是一種褻瀆，但他並不認為這筆錢也是。假設他爸爸認為這錢是一種褻瀆，很可能是因為他背著銀行藏起這筆款項。這麼一來，他就違反了他的法律義務與是非良知。但是埃米特爸爸除了支付貸款利息二十年，其實也為這座農場付出了雙倍的代價。他付出

5 Ralph Waldo Emerson，1803-1882，美國思想家、文學家。

了勞力與失望，付出了他的婚姻，最後甚至付出了自己的生命。所以，不是，在埃米特看來，這三千元並非褻瀆。至少就他所知，這每一分錢都是他爸爸辛苦掙來的。

埃米特把鈔票塞進口袋，信封擺回備胎上面，蓋好氈毯。

——埃米特……比利說。

埃米特蓋上後行李廂，看看比利，但比利沒看他。他看著穀倉門口的兩個人影。那兩人背對午後陽光，埃米特看不出他們是誰。直到身材結實的那一個張開雙臂，說：

——噠啦！

公爵夫人

你應該看看埃米特發現站在門口的是誰時，臉上是什麼表情。從他的表情看來，你一定會以為我們是憑空冒出來的。

四〇年代初期，有個名叫卡桑提克斯的逃脫藝術表演家，馬戲團有些愛賣弄風趣的人喜歡叫他「來自哈肯薩克的蠢蛋胡迪尼」，但這說法未盡公平。他前半段的表演確實不太穩定，但收場的表演簡直是無價珍寶。他當著觀眾面前綁上鐵鍊，鎖進大箱子裡，然後把箱子放進大型玻璃水槽。一名漂亮的金髮女郎推著一個大時鐘出來，主持人告訴觀眾，人類平均可以屏住呼吸兩分鐘，缺氧四分鐘之後就會導致暈眩，六分鐘之後就會昏迷。兩名平克頓偵探社的人員現身，確認大箱子的掛鎖已鎖好，一名希臘東正教神父待在一旁，他身穿黑色神職長袍，一臉白色大鬍子，隨時準備進行臨終儀式。大箱子一沉入水槽裡，金髮女郎就轉動時鐘開始計時。兩分鐘的時候，觀眾吹口哨，大聲嘲笑。五分鐘的時候，觀眾席響起驚詫的哎哎啊啊。八分鐘時，平克頓的偵探對看一眼，是憂心忡忡的眼神。十分鐘的時候，神父在胸前畫個十字，低聲喃喃唸起難以聽辨的禱詞。十二分鐘的時候，金髮女郎哭了起來，兩名舞台助手從幕後衝上舞台，協助平克頓的偵探從水槽裡拉出大箱子。箱子砰一聲重重落在地板上，水花四濺，噴濕腳燈和樂團席。平克頓的一名偵探還在摸索找鑰匙，另一名把他推開，抽出手槍，直接開槍射掉掛鎖。他掀開箱蓋，把箱子側倒過來，結果卻發現……箱子是空的。就在這時，東正教神父撕下鬍子，露出臉。他不是別人，正是卡桑提克斯本人，頭髮還濕漉漉的，觀眾席的每一個人都無法置信地看著他。這也是埃米特．華特森認出站在門口的人是誰時，臉上的表情。地球上那麼多人，他最不能相信的就是見到我們。

——公爵夫人？

——活生生的我。毛毛也是。

他還是目瞪口呆。

——可是怎麼會……？

我哈哈大笑。

——這是個問題，對吧？

我一手掩在嘴巴旁邊，壓低嗓音。

——我們搭典獄長的便車。他帶你出來的時候，我們溜進他車子的後行李廂。

——不會吧。

——我知道。這當然不是所謂的頂級旅行。後行李廂裡的溫度高達三十七度，每隔十分鐘，毛毛就嘰嘰咕咕說他要去上廁所。車子一越過內布拉斯加州界的時候呢，路上一塊塊隆起的草皮害我差點腦震盪。有人可以寫封信去向政府陳情一下嗎？

——嘿，埃米特，毛毛說，彷彿他才剛加入我們。

這一點讓你不得不愛毛毛。他永遠都遲來五分鐘，永遠都在交談的列車已經開出車站之後，才拖著錯誤的行李，跑上錯誤的月台。有人可能會覺得他這個特性有點惱人，但我寧可要一個老是慢五分鐘的人，也不要一週七天、天天都快五分鐘的人。

我眼角瞥見那個坐在乾草堆上的小孩，開始慢慢往我們的方向移動。我手一指他，他就像草地上的松鼠那樣，馬上僵住了。

——你是比利，對吧？你哥說你聰明得很，是真的嗎？

那孩子微笑，又挨近一點，最後站到埃米特旁邊，抬頭看哥哥。

——他們是你的朋友嗎，埃米特？

——當然，我們是他的朋友！

——他們是薩林納來的，埃米特解釋說。

我正要開口詳細說明一番的時候，注意到這輛車。剛才一心都在想著和他再次見面的事，沒發現躲在重裝備後面的這輛車。

——這是斯圖貝克對吧，埃米特？他們說這是什麼顏色來著？粉藍？

客觀來說，這是輛看來有點像你牙醫的老婆會開的車，但我還是吹了聲口哨。接著我轉頭看比利。

——薩林納有些小夥子會在上鋪的床底板上貼他們老家小妞的照片，這樣熄燈之前，就可以盯著她們看。也有人貼的是伊麗莎白．泰勒或瑪麗蓮．夢露的照片。可是你哥啊，他貼的是從雜誌上撕下來的一張廣告，就是這輛四門轎車的彩色照片。老實告訴你，比利，我們都覺得你哥很可憐，整個晚上瞪大眼睛盯著車子看。可是現在走近瞧瞧……

我搖搖頭，表示讚賞。

——嘿，我說，轉頭看埃米特，我們可以開出去兜一圈嗎？

埃米特沒回答，因為他看著毛毛——毛毛正看著一張沒有蜘蛛的蜘蛛網。

——你在幹嘛，毛毛？他問。

毛毛轉身，想了想。

——我沒事，埃米特。

——你多久沒吃東西了？

——噢，我不知道。我猜是我們上典獄長的車之前吧。是不是啊，公爵夫人？

埃米特轉頭看弟弟。

——比利，你記得莎莉說晚餐要怎麼弄嗎？

——她說烤箱溫度三百五十度，烤四十五分鐘。

——那你帶毛毛回屋裡，把烤盤放進烤箱，擺好餐具。我有東西要給公爵夫人看，但我們馬上就回去。

——好，埃米特。

我們看著比利和毛毛走向房子，我很好奇埃米特要給我看什麼東西。可是他轉身面對我的時候，看起來和平常不太一樣，老實說，是心情不太好的樣子。對於驚喜，我猜有些人很喜歡。我就是，我自己就很愛驚喜。我喜歡人生像魔術師從帽子裡變出兔子。像五月份的藍盤特餐端上有填料的火雞一樣。但有些人不喜歡被意外突襲——就算是好消息也不例外。

——公爵夫人，你究竟在這裡幹嘛？

現在輪到我覺得意外了。

——我們在這裡幹嘛？欸，我們來看你啊，埃米特。還有這個農場。你也知道是怎麼回事。我們老是聽某人說他老家生活的故事，聽多了，自然就想來親眼看看囉。

我為了強調重點，伸手指著曳引機和乾草堆，以及門外延展的美國大草原。那片一望無際的草原如此遼闊，彷彿是想說服我們，地球真的是平的。

埃米特順著我的目光往外看，然後又轉回來。

——我告訴你吧，他說，我們先吃點東西，然後我帶你和毛毛迅速繞一圈，到處看看。好好睡一覺之後，明天早上，我開車載你們回薩林納。

我揮揮手。

——你不必載我們回薩林納，埃米特。你就好好待在你家。況且，我想我們也不會回去。至少暫時還不會。

埃米特眼睛閉上一晌。

——你刑期還有多久？五個月還是六個月？你們兩個都快出獄了。

——是沒錯，我同意。確實沒錯。但是威廉斯典獄長接替艾克力之後，開除了紐奧良來的那個護士。就是一直有辦法幫毛毛拿到藥的那個護士。現在毛毛的藥只剩最後幾瓶，你也知道，他不吃藥心情會有多憂鬱……

——那不是他的藥。

我搖搖頭，他說的沒錯。

——某人的毒藥是另一個人的補品，對吧？

——公爵夫人，我是最沒資格對你講這些話的人。但是，你們兩個逃獄越久，離薩林納越遠，下場就會越慘。你們兩個在冬天都滿十八歲了。所以你們如果是在州界以外被逮到，他們說不定不會送你們回薩林納，而是直接把你們送進托佩卡。

我們面對現實吧：大部分人需要梯子和望遠鏡才能理解二加二等於四。所以通常來說，要解釋你自己的想法實在太麻煩，不值得費事。但埃米特．華特森不是。他是那種聽你一說，就能看清楚整個大局的人——不只整個大局，還有所有的細節。我舉起雙手投降。

——我百分之百同意你的說法，埃米特。事實上，我自己也努力對毛毛說過同樣的事情，同樣的話。可是他不肯聽。他非要逃出來不可。他都計畫好了。他打算星期六晚上逃走，溜進鎮上，偷輛車。他甚至還趁在廚房值班的時候偷了一把刀。不是水果刀啊，埃米特。我說的是菜刀。毛毛從來沒傷過人，你和我都知道。可是警察不知道。他們只要看見有個眼神飄忽、坐立難安的陌生人，手裡拿把菜刀，馬上就會把他當狗那樣拿下。所以我告訴他，要是他把菜刀放回去，我就幫他安全離開薩林納。他把菜刀放回去，我們溜進後行李廂，然後變變變，我們就在這裡了。

這全部是事實。

除了菜刀的那部分。

你可以說這是潤飾——無害的稍加誇飾，為了強調。就像卡桑提克斯表演中的大時鐘，或是平克頓偵探開槍射開掛鎖一樣。這些小元素表面上看來似乎沒什麼必要，但卻能讓整個表演更到位。

——聽我說，埃米特，你瞭解我。我可以蹲完我的刑期，然後蹲完毛毛的。五個月和五年又有什麼差別。但考慮到毛毛的心理狀態，我不認為他可以在牢裡再多待五天。

埃米特目光瞥向剛才毛毛走去的方向。

我們都知道他的問題是太有錢。毛毛在紐約上東城一幢有門房管理的大樓長大，鄉下有別墅，車上有司機，廚房有廚子。他外公和老羅斯福、小羅斯福總統都是朋友，而他父親是第二次世界大戰的戰爭英雄。但是，這些幸運疊加在一起，對他來說卻有些過多。面對如此富裕的生活，某些纖細脆弱的心靈會感到隱隱逼近的不安，就像一幢幢房子、一輛輛汽車和兩位羅斯福就要一起垮下來，壓在他身上。這個想法開始破壞他的食欲，騷動他的神經。他越來越難集中精神，所以影響了他的閱讀、書寫和數學。從一所寄宿學校退學，他就被送往另外一所。接著又一所。到最後，像他這樣的人就需要有**某種東西**來讓世界維持運轉。誰又能怪他呢？我通常會是第一個告訴你，在有錢人身上浪費兩分鐘的同情都是多餘的人。但是像毛毛這麼善良的人？這完全是另一回事。

從埃米特的表情看來，我知道他心中也轉著和我類似的念頭，想到毛毛敏感的本性，思索著我們是該送他回薩林納，還是幫他安全前行。這是個難以解析的難題。然後我又想，這也是難題之所以為難題的原因吧。

——今天很累，我手搭在埃米特肩上說。我們何不先回屋裡，吃點麵包呢？吃點東西之後，我們腦袋才會比較清楚，可以好好衡量各種前因後果。

⁂

鄉村料理……

以前在東岸的時候聽說過很多次，這是那種連從未有過第一手親身經驗的人也推崇有加的東西，就像公義與耶穌一樣。但和人們隔著遠遠距離讚賞的許多事情不一樣的是，鄉村料理確實值得讚賞。比紐約戴爾莫尼科餐廳的任何菜餚都美味兩倍，也沒有那些有的沒的花招。或許是因為他們用的是從曾曾祖母時代在拓荒旅途中不斷精進的食譜。也或許是因為他們花了這麼多時間養豬種馬鈴薯。無論原因為何，我一連吃完三盤才推開盤子。

——太好吃了。

我轉頭對那孩子說。他的頭才高過餐桌一點點。

——那女生叫什麼名字，比利？那個穿花洋裝和防水靴，做了這道美味佳餚，我們得好好感謝的那位？

——莎莉．藍勝，他說。這是焗烤雞肉。是用她自己養的雞做的。

——她自己養的雞！嘿，埃米特，大家是怎麼說的？最容易擄獲年輕男人心的方式？

——她是我們鄰居，埃米特說。

——也許是啦，我同意。但我這輩子有那麼多鄰居，也沒半個送過焗烤料理來給我。你咧，毛毛？

毛毛正用叉齒在肉汁上畫個圈。

——什麼？

——有沒有鄰居給你送過焗烤料理？我更大聲一點問。

他想了一秒鐘。

——我沒吃過焗烤料理。

我微笑，對著那小孩挑起眉毛。他微笑，也對著我挑眉。

不管有沒有吃過焗烤料理，毛毛彷彿突然想到什麼似的抬頭。

——嘿，公爵夫人，你有沒有找機會對埃米特提起我們的大冒險？

——大冒險？比利問，頭又努力伸高一點，探出餐桌。

——這是我們到這裡來的另一個原因，比利，我們打算展開一趟大冒險，希望邀你哥一起去。

——大冒險……，埃米特說。

——我們想不到更好的名詞，所以就這樣說囉，我說。但說真的，這是件好事。嗯，有點像是天命啦。事實上是為了完成某人臨終時的願望。

我開始解釋，看看埃米特，看看比利，又看著埃米特，因為他們兩個看來都同樣疑惑。

——毛毛的外公過世的時候，留了些錢給毛毛，也就是所謂的信託基金。對不對，毛毛？

毛毛點點頭。

——這樣說吧，信託基金是為了某個受益人所特別設立的投資帳戶，但在受益人未成年之前，暫時由一位託管人代為管理，替他做所有的決定。等受益人成年之後，就可以隨心所欲使用這筆錢。但是毛毛滿十八歲的時候，拜我們的司法體系所賜，託管人——也就是毛毛的姐夫——聲稱毛毛心智失常。他是這樣說的，沒錯吧，毛毛？

——心智失常，毛毛露出歉意的微笑，證實這個說法。

——就這樣，他姐夫繼續延長他對信託基金的管理期限，到毛毛心智恢復正常，或是到毛毛死掉為止，就看哪一個情況先發生。

我搖搖頭。

——他們管那叫信託基金，這是哪門子的信任和託付啊？

——可是這好像是毛毛自己的事，公爵夫人，和你又有什麼關係？

——是和我們啊，埃米特，是和我們有關係。

我把椅子拉近餐桌一點。

——毛毛他家在紐約上州有一棟房子——

——是一個營地，毛毛說。

——營地，我修正說，他們家人不時一起去那裡。嗯，經濟大蕭條的時候，銀行開始倒閉，毛毛的外曾祖父斷定，他再也不能完全信任美國的銀行體系了。所以為了以防萬一，他把十五萬美元的現金藏在營地的牆壁裡。但最有意思的是——你也許可以說是命中註定吧——毛毛信託基金的現值也差不多是十五萬美元。

我暫停一下，讓他們消化一下我說的話。然後我直盯著埃米特看。

——因為毛毛心地善良，需求不多，所以他提議，如果我們陪他去阿第倫達克，幫他拿到本來就應該屬於他的錢，他會把錢分成三等份。

——十五萬元除以三，等於五萬元，比利說。

——完全正確，我說。

——人人為我，我為人人，毛毛說。

我往後靠在椅背上，埃米特瞪著我看了好一會兒，然後轉頭看毛毛。

——這是你的點子？

——這是我的點子，毛毛承認。

——所以你不回薩林納？

毛毛雙手擱在膝上，開始搖頭。

——不回，埃米特，我不回薩林納。

埃米特用探詢的目光打量毛毛，彷彿想再多找出個問題來問他。但天生不愛回答問題，迴避問題的經驗無比豐富的毛毛，開始清理餐桌上的盤子。

埃米特有點遲疑，一手貼在嘴巴上。我越過桌子挨近他。

——這事有點急，因為營地向來在六月的最後一個週末重新啟用。所以我們沒有太多時間。我要在紐約稍微停一下，回去看我老爸，然後我們就一路不停的開往阿第倫達克。你可以想一想，埃米特……我的意思是，如果有五萬，你可以拿來怎麼用？五萬你會怎麼用？

人的意志是天底下最難理解的東西，至少心理醫師是希望你這麼相信的。根據他們的說法，人的動機是一座沒有鑰匙的城堡。動機形成了層層疊疊的迷宮，從中冒出的個別行為通常沒有可立即掌握的節奏或理由可循。但其實也沒這麼複雜。如果你想瞭解一個人的動機，你要做的就只是問他：**如果你有五萬會拿來做什麼？**

大部分人聽到你問的這個問題時，都需要幾分鐘的時間想一想，思考各種可能性，衡量自己的選項。於是你便瞭解他們是什麼樣的人。可是如果你對某個有雄心壯志的人，也就是值得你提問的人，提出這個問題的時候，他肯定會立刻回答你——而且有非常精確的答案。因為他老早就想過，自己如果有五萬，要拿來做什麼。他在田裡挖排水溝、在辦公室裡做雜事、在餐館端盤子的時候，早就思考過了。他在聽老婆嘮叨，替小孩蓋被子，半夜瞪著天花板的時候，已經想過這個問題了。從某個程度來說，他一輩子都在思索這個問題。

我問埃米特這個問題的時候，他沒回答，但並不是因為他沒有答案。我從他臉上的表情看得出來，他確確實實知道自己要怎麼運用這五萬，一分一釐都清清楚楚。

我們就這樣默默坐著，比利的目光從我轉到他哥哥臉上，然後又轉回來。但埃米特目光越過餐桌，直盯著我，彷彿房間裡突然只剩我們兩個。

——這或許是毛毛的主意，也或許不是，公爵夫人。但不管是哪一種情況，我都不想參與。我不去紐約停一下，不去阿第倫達克，也不要什麼五萬。明天我必須到鎮上處理幾件事。但星期一早上，比利和我要做的第一件事，就是載你和毛毛到歐馬哈的灰狗巴士車站。你們兩個自己搭巴士去曼哈頓或阿第倫達克，或任何你們想去的地方。然後比利和我會開著我的斯圖貝克回來，繼續過我們的日子。

埃米特發表他這段小演說的時候非常嚴肅。事實上，我從沒看過有誰像他這時這麼嚴肅的。他沒拔高嗓音，但目光一刻都沒離開我身上——甚至沒瞥比利一眼，雖然比利瞪大眼睛仔細聽他講的每一個字。

這時我悚然一驚，發現自己犯了大錯。我竟然在這孩子面前把所有的事情都攤開來。

就像我之前說的，埃米特．華特森比大多數人都有大局觀。他知道人雖然有耐心，但也有極限。所以他偶爾必須破壞一下這世界的正常運轉，好得到他天生應得的一切。但比利？才八歲的他，很可能從沒離開內布拉斯加州一步。所以你不能期待他理解現代生活的錯綜複雜，瞭解公平與不公平之間的所有細微差異。事實上，你根本就不希望他理解。埃米特身為這孩子的哥哥，這孩子的守護者與唯一的保護人，他的工作就是讓比利盡可能遠離這些變幻莫測的世事，越晚懂越好。

我往後靠在椅背上，點點頭表示理解。

——別再說了，埃米特，我都聽明白了。

⁂

晚餐之後，埃米特說他要散步到藍勝家，看鄰居能不能來幫他的車子通電。藍勝家遠在一公里半之外，所以我提議陪他去，但他覺得毛毛和我最好別讓其他人看見。所以我繼續坐在廚房餐桌旁邊，和比利聊天，而毛毛則去洗碗。

從我剛才提到的毛毛情況，你八成以為他不會洗碗——他眼神呆滯，心思散漫，通常做什麼事情都馬馬虎虎。但毛毛這人呢，一洗起碗來，彷彿未來的人生全繫於有沒有把碗給洗好。他頭歪四十五度角，舌尖抵在牙齒之間，手拿海綿一次又一次搓著碗碟表面，搓掉已經黏在上面好幾年的污漬，也搓著根本就不存在的髒污。

觀察他的動作宛如目睹奇觀。但就像我說過的，我喜歡驚喜。

我把注意力轉回比利身上，他正拆開一個從登山背包裡拿出來的錫箔紙小包。從錫箔紙裡，他小心翼翼拿出四片餅乾，放在餐桌上──每把椅子前面一塊。

──哇，哇，哇，我說，這是什麼呀？

──巧克力碎片餅乾，比利說，這是莎莉自己做的。

我們默默嚼餅乾的時候，我發現比利很害羞的盯著桌面，彷彿有事想問。

──你在想什麼，比利？

──人人為我，我為人人，他有點猶豫的說，這是《三劍客》裡的句子，對不對？

──完全正確，mon ami[6]。

成功說出這句話的出處，你以為這孩子會高興得像什麼似的，結果他卻一臉沮喪。非常沮喪。儘管一提起《三劍客》，小男生通常都會滿面笑容。所以比利的失望讓我很不解。我正要再咬一口餅乾的時候，突然想到餐桌上擺放的餅乾，以及「人人為我，我為人人」。

我放下餅乾。

──你看過《三劍客》電影嗎，比利？

──沒有，他承認，臉上還是同樣沮喪的表情。可是我看過那本書。

──那你應該比大部分人都瞭解，那書名太容易讓人誤會了。

比利抬起頭來。

6 法文，我的朋友。

——什麼意思，公爵夫人？

——因為啊，事實上，《三劍客》是**四個**劍客的故事。沒錯，一開始是歐多斯、帕多斯和阿特密斯三個志同道合的快樂夥伴沒錯。

——你是說阿多斯、波爾多斯和阿拉密斯？

——就是這樣。但故事的主要情節是那個年輕的冒險家……

——達太安。

——……達太安加入了這神氣活現的三人組，然後挽救了皇后的名聲，故事就是這樣。

——沒錯，比利在椅子裡坐直身體說，這的確是四劍客的故事。

為了慶祝任務成功，我把整塊餅乾全塞進嘴巴裡，搓掉手指上的碎屑。但比利又用另一種專注的表情盯著我看。

——我覺得你心裡還有別的問題，小威廉[7]先生。

他傾身靠近桌子，壓低嗓音說。

——你想不想知道，如果我有五萬，打算做什麼？

我也向前傾，壓低嗓音。

——我會一字不漏的仔細聽。

——我要在加州的舊金山蓋一棟房子。就像這間一樣，是白色的，有門廊、廚房和客廳。樓上有三間臥房。但是不要有放曳引機的穀倉，要有可以停埃米特那輛車的車庫。

——我很喜歡這個主意，比利。但為什麼是在舊金山呢？

——因為我們的媽媽在舊金山。

7 「比利」是「威廉」的暱稱。

我往後靠在椅背上。

——真的嗎？

在薩林納的時候，埃米特只要提起母親總是用過去式，當然啦，他不常提起。但埃米特沒說她去了舊金山，通常只暗示她去了很遠的地方。

——我們載你和毛毛去巴士站之後，就要走了，比利說。

——聽來你們是準備把房子裡的東西打包好，搬到加州去。

——不是的，我們沒要打包房子裡的東西，公爵夫人。我們只打算帶可以裝進一個背包裡的東西走。

——為什麼要這樣做？

——因為埃米特和亞伯納斯教授都認為，這是重新出發最好的方式。我們要沿著林肯公路開到舊金山，一到那裡，我們就會找到我們媽媽，蓋一棟房子。

我沒那麼狠心告訴這個孩子說，他母親不想住在內布拉斯加的白色小屋裡，應該也不會想住加州的白色小屋。但撇開母親變幻莫測的行徑不談，我想這孩子的夢想應該花不到四萬美金的預算就可以實現。

——我很喜歡你的計畫，比利。這麼貼心的想法確實值得好好規畫。可是你覺得你的夢想夠大嗎？我的意思是，有五萬，你可以做的事情多得多呢。你可以蓋一座游泳池，請一名管家，還可以有個能停四輛車的車庫。

比利搖搖頭，表情非常嚴肅。

——不，他說，公爵夫人，我不覺得我們需要游泳池和管家。

我正要和顏悅色建議這孩子不該輕易下結論，泳池和管家不是誰都能隨便就擁有的，而有幸擁有的人通常也都不願放棄。但這時，毛毛突然站到餐桌旁，一手拿餐盤，一手拿海綿。

——沒有人需要游泳池和管家，比利。

你永遠不知道什麼東西會吸引毛毛的注意力。可能是停在樹梢上的一隻鳥，或是雪地上足印的形狀。再不然就是某人在前一天下午說的某一句話。但不管是什麼勾起毛毛的心緒，通常都要隔上一段時間才會發生效應。所以他一在比利身旁坐下，我馬上起身走到水槽前，關掉水龍頭，然後又回到座位上，豎起耳朵。

——沒有人需要可以停四輛車的車庫，毛毛繼續說，但我想你需要多幾間臥房。

——為什麼，毛毛？

——這樣你的親朋好友才可以在放假的時候來找你玩啊。

比利點點頭，覺得毛毛的話有道理，所以毛毛繼續提出建議，越講越興奮。

——門廊要有突出的屋頂，這樣你雨天就可以坐在那裡，溫暖的夏夜也可以躺在那裡。樓下應該要有一間書房，還要一個大房間，裝有很大的壁爐，讓大家在下雪的時候可以聚在一起取暖。在樓梯底下，你還要有個祕密的藏身空間。另外，牆角也要有個專屬的空間，用來在聖誕節擺聖誕樹。

毛毛完全停不下來了。他要來紙和鉛筆，把椅子拉近比利，開始畫非常精細的建築平面圖。這可不是什麼畫在餐巾紙背面的草圖。毛毛畫設計圖，就像他洗碗一樣。房間比例精準，牆線平直，牆角的角度也百分之百正確。看見這張圖，你忍不住要興奮驚呼。

撇開有屋頂的門廊和停放四輛車的車庫優劣不談，你不得不佩服毛毛所勾勒的這幢夢幻之屋。他為比利所想像的這幢房子，有比利自己設想的三倍大，這肯定引起比利的共鳴。因為毛毛一完成設計圖，比利馬上要他加上一個箭頭形的指北針，同時用紅星星標示出擺放聖誕樹的位置。毛毛畫好之後，比利小心翼翼地把設計圖折起來，收進他的背包裡。

毛毛看起來也很滿意。不過，比利把背包的繫帶重新束好，坐回椅子上時，毛毛對他露出哀傷的微笑。

——我真希望我不知道我媽在哪裡，他說。

——為什麼，毛毛？

——這樣我就可以像你一樣去尋找她呀。

⋯　⋯

盤子洗好之後，比利帶毛毛上樓，讓他知道淋浴間在哪裡，而我則到處走走看看。

埃米特的老爸破產並非祕密。但你只要瞥一眼這個地方就知道，他之所以破產，並不是因為酗酒。要是家裡的男人酗酒，你一眼就看得出來。你可以從家具的狀態，從前院的情況看得出來。你可以從孩子的神情看得出來。儘管埃米特的老爸不喝酒，但我知道屋裡的某個地方必定藏有酒——比方留在特殊場合喝的蘋果白蘭地或薄荷酒。在中西部的鄉下，通常都如此。

我從廚房的櫥櫃開始。第一個櫃子，我找到了碗盤。第二個櫃子，是玻璃杯和馬克杯。第三個櫃子，我找到了常見的各式食品，但一瓶酒也沒看到，甚至沒藏在擺了十年的糖漿罐後面。

櫃子裡也沒有任何家釀的酒。但在下層櫃子裡有組精美磁器，蒙上一層薄薄的灰塵。不只是晚餐盤，你知道的。有湯碗、沙拉盤、甜點碟，還有危危顫顫疊得高高的咖啡杯。我數了數，總共二十件——在一棟連正式餐桌都沒有的房子裡！

我隱約記得，埃米特告訴我說他爸媽在波士頓長大。這個嘛，要是他們出身波士頓，那想必是住在燈塔山[8]。這是送給上流社會新娘的那種禮物，期待她們會把磁器一代一代傳下去。但是這一整組磁器連櫥櫃都只能勉強塞進去，當然不可能裝進背包裡帶走。這不禁讓你好奇⋯⋯

8　Beacon Hill，波士頓的古老街區，有煤氣燈照明的街道與歷史建築，是波士頓最昂貴的區域。

客廳唯一可能藏酒瓶的地方是牆角的老舊大書桌。我坐在椅子上，掀開頂蓋。用來寫字的桌面擺著普通的文具——剪刀、拆信刀、便條紙和鉛筆。但抽屜裡塞滿各式各樣不該在書桌裡出現的東西，例如一只舊鬧鐘，半副紙牌，還有零散的五分和一角硬幣。

撿起零錢（不浪費，不匱乏）之後，我手指交叉祈求好運，打開最下一層抽屜，知道這是最經典的藏酒位置。但這個抽屜根本沒有酒瓶的容身之處，因為滿滿的全是信件。

不必多看一眼也知道，這些亂糟糟的信是什麼：沒付的帳單。電力公司和電話公司，以及蠢到讓華特森先生賒帳的笨蛋寄來的帳單。每封信的最後一頁都是最初的繳款通知，再來是催繳的提醒，最上面一頁則是撤銷，並威脅採取法律行動。有些信封連開都沒開。

我不由自主露出微笑。

華特森先生把這些信塞進最底層抽屜，實在有點可愛，因為這裡離垃圾桶不遠。把信丟進抽屜，和把信丟進垃圾桶作廢，對他來說花的功夫差不多，但他還是不能對自己承認，他永遠不可能付這些錢。

換成是我老爸，肯定不會這麼麻煩。他煩惱的是，沒辦法把這些沒付的帳單儘快丟進垃圾桶。事實上，他對印上帳單的每一張紙都過敏，總是打從開始就躲得遠遠的，不讓那些紙碰到他。這也就是為什麼無可匹敵的哈里遜．希韋特，雖然對英語有些吹毛求疵，卻偶爾會拼錯自己的地址。

但是要向美國郵政服務宣戰並非易事。他們有一整個卡車車隊任他們差遣，還有一整支步兵，一輩子唯一的目標就是讓每一封寫有你名字的信能送到你手裡。就因為這樣，所以大家都知道希韋特先生會從大廳進來，但從防火梯離開，而且通常在清晨五點鐘就走。

啊，我爸會停在四樓和五樓之間，指著東邊說，**玫瑰紅鑲邊的黎明！能看見是你的幸運啊，孩子。很多國王都無緣親睹。**

我聽見屋外傳來藍勝先生家那輛小貨卡轉進華特森家車道的聲音。車頭燈從右到左閃過室內，因為小貨卡經過房子前面，開向穀倉。我關上書桌的最下一層抽屜，讓那堆帳單安安穩穩留在裡面，等待最後清算。

上到二樓，我頭探進比利房間，看見毛毛已經癱在床上，輕聲哼歌，眼睛盯著掛在天花板上的飛機。他八成在想他爸爸坐在戰鬥機駕駛艙裡，離地三千公尺。對毛毛來說，爸爸總是在這樣的地方：在航空母艦的起飛甲板與南中國海海底之間的某處。

我看見比利在他爸爸房間裡，盤腿坐在床上，登山背包擱在身邊，腿上一本紅色的大書。

——嘿，神槍手，你在讀什麼？

——阿巴卡斯．亞伯納斯教授的《英雄大全：冒險家與其他的英勇旅人》。

我吹聲口哨。

——聽起來很棒耶。好看嗎？

——噢，我讀過二十四遍了。

——那說它**好看**可能還不夠。

進到房裡，趁這孩子翻著書的時候，我從這個牆角踱到那個牆角。抽屜櫃上方有兩張裱框的照片。第一張是對夫妻，丈夫站著，妻子坐著，身上是十九世紀末二十世紀初的裝束。是波士頓燈塔山的華特森夫婦，肯定是。另一張是埃米特和比利幾年前拍的照片。他們坐在門廊上，也就是今天下午埃米特和鄰居一起坐下的那個門廊。沒有比利和埃米特媽媽的合照。

——嘿，比利，我說，把兩兄弟的照片擺回抽屜櫃上。我可以問你一個問題嗎？

——當然可以，公爵夫人。

——你媽媽是什麼時候去加州的？

——一九四六年七月五日。

——好精確的日期。所以她就這樣轉身就走，呃？再也沒有任何消息？

——不是的，比利說，又翻過一頁。她有消息的。她寄給我們九張明信片，所以我們才知道她在舊金山。

——我可以問你一個問題嗎，公爵夫人？

這是我進到房間之後，他第一次抬起頭來。

——當然可以，比利。

——他們為什麼叫你公爵夫人？

——因為我在公爵夫人郡出生。

——公爵夫人郡在哪裡？

——在紐約北邊大約八十公里。

比利坐直起來。

——你指的是紐約市？

——還有另一個紐約嗎？

——你有沒有去過紐約市？

——我去過幾百個城市，比利，但去過最多次的地方就是紐約市。

——亞伯納斯教授就住在那裡。喏，你看。

他把書翻到前面，舉起來給我看。

——這麼小的字我一看就頭痛，比利，你何不唸給我聽呢。

他低頭，指尖指著一行行字唸著。

——親愛的讀者，我此時在我簡樸的辦公室裡寫信給各位。我的辦公室位在我們偉大的國家，也就是美利堅合眾國，東北岸的紐約市曼哈頓島第三十四街與第五大道交叉口的帝國大廈五十五樓。

比利抬頭，臉上盡是期待。我露出探詢的表情。

——你見過亞伯納斯教授嗎？他問。

我微笑。

——我見過我們這個偉大國家的很多人，其中有很多就住在曼哈頓島，但據我所知，我還沒有榮幸見到你這位教授。

——噢，比利說。

他沉默了好一會兒，然後皺起眉頭。

——還有事嗎？我問。

——你為什麼會去過幾百個城市，公爵夫人？

——我爸是個伶人。雖然我們主要的根據地在紐約，但一年裡總有很多時間在各個城市演出。我們這個星期在水牛城，下個星期在匹茲堡，然後去克里夫蘭或堪薩斯市。你信不信，我也在內布拉斯加州待過一段時間。我和你差不多大的時候，在一個叫柳伊斯的小鎮郊外住過。

——我知道柳伊斯，比利說，位在林肯公路上，就在這裡和歐馬哈之間。

——真的嗎？

比利把書擺到一旁，伸手拿他的登山背包。

——我有地圖。你想看嗎？

——我相信你。

比利放下登山背包，然後又蹙起眉頭。

——你在不同的城市之間跑來跑去，要怎麼上學？

——不是一切有價值的知識都能在書本的封面與封底之間找得到啊，孩子。簡單來說，大街小巷就是我的學校，經驗是我的初級課本，而變化無常的命運就是我的老師。

比利想了想，顯然不確定是不是該把這個原則當成是信念。他連點兩次頭，略微有點尷尬地抬起頭來。

——我可以再問一個問題嗎，公爵夫人？

——當然可以。

——什麼是伶人？

我笑起來。

——伶人就是在舞台上演戲的人，比利，就是演員。

我伸出手，看著遠方，唸道：

她反正總要死的，
遲早有聽到這個消息的一天。
明天，明天，又一個明天，
踮著小碎步一天又一天悄悄前進，
直到時間的最後一刻，
我們所有的昨天只是為了愚人
照亮他們的歸塵之路。

我唸得非常好，彷彿真的是出自我的肺腑之言。當然，姿態動作有點老套，但我在「明天」這個詞裡注入了無比的倦乏感，唸到「歸塵之路」時，還加上了不祥的誇張手勢。

比利露出他那瞪大眼睛的招牌表情。

——威廉．莎士比亞的蘇格蘭劇，我說，第五幕第五景。

——你爸爸是演莎士比亞戲劇的演員？

——百分之百的莎士比亞。

——他很有名嗎？

——從加州佩塔盧馬到紐約州波基普西的每一個沙龍，人人都聽過他的大名。

比利很是佩服，但眉頭很快又皺起來了。

——我知道不少威廉．莎士比亞的事，他說，亞伯納斯教授說他是從沒出過海的偉大探險家。但他沒提過什麼蘇格蘭劇……

——不意外。你知道嗎，劇院的人都叫《馬克白》是蘇格蘭劇。幾世紀以前，大家斷定這齣戲被詛咒了，提到劇名，會給膽敢上台演出的人帶來厄運。

——什麼樣的厄運？

——最可怕的那種。這齣戲在一六〇〇年首度製作的時候，演馬克白夫人的年輕演員還沒上台就死了。大約一百年前，世界上最偉大的兩名莎劇演員，一個是叫佛瑞斯特（Edwin Forrest）的美國人，一個是叫馬奎迪（William Macready）的英國人。當然，美國觀眾比較偏愛佛瑞斯特先生的演技。所以馬奎迪先生在曼哈頓島的亞斯特廣場劇院演出馬克白一角的時候，引發了暴動，有一萬個人捲入衝突，很多人死掉。

不必說，比利聽得入迷。

——但為什麼被詛咒呢？

——為什麼被詛咒！你沒聽過馬克白的故事嗎？那個殘忍的葛拉密斯勛爵？什麼？沒有？那好吧，孩子，坐過去一點，我帶你進入這個同好會吧！

阿普那特教授的那本大全被擺在一旁，比利鑽進被子裡，我關掉燈——就像我爸準備講血腥可怕故事的時候一樣。

理所當然的，我從荒原的場景開始講起，三個女巫妳一言我一語，滔滔不絕，費力前行，掀起風波。我告訴這孩子，馬克白在妻子野心的鼓動下，覲見國王時拿刀刺穿國王的心臟。這樁冷血的謀殺觸發另一樁，接著又引發第三樁。我告訴他，馬克白開始受鬼魂的幻覺折磨，他的妻子開始夢遊，穿過考德堡的迴廊，拚命擦拭手上虛妄的血跡。噢，我鼓起勇氣，講到故事的關鍵，好吧！

勃南森林爬上鄧西嫩堡時，並非由女人所生的麥德夫在野地上殺死弒君的馬克白[9]。我幫比利蓋好被子，祝他有個好夢。等我退出房間到走廊，用誇張的姿勢鞠個躬時，卻發現小比利已經下床，又重新開燈了。

⁂

坐在埃米特床沿，我首先覺得詫異的，不是房間裡有什麼，而是沒什麼。牆上有塊灰泥剝落，是原本釘了根釘子的地方，但沒掛任何照片、海報或錦旗。沒有收音機與電唱機。窗戶上有窗簾桿，但沒有窗簾。要是牆上有個十字架，那就和修道士的小房間差不多了。

我猜他是去薩林納之前把房間清乾淨的。把所有的漫畫書和棒球卡丟進垃圾桶，也把稚氣的自己和過去一起丟掉。也許吧。但這房間讓我覺得，住在這裡的人早就準備好要離開他的房子，除了一只背包，什麼都不帶，離開很久很久。

藍勝先生小貨卡的車頭燈再次射過牆壁，這一次是從左到右，經過房子前面，開回馬路上。紗門砰一聲之後，我聽見埃米特關掉廚房的燈，接著關掉客廳的燈。他爬上樓梯時，我站在走道上等他。

9 在《馬克白》中，女巫對馬克白預言，任何由女人所生的人都不能殺死他，但等勃南森林朝鄧西嫩堡移動時，便是他的死期。麥德夫是剖腹生產，所以非由女人自然生產，他帶領的軍隊以勃南森林為掩護，偽裝成樹，朝鄧西嫩堡移動，所以最終殺死了馬克白。

——可以發動了？我問。

——謝天謝地。

他看起是真的如釋重負，但也很疲憊。

——占用你的房間，我覺得很不好意思。這樣吧，你還是睡你的床，我去樓下睡沙發。沙發也許有點短，但比起薩林納的床墊可舒服多了。

我嘴巴這樣說，但不認為埃米特會接受我的提議。他不是這種人。可是我看得出來，我的態度讓他覺得很欣慰。他對我微笑，一手搭在我肩上。

——沒關係，公爵夫人。你睡這裡，我去和比利睡。我想這樣我們大家都可以好好睡一覺。

埃米特在走道上往前踏進幾步，然後停下來，轉身。

——你和毛毛應該換掉這身衣服。他可以在我爸衣櫃裡找衣服穿，他們身材差不多。我已經幫比利和我打包好東西了，所以你想要我的什麼衣服都儘管拿。那裡也有兩個舊書包，你們兩個可以拿去用。

——謝謝你，埃米特。

他繼續往前走，而我則走進他的房間。隔著關起的門，我聽見他漱洗的聲音，接著就進房間找弟弟。

我躺在床上，瞪著天花板。頭頂上沒有懸吊的模型飛機，只有一條灰泥裂痕，略呈弧形，繞著吸頂燈。但在經歷漫長的一天之後，灰泥上的裂痕或許正足以觸發你的奇思異想。因為那圍繞燈具的不規則弧形，突然讓我想起繞著歐馬哈蜿蜒的普雷特河。

噢，歐馬哈，我清清楚楚記得你。

那是一九四四年八月，我過完八歲生日的六個月之後。

那年夏天，我父親加入一個巡迴小劇團，說是要為戰爭募款。這個小劇團雖然號稱是「雜耍巨星劇團」，但稱之為「過氣明星雜耍隊」也無不可。開場的小丑總是表演到一半就開始出岔，接著上場的八十歲喜劇演員永遠記不得他要講的笑話是什麼。我爸負責的是莎士比亞最有名的幾段獨白集錦——但他名之為：**二十分鐘給你一生受用的人生智慧**。他戴上布爾什維克大鬍子，腰間佩劍，凝望舞台腳燈的目光緩緩抬起，彷彿尋覓優美辭藻棲身的領地，最後鎖定樓座右上角的某處，然後開始唸道：**輕聲些，窗口那邊透出的是什麼光？……讓我們再次共赴戰場，親愛的朋友……噢，不要跟我說什麼需不需要！……**

從羅密歐到亨利五世，再到李爾王。從為愛發狂的年輕人，到新崛起的英雄，再到心智衰退的傻老頭，這是精心編排的順序。

就我記得，巡迴演出的第一站是紐澤西輝煌耀眼的特倫頓皇家劇院。從那裡開始，我們一路往西，見識過從匹茲堡到皮奧里亞每一家劇院的燦爛燈光。

最後一站是在歐馬哈的歐登劇院停留一個星期。這家劇院夾在火車站和紅燈區之間，是座富麗堂皇的古典建築，但主事者卻沒有足夠的遠見在還有機會時轉型成電影院。旅程中的大部分時間，我們都和其他演出者住在適合我們住的旅館——也就是逃犯和《聖經》銷售員通常會住的地方。但抵達巡迴演出的最後一站——再也沒有下一站轉信地址的地方——爸爸向來會讓我們住進城裡最漂亮的飯店。他帶著溫斯頓．邱吉爾的手杖和演員約翰．巴里摩[10]的嗓音，閒步走到櫃台前，要求旅館工作人員帶他到房間。一發現旅館客滿，而且沒有他的訂房紀錄，他就表達出和他身分地位相稱的怒氣。**什麼！沒訂房！我的好朋友，華爾道夫飯店總經理雷奧納．彭德格斯特還向我保證，歐馬哈最適合過夜的地方就是這裡！叫你們經理出來，給我找個房間！**最後經理終於坦言，他們的總統套房還有空，大人物勉強讓步，雖然他是個需求不多的人，但總統套房很好，謝謝你。

10　John Barrymore，1882-1942，美國知名舞台劇和電影演員，也是個酒鬼。

一安頓好，這位需求不多的人馬上就充分利用飯店設施。我們的每一件衣服都送洗，美甲師和按摩師都叫到房間來服務。門僮被派去買花。而且每天晚上六點，在大廳酒吧請大家喝酒。

八月的這個星期天，也就是在他最後一場演出結束之後的隔天早上，我爸提議來趟遠足。因為他拿到丹佛帕拉迪恩劇院的演出合約，所以提議到河邊去野餐慶祝一下。

我們提著行李走下飯店的後梯時，我爸心想，我們也許該帶個代表另一美好性別的人來提升一下喜慶的氣氛，也就是梅玻小姐——每天晚上被那名鬥雞眼魔術師梅菲斯托鋸成兩半的年輕美女。那天早上拎著手提箱在後巷等我們的，正是我們剛才提到的這位豐滿健美的金髮女郎。

——呔呵！[11]我爸說。

於是，這就成為美好的一天。

車子上路，我坐在車後的附加座位，梅玻小姐坐前座，開到普雷特河邊上的一座市立大公園。那裡綠草繁茂，樹木高聳，陽光斜斜劃過水面。前一天晚上，我爸訂購了野餐籃，裡面有炸雞和玉米。他甚至偷了我們早餐盤底下的桌布（嘗嘗看這個，梅菲斯托！）

年紀絕對不到二十五歲的梅玻小姐似乎很樂於有我爸為伴。他說什麼笑話，她都哈哈大笑，他幫她的杯子添酒，她也都熱情地表達謝意。他盜用詩人的辭藻來讚美她的時候，她甚至臉紅了。

梅玻小姐帶來一架手提式唱機，我負責挑唱片，放下唱針，讓他倆在草地邊緣搖搖晃晃跳舞。有人說填飽肚子會讓腦筋變鈍。沒錯，這句話再貼切不過。我們把酒瓶扔進河裡，唱機收進車子後行李廂，發動引擎之後，我爸說我們必須在附近的鎮上停一下，我也不以為意。事實上，我直到不小心瞄一眼車窗，瞥見我爸加速開下車道，而梅玻小姐的頭靠在他肩上，才發現我被騙了。

11 Tallyho，打獵時發現獵物時的吆喝聲。

·倒數·
第9日

埃米特

埃米特在煎培根的香味裡醒來。他不記得上一次在培根香味裡醒來是多久以前的事。一年多來，他每天清晨都是在起床號和四十個男生的騷動中，六點十五分就起床。無論晴雨，他們都只有四十分鐘可以沖澡、著裝、鋪床、吃早餐，然後排好隊準備上工。躺在貨真價實的床墊上，蓋著乾淨的棉布被單，在培根的香氣裡醒來，顯得如此陌生，如此出乎意料，埃米特花了好一會功夫想，這培根是哪裡來的，而煎培根的人又是誰。

他翻身，發現比利已經不見了，床邊的時鐘顯示九點四十五分。他低聲咒罵一聲，爬起床，穿好衣服。他希望趕在教會禮拜結束之前，迅速進鎮再出鎮。

他在廚房裡看見比利和公爵夫人面對面坐著，莎莉站在爐子前面。兩人面前的盤子上都有培根和蛋，餐桌正中央還有一籃比司吉和一罐草莓果醬。

——小子，你要來吃大餐嗎？公爵夫人看見埃米特時說。

埃米特拉開椅子，看看莎莉。她正拿起咖啡壺。

——妳不必來為我們做早餐的，莎莉。

她沒回答，只把馬克杯放在他面前的桌上。

——你的咖啡。蛋馬上就好。

她轉身回到爐子前面。

正咬第二口比司吉的公爵夫人搖搖頭，讚嘆不已。

——莎莉，我走遍全美國，從沒吃過這麼美味的比司吉。妳有什麼祕方？

——我才沒有祕方呢，公爵夫人。

——沒有祕方，就是妳的祕方。比利告訴我說果凍也是妳自己做的。

——那是水果漬醬，不是果凍。不過，沒錯，我每年七月都做。

——她花一整天做，比利說。你應該看看她的廚房。整個流理台上面都是一籃籃莓果，還有一包兩公斤重的糖，爐子上同時有四口鍋子在煮。

公爵夫人吹聲口哨，又搖搖頭。

——這是很老派的費力活兒，不過就我看來，非常值得。

莎莉從爐子前面轉身，有點客套的謝謝公爵夫人，然後看著埃米特。

——你準備好了？

她沒等埃米特回答，就把他的早餐送過來。

——妳真的不必這麼麻煩，埃米特說。我們可以自己弄早餐，櫃子裡還有很多果醬。

——我會好好記得這點，莎莉說，把盤子擺在他面前。

然後她走到水槽邊，開始洗鍋子。

埃米特盯著她的後背時，比利朝哥哥開口。

——你有沒有去過帝國，埃米特？

埃米特轉頭看弟弟。

——那是什麼，比利？帝國？

——薩林納的電影院啊。

埃米特對公爵夫人蹙起眉頭，公爵夫人馬上糾正。

——你哥哥沒去過帝國，比利。是我和其他幾個男生一起去的。

比利點頭，看似在思索什麼問題。

——你們要得到特別許可才能去看電影？

——不需要許可，應該說是……主動的作為。

——那你們怎麼出去？

——哈，在這個情況下你這樣問也很合理。但薩林納其實不像那種有監視塔和探照燈的監獄，比利。比較像軍隊裡的新兵訓練營——在荒郊野外的營區，有幾棟營房和一間集會堂，幾個穿制服的老傢伙不是大吼大叫說你動作太快，就是大吼大叫說你動作太慢。那些穿制服的傢伙——你也可以叫他們是士官長——並沒和我們一起睡在營房裡。他們有自己的宿舍，有撞球桌，收音機，和裝滿啤酒的冰箱。所以星期六晚上熄燈之後，他們喝酒、打撞球的時候，我們有幾個人會從浴室窗戶溜出去，跑到鎮上去。

——很遠嗎？

——不算太遠。如果跑過馬鈴薯田，差不多二十分鐘之後就會碰到一條河。河水很淺，大部分時候都只有幾十公分深，所以你可以穿著內衣涉水過河，然後到鎮上，剛好趕上十點開演的電影。你可以買一包爆米花和一瓶汽水，坐在樓上的座位看，凌晨一點回到營房睡覺，沒有人會發現。

——沒有人會發現，比利有點崇拜地重覆他這句話。但你們怎麼有錢買電影票？

——我們可以談點別的嗎？埃米特說。

——好啊！公爵夫人說。

莎莉擦乾鍋子之後，把鍋子放到爐子上，發出砰一聲。

——我去鋪床，她說。

——妳不必鋪床，埃米特說。

——他們又不會自己鋪。

莎莉走出廚房，他們聽見她走上樓梯的聲音。

公爵夫人看著比利，挑起眉毛。

——不好意思，埃米特把椅子往後推。

埃米特往樓上走的時候，聽見公爵夫人和弟弟又開始聊基督山伯爵奇蹟似的逃離孤島監獄——說好要談點別的！

埃米特進到父親臥房，看見莎莉已經動作俐落迅速的開始整理床鋪了。

——你沒提到你有同伴，她說，連抬眼看他都沒有。

——我也不知道我會有同伴。

莎莉抓起枕頭，拍了拍兩端，然後放回床上，靠在床頭板上。

——不好意思，她從埃米特身邊擠過房門，跨過走道，到他房間。

埃米特跟在她後面進去，發現她瞪著床看——公爵夫人已經鋪好床了。埃米特很讚佩公爵夫人的努力成果，但莎莉沒有。她拉起被子和床單，用同樣俐落的動作重新鋪平塞好。她正開始拍打枕頭時，埃米特瞥了一眼床邊的時鐘。快要十點十五分了。他真的沒有時間可以耗，不管為什麼事情都不行。

——要是妳想說什麼，莎莉……

莎莉突然停下動作，目光直盯著他，這是今天早上的頭一遭。

——我有什麼想說的？

——我真的不曉得。

——看來也是。

她把洋裝拉平，看似要往門口走，但埃米特擋住她的路。

——要是我在廚房表現得一副不知感恩的樣子，那很抱歉。我想說的只是——

——我知道你在想什麼，因為你已經說了。我不必這麼麻煩，今天早上不去做禮拜，來給你們做早餐。就像我昨天晚上也不必那麼麻煩，幫你們準備晚餐。很好。但是我告訴你，告訴別人說不必那麼麻煩，並不等於表達感激。差得遠了。不管你家櫃子裡有多少罐店裡買的果醬。

——是為了這件事嗎？櫃子裡的果醬？莎莉，我沒有看不起妳做的果醬，妳做的果醬肯定比櫃子裡那些的強太多了。可是我知道妳費了多少功夫，我不希望妳覺得有必要為我們浪費這些時間。這其實不是什麼特別需要慶祝的場合。

——你或許有興趣知道，埃米特．華特森，我的朋友和家人在不是什麼場合的場合吃我做的果醬，我會很開心。但說不定，只是說不定，我以為你和比利在打包好行李，一句話都不說就啟程去加州之前，會想再多吃一罐。

埃米特閉上眼睛。

——再想想看，她接著說，我想我應該謝謝我的幸運星，你的朋友公爵夫人好心告訴我你的打算，否則，我明天早上過來做煎餅煮香腸的時候，就會發現已經沒有半個人可以吃我做的早餐了。

——對不起，我沒有機會對妳提起這件事，莎莉。但不是我有意隱瞞。我昨天下午才和妳爸爸討論這件事。事實上，是他起的頭——他說比利和我離開這裡，重新開始，或許對我們最好。

莎莉看著埃米特。

——我爸這樣說。說你們應該離開這裡，重新開始。

——還有其他……

——好吧，這豈不是太好了。

莎莉推開埃米特，往比利房間走。但毛毛仰躺在床上，對著天花板吹氣，想吹動飛機。

莎莉手叉在臀部。

——你又是誰？

毛毛嚇了一跳，抬頭看她。

——我是毛毛。

——你是天主教徒嗎，毛毛？

——不是，我是聖公會教友。

——那你為什麼還躺在床上？

——我也不曉得，毛毛坦承。

——已經十點多了，我還有很多事要做。所以我數到五，不管你是不是還在床上，我都要開始整理了。

穿著內褲的毛毛從被子裡跳出來，不敢置信地看著莎莉開始動手整理床鋪。他搔搔頭頂，看見埃米特站在門口。

——嗨，埃米特。

——嗨，毛毛。

毛毛瞇眼看埃米特好一會兒，神情突然愉快起來。

——是培根？

——哈！莎莉說。

至於埃米特，他走下樓梯，離開家門。

⋯⋯　⋯⋯

獨自坐在斯圖貝克駕駛座，埃米特鬆了一口氣。

打從離開薩林納之後，他幾乎沒有一刻獨處。先是典獄長開車送他回來，接著是在廚房裡和歐布梅爾先生、在門廊上和藍勝先生談話，然後公爵夫人和毛毛出現。現在又來了莎莉。埃米特所想要的，唯一想要的，是有個機會可以讓腦袋清醒一下，決定他和比利接下來應該去哪裡，是去德州、加州或其他地方，他需要有個機會可以理清思緒。但車子轉上十四號道路時，埃米特發現自己心裡想的並不是他和比利的去處，而是他和莎莉的對話。

莎莉問他說她心裡在想什麼的時候，他是這麼回答的。用最嚴格的定義來說，他確實不知道。

我真的不曉得。

但他大可以放膽一猜。

他非常清楚莎莉期待的是什麼。有段時間，他自己甚至也給了她期待的理由。年輕人就是會做這樣的事：煽起彼此的期待火燄——直到生活的種種需求開始浮現。但埃米特去薩林納之後，就沒再給她太多期待的理由。莎莉寄包裹給他——自己烘焙的餅乾和家鄉的新聞——他連句謝謝都沒回。沒打電話，沒寫信。回家之前，埃米特沒寫信告訴她預計抵達的時間，也沒請她整理家裡。他沒請莎莉打掃、鋪床，沒請她在浴室擺香皂，在冰箱放雞蛋。埃米特沒請她做任何事情。

他發現莎莉替他和比利做了這些事情之後，是不是心存感激？他當然感激。但感激是一回事，因此心有虧欠，那又是另一回事了。

埃米特開車前行，看見七號道路的交叉口就快到了。埃米特知道他如果在路口右轉，就可以繞上22D進到小鎮，而不必經過市集廣場。但那又何必呢？不管他有沒有經過，市集廣場都還是在那裡。就算他到德州或加州或其他什麼地方，市集廣場也永遠都在。

不，繞遠路不會讓情況有絲毫改變。只不過讓他或許出現片刻幻覺，以為曾經發生過的事情不曾發生而已。所以埃米特不只繼續直行，而且經過市集廣場的時候，還放慢車速到時速三十公里左右，然後停在對街路肩，因為他別無選擇，必須好好看一眼。

一年裡有五十一個星期，市集廣場都像現在這樣——一點五公頃的空地上，散落著壓住塵土的乾草堆。但在十月的第一個星期，這裡會擠得滿滿的。有音樂，有人，有燈光。有旋轉木馬和碰碰車，有色彩繽紛的攤位，讓你可以試試手氣投球或射擊。還有一座斜頂的大帳篷，呈現舉行正式典禮的感覺，請來評審，頒發藍色獎章給種出最大的南瓜或做出最好吃的檸檬蛋白酥的人。也有一座有看台的圍欄，在裡面進行曳引機拖拉和給小牛套繩索的比賽。於是就有更多評審，頒發更多獎章。再遠一些，在小吃攤後面，是舉行小提琴比賽的舞台。

市集的最後一天晚上，吉米．史奈德就選中了棉花糖攤子右邊，挑起爭端。

吉米喊第一聲的時候，埃米特以為他是在叫別人，因為他和吉米幾乎不算認識。埃米特比吉米小一歲，沒和他同班過，也沒和他一起參加過球隊，所以沒有什麼理由互動。

但吉米．史奈德不需要認識你。他喜歡隨便罵人，不管認不認識，而且也不管是什麼事情。有可能是因為你穿的衣服，或你正在吃的東西，再不然就是你妹穿過馬路的樣子。沒錯，先生，什麼事都可以拿來罵，目的就只是為了激怒你。

吉米的作風是這樣的，用詢問來包裝他的辱罵。他看似好奇溫和，沒有特定對象地拋出第一個問題。如果這問題沒打到痛處，他就自己回答他的第一個問題，然後再問第二個，一個比一個縮小範圍，接近中心。

這是不是好可愛？是他看見埃米特牽著比利的手時，丟出的第一個問題。**我是說，你見過這麼可愛的嗎？**

埃米特發現吉米是在對他講話時，並沒理會。他在市集裡牽著弟弟的手又有什麼不對，何必在意。晚上八點，在人潮擁擠的市集裡，難道他不該牽著六歲弟弟的手？

於是吉米再度出擊。他加碼大聲問，埃米特的爸爸沒去參戰是因為被列入3-C，也就是美國徵兵處為農民免除兵役的類別。在埃米特聽來，這句嘲諷實在太奇怪，因為內布拉斯加有很多人都因為3-C而不必上戰場。就因為他覺得很怪，所以不由自主地停下腳步，轉身——這是他犯下的第一個錯誤。

吉米終於引起埃米特注意了，於是他又回答了自己提出的問題。

不對，他說，**查理．華特森不符合3-C的規定，因為他連在伊甸園種草都種不活。他一定是4-F。**

吉米一面說，一面伸出手指在耳朵旁邊轉了一圈，暗示查理．華特森腦袋有問題。

沒錯，這只是青少年的嘲笑，但卻讓埃米特開始咬緊牙關，一股蓄積已久的熱氣湧上皮膚表面。但他也感覺到比利扯著他的手——也許是因為小提琴比賽就要開始了，也或許比利雖然才六歲，卻知道和吉米．史奈德這樣的人打交道沒什麼好處。可是比利還來不及把埃米特拉走，吉米就又開口了。

不，他說，**他不可能是4-F。他那人這麼普通，怎麼可能是瘋子。我想，他不必上戰場，一定是因為他是4-E。也就是所謂的良心——**

吉米還沒來得及說出「反戰者」三個字，埃米特就出拳了。他一手還牽著弟弟，另一手就出拳揍了吉米。拳頭抬高到肩上，乾淨俐落的一拳，打斷了吉米的鼻子。

打斷鼻子並沒要了吉米的命，當然。是跌倒。吉米的辱罵通常沒招來什麼後果，所以突然挨上一拳，他完全沒有準備。這一拳讓他踉蹌後退，雙臂揮舞，想保持平衡。但腳跟卡在石頭縫裡，所以整個人直直往後倒，腦袋撞上支撐帳篷架的煤渣磚。

根據驗屍官所說，吉米倒地時衝擊力很大，所以煤磚塊的邊角在他頭顱後方撞出深達二點五公分的長方形傷口。他陷入昏迷，雖然還有呼吸，但生命力逐漸流失。六十二天之後，生命力終於完全流乾，他的家人圍坐病榻旁守護他，卻徒勞無功。

就像典獄長說的：**運氣不好**。

是彼德生警長到華特森家告知吉米過世的消息。他原本暫時擱置起訴程序，靜待吉米病況發展。在這段期間，埃米特始終保持沉默，不願在吉米為生命搏鬥的時候，重述事發經過。

但吉米的哥兒們可沒保持沉默。他們不時講埃米特和吉米打架的事，講得多，也講得長。他們在學校裡講，在飲料店講，在史奈德家的客廳講。他們說他們四個人正要走去賣棉花糖的攤子，吉米無意間撞到埃米特，還來不及道歉，埃米特就一拳打上他的臉。

埃米特的辯護律師史崔特先生鼓勵他出庭，講出自己的事發版本。但無論最後是哪個版本占上風，吉米．史奈德都還是死了，埋在地裡了。所以埃米特告訴史崔特先生，他不希望開庭審判。一九五三年三月一日，舒默法官在郡法院聽審，埃米特認罪，被判刑十八個月，要到堪薩斯州薩林納農場的青少年特殊矯正機構服刑。

再過十幾個星期，市集廣場就會熱鬧起來，埃米特想。空地上會架起帳篷，舞台重新搭建，大夥兒再次聚集，期待各種競賽、美食和音樂。埃米特給斯圖貝克上檔，心裡有點慶幸，因為等市集開始的時候，他和比利已經遠在千里之外。

⁂

埃米特把車停在法院的草地旁邊。今天是星期日，開店的商家不多。他在岡德杉先生店裡和雜貨鋪迅速採買，用爸爸信封裡的二十元紙鈔，買些西行旅途會用到的東西。把購物袋擺回車上之後，他沿傑佛遜街到公立圖書館。

正廳前方，有位中年圖書館員坐在V形的櫃台後面。埃米特問年鑑和百科全書擺在哪裡，她便帶他到參考書區，把那一冊冊圖書指給他看。埃米特發現館員眼鏡後方的那雙眼睛不住打量他，多看了他幾眼，彷彿認出他是誰。埃米特告別童年之後就沒再進過這座圖書館，但館員有很多理由認得他，更不要說他的照片曾經出現在本鎮報紙頭版不只一次。最初登的是他的學生照，旁邊是吉米的照片。接下來還有埃米特．華特森被帶到警局正式起訴的照片，以及他在法院聽審結束幾分鐘之後，步下法院台階的照片。岡德杉先生店裡的年輕女店員也用同樣的眼神看他。

——你需要我特別幫你找哪一本嗎？隔了一會兒之後，圖書館員問。

——不用，我可以自己來。

她回自己座位後，埃米特拉出他想要的書，帶到桌子上，坐下來。

一九五二年大半的時間，埃米特的爸爸都在生病，一場接一場。但一直到一九五三年春天染上流感，溫斯羅醫師才送他去歐馬哈接受幾項檢查。幾個月之後，埃米特的父親寄到薩林納的信裡要兒子放心，說他**已經恢復體力**，**朝康復之路邁進**。不過，他也已經同意再度到歐馬哈，讓專科醫師多做幾項檢查，**因為專科醫師想做**。

讀著這封信，埃米特並沒被爸爸這伴裝隨意的保證，和對醫療專業的荒謬說法所蒙蔽。從他有記憶以來，爸爸就喜歡輕描淡寫。輕描淡寫描述植株是怎麼死的，輕描淡寫說收成是怎麼來的，說他們媽媽是怎麼突然消失無蹤的。況且，埃米特年紀夠大，已經知道朝康復之路邁進的人，是不會一再回去看專科醫師的。

對華特森先生預後情況的一切懷疑，在八月的那個早晨都變得不再重要了。那天早上，他從餐桌旁站起來，就在比利面前昏倒，於是第三度送到歐馬哈。這一次是躺在救護車裡送去的。

那天晚上——埃米特在典獄長辦公室接溫斯羅醫師來電的那個晚上——有個計畫就開始成形。或者更精確的說，這是埃米特幾個月以來在內心深處把玩的念頭，只是現在終於浮出水面而已。這個計畫的時機和規模，雖然有過一連串的變化，但無論如何，都不會在內布拉斯加執行。隨著爸爸的病情在秋天惡化，計畫更形具體。到四月爸爸過世時，計畫已經非常具體——彷彿埃米特的爸爸放棄自己的生命力，用以成就埃米特計畫的生命力。

這計畫非常簡單。

埃米特一離開薩林納，就和比利打包行囊，前往某個大都會區——沒有筒倉、收割機和市集廣場的地方——他們可以用爸爸留給他們的這一小筆錢買棟房子。

不必是棟大房子。有三、四間臥房和一兩間浴室就可以了。房子的樣式可以是殖民風格或維多利亞風格，外牆釘牆板或屋頂鋪屋瓦都無所謂，重點是房子的狀態一定要很糟。

因為他們買這棟房子的目的不是要塞滿家具、餐具和藝術品，或創造回憶，都不是。他們買這棟房子是要進行整修，然後賣掉。為了維持生活，埃米特會在當地的建商那裡找份工作。但晚上回家，比利做功課的時候，埃米特就慢慢動手整修房子。首先，他會把屋頂和窗戶該修的部分都修好，讓房子能經得起日曬風吹雨淋。接著他會開始修理牆壁、門和地板。最後則是嵌板、欄杆和櫃子。等房子呈現最好的狀態，開關窗戶和上下樓梯都不會吱吱嘎嘎響，電熱氣不會嗡嗡叫，每一個角落看起來都完善精良之後，他們就可以賣掉這棟房子了。

如果處理得宜，在對的地段選中對的房子，而且做足修繕工作，埃米特相信第一筆買賣就可以讓他賺進一倍的錢——讓他接下來可以投資兩棟搖搖欲墜的房子，從頭再開始修整一新。等這兩棟房子整修好，他會賣掉一棟，另一棟出租。如果埃米特繼續集中心力這麼做，幾年之間應該就可以攢夠錢，不用自己來，而是僱用一兩個人。然後他就可以同時整修兩棟房子，租出四棟房子。但無論在什麼樣的狀況之下，他都絕對不會借一分錢。

除了自己的辛勤工作之外，埃米特認為他的計畫要成功只有一個關鍵因素，那就是必須到規模夠大，且還不斷擴展的大都會地區實現他的計畫。揣著這樣的想法，他在薩林納的小圖書館裡，把大英百科全書的第十八冊攤在桌上，抄下這些數據：

德州人口

1920	4,700,000
1930	5,800,000
1940	6,400,000
1950	7,800,000
1960E	9,600,000

埃米特翻開德州的條目，直接跳過開頭的段落不讀——那些關於德州歷史、商業、文化和氣候的簡介。他看見一九二〇年到一九六〇年，人口成長超過一倍，他所需要知道的就只有這個。

但循著同樣的邏輯，他也應該敞開心胸，考慮美國其他日漸成長的大城市。

埃米特坐在摩根圖書館裡，從皮夾抽出一張紙，放在桌上。他打開百科全書第三冊，在紙上加上第二欄。

德州人口

1920	4,700,000
1930	5,800,000
1940	6,400,000
1950	7,800,000
1960E	9,600,000

加州人口

1920	3,400,000
1930	5,700,000
1940	6,900,000
1950	10,600,000
1960E	15,700,000

加州的發展讓埃米特非常意外。這一次，他讀了開頭的段落。他讀到加州經濟朝許多方向發展。以往曾是農業巨人的這個州，因為戰爭，轉型成為船艦與飛機的重要製造地；好萊塢已經成為全球的夢想製造工廠；聖地牙哥、洛杉磯和舊金山三個港口加起來，讓加州成為美國貿易的最大進出口門戶。單單一九五〇年代，加州就增加了五百多萬人口，成長幅度將近百分之五十。

他和弟弟要去加州找媽媽的想法，一天之前聽來非常瘋狂，而加州人口成長率如此之高，讓那個想法顯然更瘋狂。但如果埃米特的目標是翻修舊屋賣掉，那麼加州就是個絕佳的選項。

埃米特把紙條塞回皮夾，把百科全書擺回架上。但把第三冊歸位之後，他又抽出第十二冊。他沒坐下，直接翻開內布拉斯加的條目，開始查看。埃米特露出一絲微笑，看見從一九二〇到一九五〇，人口數一直維持在一百三十萬左右，而目前的這十年，預期也不會增加半個人。

埃米特把百科全書放回去，走向門口。

——你找到你想找的了嗎？

正經過參考服務櫃台的埃米特轉頭，面對圖書館員。她的眼鏡這時架在頭頂上，埃米特這才發現他錯估了館員的年齡。她應該頂多才三十五歲。

——我找到了，他說，謝謝妳。

——你是比利的哥哥，對吧？

——對，他說，有點意外。

她微笑點頭。

——我是艾麗．梅迪森。我看得出來，因為你們兩個長得很像。

——妳認識我弟弟？

——噢，他常來。至少是你不在的這段時間。你弟弟喜歡好聽的故事。

——確實是，埃米特微笑說。

不過走出門口時，他還是忍不住自言自語加上一句：也不知是好是壞。

⋯⋯　⋯⋯

埃米特從圖書館出來，看見三個人站在斯圖貝克車旁。他不認得右邊戴牛仔帽的高個子，但左邊的那個是珍妮．安德生的哥哥艾迪，中間的是賈可柏．史奈德。從艾迪踢著人行道的模樣，埃米特看得出來他並不想來。看見埃米特走近，高個兒手肘推推旁邊的賈可柏。賈可柏抬頭，埃米特看得出來他也不想站在這裡。

埃米特手裡拿著鑰匙，離車還有幾步就停下腳步，對他認得的那兩個人點點頭。

——賈可柏，艾迪。

沒人回答。

埃米特考慮要對賈可柏道歉，但賈可柏不是來聽他道歉的。埃米特已經對賈可柏和史奈德家的其他人道過歉。他在事發過後幾個小時道歉，在警局裡道歉，最後在法院台階上道歉。他的道歉當時對史奈德家沒有任何好處，而他們現在也不打算讓他的歉意產生任何好處。

——我不想惹麻煩，埃米特說，我只想上車，回家。

——我不能讓你這麼做，賈可柏說。

他八成是對的。埃米特和賈可柏才講了一分鐘的話，就已經有一群人圍了過來。有幾個農場的幫手，威斯特里家的寡婦，還有兩個在法院草坪打發時間的男生。等五旬節教會和公理會的禮拜結束，圍觀的人只會更多。接下來不管發生什麼事，肯定都會傳回史奈德家老頭的耳朵裡，這也就是說，賈可柏要讓這場偶遇畫下句點，只有一個方法。

埃米特把鑰匙收回口袋裡，雙手垂在身體兩旁。

首先開口的是那個陌生人。他靠在斯圖貝克車上，帽子往後推，露出微笑。

——看來賈可柏和你還有些事沒有了結，華特森。

埃米特盯著這個陌生人看，然後又把目光轉到賈可柏身上。

——如果還有事沒了結，賈可柏，那就來了結吧。

賈可柏看似頗為掙扎，不知從何開始，彷彿他所期待的怒氣——他應該感受到的怒氣——在這麼多個月之後突然不知躲到哪裡去了。他學弟弟的作法，先丟出一個問題。

——你覺得你自己很會打架，對不對，華特森？

埃米特沒回答。

——也許你是很會打架——既然你都打了一個根本沒挑釁的人。

——才不是沒挑釁，賈可柏。

賈可柏往前踏近半步，開始感覺到近似忿怒的情緒了。

——你是說吉米想先動手打你？

——沒，他沒想要動手打我。

賈可柏咬緊牙關點頭，又往前踏近半步。

——你既然這麼喜歡動手打人，為什麼不先揍我一拳試試？

——我沒打算揍你，賈可柏。

賈可柏瞪著埃米特看了一會兒，然後轉開視線。他沒看他的兩個朋友，沒看鎮上那些聚在他背後圍觀的人。他轉開視線，為的是不要盯著任何東西看。目光再度轉回來時，他給了埃米特一個右直拳。

因為揮拳時沒看著埃米特，所以他的拳頭沒打中埃米特下巴，而是落在埃米特臉頰上方。但力道夠大，已足以讓埃米特向右踉蹌幾步。

所有的人都往前一步。艾迪和那個陌生人、看熱鬧的人，甚至剛推著嬰兒車加入圍觀的女人，每個人都往前一步，除了賈可柏之外。他留在原地不動，看著埃米特。

埃米特重新站穩，回到原來的位置，雙手叉腰。

賈可柏滿臉通紅，既是因為費力，也因為怒氣，或許還有些尷尬。

——舉起拳頭來，他說。

埃米特沒動。

——舉起你該死的拳頭！

埃米特舉起拳頭，雖然姿勢像是要打架，但拳頭舉得不夠高，不足以有效防衛。

這一次，賈可柏打中他的嘴巴。埃米特踉蹌倒退三步，嘗到嘴唇上有血的味道。他重新站好，往前三步，站在賈可柏拳頭可及的範圍內。那個陌生人鼓動賈可柏再打，埃米特微舉起雙拳，賈可柏一拳把他擊倒在地。

突然之間，整個世界全亂了套，傾斜三十度角。埃米特得用雙手撐地，才能讓自己跪起來。他努力想讓自己站起來時，雙掌感受到從水泥地透出來的白晝高溫。

埃米特利用四肢著地的時間讓腦袋稍微清醒一些，然後才開始站起來。

賈可柏往前踏進一步。

——你不打算起來了嗎？他說，嗓音飽含情緒。你不打算站起來了嗎，埃米特．華特森？

埃米特重新站起來，又舉起拳頭，但他其實還沒站穩。地面搖晃，視角上揚，埃米特往後倒在人行道上，發出一聲呻吟。

——夠了，有人喊道。夠了，賈可柏。

彼德生警長推開圍觀群眾，走上前來。

警長要他的一個屬下拉開賈可柏，另一個屬下趕走圍觀群眾。然後他蹲下來檢查埃米特的狀況。他甚至伸手把埃米特的頭轉過來，仔細看看他左臉的傷勢。

——看來沒打斷什麼，你應該沒事吧，埃米特？

——我沒事。

彼德生警長還是蹲著。

——你要提出告訴嗎？

——告什麼呢？

警長對下屬做個手勢，讓他放開賈可柏，然後又轉頭看埃米特。埃米特已經坐起來，在人行道上擦嘴唇上的血。

——你回來多久了？

——昨天回來的。

——所以賈可柏沒花多少時間就找到你了。

——是的，警長。

——這個嘛，我也不意外。

警長沉默一晌。

——你還是住在家裡？

——是的，警長。

——那好，我們先把你弄乾淨，再送你回家。

警長抓住埃米特的手，準備拉他起來。但同時，他也趁機檢查埃米特的指關節。

警長和埃米特開斯圖貝克穿過市區，埃米特坐前座，警長開車，車子平穩輕鬆前行。埃米特用舌尖檢查牙齒，警長用口哨吹著一首鄉村樂歌手漢克．威廉斯的歌，但吹一半突然停下來。

——這車不錯，車速最高多少？

——開到時速一百三也不會抖動。

——真的嗎？

警長繼續用他輕鬆的速度往前開，一面吹口哨，一面用悠緩的大弧度轉彎。車子經過通往警局的岔路時，埃米特不解地瞥他一眼。

——我想我應該帶你到我們家去，警長說，讓瑪麗幫你檢查一下。

埃米特沒抗議。有機會在回家之前先處理傷口，他很感謝，只是他也不想再次造訪警局。

車子停在彼德生家的車道時，埃米特正要打開車門，卻發現警長坐在駕駛座，一動也不動，就像典獄長昨天那樣。

埃米特等待警長說出他心裡的話，而警長望著擋風玻璃外，那掛在院子橡樹上的輪胎鞦韆。雖然埃米特不認識警長的孩子，但他知道他們都已長大成人，所以埃米特很好奇，這鞦韆是他的孩子小時候玩的，還是為他的孫輩準備的。誰知道呢，埃米特想，說不定早在彼德生搬來之前，這鞦韆就已經在了。

——我到的時候，你們那場小紛爭已經快結束了，警長開口說，但從你的手和賈可柏的臉看來，我可以假設你沒怎麼動手。

埃米特沒回答。

——好吧，也許你覺得自己活該，警長用沉思的語氣說，或者經歷了這一切之後，你覺得打架的日子已經結束了。

警長看看埃米特，彷彿期待他講什麼，但埃米特還是沉默，瞪著擋風玻璃外的鞦韆。

——我在你車裡抽根菸，你不介意吧？片刻之後，警長問。瑪麗已經不准我在屋裡抽菸了。

——我不介意。

彼德生警長從口袋掏出一包菸，抖出兩根，遞一根給埃米特。埃米特接下之後，警長用他的打火機把兩根菸都點亮。因為這是埃米特的車，他為了表示尊重，搖下車窗。

——大戰結束已經超過十年了，他抽了一口，吐出煙之後說，但有些從戰場回來的男生表現得像還在打仗似的。比方丹尼．霍格蘭，我幾乎每個月都會接到他鬧事的電話。這個星期他在某家公路餐廳挑釁鬥毆，幾個星期之後，他在超級市場走道裡摑了他那個漂亮太太一巴掌。

警長搖搖頭，彷彿不了解那個漂亮太太一開始怎麼會看上丹尼．霍格蘭。

——上個星期二呢？我凌晨兩點被叫醒，因為丹尼拿把槍站在艾文森家門口，咆哮著什麼陳年恩怨。艾文森不知道他在說什麼。因為呢，最後發現，丹尼怨恨的根本不是艾文森，是巴克斯，他跑錯家了。再仔細想想，他根本是跑錯條街了。

埃米特不由自主地微笑。

——在光譜的另一端，警長的菸頭指著不知名的聽眾，有些男孩從戰場回來，發誓絕對不動手對付自己的同胞。我很尊敬他們的立場。他們絕對值得我們尊敬。問題是，只要威士忌下肚，他們就讓丹尼．霍格蘭相形之下像教會執事。我從來沒有因為他們而半夜被挖起來。因為凌晨兩點，他們不會站在艾文森、巴克斯或是誰家門口。那個時間，他們都坐在自家客廳，在黑暗裡喝光瓶裡的酒。我要說的是，埃米特，我不知道這兩種情況哪一種比較好。你不能一直找人鬧事，但也不能放棄自己的男子氣概。當然，你可以讓自己被擊倒一兩次，這是你的權利。但你終究必須起而捍衛自己，就像你以前那樣。

警長看著埃米特。

——你懂我的意思嗎，埃米特？

——是的，警長，我懂。

——我聽艾德．藍勝說，你可能要離開……

——我們明天就走。

——那好吧。我們幫你處理好傷口之後，我會到史奈德家，要他們在這段時間別再找你麻煩。趁我還在，有沒有別人也給你添麻煩？

埃米特搖下車窗，把香菸丟出去。

——說起來，他說，大部分人給我的都是建議。

公爵夫人

每回到新的城鎮，我都想要掌握自己所在的環境。我想瞭解街道的分布，以及人的分布。有些城市，這工作得花好幾天才能完成。在波士頓，要花上好幾個星期。在紐約，甚至要好幾年。而內布拉斯加的摩根最棒的一點，就是只要幾分鐘就搞定了。

這個小鎮以法院為中心，成對稱格狀分布。根據讓我搭便車的那名拖車技工所說，一八八〇年代，鎮上的長老花了一整個星期才決定街道的命名——他們放眼未來——東西向的街道以總統命名，南北向的街道以樹為名。結果呢，他們當時用四季和撲克牌花色命名就夠了，因為七十五年之後，整個小鎮還是只有四直四橫共八條街組成的四個街區。

——哈囉，我對兩個迎面走來的女士說，她倆都沒回應。

嗯，別誤會我的意思。像這樣的小鎮自有某種迷人之處。而且也有某種特定類型的人會寧可住在這樣的地方——即使是二十世紀的現在。例如想要搞懂這世界的人。住在大都市，每天穿梭在嘈雜混亂之中，生命裡的大小事開始顯得隨機而意外。但在像這樣大小的鎮上，有架鋼琴丟出窗戶，掉在某人頭上，你大有可能知道他為什麼會被砸到。

無論如何，摩根是那種只要有點不尋常的事情發生，就會有圍觀的地方。就在我走到法院的時候，就有一群圍成半圓的人準備印證我的觀點。隔著十五公尺的距離，我看得出來他們正是本地選區的典型人口代表。帽子上有乾草屑的男人，帶著手提包的有錢老太太，以及穿連身工作褲的小夥子。甚至還有個推嬰兒車、手牽幼童的母親遠遠快步走來。

我把吃剩的冰淇淋筒丟進垃圾桶，走過去瞧瞧。我瞧見誰在中央舞台啦？不是別人，正是埃米特・華特森——被個吃玉米長大、滿肚子玉米餵養仇恨的小子欺負。

圍觀的人看來很興奮，至少是中西部地區的興奮方式。他們沒叫囂或咧嘴笑，但很高興看到有爭端在眼前發生。這是他們未來幾個星期可以在理髮店和美容院大聊特聊的話題。

埃米特呢，看起來真了不起。他站在那裡，雙眼圓睜，雙手叉腰，不想杵在這裡，但也不急著離開。反倒是挑釁的那人顯得很焦躁。他不停左移右晃，汗水濡濕襯衫，儘管有兩個好朋友在旁邊當他後盾。

——賈可柏，我不想惹麻煩，埃米特說，我只想上車，回家。

——我不能讓你這麼做，賈可柏回答說。雖然他看起來明明很希望埃米特這麼做。

這時，他其中一個朋友——戴牛仔帽的高個兒——開口發表意見。

——看來賈可柏和你還有些事沒有了結，華特森。

我沒見過這個牛仔，但從他把帽子往後推的動作，以及臉上的那抹微笑，我認出他是什麼人。他是不必動一次拳頭，就能挑起一千次打鬥的那種傢伙。

那埃米特會怎麼做呢？他會讓這個牛仔挑動他的情緒嗎？他會叫他閉嘴，別多管閒事嗎？他甚至沒打算回答。他直接轉頭對賈可柏說：

——如果還有事沒了結，那就來了結吧。

碎！

如果還有事沒了結，那就來了結吧。

你可能等了一輩子，就等著想說這句話，但時機來了，卻沒辦法保持冷靜，朗聲說出這句話來。這種程度的膽識不是靠教養或經驗可以得來的，你要麼天生就有，要麼天生就沒有。

但最精彩的部分來了。

原來這個賈可柏就是害埃米特一九五二年入監的那個史奈德小子的哥哥。我之所以知道，是因為他開始講些莫名其妙的話，說什麼吉米突然被揍一頓，一副好像埃米特．華特森會自貶身價，趁人不備狠揍別人一頓似的。

言詞挑釁沒成功，這位公平競爭先生望向遠處，彷彿在深思，然後沒有任何警訊地突然一拳打上埃米特的臉。埃米特向右踉蹌幾步，但馬上站穩腳步，直起身體，朝賈可柏的方向走回來。

「好戲上場了」是圍觀的每一個人心裡的想法。因為埃米特顯然可以把這小子揍成肉醬，儘管他體重輕五公斤，身高也矮五公分。但出乎大部分人意料的，他沒繼續往前，而是停在剛才站的位置。

這惹惱了賈可柏。他臉紅得像他身上的連身工作服，開始對埃米特咆叫，要埃米特舉起拳頭。所以埃米特做做樣子地舉起拳頭，賈可柏又揍了他一拳。這一次，拳頭擊中埃米特的嘴巴。埃米特再次踉蹌，但沒倒下。嘴唇流血的他重新站好，準備再迎接一拳。

這時，那個還輕蔑地靠在埃米特車子車門上的牛仔，叫囂說「給他好看，賈可柏」，彷彿賈可柏要好好給埃米特一頓教訓似的。但這個牛仔說反了，是埃米特要給賈可柏一頓教訓才對。

《原野奇俠》裡的艾倫．拉德。

《亂世忠魂》裡的法蘭克．辛納屈。

《飛車黨》裡的李．馬文。[12]

你知道這三個人有什麼相同之處？他們都挨揍。我指的可不是鼻子被打一記，或肚子挨上一拳。我指的是狠狠被揍一頓。耳朵嗡嗡叫，眼睛泛淚，牙齒流血。《原野奇俠》的拉德是在葛拉夫頓酒館裡被萊克家的小子揍倒。《亂世忠魂》的辛納屈是在軍人監獄裡被胖子上士揍。至於《飛車黨》裡的李．馬文，是在像這樣的美國小鎮街頭，挨馬龍．白蘭度的揍，也有像這樣的一群正直百姓圍觀。

12 《原野奇俠》（*Shane*），一九五三年的美國西部片，主角是艾倫．拉德（Alan Ladd，1913-1964）。《亂世忠魂》（*From Here to Eternity*），一九五三年以珍珠港事變為背景的美國劇情片。《飛車黨》（*The Wild One*），一九五三年的美國犯罪電影。

他們都有即使挨揍也要堅決挺住的意志：從這點你就看得出來，你面對的是個腳踏實地的人。像這樣的人不會在邊線徘徊，等著給別人火上加油；也不會毫髮無傷地回家。他會讓自己堂堂正正站在場中央，毫不畏縮，準備要站穩腳步，直到再也站不住為止。

讓別人學到教訓的是埃米特，好嗎。他不只是讓賈可柏學到教訓，也讓這該死小鎮上的人學到教訓。

他們此時或許不知道自己看見的是什麼。但從他們臉上的表情就可以看得出來，這一課正在他們腦袋裡慢慢消化。

正開始發抖的賈可柏很可能覺得自己沒辦法再撐住了。所以這一次，他要一拳到位。他的拳頭和怒氣瞄準目標，用力一擊，把埃米特打倒在地。

圍觀的群眾輕聲驚呼，賈可柏如釋重負地呼一口氣，那個牛仔發出滿意的笑聲，彷彿他才是出拳的人。埃米特再次想辦法要站起來。

天哪，我真希望我手裡有部照相機。我應該拍下照片，寄給《生活》雜誌。他們會用這張照片當封面。

太美了，我告訴你。但這對賈可柏來說，太過沉重了。他一副就要哭出來的樣子，踏前一步，咆哮說埃米特不該站起來。他不該站起來，老天爺行行好吧。

我不知道埃米特有沒有聽見他說的話，因為他撞到頭，腦袋可能還不太清楚。但他有沒有聽見並沒有太大的差別，他無論如何還是會做他打算做的事。他腳步有些不穩，但還是站回原來的位置，就在賈可柏拳頭可及的範圍之內，挺直身體，舉起拳頭。這回他可能腦袋充血，因為馬上就搖搖晃晃地倒在地上。

看見埃米特跪下讓人心裡難受，但我並不擔心。他只需要一點時間讓腦袋清醒過來，然後就可以站起來，回到戰鬥位置。他一定會這麼做的，就像太陽天天會升起那般自然而然。但他還來不及有機會這麼做，警長就破壞了這場表演。

——夠了，他說，推開伸長脖子的圍觀者，走向前去。夠了。

在警長的指示下，一名警員開始驅散民眾，揮舞雙臂，告訴大家說該走了。但警員不必驅趕那個牛仔，因為他自己跑掉了。警長和警員一出現，他就拉低帽簷，步伐悠閒地繞過法院，彷彿是要去五金行買罐油漆。

我緩步跟在他後面。

這牛仔走到法院另一側時，跨過人行穿越道，朝一棵樹走去。他迫不及待想和自己一手釀成的風波保持距離，走過一個拄拐杖的老太太旁邊。老太太正要把購物袋擺進她的福特T型車後行李廂。

——我來幫妳，女士，我說。

——謝謝你，年輕人。

等老太太坐上駕駛座，那個牛仔已經走到半條街外了。他右轉，轉進電影院後面的巷子，我得跑步才追得上他，雖然跑步是我原則上會加以避免的行為。

在我告訴你們接下來發生什麼事情之前，我想我應該說說我九歲時住在柳伊斯的事，讓你們稍微瞭解一下來龍去脈。

我老爸把我丟在聖尼古拉斯男童之家，那裡主事的修女是阿格妮斯修女，意見很多，但年齡不詳。合理推測，意志堅定的女人若是以傳播福音為志業，又發現自己有群想逃也逃不了的聽眾，只要一逮到機會，想必就會拚命分享她的觀點。但阿格妮斯修女不是。她像個老練的演出者，知道如何選擇時機。她會悄悄進來，站在舞台後面，等所有的人都發表完意見之後，才站在聚光燈下，用五分鐘的時間，把一整個晚上的表演轉化成她的個人秀。

她最喜歡傳授智慧箴言的時間是熄燈之前。她會走進宿舍，靜靜看著其他修女習慣成自然的指揮這個孩子摺好衣服，叫那孩子去洗臉，規定每個人都要禱告。所有的孩子都爬上床，蓋好被子之後，阿格妮斯修女就拉來一把椅子坐下，開始對大家講話。你們不難想像，阿格妮斯修女喜歡採用《聖經》的語法，但語氣具有感性的感染力，一句句話讓我們斷斷續續的閒聊聲安靜下來，熄燈之後，還在我們耳邊久久盤桓不去。

她最喜歡講的一個訓示是所謂的惡行鎖鍊。**孩子們**，她會用她那像母親般的口吻說，**在你們一生當中，總會有對別人做出壞事的時候，而別人也會對你們做出壞事。所有的這些壞事都會變成你們的鎖鍊。你們對別人做的壞事，會以罪惡感的形式困住你們；而別人對你們做的壞事，會以憤慨的形式困住你們。但主耶穌基督的教誨可以讓你們擺脫這兩種鎖鍊。透過贖罪，你們可以擺脫罪惡感；透過寬恕，你們可以擺脫憤慨。只有從這兩種鎖鍊之中解放出來，你們才可以心中有愛，步履輕盈的開始過你們的生活**。

當時我並不懂她這段話的意思。我不瞭解，一件小小的壞事為何能束縛住你，讓你無法行動。因為在我的經驗裡，那些容易碰上壞事的人，總是第一個出局的。我不能理解，為什麼別人對你做了壞事，你卻要替他們背負重擔。我當然更不能理解，阿格妮斯修女的「步履輕盈」是什麼意思。可是阿格妮斯修女也喜歡說：**上主的智慧並非在我們出生之時就能得見，而是透過經驗的恩賜才賦予我們的**。當然啦，我慢慢長大，生活經驗開始讓我知道，阿格妮斯修女的訓示確實是有道理的。

就比方說我剛到薩林納的時候。

那時是八月，天氣暖和，白晝很長，第一批收成的馬鈴薯剛從地裡挖出來。外號「舊約」的典獄長艾克力讓我們從天亮工作到太陽下山，如此一來，我們吃過晚飯之後，就什麼都不想做，只想上床睡覺。然而，熄燈之後，我常會沉浸在思緒裡，回想我當初是怎麼到薩林納來的，重新想起那一個個痛苦的細節，直到公雞啼鳴。但有些晚上，我會想像典獄長叫我到他辦公室，嚴肅告訴我，我老爸在車禍或旅館火災裡喪生。儘管這些影像僅僅出現片刻，卻會讓我徹夜懊悔羞愧。就是這樣的情緒：憤慨與罪惡感。這兩種矛盾的情緒糾纏混亂，我不得不承認，我可能再也無法一夜安眠了。

但威廉斯典獄長接任艾克力的職務之後，開啟了他的改造時代。他規劃下午課程，希望能讓我們做好準備，日後過著堂堂正正好公民的生活。為了這個目的，他請一位公民老師來教授政府的三權分立，請一位市鎮委員來教授共產主義的可怕與一人一票的重要性。沒過多久，我們就都期待能重回馬鈴薯田。

幾個月之前，他請了一位合格會計師來說明個人財務的基本概念。解釋完資產與負債的交互作用之後，他在黑板上畫了簡單的圖，說明帳目的平衡。就在這時，坐在炎熱的小教室後排聽課的我，突然理解阿格妮斯修女過去所說的話。

在我們的一生裡，她說，我們總有些時候會對別人做壞事，別人也會對我們做壞事，結果就形成了前面提到的那種鎖鍊。但我們也可以用另一種方式來解釋這個概念，也就是說，我們做的壞事，就是我們欠別人的債，而別人做的壞事，就是別人欠我們的債。既然這些債——我們欠人與別人欠我們的——讓我們徹夜輾轉難眠，那想要好好睡上一覺，就只能讓這兩種帳目達到平衡。

埃米特並沒有比我更認真聽課，但這堂課他其實也不必太認真聽。因為他早在來到薩林納之前，就已經學會了。在父親失敗陰影下成長的經驗，讓他學會了這門課。所以他毫不猶豫就簽了查封文件。所以他不接受藍勝先生提供的貸款，不帶走塞在櫃子底下的磁器。所以他非常樂於捱上幾拳。

就像這個牛仔說的，賈可柏和埃米特有事未了。無論是誰挑釁誰，或誰被誰激怒，埃米特在市集上出拳揍了史奈德家的那個小子時，就已經揹上債務，如同他父親拿家裡的農場去抵押貸款一樣。從那天起，這件事在埃米特心裡盤旋不去——讓他晚上睡不著覺——直到他的債主掄起拳頭，當著他們鎮上鄰居的面，讓他償清債務。

就算埃米特欠了賈可柏·史奈德的債，必須償還，他也不欠這個該死的牛仔什麼。不欠鎳幣，不欠銀元，連一分錢都不欠。

——嘿，牛仔，我小跑步追上他喊著，等等！

那牛仔轉身看著我。

——我認識你嗎？

——你不認識我，先生。

——那你想幹嘛？

我舉起一手，想辦法緩過氣來，才開口說話。

——剛才在法院那邊，你說你的朋友賈可柏還有事情沒和我的朋友埃米特了結。雖然我也可以反過來說，是埃米特還有事情沒和賈可柏了結，但不管是賈可柏還有事得找埃米特了結，還是埃米特有事得找賈可柏了結，我想我們應該都同意，這並不關你的事。

——老兄，我不知道你在講什麼。

我想辦法說得更清楚一點。

——我要說的是，就算賈可柏有很好的理由狠狠揍埃米特一頓，而埃米特可能也有好理由挨揍，但你沒道理在那裡鬼吼鬼叫。再過一段時間，我想你會很後悔自己在今天的風波裡湊上一腳，你會發現自己很渴望能彌補——為了你自己心靈的平靜。可是埃米特明天就要離開這裡，所以等你想到的時候應該已經來不及了。

——你知道我在想什麼嗎，那牛仔說，我想你可以他媽的滾蛋。

他轉身繼續往前走。就這樣。連聲再見都沒說。

我承認，我覺得有點洩氣。我的意思是，我想幫助一個陌生人瞭解他給自己增添的心理負擔，他卻轉身不理我。這種反應很可能會讓你一輩子不願再仁慈待人。但阿格妮斯修女的另一個訓誨是，奉行上主之義行的時候，必須要有耐心。在通往公義的道路上，正直善行必然遭遇挫折，但上主也必定會提供可以克服難關的工具。

瞧瞧，突然出現在我面前的不是別的，是電影院的大型垃圾桶，前一天晚上的垃圾塞得滿滿的，都快溢出來了。但在可口可樂瓶子和爆米花盒子之間，凸出了一根六十公分的長條形建築板材。

——嘿，我再次快步穿過巷子喊他，等一下！

牛仔再次轉身，我從他臉上的表情看得出來，他就要開口講沒用的廢話，很可能會讓酒館裡的男生都露出微笑的那種廢話。但我想我們永遠也不會知道了，因為他還來不及開口，我就打了他。

這一下打在他的腦袋左邊，他的帽子飛到空中，翻了幾個觔斗才掉在巷子另一頭。他像傀儡戲裡的木偶被剪掉線那樣，原地倒下。

我這輩子從來沒打過人。老實說，我的第一個念頭是好痛啊。我把木條板材換到左手，看看我的右掌，木材邊緣在我的掌心留下兩條鮮紅的線痕。我丟下木條，搓著手掌，想搓掉那兩條紅線。然後我俯身挨近那牛仔，看仔細一點。他的腿彎折在身體下方，左耳從中間裂開，但仍然清醒。或者應該說還算清醒。

——你聽得見我說話嗎，牛仔？我問。

然後我又拉高嗓音，確保他聽得見。

——看來你的債務已經全部償清了。

他回望我，睫毛眨呀眨了好一會兒。但他臉上浮現隱約的微笑，看他閉上眼睛的那模樣，我知道他會睡得像寶寶那樣好。

我走出巷子，不只感覺到道德滿足的快樂，也感覺到我的腳步變得輕鬆起來，步伐更加暢快。

這個嘛，你知道嗎，我露出微笑心想，我步履輕盈！

我心裡的這個感覺肯定也形諸於外。因為我走出巷子，和兩位經過的老先生問好，他們也都向我道好。雖然進城的時候，我等了十輛車經過，才終於等到一輛拖車肯停下來載我。但從鎮上回華特森家時，第一輛經過的車子就停下來讓我搭便車。

毛毛

故事最有趣的一點，毛毛心想，故事最有趣的一點，就是可以用各種不同的長度來講述。這是埃米特去鎮上，公爵夫人去散步，比利大聲唸他那本紅色的大書時，毛毛心裡的念頭。

毛毛第一次聽到《基督山恩仇記》的時候，年紀肯定比比利還小。那時他們全家在阿第倫達克的營地度過夏天，每天晚上睡覺前，他姐姐莎拉都會唸一章給他聽。但他姐姐唸的是大仲馬的原著，所以有一千頁那麼長。

像《基督山恩仇記》這樣的故事，如果你聽的是長達一千頁的版本，有意思的地方在於，你感覺到刺激的部分就要來臨的時候，你必須一直等，一直等，等到那個部分真的來臨。事實上，有時候因為等得太久，刺激的部分真正來臨的時候，你已經忘了你在等，迷迷糊糊睡去。可是在比利這本紅色的大書裡，亞伯納斯教授只用八頁就講完這個故事。所以在這個版本裡，你一察覺到刺激的部分即將來臨，這個部分也就馬上來臨了。

就像比利現在讀的部分——也就是愛德蒙．唐泰斯因為他沒犯的罪行被判刑，即將被監禁在伊夫堡度過餘生。鎖鍊纏身的唐泰斯被帶進監獄可怕的大門時，你就知道他終將逃脫。在大仲馬的版本裡，唐泰斯重獲自由之前，你得先聽上好多章的好多文句，讓你覺得自己彷彿也住在伊夫堡裡。但亞伯納斯教授的版本完全不同！在這個版本裡，英雄抵達監獄，他長達八年的孤獨，他和亞伯．法利亞的友誼，他奇蹟也似的逃脫，全都在同一頁裡發生。

毛毛指著飄過頭頂的一朵孤雲。

——我想像的伊夫堡就是這個樣子。

比利正用手指一行行指出句子，他抬眼看毛毛指的地方，馬上贊同。

——有高聳的石牆。

——中間還有監視塔。

毛毛和比利彷彿都看見似的露出微笑。但比利的表情馬上又變得嚴肅起來。

——我可以問你一個問題嗎，毛毛？

——當然可以，問吧。

——在薩林納很不好受嗎？

毛毛思索這個問題的時候，頭頂上那座伊夫堡已經變成一艘海上郵輪了——在原本是監視塔的地方，出現了巨大的煙囪。

——不會，毛毛說，沒什麼不好過的，比利。不像愛德蒙．唐泰斯的伊夫堡那麼難受。只是——只是在薩林納的每一天都是日常的一天。

——什麼叫作日常的一天？

毛毛又想了想。

——我們在薩林納的時候，每一天都在同樣的時間起床，穿同樣的衣服。每一天我們都在同樣的桌子，和同樣的人吃早餐。每一天我們都在同樣的田地裡做同樣的工作，在同樣的時間回到同樣的床上睡覺。

雖然比利還是個小男生，或許正因為他是個小男生，所以他瞭解在同樣的時間起床、穿同樣的衣服、吃同樣的早餐沒什麼不對，但也知道，每一天用一模一樣的方式做這些事情，基本上很讓人不安，特別這又是某人長達一千頁版本的生活。

比利點點頭，找到剛才停下來的地方，繼續往下讀。

毛毛不忍心告訴比利的是，薩林納的生活確實如此，但其他地方的生活也是。寄宿學校的生活更是如此。不只是毛毛讀過的最後一所學校——聖喬治——他讀過的三所寄宿學校都是，每天都在同樣的時間起床，換上同樣的衣服，在同樣的桌子和同樣的人吃早餐，然後到同樣的教室上同樣的課。

毛毛經常思索這個問題。寄宿學校的校長為什麼都要把每一天搞成這麼像日常的一天？經過幾番思索之後，他開始懷疑，他們之所以這樣做只是為了便於管理。把每一天變成日常的一天，廚子就知道什麼時候該做早餐，歷史老師就知道什麼時候該教歷史，糾察隊就知道什麼時候該糾察其他學生的行為。

但後來毛毛突然頓悟。

那是他第二次唸高三的第一學期（他的第一次高三是在聖馬可唸的）。他正要從物理教室走到幾何教室的時候，看見教務主任在校門口下計程車。一看見計程車，毛毛就有了個念頭，要是去看他姐姐，該會是多麼愉快的驚喜啊。因為姐姐不久前才在哈德遜河畔的哈斯汀買了一幢白色大房子。所以，毛毛跳上計程車後座，給了司機地址。

你說的是紐約？司機詫異的問。

我說的是紐約！毛毛證實，於是車就上路了。

幾個鐘頭之後，毛毛到了姐姐家，看見她在廚房削馬鈴薯皮。

哈囉，姐！

毛毛意外拜訪家人的時候，他們通常一見面就丟來一大堆的誰、為什麼、什麼（特別是他需要一百五十塊錢付給在外面等候的計程車司機時）。但莎拉付車資給司機之後，只是把燒水壺放到爐子上，在盤子裡擺了些餅乾，姐弟倆重溫美好舊時光——坐在她的餐桌旁，想到什麼就聊什麼。

大約一個鐘頭之後，毛毛的姐夫「丹尼斯」走進廚房。毛毛的姐姐比毛毛大七歲，「丹尼斯」比莎拉大七歲，所以算起來，「丹尼斯」當時應該三十二歲。可是「丹尼斯」又比他自己大七歲，所以他內心差不多四十歲了。毫無疑問，這也是為什麼他已經當到摩根集團副總裁的原因。

「丹尼斯」發現毛毛在廚房，心情有點不好，因為毛毛理當在其他地方的。但讓他心情更不好的是，發現流理台上有皮削了一半的馬鈴薯。

什麼時候吃晚餐？他問莎拉。

我還沒開始做飯。

都已經七點半了。

噢，天哪，丹尼斯。

「丹尼斯」瞪著莎拉好一會兒，不敢置信，接著轉頭對毛毛說，他想和莎拉單獨談一下。

就毛毛的經驗來說，有人問說他們可不可以和某人單獨談一下的時候，你很難知道自己該怎麼辦。首先，他們通常不會告訴你說他們要談多久，所以你很難知道自己可以花多少時間去做別的事。你應該利用這個機會去洗手間？或者你可以玩拼圖，拼出有五十艘大帆船的船賽圖。而且你該走**多遠**呢？你當然要走得夠遠，才不會聽到他們講話。這也是他們一開始就要求你讓他們單獨講話的目的。可是通常他們也好像是希望你過一會兒之後就回來，所以你不能走得太遠，免得他們叫你的時候你聽不見。

毛毛努力想找出剛剛好的平衡點，於是走進客廳。這裡陳設著沒人彈的鋼琴，沒人讀的書，還有一座沒上發條的老爺鐘——想想，這個名字也真貼切，因為這座鐘原本確實是他家老爺爺的。結果因為「丹尼斯」心情太壞，所以客廳顯然也不夠遠，因為毛毛每個字都聽得一清二楚。

是妳想搬到城外來住的，「丹尼斯」說，**而每天天亮就要起床，搭上六點四十二分的火車，趕上早上八點召開的投資會議的人是我。接下來十個鐘頭，天曉得妳在幹嘛的時間，我忙得像條狗似的。然後，要是我運氣夠好，趕到中央車站，剛好搭上六點十四分的火車，那麼就可以在七點半回到家。經過像這樣的一天，要求妳做好晚飯擺在桌上等我，是過分的要求嗎？**

這時頓悟出現了。站在他外公的大鐘前面聽見姐夫的抱怨，毛毛突然想到，聖喬治、聖馬可和聖保羅之所以讓每一天都變得像日常的一天，或許不是為了便於管理，而是因為這或許是最好的方式，讓他們所培養出來的年輕人做好準備，每天早上搭六點四十二分的火車進城，準時趕上他們每天八點必須出席的會議。

就在毛毛回想他當時的頓悟時，比利的故事已經發展到愛德蒙·唐泰斯成功逃離監獄，站在基督山島的祕密洞穴裡，面前是鑽石、珍珠、紅寶石和黃金堆積成的了不起寶山。

——你知道了不起的是什麼嗎，比利？絕對了不起的？

比利在書上做個記號，抬起頭來。

——是什麼，毛毛？什麼是絕對了不起的？

——是獨一無二的那種日子。

莎莉

上個星期的週日禮拜，派克牧師講了一段福音書裡的故事，耶穌和祂的門徒到了一個小村莊，有個婦人邀他們到她家。讓他們舒服坐下之後，這個婦人馬大到廚房裡去給他們弄吃的。她忙著做飯和照顧眾人的需求，斟滿空杯，添飯菜，而她的妹妹馬利亞一直坐在耶穌腳邊。

最後馬大受不了，說出心裡的感受。**主啊**，她說，**你沒看見我那懶惰的妹妹把所有的工作丟給我一個人？您為什麼不叫她幫我忙呢？**大概是這個意思。而耶穌呢，祂回答說：**馬大，妳煩惱的事情太多了，但其實只有一件事是必要的。馬利亞已經做出更好的選擇了。**

嗯，對不起，如果你需要證據證明《聖經》是男人寫的，這就是明明白白的證據。

我是個好基督徒。我相信上帝，全能的天父，天與地的創造主。我相信耶穌基督，祂的親生子，由聖母馬利亞所生，因本丟．彼拉多而受苦，被釘十字架上，死去，埋葬，然後在第三天復活。我相信升到天堂，祂將審判所有的活人與死人。我相信挪亞建造方舟，把所有的生物兩兩一對地帶上船，然後大雨下了四十天四十夜。我甚至願意相信有燃燒的荊棘對摩西講話。但我不願相信耶穌基督，我們的救世主——不假思索就能治癒痲瘋病患，讓瞎子恢復視力的救世主——會拒絕一個照料家務的女人。

所以我也不怪祂。

我怪的是馬太、馬可、路加與約翰，以及繼他們之後成為教士或宣道人的男人。

從男人的觀點來看，必要的事情就是你坐在他腳邊，傾聽他必須說的，無論他要花多少時間說，也不管他以前已經講過多少遍。就他認為，你有足夠的時間可以坐在那裡聽他講，因為飯菜會自動做好。食糧從天而降，手指一彈，水就變成酒。任何一個自找麻煩烤蘋果派的女人都可以告訴你，這就是男人眼中的世界。

要烤蘋果派，你得先揉麵糰。你必須切碎奶油加進麵粉裡，打顆蛋，和進幾茶匙冰水，包起來靜置一夜。隔天，你得給蘋果削皮去核，切成方塊，撒上肉桂糖。接下來你得擀平餅皮，做好派。然後烤箱設定四百二十五度烤十五分鐘，接著再用三百五十度烤四十五分鐘。最後，晚餐結束時，你小心翼翼地把一片擺在盤子裡，端上餐桌，讓話正講到一半的男人叉起半塊，放進嘴巴，嚼也不嚼地就吞下，這樣他才能繼續接著講話，不至於中斷。

而草莓醬呢？千萬別讓我開始講怎麼做草莓漬醬！

小比利講得沒錯，做草莓漬醬是很耗時間的工作。光是挑莓果就足以花掉半天功夫。然後你還得把果子洗淨去蒂。你得消毒蓋子和罐子。一旦所有的配料都備好，你得用小火慢煮，像隻鷹般守候，永遠不離開爐子超過幾步，確保果醬不會煮過頭。煮好之後，你倒出果醬，封好罐子，一次次擺在托盤上端走，一罐罐收進食物儲藏櫃裡。到了這時，你才可以開始清理廚房，而這才是真正費工的工作！

沒錯，就像公爵夫人說的，做水果漬醬是有點**老派**的作法，讓人想起有地下室蔬菜貯藏間和篷車隊的年代。我想是因為和不太精確的「果醬」這個詞比起來，「漬醬」顯得有些過時吧。

就像埃米特說的，撇開別的因素不提，這麼做也很**沒必要**。感謝製作果醬的盛美家公司，有十五種果醬在雜貨店上架販售，每罐十九分，隨季節更替。事實上，果醬變得隨時可得，你甚至可以在任何一家五金行買到。

所以沒錯，做草莓漬醬耗時，老派，而且沒有必要。

那麼，你或許要問，我何必要費事動手做呢？

我之所以做，是**因為**很耗時。

是誰講過的，有價值的事情都耗時？朝聖者花好幾個月的時間才航行到普利矛斯岩[13]。喬治・華盛頓花了好幾年的時間才贏得獨立戰爭。而拓荒者花了幾十年的時間才征服西部。

這是上帝用來區分懶惰與勤勉的方法。時間是一座山，看著那陡峭的輪廓，懶惰的人會躺在開滿百合的田野裡，希望有人帶著一壺檸檬汁經過。而可敬的勤勉付出需要的是計劃、努力、選擇，以及清理打掃的意願。

我之所以做，是**因為**老派。

因為新的東西不代表更好，反而通常還更糟。

說**拜託**和**謝謝你**夠老派。結婚和養兒育女很老派。讓我們知道自己是誰的傳統，不是別的，就是老派。

我做的漬醬，依循的是我媽教我的方法，願上帝保佑她安息。她做的漬醬，用的是她媽媽教她的方法。而外婆的方法也是她媽媽教的。以此類推，可以一路回溯到夏娃。至少可以回溯到馬大吧。

我之所以做，是**因為**不必要。

善行難道不就是對別人有益、但別人又不需要的一種行為嗎？付帳單算不上是一種善行。天一亮就起床餵豬、擠奶、到雞舍拾雞蛋，都算不上善行。事實上，煮晚餐，然後在爸爸連謝謝都沒說一聲就上樓去之後，留下來收拾餐桌，也算不上善行。

13 Plymouth Rock，五月花號上的朝聖者在北美洲的下船地點。

鎖門，關燈，從浴室地板撿起髒衣服丟進洗衣籃，算不上善行。在唯一的姐姐夠聰明嫁人遠走佛羅里達的彭薩柯拉之後，乖乖待在家裡照料家務，也算不上善行。都不是，我爬上床，關燈，對自己說，這一切都並非善行。

因為善行的起點正是「需要」終止之處。

公爵夫人

晚餐後回到二樓，我正要躺在埃米特床上，突然發現床罩非常平整。我愣在原地一晌之後，挨近床墊，仔細觀察。

毫無疑問。她重新鋪過床了。

我以為我整理得很好，至少我自己這麼認為。但莎莉做得更好，床鋪表面連一絲皺紋都沒有。毯子頂端露出的床單反折，從一端整整齊齊延伸到另一端，形成一塊十公分高的長方形，彷彿她拿尺量過。而毯子底端塞進床墊底下，塞得嚴實，隔著毯子都看得出床墊的稜角，就像隔著電影明星珍・羅素的毛衣也看得出她的身材曲線一樣。

這麼美的東西，我在真的想要閉眼睡覺之前，都不願意破壞。所以我坐在地板上，靠著牆，想著華特森兄弟，彷彿等待其他人入睡。

稍早一點，我回到這裡的時候，毛毛和比利躺在外面的草地上。

——散步散得還好嗎？毛毛問。

——讓我恢復活力。你們兩個都做了什麼？

——比利唸亞伯納斯教授書裡的故事給我聽。

——可惜錯過了。唸了哪些故事？

比利正在細數的時候，埃米特在車道停下車。

說到故事嘛，我心裡想……

片刻後，埃米特下車，看起來有點疲憊。他嘴唇肯定會腫起來，也會有瘀青，甚至連眼眶看起來都有點青紫色了。問題是，他要怎麼對他們解釋？他踩到人行道的裂縫跌倒？從樓梯上摔下來？就我的經驗來說，最好的解釋是利用最出乎意料的答案。例如：**我穿過法院的草地，正欣賞停在樹梢上的夜鷹，一顆足球飛來打中我的臉**。像這樣的解釋，聽者被停在樹梢的夜鷹吸引了注意力，所以不會在意足球是從哪裡飛來的。

可是埃米特走過來，瞪大眼睛的比利問他是怎麼回事時，埃米特回答說他在鎮上碰見賈可柏・史奈德，賈可柏揍了他。就這樣。

我轉頭看比利，以為會看見驚訝、甚至忿怒的表情，但他只點點頭，一臉深思。

——你還手了嗎？他過一會兒之後問。

——沒有，埃米特說。我讓自己冷靜下來。

比利對著埃米特露出微笑，埃米特也對他微笑。

真的，赫瑞修，天地之間的萬物，遠比你夢想中的多得多[14]。

⁂

午夜剛過不久，我探頭進毛毛的房間。從他的呼吸聲聽來，我知道他好夢正酣。我暗暗禱告他睡前沒吃太多藥，因為我馬上就要叫醒他。

華特森兄弟也睡得很沉，埃米特仰躺，比利側身縮成一團。在月光裡，我看見這孩子的書丟在床尾。要是他剛好伸腿，書很可能就會掉到地上，所以我把書挪到抽屜櫃上，原本應該要擺他們媽媽照

---

14 引自莎劇《哈姆雷特》第一幕第五景。赫瑞修（Horatio）為哈姆雷特好友。

片的地方。

我看見埃米特的長褲掛在椅背上——所有的口袋都是空的。我踮起腳尖走到床的另一邊，蹲在床頭櫃前。抽屜離埃米特的頭不到三十公分，所以我得一點一點慢慢拉開。可是鑰匙也不在抽屜裡。

——唉，我低聲說。

上樓之前，我已經找過車裡，也找過廚房了。該死，他究竟把鑰匙藏在哪裡？

就在我四處尋找的時候，一雙車頭燈的光線劃過房間，有輛車開進華特森家的車道，並且停了下來。

我悄悄穿過走道，在樓梯口停了一下。我聽見車門打開的聲音。過了一會兒，腳步聲走上門廊，又走下去。接著是關車門的聲音，車子開走了。

我確定沒有任何人被驚醒之後，下樓到廚房，拉開紗門，走到門廊上。我遠遠的看見那輛車開回馬路上。過了一會兒，我才發現腳邊有個鞋盒，上面用粗黑字體潦草寫了幾個字。

我或許不是學者，但看見我自己名字的時候，肯定會認得，儘管是在幽微的月光下。我蹲下來，輕輕掀開盒蓋，心裡暗忖裡頭究竟是什麼。

——啊，這也太離譜了！

·倒數·
第8日

埃米特

清晨五點三十分，車子開出車道，埃米特心情很好。前一天晚上，靠著比利的地圖，他規劃出整趟行程。從摩根到舊金山的路程約略是兩千四百公里。如果他們平均時速八十公里，一天開十小時——留下充裕的時間吃飯睡覺——應該四天就可以走完全程。

從摩根到舊金山途中，當然還有很多值得看的地方。就像他們媽媽寄的明信片，這一路上有汽車旅館和紀念碑，馬術表演會和公園。如果願意繞點路，還可以去拉什莫爾總統山、黃石公園老忠實噴泉和大峽谷。但埃米特不想在往西行的路途上浪費時間和金錢。越快抵達加州，他就能越快開始工作；而他們抵達加州的時候，手裡的錢越多，就能買到越好的房子。要是他們一開始在旅途中浪費手中僅有的這一點點小錢，最後就會落得在極爛的地段買棟極爛的房子，最後賣出的時候，也就只能有極爛的獲利。對埃米特來說，越快穿過中西部抵達加州越好。

埃米特上床的時候只擔心清晨沒辦法叫醒其他人，害他得浪費天亮之後的第一個鐘頭催他們起床，準備好出門。但他不必擔心。他五點起床的時候，公爵夫人已經在淋浴間，毛毛在走道上哼哼唱唱。而比利前一天甚至穿著外出服睡覺，免得起床還要換衣服。埃米特坐進駕駛座，從遮陽板裡拿出鑰匙時，公爵夫人已坐進前座，而比利把地圖攤在膝上，和毛毛一起坐在後座。天才剛亮，他們就已經開車駛出車道，車裡沒有人回頭看房子一眼。

也許他們都各有理由想一大早就出發，埃米特想。也許他們都已準備好要到某個地方去。

因為公爵夫人坐在前座，所以比利問要不要把地圖交給他。公爵夫人婉拒，說在車上看字會讓他暈車想吐。埃米特鬆口氣，因為公爵夫人向來不注意任何細節，而比利是天生的導航員。他不只隨時準備好指南針和鉛筆，甚至還有一把尺，可以計算地圖上每公分的里程。可是埃米特打右轉燈，準備轉進三十四號道路的時候，他真希望執行導航工作的人是公爵夫人。

——你還不必打方向燈啦，比利說。我們要再往前直走一段。

——我要轉到三十四號道路，埃米特解釋說，因為那是到歐馬哈最快的路線。

——可是林肯公路也經過歐馬哈啊。

埃米特把車停在路肩，轉頭看弟弟。

——是沒錯，比利，但這樣我們就必須繞遠路。

——小繞一下又何妨？公爵夫人微笑說。

——繞遠路就是繞遠路，埃米特說。

公爵夫人轉頭看後座。

——到林肯公路還有多遠，比利？

比利已經拿尺在地圖上測量了，說有二十八公里。

毛毛飛快看了一眼車外風景，帶著驀然清醒的好奇神情看比利。

——林肯公路是什麼啊，比利？一條特別的公路？

——是第一條橫越美國的公路。

——第一條橫越美國的公路，毛毛非常崇拜地重覆這句話。

——別這樣嘛，埃米特，公爵夫人催他。才二十八公里，又怎樣？這樣又要再多加二十八公里，埃米特很想回答說，我們原本已經為了送你們去歐馬哈多繞路了。但埃米特知道公爵夫人說的沒錯。這增加的一小段路微不足道，特別是如果他堅持要走三十四號道路，比利會有多失望。

——好吧，他說，我們就走林肯公路吧。

他開車重新上路時，幾乎可以聽見弟弟點頭肯定，覺得這是個好主意。

接下來的二十八公里路，沒有人開口說半句話。但埃米特在中央市右轉時，低頭看地圖的比利興奮地抬起頭來。

——就是這裡，他說。這裡就是林肯公路。

比利開始傾身看迎面而來的風景，然後轉頭看他們經過的地方。中央市或許只是個徒有其名的城市，但夢想加州之旅已經好幾個月的比利卻很滿意，因為他看見好幾家餐廳和汽車旅館，覺得他們也像媽媽明信片上的人一樣，所以很開心。儘管此時車子開往相反的方向，但看起來也沒什麼不同。

毛毛和比利一樣興奮，用嶄新的讚賞眼光看著路邊的各種設施。

——這條路是從海岸到海岸？

——幾乎是海岸到海岸，比利糾正他說。從紐約市到舊金山。

——這樣應該就是從海岸到海岸，公爵夫人說。

——只是林肯公路並沒有延伸到海邊。公路的起點是時代廣場，終點是榮勛宮。

——是以亞伯拉罕・林肯命名的嗎？毛毛問。

——是的，比利說。整條公路到處都有他的雕像。

——整條公路？

——是童子軍發起募捐樹立的雕像。

——我外曾祖父書桌上就有尊亞伯拉罕・林肯的半身像，毛毛微笑說。他非常崇拜林肯總統。

——這條公路什麼是時候建的？公爵夫人問。

——公路是一九一二年由卡爾・費雪（Carl G. Fisher）先生創造的。

——創造？

——是的，比利說。創造。他相信美國人應該要能從國家的這一岸開車到另一岸。一九一三年，他靠著捐款，建了第一段。

——別人給他錢去修建公路？公爵夫人不敢置信地問。

比利拚命點頭。

——包括湯瑪斯・愛迪生和泰迪・羅斯福都捐款了。

——天哪，毛毛說。

車子一路往東——比利盡責地告訴他們每一座經過的城鎮叫什麼名字——埃米特很滿意，至少他們有段快樂時光。

沒錯，到歐馬哈的路程害他們繞了路，但因為很早就出發，所以埃米特估計，他們載公爵夫人和毛毛到巴士站，掉頭後，仍然可以輕鬆地在天黑之前抵達歐加拉拉。他們甚至可以開到夏安。畢竟，在夏季的這個時節，白晝長達十八個小時。事實上，埃米特想，要是他們願意以時速八十公里，每天開十二小時，那麼這趟旅程甚至可以壓縮到三天之內完成。

就在這時，比利指著遠方的一座水塔，上面漆了個名字：「柳伊斯」。

——看，公爵夫人，柳伊斯！這是不是你以前住過的地方？

——你住過內布拉斯加？埃米特轉頭問公爵夫人。

——我小時候住過一兩年，公爵夫人證實。

他稍微坐直起來，開始意興盎然地東張西望。

——嘿，過一會兒之後他對埃米特說，我們可以轉一圈嗎？我想看看這個地方。你知道的，懷念一下過去。

——公爵夫人……

——噢，別這樣嘛，拜託？我知道你說你希望能在八點鐘抵達歐馬哈，但我們應該還有時間。

——我們比預定的計畫早了十二分鐘，比利看看他那只軍用物資手錶說。

——就在那邊，看見沒？

——好吧，埃米特說。我們只能轉一圈，看看就好。

——我只有這個小小的要求。

抵達城鎮邊緣時，換成公爵夫人帶路，對著經過的地標點點頭。

——對，對，對。在那裡！在消防隊那邊左轉。

埃米特左轉，這條路通向住宅區，修葺整齊的環境裡，有一幢幢漂亮的房子。開了幾公里之後，他們經過一座斜頂高聳的教堂和公園。

——前面右轉，公爵夫人說。

右轉開進了一條寬闊彎曲的道路，偶爾點綴著幾棵林木。

——在那邊停車。

埃米特停車。

他們停在一片翠綠草坡下，坡頂是一幢很大的石砌建築。三層樓高，兩邊都有塔樓，看起來像莊園領主的宅邸。

——那是你家嗎？比利問。

——不是，公爵夫人哈哈大笑，那是某種學校。

——寄宿學校？毛毛問。

——差不多。

他們全都靜靜欣賞這宏偉的房子，片刻之後，公爵夫人轉頭看埃米特。

——我可以進去一下嗎？

——幹嘛？

——去打聲招呼。

——公爵夫人，現在是清晨六點半耶。

——要是沒碰到人，我就留張字條，他們會嚇一跳。

——留字條給你的老師？比利問。

——就是這樣，留字條給我的老師。你覺得如何，埃米特。就只要幾分鐘，頂多五分鐘。

埃米特瞥了一眼儀表板上的時鐘。

——好吧，他說，五分鐘。

公爵夫人抓起腳邊的書包，下車，往坡上的房子跑去。

坐在後座的比利開始對毛毛說明，他和埃米特為什麼要在七月四日之前趕到舊金山。

埃米特熄火，瞪著擋風玻璃外面，希望自己手上有根菸。

公爵夫人的五分鐘來了又走。

接著又五分鐘。

埃米特搖搖頭，暗罵自己幹嘛讓公爵夫人去那棟房子。不管是什麼時間，不會有人進到某個地方只待五分鐘的。更何況有誰像公爵夫人這麼愛講話。

埃米特下車，繞到車子另一邊，靠著前座車門，仰望那所學校，發現建材是和摩根法院一樣的紅色石灰岩。這石材很可能採自明尼蘇達州卡斯郡的某個礦場。一八〇〇年代末期，方圓三百公里內每個城鎮的市政府、圖書館和法院，都採用這種石材。有些建築外表看起來非常相似，所以你從這個鎮到另一個鎮，會以為自己根本是原地踏步沒離開。

儘管如此，這幢建築看起來有點不太對勁。埃米特看了好幾分鐘才醒悟，這房子之所以看起來奇怪，是因為這並不是它的正面入口。不論原本的用途是莊園宅邸或學校，規模如此宏偉的房子理當有相配襯的入口：會有林蔭夾道的車道，通往威儀堂堂的大門。

埃米特這才想到，他們停車的地方應該是在建築背面。公爵夫人為什麼不叫他把車開到前面呢？而且他為什麼要帶走書包？

——我馬上回來，他對比利和毛毛說。

——好，他們回答。他倆還在看比利的地圖，連頭都沒抬。

埃米特爬上山坡，朝建築中央的一道門走去。他越走越火大，心裡想著待會兒一找到公爵夫人，一定要狠狠臭罵他一頓。語氣絕不妥協，告訴他說他們沒有時間搞這些莫名其妙的事。他不請自來現身，已經是沉重的負擔；而繞道到歐馬哈來，又害他們多花了兩個半小時。一來一回就是五個小時。可是這些思緒剎時全煙消雲散，因為他看見破掉的玻璃門板——最靠近門把的那一塊。埃米特輕輕打開門，走進去，玻璃碎片在他的靴子底下踩得粉碎。

埃米特發現自己在一間大廚房裡，這裡有兩個金屬大水槽，一個十爐口的大爐子，還有一座足以讓人走進去的大冰櫃。這裡就像一般機構的廚房一樣，在前一天晚上就收拾乾淨——流理台擦淨，櫃門關好，所有的鍋子都掛在掛勾上。

除了碎玻璃之外，唯一顯得凌亂的，是廚房另一頭的食品儲藏區，有好幾個抽屜被拉開，湯匙散落在地上。

埃米特穿過雙開門，進到一間牆面有鑲板的餐堂，裡面有六張長餐桌，就像你會在修道院裡看到的那種。一扇彩繪玻璃大窗在對牆映下一塊塊黃、紅、藍的光影，增添了宗教聖光。窗上的圖案是耶穌復活，展示手上的傷口——只是在這幅畫裡，祂的門徒身邊還有孩童環繞。

走出餐堂的大門，埃米特踏進一個宏偉的入口大廳。左手邊是他原本就料想到的高貴大門，右手邊是同樣以光澤晶亮的橡木打造的樓梯。若是在其他情況下，埃米特必定會流連忘返，細細觀察大門嵌板和樓梯欄杆的雕花，但就在他欣賞這精良的木工技藝時，聽見樓上某處傳來喧鬧的聲音。

埃米特一步跨兩階地往上走，又聽見湯匙咣噹咣噹的聲音。在二樓平台上，一條條走廊通往不同方向，但傳出孩童喧鬧聲的，無疑是右邊的那條。所以他走這條走廊。

這條走廊上的第一扇門，埃米特推開來發現是寢室。床鋪整整齊齊排成兩排，但床單被褥卻凌亂不堪，而且床上也沒人。下一扇門是另一間寢室，同樣有兩排床鋪，和更多凌亂的床單被褥。但在這個房間裡，六十名身穿藍色睡衣的男生擠成一團，分成六組，每一組正中央都有一罐草莓漬醬。

有些小組的男生很有秩序，輪流取用。有些小組則爭先恐後，拚命往前擠，把湯匙插進罐子，儘快舀起果醬放進嘴裡，這樣才能搶在罐子還沒被挖空之前再舀一勺。

這時埃米特才頭一次意識到，這並不是寄宿學校。這是一所孤兒院。

埃米特走進這團混亂裡，有個戴眼鏡的十歲男生發現他，扯扯另一個年紀較大男孩的衣袖。那個年紀較大的男生抬頭看埃米特，對另一個男生打個手勢。兩人一語未發走上前，肩併肩擋在埃米特和其他男生之間。

埃米特舉起雙手，表示沒有惡意。

——我不是要打擾你們。我是來找我朋友的，那個帶草莓醬來給你們的人。

這兩個年紀較大的男生默默盯著埃米特，但戴眼鏡的男生指著走廊。

——他從原路回去了。

埃米特走出房間，跑到樓梯平台。正要跑下樓梯時，對面的走廊突然傳來一聲女人的叫喊，接著是拳頭捶打木板的聲音。埃米特停下腳步，然後走上那條走廊，發現有兩道門的門把下方卡著斜靠的椅子。叫喊和捶打聲是從第一道門裡傳來的。

——快點開門！

埃米特移開椅子，打開門，一名年約四十幾歲、身穿白色睡袍的女人差點跌到走廊上。埃米特看見她後面還有另一名女子，坐在床上哭。

——你怎麼敢這樣！捶打木門的這名女子一站穩腳步，就大聲說。

埃米特沒理她，逕自走到第二道門口，移開椅子，裡面有個女人跪在床邊禱告，還有個年齡較大的女人靜靜坐在高背椅上抽菸。

——啊，她看見埃米特時說。謝謝你開門。請進，請進。

這位年齡較長的女人在膝上的菸灰缸裡摁熄香菸，埃米特不太確定地往前踏進一步。但這時，剛才在隔壁房間捶門大叫的那個女人從他後面衝了進來。

——你怎麼敢這樣！她又嚷道。

——貝芮尼絲修女，年齡較長的這女人說，妳幹嘛對這位年輕人大吼大叫？妳看不出來是他救了我們嗎？

哭泣的女子也走到這房間來，但還在哭。年齡較大的女人轉頭對跪地禱告的女子說：

——悲慟重於禱告啊，愛倫修女。

——是的，阿格妮斯修女。

愛倫修女從床邊站起來，把哭泣的女子摟進懷裡，說：**噓**，**噓**，**噓**。阿格妮斯修女的注意力則轉回埃米特身上。

——你叫什麼名字，年輕人？

——埃米特．華特森。

——嗯，埃米特．華特森，也許你可以對我們說明一下，今天早上聖尼古拉斯究竟發生了什麼事。

埃米特有很強烈的念頭，想立即轉身離開這個房間，但他想回答阿格妮斯修女問題的意願更加強烈。

——我開車載一個朋友要到歐馬哈的巴士站，他要我在這裡停一下。他說他以前住在這裡……

四位修女馬上充滿期待地看著埃米特，哭泣的修女也不哭了，安慰她的修女也不安慰了。咆哮的修女不再咆哮，但威脅似的往前一步靠近埃米特。

——誰以前住在這裡？

——他叫公爵夫人……

——哈！她大叫一聲，轉頭看阿格妮斯修女。我就跟妳說，我們還會再見到他！我不是說過嗎，他總有一天會回來，最後再搗蛋一次！

阿格妮斯修女沒理會貝芮妮絲修女，用略帶好奇的表情看埃米特。

——可是，埃米特，請告訴我，丹尼爾為什麼要把我們鎖在房間裡？究竟為什麼？

埃米特遲疑了。

——究竟是怎樣？貝芮妮絲修女追問。

埃米特搖搖頭，指著寢室的方向。

——就我所知，他要我在這裡停車，是為了給孩子們送來幾罐草莓醬。

阿格妮斯修女發出滿意的嘆息聲。

——嗯，看吧，貝芮妮絲修女，小丹尼爾回來，是為了做善事。

不管公爵夫人想做的是什麼，埃米特想，這個風波都讓他們拖延了三十分鐘，他也察覺到，要是再繼續拖下去，很可能就要被卡在這裡好幾個鐘頭不能走。

——嗯，那就這樣，他說，轉身朝門口走去，彷彿一切都沒事了……

——不，等等，阿格妮斯修女說，伸出她的手。

埃米特回到走廊上，快步走到樓梯平台，聽見背後響起修女的聲音，他迅速衝下樓梯，穿過餐堂，跑出廚房門，感覺如釋重負。

他跑下山坡，但才到半路，就看見比利坐在草地上，背包擺在身邊，紅色的大書在膝上——而公爵夫人、毛毛和他的斯圖貝克已經不見蹤影了。

——車呢？埃米特跑到弟弟身邊，上氣不接下氣地問。

正在看書的比利抬起頭。

——公爵夫人和毛毛借走了。可是他們會還給我們的。

——什麼時候還給我們？

——他們去紐約之後。

埃米特瞪著弟弟半晌，完全說不出話來，怒火中燒。

比利察覺到情況不對，趕忙要哥哥放心。

——別擔心，他說。公爵夫人保證，他們會在六月十八日以前回來，讓我們有充裕的時間在七月四日抵達舊金山。

埃米特還來不及回答，比利就指著他背後。

——看，他說。

埃米特轉頭，看見阿格妮斯修女從山坡下來，黑色長袍裙襬飄在背後，讓她看起來像浮在空中。

……

——你是說斯圖貝克？

埃米特獨自站在阿格妮斯修女辦公室裡，和莎莉講電話。

——是的，他說，斯圖貝克。

——公爵夫人開走了？

——是的。

電話另一頭沉默了。

——我不懂，她說，要開去哪裡？

——去紐約。

——紐約州的紐約？

——是的，紐約州的紐約。

……

——而你在柳伊斯？

——附近。

——我以為你要去加州。你為什麼在柳伊斯附近？而公爵夫人為什麼要去紐約？

埃米特開始後悔打電話給莎莉了。可是他又有什麼選擇呢？

——聽我說，莎莉，這些都不重要。重要的是我得去把我的車子要回來。我打電話給柳伊斯火車站問過了，今天稍晚一點，會有一班東行的火車停靠柳伊斯站。要是我能趕上那班火車，就可以比公爵夫人先到紐約，拿回我的車，星期五就回到內布拉斯加。我之所以打電話給妳，是因為我需要有人在這段時間照顧比利。

——那你幹嘛不直說。

告訴莎莉該怎麼走之後，埃米特掛掉阿格妮斯修女的電話，看著窗外，想起自己被判刑的那天。

埃米特和爸爸一起去法院之前，把弟弟拉到一旁，解釋說他放棄了開庭審判的權利。他對弟弟解釋，雖然他無意傷害吉米，但他讓忿怒凌駕理性，所以準備要接受自己行為的後果。

埃米特解釋的時候，比利沒反對地搖頭，也沒說埃米特做錯了。他似乎理解，埃米特做的是正確的事。但如果埃米特打算直接認罪，那麼比利希望他能做出承諾。

——承諾什麼，比利？

——你要向我保證，以後無論什麼時候，你氣得想揍人的時候，就從一數到十。

埃米特不只保證他以後會這麼做，兩人還握手承諾。

然而，埃米特想，要是這時公爵夫人站在他面前，數到十或許還不夠。

…… ……

埃米特進到餐堂時，耳朵裡滿是六十個男生同時開口講話的喧鬧。擠滿這麼多男生的餐堂通常都很吵，但埃米特猜想，今天餐堂比平常更吵，是因為他們不停講著今天早上發生的事：有個神祕的盟友突然現身，把修女鎖在房間裡，然後發果醬給他們。待在薩林納的時候，埃米特就已經知道，男生們重述發生過的事情，並不只是為了表達內心的興奮。他們重述這些事件，是為了創造一則傳奇——讓故事裡的關鍵人物在未來的幾十年裡，都還會在孤兒院廳堂走廊裡傳誦不已。

埃米特看見比利和阿格妮斯修女一起坐在修道院長桌中間。一盤吃了一半的炸薯條被推到一旁，好挪出空間擺比利那本紅色大書。

——我在想，阿格妮斯修女的手指貼在書頁上，一面說著。你的亞伯納斯教授應該用耶穌取代傑森，因為祂是最勇敢無畏的旅行家。你不同意嗎，威廉？啊，你哥哥來了！

埃米特在阿格妮斯修女對面坐下，因為比利對面的椅子擺了背包。

——要來點薯條嗎，埃米特？或者要咖啡和蛋？

——不用，謝謝妳，修女，我不用。

她指著背包。

——我在想，你能不能告訴我，你們兩個意外來到我們這裡之前，本來是要去哪裡？

——我們是要載公爵夫人——應該叫他丹尼爾吧——和另一個朋友去歐馬哈的巴士站。

意外來到我們這裡，埃米特不禁皺起眉頭。

——噢，是啊，阿格妮斯修女說，我記得你們提過。

——但是去巴士站其實也是繞路，比利說。我們原本是要去加州的。

——加州！阿格妮斯修女驚呼，眼睛看著比利。太刺激了。你們為什麼要去加州？

於是比利對阿格妮斯修女解釋，媽媽在他們小時候離家出走，爸爸罹癌病逝，還有抽屜櫃盒子裡的明信片——他們媽媽走林肯公路到舊金山，沿途在不同地點寄出的明信片。

——所以我們要去那裡找她，比利最後說。

——嗯，阿格妮斯修女微笑說，聽起來像一趟探險。

——我不覺得是探險，埃米特說。事實是，銀行查封了我們的農場，我們必須重新開始，到一個我可以找到工作的地方似乎很合理。

——是啊，當然，阿格妮斯修女用更審慎的態度說。

她端詳埃米特好一會兒，然後又看看比利。

——你吃完早餐了嗎，比利？你何不把桌面整理一下。廚房在那邊。

阿格妮斯修女和埃米特看著比利把刀叉和玻璃杯放在盤子上，小心翼翼端走。這時她才把目光轉回埃米特身上。

——有什麼問題嗎？

這個問題讓埃米特有點詫異。

——什麼意思？

——你弟弟一心想去西岸，但我附和他的時候，你好像有點潑冷水。

——我想我是希望妳別鼓勵他。

——為什麼呢？

——我們已經八年沒有媽媽的消息了，也不知道她人在哪裡。而且妳可能已經發現了，我弟弟想像力豐富。我盡可能讓他不要抱更大的期待，免得到時候失望。

阿格妮斯修女打量埃米特，讓埃米特有點不安地挪動身體。

埃米特向來不喜歡神職人員。有一半的神職人員像是要把你所不需要的東西賣給你，而另一半則是要把你已經有的東西賣給你。但所有的神職人員裡，阿格妮斯修女大概是讓他最不安的一個。

——你有沒有注意到我們後面的窗戶？最後她問。

——有。

她點點頭，輕輕闔上比利的書。

——我一九四二年剛到聖尼古拉斯來的時候，發現那扇窗戶對我有某種神祕的影響力。好像總有什麼東西吸引我的注意，但我又說不上來是什麼。有時候在下午，四周靜悄悄的時候，我會端一杯咖啡坐下——就坐在你現在的位子——瞪著窗戶，就只是用力看著。然後有一天，我明白這窗子為什麼會對我造成影響了。是耶穌門徒和孩童們臉上表情的差異。

阿格妮斯修女在椅子裡略微轉身，讓自己也看得見窗戶。埃米特不由自主地循著她的視線往上看。

——要是仔細看那些門徒的臉，你會發現他們對自己所見的一切，還抱持懷疑的態度。**當然，他們心裡想，這肯定是某種騙局或幻覺，因為我們用雙眼見證祂被釘死在十字架上，還用我們的雙手抬著祂的屍體埋進墓穴。**但是仔細看這些孩童的臉，你看不見一絲懷疑。他們帶著崇敬與驚嘆接受這個奇蹟，沒錯，沒有一絲一毫的懷疑。

埃米特知道阿格妮斯修女是一片好意。六十幾歲的她，不只終身奉獻給教會，還奉獻給孤兒，所以埃米特知道，修女開口講故事的時候，他無論如何都應該專心聽。但阿格妮斯修女開口的時候，埃米特不由自主地注意到，從她所描述的那扇窗戶射進來的黃色、紅色、藍色光線，由牆面慢慢移動到桌面，這代表了太陽的移動，以及又一個鐘頭時間的流逝。

⋮ ⋮

——……然後他帶著埃米特的書包跑上山坡，打破窗戶跑進廚房。

莎莉開著貝蒂穿過車流時，比利就像孤兒院裡的那些男生一樣，興奮轉述早上的風波。

——他打破窗戶？

——因為門鎖著！他進到廚房，找出一大把湯匙，拿到樓上的寢室。

——他要那麼多湯匙幹嘛？

——他拿那些湯匙，是因為他要給他們吃妳做的草莓醬。

莎莉轉頭看比利，一臉驚訝。

——他拿了一罐我的草莓醬給他們？

——不，比利說，他給了他們六罐。這是你說的，對吧，埃米特？

比利和莎莉一起看埃米特，而埃米特看著前座的車窗外面。

——大概是吧，他頭也沒回地說。

——我不懂，莎莉說，近乎自言自語。

她傾身靠在方向盤上，加速超過一輛轎車。

——我只給他六罐。他可以一直吃到聖誕節。幹嘛要把全部的果醬給一群陌生人？

——因為他們是孤兒，比利解釋說。

——是啊，沒錯，比利。你說的一點都沒錯，因為他們是孤兒。

莎莉對比利的說明與公爵夫人的義舉點頭認可。但埃米特不由得注意到，她對她那些果醬的命運，比對埃米特車子的下場更加義憤填膺。

——那邊，埃米特指著火車站。

莎莉為了轉彎，從一輛雪佛蘭前面橫切過去。車子停下來之後，三個人都下車。但是埃米特視線轉向車站時，比利走到小貨卡後面，抓起背包，甩到背上。

莎莉看見他的舉動有點詫異，但僅只一瞬，便瞇起眼睛，嚴厲地看著埃米特。

——你沒告訴他？她低聲問。好喔，別指望我替你說。

埃米特把弟弟拉到一旁。

——比利，他說，你不必急著揹上背包。

——沒關係的，比利一面拉緊背帶一面說，我上了火車再拿下來。

埃米特蹲下來。

——你不會和我一起搭火車，比利。

——什麼意思，埃米特？我為什麼不會上火車？

——我搭車，你和莎莉回家，這是比較合理的安排。等我到了那裡，就會馬上開車回摩根接你。應該只要幾天。

儘管埃米特解釋給他聽，但比利還是搖頭。

——不，他說，不行。我不能和莎莉回去，埃米特。我們已經離開摩根了，我們已經出發要去舊金山了。

——沒錯，比利，我們已經出發要去舊金山了，可是現在車子正開往紐約……

埃米特這麼說的時候，比利彷彿揭示真相似的，睜大眼睛。

——紐約是林肯公路開始的地方，他說。我們搭火車去找到斯圖貝克之後，就開到時代廣場，從那裡開始我們的旅程。

埃米特看看莎莉，尋求她的支持。

她往前一步，手搭在比利肩上。

——比利，她用她那直截了當的語氣說，你說的一點都沒錯。

埃米特閉上眼睛。

現在被他拉到一旁的是莎莉。

——莎莉……埃米特開口說，但她打斷他。

——埃米特，你知道我再幫忙照顧比利三天不算什麼。上帝為證，我很樂意再照顧他三年。可是他等你從薩林納回來，已經等了十五個月。這段時間，他失去爸爸，失去他的家。在這個節骨眼上，比利的家就是待在你身邊，他心知肚明。而且我想，他認為你也應該明白。

埃米特知道的是，他必須去紐約，儘快找到公爵夫人，而把比利帶在身邊，並不會讓事情變得更容易。

但有個重點比利倒是說對了：他們已經離開摩根。已經安葬父親，收拾行囊，拋開部分的人生。知道接下來無論發生什麼事情，他們都不會回頭，對兩人來說是一種安慰。

埃米特轉頭對弟弟說。

——好吧，比利，我們一起去紐約。

比利點頭，認同這是正確的決定。

莎莉等比利重新繫緊背包的背帶之後，給他一個擁抱，提醒他要注意自己的舉止，也要注意哥哥。她沒和埃米特擁抱，就回到車上。但發動引擎之後，她招手要埃米特靠近車窗。

——還有一件事，她說。

——什麼事？

——你想到紐約去追回你的車，是你的事。但我不想接下來幾個星期，每天半夜就擔心得突然驚醒。所以從現在開始，你每隔幾天就要打電話給我，讓我知道你們很安全。

埃米特對莎莉說她的要求不太實際——一旦抵達紐約，他們就要集中精神找到車子，而且他不知道自己會住在哪裡，也不知道有沒有辦法打電話……

——你好像很輕易就想到辦法一大清早七點鐘打電話給我，要我丟下手邊的工作，一路開車到柳伊斯來。所以我相信在像紐約這麼大的城市裡，你也一定可以找到另一部電話，也找得出時間來打。

——好吧，埃米特說，我會打。

——很好，莎莉說，什麼時候？

——什麼什麼時候？

——你什麼時候會打電話？

——莎莉，我甚至沒——

——那就星期五吧。你星期五兩點半打電話給我。

埃米特還來不及回答，莎莉就給車上檔，開向車站出口。她在出口暫停了一會兒，等待車流的空隙。

稍早他們準備離開孤兒院的時候，阿格妮斯修女給了比利一條帶墜子的項鍊。說鍊墜上的是保護旅行者的聖徒克里斯多福。她轉頭面對埃米特的時候，埃米特擔心她也會給他一條項鍊。但沒有，修女說有事想問他，但在這之前，她要先告訴埃米特一個故事：公爵夫人是怎麼來到這個孤兒院接受她照顧的。

一九四四年夏天的某個下午，她說，有名年約五十的男子出現在孤兒院門口，身旁帶著骨瘦如柴的八歲男生。這男子和阿格妮斯修女在她的辦公室單獨談話，說他弟弟和弟妹因車禍喪生，而他是這男孩唯一在世的親人。當然，他很想自己照顧姪兒，特別是這孩子正值敏感年齡。但他是軍官，這個週末就要搭船前往法國，不知何時能從戰場歸來，或者，老實說，不知道是不是能歸來……

——那男人說的話，我半個字也不信。先別說他那頭亂七八糟的頭髮怎麼看也不像個軍官，他那輛敞篷車前座還有個漂亮的年輕女孩在等他。事實很明顯，他就是這孩子的父親。但是我的使命不是關心無恥男人的欺騙行為。我的使命是關心這些被拋棄的孩童。我們就攤開來說吧，埃米特，小丹尼爾是被拋棄了。沒錯，兩年後，他父親在覺得對自己有利的情況下，回來帶他走，但丹尼爾並不知道自己有一天會回到父親身邊。來到我們這裡的男孩大多是真正的孤兒。我們有些孩子的父母親同時因為流感或火災喪生，有的人媽媽難產過世，爸爸葬身諾曼地。對這些孩子來說，成長期間欠缺父母的關愛，真是可怕的試煉。但想想看，如果成為孤兒不是因為命運作祟，而是因為你父親想拋棄你——因為他斷定你是個累贅。

阿格妮斯修女讓埃米特消化她的這段話。

——你因為丹尼爾開走你的車而生他的氣，我能理解。但我們都知道，他身上還是有善良的一面，是他天生就有，但從來沒有機會完全展現的一面。在人生的這個關鍵時刻，他最需要的，莫過於能信賴他，站在他身邊的朋友。一個能引導他遠離愚行，幫助他找到方法實踐基督之道的朋友。

——修女，妳剛才說的是有事要問我，並不是有事要請求我。

修女看了埃米特好一會兒，然後綻開微笑。

——你說的沒錯，埃米特。但我不是要問你問題，我是有事要請求你。

——我已經有需要我照顧的人了。他是我的血肉至親，他甚至還是個孤兒。

修女看看比利，露出關愛的微笑，然後轉頭看埃米特，表情的堅定絲毫未減。

——你認為自己是基督徒嗎，埃米特？

——我不是會上教堂的那種人。

——但你認為自己是基督徒嗎？

——我是在基督徒家庭長大的。

——那我想，你應該知道好撒馬利亞人的故事。

——是的，修女，我知道這個故事。我也知道好的基督徒會幫助有需要的人。

——沒錯，埃米特。好的基督徒會幫助遇到困難的人。這也是那個故事的重點。但耶穌提示我們，同樣重要的是，我們並不是永遠都能做出正確的選擇，都能知道應該對哪些人表現悲憫。

天剛破曉，埃米特把車開出車道，轉上大馬路時，覺得他和比利自此無拘無束——他們不再背負任何債務與義務，可以展開嶄新生活。而此時，在和目的地方向相反，離家僅僅一百公里的此處，他在短短幾個鐘頭之內，就做了兩個承諾。

往來車流終於稍歇，莎莉左轉離開車站，埃米特期待她轉頭揮手。但莎莉靠在方向盤上，用力踩油門，貝蒂噗噗響，一路往西，沒再回頭看他。

莎莉和貝蒂消失在馬路上，再也看不見時，埃米特才發現自己身上一毛錢都沒有。

公爵夫人

多愉快的一天！多愉快的一天！多愉快的一天！埃米特的車或許不是路上跑最快的，但太陽高掛，天空澄藍，我們經過的每個人都面帶微笑。

離開柳伊斯之後的兩百四十公里路程裡，我們見到的穀倉塔比人還多。而我們經過的大部分小鎮彷彿都有什麼限令似的，每種店都只有一家：一家電影院，一家餐館，一家葬儀社，一家信用合作社；而且十之八九，對錯也只有一種標準。

但對大多數人來說，住在哪裡並不重要。他們早晨起床的時候，並不是想要改變世界。他們想要的是一杯咖啡和一片吐司，讓他們撐著熬過八小時，然後拿罐啤酒，窩在電視機前，結束這一天。不管是住在喬治亞州的亞特蘭大，或是阿拉斯加州的諾姆，他們的生活其實都大同小異。如果對大部分人來說，住在哪裡並不重要，那麼要去哪裡，當然也就更不重要了。

這也就是我們願意讓林肯公路發揮魅力的原因。

這條公路在地圖上看起來，像是比利提到的那個叫費雪的傢伙拿尺在美國國土上畫一條直線，山脈河流都管他去死。他這樣做的時候，必定想像這條公路可以提供一條省時的管道，讓貨物與理念可以從這個海洋通往另一個閃亮亮的海洋，完成最終的使命。但我們一路經過所見的人，似乎都對自己的缺乏目的非常滿意。**願你前路平順**，愛爾蘭人這麼說，而這也是林肯公路上的英勇旅人所經歷的。每一個人面前的道路都平坦筆直，無論他們是要往東，往西，或只是兜圈子。

——埃米特借我們這輛車，真是太好了，毛毛說。

——說的對。

他微笑，但沒一會兒，眉頭就像比利那樣皺起來。

——你覺得他們會不會回不了家？

——不會，我說。我敢說，莎莉肯定會開她的車過來接他們。他們三個現在已經坐在她家廚房吃比司吉塗果醬了。

——你是說比司吉和草莓醬？

——就是這樣。

我覺得有點難受，因為埃米特不得不大費周張到柳伊斯，然後又折回去。要是我早知道他的車鑰匙擺在遮陽板裡，就可以省掉他這趟麻煩。

諷刺的是，我們離開埃米特家的時候，我壓根兒沒想要借用這部車。當時我滿心期待要去搭灰狗巴士，心想有何不可？在巴士上，你可以坐得舒舒服服的，打個盹，或隔著走道和鞋料銷售員聊天。但是我們正要轉彎開向歐馬哈的時候，比利突然提起林肯公路，等我回過神來，我們已經在柳伊斯附近了。然後我下車去聖尼古拉斯，斯圖貝克停在路邊，鑰匙插在鎖孔裡，駕駛座沒人。這一切彷彿是埃米特和比利計劃好的。或者是上主。不管是誰的計畫，但命運似乎已清晰地展現在我面前——儘管埃米特必須打道回府。

——好消息是，我對毛毛說，如果我們保持這個速度，應該可以在星期三早上抵達紐約，我們可以去看一下我老爸，然後到營地，趕在埃米特開始想念我們之前，就帶著他應得的份回去找他。照你和比利規劃的那個房子規模，我想埃米特應該會很高興多帶一些鈔票到舊金山去。

聽到比利的房子，毛毛綻開微笑。

——說到我們的車速，我說，我們還要多久才到芝加哥？

毛毛臉上的微笑消失了。

沒有比利在車上，我把帶路的工作分派給他。因為比利不肯借我們地圖，所以我們得自己去弄一份（當然是從菲利普斯六六加油站拿的）。毛毛也像比利那樣，在地圖上仔細畫上一條黑線，循著林肯公路直抵紐約。但我們一上路，他好像就永遠沒辦法及時從置物箱裡拿出地圖。

——你要我計算距離？他的語氣透出明顯的不祥之兆。

——我告訴你吧，毛毛：你就別再管芝加哥了，給我們在收音機裡找點東西來聽吧。

就這樣，微笑又回來了。

收音機的頻率理當設定在埃米特最喜歡的電台，但那訊號已經被我們遠遠拋在內布拉斯加了。所以毛毛打開收音機，喇叭傳出來的就只有靜電的吱吱喳喳。

好幾秒鐘的時間，毛毛就這樣全神貫注地聽，彷彿想分辨出這究竟是哪一種靜電似的。但在他轉動旋鈕的時候，我看得出來，這是毛毛的另一種隱藏天賦——就像洗碗和建築設計圖一樣。因為毛毛不只是轉動旋鈕，希望找到最好的頻道。他像是在轉動保險箱的鎖鈕，瞇起眼睛，舌尖夾在齒間，讓橘色指針在頻譜之間緩緩移動，直到聽見最細微的訊號。然後動作放得更慢，讓訊號逐漸加強，逐漸清晰，然後在最佳接收的頻率陡然停住。

毛毛找到的第一個頻道是鄉村音樂電台，播的歌不知是說牧場上的牛仔失去了女人還是馬。但我還沒搞清楚，毛毛就又轉動旋鈕。接下來出現的頻道是從愛荷華州遠道傳送而來的收成實況報導，再來是個浸信會牧師的狂熱宣道，然後是聽起來稜角似乎都磨光的貝多芬。他聽到流行音樂也沒停，我不禁懷疑這收音機真的會有他覺得夠好的頻道可聽嗎？可是轉到一五四〇時，剛好開始播早餐穀片的廣告。

毛毛放開旋鈕，瞪著收音機，他那專注聆聽廣告的神情，是別人通常面對醫生或說書人才會有的表情。所以麻煩就來了。

噢，這孩子也太愛廣告了吧。接下來的一百公里路，我們應該聽了有五十個廣告吧。而且什麼廣告都有。有凱迪拉克雙門豪華轎車和新型胸罩。廣告裡賣的是什麼似乎都無所謂。因為毛毛並沒要找什麼或買什麼。抓住他注意力的是那戲劇效果。

廣告一開始，毛毛會凝神聆聽男演員或女演員陳述他們所碰到的特定難題。例如薄荷菸淡淡的香味，或小孩褲子上的青草漬印。從毛毛的表情，你看得出來他不只和他們同樣煩惱，也懷疑尋求解決問題的努力註定要失敗。等到這些陷入困境的人決定試試這個或那個新牌子，毛毛的臉也亮了起來。最後他們不只讓馬鈴薯泥不再結塊，也解決了生活裡的種種難題，於是毛毛綻開微笑，看起來如釋重負，非常安心。

距愛荷華州的艾姆斯還有幾公里路時，毛毛碰巧在聽的廣告介紹了一名非常崩潰的母親給我們，她剛剛得知自己的三個兒子要各帶一個客人回來吃晚餐。聽到這個意外消息，毛毛倒抽一口氣，清晰可聞。但我們馬上聽到魔杖一閃，博亞迪主廚戴著他浮誇的廚師帽，以及更加浮誇的口音出現。魔杖再一揮，他的六罐義大利麵肉醬罐頭在流理台上排成一排，準備好要拯救這一天。

——聽起來好好吃喔，毛毛嘆氣說，聽著收音機裡的男生埋頭吃晚餐。

——好吃！我驚恐大叫。那是罐頭啊，毛毛。

——我知道啊，那不是很神奇嗎？

——不管神不神奇，義大利菜都不能這樣吃。

毛毛轉頭看我，臉上掛著真心好奇的表情。

——那義大利菜該怎麼吃，公爵夫人？

噢，開始了。

——你聽說過雷歐尼洛餐廳嗎？我問。在東哈林。

——我想沒有。

——那你最好專心聽我說。

毛毛乖乖照辦。

——雷歐尼洛餐廳呢，我開始說，是一家義大利餐館，不大，有十個雅座，十張餐桌，和一個吧台。雅座是紅色皮面，餐桌鋪紅白相間的桌巾，點唱機播的呢，想也知道，是法蘭克·辛納屈的歌。唯一的問題是，如果你在星期四晚上拐到那條街，走進餐館，要張餐桌，他們絕對不會讓你坐下來吃晚餐——就算餐廳裡沒人也一樣。

像所有喜歡謎題的人一樣，毛毛的表情馬上興奮起來。

——他們為什麼不讓你坐下來吃晚餐，公爵夫人？

——他們之所以不讓你坐下，毛毛，是因為所有的餐桌都有人了。

——可是你剛才明明說裡面沒人。

——是沒人沒錯。

——那餐桌的人呢？

——啊，我的朋友啊，這就是問題所在。你知道嗎，雷歐尼洛餐廳的經營方式是，裡面的每張餐桌都永久保留。如果你是雷歐尼洛餐廳的客人，那你可以在星期六晚上八點，在點唱機旁邊有個四人桌，你每個星期六晚上都要付這桌的錢，不管你自己來不來，或是有沒有人來用餐。

我轉頭看毛毛。

——到目前為止，你聽得懂嗎？

——我懂，他說。

我看得出來他聽懂了。

——如果你不是雷歐尼洛餐廳的顧客，但你運氣很好，有個朋友是，那麼他可以趁自己不在城裡的時候，讓你用他的餐桌。星期六晚上來臨時，你就可以換上最漂亮的衣服，帶著三個最要好的朋友，一起到哈林區去。

——例如你、比利和埃米特。

——就是這樣。就像我、比利和埃米特。但我們入座，點了酒之後，不必開口要菜單。

——為什麼？

——因為雷歐尼洛餐廳沒有菜單。

我真的把毛毛給唬住了。他發出比剛才聽博亞迪主廚廣告時更大聲的驚呼。

——沒有菜單要怎麼點菜，公爵夫人？

——在雷歐尼洛餐廳，我解釋說，你一旦入座，點完飲料之後，服務生就會拉來一把椅子，掉轉方向，跨坐在椅子上，手臂環抱椅背，他就這樣看著你們，告訴你們這天晚上有什麼菜。他會說：**歡迎蒞臨雷歐尼洛餐廳，我們今天晚上的前菜是朝鮮薊鑲肉、茄汁淡菜、奧勒岡葉酥烤蛤蜊和酥炸花枝圈。第一道菜有蛤蜊細扁麵、培根蛋麵和肉醬筆管麵。至於主菜，則有獵人燴雞、嫩煎小牛肉、米蘭小牛肉和燉牛膝。**

我瞥一眼我的副駕駛。

——我看得出來，這麼多種菜讓你有點聽呆了，毛毛，但別擔心。因為你在雷歐尼洛餐廳唯一必須點的菜，就是服務生沒提到的那道。**我心愛的義式寬麵**，這是他們的招牌菜。手工現做的麵條，拌上番茄醬、培根、焦糖洋蔥和胡椒片。

——既然是他們的招牌菜，服務生幹嘛不提？

——他不提，是因為這是餐廳的招牌菜。這就是**我心愛的義式寬麵**精髓之所在，你要夠內行，知道要點這道菜，否則就不夠格吃這道菜。

從毛毛臉上的表情可以看得出來，他已經沉醉在雷歐尼洛餐廳用餐的喜悅裡了。

——你爸爸在雷歐尼洛餐廳有沒有桌子？他問。

我哈哈大笑。

——沒有，毛毛。我老爸在哪裡都沒有桌子。不過，他曾經在那裡當了六個月的領班，那是他的輝煌時刻，所以我雖然不能進餐廳，卻可以在廚房混。

我正要告訴毛毛餐廳主廚阿羅的事，一個卡車司機揮著拳頭高速超我的車。在平常的情況下，我會以牙還牙，但就在我準備這麼做的時候，卻發現我忙著講故事，所以車速已經放慢到時速四十八公里，也難怪那個卡車司機會抓狂。

可是我用力踩下油門，時速表上的橘色小指針卻從四十掉到三十。我把油門踩到底，時速掉到二十幾，等我把車開到路肩時，車子就停下不動了。

我關掉引擎，重新轉動鑰匙，數到三，但車子還是一動也不動。

該死的斯圖貝克，我喃喃低語。八成又是電池的問題。但就在我這麼想的時候，發現收音機還在響，所以不可能是電池的問題。也許是火星塞……？

——我們沒有油了嗎？毛毛問。

我盯著毛毛看了一秒鐘之後，轉頭看油表。這裡也有一根細細的橘色指針，毫無疑問的，指針已經到底。

——看起來是，毛毛。應該是。

幸運的是，我們還在艾姆斯鎮界裡。我看見馬路前面不遠處，就有美孚石油招牌上的那匹紅色飛馬。我雙手插口袋，掏出我在華特森先生書桌抽屜搜刮的零錢。扣掉我在摩根買的漢堡和冰淇淋之後，還剩七毛錢。

——毛毛，你身上該不會剛好有錢吧？

——錢？他回答說。

我實在不解，為什麼這些天生有錢的人一提到「錢」這個字，就好像講什麼外國話似的？

我下車，看看公路左右。對街有間餐館，正要開始忙碌迎接午餐時間的人潮。旁邊是一家自助洗衣店，前面空地停了兩輛車。再過去稍遠一點是家賣酒的店，看似還沒開門營業。

在紐約，沒有哪個稱職的酒鋪老闆會讓現金留在店裡過夜。但我們不是在紐約。我們在美國中部，大部分人對一元紙鈔上的「我們信仰上帝」深信不移。但萬一收銀機裡根本沒錢，我想我也可以幹走一箱威士忌，拿幾瓶給加油站店員，換來一油箱的汽油。

唯一的問題是怎麼進去。

——把鑰匙給我，好嗎？

毛毛傾身，拔起鑰匙，遞出車窗給我。

——謝啦，我說，轉身走向後行李廂。

——公爵夫人？

——怎樣，毛毛？

——你覺得有沒有可能……？你想我或許……

我通常不喜歡糾正別人的習慣。要是他想早早起床去望彌撒，就讓他早早起床去望彌撒，如果他想穿著昨天晚上的衣服睡到中午，那就讓他穿著昨天晚上的衣服睡到中午。但因為毛毛已經喝掉他最後幾瓶藥，而我又需要他幫忙看地圖帶路，所以我要求他別再吃藥。

我又看一眼酒鋪，不知道進去再出來要花多久時間。所以在這段時間裡，讓毛毛沉浸在他的思緒裡可能也是好的。

——好吧，我說。但你一次只喝一兩滴就好。

他已經伸手準備打開置物箱了，所以我往車後走。

我打開後行李廂，不由自主微笑。比利說他和埃米特只會帶裝得進背包裡的東西去加州，我以為他只是打比方。但完全不是，真的就只是個背包，真的。我拿開背包，拉起蓋住備胎的毛氈，在輪胎旁邊找到千金頂和握把。握把粗細差不多像甘蔗，但如果撐得起一輛斯圖貝克，那肯定也硬得夠敲開鄉下的店門。

我左手拿起握把，右手把毛氈蓋回去。就在這時，我看見了：在黑色的輪胎後面露出小小的一角紙張，看起來白得像天使的翅膀。

埃米特

埃米特花了半個鐘頭才找到貨運場的大門。雖然客運火車站和貨運火車站連在一起，但方向卻完全相反。所以站台相距僅只幾百公尺，但要從客運出入口繞到貨運出入口，卻得要走上一公里半左右才能到。埃米特先是沿著一條兩旁都是商店的乾淨馬路走，然後越過鐵軌，走到一片有鑄造廠、廢料場和修車廠的區域。

埃米特沿著鐵路機站旁的鐵絲網走，開始意識到眼前任務的艱鉅。客運火車站的規模不大，剛剛好足以容納這座中型城市一天中抵達離開的幾百名乘客，但貨運火車站場卻非常大，以扇形向外延伸超過兩公頃，包括一座接運場，一座轉運場，許多火車頭、辦公室和維修區，還有最重要的貨運車廂。有好幾百個貨運車廂，鏽紅的顏色，排成一排。這些車廂一排排，一列列，放眼望去幾乎看不見盡頭。不論車廂面東或面西，朝南或朝北，裝了貨物或沒裝，都讓他瞭解到一個事實：車廂看起來都一模一樣，隨時可更替。

通往機站入口的是一條兩旁有倉庫的大馬路。埃米特往前走，唯一看見的人是推著手推車站在大門附近的一名中年人。儘管隔著一段距離，但埃米特看得出來，他雙腿膝部以下已全部切除——因戰爭受傷，絕對是。如果這名退伍老兵希望靠陌生人的善意過活，埃米特想，那應該到客運火車站才對。

為了評估情勢，埃米特站在大門對街，一棟上鎖的建築門口。他看見圍牆裡面不遠處，有棟相形之下整修較好的兩層樓磚造建築。那裡應該是管理中心——有貨運清單與時刻表的地方。埃米特天真地以為自己可以神不知鬼不覺溜進那棟房子，從貼在牆上的時刻表找到他所需要的資訊。但大門往裡一點，就有一間小房子，看起來很像警衛室。

一點也沒錯，埃米特看見一輛卡車停在入口，小房子裡走出一個穿制服的人，手拿夾紙板，確認之後，才准卡車駛入。才沒有溜進去偷找資訊這回事呢，埃米特想。他得要等資訊自己來到他面前。

埃米特瞄一眼比利借他的軍用手錶。十一點十五分。他想，午餐時間或許有機會，於是靠在門口的陰影裡耗時間，思緒不斷回到弟弟身上。

埃米特和比利進到客運火車站時，比利目不轉睛，看著高聳的天花板、售票窗口、咖啡館、擦鞋攤和書報鋪。

——我從沒到過火車站，他說。

——和你想的不一樣？

——和我想的一樣。

——來吧，埃米特微笑說，我們坐這邊。

埃米特帶弟弟穿過等候大廳，到比較安靜、也有空椅子的角落。比利取下背包，坐下來，往旁邊挪動，空出位子給埃米特，但埃米特沒坐。

——我得去找開往紐約的火車，比利，但可能要花一點時間。在我回來之前，我要你保證，留在這裡別走開。

——好，埃米特。

——而且要記住，這裡不是摩根。這裡有很多人來來去去，都是陌生人。你最好別和其他人打交道。

——我知道。

——很好。

——可是你如果想查開往紐約的火車，為什麼不找詢問櫃台就好？就在那個時鐘底下。

比利指著詢問櫃台，埃米特回頭看看，然後和弟弟一起坐在長椅上。

——比利，我們不是要搭客運火車。

——為什麼，埃米特？

——因為我們所有的錢都在斯圖貝克車上。

比利想了想，伸手拿背包。

——我們可以用我的銀元。

埃米特微笑拉住弟弟的手。

——我們不能這麼做。你蒐集了好幾年，而且你只缺幾個就全部集到了，不是嗎？

——那我們該怎麼辦，埃米特？

——我們去找貨運火車搭便車。

埃米特知道，對大部分人來說，規則是必要之惡。是為了生活在有秩序的世界裡，所必須忍受的不便。也因此，大部分人在可以自由選擇的時候，仍然願意把規則的範圍擴大延伸。不管是在沒車的路上加速行駛，或在沒人照料的果園摘下一棵蘋果，都違反規則。而對比利來說，他不只忍受規則帶來的不變，而且還頑固堅守。他不必有人開口要求，就會自動鋪床，刷牙。他堅持要在上課鈴響十五分鐘之前到校，在教室裡，開口之前必定先舉手。於是，埃米特花了很多功夫思索該如何開口，最後才想到「搭便車」這個詞，希望能消除弟弟心中肯定會抱持的疑慮。從比利的表情看來，埃米特知道自己的選擇是正確的。

——像偷渡者，比利略睜大眼睛。

——沒錯，像偷渡者。

埃米特拍拍弟弟膝蓋，從長椅上站起來離開。

——就像公爵夫人和毛毛搭典獄長的車那樣。

埃米特停下腳步，轉過身來。

——你怎麼會知道的，比利？

——公爵夫人告訴我的。昨天吃完早餐之後。我們聊起《基督山恩仇記》，談到那個被冤枉關進牢裡的愛德蒙·唐泰斯，溜進原本要裝法利亞神父屍體的屍袋裡，糊塗的警衛就這樣把他送出監獄，所以他才能成功逃離伊夫堡。公爵夫人說他和毛毛做了差不多一模一樣的事。說他們被關也是不公不義的結果，所以他們躲在典獄長車子的後行李廂，而典獄長也很糊塗，就這樣載著他們離開大門。只是公爵夫人和毛毛並沒被丟進大海。

比利重述這件事，表情非常興奮，就像他把早上在孤兒院發生的風波——被打破的窗戶和抓得滿手的湯匙——講給莎莉聽的時候一樣。

埃米特又坐下。

——比利，你好像很喜歡公爵夫人。

比利看著埃米特，一臉困惑。

——你不喜歡公爵夫人嗎，埃米特？

——我喜歡。但我喜歡某個人，並不表示我喜歡他們做的每一件事。

——例如他把莎莉做的果醬送人？

埃米特笑起來。

——不是。那件事還好。我指的是其他事情……

比利還是瞪著他看，埃米特努力想舉出合適的例子。

——你記得公爵夫人講他去看電影的事？

——你是說他從浴室爬窗子出去，跑過馬鈴薯田的事？

——對。這個嘛，事情沒公爵夫人說的那麼簡單。溜進小鎮的事呢，他不只是參加的人，而且還是煽動大家的人。這點子是他想出來的，每次他想要去看電影，就煽動幾個人和他一起去。至於其他的部分，和他說的差不多。要是他們星期六晚上大約九點溜出去，大概可以在凌晨一點回來，沒有人會發現。但有天晚上，公爵夫人非常想去看約翰．韋恩主演的西部電影。那時已經下了一整個星期的雨，而且看來還會繼續下，所以他只說動了一個人陪他去，就是和我睡上下鋪的唐豪斯。他們還沒跑過一半的馬鈴薯田，就下起傾盆大雨。雖然全身衣服都濕了，靴子也卡在泥濘裡，但他們還是繼續往前走。到了河邊，河水因為下雨暴漲，公爵夫人坐下來，放棄了。他說他太冷，太濕，太累，沒辦法再走了。但是唐豪斯覺得他都已經走這麼遠了，不想回頭。所以他游泳過河，留公爵夫人在河邊。

比利靜靜聽埃米特說，專心到蹙起眉頭。

——本來這樣也沒事，埃米特說，但是唐豪斯離開之後，公爵夫人覺得自己太濕，太冷，太累，沒辦法再步行回宿舍，所以走到最近的一條馬路，招手攔下一輛經過的小貨卡，問他能不能搭便車到路上的一家小餐館。問題是，小貨卡的駕駛是個下班的警察，他沒載公爵夫人去小餐館，而是直接載他去見典獄長。凌晨一點，唐豪斯回來的時候，警衛已經在等他了。

——唐豪斯被處罰了嗎？

——是的，比利，他受了嚴厲的處罰。

埃米特沒告訴比利的是，艾克力典獄長對於「蓄意違規」有兩條簡單的規則。第一條規則是你可以用增加刑期或挨鞭子來付出代價。你在食堂打上一架，不是刑期增加三週，就是背上挨三鞭。他的第二條規則是，因為黑人男生受教的能力只有白人男生的一半，所以給他們的教訓必須增加一倍。所以，公爵夫人刑期增加四週，而唐豪斯挨了八鞭——就在食堂，所有的人排隊站在那裡看。

——重點是，比利，公爵夫人活力充沛又熱情，人也很好。可是有時候，他的活力和熱情會妨礙了他的善意，鬧出風波，而後果卻通常要由其他人來承擔。

埃米特希望這段回憶能讓比利覺得有點沉重嚴肅，從比利的表情看來，他的目的達到了。

——這故事讓人好難過，比利說。

——是啊，埃米特說。

——我很替公爵夫人難過。

埃米特一臉詫異看著弟弟。

——為什麼是為公爵夫人難過，比利？是他害唐豪斯惹上麻煩的。

——事情最後變得這樣，都是因為河水暴漲，公爵夫人沒過河。

——是沒錯，可是你為什麼會為他覺得難過？

——因為他一定是不會游泳，埃米特。他覺得太丟臉，不敢承認。

⋯⋯

埃米特沉浸在思緒中，時間剛過正午，幾個鐵路機站的員工開始走出大門去吃午飯。埃米特觀察他們的時候，發現他原以為那名退伍老兵挑錯地方乞討，結果卻是大錯特錯。幾乎每個走出大門的人都會給他一點東西——五分、一角，或一句好話。

埃米特知道，從管理中心出來的人最可能有他所需要的資訊。他們負責規劃和派遣，所以知道哪些車廂會裝在哪一列火車上，在什麼時間開往什麼地方。但埃米特沒走近他們，反而等其他人：煞車手、裝貨員和技工——付出勞力，按工時獲得酬勞的人。埃米特直覺地認為這些人最可能在他身上看見他們自己的身影，就算沒讓同情心壓倒一切，至少沒那麼關心鐵路公司是不是收得到車資。但是，如果說直覺告訴埃米特，這些是他該去找的人，那麼理智也告訴他，應該要等到有人落單，因為就算工人或許會願意為陌生人違反規定，也是在沒有同伴的情況下比較可能這麼做。

埃米特等了將近半個鐘頭，才等來第一個機會——有個穿牛仔褲和黑色T恤的落單工人，看來頂多二十五歲。這年輕人停下來點菸的時候，埃米特過街。

——不好意思，埃米特說。

這年輕人揮揮火柴，草草瞄一眼埃米特，但沒說話。埃米特開口說了個捏造的故事，說他有個在堪薩斯城當技師的舅舅，今天下午會搭一班開往紐約的貨運火車停靠柳伊斯，但是埃米特不記得是哪班車，或什麼時候抵達。

埃米特第一眼看到這個年輕人的時候，覺得他們年齡相近，應該會是他的優勢。但他才剛開口，就發現自己猜錯了。這年輕人臉上浮現的輕蔑表情，是只有年輕人才會有的表情。

——少開玩笑了，他冷笑說，堪薩斯城的舅舅。你想得美。

年輕人抽了口菸，把沒抽完的菸往路上一丟。

——你何不幫你自己一個忙，臭小子，回家去吧。你媽還在想你跑哪裡去了呢。

這年輕人悠哉走開之後，埃米特和那名乞丐眼四目交接。這人一直看著他們的互動。埃米特把目光轉到警衛室，看警衛是不是也看見了，但那名警衛舒舒服服坐在椅子上看報紙。

一名穿連身工作服、年齡較大的人走出大門，停下來和乞丐親切講了幾句話。這人頭上的帽子往後推得老高，讓你不禁懷疑他幹嘛戴帽子。他離開乞丐往前走，埃米特上前去。

和第一個人的接觸，因年齡相近而成為劣勢，所以埃米特斷定他第二次該找個年齡差距儘量大的人。

——不好意思，先生，他帶著敬意說。

這人轉頭看埃米特，露出親切微笑。

——嘿，孩子，有什麼我可以幫忙的嗎？

埃米特又講了一遍舅舅的故事，穿連身工作服的這人饒富興味的聽，甚至還微微傾身，不想聽漏任何一個字。但埃米特講完之後，他搖搖頭。

——我很想幫忙，孩子，但我只負責修車，不知道車開往哪裡。

這名技工繼續往街上走去，埃米特開始接受事實，他得想個新的計畫。

——嘿，有人喊他。

埃米特轉頭，發現是那名乞丐。

——對不起，埃米特說，翻出口袋。我沒有錢可以給你。

——你誤會了，朋友，是我有東西要給你。

埃米特遲疑不前，乞丐便推著手推車走近。

——你想跳上開往紐約的貨運火車，對不對？

埃米特有點意外。

——我腿沒了，耳朵還在！要是你想跳上火車，那你就問錯人了。賈克森那人啊，就算你腳趾著火，他也不會替你踩熄。而阿爾尼，就像他說的，他只負責修車。修車不是小事，你也知道，但只確保一切都運作正常，並不管車要開到哪裡去。所以問賈克森或阿爾尼都沒必要。不，不對。如果你想知道怎麼偷偷跳上開往紐約的貨車，你該問的人是我。

埃米特勢必露出了不可置信的表情，因為乞丐咧嘴笑，大拇指戳著他的胸口。

——我在鐵路公司工作了二十五年。有十五年是當煞車手，十年在柳伊斯這裡的轉運場工作。你以為我是怎麼失去雙腿的？

他指著自己的大腿，又露出微笑。然後他打量埃米特，但表情比那個年輕工人親切得多。

——你幾歲——十八？

——是的，埃米特說。

——不管你信不信，我開始在鐵路公司工作的時候，比你還年輕幾歲。當年哪，你只要十六歲，他們就讓你工作。甚至十五歲也行，如果你長得夠高的話。

乞丐露出懷念的微笑，搖搖頭。然後他往後靠，像個坐在最喜歡的客廳椅的老頭那樣，讓自己舒服一點。

——我一開始是在聯合太平洋鐵路工作，負責西南部路線七年。接下來八年在當時全國最大的賓夕法尼亞鐵路工作。那段時間，我走動的時間比站著不動要多得多。到後來，我回家睡覺，早晨起床的時候都覺得房子在我腳下搖晃不停。我得要抓住家具，才能走到浴室。

乞丐哈哈笑，又開始搖頭。

——是啊，賓夕法尼亞，伯靈頓，聯合太平洋，大西部。這些鐵路我都很熟。

——你剛才提到開往紐約的火車，埃米特稍微催他。

——對，他回答說。大蘋果！可是你確定要去紐約？貨運站的好處就是，你可以到任何你想得出來的地方去，還可以到更多你連想都想不到的地方。佛羅里達，德州，加州。不然去聖塔菲？你去過沒？現在可是個大地方了。這個季節，白天暖和，晚上涼爽，而且還有你這輩子碰過最親切的señoritas（小姐）。

乞丐開始笑，埃米特擔心他們的談話又要開始扯遠了。

——我以後會找時間去聖塔菲，埃米特說，但目前我必須去紐約。

乞丐不再笑了，表情變得稍微嚴肅起來。

——唉，人生就是這樣，想去某個地方，卻不得不去另一個地方。

乞丐看看左右，又把推車推近一點。

——我知道你問賈克森，下午有沒有火車去紐約。有，帝國特快一點四十五分出發，那車太漂亮了。時速一百四十五公里左右，中途只停六站，所以不到二十四小時就可以抵達紐約。但如果你是想去紐約，那你不會想搭帝國特快，因為這車到芝加哥之後，要載滿滿一車廂的不記名債券到華爾街，所以車上至少有四名警衛，如果他們想讓你下車，可不會等到火車進站才動手。

乞丐仰頭看天。

——嗯，還有西岸易腐貨物號，六點鐘會經過柳伊斯，也還不錯。但這個時節，列車上的貨會載得滿滿的，而且你得在大白天上車。所以這班車也不行。你需要的是夕陽東方號。這班車經過柳伊斯的時間是午夜剛過。我可以告訴你該怎麼搭上車，但在我這麼做之前，你得先回答我一個問題。

——請問，埃米特說。

乞丐咧嘴笑。

——一噸麵粉和一噸餅乾之間有什麼差別？

⋯⋯　⋯⋯

埃米特回到客運火車站，看見比利還待在原地，鬆了一口氣。他坐在長椅上，背包擺在身旁，那本紅色大書攤在腿上。

埃米特走近，比利抬起頭，有點興奮。

——你找到我們可以搭便車的火車了嗎，埃米特？

——找到了，比利。可是那車要半夜十二點多才來。

比利點頭，表示認同，彷彿那車本來就該半夜十二點多才來。

——拿去，埃米特說，摘下向弟弟借來的手錶。

——不，比利說，你暫時戴著。你得要知道時間。

埃米特重新戴上手錶時，發現已經快下午兩點了。

——我餓了，他說。也許我應該去繞一圈，看能不能給我們找點東西來吃。

——你不必去找東西，埃米特。我這裡有我們的午餐。

比利探手到背包裡，拿出他的水壺、兩張餐巾紙，還有兩個用錫箔紙包得嚴嚴的、邊緣捏得稜角分明的三明治。埃米特微笑，知道莎莉包三明治和鋪床一樣，都一絲不苟。

——一個是烤牛肉，一個是火腿，比利說。我不記得你是比較喜歡烤牛肉，還是比較喜歡火腿，所以我決定各拿一個。這兩個都夾了乳酪，但是只有烤牛肉加了美乃滋。

——我吃烤牛肉，埃米特說。

兄弟倆打開三明治，大咬一口。

——願上帝保佑莎莉。

比利抬頭，附和埃米特這句感性的話，但他顯然很好奇，埃米特為什麼會在這個時候這樣說。埃米特舉起手裡的三明治，當成解釋。

——噢，比利說，這不是莎莉給的。

——不是？

——是辛普森太太給的。

埃米特高舉著三明治，愣了一晌。而比利又咬了一口。

——比利，誰是辛普森太太？

——剛才坐在我旁邊的好心太太。

——坐在你旁邊？

埃米特指著自己現在坐的地方。

——不是，比利說，指著他右邊的空位。她坐在這邊。

——這三明治是她自己做的？

——她去咖啡館買，然後拿回來給我，因為我說我不能走開。

埃米特放下手裡的三明治。

——你不該拿陌生人給你的三明治，比利。

——可是我們還是陌生人的時候，我並沒拿她的三明治。我拿的時候，我們已經是朋友了。

埃米特閉上眼睛好一會兒。

——比利，他儘可能好聲好氣，你不能因為和誰在火車站裡講話，就和他們當朋友。就算你們一起在長椅上坐了一個鐘頭，你對他們還是一無所知。

——我知道很多湯普森太太的事，比利糾正他。我知道她在愛荷華的奧圖瓦長大，就像我們農場一樣的地方，只不過他們種玉米，而且他們的農場也沒被查封。她有兩個女兒，一個住在聖路易，一個在芝加哥。住在芝加哥的那個叫瑪麗，就快要生小孩了，是她的第一個孩子。所以湯普森太太才會到火車站來。她要搭帝國特快到芝加哥，幫瑪麗照顧寶寶。湯普森先生不能去，因為他是獅子會會長，星期四晚上要主持晚餐會。

埃米特舉手投降。

——好吧，比利。我知道你瞭解了湯普森太太的很多事情，所以你們兩個可能已經不是陌生人了。你們已經彼此認識。可是這還是不能讓你們成為朋友。一兩個鐘頭的時間，是不能讓人成為朋友的。要花更長的時間才行，好嗎？

——好。

埃米特拿起三明治，又咬了一口。

——多久？比利問。

埃米特吞下嘴裡的東西。

——什麼多久？

——要和陌生人聊多久，才能讓他們成為你的朋友？

埃米特考慮要仔細解說，人與人之間的關係如何隨著時間而進展，但這太複雜了，所以他說：

——十天。

比利想了想，然後搖搖頭。

——要等十天才能成為朋友，好像太久了，埃米特。

——六天？埃米特建議。

比利咬了一口，一面嚼一面想，然後滿意地點點頭。

——三天，他說。

——好吧，埃米特說。我們兩個都同意囉，至少要三天，才能把某個人變成是朋友。在這之前，我們必須把他們當陌生人。

——或者是認識的人，比利說。

——或者是認識的人。

兄弟倆繼續吃。

比利把他的那本紅色大書擺在剛才湯普森太太坐的地方，埃米特歪頭指著書。

——你一直在看的這本是什麼書？

——阿巴卡斯・亞伯納斯教授的《英雄大全：冒險家與其他的英勇旅人》。

——好像很好看。我可以看一下嗎？

比利好像有點擔心，看看書，看看哥哥的手，然後又看著書。

埃米特把三明治擺在長椅上，仔細地用餐巾紙擦擦手。比利把書遞給他。

埃米特很瞭解弟弟，所以並不是隨便翻開一頁，而是從開頭——真的從最開頭——翻開扉頁。這樣做是對的。書的封面是紅色燙金色書名，而扉頁是一張非常細膩的世界地圖，一條條虛線縱橫交錯。每一條線都有一個英文字母標示，應該是代表一條不同的探險路線。

比利放下三明治，也用自己的餐巾紙擦擦手，稍微挨近埃米特一點，好讓兩人可以一起看書——就像他小時候，埃米特唸繪本給他聽時那樣。如同當年一樣，埃米特也看看比利，看他是不是準備好要繼續了。比利點點頭，埃米特翻到書名頁，意外看見一段題詞。

艾麗．梅迪森

願你的旅行與探險順利平安

給英勇無畏的比利．華特森，

埃米特雖然覺得這名字有點眼熟，但不記得艾麗．梅迪森究竟是誰。比利必定是察覺到哥哥的好奇，因為他的手指輕指著她的簽名。

——圖書館員。

對啊，埃米特想。是那位戴著眼鏡、提起比利神情滿是疼愛的圖書館員。

埃米特翻過一頁，到了目錄頁。

阿基里斯（Achilles）	布恩[15]（Boone）
凱撒（Caesar）	唐泰斯（Dantès）
愛迪生（Edison）	霍格[16]（Fogg）
伽利略（Galileo）	海克力斯（Hercules）

15 Daniel Boone，1734-1820，美國知名拓荒者與探險家。

16 Phileas Fogg，儒勒．凡爾納（Jules Verne）小說《環遊世界八十天》的主角。

以實馬利（Ishmael）　傑森（Jason）
亞瑟王（King Arthur）　林肯（Lincoln）
麥哲倫（Magellan）　拿破崙（Napoleon）
奧菲斯[17]（Orpheus）　馬可波羅（Polo）
唐吉訶德（Quixote）　羅賓漢（Robin Hood）
辛巴達（Sinbad）　翟修斯[18]（Theseus）
尤里西斯（Ulysses）　達文西（da Vinci）
華盛頓（Washington）　色諾斯（Xenos）
你（You）　蘇洛（Zorro）

——這是按字母順序排列的。

埃米特看了一會兒，又翻回扉頁，拿這些英雄的名字和標有字母的虛線比對。沒錯，他想，有麥哲倫從西班牙航向東印度群島的路線，有拿破崙向俄國進軍的路線，還有丹尼爾．布恩在肯塔基荒野探險的路線。

迅速看了一下簡介之後，埃米特開始翻看書內的二十六章，每一章都有八頁。內文對英雄的童年時期輕描淡寫，主要的焦點集中在他們的探險、成就，以及對後世的影響。埃米特知道他弟弟為什麼對這本書百看不厭，因為每一章都有設計得引人入勝的地圖和插畫：譬如達文西飛行器的藍圖，翟修斯去找米諾陶洛斯決鬥的迷宮。

17 Orpheus，希臘神話人物，曾遠征尋找金羊毛。
18 Theseus，傳說中的雅典國王，冒險事蹟之一是殺死迷宮中的牛頭怪米諾陶洛斯。

在接近全書結尾的部分，埃米特看見兩頁空白，停了下來。

——他們漏印了這一章。

——你漏看一頁了。

比利傾身翻回前一頁。這一頁也是空白，但左頁上方有章名：你。

比利帶著敬意摸摸這頁。

——亞伯納斯教授邀請你寫下自己的探險故事。

——我猜你還沒展開你的探險，埃米特微笑說。

——我覺得我們現在正在探險，比利說。

——也許你可以趁我們等火車的時候，先寫開頭。

比利搖搖頭，把書翻回第一章，讀開頭的第一句：

——我們用跑得飛快的阿基里斯展開我們的故事，再適合不過。阿基里斯的冒險犯難因荷馬史詩《伊里亞德》而永垂不朽。

比利抬頭開始解釋。

——特洛伊戰爭之所以開始，是因為帕里斯的裁判。掌管紛爭的女神因為沒被邀請參加在奧林帕斯舉行的婚宴而生氣，丟了顆金蘋果在桌上，上面刻了「獻給最美麗的女神」。雅典娜、赫拉和阿芙羅黛蒂都認為蘋果是自己的，所以宙斯要她們到凡間，並選擇特洛伊王子帕里斯來解決這個紛爭。

比利指著插畫，畫中三個幾乎衣不蔽體的女人圍著一個坐在樹下的年輕男子。

——為了影響帕里斯的評斷，雅典娜允諾賜與他智慧，赫拉允諾給他權力，而阿芙羅黛蒂允諾給他世界上最美的女人，也就是斯巴達國王梅奈勞斯的妻子海倫。帕里斯選定阿芙羅黛蒂為最美的女神，她則幫他誘拐海倫，引起梅奈勞斯震怒，對特洛伊宣戰。但荷馬並沒有用他的故事開場。

比利的手指移到第三段，指著三個拉丁字組成的詞彙。

——荷馬的故事一開始是in medias res，也就是「從中間開始」。故事一開場是戰爭的第九年，我們的英雄阿基里斯在營帳裡生氣。從此，許多的探險故事也採用這樣的敘事方式。

比利抬頭看哥哥。

——我確信我們已經開始探險了，埃米特。但我不能現在就開始寫，我要先知道什麼時候故事進行到中間，才能開始動筆。

公爵夫人

毛毛和我躺在芝加哥以西約莫八十公里的霍華強生連鎖旅館床上。剛越過密西西比州界到伊利諾州的時候，我們經過第一家霍華強生旅館，毛毛欣賞那橘色屋頂與藍色尖頂。經過第二家的時候，他又再次細看——彷彿為他自己眼前看見的東西擔心，或怕我會不知所措。

——別這麼煩惱，我說，那只是霍華強生。

——霍華什麼？

——是餐廳和汽車旅館，毛毛。不管到哪裡都有，而且都長得一模一樣。

——全部？

——全部。

毛毛十六歲的時候，已經去過歐洲不下五次了。他去過倫敦、巴黎和維也納，逛博物館，聽歌劇，登上艾菲爾鐵塔。但在國內，毛毛大半時間卻都關在公園大道的公寓，阿第倫達克的大宅，或新英格蘭的三所寄宿學校校園裡。毛毛對美國不理解的問題之多，足足可以填滿整個大峽谷。

我們的車經過餐廳入口之後，毛毛還轉頭看。

——二十八種冰淇淋口味，他嘖嘖稱奇唸出來。

就在天色漸暗，我們又累又餓的時候，毛毛看見遠處有個藍色尖頂突出在地平線上，絕對不會錯過。

毛毛住過很多旅館，但沒住過像霍華強生這樣的。我們一進房間，他就像個來自另一個星球的私家偵探那樣鬼吼鬼叫。他打開櫃子，驚詫地發現燙衣板和熨斗。他打開床頭櫃抽屜，驚詫地發現一本聖經。他走進浴室，又走出來，手裡拿著兩塊小肥皂。

——是單片包裝的耶！

我們一安頓好，毛毛就打開電視。螢幕上首先跳出來的是電視劇《獨行俠》（*Lone Ranger*），主角戴著比博亞迪主廚更大更白的帽子，對一名年輕槍手訓話，說什麼真理、正義和美國作風之類的。你看得出來，這槍手很不耐煩，但正要拔出六發式左輪手槍的時候。毛毛就轉台了。

現在螢幕上出現的是喬・富萊蒂警探[19]，身穿西裝，頭戴呢帽，對著一個修理摩托車的青少年罪犯訓話，內容和獨行俠說的差不多。這青少年犯也開始不耐煩了，但就在他看似要拿扳手敲富萊蒂腦袋的時候，毛毛又轉台了。

又來了，我心想。

理所當然，毛毛會一直轉台，轉到廣告出現才罷休。他關掉聲音，豎起枕頭，讓自己在床上舒舒服服的。

這不是典型的毛毛嗎？在車上的時候，他看不見畫面，光聽廣告。現在他想看廣告畫面，不想聽聲音。廣告時間結束之後，毛毛關掉他床邊的燈，躺下來，雙手枕在腦後，眼睛瞪著天花板。

晚餐之後，毛毛又喝了幾滴藥，我想藥效應該開始發作了，所以他開口對我講話的時候，我嚇了一跳。

——嘿，公爵夫人，他說，眼睛仍然看著天花板。

——什麼，毛毛？

——星期六晚上八點，你、我、埃米特和比利一起坐在點唱機旁邊的時候，那裡還會有誰在？

19 Joe Friday，美國犯罪劇集《警網》（*Dragnet*）的主角，為洛杉磯的警探。《警網》原本為廣播，後來改為電視劇。

——你是說雷歐尼洛餐廳？我想想看喔。星期六晚上會有幾個市政府的大人物。有個拳擊手和幾個黑道人物，也許棒球員喬．狄馬喬和瑪麗蓮．夢露也會來，要是他們在城裡的話。

——所有的人都在同一個晚上出現？

——是這樣沒錯，毛毛。你開一家沒有人能進去的餐廳，結果就是所有的人都想去。

毛毛思索了一分鐘。

——他們會坐在哪裡？

我指著天花板上的一塊地方。

——黑道坐在市長旁邊的雅座。拳擊手會帶著女歌手在吧台吃生蠔。狄馬喬夫婦的桌子在我們旁邊。但最重要的部分來了，毛毛。廚房門邊的那個雅座，有個頭微禿的小個子男人，身穿細條紋西裝，自己一個人坐。

——我看見了，毛毛說，他是誰？

——雷歐尼洛．布蘭多里尼。

……

——你是說老闆？

——正是他。

——他自己一個人坐？

——就是這樣。至少是晚上剛開始的時候。他通常在晚上六點、大家都還沒來的時候坐在那裡。吃點東西，喝杯奇揚地葡萄酒。有時候也看書，或打電話。你知道的，是有長長線圈，可以拉到桌上來打的那種電話。到了八點左右，餐廳開始熱鬧起來，他就迅速喝完一杯雙份濃縮咖啡，開始逐桌打招呼。**今天晚上還好嗎？**他會拍拍顧客肩膀說。**又見到你，很開心，餓了嗎？我希望是，因為我們有很多東西可吃**。讚美完女顧客之後，他會對酒保打個手勢。**嘿，羅可，再請我的朋友們喝一杯**。然後他就走到下一桌，又拍拍顧客肩膀，讚美女士，再請喝一杯酒。也許這次不請喝酒，而是來盤炸花枝圈或提拉米蘇。反正都是老闆請客。雷歐尼洛打完一圈招呼之後，店裡的每一個人——我指的是從市長到瑪麗蓮．夢露的每一個人——都覺得今晚很特別。

毛毛又沉默了好一會兒。於是我告訴他一件我從沒告訴過別人的事。

——這就是我想做的，毛毛。這就是我有了五萬元之後想做的事。

我聽見他翻身的聲音。他翻過身來好看著我。

——要在雷歐尼洛弄張桌子？

我笑起來。

——不是的，毛毛。我要開一家**我自己的**雷歐尼洛餐廳。一家義大利小餐廳，有紅色皮面雅座，點唱機有法蘭克．辛納屈的歌。一家沒有菜單，每張桌子都保留給某個人的餐廳。我可以在廚房旁邊的那個雅座吃晚餐，打幾通電話。然後八點左右，喝完雙份濃縮咖啡，就一桌桌和客人打招呼，叫酒保再請他們喝杯酒——餐廳招待。

我看得出來，毛毛喜歡我的計畫，和喜歡比利計畫的程度差不多，因為他又翻身仰躺，微笑看著天花板，整個場景出現在他眼前，就像我所想像的那般清晰。甚至更清晰。

明天，我想，我可以拿到他畫的建築設計圖。

——會在什麼地方？他隔了一晌之後問。

——我還不知道，毛毛。但我決定之後，會第一個告訴你。

這句話也讓他微笑。

幾分鐘之後，他就沉入睡夢世界。我知道，因為我看見他的一條手臂從床緣垂下，手指碰到地毯，但他一點反應都沒有。

我起身，把他的手臂擺回身旁，從床尾拉起被子，幫他蓋好。然後給玻璃杯裝了水，放在床頭櫃上。雖然他吃的藥常讓他早晨口渴，但他總是不記得睡前要在伸手可及之處擺杯水。

我關掉電視，脫掉衣服，爬到我自己的被子底下，還不住在想：餐廳會開在什麼地方？

打從一開始，我想像有個自己地方的時候，就覺得是在紐約市區——八成是在格林威治村的麥克杜格爾街或蘇利文街，在爵士酒吧和咖啡館附近的小地方。但也許我的想法是錯的。我也許應該把餐館開在還沒有雷歐尼洛餐廳的州。例如像……加州。

沒錯，我想，加州。

我們拿到毛毛的信託基金，開車回內布拉斯加之後，甚至不必下車。就像今天早上這樣，毛毛和比利坐後座，我和埃米特在前座，只是比利指南針的箭頭得改指西方了。

問題是我對舊金山沒把握。

別誤會我的意思，舊金山是個多彩多姿的城市——霧氣在碼頭飄蕩，酒鬼在田德龍區遊蕩，巨大的紙龍在唐人街街道上飄揚。所以電影裡老是有人在舊金山被謀殺。然而，除了多彩多姿之外，舊金山似乎無法支撐像雷歐尼洛這樣的地方。因為舊金山不夠浮誇。

但是洛杉磯呢？

洛杉磯的浮誇氣息多到可以裝瓶外銷。打從有電影明星這個行業開始，洛杉磯就是電影明星居住的地方。最近拳擊手和黑幫老大也在那裡開店。就連法蘭克．辛納屈也搬去了。要是這個湛藍雙眸的傢伙願意用好萊塢這個浮華城來代替大蘋果，那我們也可以。

洛杉磯，我心想，那裡連冬季都是夏天，每個女服務生都是剛起步的小明星，街道名字多到連總統和樹名都不夠用。

這才是我說的嶄新開始！

可是埃米特關於背包的說法是對的。重新開始並不只是在一座新的城市有一個新的地址。不在於有份新的工作，有個新的電話號碼，甚至也不在於有個新的名字。新的開始需要清理掉過去的一切。

意思是，你必須償清過去欠別人的債，也收回別人欠你的債。

埃米特放棄農場，在廣場挨揍，已經清理完他所有的債務。如果我們要一起西行，那麼或許我也該清理我的債務了。

我不必花多少時間就算清楚。躺在在薩林納的床鋪上，我有太多的夜晚可以思索我還沒搞定的債務，所以最大的幾筆債務這時立即浮上心頭，總共有三筆：一筆是我要償付的，兩筆是我要收回的。

埃米特

埃米特和比利快步穿過鐵道路堤底部的灌木叢，朝西走。走在鐵軌上會比較容易，但埃米特覺得這麼做太輕率，即使是在月光下。他停下腳步轉頭看比利，比利努力要跟上他。

——你確定不要我替你揹背包？

——我可以的，埃米特。

埃米特轉身面向前方，看看比利的手錶，發現已經十一點四十五分。他們是十一點十五分離開車站的。這段路比埃米特預期的還難走，他們這個時間應該要抵達松樹林才對，所以看見頭頂上方有尖尖的綠樹輪廓，他鬆了一口氣。他們快走幾步，踏進陰影裡，默默等待，聽見上方有貓頭鷹啼叫，也聞到腳下的松針香氣。

埃米特又瞄了一眼比利的手錶，已經十一點五十五分。

在這裡等，他說。

埃米特爬上鐵道路堤，望著鐵軌。遠遠的，他看見火車頭前方射出針頭般細小的燈光。埃米特回到弟弟身邊，在陰影裡等候。他很慶幸他們沒走在鐵軌上。儘管他看見火車頭的時候，列車還遠在一公里半以外，但他才走到弟弟旁邊，長長的車廂已經從頭上駛過。

比利不知是興奮還是擔心，緊緊抓著埃米特的手。

埃米特猜要等五十個車廂經過之後，火車才會慢下來。火車終於靜止時，最後十個車廂剛好就在埃米特和比利站的地方前面，完全和下午那名乞丐說的一樣。

到目前為止，一切都如他所言。

一噸麵粉和一噸餅乾有什麼差別？這是乞丐在貨運場問埃米特的問題。他眨眨眼，回答了自己的謎題：約莫九十立方公尺。

利用同一條路線來回運送貨物的公司——他耐住性子繼續解釋——通常在合約裡載明固定的載貨容積比較好，因為不怕價格波動。既然曼哈頓的納貝斯克食品公司每週收到從中西部運來的麵粉，然後每週運送製成的產品到中西部，擁有自己的車廂當然也就很合理。唯一的問題是，很少有東西密度比一袋麵粉高，也很少有東西密度比一箱餅乾低。所以他們公司的車廂如果往西行的時候載滿餅乾，回程載麵粉往紐約去的時候，就會有五、六個車廂是空的，而且誰都懶得大費周張去上鎖查核。

乞丐指出，對搭便車的人來說，掛在列車最後面的空車廂是天賜好運，因為夕陽東方號的火車頭十二點零幾分抵達柳伊斯站的時候，列車最後的幾節車廂還遠在車站一公里半以外。

火車停下之後，埃米特立刻爬上路堤，試試最近的車廂門，試到第三個車廂發現沒鎖。埃米特招手叫比利，拉他上來，然後爬進車廂，用力關上門，砰一聲，整個車廂便陷入黑暗。

乞丐說過，他們可以打開車廂頂的廂蓋，讓空氣和光線進來，但是快到芝加哥的時候要關上，因為敞開的廂蓋必定會引起注意。但埃米特在關上廂門之前，並沒想過要打開廂蓋，所以也沒先搞清楚廂蓋在哪裡。他伸出雙手摸索著車門，想找門閂，好打開門，但這時火車往前一動，害他身體往前衝，撞上對面的牆。

在黑暗裡，他聽見弟弟移動的聲音。

——別動，比利，他警告說，等我找到門閂。

但突然有一束光線朝他射來。

——你要不要用我的手電筒？

埃米特微笑。

——要，埃米特說，我要。噢，不，你幫我照亮角落的那個梯子。

埃米特爬上梯子，打開廂蓋，迎進月光和一陣清風。因為曬了一整天太陽，車廂裡的溫度想必有二十六度。

——我們到這邊來吧，埃米特說，帶著比利走到車廂另一頭，如果有人從廂蓋上往裡看，比較不容易看見窩在這個角落裡的他們。

比利從背包裡抽出兩件T恤，一件交給埃米特，說如果折起來，就可以當枕頭，阿兵哥都是這麼做的。比利重新繫緊背包帶子，頭枕在折疊起來的T恤上，馬上就睡著了。

儘管埃米特像弟弟一樣筋疲力竭，但他知道自己沒辦法這麼快睡著。白天的風波還讓他情緒激動。他真正想要的是一根菸，但只能將就著喝杯水。

埃米特拿起比利的背包，帶到廂蓋下方風比較涼的地方，然後背靠牆坐下。他打開背包，拿出比利的水壺，旋開壺蓋，喝了一小口。埃米特非常口渴，可以一口氣喝光壺裡的水，但他們抵達紐約之前，很可能沒有機會再裝水，所以他又喝了第二口，就把水壺放回背包，像弟弟那樣重新繫緊背帶。埃米特正要把背包擺回原位時，注意到外口袋。他瞄了比利一眼，翻開袋蓋，拿出那個信封。

埃米特把信封拿在手裡好一會兒，彷彿在掂重量。又瞄了弟弟一眼之後，他拉開紅繩，把媽媽的明信片倒在膝上。

埃米特小時候並不會說媽媽不快樂。他不會這樣對別人說，也不會這樣對自己說。但不知什麼時候，在某個無法言明的階段，他突然明白媽媽並不快樂。埃米特之所以知道，並不是因為她落淚或公開哀嘆，而是因為在午後看見她未完成的工作。他下樓走進廚房的時候，可能會看見十幾條胡蘿蔔躺在砧板上，旁邊一把菜刀，六條已經切片，六條還完整無缺。或者從穀倉回來的時候，看見洗好的衣服有一半已經晾在曬衣繩上，另一半還濕濕的留在籃子裡。他四下尋找媽媽的時候，有時會看見她坐在前門門階上，手肘撐在膝蓋上。埃米特會悄悄的、近乎試探地開口：**媽**？她會抬頭，彷彿發現驚喜。媽媽往旁邊挪了挪，在台階上空出個位子給他坐，摟摟他的肩膀，或搓搓他的頭髮，然後繼續盯著自己剛才看著的地方——在前門廊和地平線之間某處的某個東西。

因為小孩不懂世事，就以為他們家的習慣，是全世界通行的習慣。晚餐餐桌上常怒言相向的家庭長大的小孩，會以為每一個家庭都會在餐桌上怒言相向。晚餐時完全不交談的家庭長大的小孩，會以為每一個家庭都默默吃飯不講半句話。儘管這是普遍的事實，但當時年紀還小的埃米特卻已察覺，午後只做了一半丟在那裡的家事，想必是某種不對勁的徵兆——就像他在幾年之後終於瞭解的，農場若是每個季節都換作物栽種，正是這個農夫不知道自己在做什麼的徵兆。

埃米特迎著月光舉起明信片，按著一路往西的順序，重新一張一張地看——歐加拉拉、夏安、羅林斯、石泉城、鹽湖城、伊利、雷諾、沙加緬度、舊金山——仔細看每一張風景照片，仔細讀每一個字，彷彿是個情報官員，努力解讀外勤幹員送回來的加密訊息。但是，就算他今晚比那天在餐桌上更仔細看這些明信片，還是沒能比上次多解讀出任何訊息。

這是舊金山林肯公園裡的榮勛宮，這裡每年七月四日都會有全加州最盛大的煙火表演。

埃米特不記得自己告訴過比利，媽媽很喜歡煙火，但這卻是無庸置疑的事實。他們媽媽在波士頓長大，夏天都待在鱈魚角。她雖然沒多提在鱈魚角的生活，但卻帶著往日的興奮描述每年七月四日義勇消防隊贊助的港口煙火會。她還小的時候，和爸媽一起在她家的碼頭盡頭觀賞煙火。但年紀稍長之後，爸媽就准她駕繫泊在她家碼頭的帆船出港，自己一個人在船尾欣賞煙火。

埃米特八歲的時候，媽媽在五金行聽卡萊特先生說，距摩根約一個多小時車程的小鎮席華德，七月四日將舉行一場小小的慶祝活動，下午有遊行，天黑之後有煙火。埃米特媽媽對遊行沒興趣。所以他們那天提早吃完晚飯之後，埃米特就和爸媽駕著貨車出發了。

卡萊特先生說是場小小的慶祝活動，所以埃米特媽媽以為是像其他小鎮的節慶一樣，掛著學生做的布條，有教會婦女擺折疊桌賣飲料。但抵達之後，她目瞪口呆地發現，席華德的七月四日活動，會讓她畢生所見的其他慶祝會都相形見絀。這是鎮上籌備一整年的活動，甚至有人遠從愛荷華的德梅因而來。華特森家抵達時，唯一有空位的停車場離鎮中心有一點六公里遠，等他們終於步行到施放煙火的梅溪公園時，草地上的每一寸空間都有人鋪上毯子吃自家帶來的晚餐。

隔年，他媽媽不願再犯同樣的錯誤。七月四日吃完早餐之後，她宣布他們要在午餐之後就出發去席華德。但她準備好要帶去野餐的晚餐，打開餐具抽屜拿出刀叉之後，突然停下來，瞪著面前的東西看。接著，她轉身走出廚房，爬上樓梯，埃米特緊緊跟在她背後。她媽媽在臥房裡抓來一張椅子，站上去，伸手拉一條垂在天花板上的短繩。她用力一拉，天花板上的一個門開了，一個梯子隨之而下。

埃米特瞪大眼睛，準備等媽媽叫他在這裡等著。但媽媽一心要完成她的任務，急忙爬上梯子，沒停下來告誡他。他跟在媽媽後面爬上窄窄的梯子，她忙著挪開箱子，也沒趕埃米特下去。

媽媽找東西，而埃米特則四處看閣樓裡的奇怪收藏：一部差不多和他一樣高的老舊收音機，一把壞掉的搖椅，一架黑色的打字機，還有兩只貼滿彩色貼紙的大行李箱。

——找到了，媽媽說。

她對埃米特微笑，舉起一個看似小手提箱的物品。只不過這不是皮製的，而是藤編的。

回到廚房，媽媽把這個小手提箱放在餐桌上。

埃米特看到媽媽因為閣樓的熱氣而冒汗。她用手背抹抹額頭，在皮膚上留下一條條灰塵印子。她打開箱子上的搭鎖，又露出微笑，掀開箱蓋。

埃米特知道，儲藏在閣樓的手提箱有可能是空的，所以看見箱裡有東西，而且是滿滿的東西時，他反倒嚇呆了。箱子裡整整齊齊排列的，是你在野餐時會用到的所有東西。在一條固定用的束帶下方，有一落六個紅色盤子，另一條束帶下，是疊起來的六個紅碗。一個窄長的凹槽擺叉子、刀子和湯匙，另一個短些的凹槽擺開酒器。甚至還有兩個形狀一模一樣的罐子，是胡椒與鹽罐。在箱蓋裡側，有一條紅白格紋桌布，用兩條皮束帶固定住。

埃米特這輩子從沒看過製作如此精巧的東西：一樣不缺，一樣不多，所有的東西都擺在各自的位置。他再也沒見過像這樣的東西，直到十五歲，他才在舒爾特先生工具間的工作檯上，看見整整齊齊排列的溝槽、釘拴、勾子，用來固定他的各式工具。

——天哪，埃米特說。而他媽媽笑起來。

——這是你艾德娜姨婆送的。

然後她搖搖頭。

——我想我打從結婚之後就沒打開過。可是我們今天晚上可以拿來用！

那年，他們下午兩點鐘就抵達席華德，在草地正中央找到一塊地方，鋪開他們的格紋桌布。埃米特的爸爸原本有點不願意這麼早來，但到了之後，也沒表現出不耐煩。事實上，挺令人意外的是，他竟然從袋子裡拿出一瓶葡萄酒。埃米特爸媽喝酒的時候，爸爸一面講他那個小氣鬼莎蒂姑姑，忘東忘西的戴夫叔叔，還有他東岸那些怪里怪氣的親戚，惹得埃米特媽媽哈哈大笑。她很少像這樣開懷大笑。

隨著時間過去，草地上有越來越多毯子和籃子，有越來越多笑聲和歡樂情緒。夜色終於降臨時，華特森一家人躺在格紋布上，埃米特夾在爸媽中間。第一朵煙火咻咻爆開時，他媽媽說：**我絕對不會錯過這個**。那天晚上開車回家時，埃米特覺得他們三個此後每年都會參加席華德七月四日的慶祝會。

但是隔年二月——比利出生幾週之後——他們媽媽突然很不對勁。有些日子，她非常疲累，連以前她常做到一半就扔下不管的家事都沒辦法做了。有些日子她甚至不起床。

比利三週大的時候，艾柏斯太太——她的小孩都有自己的小孩了——開始每天過來幫忙家務，照顧比利，讓埃米特媽媽可以恢復元氣。四月，艾柏斯太太開始只來上午，到了六月，她完全不來了。七月一日晚餐時，埃米特的爸爸有點興奮地問今年要幾點出發去席華德，埃米特的媽媽說她不確定要不要去。

隔著餐桌，埃米特覺得他從未看過爸爸這麼傷心。但埃米特爸爸秉持一貫的作風，靠著沒能從經驗中學到教訓的自信心，繼續行動。七月四日早晨，埃米特爸爸準備好野餐吃的晚餐。他拉開天花板門，爬上窄梯，從閣樓拿下野餐籃。他把比利放進嬰兒睡籃，把貨車開到門口。下午一點，他走進屋裡，喊著：**走吧，各位！我們不能讓別人占走我們最喜歡的位子！**埃米特媽媽答應要去。

又或者，她只是默默服從。

她爬上車，什麼也沒說。

他們都沒說話。

到了席華德，走到公園正中央，埃米特爸爸鋪開格紋布，開始從籃裡拿出刀叉時，埃米特媽媽開口了：

——來，讓我來吧。

這一瞬間，他們所有人肩頭的重負似乎全消除了。

擺好紅色塑膠杯之後，她拿出丈夫做的三明治。她餵比利吃丈夫記得要帶的蘋果泥，輕輕搖著比利的睡籃，直到他睡著。喝著丈夫記得帶的葡萄酒時，她要丈夫講他那些怪里怪氣的叔叔姑姑的故事。夜色降臨之後不久，第一發煙火在公園上空迸裂出七彩繽紛的火花時，她伸手捏住丈夫的手，對他溫柔一笑，淚水淌下臉頰。埃米特和爸爸看見她的淚水，對她微笑，因為他們看得出來這是感激的微笑——是感激，而不是懊悔她之前的意興闌珊，她丈夫堅持這麼做，他們一家四口才能在這個溫暖的夏夜共享如此美麗的煙火會。

一家人回到家，埃米特爸爸提睡籃和野餐籃，埃米特媽媽拉著他的手上樓，幫他蓋好被子，親吻他的額頭，然後穿過走道，同樣為比利蓋好被子，親吻他的額頭。

那天晚上，埃米特和他這輩子的每個夜晚一樣，睡得很沉。隔天早晨醒來，媽媽已經離開了。

埃米特又看一眼榮勛宮，然後把明信片收回信封裡。他重新繫好封套外的細紅繩，塞回比利背包裡，扣緊袋口的帶子。

第一年對查理・華特森來說很難熬，埃米特回到弟弟身邊時回想。天候的考驗持續肆虐，財務危機隱隱逼近。而鎮上的人隨口嚼舌根，議論華特森太太的突然離家。但讓爸爸最難負荷的——讓他倆都難以負荷的——是終於醒悟，煙火開始施放時，埃米特媽媽拉住丈夫的手，並不是感激他的堅持不懈，或他的忠誠與支持，而是感激他說服她暫時擺脫憂鬱，親眼目睹這神奇的煙火表演，提醒她，若是願意拋棄生活日常，她的人生可以擁有何等的喜悅。

·倒數·
第7日

公爵夫人

這是地圖！毛毛驚喜大叫。

——是啊。

我們坐在霍華強生的雅座裡等我們的早餐。我們面前各有一張紙餐墊，但這餐墊同時也是一張簡單的地圖，印著伊利諾州的重要道路與城市，還有一些不成比例的圖，是各地區的地標。除此之外，也標出全部十六家的霍華強生旅館，每一家都有橘色屋頂和藍色尖塔。

——我們在這裡，毛毛指著其中一家說。

——你說是就是。

——這是林肯公路。看看這個！

我還沒低頭看**這個**是什麼，我們的女服務生——看起來絕對不超過十七歲——就把盤子放在我們的餐墊上。

毛毛皺起眉頭。看她走開之後，毛毛把盤子推到右邊，才能一面吃，一面繼續看地圖。

看見毛毛對他的早餐如此漫不經心，實在是很諷刺，因為他剛才點菜的時候明明很興奮。我們的女服務生把菜單交給他，他看見菜單那麼大張，還有點緊張。他深吸一口氣，大聲唸出每一個品項的內容描述。然後，確定自己什麼也沒漏掉之後，他又從最後一項到第一項，倒過來再讀一遍。女服務生回來要幫我們點餐時，他充滿自信地說他要點鬆餅——或炒蛋——但她正要離開桌邊時，毛毛又換成薄煎餅。但薄煎餅端上桌，精心淋上一圈圈楓糖之後，毛毛卻視而不見，只吃培根。我和他相反，根本不浪費時間看菜單，迅速決定要吃鹹牛肉煎馬鈴薯，加上太陽蛋。

我吃完盤裡的東西，靠在椅背上，看看左右，心想，要是毛毛想知道我開的餐廳會是什麼模樣，那他最好別多看霍華強生的餐廳。因為我的餐廳會和這裡恰恰相反。

就拿氣氛來說吧，霍華強生的善良人們決定要把他們橘色屋頂和藍色尖塔的招牌色也用在餐廳裡，所以雅座是亮橘色的，女服務生制服是亮藍色的——儘管大家一直都知道，這兩個顏色配在一起，根本無法引起食欲。而這個地方最大的建築特色就是一長排觀景窗，讓每個人都可以清清楚楚看見停車場。餐點呢，就只是一般小吃店菜色的稍加提升修飾版，而這裡的顧客，是只要瞥上一眼，你對他們的瞭解就遠比你想知道的多得多的那種人。

比方坐在隔壁雅座的那個紅臉傢伙，拿一整塊全麥吐司抹盤子上的蛋黃。他肯定是個四處推銷的銷售員，我這輩子看得夠多了。由默默無聞的中年男子組成的家族樹上，巡迴推銷員應該算是過氣演員的表兄弟。他們開著同樣的車，去同樣的城鎮，住在同樣的旅館。事實上，他們身上唯一能看得出來的區別，是推銷員腳上的鞋子比較實用。

如果我還需要其他證據，那麼看他運用他的百分比運算能力核計給服務生的小費之後，我還看見他在收據上加了註記，對折，收進皮夾，回去以後要交給做會計的男孩。

推銷員起身離開的時候，我從牆上的時鐘看見已經七點半了。

——毛毛，我說，我們之所以這麼早起床，就是為了要早點出發。我去上廁所，你解決掉這些煎餅，然後我就可以結帳上路了。

——沒問題，毛毛說，又把盤子往右推開幾公分。

上廁所之前，我在櫃台換了一點零錢，溜進電話亭。我知道艾克力退休之後住在印第安納州，但我不知道具體的地點。所以我請接線生查薩林納的電話號碼。因為時間還很早，所以電話響了八聲才終於有人接。我猜接電話的是露欣達，守在典獄長辦公室門口那個戴眼鏡的黑髮女子。我模仿我爸爸，用李爾王來對付她。這是我爸打電話請人幫個小忙的時候，最喜歡用的角色。當然，要稍帶英國腔，而且要有點迷糊的感覺。

我告訴她說我是艾力克在英國的叔叔，想在獨立紀念日寄張卡片給他，好讓他知道我們之間沒有任何嫌隙，但是我不知道把地址簿搞到哪裡去了，她有沒有辦法幫幫這個可憐的老傢伙？一分鐘之後，她帶著答案回來：南灣市杜鵑路一三二號。

我吹了聲口哨，從電話亭走到男廁，結果看見站在小便池前的不是別人，就是剛才隔壁雅座的那個紅臉男。我尿完，和他一起在水槽前洗手，在鏡裡對他飛快一笑。

——先生，我覺得你是位銷售員。

他有點驚訝，從鏡裡看我。

——我是做銷售的。

我點點頭。

——你身上有那種經驗豐富，而且對誰都很親切的氣質。

——啊，謝了。

——是挨家挨戶推銷？

——不是，他說，有點被冒犯了，我是負責專業客戶的。

——當然啦。是哪一行，如果你不介意我問的話。

——廚具。

——像冰箱或洗碗機那類的？

他臉皺了起來，好像被我擊中痛處。

——我專門做比較小型的電器。例如攪拌機和手動攪拌器。

——小而重要，我指出。

——噢，是啊，沒錯。

——那請問，你是怎麼做的？我的意思是，你和客戶碰面的時候，怎麼推銷？例如賣你的攪拌機？

——我們的攪拌機有口皆碑，不必我推銷。

從他這句話的口氣，我看得出來，他這句話已經講過幾千遍了。

——你太謙虛了，我知道。但是老實說，你談到你們公司的攪拌機和競爭對手的產品比較，該怎麼……區別？

聽見「區別」這兩個字，他變得嚴肅而有自信起來，儘管他是在霍華強生旅館的洗手間裡對一個十八歲的男生講話。他突然準備好要開始推銷，就算想停也停不下來。

——我剛才說我們的攪拌機有口皆碑，是半開玩笑的。因為，你也知道，沒多久之前，銷售前幾名的攪拌機都只有三段變速：低速，中速，高速。我們公司的攪拌機是第一個做出功能區別的，我們的按鈕還提供不同型態的攪拌：混合，攪拌，打發。

——太有創意了。你們一定有自己的市場。

——有段時間是這樣沒錯，他承認，但我們的競爭對手很快就急起直追。

——所以你們得領先一步。

——沒錯。所以我可以很驕傲的說，我們今年成為全美國第一家引進第四攪拌階段的攪拌機製造商。

——第四階段？在混合，攪拌，打發之外？

這懸而未決的答案快要了我的命。

——研磨成泥。

——太厲害了，我說。

從某個角度來說，我確實覺得很厲害。

我又飛快瞥他一眼，但這次是讚賞的眼神。然後問他，他是不是也去參戰了。

——我沒有榮幸去上戰場，他說。這句話同樣也說過幾千遍了。

我同情地搖搖頭。

——那些男孩回來的時候好熱鬧啊。煙火啊，遊行什麼的。市長在他們衣領上別獎章。每個漂亮的小姐都排隊想親吻身穿制服的傻瓜。但你知道我是怎麼想的嗎？我覺得美國人民應該對巡迴銷售員多一點敬意。

我看不出來我是不是打動他了。所以我在嗓音裡多加了些情感。

——我父親也是巡迴銷售員。噢，他走的里程，按的門鈴，可多著呢。他遠離溫暖舒適的家，在外地過夜。我必須說，你們巡迴銷售員不只是辛勤工作的人，而且還是為資本主義打下江山的步兵！

我覺得這句話讓他臉紅了。雖然他臉色本來就紅，所以不太容易看得出來。

——很榮幸認識你，先生，我伸出手，雖然還沒擦乾。

我走出洗手間，看見我們的女服務生，便招手要她過來。

——你還需要什麼？她問。

——買單，我回答說。我們有地方要去，有人要見。

一聽到「有地方要去」，她馬上露出渴望的表情。我相信，要是我告訴她說我們要去紐約，還讓她搭便車，她肯定連制服都不換就立刻跳上後座——就算不為別的，只為了離開餐墊上那張地圖的範圍，看看會發生什麼事情也好。

——我馬上就來，她說。

走回雅座時，我很懊悔自己剛才暗暗取笑鄰座那位朋友對收據一絲不苟的態度。因為我突然想到，為了埃米特，我們也應該要這樣做才對。既然我是從他的信封裡拿錢出來支應開銷，他有百分之百的權利收回我們花掉的錢——這樣在我們分配信託基金的錢之前，他才能得到應有的補償。

前一天晚上，我讓毛毛去付晚餐帳單，而我去辦旅館入住。所以現在我想要問他，晚餐究竟花了多少錢，但回到雅座時，卻不見毛毛。

我很納悶，才一眨眼功夫，他怎麼就不見了。他不可能去洗手間，因為我剛從那裡出來。我知道他喜歡欣賞閃亮繽紛的東西，所以去冰淇淋櫃台找他，但那裡只有兩個小孩鼻子貼在玻璃上，希望現在不是一大清早。我越來越覺得不安，轉身走到平板玻璃窗前。

我望著外面的停車場，目光掃過如大海般閃閃發光的玻璃和鉻鋼，到我停放那輛斯圖貝克的位置。但斯圖貝克已經不在了。我往右一步，繞開那兩個頂著蜂窩頭擋住視線的人，望向停車場入口，正好看見埃米特的車右轉開上林肯公路。

——他媽的該死老天爺。

就在這時女服務生拿著帳單出現，臉色瞬間發白。

——請原諒我講髒話，我說。

我瞥了一眼帳單，從信封裡抽出二十塊錢給她。

她快步走去找零的時候，我癱坐在座位上，瞪著毛毛原本應該在的位置。他那推回原處的盤子上，培根吃掉了，煎餅只啃掉窄窄一角。

堆成一疊的煎餅，毛毛竟然只咬掉這小小的一角，也太厲害了吧，但我正在驚嘆的時候，發現白色磁盤底下是美耐板的桌面。也就是說，餐墊不見了。

我推開我的盤子，拿起我的那張餐墊。就像我之前說的，這上面印的是伊利諾州的地圖，有主要的道路和城市。但在右下角有個本地市區地圖，正中央是個綠色小廣場，中間有個東西聳起，看起來和真人大小差不多，是個亞伯拉罕・林肯的雕像。

毛毛

嗯嘀噹，嘀噹，毛毛一面哼唱，一面看攤在腿上的地圖。**性能更迷人，任何事物都比不上**[20]**……**

噢，嘀噹，嘀噹。

——滾開！有人超車經過他的斯圖貝克，猛按喇叭大罵。

——抱歉，抱歉，抱歉！毛毛一口氣三聲道歉，客氣地揮揮手。

毛毛把車子開回車道上，發現地圖擺在腿上開車大概行不通，因為你得不時低頭、抬頭。所以他左手抓方向盤，右手拿地圖。這樣他可以一眼看地圖，一眼看路。

前一天，公爵夫人在菲利普斯六六加油站拿到菲利普斯六六的美國地圖之後，就交給毛毛，說他在開車，所以毛毛應該負責帶路。毛毛接受這個任務，但有點不太自在。加油站的地圖交到你手上的時候，是非常完美的尺寸，就像劇院裡的海報那樣。但要讀加油站的地圖，你得一折再折，折到太平洋靠著排檔桿，而大西洋貼在前座副駕駛座的車門上。

加油站的地圖一攤開，光是看上一眼，就足以讓你頭昏眼花，因為整張地圖從上到下，有無數條公路、小路和鄉間小道，縱橫交錯又並行，每一條路都標上小小的路名或小小的數字。這讓毛毛想起在聖保羅唸書時用的生物學課本。還是在聖馬可呢？不管是哪裡啦，在那一冊才開始不久的地方，左頁是一張人體骨骼圖。仔細看過全身的一根根骨頭都在各自該在的位置之後，你翻到下一頁，真心以為骨骼會不見，結果骨骼還在——因為下一頁是張透明紙！這一張用透明紙，讓你可以把神經系統疊

20 這是美國汽車雪佛蘭廣告歌曲〈駕著你的雪佛蘭看遍美國〉（See the USA in Your Chevrolet）的歌詞。

加在骨骼上面。然後你再翻過一頁，你可以同時看見骨骼、神經，以及一條條小小的藍線和紅線——那是血液循環系統。

毛毛知道這層層疊加的圖，是為了讓這些系統更清楚，但他卻覺得很不安。例如，這究竟是男人或女人的身體系統呢？是老人或年輕人？是黑人或白人？還有，這些在複雜網絡裡運行的血液細胞和神經脈衝，怎麼會知道自己該往哪裡去？而一旦到達目的地，又怎麼找得到路回家？菲利普斯六六的地圖就像這樣：圖上有著幾百條動脈、靜脈和微血管往外擴展，複雜到沒有任何一個開在這些路上的人搞得清楚自己要去哪裡。

但霍華強生餐墊上的地圖完全不同！上面沒有複雜的公路和小路，只有數量合理的道路，而且只要是有名字的路，名字都寫得很清楚，而沒有標示名字的，顯然根本就沒有名字。

霍華強生地圖值得高度推薦的另一個特點是它的插圖。大部分做地圖的人都善於縮小事物。州、市、河流、道路，每一個都被縮小成更小的尺寸。但在霍華強生的地圖上，雖然縮小了市鎮、河流和道路，但繪製地圖的人又選擇性的加上了一些插圖，比它們應有的尺寸要來得大。譬如左下角有個大大的稻草人，讓你知道那裡有片玉米田。或者右上角有隻大老虎，讓你知道那裡是林肯動物園。

這就像海盜畫藏寶圖的方式。他們縮小海洋和島嶼，讓地圖變得小而簡單，但在海岸外面加上大船，在海灘畫上大棕櫚樹，山坡上一顆像骷髏頭的大石頭，距離畫有叉叉的地點恰恰十五步。

這張餐墊地圖的右下角有個框框，是地圖裡的地圖，呈現市區的樣貌。根據這張地圖，要是你在第二街右轉，開將近四公分的距離，就會抵達自由公園，在公園正中央，有一尊偉大且巨大的亞伯拉罕·林肯雕像。

毛毛的左眼突然瞥見第二街的路標。他毫不遲疑，立即向右急轉彎，引來另一聲喇叭。

——抱歉，他說。

他身體往前靠，貼在擋風玻璃上，看見一片翠綠。

——到了，他說，我們到了。

一分鐘之後，他到了。

他把車停在路邊，打開車門，差點被一輛經過的轎車撞倒。

——哇！

毛毛關上門，在座位上挪動身體，從另一邊的車門爬出去。等到來往車流出現間隙，才快步過街。到了公園，迎來陽光燦爛的一天。樹木枝葉茂密，灌木開滿花朵，步道兩旁還有雛菊冒出頭來。

——我們到了，他又說，彎彎曲曲沿著步道往前走。

但是，兩旁雛菊盛開的步道突然和另一條步道交叉，讓毛毛有了三個選擇：向左走，向右走，或直直往前走。毛毛真希望他帶了餐廳的那張地圖下車，但現在只能看看每個方向。他左邊有樹、灌木和深綠色的長椅；右邊也有樹、灌木和長椅，但還有個穿寬鬆西裝頭戴軟帽的男人，看起來有點眼熟。但如果瞇起眼睛往前看，可以看見正前方有個噴泉。

——啊哈！他大聲說。

根據毛毛的經驗，雕像通常都在噴泉附近。譬如加里波底的雕像就在華盛頓廣場公園的噴泉旁邊，而中央公園的天使雕像就在大噴泉上。

毛毛非常有自信地跑到噴泉旁，停在令人神清氣爽的水霧裡，確認自己所在的位置。他迅速瞥了一圈，發現噴泉是個軸心，有八條步道向外擴散（如果包括他一路彎彎曲曲走來的那條步道的話）。毛毛不氣餒，慢慢以順時鐘方向繞著噴泉走，在每一條步道口，都伸手遮在眼睛上方，像海上的船長那樣望向遠方。終於，在第六條步道看見了誠實的亞伯拉罕。

出於對雕像的尊重，這次毛毛不再彎彎曲曲走，而是跨著像林肯般的大步，一直走到離雕像只有幾步的距離。

太像了，毛毛想。不只捕捉了這位總統的身形，而且還表現了他的道德勇氣。這座雕像和大部分的雕像一樣，都有林肯招牌似的仙納度大鬍子和黑色長外套，但這位雕塑家做了一個不太尋常的選擇：這位總統的右手輕觸帽簷，彷彿在路上碰到舊識，正要摘下帽子。

毛毛在雕像前找張長椅坐下，思緒回到前一天，坐在埃米特車子後座，聽比利講林肯公路的歷史。比利提到公路剛開始修建的時候（在一九不知多少年），熱心人士給公路沿途的穀倉和籬笆漆上紅白藍條紋。毛毛完全可以想見那個畫面，因為他想起每年七月四日，他家裡會在大客廳的橫梁和門廊的欄杆上垂掛紅白藍的布條。

噢，他的外曾祖父有多愛七月四日啊。

感恩節，聖誕節和復活節，孩子們要和他一起在家過節，還是去和別人慶祝，外曾祖父都不在乎。但是獨立紀念日，他不容許任何人缺席。他說得非常明白，每一個兒女、孫兒女和曾孫兒女都要出現在阿第倫達克，不管是要從多遠的地方趕來。

而他們也確實全員到齊！

七月一日，家族成員開始陸續有人把車開進車道，或抵達火車站，或在三十公里外的小機場落地。七月二日下午，屋裡每一個可以睡覺的地方都有人了——外公外婆、舅舅阿姨睡臥房，表兄弟姐妹大多住睡廊，但年紀大於十二歲的就走運了，因為他們可以睡在松林裡的帳篷。

七月四日這天，他們午間在草地上舉行野餐，接著是划獨木舟比賽、游泳比賽、射擊與箭術比賽，還有一場搶旗大賽。六點整，在門廊喝雞尾酒。七點半鐘聲響起，每個人都要回到屋裡吃晚餐：炸雞、玉米棒和桃樂西著名的藍莓馬芬糕。到了十點鐘，鮑伯舅舅和蘭迪舅舅會划獨木舟到湖中央的筏架，施放他們在賓州買的煙火。

比利該有多喜歡啊，毛毛微笑想。他會喜歡圍牆欄杆上的布條和樹林裡的帳篷，還有那一籃籃的藍莓馬芬糕。但最重要的，他會喜歡煙火，那永遠都在口哨與歡呼聲中登場的煙火，一朵朵越來越大，越來越大，大到彷彿要布滿整個天空。

儘管毛毛有這麼美好的回憶，但他的表情卻越發憂鬱，因為他差點忘了媽媽常說的**我們之所以來這裡的理由**：那就是背誦。每年的七月四日，所有的菜餚上桌之後，他們並不禱告謝恩，而是讓大於十六歲的孩子裡年齡最小的那一個，在桌首就位，背誦《獨立宣言》。

在有關人類事務的發展過程中，以及**我們認為下面這些真理是不言而喻的**[21]，等等。

但是，就如同毛毛外曾祖父喜歡說的，如果說華盛頓、傑佛遜、亞當斯等諸位先生擁有遠見創建合眾國，那麼有勇氣使之臻為完備的就是林肯先生了。於是，背誦《獨立宣言》的孩子完成任務回座之後，大於十歲的孩子裡年齡最小的一個，就要站到桌首，背誦林肯先生的蓋茨堡演說全文。

任務完成之後，背誦人鞠躬回座，滿室響起掌聲，熱烈的程度和煙火結束時不相上下。接著，在笑聲和歡樂氣氛裡，裝滿餐餚的盤子和籃子就在桌上傳來遞去。這是毛毛向來期待的時刻。

他向來非常期待，直到一九四四年三月十六日，他滿十歲的那一天。

就在媽媽和姐姐為他唱完生日快樂歌之後，他的大姐凱特琳覺得有必要提醒毛毛，這年的七月四日輪到他站上桌首了。這個消息讓他很不安，連自己盤子上的那塊蛋糕都差點吃不完。因為毛毛在十歲的時候就很清楚，自己不擅長背誦。

姐姐莎拉在七年前就完美達成自己的任務，她察覺到毛毛的不安，自告奮勇要當他的教練。

——背誦這段演說，你完全沒問題，她微笑對毛毛說。畢竟，全文只有十句。

本來姐姐的保證讓毛毛很振奮。但後來姐姐給他看演說的內文，毛毛發現，乍看之下可能只有十句話，但最後一句其實是偽裝成一句話的三個句子。

——無論從哪一點來看（這是毛毛常用的說法），這都是十二個句子，而不是十句。

——就算是這樣也沒問題啊，莎拉回答說。

21 美國《獨立宣言》，引自美國在台協會譯文。

但為了確保萬無一失，她建議他們提前開始準備。四月的第一個星期，毛毛學習怎麼一個字一個字背下第一句。接著，四月的第二個星期，背下第一個與第二個句子。然後第三個星期，背熟前三個句子，以此類推，到十二個星期之後，也就是六月結束之際，毛毛就可以毫不打結地背出完整的演說內容。

他們確實也這樣準備。一個星期又一個星期，毛毛學會一個又一個句子，最後已經可以背誦演說全文。事實上，他在七月的第一個星期，已經可以從頭到尾背完，不只在莎拉面前背，也自己站在鏡子前面背、在廚房水槽幫桃樂西洗盤子的時候背，有一次甚至划船到湖心的時候也背。所以命定的這一天到來時，毛毛已經準備好了。

愛德華表哥背完《獨立宣言》，得到熱烈的掌聲。之後，就輪到毛毛站到首位。

但正要開始時，他發現姐姐這個計畫的第一個問題：人。毛毛在姐姐面前背過這篇演說很多次，還有更多次是背給自己聽，但他從來沒在其他人面前背誦過。而眼前的並不只是某個其他人而已。是三十位最親近的家人，在桌子兩旁擠成兩排，而正中央面對著他的，不是別人，是他的外曾祖父。

毛毛瞄了莎拉一眼，看見姐姐對他點點頭加油，讓他有了自信。但他正要開口時，卻又發現姐姐這個計畫的第二個問題：服裝。毛毛之前背演說詞的時候，身上穿的不是燈芯絨褲，就是睡衣或浴袍，從來沒有一次像今天這樣，穿著讓皮膚發癢的藍色獵裝，打上緊緊勒住脖子的紅白相間領帶。

毛毛屈起手指摳領口，幾個年紀小一點的表弟妹開始咯咯笑。

——噓，他外公說。

毛毛又看莎拉一眼，她再次對他親切點頭。

——開始吧，她說。

毛毛遵照姐姐之前教他的，站得挺拔，深吸兩口氣，開始唸：

——**八十七年前**，他說，**八十七年前**。

表弟妹們又開始嘰嘰咕咕笑，他外公噓了他們一聲。

他想起莎拉教過他，要是覺得緊張，就抬起頭，目光越過這些親戚頭上。於是毛毛抬起目光看牆上的麋鹿，但發現麋鹿的眼神一絲同情都沒有，於是低頭看著自己的鞋子。

——**八十七年前**……他又開始。

——**我們的祖先**，莎拉輕聲催促。

——**我們的祖先**，毛毛說，抬頭看姐姐，**我們的祖先在這片陸地上**。

——**在這片大陸上**……

——**在這片大陸上孕育出新的國家。新的國家**……

——……**孕育於自由之中**，有個親切的聲音唸道。

只是這並不是莎拉的聲音。是幾個星期前剛從普林斯頓大學畢業的詹姆斯表哥。這一次，毛毛又開口背誦時，莎拉和詹姆斯陪他一起背。

——**孕育於自由之中**，他們三個齊聲唸誦，**並奉獻給人人生而平等的理念**。

曾經先後負責背誦過林肯先生這篇演說的其他家人也跟著一起唸。接著是還沒被要求背誦的孩子也跟著唸，他們雖然還不到要負擔這個任務的年紀，但因為聽過太多遍，早已熟記於心。很快的，圍在桌旁的每一個人都朗聲背誦，包括外曾祖父，全體一起唸出那充滿希望的恢宏之詞：**要讓民有、民治、民享的政府不致從世間消失**。之後，所有的人爆出歡呼，是在這個房間裡前所未聞的熱烈歡呼。

當然，這才是亞伯拉罕．林肯希望他的演說被傳誦的方式。不是讓一個小男孩身穿讓皮膚發癢的外套，孤伶伶站在桌首，而是讓一家四代齊聲誦唸。

噢，要是他爸爸在這裡就好了，毛毛用手背抹去臉頰的一行淚水。要是爸爸也在這裡就好了。

•••• ••••

毛毛趕走憂鬱，完成對林肯總統的致敬之後，沿著來時路往回走。這次走到噴泉之後，他謹慎地以逆時針的方向繞著池緣，走到第六條步道。

步道前後兩頭看起來不太一樣，所以毛毛一面走一面懷疑自己是不是走錯路了。也許他逆時針繞著池緣走的時候，算錯了步道的數目。但就在考慮要回頭的時候，他又看見那個頭戴軟帽的男人。

毛毛對他露出認得他的微笑，他也露出認得毛毛的微笑。但毛毛對他揮揮手，他卻沒揮手。他手伸進鬆垮外套的鬆垮口袋裡。接著，他右手握拳搭在左肩，左手握拳搭在右肩，讓兩條手臂環成一個圈。毛毛困惑地看著這人雙手沿著手臂慢慢往下滑，一路連續不斷地留下小小的白色物體。

——是爆米花，毛毛驚歎說。

爆米花從肩頭一路延伸到肘尖之後，這人以非常緩慢的動作張開雙臂，就像……就像……就像稻草人！毛毛頓悟。所以這個戴軟帽的男人才會看起來這麼眼熟。因為他和餐墊地圖左下角的那個稻草人一模一樣。

只是，這人不是稻草人。他和稻草人恰恰相反。他手臂完全張開之後，原本在周圍盤旋的小麻雀開始拚命拍著翅膀，飛近他的手臂。

麻雀啄食爆米花時，兩隻躲在樹枝下方的松鼠竄到這男人腳邊。毛毛睜大眼睛，有一瞬間以為松鼠就要爬上那人身上，就像爬樹那樣。但松鼠懂得如何行事，牠們等待麻雀偶爾從那人手臂上推落一兩顆爆米花。

我一定要記得把這些事告訴公爵夫人，毛毛心想，快步走開。

自由公園裡的這個鳥人，很像是公爵夫人以前常提起的那些雜耍演員。

但毛毛從公園走到街上時，鳥人張開雙臂站在那裡的喜悅畫面，馬上被沒那麼愉快的畫面給取代：有個警察拿著罰單簿，站在埃米特的車子後面。

埃米特

埃米特隱約覺得火車好像不再移動了，於是醒來。他瞄一眼比利的手錶，剛過八點。他們一定已經到了愛荷華的錫達拉皮茲。

埃米特悄悄站起來以免吵醒弟弟，然後爬上梯子，頭伸到頂蓋外面。他回頭望，火車停在支線上，至少又多掛上二十個車廂了。

站在梯子上，早晨涼爽的風迎面而來，埃米特不再為過往的事情而心緒騷亂。現在攪動他心緒的，是飢餓。離開摩根之後，他只吃了弟弟在車站給他的三明治。比利好歹還很聰明的吃了孤兒院給他的早餐。埃米特估計，他們還要再三十個鐘頭才能抵達紐約，而比利背包裡只剩下水壺裡的水和莎莉的幾片餅乾。

乞丐先前告訴埃米特，火車會在錫達拉皮茲城外的私人支線停幾個鐘頭，因為通用磨坊食品公司要把他們的車廂加掛到火車上，每個車廂從地板到廂蓋都裝得滿滿的，全是一箱箱早餐穀片。

埃米特走下梯子，輕輕叫醒弟弟。

——火車會在這裡停一陣子，比利，我要去看看能不能找到東西吃。

——好，埃米特。

比利繼續睡，埃米特爬上梯子，從廂頂出去。看看鐵軌前後方向都沒有任何標示，於是他開始往列車尾端走。通用磨坊食品公司的車廂已載滿貨，所以埃米特知道廂門很可能都已經上鎖，只能期待某個車廂的廂頂忘了鎖。他知道在火車再次啟動之前，他只有不到一個鐘頭的時間，所以他儘快行動，從一個車廂頂跳到另一個車廂頂。

走到納貝斯克公司的最後一個車廂時，他停下腳步。他看見通用磨坊食品公司的載貨車廂延伸到遠處，但在他前面卻突然出現了兩節弧形車頂的載客車廂。

遲疑片刻之後，埃米特爬下車廂，站到窄窄的月台上，透過門上的小窗往內看。車廂內部的空間大半被車窗內的窗簾遮住了，但就埃米特所見的這方小小空間，感覺很有希望。這顯然是個私人車廂的客廳，設備齊全，前一夜有場歡宴。隔著兩張背對他的高背椅，是一張擺著許多空酒杯的茶几，香檳瓶倒插在冰桶裡，小自助餐檯上還留有食物。客人應該都在隔壁車廂睡覺。

埃米特打開門，悄悄走進去，才剛站定，就發現歡宴讓車廂裡一片凌亂。地上散落著破枕頭裡掉出來的羽毛、麵包卷和葡萄，彷彿被拿來當戰鬥的彈藥。老爺鐘前面的玻璃門敞開，鐘面的指針已經不見了。鼾聲從自助餐檯旁邊的沙發上傳來，是個二十四、五歲的年輕人，身穿髒兮兮的晚宴服，臉頰畫著阿帕契人的紅色條紋。

埃米特想要離開車廂，爬回車頂，但他不可能有更好的機會了。他眼睛盯著熟睡的男子，穿過高背椅中間，小心翼翼前行。餐檯上有一缽水果，幾條麵包，大塊乳酪，和一條吃掉一半的火腿。也有一罐打翻的番茄醬，無疑就是畫在臉上的染料。埃米特在腳邊看見那個破掉的枕頭套。他拿起來儘量裝滿夠吃兩天的食物，然後扭緊開口。他又看了那個熟睡的人一眼，轉身走向車門。

——噢，服務生……

癱在高背椅裡的是另一個也穿晚宴服的男人。

埃米特一直盯著睡在沙發上的那人，沒注意到自己走過這人身邊——這人塊頭這麼大，埃米特竟然沒發現，實在意外。他應該有一百八十公分，九十公斤，臉上沒塗油彩，但胸前口袋整整齊齊插著一片火腿，像手帕那樣。

這個夜宴狂歡的人眼睛半睜，揚起一手，伸出手指，指著地上的某個東西。

——可不可以拜託你……

埃米特順著他指的方向，看見一瓶倒在地上喝得半空的琴酒瓶。他放下枕頭套，拿起酒瓶，交給那人，而那人嘆了一口氣。

——將近一個鐘頭，我一直瞪著這個酒瓶，想盡各種辦法，希望我能拿到這瓶酒。但我不得不放棄一個又一個計畫，因為不夠周詳，不夠明智，或者違反重力法則。最後，我只好訴諸想做好某件事卻又筋疲力竭無能為力自己做到的人，所能採取的最後手段——那就是祈禱。我祈求斐迪南和巴多羅買，豪華車廂與倒地酒瓶的守護聖徒。於是，慈悲天使便降臨了。

他對埃米特感激微笑，但突然露出意外的表情。

——你不是服務生。

——我是煞車員。

——謝意不減。

這一夜狂歡的人轉向左邊，拎起擺在小圓桌上的馬丁尼酒杯，開始小心斟滿琴酒。就在他這麼做的時候，埃米特發現戳住杯底橄欖的，正是時鐘的分針。

這人斟滿酒之後，看著埃米特。

——我可以招待你……？

——不了，謝謝。

——因為還在上班，我想。

他對著埃米特舉起酒杯，敬酒後一口喝乾，然後陷入沉思，似乎頗為後悔。

——你拒絕是對的。這琴酒異常溫吞，簡直是犯罪。除非……

他又斟滿酒杯，再次舉到唇邊，但這次露出擔憂的表情，沒喝下肚。

——你該不會碰巧知道我們在哪裡吧？

——在錫達拉皮茲城外。

——愛荷華？

——是的。

——時間呢？

——大概八點半。

——早上？

——是的，埃米特說，早上。

這徹夜狂歡的人舉杯就口，但又停住了。

——是**星期四**早上？

——不，埃米特努力克制自己的不耐。今天是星期二。

這人如釋重負地吐了一口氣，接著傾身靠近躺在沙發上睡覺的那個人。

——你聽見了嗎，佩克先生？

佩克沒反應，這人放下酒杯，從外套口袋掏出一個麵包卷，丟向佩克的頭，彷彿譴責他。

——我說：你聽見了嗎？

——聽見什麼，帕克先生？

——還沒到星期四。

佩克翻身面牆。

——週三的孩子慘兮兮，週四的孩子要遠行[22]。

帕克若有所思盯著同伴，接著又傾身靠近埃米特。

——我悄悄告訴你，佩克先生也異常溫吞。

22 出自英國傳統童謠〈週一的孩子〉（Monday's Child）。

——我聽見了，佩克對著牆說。

帕克不理他，繼續對埃米特推心置腹。

——通常呢，一個星期裡的這幾天，我是不會為這樣的事情苦惱的。但是，佩克先生和我有項神聖的任務。隔壁車廂裡睡的不是別人，正是亞歷山大·康寧漢三世，也就是這美麗車廂主人親愛的孫子。我們發誓要在星期四下午六點以前把康寧漢先生送回到芝加哥的網球俱樂部門口（提醒你一下，是有網子的那種網球），把他安全交給——

——交給俘虜他的人。

——交給他的準新娘，帕克糾正說。這是個不可輕忽的任務，煞車員先生。因為康寧漢先生的祖父是美國最大的冷藏車廂業者，而新娘的祖父是最大的香腸製造商。所以你可以想見，把康寧漢先生準時送到芝加哥有多重要。

——美國人未來的早餐就靠這個了，佩克說。

——確實如此，帕克同意。確實如此。

埃米特從小所受的教養是不可以隨意污蔑任何人。他爸爸會這麼說：要批評其他人，你必須對他有很深的認識，很瞭解他的意圖，對他公開與私下的行為都有所瞭解，這樣你才能評價他，而不至於做出錯誤判斷。但他看著這個叫帕克的男人喝光那杯微溫的琴酒，用牙齒咬掉戳在分針上的橄欖，埃米特不由自主地衡量這個男人，想知道他究竟要幹嘛。

以前在薩林納，他們一起在田裡工作或在宿舍裡打發時間的時候，公爵夫人很喜歡講的一個故事，是個自稱叫海因里西·施偉澤教授、擅長使用念力的演員。

布幕拉起，教授坐在舞台正中央，面前一張鋪著桌布的小桌，一副單人餐具，一支沒點燃的蠟燭。一名服務生從後台走出來，為教授端上一份牛排，倒了杯紅酒，點亮蠟燭。服務生離開之後，教授好整以暇吃了些牛排，喝了點酒，叉子直直插在牛排上——從頭到尾沒說半句話。他用餐巾抹抹嘴，豎起拇指和食指，兩根手指緩緩相觸，燭火熄滅，留下細細一縷煙。接著，教授盯著他的酒，直到酒開始沸騰，湧出杯緣。他把注意力轉到餐盤，叉子上半部開始彎曲，越來越彎，彎成九十度角。這時，被警告要保持絕對安靜的觀眾紛紛竊竊私語，露出不敢置信的驚詫表情。教授舉起一手，要大家安靜，然後閉上眼睛，雙掌指向桌子。就在他凝神專注的時候，桌子開始抖動，抖得非常厲害，觀眾可以聽見桌腳撞在舞台地板上的聲音。教授睜開眼睛，雙手突然往右一揮，桌布便飛了起來，但上面的餐盤、酒杯和蠟燭都還完好留在桌上。

這整個過程都只是一種騙術，當然啦。利用隱形的繩子、電力和氣流所精心製造的幻象。施偉澤教授呢？據公爵夫人說，他是紐約州波奇普西小城的波蘭人，連用念力讓榔頭砸到自己腳上都辦不到。

不，埃米特有點苦澀地想。這世上的施偉澤們絕對無法靠一個眼神或手一揮就移動物品。這個能力是保留給帕克們的。

很可能從來沒有人告訴帕克，他擁有念力，但其實也不需要別人告訴他。從小開始的經驗，例如想要商店櫥窗裡的某個玩具，或公園攤車上的冰淇淋，就已經讓他知道自己所擁有的能力了。經驗告訴他，只要他夠渴望某個東西，這東西最終就會來到他手裡，就算違反重力法則也不例外。看著這個擁有非比尋常能力的男人連從椅子上站起來都不必，就能拿到丟在車廂另一頭喝剩的琴酒，心裡除了屈辱，還能有什麼感覺呢？

埃米特轉著這些念頭時，突然感覺到一個輕微的聲響，是那個沒有指針的時鐘開始響了。他瞄一眼比利的手錶，焦急地發現已經九點鐘。他沒料到自己浪費了這麼多時間。火車隨時會開動。

埃米特伸手想拿起腳邊的枕頭套時，帕克的視線轉過來。

——你要走了？

——我得回引擎室。

——可是我們才剛開始認識耶。不急啦。過來，坐下。

帕克把一張空扶手椅拉近他自己的椅子旁邊，正好擋住埃米特走出車門的路。

埃米特聽見遠遠傳來蒸汽的嘶嘶聲，煞車放開，車子開始移動。埃米特推開空椅，往門口走。

——等等，帕克喊道。

他雙手撐住椅子扶手上站起來。他一站起來，埃米特才發現他長得比看起來魁梧得多。頭幾乎頂到車廂天花板的他，身體稍微左搖右晃一下，雙手突然前伸，彷彿想抓住埃米特的襯衫。

埃米特感覺到腎上腺素加速分泌，像生了病似的想吐。帕克背後幾步的茶几上有空酒杯和傾倒的香檳酒瓶。因為帕克還沒站穩，所以埃米特想也不想就知道，只要用力往帕克胸口一推，他肯定就會像樹一樣往後倒。這又是另一個偶然出現的意外，讓埃米特可能憑藉瞬間的一個動作就顛覆對未來的所有計畫。

但帕克以出乎意料的敏捷動作，塞了一張五元鈔票到埃米特襯衫口袋裡，然後又後退一步，倒回椅子上。

——感激不盡啊，埃米特走出門口的時候，帕克喊道。

埃米特一手抓著枕頭套，爬上梯子，迅速走過車廂廂頂，跳過間隙到另一節車廂——就像今早那樣。

只是此時火車已開動，輕輕左右搖晃，同時不斷加速。埃米特猜這時的時速只有三十公里，但從一節車廂跳到另一節車廂時，他感覺到風的阻力。如果時速提升到五十公里，那麼他跳過車廂間隙的動作就必須更快才行。而時速達到六十時，連是不是能跳過車廂間隙，他都沒有把握了。

埃米特開始跑。

他不記得今天早上穿過多少節車廂才到那個狂歡現場。他心裡越來越焦急，抬頭看看能不能看見哪個車廂廂頂是打開的。但他只看見前面八百公尺處，火車在鐵軌的轉彎處往一側傾斜。

轉彎處固定不動，但火車在前進，所以從埃米特所在的位置看起來，那個轉彎處彷彿也在移動，迅速穿過一節節車廂，無情地朝他衝來，宛如鞭子揮來一般。

埃米特開始加速衝刺，希望能在轉彎處到來之前就跳到下一個車廂。因為車廂傾斜，所以埃米特跳躍落地時失去平衡，整個人往前衝，滑過整個車廂頂，最後一腳掛在車廂邊緣。

埃米特不想放開枕頭套，於是想辦法用另一隻手摸索，找任何可以抓住的東西。他盲目地抓住一個金屬豁口，奮力讓自己再次爬回廂頂中央。

埃米特貼在廂頂，爬回他剛才跳過的兩節車廂間隙，伸腳探找梯子，繼續往後滑，爬下梯子，跌坐在一個窄窄的平台上，因為用力過猛而氣喘噓噓，同時也因為自責而心焦如焚。

他在想什麼啊？加速衝刺跳到另一節車廂？他很可能會跌下火車，到時候比利該怎麼辦？

火車前進的時速至少已提升到八十公里。接下來的一個鐘頭裡，必定會再次慢下來，屆時他就可以安全回到他們的車廂。埃米特低頭看弟弟的手錶，發現水晶錶面已經破裂，秒針停在原地不動。

約翰牧師

約翰牧師看見有人睡在車廂裡，但差點就打算不理會，繼續往前走。對還有漫漫長路要走的人來說，有人為伴的好處甚多。獨自待在貨運車廂裡，時間很長，而安慰很少，每個人——即使是流浪漢——都有故事可以提供給別人教誨或娛樂。但自從亞當再也見不到伊甸園之後，罪孽便已根植人心，就算是天生溫馴善良的人，也可能瞬間變得貪婪殘酷。因此，這個帶著半瓶威士忌和辛苦鞠躬得來十八美元的疲憊旅人，幾經慎重考慮，決定放棄找人為伴的念頭，獨自一個人安安穩穩度過接下來的幾個鐘頭。

這也就是約翰牧師看見那個陌生人坐起來的時候，心裡正在轉的念頭。那人坐起來，打開手電筒，讓那束小小的光柱照亮一本超大的書——也讓約翰牧師知道他只是個小男孩。

逃家的小孩，約翰牧師微笑想。

他肯定是和爸媽吵架，揹起帆布包就離家出走，像《湯姆歷險記》裡的湯姆一樣展開冒險——因為他看來就是個愛看書的小讀者。這孩子到了紐約，等著他的就會是東窗事發，於是有關當局會把他送回家，面對爸爸的嚴厲責罵，和媽媽的溫暖擁抱。

但紐約還要再過一天才會到，孩子們雖然莽撞、天真、欠缺經驗，但也不乏某些務實的智慧。例如大人怒氣沖沖出走，可能除了身上穿的那件襯衫之外，什麼也沒帶，但孩子要離家出走時，通常會很有遠見地帶上三明治。甚至還有前一天晚上吃剩的媽媽做的炸雞。想想看他還有手電筒。過去一年，約翰牧師有多少次希望上天賜福，讓他手邊有個手電筒？次數多到數不清。

——嘿，哈囉。

約翰牧師沒等他回答，便爬下梯子，拍掉膝蓋上的灰塵，發現這男孩雖然詫異抬頭，卻很有教養地沒把光束往來人臉上照。

——為上主奔走的士兵，約翰牧師說，時間很長，安慰很少，所以我眼前需要有人陪伴。你願意與我分享你的火光嗎？

——我的火光？那孩子問。

——請原諒我，我用的是詩意的語言。這算是神職人員的職業傷害吧。在下約翰牧師。

——我是比利·華特森。

——很高興見到你，威廉。

儘管懷疑的歷史和罪孽一樣久遠，但這孩子沒露出一絲懷疑的神情。只是仍然表現出合理的好奇。

——你是真的牧師？

約翰牧師微笑。

——我麾下沒有教堂尖頂或鐘樓，孩子。然而就像和我同名的施洗約翰一樣，我的教堂是一條開闊的道路，我的信眾是普通人。但沒錯，我和你可能見過的牧師一樣，是真的。

——你是我兩天以來，見到的第二位神職人員，那孩子說。

——說來聽聽。

——昨天我見到柳伊斯聖尼古拉斯的阿格妮斯修女。你認識她嗎？

——我這一生**認識**[23]很多修女，牧師內心偷笑，但我想我沒有榮幸認識名叫阿格妮斯的修女。

約翰牧師微笑走近男孩，逕自坐下。男孩和他坐在一起，約翰對那支手電筒表達欣賞之意，問可

23 「認識」（Know）也有發生性關係的意思。

不可以仔細看看。這孩子毫不猶豫地把手電筒遞給他。

——這是軍用手電筒，他解釋說，是第二次世界大戰時期用的。

約翰牧師彷彿讚嘆手電筒光束似的，揮舞著照亮車廂裡的其他地方，驚喜發現這孩子的帆布包比他乍看之下來得大。

——上帝的第一個創造物，約翰牧師欣賞有加地說，把手電筒交回主人手裡。

這男孩再次好奇地抬頭看他。約翰牧師解釋似的引用經文。

——**上帝說要有光，於是就有了光**。

——但是上帝先創造了天和地，男孩說，所以光不應該是祂的第三個創造物嗎？

約翰牧師清清嗓子。

——你說的一點都沒錯，威廉。至少在技術層面上來說是如此。無論如何，我想上帝眼見祂的第三個創造物能在戰爭中給人們帶來益處，同時又在某個男孩的思想啟迪上找到第二生命，必定會非常滿意。

這段令人滿意的說詞讓男孩沉默了一晌。約翰牧師不由自主以渴望的目光看著他的袋子。

前一天，約翰牧師在錫達拉皮茲郊區的基督教復興巡迴聚會上傳述上帝的箴言。雖然牧師並非這聚會的**正式**成員，但他從黎明講到黃昏，連口飯都沒吃，那獨樹一幟的地獄磨難版本讓信眾聽得入迷。傍晚，信眾開始收起帳篷，約翰牧師打算住進附近的一家小客棧，因為有位年輕可愛的衛理公會唱詩班女孩答應和他一起吃晚餐。但結果呢，唱詩班指揮偏偏是這女孩的父親，一個意外接著一個意外，反正到最後，約翰牧師不得不比自己原先打算的更倉促離開。所以他在男孩身邊坐下時，心中極其渴望略過前面這些認識彼此的程序，直接跳到和男孩一起掰麵包吃的時刻。

但是就算在空貨廂裡，也像在主教的餐桌上，有一定的儀節必須遵循。旅途中的規矩是，一個旅人必須先認識另一位旅人，才能期待一起分享他的食物。為此，約翰牧師採取主動。

——告訴我，年輕人，你在讀什麼？

——阿巴卡斯·亞伯納斯教授的《英雄大全：冒險家與其他的英勇旅人》。

——太厲害了！我可以看看嗎？

再一次，男孩絲毫不猶豫地把書遞給他。徹頭徹尾的基督徒，約翰牧師想，一面翻開書。在目錄頁，約翰看見這確實是一本英雄大全。

——看來你已經展開你自己的冒險之旅了，約翰牧師馬上說。

男孩沒開口，只用力點頭。

——先別說，讓我猜猜。

約翰牧師低頭，手指順著目錄往下滑。

——嗯，我看看。啊，沒錯。

他微笑敲敲書，然後抬頭看男孩。

——我猜你是要去環遊世界八十天——像費雷斯·霍格那樣！

——不，男孩說。我不是要去環遊世界。

約翰牧師又低頭看目錄。

——那你是打算像辛巴達那樣航遍七海……

男孩再度搖頭。

沉默裡有著熱切的期待，但約翰牧師想起大人有多麼容易就對小孩的遊戲感到厭煩。

——你難倒我了，威廉。我放棄。你何不告訴我，你的冒險之旅要帶你到哪裡去？

——去加州。

約翰牧師挑起眉毛。他應該告訴這孩子，在這麼多開展旅途的路線裡，他偏偏挑了一條最不可能抵達加州的路線？這消息對男孩來說當然很有價值，但卻會打亂約翰的計畫。況且這樣又有什麼好處呢？

——你說加州？好棒的目的地。我想你去那裡是希望找到金子？

牧師露出鼓勵的微笑。

——不是，男孩維持一貫鸚鵡學舌似的語氣。我不是要去加州找金子。

約翰牧師等待男孩進一步解釋，但解釋似乎並非他的天性。反正約翰牧師覺得聊天也聊夠了。

——無論何時何地或為了什麼原因而旅行，能找到一位熟讀《聖經》又熱愛冒險的年輕人為伴，我都覺得很幸運。呃，要讓我們的旅程更完美，唯一缺少的是……

牧師停了下來，小男孩充滿期待地抬頭看他。

——……在我們聊天的時候，應該有些零嘴吃。

牧師露出渴望的微笑，同時，輪到他面帶期待。

但小男孩連眼睛都沒眨一下。

嗯，約翰牧師想，這個小威廉難道是個狡猾的小東西嗎？

不是，他不是這個類型。他這麼誠實，若是有三明治一定會拿出來分享。很不幸的是，不管他思慮周全地帶了什麼三明治，這時都已經吃掉了。逃家的男生有帶上食物的遠見，卻也缺乏分配每頓餐食的紀律。

約翰牧師蹙起眉頭。

仁慈上帝賜與放肆之人的慈悲，乃以失望形式行之。這是約翰在許多帳篷裡對許多人講過，也有很大效果的訓示。然而，無論何時何地，只要這個訓示在他自己的互動經驗中出現，總是某種令他不快的意外。

——你也許應該把手電筒關掉，約翰牧師略帶苦澀地說，免得浪費電池。

男孩覺得這個建議很睿智，於是抓起手電筒，關掉燈光。但在他拿帆布包，準備把手電筒收進去的時候，袋子裡傳來輕微的聲響。

一聽到這個聲音，約翰牧師略微坐直起來，蹙眉的表情消失了。這是他認得的聲音嗎？嗯，聽來如此熟悉，如此出乎意料，他身上的每一條纖維都如此欣喜歡迎——就像田鼠在秋葉上踩出的沙沙聲驚擾了貓一樣。帆布包裡傳出來的肯定是銅板的叮噹聲。

男孩把手電筒收進帆布包的時候，約翰牧師看見菸草罐的頂蓋，聽見裡面有錢幣輕晃發出音樂般的聲音。不是五分一毛的零錢，不蓋你，因為那是貧窮的聲音。但這罐子裡的肯定是五角或銀元。

在這個情況下，約翰牧師很想咧嘴或大笑，甚至想唱歌。但他畢竟是個經驗豐富的男人。所以他沒笑，反而對男孩露出舊識一般的嘲弄微笑。

——你那裡面有什麼啊，小威廉？是菸草嗎？可別跟我說你有菸癮喔。

——沒有，牧師，我不抽菸。

——謝天謝地。可是，你帶著這個菸罐要幹嘛呢？

——這是用來放我的收藏品用的。

——收藏，天哪！噢，我好愛收藏品。我可以看看嗎？

男孩把錫罐從包裡拿出來，但不像剛才分享手電筒和書那樣，顯然很不樂意展示他的收藏品。牧師再次懷疑，這男孩是否不像表面看起來這麼天真。但男孩的目光望向車廂積滿灰塵的粗糙地板，約翰牧師這才意會到，這男孩若有遲疑，也是因為覺得這地面不值得拿來展示他的收藏品。

約翰承認，如果收藏品是磁器或罕見的手稿，對於要擺放珍藏的地方百般挑剔是極其自然的。但收藏品如果是金屬貨幣，擺什麼地方都無所謂吧。畢竟，一枚典型的硬幣在一生當中通常會經歷從富豪保險箱到乞丐掌心，再無數次來回往返的過程。有時會在牌桌上，有時在奉獻盤上。有時海盜打鬥時藏在靴子裡，有時又遺落在年輕名媛閨房的絲絨長椅上。啊，一枚典型的硬幣會周遊世界，航遍七海。

根本不需要這麼挑剔。這些硬幣在車廂地板展示之後，就將實現它們在鑄幣廠出廠之時所賦予的任務。這男孩所需要的就只是一點小小的鼓勵。

——嘿，約翰牧師說，我來幫忙吧。

但約翰牧師一伸手，這男孩卻往後退，雙手仍然抱住錫罐，兩眼瞪著地板。

男孩突然往後退，牧師反射動作似的往前撲。

於是兩人同時抓住這只錫罐。

男孩表現出令人激賞的決心，把罐子往胸口摟緊一些。但孩子的力氣難以和大人匹敵，不到一會兒，錫罐就落入牧師手中。約翰右手抓住罐子，左手抵在男孩胸口，擋開他，不讓他接近。

——小心一點，威廉，他警告男孩。

結果並不需要警告，因為男孩不再企圖搶回錫罐或罐裡的東西。他彷彿被聖靈激發似的，拚命搖頭，嘴裡喃喃說著沒頭沒尾的話，對周遭的一切視而不見。他緊緊把帆布包摟在腿上，看起來很激動，但也很自制。

——好，約翰牧師滿意地說，我們來看看裡面有什麼。

他打開蓋子，倒出裡面的東西。之前錫罐裡發出逗人歡喜的叮噹聲，此時罐裡的東西散落在木頭地板上，則讓他想起了吃角子老虎掉出銅板來的聲音。約翰牧師用指尖輕輕把銅板鋪在地板上。至少有四十枚，全都是銀元。

——讚美上帝，約翰牧師說。

把這麼豐盛的財寶送到他手中，當然是上帝的恩賜。

他飛快瞄了威廉一眼，很慶幸威廉還處在自我壓抑的狀態。這讓他有機會可以好好打量這筆意外之財。他拿起一枚銀元，調整角度，正對著開始從廂頂射進來的陽光。

——一八八六，牧師輕聲說。

他馬上又從銀元堆裡拿起一枚。接著又一枚，另一枚。一八九八，一九〇五，一九〇九，一九一二，一八八二！

約翰牧師用新的賞識眼神看著小男孩，因為他說罐子裡擺的是他的收藏品，一點都不言過其實。這不僅僅是個鄉下男孩的儲蓄。這是刻意收藏不同年份的美國銀元——其中有些價值不只面值的一元。甚至遠遠超過面值。

天曉得這一小堆銀元價值多少錢？

約翰牧師當然不曉得。但等他一到紐約，就可以輕易找出答案。四十七街的猶太人肯定會知道這些銀元的價值，很可能也願意買下。但他們不可能對他開出公平的買價。也許什麼地方會有關於銀元價值的文獻。沒錯，一定有。收藏家願意收藏的藏品價值若干，總是有文獻會加以刊載的。說來幸運，在那些猶太人開門做生意的馬路轉角，就有紐約公立圖書館分館。

男孩一遍又一遍重覆同樣字句，聲音越來越大。

——放輕鬆，約翰牧師用警告的語氣說。

但是看著這男孩——腿上抱著帆布包，身體不斷搖晃，遠離家園，飢腸轆轆，坐車又坐錯方向的這個小男孩——約翰牧師湧起一股基督徒憐憫的痛楚。在欣喜興奮的瞬間，他曾想像男孩是上帝送來給他的禮物。但如果恰恰相反呢？如果是上帝**把他送給這男孩**的呢？不是亞伯拉罕那位馬上就殺死罪人的上帝，而是基督的上帝。甚至就是基督本人，那位向我們保證，無論我們迷途如何之遠，只要能重新踏向真理的道路，就能找回寬恕，甚至得以贖罪的上帝。

說不定他註定要幫助這小男孩賣掉收藏品。帶小男孩安全抵達紐約，替他和猶太人討價還價，確保他不會被人占便宜。然後約翰就要帶他到賓州車站，讓他搭上開往加州的火車。同時約翰也可以要求一點點償金作為交換。百分之十，也許。但在車站高聳的天花板下，置身熙來攘往的旅客中，小男孩會堅持要兩人平分收益。

約翰牧師想著想著露出微笑。

但要是小男孩改變心意……？

要是在四十七街的某家商店裡，他突然反對出售他的收藏品呢？要是他把錫罐緊緊摟在胸前，就像此時緊摟住帆布包這樣，告訴任何一個願意聽的人，說銀元是**他的**，那該怎麼辦。噢，那些猶太人看到這情景會多開心啊！他們會趁此機會報警，伸手指著牧師，讓他被抓走。

不，倘若仁慈的上帝出手干預，勢必會讓小男孩心向著他，而不是倒過來。

他看著比利，用近乎同情的神態搖頭。

然而約翰牧師看著小男孩時，不得不注意到他把帆布包摟得有多緊。包貼在胸前，雙臂緊緊摟住，膝蓋縮起來，下巴往下抵，彷彿不讓別人看見那個帆布包的存在。

——告訴我，威廉，你那個袋子裡還有什麼……

小男孩沒站起來，也沒鬆手，就這樣讓身體往後滑過車廂粗糙且積塵甚多的地板。

是了，牧師想，看看他往後退開還不忘把帆布包緊緊摟在胸前的模樣，袋子裡肯定有別的東西，上天助我，我一定得知道那是什麼。

約翰牧師站起來，聽見鐵輪開始吱吱嘎嘎響，是火車開動了。

太好了，他心想。他可以把袋子從男孩手中搶來，然後把男孩丟出車廂。

約翰牧師伸出雙手，往前踏進小小一步，男孩已背靠牆面。牧師又往前一步，男孩開始挪往他的右邊，但卻讓自己卡在牆角裡，無法動彈。

約翰牧師放緩語氣，讓指責變成解釋。

——我看得出來你不想讓我看見袋裡的東西，威廉。但我必須這麼做，因為這是上帝的旨意。

男孩依舊搖頭，閉上眼睛，彷彿是個知道無可避免的事情已逼近，但卻不想目睹命運降臨的人。

約翰輕輕俯身，捏住帆布包，開始拉起。但男孩抓得很緊，緊到讓約翰覺得自己不只拉起帆布包，也連男孩同時拉起。

面對這喜劇般的場面，約翰牧師發出輕笑。這簡直是巴斯特．基頓[24]電影裡才會發生的場景。但約翰牧師越是用力拉，男孩就抓得越緊；而男孩抓得越緊，就越證明帆布包裡藏著更有價值的東西。

——別這樣，約翰說，他的語氣反映他逐漸失去耐性的心情。

但男孩緊閉眼睛搖頭，一再反覆唸著同樣的詞彙，越來越大聲，也越來越清晰。

——埃米特，埃米特，埃米特。

——埃米特不在這裡，約翰用安撫的語氣說，但男孩一點都沒有要鬆手的意思。

別無選擇之下，約翰牧師打了他。

沒錯，他揍了這個男孩。但他的出手，就像女老師教訓不乖的學生，要他們守規矩，認真上課那樣。

淚水開始淌下男孩臉頰，但他還是沒睜開眼睛，也沒鬆開手。

約翰牧師嘆口氣，右手緊緊抓住帆布包，左手往後揚起。這一次，他會像他爸爸以前揍他那樣揍這個小男孩——用手背狠狠刮他一巴掌。就像他爸爸常說的，有時候，為了讓小孩留下深刻印象，必須要在他們身上留下深刻印記才行。但約翰牧師還來不及出手，就聽見背後砰的一聲巨響。

約翰手裡抓著男孩，轉頭看。

一名身高一百八十公分的黑人從廂頂跳下來，站在車廂的另一頭。

——尤里西斯！牧師大喊。

有那麼一會兒，尤里西斯沒動，也沒開口。因為突然從明亮光線處跳進黑暗裡，眼前的景物一片

24 Buster Keaton，1895-1966，美國演員與導演，以面無表情的喜劇演出著稱，曾獲奧斯卡終身成就獎。

模糊。可是他的眼睛很快就適應了光線的變化。

——放開那孩子，他用不疾不徐的語氣說。

但約翰牧師的雙手並沒抓住男孩，他抓的是帆布包。他沒鬆手，語氣急促地解釋眼前的情況。

——我在這裡睡得正熟，這個小偷溜進來。幸好他偷走我帆布包的時候，我正好醒來。我們拉拉扯扯，所以我的錢撒了滿地。

——放開那孩子，牧師，我不會再說第二遍。

約翰牧師看著尤里西斯，緩緩鬆開手。

——你說的一點都沒錯，沒必要再告誡他了。他已經學到教訓。我要撿起這些錢，收回我的袋子裡。

還好，這孩子並沒出言反駁。

然而讓牧師有點意外的是，男孩沒出言反駁並非因為恐懼。恰恰相反，這孩子不再閉眼搖頭，反而用不可思議的表情盯著尤里西斯。

啊，他從沒見過黑人，約翰牧師想。

這樣正好。在男孩還來不及回神過來之前，約翰牧師就可以拾起這散落一地的收藏品。為此，他跪在地上，想把銀元掃到一起。

——別動那些東西，尤里西斯說。

約翰牧師的手停在離那些銀元幾公分之處，轉頭看尤里西斯，語氣有些憤慨。

——我只是要收回我正當的……

——一個也不行，尤里西斯說。

牧師的語氣轉為講道理。

——我不是個貪心的人，尤里西斯。雖然我辛苦流汗鞠躬才掙來這些錢，但可否容我建議，我們遵循所羅門的意見，平分這筆錢呢？

儘管約翰牧師提出這個建議，但馬上發現自己提出所羅門的意見實在是完全搞錯狀況了。他有點沮喪，所以得再多加解釋。

——我們可以分成三份，如果你希望的話。你，我和這個小男孩均分。

約翰牧師提出這個建議時，尤里西斯轉身走向車廂門，解開門鎖，把門整個拉得大敞。

——你該下車了，尤里西斯說。

約翰牧師伸手去抓男孩的帆布包時，火車才剛剛要啟動，但這時已經逐漸加速了。車外的樹木飛快掠過，模糊一片。

——這裡？他驚駭地回答，現在？

——我自己一個人搭車，牧師，你是知道的。

——是啊，我記得你喜歡一個人搭車。但是在車廂裡時間很長，安慰很少，所以有基督徒的同行相伴——

——八年多以來，我一個人搭火車，沒有什麼基督徒的同行相伴。就算我突然覺得有需要，也絕對不會需要你的相伴。

約翰牧師看著小男孩，祈求他的慈悲，希望他能挺身捍衛，但男孩仍然驚異地瞪著這名黑人。

——好吧，好吧，牧師承認，每個人都有權利決定自己的友誼，我也不想硬是跟你作伴。我會爬上梯子，從車頂出去，到另一節車廂。

——不，尤里西斯說，你就從這裡出去。

約翰牧師遲疑了好一會。但尤里西斯朝他走來時，他便走向門口。

外面的地貌看來並不歡迎他。鐵軌旁是一條路堤，滿是碎礫石和灌木，再往外就是濃密的古老樹林。天曉得最近的城鎮或道路究竟距離多遠。

約翰牧師感覺到尤里西斯就在他背後，轉頭露出哀求的表情，但這黑人沒看他。他看著車外飛掠而過的樹木，臉上沒有絲毫懊悔。

——尤里西斯，牧師又哀求。

——你需要我幫你嗎，牧師。

——好吧，好吧，約翰牧師回答，想辦法擠出義正詞嚴的憤慨語氣。我會跳下去。但在我這麼做之前，至少容我祈禱一下。

尤里西斯聳聳肩，動作輕微得幾乎看不見。

——〈詩篇〉第二十三章應該很合適，約翰牧師用挖苦的語氣說，我覺得〈詩篇〉第二十三章應該很不錯。

牧師雙手合掌，閉上眼睛，開始唸：

——**耶和華是我的牧者，我必不至缺乏。祂使我躺臥在青草地上，領我在可安歇的水邊。祂使我的靈魂甦醒，為自己的名引導我走義路。**

牧師唸得很慢，很平靜，充滿人道精神的語氣。但唸到第四節的時候，聲音開始變得高昂，帶著只有上帝的戰士才能擁有的內在力量。

——**啊**，他舉起一手，彷彿高舉《聖經》對著台下的信眾揮舞。**我雖然行過死蔭的幽谷，也不怕遭害；因為你與我同在，你的杖，你的竿，都安慰我。**

〈詩篇〉的這章只剩兩節，但這兩節卻再貼切不過。牧師意興風發，一步步讓自己的宣講展現合適的高昂語調，但這句**在我敵人面前，你為我擺設筵席**顯然深深刺中尤里西斯，等牧師唸出**我一生一世必有恩惠慈愛隨著我，我且要住在耶和華的殿中，直到永遠**時，他渾身顫抖。

但約翰牧師沒有機會讓這段特別的詩文達成效果，因為就在唸出最後這兩句時，尤里西斯把他丟到車外。

尤里西斯

尤里西斯從門口轉身回來，看見這白人小孩仰頭看他，登山背包緊緊摟在懷裡。

尤里西斯指著地上的銀元。

——撿起你的東西吧，孩子。

但小男孩卻沒照他說的話做，還是一動也不動，直盯著他看，沒有絲毫不安恐懼。

他應該八、九歲吧，尤里西斯想，比我自己的兒子小不了多少。

——我想你應該聽見我對牧師說的話了，他語氣更溫和地說，我自己一個人搭車。過去是這樣，以後也是這樣。但再過大約半個鐘頭，有一段陡坡，火車的速度會變慢。等我們到了那裡，我會把你放到草地上，你不會受傷，瞭解了嗎？

但男孩繼續盯著他，彷彿一句話也沒聽進去，尤里西斯開始懷疑他腦袋是不是有問題。但這時男孩開口了。

——你去打過仗？

這問題嚇了尤里西斯一跳。

——是的，他隔了一晌之後回答，我是去打過仗。

男孩前進一步。

——你搭船過海？

——我們全都被派到海外，尤里西斯覺得有點被冒犯了。

男孩想了想，又往前一步。

——你離開你的妻兒？

從未在任何人面前往後退開的尤里西斯，這時卻在這男孩面前退後一步。他退開得如此突然，倘若有人旁觀，一定會以為是這男孩拿了裸露的電線碰觸他的皮膚。

——我們認識嗎？他驚駭不已地問。

——不，我們不認識。可是我想我知道你的名字是怎麼來的。

——誰都知道我這名字是怎麼來的。尤里西斯．格蘭特[25]，聯邦軍統帥，林肯手中那把永不撼動的寶劍。

——不是，男孩搖搖頭說，不，不是那個尤里西斯。

——我想我自己應該知道才對。

男孩繼續搖頭，但不是反對的搖頭，而是耐心親切的表示。

——不是的，他又說。你是以**偉大的**尤里西斯命名的。

尤里西斯看著小男孩，心中有越來越不篤定的感覺，彷彿突然發現自己面對一個不諳世故的人。男孩仰頭看了車廂天花板一會兒，目光再轉回到尤里西斯身上時，眼睛睜得大大的，彷彿有了個想法。

——我可以給你看，他說。

他坐在地上，打開登山背包蓋，拿出一本紅色的大書。他翻到接近最後的部分，開始讀：

嗅，謬斯，請對我唱出那偉大且足智多謀的流浪者，

奧德修斯，又或名為尤里西斯，

25 Ulysses S. Grant，1822-1885，曾率聯邦軍贏得南北戰爭，後擔任美國第十八任總統。

身材高大，心地柔軟，
在戰場展現勇氣，
卻註定要一路流浪
從一個陌生地到下一個……

這時尤里西斯跨前一步。

——全寫在這裡，男孩說，依舊埋頭看書，頭也不抬。很久很久以前，偉大的尤里西斯雖然非常不情願，但不得不離開妻兒，航越海洋，去參加特洛伊戰爭。希臘獲勝之後，尤里西斯就和同袍一同返鄉，可是他們的船一再偏離航線。

男孩抬頭。

——你的名字一定就是這麼來的，尤里西斯。

雖然尤里西斯聽別人叫過他的名字幾萬遍，但此時聽到男孩唸出這個名字——在這個車廂裡，就在他離開原本所在的西部，往他所要前去的東部途中——宛如是第一次聽到。

男孩把書歪向一旁，讓尤里西斯可以看得更清楚一點。接著往右挪了挪，就像在長椅上讓出空間給別人坐那樣。尤里西斯不由自主坐下來，聽男孩唸，彷彿男孩是從戰場歸來、飽經風霜的旅人，而他自己才是個小孩。

接下來的時間，男孩——這位比利．華特森——唸出偉大的尤里西斯如何修正航線，掌舵朝家鄉前進，因刺瞎海神的獨眼兒子而觸怒海神波賽頓，被詛咒要在無情大海上漂流。他唸出尤里西斯如何收到風神埃歐洛斯給的風袋，加快行進的速度，但他的船員卻懷疑他在袋裡藏了黃金，於是打開袋口，放出了風，讓船再一次偏離航道——就在尤里西斯心愛的故鄉海岸已出現在視線裡之時。

尤里西斯聽著聽著，第一次因為回憶而流淚。他為他名字由來的那位英雄與英雄的船員而落淚。

他為潘妮洛普與特勒馬庫斯[26]而落淚。他為戰死沙場的同袍落淚，為自己拋下的妻兒落淚。但最重要的是，他為自己而落淚。

⋯⋯ ⋯⋯

尤里西斯在一九三九年遇見瑪西時，兩人在世上都孑然一身。在經濟大蕭條最嚴重的時期，他們都失去了父母，也都離開自己生長的地方——她生長於阿拉巴馬州，他生長在田納西州——前往聖路易市。抵達之後，他倆都從一個分租房流浪到另一個分租房，從一個工作轉換到另一個工作，沒有友伴，也沒有親人。他們並肩站在星光舞廳靠後方的酒吧時，兩人都只想聽，不想跳舞，在那時候，兩人都已經相信孤單寂寞的生活，是為像他們這樣的人所準備的天堂。

然而兩人卻找到了無比的喜悅。那天晚上他們互相傾訴，哈哈大笑——不只知道彼此的小怪癖，眼中的彼此也彷彿是依據各自夢境、幻想與奇思異想所塑造出來的人物。他鼓起勇氣邀瑪西共舞，她以絕不後悔的模樣與他滑入舞池共舞。三個月後，他被電話公司聘為線務員，週薪二十元，他們便結婚，搬進第十四街的一間兩房公寓，從日出到日落，甚至還要再多上幾個鐘頭，他們繼續融為一體共舞。

但就在這時，海外掀起波瀾。

尤里西斯始終都認為，只要時間一到，他就會像父親在一九一七年那樣，回應使命召喚，為自己的國家服務。一九四一年十二月，日本轟炸珍珠港，所有的男孩開始塞爆徵兵處的時候，瑪西——已經熬過這麼多年孤單歲月的瑪西，瞇起眼睛看他，緩緩搖頭，彷彿在說：**尤里西斯．迪克森，你敢的**

26 即神話中尤里西斯的妻子與兒子。

話試試看！

美國政府好像被瑪西那清楚明白的眼神給說服似的，在一九四二年初宣布，具有兩年以上經驗的線務員是國內基礎建設所需，不必上戰場服役。所以儘管戰事越來越激烈，他和瑪西每天還是在同一張床上醒來，在同一張餐桌上吃早餐，手裡提著同樣的午餐袋去上班。但是尤里西斯遠離戰事的決心日復一日受到考驗。

富蘭克林．羅斯福總統在無線電收音機上的演說考驗著他。羅斯福向全國人民保證，只要我們堅定信心，就一定能戰勝邪惡的勢力。報紙頭條新聞考驗他。鄰家男孩謊報年齡只為上戰場的事蹟考驗他。而最大的考驗來自於那些年逾六十的男人，他們看見他去上班的時候，都斜眼鄙視，心裡狐疑，整個世界都捲入戰爭，而這個好手好腳的男人為什麼可以在早上八點坐電車去上班。但是每回他碰到身穿新制服剛入伍的新兵，瑪西那雙瞇起的眼睛就會提醒他，妻子等了多久才等來現在的生活。所以尤里西斯嚥下自尊，任由時間一個月一個月流逝，他垂下目光搭電車，關在公寓四牆裡打發時間。

到了一九四三年七月，瑪西發現她懷孕了。過了幾週之後，不管哪條戰線傳來什麼消息，她身上都漸漸散發出一種難以忽視的內在的光。她開始和尤里西斯在電車站碰面，身穿夏季洋裝，頭戴黃色寬邊帽，挽著他的臂彎慢慢走回他們的公寓，不論碰到朋友或陌生人都點頭打招呼。到了十一月底，肚子開始鼓起來的時候，她說服明知不該這麼做的尤里西斯，穿上最好的西裝，帶她去哈利路亞會堂參加感恩節舞會。

尤里西斯一踏進大門，就知道自己犯了天大的錯誤。因為他不管走到哪裡，都會碰上失去兒子的母親，死了丈夫的妻子，或是沒了父親的孩子，他們的眼神都因瑪西幸福的模樣而變得更加苦澀。更慘的情況是他和那些年齡相仿的男人四目交接。因為他們一看見他尷尬地站在舞池邊，便走過來和他握手，他們自身的懦弱態度讓微笑變得溫和，找到和他們懷著同樣羞愧心情的弟兄，讓他們精神一振。

那天晚上他和瑪西回到公寓，連外套都還來不及脫，尤里西斯便宣布他決定入伍。他作好心理準備，覺得瑪西很可能會生氣或哭泣，所以宣布這個決定時用的是堅定絕決的態度，不容辨駁。但是他講完之後，瑪西沒顫抖也沒掉淚，回應的時候，甚至連嗓音都沒提高。

——如果你非要去打仗不可，她說，那就去吧。就算你要單手去對付希特勒或東條英機，我也不在乎。但是別指望我們會在這裡等你回來。

隔天，他走進徵兵處，很擔心四十二歲的自己會被拒絕，但十天後，他人到了福斯頓訓練營，十個月後，他便啟程和第九十二師在第五軍團指揮下，加入義大利戰場。在那段殘酷的日子裡，儘管從未收到妻子的隻字片語，但他也從沒想到——或者是他不容自己想像——妻子和孩子不會等待他回來。

一九四五年十二月二十日，他的火車停靠在聖路易車站時，他們並沒在車站迎接他。他回到十四街，他們也沒在公寓裡。他去找房東，找鄰居，找同事，他們的回答都一樣：生下漂亮寶寶兩個星期之後，瑪西．迪克森就收拾行李，沒說她要去哪裡就離開了。

回到聖路易不到二十四小時，尤里西斯就背起行囊，走回聯合車站。他搭上下一班出發的火車，不在乎車開往哪裡。火車開到哪裡，他就搭到哪裡——到喬治亞州的亞特蘭大，然後沒離開車站一步，又搭上下一班開往另一個方向的火車，一路搭到聖塔菲。這已經是八年多以前的事了。從那時起，他就一直在搭車——身上有錢的時候搭客廂，沒錢就搭貨廂——在全國各地來回，從不容許自己在同一個地點度過第二夜，總是在這之前就跳上開往任何一個地方的另一班火車。

⁂

男孩讀著偉大的尤里西斯從望見這片陸地到那片陸地，從這個試煉到下個試煉，尤里西斯靜靜聽著，淚水湧出眼睛，毫不羞赧。他聽著和他同名的英雄面對女巫瑟西的變形魔法，海妖賽蓮的無情誘惑，女妖斯庫拉和卡律布狄斯漩渦分別把守海峽的兩難困境。但男孩唸到尤里西斯的飢餓船員不顧先知提瑞西阿斯的警告，吃掉太陽神赫利歐斯神聖的羊，於是太陽神要宙斯再度以雷電和洪水阻擋英雄，這時尤里西斯一手蓋在男孩的這本書上。

——夠了，他說。

男孩詫異地抬頭看他。

——你不想知道結局嗎？

尤里西斯沉默片刻。

——沒有結局，比利。惹怒全能天神的人，再努力也不會有結果。

但比利搖搖頭，又變得親切起來。

——不是這樣的，他說。偉大的尤里西斯雖然惹火了波賽頓和赫利歐斯，但他的流浪還是有結果的。你什麼時候從戰場搭船啟程回美國來？

尤里西斯雖然懷疑他這個問題的用意，但還是回答了。

——一九四五年十一月十四日。

男孩輕輕推開尤里西斯的手，翻過一頁，指著一段文字。

——亞伯納斯教授告訴我們，偉大的尤里西斯回到伊薩卡，和妻子與兒子團圓，**在十年之後**。

男孩抬起頭。

——意思就是，你的流浪就快結束了，你再過不到兩年，就會和你的家人團圓。

尤里西斯搖搖頭。

——比利，我連他們在哪裡都不知道。

——這沒關係，男孩說。要是你知道他們在哪裡，那就根本不必找了。

男孩又低頭看書，滿意地點點頭，覺得事情應該就是這樣。

這有可能嗎？尤里西斯思忖。

沒錯，在戰場上，他違反了上帝的訓示，徹頭徹尾違反，那程度之嚴重，簡直讓他無法想像自己有辦法秉持良知，再跨過門檻踏進教堂一步。但和他並肩作戰的戰友，以及和他對戰的敵人，都同樣違反了上帝的訓示，打破了同樣的盟約，無視同樣的誡律。所以尤里西斯對戰場上的罪孽沒那麼不安，他認為那是一整代人共同的罪孽。尤里西斯無法安心的，沉甸甸壓在他良心上的，是對妻子的背叛。他倆的結合也是一種盟約，但他背叛了，單方面背叛。

即使他全身軍裝站在他們舊公寓燈光幽暗的走道上，也不覺得自己是英雄，而是個傻瓜。他知道自己這麼做的後果，也知道一切無可逆轉。也就是因為這樣，他才會回到聯合車站，踏上流浪人生——註定沒有同伴，也沒有目標的流浪生活。

但這男孩說的也許沒錯……

他把自己的羞愧感置於他們神聖的盟約之上，毫無懸念地把自己放逐到孤寂的生活裡，說不定就是對妻子的再度背叛。他背叛了自己的妻子與兒子。

就在他這麼想的時候，男孩闔上書，開始撿起地板上的銀元，用袖口擦掉灰塵，收回錫罐裡。

——來，尤里西斯說，我來幫你。

他也該開始撿硬幣，用袖子擦乾淨，丟進錫罐裡。

男孩撿起最後一個銀元時，突然抬頭看尤里西斯背後，彷彿聽見了什麼動靜。他迅速收好錫罐和那本紅色大書，把登山背包袋口束緊，背到背上。

——幹嘛？尤里西斯問，男孩突如其來的動作讓他有點嚇到。

——火車慢下來了，他站起來解釋說，斜坡一定是到了。

尤里西斯花了好一會才明白男孩在說什麼。

——不，比利，他跟著男孩走到車門口說，你不必離開。你應該和我待在一起。

——你確定，尤里西斯？

——我確定。

比利接受地點點頭，但目光望向門外飛掠而過的灌木，尤里西斯看得出來，他又在擔心別的事了。

——怎麼了，孩子？

——你想，約翰牧師跳下車會不會受傷？

——他活該。

比利抬頭看尤里西斯。

——可是他是牧師。

——在那個人心裡啊，尤里西斯關上車門說，背叛的事比傳教的事多。

兩人走向車廂另一頭，打算再坐回原處。但正要坐下時，尤里西斯聽見背後有刮擦聲，彷彿有人小心翼翼爬下梯子。

尤里西斯沒再多等待，伸出雙臂，猛然轉身，一不小心撞倒了比利。

尤里西斯聽見刮擦聲時，心裡浮現的第一個念頭是約翰牧師不知用什麼方法又回到火車上，準備來找他報仇。結果不是約翰牧師。是個臉上有挫傷，表情堅毅的年輕白人，右手抓著個小偷用的袋子。他丟下袋子，往前一步，擺出打鬥的姿勢，雙臂前伸。

——我不想和你打架，這年輕人說。

——沒人希望和我打架，尤里西斯說。

兩人同時踏前一步。

尤里西斯真希望自己剛才沒關上車門。要是車門開著，他就可以處理得乾淨俐落。他可以抓住這年輕人的雙臂，把他丟下火車。但車門關著，他要麼把這年輕人揍得昏迷不醒，再不然就要抓住這人，叫比利去開門。但他不希望比利接近這年輕人，所以他謹慎選擇時機。他要讓自己站在比利和這年輕人之間，再靠近一點，然後揍他臉上瘀青的那一邊，那肯定會很痛的地方。

尤里西斯聽見比利在背後奮力站起來的聲音。

——別過來，比利，他和那年輕人異口同聲說。

他倆困惑地看著彼此，但都不願放下拳頭。

尤里西斯聽見比利往旁邊踏進一步，彷彿是要繞過他。

——嗨，埃米特。

年輕人雙臂仍未放下，一隻眼睛盯著尤里西斯，往左一步。

——你沒事吧，比利？

——我很好。

——你認識他？尤里西斯問。

——他是我哥，比利說。埃米特，這是尤里西斯。他和偉大的尤里西斯一樣，都去打過仗耶，現在要流浪十年，才能和妻子小孩團圓。可是你不必擔心，我們還不是朋友。我們只是剛認識而已。

公爵夫人

看看這些房子，毛毛不可置信地說，你看過這麼多房子嗎？

——房子是很多沒錯，我附和。

今天稍早，我的計程車剛轉過街角，就看見毛毛從公園裡冒出來。我看見他把那輛斯圖貝克停在對街——停在消防栓前面，前座乘客席的門敞開，引擎沒熄火。我也看見有個警察站在車後，手拿罰單簿，正在抄車牌號碼。

——停車，我對司機說。

我不知道毛毛對警察講了什麼藉口，但等我付完錢給司機，警察已經收起罰單簿，掏出手銬了。我立刻換上最接近小鎮良民的微笑，走上前去。

——看來好像有什麼問題，警官？

（他們喜歡人家叫他們警官。）

——你們兩個是一起的？

——不妨這麼說吧，我是替他爸媽工作的。

警察和我同時看著毛毛，毛毛正走近仔細瞧那個消防栓。

警察對我細數毛毛違反了多少規定，包括他身上好像沒有駕照，我搖搖頭。

——您說的一點都沒錯啊，警官。我一直告訴他們，要是他們想把他帶回家，最好僱個人看好他。但我又懂什麼呢？我不過是個管院子的。

警察又看了毛毛一眼。

——你是說他腦袋有點問題？

——這麼說吧，他接收器的頻率和你我有些不一樣。他習慣到處走，所以他媽媽一早醒來發現她的車不見——又不見了——就叫我出來找他。

——你怎麼知道要來這裡找他？

——他很迷亞伯拉罕．林肯。

警察看著我，有點懷疑。所以我就表演給他看。

——馬丁先生，我大聲喊，你為什麼來這個公園？

毛毛想了想，綻開微笑。

——來看林肯總統的雕像。

警察看著我，有點不太確定該怎麼做。一方面他逮到一連串違規行為，而且他宣誓過要維護伊利諾州的法律與秩序，但他該怎麼做呢？逮捕這個從家裡溜出來，為了向誠實的亞伯拉罕致敬的孩子？警察看看我，看看毛毛，然後視線又轉回我身上。他挺起肩膀，扯扯皮帶，就像警察慣常做的那樣。

——好吧，他說，那你就把他安全送回家吧。

——我會的，警官。

——但是有他這種**頻率**的孩子不該開車。他家裡的人也許應該把鑰匙收在高一點的架子上。

——我會告訴他們的。

警察開車離開之後，我們回到斯圖貝克車上，我給毛毛一番訓話，告訴他人人為我，我為人人的意義。

——要是你被捕了該怎麼辦，毛毛？要是你的名字最後被登記在紀錄裡怎麼辦？我們還沒回過神來，就會被送回薩林納。那我們永遠到不了營地，比利也沒辦法在加州蓋他的房子。

——對不起，毛毛看來是真心痛悔，瞳孔大得像飛碟。

——你今天早上喝了多少藥？

……

——四滴？

——你還剩幾瓶？

……

——一瓶？

——一瓶？天哪，毛毛。那東西不是可口可樂啊。天曉得我們什麼時候才能幫你弄到更多藥。你最好把最後一瓶交出來給我保管。

毛毛乖乖打開置物箱，交出小藍瓶。我把我向計程車司機買來的印第安納州地圖交給他。他一看就蹙起眉頭。

——我知道，這不是菲利普斯六六的地圖，但我只能找到這個了。我開車的時候，需要你幫我查一下，怎麼到南灣市的杜鵑路一三二號。

——杜鵑路一三二號有什麼啊？

——有位老朋友。

⋮ ⋮

抵達南灣的時候，差不多下午一點半。我們開進嶄新的開發區裡，周圍盡是一模一樣的房子，一模一樣的院子，應該也住著一模一樣的人。我幾乎開始懷念起內布拉斯加的道路了。

——看起來很像比利書裡的迷宮，毛毛有點敬畏地說，就像戴達洛斯[27]設計的那種沒人能活著走出來的迷宮……

——所以啊，我語氣強硬地說，你更應該注意看路標。

——好啦，好啦，我知道，我知道。

毛毛飛快瞄一眼地圖，傾身貼近擋風玻璃，好看清楚該往哪裡去。

——在虎百合巷左轉，他說，孤挺花大道右轉……慢點，慢點……在那裡！

我轉進杜鵑路，每一戶人家的草皮都修剪整齊，翠綠欲滴。到目前為止，杜鵑路看起來都前途光明。誰知道呢，也許始終都是。

我放慢車速，讓毛毛可以看清楚門牌號碼。

——一二四……一二六……一二八……一三〇……一三二！

我從那幢房子門口開過，毛毛轉頭看。

——就是那一家，他說。

我在下個十字路口轉彎，把車停在路邊。有個領養老金吃得太多的傢伙，身穿汗衫，拿著水管給他的草皮澆水。他看來很習慣把自己澆得一身濕。

——你朋友不是住在一三二號？

——是啊。可是我想給他一個驚喜。

我已經學到教訓，下車時要帶著鑰匙，不能擺在遮陽板裡。

——我只需要幾分鐘，我說，你留在這裡。

——我會，我會。可是公爵夫人……

27 Daedalus，希臘神話中手藝精湛的工匠，曾為克里特島國王設計迷宮，拘禁他半人半牛的兒子米諾陶諾斯。

——什麼事，毛毛？

——我知道我們要儘快把斯圖貝克開回去還給埃米特，但是你想，我們去阿第倫達克的時候，有沒有可能順便去哈德遜河畔的哈斯汀看我姐姐莎拉？

有些人習慣問人要東西。無緣無故向你要火點菸或耽誤你一點時間。要你載他一程或借點錢。要你伸出援手或施捨東西。有些人甚至會要求你寬恕他們。但毛毛・馬丁很少開口要求什麼。所以他開口的時候，你知道他要求的必定是很重要的東西。

——毛毛，我說，要是你能讓我們活著走出迷宮，你想去看誰都行。

⋯ ⋯

十分鐘之後，我站在廚房裡，手拿擀麵棍，心想這東西不知道行不行得通。這形狀和重量肯定是比木板條來得好。但我覺得這道具太有喜劇效果——譬如家庭主婦拿來追著沒用的老公，繞著餐桌跑。

把擀麵棍擺回抽屜，我拉開另一個抽屜。這裡塞滿雜七雜八的小工具，例如蔬菜刨皮器和量匙。再下來的一個抽屜裝的是比較大但比較單薄的工具，例如抹刀和攪拌器。在一把長柄勺底下，我找到一支肉鎚。我小心翼翼地從抽屜裡拿出來，不碰撞其他工具，免得弄出聲音。這肉鎚有個很精細的木頭握柄和粗糙的敲擊表面，但有點偏精巧，適合拿來拍平肉片，而不是敲搥牛肉。

水槽旁邊的流理台上是常見的現代用具——開罐器、烤麵包機和三段按鈕的攪拌機，每一個工具都精心設計，如果你一心渴望開罐頭、烤吐司或攪拌東西，必定能如願。在流理台上方的櫃子裡，我找到的罐頭食品足以供一整個防空洞的人吃。前面和中間是至少十罐的康寶濃湯。但也有牛肉、辣肉醬、香腸和豆子罐頭。看來艾克力唯一需要的廚具就是開罐器。

我不由自主地注意到，艾克力廚房櫃子裡的食品和薩林納的菜單如此相似。我們總是認為那些餐點之所以出現，是為了機構的便利，但也許那反映的是典獄長個人的口味。有那麼一會兒，我考慮用香腸與豆子罐頭來表達詩意的正義。但如果拿罐頭砸人，我想你對那人頭顱造成的傷害，和對你自己手指的傷害差不了多少。

我關上櫃門，像莎莉那樣雙手叉腰，她一定知道要找哪裡，我想。我努力透過她的眼睛看清眼前的情勢，把廚房重新再仔細打量一遍。我看見爐子上擺了一只長柄煎鍋，黑得像蝙蝠俠的披風。我拿起來，在手裡掂掂重量，欣賞那設計與耐用程度。這鍋子的握柄一頭略細，邊緣有弧度，所以可以穩穩握在手裡，就算揮擊出九十公斤的力量也不會讓鍋子從手裡滑脫。鍋子底部可以拿來敲擊的部分又闊又平，就算閉著眼睛，也可以狠狠打中某人。

是了，這只鑄鐵煎鍋從每個方面看起來都很完美，除了不夠摩登，也不夠便利之外。事實上，這鍋子搞不好已經有一百年的歷史。說不定是艾克力的曾祖母在蓬車旅途中用過的，一路傳下來，在艾克力家已經有四代人用這個鍋子來煎豬排了。我對這些西部拓荒者碰碰帽簷致意，拿起鍋子，帶到客廳。

這是個可愛的小房間，原本應該是壁爐的位置擺了電視。窗簾、椅子和長沙發都是相配襯的花草圖案。同樣的，艾克力太太穿的八成也是同一塊布料裁出來的洋裝，所以要是她靜靜坐在沙發上，她老公根本就不知道她在。

艾克力還在我發現他的地方——癱在他的躺椅上，睡得很熟。

從他臉上的微笑，你就可以知道，他有多愛他這張躺椅。在薩林納任職的時候，每次艾克力給我們吃鞭子的時候，心裡想的應該就是總有一天可以躺在像這樣的躺椅上，下午兩點睡午覺。事實上，在心心念念這麼多年之後，他八成還是夢見自己躺在躺椅上，儘管他此時此刻人就在上頭。

睡了，睡著了也許還會做夢[28]，我悄悄引用劇中獨白，把鍋子舉到他腦袋上方。

但茶几上有個東西吸引了我的目光。是一張近照，艾克力站在兩個年輕男孩中間。兩個男孩的鼻子眉毛都很像艾克力，身穿少棒聯盟制服，艾克力戴著少棒聯盟球帽，顯然是去看比賽，為孫子加油。當然，他臉上有大大的笑容，兩個男孩也在笑，彷彿很高興知道爺爺在看台上看他們比賽。我突然對這個老人生出一股溫柔感覺，讓我掌心冒汗。但如果《聖經》告訴我們，兒子不應承擔父親的罪孽，那麼合理來說，父親也不應承擔兒子的無辜。

所以我打了他。

鍋子敲中他時，他的身體一抽，宛如有電流竄過他的身體。接著他在躺椅上整個人癱得更低一些，卡其褲的褲襠顏色變深，因為膀胱鬆弛。

我對著鍋子微微點頭，這東西原本是為某個用途而設計，結果拿來另做他用也非常完美。使用這只平底煎鍋還有額外的好處——相較於肉鎚、烤麵包機或香腸豆子罐頭——擊中的那一瞬間，發出和諧的「噹」一聲。很像教堂鐘聲召喚虔誠信眾禱告一般。事實上，就因為這聲音太令人歡喜了，所以我忍不住又想敲他一記。

但我仔細地算了算，相信艾克力欠我的債務，只要在腦袋上敲上一記就可以還清。再敲他第二記，只會讓我欠他債。所以我把鍋子擺回爐上，從廚房後門溜走，心想：**完成一個，還有兩個**。

28 引自《哈姆雷特》第三幕第一景。

埃米特

知道他不只揮霍了父親遺留給他的小小財富，也失去了更為寶貴的時間，這名年輕的阿拉伯人賣掉他僅存的東西，加入商船，航向遠大的未知……

我們又再次上路了，埃米特想。

這天下午，埃米特正在處理從狂歡車廂拿來的麵包、火腿和乳酪時，比利問尤里西斯要不要再聽另一個遠航大海的故事。尤里西斯說好，比利又拿出他那本紅色大書，坐在這個黑人旁邊，開始念傑森與阿果號英雄的故事。

故事裡的傑森是色薩利王國王位的合法繼承人，他那篡位的叔叔說他如果可以航行到科爾基斯王國取回金羊毛，便將王位還給他。

他和五十名英雄——包括尚未成名的翟修斯和海克力斯——懷著壯志啟程前往科爾基斯。接下來數不清的日子裡，他和他的隊友一次又一次碰到考驗，面對銅身巨人、有翅女妖和地生人——龍牙種到土裡所長出來的全副武裝武士。在魔女美蒂亞的幫助下，傑森和阿果號英雄最終戰勝敵人，拿到金羊毛，安全返抵色薩利。

比利唸這個故事唸得入神，尤里西斯也聽得入神，埃米特把他做好的三明治遞給他們，他們根本沒意識到自己在吃什麼。

埃米特坐在車廂另一角吃他的三明治，不由自主地想著比利的書。

埃米特始終不明白這位所謂的教授為什麼選擇把伽立略．伽利萊、李奧納多．達文西、湯瑪斯．愛迪生這三位偉大的科學家，和海克力斯、翟修斯、傑森之類的人物混為一談。伽利略、達文西和愛迪生不是神話英雄。他們是有血有肉的真人，具有罕見的能力，可以不帶迷信與偏見的去證明自然現象。他們是奮進之人，以無比的耐心和精準度研究世界的內在運作，同時也經由這樣的過程，把他們獨力所得的知識，轉化成實際的發現，為全人類做出貢獻。

把這些人和神話裡那些航越虛構海洋、與幻想怪獸搏鬥的神話英雄相提並論，究竟有什麼好處？在埃米特看來，亞伯納斯教授把這些人物混為一談，似乎是在鼓勵小男生認為，偉大的科學發現未必真實，而傳說中的英雄也未必全是想像。他們肩並肩行經已知與未知的領域，發揮最大的智慧與勇氣，沒錯，但也有巫術、魔法，以及天神的偶爾介入。

在人生旅途中要分辨真實與想像，分辨自己所見的與自己想要的，是否太過困難？難道不就是因為分辨此間區別的困難挑戰，才讓他們爸爸在二十年的耕作之後，宣告破產，失去一切？

此刻，在一日將盡之時，比利和尤里西斯已經讀到辛巴達的故事了，這位在七次不同冒險旅程中航遍七海的英雄。

——我要睡了，埃米特說。

——好，那兩人同聲回答。

於是，為了不打擾哥哥，比利壓低嗓音，而尤里西斯低下頭，兩人看來不像陌生人，反倒像同謀。

埃米特躺下，努力不聽喃喃講述的那個阿拉伯水手傳奇，他非常明白，尤里西斯碰巧來到這節車廂是意外的好運，但這也讓他羞愧。

比利介紹他們認識之後，就興奮說起約翰牧師從出現在這個車廂到離開的全部經過。埃米特對尤里西斯表達感激，這陌生人回答說沒有必要謝他。但一逮到機會，也就是趁比利從背包拿出書的時候，尤里西斯就把埃米特拉到一旁好好訓斥一番。**他怎麼會這麼蠢，竟然把比利一個人留在這裡。車**

廂有四牆和屋頂，但並不會因此而變得安全，一點都不會。而且別搞錯了：那個牧師不只是想欺負比利而已，他絕對想要把比利丟下火車。

尤里西斯回到比利身邊坐下，準備聽傑森的故事時，埃米特感覺到譴責宛如烈火在胸口燃燒。他也感到憤慨的怒火，很氣這個陌生人竟然像爸爸罵小孩那樣罵他。但另一方面埃米特也明白，他因為自己被當成小孩而生氣，這行為本身就很幼稚。就像他也知道，為了比利和尤里西斯沒好好品嘗他做的三明治而生氣，甚至嫉妒他們兩人突然的親密，都是幼稚的反應。

為了緩和情緒的波濤洶湧，埃米特把注意力從今天發生的種種，轉向面前等待著他的挑戰。

一起坐在摩根家裡的餐桌旁時，公爵夫人說他和毛毛去阿第倫達克之前，會先繞去曼哈頓看他爸爸。

從公爵夫人提過的事情聽來，希韋特先生很少有固定的地址。但是唐豪斯離開薩林納的前一天，公爵夫人請唐豪斯去紐約看看他——聯絡他爸爸以前的演出經紀公司。

一個過氣人物就算被債主追討，被警察通緝，用假名過活，公爵夫人眨眨眼說，**也一定會給經紀公司留下可以找到他的方式。在紐約市，經營過氣人物最大的幾家經紀公司辦公室，都在時代廣場底邊的同一棟大樓裡。**

唯一的問題是，埃米特不記得那棟大樓的名字。

他很確定是S開頭。他躺在地上，努力喚醒記憶，依照字母排序，有系統地唸出各種可能的組合，想拼湊出大樓名字的前三個字母。從Sa開始，他在心中默唸：Sab，Sac，Sad，Saf，Sag等等。接著又從Sc、Se、Sh依序進行。

也許是比利低聲呢喃的聲音，或是他自己喃喃自語的拼湊字母。又或者是車廂曬過一整天太陽之後散發出來的溫暖木頭香。無論原因為何，埃米特不再回想時代廣場那棟大樓的名字，彷彿突然回到九歲，拉開掀門，置身家裡的閣樓，用爸媽的舊行李箱蓋碉堡。那些舊的行李箱曾經旅行到巴黎、威尼斯和羅馬，但來到他家那棟房子之後，就未曾再出門旅遊。這讓他回想起當時媽媽不知道他躲到哪裡去，穿過一個房間又一個房間，再一個房間，不停地呼喚他。

·倒數·
第6日

公爵夫人

我敲四十二號房房門時，聽見一聲呻吟，以及彈簧墊上的費力移動，彷彿是我的敲門聲把他從深沉睡眠中喚醒。此刻已近中午，所以我覺得時間應該差不多。片刻之後，我聽見宿醉的他雙腳踏地。我聽見他四下張望，想搞清楚自己人在哪裡，看著灰泥龜裂的天花板，和壁紙剝落的牆壁，有點迷惑，彷彿不太理解自己為什麼會在像這樣的房間裡過夜，即使經過了這麼多年，還是不太相信。

啊，**沒錯**，我幾乎可以聽見他這麼說。

我非常有禮貌地再敲敲門。

又一聲呻吟——這次是費力的呻吟——接著是彈簧鬆開的聲音，因為他站起來，開始慢慢走向門口。

——來了，隔著門板的聲音有點悶悶的。

等待的時候，我真心覺得好奇，待會兒見到的他會是什麼模樣。還不到兩年的時間，但以他的生活型態和他的年紀，兩年可以造成的傷害可不小。

但是門咿咿呀呀打開時，出現的卻不是我老爸。

——什麼事？

四十二號房的這位房客年約七十幾歲，彬彬有禮，口音完全和態度匹配。他以前肯定擁有自己的產業，再不然就是曾經服侍過那樣的業主。

——有什麼需要我幫忙的嗎，年輕人？他問，我則看著他背後。

——我在找以前住在這裡的人。其實，是我父親。

——噢，我明白了……

他那粗濃的眉毛略往下垂，彷彿真的覺得很難過，因為自己讓陌生人失望了。但接著，他又挑起眉毛。

——說不定他在樓下留了轉信地址？

——留下沒付的帳單比較有可能吧，不過我會去問問。謝謝。

他同情地點頭。但就在我轉身準備離開時，他叫住我。

——年輕人，你父親該不會剛好是位演員吧？

——他一直都自稱是演員。

——那請等一下。我想他留了一些東西在這裡。

這位老紳士蹣跚走向抽屜櫃，我打量他的房間，很好奇他的弱點是什麼。在陽光旅館裡，每個房間都有各自的弱點，而每個弱點都有個成為物證的人工製品。例如滾到床底下的空酒瓶，床頭櫃上一疊有羽毛圖案的撲克牌，或是掛勾上的亮粉色和服女晨袍。有些證據證明某種欲望如此美好，如此難以饜足，以至於壓倒其他的欲望，吞噬其他渴望，包括對家庭、對親人、對人性尊嚴的渴望。

這老人動作很慢，所以我有足夠的時間可以仔細觀察，而且這房間只有將近三坪大。只是，若他的人生果真有弱點，我也找不到。

——我找到了，他說。

他蹣跚走回來，把在抽屜櫃最下層抽屜翻找出來的東西交給我。

這是個黑色的皮盒，長寬大約各三十公分，高約八公分，有個銅製的小搭鎖——像是扣住雙串珍珠項鍊那種搭釦的放大版。這相似性並非巧合，我想。因為在我爸還算小有名氣，在一個莎士比亞小劇團裡當主角，而劇院裡也總有半滿的觀眾時，他有六個像這樣的盒子，是他的珍貴財產。

儘管這個盒子上的燙金已經磨損且模糊，但你還是看得出來有個代表《奧賽羅》的「奧」字。拉開搭鎖，掀起盒蓋，鋪絲絨襯布的凹格裡穩穩躺著四件物品：一副山羊鬍，一只金耳環，一小罐扮裝黑人的顏料，還有一把小匕首。

和這個盒子一樣，這把匕首是特別訂製的。金色的刀柄特別打造成適合我老爸手掌的大小，上面鑲了一排三顆大寶石：一顆紅寶石，一顆藍寶石，一顆翡翠。不鏽鋼刀刃由匹茲堡一位技藝精湛的工匠特別打造、鍛鍊、拋光，讓我爸在第三幕可以切下一塊蘋果，把匕首筆直插進桌面，成為不祥的徵兆，因為他正在懷疑妻子苔絲狄蒙娜不貞。

儘管刀刃貨真價實，但刀柄卻是鍍銅，珠寶全是人造寶石。要是你用拇指壓下藍寶石，一個暗扣就會打開，於是我老爸在第五幕把匕首戳進自己肚子的時候，刀刃會縮進刀柄裡。在包廂仕女的驚呼聲中，他會好好享受這美好時光，在腳燈前面歪歪倒倒踉蹌好一會兒，然後才終於倒地死去。換句話說，這把匕首和他這個人一樣，都是個精巧的詭計。

這一組六個盒子還完整的時候，每一個都有燙金的標記：**奧賽羅**、**哈姆雷特**、**亨利**、**李爾王**、**馬克白**，以及——我絕對沒騙你——**羅密歐**。每一個盒子都有絲絨襯墊的凹格，裝有各齣戲的配件。馬克白的盒子裡有一瓶用來灑在他手上的假血；李爾王的盒子裡有灰色的長鬍子；羅密歐是一小瓶毒藥，還有一小罐胭紅，但用來掩飾我老爸臉上歲月痕跡的效果，卻和王位掩蓋理查三世扭曲心態的效果相去不遠。

這些年來，我爸的這些盒子逐漸消失。一個被偷，一個不知擺在哪裡，一個賣掉。哈姆雷特的盒子在辛辛那提玩梭哈的時候輸掉了，正確來說，是輸給了一對國王。但是奧賽羅是六個盒子裡最後留下的一個，並非巧合，因為這是我老爸最愛的一個。並不只是因為他飾演的奧賽羅曾經得到他演藝生涯的最佳評價，也因為那罐可以假扮黑人的顏料，讓他好幾次能及時逃脫。他套上門僮的制服，頂著一張艾爾．喬遜[29]的臉，提著自己的行李搭電梯下樓，穿過大廳，走過債主、忿怒的丈夫或任何一個等在棕櫚盆栽旁的人面前。我老爸竟然會留下奧賽羅的盒子，看來他走得很匆忙……

——沒錯，我蓋上盒蓋說，這是我父親的東西。我可否請教一下，您在這裡住多久了？

——噢，不太久。

——如果您能回想得準確一點，就可以幫上大忙。

——我想想喔，星期三，星期二，星期一……我想，是從是星期一開始。沒錯，是星期一。

換句話說，我老爸在我們離開薩林納的隔天就拔營走人——毫無疑問，一定是接到典獄長憂心忡忡的電話。

——希望你能找到他。

——請放心，我會的。抱歉打擾您了。

——你沒打擾我，老紳士回答，指著他的床，我只是在看書。

啊，看見床單裡露出書的一角，我心想，我早該知道。這可憐的老傢伙，他的癮頭是天底下最痛苦的那種。

29 Al Jolson，1886-1950，美國喜劇演員，以假扮黑人著稱。

我走向樓梯，發現走道地板有一小方光線，說明四十九號房的房門沒關好。

我略微遲疑之後，穿過樓梯口，繼續沿走道前行。到了那個房間門口，我停下腳步，豎起耳朵聽。沒聽見裡面有任何動靜，於是用指關節推開門。透過間隙，我看見床上沒人，床單也沒整理。想來房客是在走道另一頭的浴室，我打開門往裡走。

我和老爸在一九四八年第一次到陽光旅館來的時候，四十九號房是最好的房間。不只是有兩扇面對樓房後方的窗戶，很安靜，而且天花板正中央裝有附電扇的維多利亞式頂燈，整間旅館只有這個房間有。如今天花板上只垂著一個掛在電線上的燈泡。

牆角的木頭書桌還在。這是另一個可以增加房客眼中價值的擺設，雖然過去三十年來，從來沒有人在陽光旅館裡寫信。書桌椅也還在，看起來和走道那頭的老紳士一樣老，一樣正直。

這應該是我所見過最悲哀的房間。

⁂ ⁂

下樓到大廳，我先確定毛毛還坐在窗邊的椅子等我，然後到櫃台前面，看見一個留小鬍子的胖男人在聽收音機轉播的球賽。

——有空房間嗎？

——要過夜還是休息？他問，用一副了然於胸的表情瞥了毛毛一眼。

在這種地方工作的人，竟然會以為自己知道任何事情，向來讓我非常詫異。算他運氣好，我這時手上沒鍋子。

——**兩個**房間，我說。過夜。

——四元，先付清。如果需要毛巾，還要再加二十五分錢。

——我們要毛巾。

我從口袋裡抽出埃米特的信封，慢慢數那一疊二十元鈔票。他臉上的嘲笑表情立即消失，比鍋子所能造成的效果更快。我找出在霍華強生旅館找的零錢，放在櫃台上。

——你們在三樓有兩個很棒的房間，他說，突然變得像提供服務的人了。我叫柏尼。你們下榻期間有任何需要——酒水、女人、早餐——都請找我，不要客氣。

——我想我們不需要這些，但你或許可以幫我另一個忙。

我從信封裡再掏出兩塊錢。

——沒問題，他說，舔舔嘴唇。

——我要找不久之前還住在這裡的一個人。

——是哪一位？

——住在四十二號房的那位。

——你是說哈利．希韋特？

——就是他。

——他前幾天退房了。

——我知道。他有沒有說要去哪裡？

柏尼拚命想了想，我真的覺得他很拚命，但沒有用。我開始把錢收回來，要擺回原本的信封裡。

——等等，他說。請等一下。我不知道哈利去了哪裡，但有個以前住在這裡的人，和他關係很好。要是有人知道哈利現在在哪裡，那肯定就是他了。

——他的名字是？

——費茲威廉斯。

——費茲．費茲威廉斯？

——就是這個傢伙。

——柏尼，要是你告訴我，哪裡可以找到費茲．費茲威廉斯，我就給你一張五塊錢。要是你能把收音機借給我們，那就給你兩張。

⋮ ⋮

一九三〇年代，我爸剛和派崔克．「費茲」．費茲威廉斯成為朋友。他是一個歌舞雜耍劇團二流巡迴團的三流演出者。他負責背誦詩文，通常在兩幕之間走上舞台，唸幾段愛國或帶有宣傳意味的詩句，有時兩者兼有，目的只是讓觀眾留在座位上。

但費茲是個真正的文人，他最愛的就是華特．惠特曼（Walt Whitman）的詩。一九四一年，他知道詩人逝世五十週年紀念日即將到來，就決定留鬍子，還買了一頂軟帽，希望能說服舞台經理，讓他在舞台上重現詩人的作品，來紀念這個重要的紀念日。

鬍子的樣式很多。有電影明星愛爾羅．弗林的鬍子，有小說反派傅滿洲的鬍子，有心理學家西格蒙．佛洛伊德的鬍子，還有阿米希人[30]留在頷下的那種鬍子。但運氣很好的是，費茲的鬍子又白又濃密，和惠特曼一樣，所以戴上軟帽，配上那雙柔和的藍色眼睛，他活脫脫就是惠特曼《自我之歌》的翻版。費茲第一次在布魯克林高地的廉價劇院上台演繹這首詩——吟唱不斷登岸的移民，犛田的農夫，挖礦的礦工，在無數工廠裡勞動的技工——群集的勞工階級讓費茲第一次得到如雷掌聲。

不到幾個星期，從華盛頓特區到緬因州波特蘭，每一個計劃舉辦惠特曼逝世週年紀念活動的單位

30 Amish，美國賓州的一個基督教小支派信徒，拒絕汽車與電力等現代設施，過簡樸生活。

都想邀請費茲。他搭頭等車廂穿梭東北走廊[31]，在各地農業協進會的集會堂、自由會堂、圖書館和歷史協會表演，六個月內賺到的錢，比惠特曼一輩子賺得還多。

一九四二年十一月，他回到曼哈頓，在紐約歷史協會舉行安可場，有位芙羅倫絲．史金納正好出席。史金納夫人是社交名媛，以舉辦全城討論度最高的宴會著稱。這年她打算在十二月的第一個星期四舉行一場盛大活動，揭開聖誕季序幕。她一見到費茲便靈光一閃，那把白色鬍子，那雙溫柔的藍色眼睛，簡直就是完美的聖誕老人化身。

理所當然的，幾個星期之後，費茲腆著像果凍般的大肚皮，唸著《聖誕節前夕》出現在她的宴會上，所有的人都沐浴在節慶的喜悅裡。費茲身上的愛爾蘭血統讓他只要一站起來，就想要來杯小酒解解渴，這在劇院裡會被當成不利的條件。但他身上的愛爾蘭血統也讓他一喝酒就臉頰發紅，結果成為史金納夫人宴會上的絕佳資產，因為這讓他扮演的聖尼古拉老公公更加增彩。

史金納夫人宴會後的隔天，費茲經紀人尼德．莫斯里辦公桌上的電話從早響到晚。范．什麼什麼伉儷，范．誰誰誰伉儷，范．這個那個伉儷，全都在籌辦聖誕宴會，也全都指定要費茲出席。莫斯里或許只是個三流的經紀人，但抱到一隻會生金蛋的鵝，他也絕對不會不知道。距離聖誕節只剩三週，他給費茲的收費訂出逐日提高的標準。十二月十日，出席一場宴會的價格是三百美元，之後每一天多增加五十美元。所以如果你希望他在平安夜爬進你家煙囪，那就得花上一千元。要是你再多加五十元，那麼孩子們就可以拉拉他的鬍子，不再懷疑他是假的。

不必多說，這年為了慶祝耶穌誕生，花再多錢也沒問題。費茲經常一個晚上安排三場宴會活動。華特．惠特曼被丟到一邊涼快去，費茲呵呵呵地一路笑到銀行。

31 Northeast Corridor，美國東北部波士頓到華盛頓特區的鐵道路線，途經紐約、費城、巴爾的摩等大都市，是美國最繁忙的鐵道。

費茲在上城的地位一年比一年高，因此到了戰爭結束時——雖然他只在每年十二月工作——他已經住在第五大道的公寓，身穿三件式西裝，手拿杖頭有麋鹿銀頭的手杖。不只如此，有一大堆的年輕社交名媛一看到聖誕老人就脈搏加速。所以，有一回在公園大道晚宴表演結束後，有位工業鉅子的漂亮千金問費茲，她可不可以偶爾在夜裡去拜訪他時，費茲也不特別意外。

她出現在費茲的公寓裡，身上的洋裝既優雅且誘人。結果她心裡想的並不是浪漫的戀情。她婉拒費茲的酒，說明來意。她是格林威治村進步社的社員，他們正策劃在五月一日舉辦一場大型活動。看見費茲的表演時，她靈機一動，覺得一把白鬍子的他正是為活動揭開序幕的完美人選，因為他可以唸幾段卡爾．馬克思的文章。

費茲無疑臣服於這位年輕女子的魅力之下，因為她的巧言奉承而心旌搖曳，當然也受到她允諾的豐厚酬勞影響。但費茲同時也是位百分之百的藝術家，很樂於接受挑戰，生動演出這位老哲學家。

五月一日到來，費茲站在後台，覺得這天和其他演出的夜晚沒什麼不同。直到他在布幕後面偷偷往外看。整個場地不只擠得滿滿的，而且都是辛勤工作的男女勞工。有鉛管工、焊工和碼頭工人，有裁縫和女傭，就是他們在許多年前群聚於燈光昏暗的布魯克林高地會堂，給了費茲第一次的熱烈掌聲。費茲懷著深深的感激，湧起了一股同胞愛，走出布幕，站在講台上，發揮畢生之所能，盡情演出。

他的獨白直接引用《共黨宣言》，從他嘴裡講出來的話，挑動了聽眾的靈魂。就是如此之精彩，所以他講完熾烈如火的結論時，聽眾肯定會跳起來，爆出如雷掌聲——如果不是每道門突然全部敞開，衝進一小隊警察，以違反消防法規為藉口，猛吹哨子，揮舞警棍。

隔天早上，《每日新聞》的頭版頭條是：

公園大道聖誕老人

共黨煽動者

費茲．費茲威廉斯人生高峰就此告終。

費茲因為臉上的這把鬍子而跌個大跤，摔下好運的高梯。一度在耶誕季為他雙頰染上紅暈的愛爾蘭威士忌，如今主宰他的生活，掏空他的保險箱，切斷他與乾淨衣著和高尚社會之間的關係。一九四九年，費茲手拿帽子，站在地鐵站，再次唸誦他的下流打油詩。他住在陽光旅館的四十三號房——隔著走道，在我和老爸房間的對面。

我期待再見到他。

埃米特

接近傍晚的時候，火車速度慢了下來，尤里西斯探頭到廂頂外面迅速看了一下，然後爬下梯子。

──我們要在這裡下車，他說。

埃米特幫比利揹好背包，朝他和弟弟上車的車門口踏了一步，但尤里西斯指著車廂的另一頭。

──這邊。

埃米特以為他們下車的地方會是個占地廣闊的貨運場──就像柳伊斯的貨運場，只是更大──位在城郊某處，城市的天際線遠遠出現在地平線上。他以為他們必須小心翼翼溜下車，躲開鐵路工人和警衛。但尤里西斯拉開車門，眼前並沒有什麼貨運場，也沒有其他火車或其他人。出現在車門外的，就是城市本身。他們顯然是在一條窄小的軌道上，懸浮在路面之上，約有三層樓高，周圍有商業大樓環繞，更遠處還有更高大的建築。

──我們在哪裡？尤里西斯跳下車時，埃米特問。

──這裡是西區高架鐵路。一段貨運鐵軌。

尤里西斯伸手拉比利下車，讓埃米特自己下來。

──你提到的那個營地呢？

──不太遠。

尤里西斯開始沿著火車和高架鐵路邊緣欄杆之間的窄小空間往前走。

──小心枕木，他頭也沒回地警告說。

埃米特往前走，幾乎完全沒注意詩詞歌曲中所讚頌的紐約天際線。年少時，他從未夢想有一天會到曼哈頓來。他從未以豔羨的目光看相關的書或電影。他到紐約來有一個目的，而且只有這個目的——要拿回他的車。如今他們已抵達紐約，埃米特可以全神貫注透過找到公爵夫人的父親去找到他。

這天早上醒來時，埃米特口中講出的第一句話是「斯塔勒」，彷彿他的大腦在睡夢中仍然繼續組合字母，拼湊出完整的名字。公爵夫人提到的經紀公司就在這裡：在斯塔勒大樓。一旦到了城裡，埃米特想，他和比利就要直接到時代廣場，拿到希韋特先生的地址。

埃米特把他的計畫告訴尤里西斯時，尤里西斯蹙起眉頭。他指出，抵達紐約的時候已經下午五點，等他們趕到時代廣場，經紀公司早就下班了。比較合理的安排是等到隔天早上再去。尤里西斯說他可以帶埃米特和比利到一個營地，他們可以安全度過一夜，隔天埃米特到上城去的時候，他也會幫忙照顧比利。

尤里西斯叫你該怎麼做的時候，總是有著已成定論的口氣。他的這個習慣，很快就讓埃米特覺得有點惱火。但埃米特無法辯駁。因為如果他們五點鐘才到紐約，要去找經紀公司確實太晚。而隔天早上埃米特去時代廣場，自己一個人行動也確實比較有效率。

在高架鐵路上，尤里西斯邁著目標明確的闊步往前走，彷彿他在城裡有急事要辦。

埃米特忙著趕上他的腳步，但也一面張望他們究竟要往哪裡去。下午稍早的時候，火車卸下三分之二的貨運車廂。但在他們棲身的車廂和火車頭之間，仍然有七十節車廂。埃米特往前看，還是只看到車廂和欄杆之間的窄小空間延伸沒入遠處。

——我們要怎麼從這上面下去？他問尤里西斯。

——我們不下去。

——你的意思是，營地就在這鐵軌上？

——我就是這個意思。

——可是在哪裡呢？

尤里西斯停下腳步，轉身面對埃米特。

——我有沒有說我會帶你們去？

——有。

——那何不就讓我帶你們去。

尤里西斯的目光在埃米特臉上停駐了一秒鐘，確保他的重點都表達清楚了，接著看了看埃米特背後。

——你弟弟呢？

埃米特轉身，發現比利並沒在他背後，大驚失色。他一直沉浸在自己的思緒裡，同時想辦法趕上尤里西斯的腳步，竟然忘了注意弟弟人在哪裡。

看見埃米特臉上的表情，尤里西斯的表情也驚愕起來。他低聲咒罵，開始往回走，埃米特努力追上他的腳步，雙頰漲得通紅。

他們就在剛才留下比利的地方找到他——也就是他們搭乘的那個車廂旁邊。如果說埃米特並沒有被紐約的景觀所吸引，那對比利來說，情況肯定大不相同。下車之後，他往前兩步，走到欄杆前面，爬上一個舊木箱，眺望城市風景，被這城市的宏偉規模與建築高度給迷住了。

——比利……，埃米特說。

比利抬頭看哥哥，顯然和埃米特剛才一樣，並不知道自己已經和哥哥走散了一陣子。

——這是不是和你想像的一樣，埃米特？

——比利，我們得趕快走了。

比利抬頭看尤里西斯。

——哪一棟是帝國大廈，尤里西斯？

——帝國大廈？

尤里西斯語氣裡的不耐煩是出於習慣，而非時間緊迫。但他聽見自己講話的聲音之後，便放緩語氣，指著下城。

——有尖塔的那一棟。但你哥說的沒錯，我們得趕快走。而且你要跟緊一點。只要你伸手碰不到我們兩個，那就是跟得不夠緊。懂嗎？

——我懂。

——那好，走吧。

他們三個繼續沿著凹凸不平的路往前走，埃米特第三次發現，火車每隔幾秒鐘就往前動一下，然後又停下來。他正尋思這是怎麼回事，比利就拉著他的手，微笑仰頭看他。

——那就是答案，他說。

——什麼的答案，比利？

——帝國大廈。那是世界上最高的建築。

他們經過了半數的車廂之後，埃米特看見前面約四十五公尺處，高架鐵路彎向左邊。因為透視的關係，彎道後面的八層樓高建築看起來就像直接聳立在鐵軌上。但走近之後，埃米特看見那其實並不是透視作祟。那棟建築是真的在鐵軌上——因為鐵軌從它中間穿過。開口上方的牆壁有個黃色的大告示牌：

私人產業
不得入內

離建築還有將近十四公尺時，尤里西斯打個手勢，要他們停下來。

從他們所在的位置，只能聽見火車另一側有活動的聲響。貨廂車門推開的聲音，推車的吱吱嘎嘎，還有男人的叫嚷。

——我們要往那邊去，尤里西斯壓低嗓音說。

——穿過那棟建築？埃米特低聲說。

——那是我們要到達目的地唯一的一條路。

尤里西斯解釋說，這個卸貨區有五節車廂，等工人卸貨完成，火車就會再往前開一點，讓他們可以繼續卸接下來的五節車廂裝載的貨物。只要他們躲在車廂後面，用和火車同樣的速度移動，就不會有人看見他們。

埃米特覺得這真是個壞主意。他想對尤里西斯說出他的擔憂，找找看有沒有其他替代的路線，但遠處的鐵軌前方冒出蒸汽，火車開始移動。

——我們走吧，尤里西斯說。

他領著他們走進那棟建築，以和火車行進同樣的速度，走在車廂與牆壁之間的窄小空間。走到一半時，火車突然停下來，他們也跟著停住。倉庫活動的聲響更大了，埃米特透過兩節車廂之間閃現的影子，可以看見工人們的快速行動。比利抬頭，彷彿想問問題，但埃米特豎起手指貼在唇上。最後，火車又冒出一縷煙，開始向前移動。他們三人謹慎配合火車行進的速度，神不知鬼不覺地從建築另一頭走出來。

回到戶外之後，尤里西斯加快腳步，拉開他們和倉庫之間的距離。和之前一樣，他們走在車廂和護欄之間的狹小空間。但終於從火車頭旁邊經過之後，一片壯麗景觀出現在他們右邊。

尤里西斯料想比利必定會驚歎不已，於是停下腳步。

——那是哈德遜河，他指著河說。

尤里西斯給了比利一些時間欣賞郵輪、拖船、駁船，然後和埃米特四目交接，繼續往前走。埃米特理解他的意思，拉起弟弟的手。

——你看那裡有多少船啊，比利說。

——走吧，埃米特說。我們一面走一面看。

比利乖乖跟著走，但埃米特聽見他低聲數著他所看見的船。

走了一陣子之後，前面出現一道很高的鐵絲網圍籬，橫在高架鐵路的兩側護欄之間，阻斷去路。尤里西斯站在鐵軌正中央，抓住鐵絲網被割開的部分，往後拉，讓埃米特和比利可以鑽進去。鐵絲網的這一邊，鐵軌繼續往南延伸，但淹沒在雜生的野草叢中。

——這段鐵路怎麼了？埃米特問。

——廢棄不用了。

——為什麼？

——有些東西本來用，後來又不用了，尤里西斯一貫不耐煩地回答說。

幾分鐘之後，埃米特終於看見他們要去的地方。緊鄰廢棄鐵軌的一條岔道上有個臨時營地，帳篷與棚屋錯落。走近一些，他看見冒著煙的兩個火堆，以及各式各樣的人來回走動的身影。

尤里西斯帶他們走到比較近的那個火堆，兩個白人流浪漢坐在枕木上，拿著錫盤吃東西。一名鬍子刮得乾乾淨淨的黑人正在攪動鑄鐵鍋裡的東西。這黑人一看見尤里西斯，就露出微笑。

——哇，看看是誰來了。

——嘿，史都，尤里西斯說。

但廚子一看見從後面冒出來的埃米特和比利，臉上的表情便從歡迎轉為意外。

——他們是和我一起的，尤里西斯解釋說。

——和你一起旅行？史都問。

——我不是說了嗎？

——我還以為你……

——你的小屋還有空位嗎？

——應該有。

——我會去看看。你何不趁這個時間，給我們弄點吃的。

——包括這兩個男孩？

——包括這兩個男孩。

埃米特看見史都本來要再次表達驚訝，但想想還是什麼都沒說。兩個流浪漢不再吃東西，饒富興味地看著尤里西斯從口袋掏出小錢包。埃米特愣了一下才明白，尤里西斯是要替他和比利付餐費。

——等等，埃米特說，我們來替你付錢，尤里西斯。

埃米特掏出帕克塞進他襯衫口袋裡的五元紙鈔，走上前，交給史都。但在遞出去的時候，他才赫然發現，那不是五元紙鈔，是五十元。

史都和尤里西斯瞪著紙鈔好一會兒，然後史都看看尤里西斯，尤里西斯看看埃米特。

——收回去，他厲聲說。

埃米特覺得自己臉頰發紅，把錢收回口袋裡。尤里西斯看他把錢收好，便轉身面對史都，付了三個人的餐費。然後他用慣常的斷然語氣對比利和埃米特說：

——我要去給我們找睡覺的地方。你們兩個坐下吃點東西，我馬上就回來。

埃米特目送尤里西斯走開，但不想坐下，也不想吃東西。比利已經端著一盤辣肉醬和玉米麵包坐下，史都動手準備第二盤。

——和莎莉煮的一樣好吃，比利說。

埃米特告訴自己要有禮貌，於是接下盤子。吃了第一口，他才明白自己有多餓。吃豪華車廂裡拿回來的那些東西，已經是很多個鐘頭之前的事了。而且比利說的沒錯，這辣肉醬和莎莉做的一樣好吃。甚至更好吃。從那煙燻味，你就知道史都放了很多培根，而且牛肉的品質意外的好。史都提議要再給他第二盤時，埃米特沒反對。

等待史都為他添菜的時候，埃米特謹慎打量坐在火堆對面的那兩個流浪漢。因為衣衫襤褸，披頭散髮，很難判斷他們的年齡，但埃米特覺得他們應該比外表看起來年輕。

坐在左邊比較高的那個，不看埃米特和他弟弟一眼，幾乎是刻意視而不見。但右邊的那個衝著他們這邊笑，突然揮揮手。

比利也對他揮手。

——歡迎，疲憊的旅人，他隔著火堆喊，你們是哪裡來的？

——內布拉斯加，比利大聲回答。

——內布拉斯加！那個流浪漢說，我很久沒碰到內布拉斯加人了。什麼風把你們吹到大蘋果來？

——我們來拿回埃米特的車，比利說，然後我們就要開車去加州了。

聽到車子，那個對他們視而不見的高個兒流浪漢突然抬起頭，有了興趣。

埃米特一手按住弟弟膝蓋。

——我們只是路過，他說。

——那你們可來對地方了，微笑的那人說，世界上沒有比這裡更好的路過地點了。

——那你們為什麼看起來不像經過，比較高的那人說。

微笑的這人轉頭看旁邊的人，蹙起眉頭，但還沒開口，身材比較高的那人就看著比利。

——你說，你們是來拿車的？

埃米特正要插嘴，尤里西斯突然站在火堆旁邊，低頭看著高個子流浪漢的盤子。

——看來你已經吃完晚餐了，他說。

兩個流浪漢都抬頭看尤里西斯。

——我吃完的時候會說我吃完了，高個兒說。

他把盤子丟到地上。

——我吃完了。

高個兒站起來，微笑的那人朝比利眨眨眼，也站起來。

尤里西斯看著那兩人走開，然後坐在他們剛才坐的枕木上，隔著火堆，意有所指地瞪著埃米特。

——我知道，埃米特說，我知道。

毛毛

要是由毛毛決定，他們絕對不會在曼哈頓過夜。他們甚至不會開車經過曼哈頓。他們會直接開往他姐姐家，在哈德遜河畔的哈斯汀，然後從那裡去阿第倫達克。

曼哈頓的問題，在毛毛看來，曼哈頓的問題是可怕得要死的恆久不變。那些花崗岩蓋成的高塔，那些極目望去看不到盡頭的人行道。每一天，幾百萬人踏過人行道，穿過地面鋪大理石的大廳，卻沒留下半個凹痕。更慘的是，曼哈頓這個地方絕對充滿期望。期望如此之多，所以他們必須蓋八十層高的大樓，才有足夠的房間可以堆疊這些一個又一個的期望。

但是公爵夫人很想見他父親，所以他們走林肯公路到林肯隧道，然後從林肯隧道穿過哈德遜河下方，最後就到了這裡。

如果他們本來就是想要到曼哈頓，毛毛豎起枕頭想，走這條路倒也沒錯。因為他們出了林肯隧道，公爵夫人沒左轉往上城去，反而右轉，一路開到包厘街。他們來到毛毛從未到過的這條街，在一家毛毛從未聽過的旅館找公爵夫人的父親。毛毛坐在大廳看著外面街上的往來活動時，突然看見一個帶著大疊報紙的人走過——身穿鬆垮外套，頭戴軟帽的人。

——鳥人！毛毛對著窗戶大叫，真是太巧了！

他從椅子跳起來，敲著玻璃。但那人轉頭之後，他發現那並不是鳥人。但既然毛毛敲了窗子，那人便帶著他的那一大疊報紙走進旅館大廳，筆直朝毛毛的椅子走來。

如果公爵夫人像他自己宣稱的，對書本過敏，那麼毛毛也有差不多的毛病。他對每日出刊的報紙過敏。在紐約市，隨時有事情發生。大家不只期待你知曉所有發生的事情，也期待你隨時對這些事情發表看法。事實上，有這麼多的事情以這麼快的速度發生，一份報紙根本就不足以容納。紐約當然有《時報》，一份具有公信力的權威報紙，但除此之外，還有《郵報》、《每日新聞報》、《先鋒論壇報》、《紐約新聞報》、《世界電訊報》和《鏡報》。而這些都還只是毛毛腦袋裡想得起來的報紙。

每一家報社都有大批人馬負責自己的報導範圍、查詢新聞來源、追查線索、寫稿，一直忙到晚飯時間之後。每一份報紙都在半夜印刷完成，快速送上卡車，載往你所想得到的各個方向，於是你在破曉時分醒來趕六點四十二分的火車之前，當天的報紙就已經躺在你家門階上了。

光是想到這個，就讓毛毛背脊發涼。所以，這個身穿鬆垮外套的人帶著大疊報紙走近時，毛毛已經準備好要趕他走。

但是，這個穿鬆垮外套的男人賣的並不是今天的報紙。他賣昨天的報紙，以及前天的報紙。還有大前天的。

——昨天的《時報》一份要三分錢，他說，兩天前的要兩分錢，三天前的要一分錢，三天份全買是五分錢。

嗯，這完全不同啊，毛毛想。一天、兩天、三天前的報紙不像當天的報紙那樣，十萬火急地送達某個地方。事實上，這也很難稱之為新聞了。你不必在凱林貝克老師的數學課上拿A也知道，三份報紙賣五分錢是賤價出售。但是，哎，毛毛身上沒有錢。

也許他……？

自從穿上華特森先生的長褲之後，毛毛第一次把雙手插進口袋裡。你相信嗎，你真的相信嗎，他竟然從右口袋掏出幾張皺巴巴的紙鈔。

——我三天份全拿，毛毛熱切地說。

那人把報紙交給毛毛，毛毛給他一塊錢，大方地說要他不必找錢了。雖然那人高興得不得了，但毛毛一心確信自己在這個交易裡占了便宜。

簡單來說，入夜之後，公爵夫人在曼哈頓到處找他爸爸，而毛毛豎起枕頭，躺在床上聽收音機，拿出收在埃米特書包裡的額外一瓶藥水，多喝了兩滴，然後把注意力轉向過去三天的報紙。

三天造成的差別多麼大啊。不只新聞顯得沒那麼急迫，而且你如果小心選擇標題，那些新聞內容讀起來還帶著一點夢幻色彩。就像星期天頭版的這則新聞：

原子潛艇原型
模擬潛赴歐洲

新聞報導裡進一步說明，第一艘原子潛艇完成相當於橫越大西洋的航程——在愛達荷州的沙漠裡！這整件事讓毛毛難以置信的程度，和比利那本紅色大書裡的故事不相上下。

兩天前的報紙頭版還有這一條新聞：

民防演習
今日上午十時舉行

通常「防衛」和「演習」這類的字眼都會讓毛毛不安，跳過整條新聞內容不讀。但在兩天前的《時報》上，這新聞詳細說明演習的時程，想像中的一隊敵機會在五十四個城市丟下想像的炸彈，在全美國各地造成想像的災禍。光是在紐約市，就丟下了三個想像的炸彈，一個在想像中落於五十七街與第五大道十字路口——就在蒂芬妮珠寶店前面。在演習中，警報響起時，這五十四個城市的所有正常活動都要暫停十分鐘。

——所有的正常活動暫停十分鐘，毛毛大聲說，你想像得到嗎？

毛毛有點喘不過氣來地翻開昨天的報紙，想看看會發生什麼事。頭版——就在折線上方——是一張時代廣場的照片，有兩個警察看守整條百老匯街，街上一個人都沒有。沒有人在菸草店的櫥窗裡對外張望。沒有人走出標準劇院或走進亞斯特飯店。沒有人操作收銀機或打電話。沒有半個人喧嚷，奔忙，或招計程車。

這真是奇異又美麗的一景啊，毛毛想。紐約市一片沉寂，毫無動靜，宛如空城，完美的靜滯，聽不見任何一絲從這城市創建以來就喧嘩不已的期待。

公爵夫人

給毛毛喝了幾滴藥水，把收音機轉到廣告，安頓好他之後，我趕到地獄廚房西四十五街一家叫船錨的廉價酒館。昏暗的燈光，漠然的酒客，這就是我老爸喜歡的那種地方——過氣人物可以坐在吧台，抱怨人生不公不義，也不必擔心被人打斷的地方。

據柏尼說，費茲和我老爸習慣每晚八點左右在這裡碰面，看口袋裡的錢能撐多久，就喝多久。理所當然的，七點五十九分門一敞而開，步履蹣跚的費茲準時登場。

從每個人都懶得看他一眼的情況，你就知道他是常客。就各種情況綜合來說，他倒也不算蒼老太多。他頭髮有點稀疏，鼻子有點更紅，但在這表面之下，你仍然可以看見那個聖誕老人的影子，要是你瞇起眼睛夠用力看的話。

他從我身邊走過，擠過兩排凳子之間，撒一把零錢在吧台上，點了杯威士忌——裝在高球杯裡。費茲端著他的威士忌，走到牆角一張有兩個座位的桌子。這顯然是他和我老爸喝酒慣常坐的地方，因為費茲一坐下，就對著空椅舉杯。我心想，在這個世界上，他必定是最後一個還會舉杯對哈里遜．希韋特敬酒的人。他的杯子舉到唇邊時，我走近他。

——哈囉，費茲。

費茲愣了一晌，目光越過杯子頂端看我。然後，八成是他這輩子頭一次，酒還沒沾唇，就放下杯子。

——嘿，公爵夫人，他說，我差點認不出你來。你塊頭大了不少。

——這就是體力勞動的結果。你改天應該試試看。

費茲低頭看他的酒，然後看看酒保，再看看門外的街道。無處可看的時候，他的目光轉回到我身上。

——嗯，見到你很開心，公爵夫人。什麼風把你吹到城裡來的？

——噢，就這些那些事啊。我明天要到哈林區去看個朋友，但我也在找我老爸。他和我還有點事情沒搞定，就這樣。不巧的是，他匆匆忙忙從陽光旅館退房，忘了給我留下訊息，說他到哪裡去了。可是我想，要是紐約城裡有誰知道哈利的下落，那肯定就是他的老搭檔費茲了。

我還沒講完，費茲就開始搖頭。

——不，他說，我不知道你爸爸在哪裡，公爵夫人。我已經好幾個星期沒見到他了。

接著，他表情沮喪地看著他的酒。

——我的禮貌哪兒去了，我說，我請你喝杯酒吧。

——噢，不用了，我這杯還沒喝完呢。

——就這一杯？這對你太不成敬意了吧。

我站起來，走向吧台，向酒保要了一瓶費茲正在喝的威士忌。我回到桌旁，拉開瓶塞，幫他倒滿一整杯。

——這樣還差不多，我說，他看著威士忌，臉上一絲微笑都沒有。

真是個殘酷的嘲諷，我心想。我的意思是，這是費茲半輩子都在夢想，甚至在祈求的。裝滿一整個高球杯的威士忌——而且還是由別人買單。但是此刻這杯酒在他面前，他卻不確定自己想喝。

——來吧，我鼓勵他，我們就別客氣了。

他似乎很不情願地端起酒杯，朝我的方向點了一下。這動作不像剛才他對著我老爸空椅致意那麼真心誠意，但我還是表示感激。

這次，他舉杯到唇邊時喝了大大一口，彷彿要把之前沒喝的那一口也補上。然後，他放下酒杯，看著我，等待著。因為這就是過氣人物的作風：他們等待。

說到等待，過氣人物的耐性可多了。例如等著自己的大好機會來臨，或等著自己的運氣好轉。一旦發現這些都不會發生，他們就開始等別的。例如等待酒吧開門，或社會福利支票寄達。用不了多久，他們就開始等著感受睡在公園裡的滋味，或抽最後兩口別人丟棄的香菸是什麼感覺。他們等待著自己被曾經親密的人所遺忘，等待著適應自己的新身分。但更重要的是，他們等待自己最後的終點來臨。

——他在哪裡，費茲？

費茲搖頭，但與其說是對我搖頭，不如說是對自己搖頭。

——就像我告訴你的，公爵夫人，我已經好幾個星期沒見到他了。我發誓。

——通常呢，我會願意相信你嘴裡說出來的話，特別是你**發誓**的時候。

這句話讓他整張臉皺成一團。

——只是你看見我坐下的時候，好像不太意外。這是怎麼回事呢？

——我不知道，公爵夫人，也許我心裡覺得很意外？

我哈哈大笑。

——也許是喔。但是，你知道我是怎麼想的嗎？我想你不覺得意外，是因為我老爸告訴你說我可能會來。但如果他要告訴你這件事，那就得在這幾天和你講過話才行。事實上，他告訴你的時候，你們就一起坐在這裡。

我手指敲敲桌子。

——而他如果告訴你說他馬上要逃出城去，那他也一定告訴過你，說他要去哪裡。畢竟，你們兩個是分不開的哥倆好。

聽到**哥倆好**，費茲的臉又皺了起來。他的表情更加沮喪，彷彿早就料到會這樣。

——對不起，他輕聲說。

——什麼對不起？

我往前靠一點，彷彿聽不清楚他說的話。他抬起頭，臉上是真心懊悔的表情。

——對不起，公爵夫人，他說。對不起，我在筆錄裡提到你。我簽了字，對不起。

一個不想說話的傢伙突然講個不停，誰也制止不了。

——我前一天晚上一直在喝酒，你也知道。而且我只要碰到警察，就覺得很不安，特別是他們問我問題的時候。他們問我是不是看見或聽見什麼，雖然我眼睛耳朵都沒以前靈光了。就連我的記憶力也不行了。那些警察開始覺得失望的時候，你爸爸把我拉到一旁，想辦法讓我回想起來……

我聽著費茲繼續說，拿起那瓶威士忌，瞄了一眼，酒標正中央有枝大大的綠色幸運草。我不禁露出微笑。我的意思是，一杯威士忌能帶給誰好運呢。更何況還是瓶愛爾蘭威士忌呢。

我就這樣坐著，感受酒瓶拿在手裡的重量，突然想起另一個絕佳的例證，某個為特定目的而設計的東西，竟然完美適用於另一個目的。幾百年前，威士忌的瓶身設計得夠大，方便握在手裡，而瓶頸夠細，方便倒酒。但你如果把瓶子倒轉過來，握住瓶頸，這就剛好可以拿來敲某個笨蛋的頭。從某個角度來看，威士忌瓶很像是有橡皮擦的鉛筆——一頭可以用來說話，另一頭卻可以把這些話收回來。

費茲肯定知道我心裡在想什麼，因為他突然變得很安靜。從他臉上的表情看來，我知道他很害怕。他臉色慘白，手指明顯抖得更加厲害。

這輩子大概是頭一次有人怕我。從某個角度來說，我並不相信。因為我一點都沒想過要傷害費茲。有什麼必要呢？只要說想傷害費茲，他馬上就會全面投降。

但在眼前的情況下，我覺得他的驚恐不安可以轉化成我的優勢。所以他問我可不可以讓過去像橋下的水一樣，都成為過去時，我刻意慢慢放下酒瓶。

——我可不可以，我覺得有點好笑。我可不可以倒轉時間，讓你抹去你所做的一切，派崔克・費茲威廉斯。唉，朋友啊，水並不在橋下。事實上，水也不在水壩裡。水就在我們周圍，就在這個屋裡。

他臉上的悲哀，讓我幾乎要替他難過起來了。

——不管你那樣做的理由是什麼，費茲，我覺得我們應該都同意，是你欠了我。如果你告訴我，我爸人在哪裡，那我們就一筆勾消。但如果你不說，那我只好運用我的想像力，想出別的辦法來搞定我們兩個之間的事。

莎莉

我看見我爸和巴比與米格爾在北邊的角落修理一片籬笆。他們的馬站在那裡無所事事，幾百頭牲口在他們背後的牧場低頭吃草。

我把車轉到路肩，在他們施工的地方停下來，爬出小貨卡。他們伸手遮著眼睛，避開塵土。愛耍寶的巴比刻意假裝咳嗽，而我爸則搖搖頭。

——莎莉，他說，妳繼續在泥土路上這樣開妳的車，這車很快就會完蛋的。

——我想我現在已經知道貝蒂能應付什麼，不能應付什麼了。

——我要告訴妳的是，等傳動系統壞掉的時候，可別指望我替妳修。

——別擔心，因為我知道該怎麼指望我的貨車，更知道該怎麼指望你。

他沉默片刻，我猜他是想拿定主意，該不該趕那兩個男生走。

——好吧，他說，彷彿心中已拿定主意。妳急急忙忙到這裡來一定是有原因的，我看得出來。妳最好快告訴我是什麼事。

我打開前座乘客席的門，拿起擺在座位上的「求售」牌子，豎直起來，讓他可以看清楚。

——我在垃圾堆裡找到這個。

他點頭。

——是我丟在那裡的。

——我可以請問一下，這是哪裡來的嗎？

——華特森家。

——你幹嘛拿掉華特森家這個「求售」的牌子？

——因為那裡已經不賣了。

——你怎麼知道？

——因為我買下了。

他口氣不佳，一副不想多說的樣子，試圖讓我知道他已經儘量耐住性子，但他沒時間談這些，他和那兩個小夥子還有工作要做，我最好趕快上車回家，因為這個時間我應該已經在準備晚餐了。但他要是以為他對耐性的認識比我多，那他可就錯了。

我默默等待，一點都不急。我站在原地，目光飄向遠方，彷彿在思索什麼。接著，我把視線轉回到他身上。

——你這麼快就買下那個地方……讓我不禁好奇，你等著要發動突襲，已經等了多久啦。

巴比用靴子鞋尖推著地上的塵土，米格爾轉頭看背後的牲口，而我爸抓著自己的頸背。

——你們兩個，他過了一會兒之後說，我想你們還有很多工作要做。

——是，藍勝先生。

他們各自上馬，以工人那種不疾不徐的態度騎向牧群。我爸沒轉頭看他們離開，但等到聽不見他們的馬蹄聲，才再度開口。

——莎莉，他說，用的是「我要告訴妳，而且只說一次」的口氣。我沒等待，也沒突襲。查理付不出貸款，房產被銀行查封，拿出來拍賣，所以我買下來。就只是這樣。銀行裡沒有任何一個人覺得意外，因為一般的農場主人都會這麼做。只要機會自己出現，價格合適，就會擴增他們的土地，持續擴增。

——**持續**，我說，真不錯。

——是的，他回答說，持續。

我們大眼瞪小眼。

——所以，華特森先生為了他的農場苦苦掙扎的時候，你忙得沒辦法伸出援手。但等機會**自己出現**，你馬上就有空了。是這樣的嗎？這對我來說，就是等待突襲啊。

他頭一次拔高嗓音。

——該死，莎莉。妳期待我怎麼做？開車過去幫他犁田嗎？幫他播種，幫他收成？你不能替其他人決定他們的人生。任何有一丁點自尊心的人都不會希望你這麼做。查理・華特森或許不是個好農人，但他是個有自尊的人。比大部分人的自尊心更強。

我又望向遠方，若有所思。

——不過這也太有意思了，是吧，銀行正準備要出售農場的時候，你坐在他們家門廊台階上，告訴那個農場主人的兒子說他應該收拾行李，到別的地方去重新開始。

他盯著我看了好一會兒。

——是因為妳和埃米特的事嗎？

——別想改變話題。

他又搖搖頭，就像我剛才抵達的時候一樣。

——他從來就沒打算待下來，莎莉。就像他媽媽那樣。妳自己心知肚明。他一逮到機會，就在鎮上找工作。而他存下來的第一筆錢拿去做什麼了？他給自己買了輛車。不是小貨卡，不是曳引機，莎莉，是輛轎車。雖然我一點都不懷疑埃米特為父親過世而傷心，但我想，失去農場，他應該如釋重負。

——別講得一副你很瞭解埃米特・華特森似的。你根本不知道他心裡的第一個念頭是什麼。

——也許吧。但是在內布拉斯加住了五十五年之後，我想我看得出來，誰會是留下來的人，誰又會是離開的人。

——要是這樣，我說，藍勝先生，請告訴我，我是哪一種人呢？

你應該看看我說這句話的時候，他臉上是什麼表情。有好一會兒，他整張臉白得像張紙。然後，又以同樣飛快的速度，變得通紅。

——我知道失去媽媽，對年輕女孩來說很不好受。從某個程度來說，她的痛苦，甚至比失去妻子的丈夫更大。因為父親沒有能力用適當的教養方式養大女兒，特別是女兒又天生叛逆的話。

他意味深長地看我一眼，免得我不知道他是在講我。

——有很多個夜晚，我跪在床邊禱告，祈求妳媽媽指引我如何去應付妳的固執倔強。這些年來，妳媽從來沒回應我，願上帝庇佑她安息。所以我只能靠自己的記憶，回想她是怎麼照顧妳的。她過世的時候，妳雖然才十二歲，但已經很叛逆了。以前我只要擔心妳的態度問題，妳媽總是叫我要有耐心。她會說，艾德，我們的小女兒心靈強大，等她長大成人，這個性會對她很有幫助的。我們要做的，就是給她一點時間和空間。

這會兒輪到他望向遠方。

——嗯，我當時信任妳媽的意見，現在也還是。所以我才會這麼放任妳。不管是妳的態度或習慣，我都很放任，還有妳的脾氣和牙尖嘴利。可是莎莉，天哪，我越來越明白，我這樣是在害妳啊。我讓妳完全自由，結果讓妳長成任性的年輕女人，一個動不動就發脾氣，想到什麼就講什麼的人，一個絕對無法適應婚姻生活的人。

噢，他對自己的這番小小演說多麼得意啊。兩腿劈開站在那裡，雙腳穩穩站在地上，他一副彷彿能從土地直接得到力量的模樣，就只因為他擁有這片土地。

這時他的表情柔和下來，流露出同情，對暴怒的人才會有的同情。

我把牌子丟到他腳邊，轉身爬上小貨卡的駕駛座。我上檔，引擎加速，以一百一十公里的時速開回馬路上，噴飛路上的每一塊小石頭，翻起每一塊草皮，於是底盤晃動，門窗喀啦喀啦響。我轉進牧場入口，直衝向前門，在僅剩一百五十公分距離的時候猛然停車。

塵土落定之後，我才注意到有個戴帽子的男人坐在我們家門廊上。但等他站起來，踏進我車子的燈光裡，我才知道他是警長。

尤里西斯

尤里西斯目送華特森兄弟倆離開火堆，準備去睡覺時，史都來到他身旁。

——他們明天要離開？

——不，尤里西斯說，大的那個有事要到上城去，應該下午會回來，所以他們會再待一晚。

——那好，我會替他們留著睡覺的地方。

——你也要幫我留。

史都突然轉身，好看清楚尤里西斯。

——你也要再待一晚？

尤里西斯看著史都。

——我不是這麼說的嗎？

——你是這麼說的沒錯。

——那有問題嗎？

——沒，史都說。我沒問題。我只是記得有人曾經說過，他從來不在同一個地方連續待兩晚。

——這個嘛，尤里西斯說，他會待到星期五。

——我火堆上還在煮咖啡，史都沉默一晌之後說，我最好去看看。

——好主意，尤里西斯說。

看著史都走回火堆，尤里西斯不由自主地遠望城市燈火，從巴特利公園到喬治華盛頓橋——燈光對他來說沒有任何魅力，也無法帶來安慰。

但比利提過他和哥哥之間達成的一致決議，尤里西斯覺得很有道理。他會在曼哈頓島上待兩夜。明天，他和小男孩會像熟人那樣相處，那麼到後天，他們分開時就會是朋友了。

·倒數·
第5日

毛毛

車子開進姐姐家的車道時，毛毛看得出來沒人在家。

毛毛向來只要看看窗戶，就能判斷出家裡沒人。有時候他看著窗戶，會聽見屋裡所有活動的聲音，例如上下樓梯的腳步聲，或廚房裡切芹菜莖的聲音。有時候，他聽得見兩個人各自待在不同房間裡的沉默聲音。有時候，就像現在，從窗戶回望他的姿態，他就知道沒有人在家。

毛毛熄掉引擎，公爵夫人吹了聲口哨。

——你上次說這房子住幾個人？

——就只有我姐和她老公，毛毛回答說。不過我姐有了。

——有什麼？五胞胎？

毛毛和公爵夫人從斯圖貝克轎車下來。

——我們應該敲門嗎？公爵夫人問。

——他們不在。

——你進得去嗎？

——他們喜歡鎖上前門，但車庫的門通常是開著的。

毛毛跟著公爵夫人走到車庫的一道門前，看著他把門拉起來，發出喀拉喀啦的聲響。車庫裡的兩個車位都是空的。第一個車位一定是他姐停車的位置，因為水泥地上的油漬像個大汽球，就和比利書上的一樣。相反的，第二個車位上的油漬看起來像小小的風暴雲，就是報紙上那些好笑的角色心情不好時，會出現在他們頭上的那種雲。

公爵夫人又吹了聲口哨。

——那是什麼？他說，指著第四個停車位。

——凱迪拉克敞篷車。

——你姐夫的？

——不，毛毛帶點歉意說，是我的。

——你的！

公爵夫人繞著毛毛轉，臉上的驚喜表情非常誇張，把毛毛都給逗笑了。公爵夫人不常露出意外的表情，所以每當他一臉意外，總是能讓毛毛綻開笑顏。公爵夫人在車庫裡走來走去好好參觀，毛毛也跟在他後面走。

——你哪裡弄來這輛車的？

——我繼承的。從我爸那裡。

公爵夫人嚴肅地對毛毛點點頭，接著從車頭走到車尾，手指滑過長長的黑色引擎蓋，欣賞那白邊輪胎。

毛毛很高興公爵夫人沒繞車子一圈，因為另一邊的車門有凹痕，是毛毛撞上路燈柱造成的。

毛毛在那個星期六傍晚，開著這輛有凹痕的車來的時候，「丹尼斯」非常非常難過。毛毛知道「丹尼斯」非常非常難過，因為他自己說他有多難過。

看看你幹了什麼，他瞪著車上的損傷對毛毛說。

丹尼斯，他姐姐說，**這不是你的車。是毛毛的車**。

毛毛也許應該說：**這不是你的車**，「**丹尼斯**」，**這是我的車**。但毛毛沒想到要這麼說。至少，在莎拉這麼說之前，他並沒有想到要說。莎拉總是在毛毛還沒有開口之前，就知道該說什麼。唸寄宿學校或在紐約參加宴會和別人講話時，毛毛心裡總是想，要是有莎拉在場替他開口講該講的話，他的對話就會輕鬆得多。

但是那天他帶著車門凹痕來到這裡，莎拉告訴「丹尼斯」，這車不是他的，是毛毛的，卻只讓「丹尼斯」更難過傷心。

我要說的重點正是，這是他的車。（毛毛的姐夫「丹尼斯」對任何事情的說法都非常非常精確，所以他說他非常非常難過，那他就是非常非常難過。）**一個年輕人運氣這麼好，從父親手裡得到這麼有價值的東西，應該要對這個東西滿懷敬意才對。要是他不知道要如何抱持敬意，那他就不配擁有。**

噢，丹尼斯，莎拉說，**老天爺啊，這又不是莫內的畫作，這只是個機器啊**。

機器是這個家族賴以建立一切的基礎，「丹尼斯」說。

也是失去一切的原因，莎拉說。

莎拉又說出該說的話，毛毛微笑想。

——我可以進去嗎？公爵夫人指著車說。

——什麼？噢，可以。當然可以。

公爵夫人伸手拉駕駛座門把，遲疑一下，然後往右一步，拉開後座車門。

——你先請，他做個誇張的手勢。

毛毛坐進後座，公爵夫人也跟著坐進去。關上車門之後，公爵夫人發出讚賞的歎息。

——別理斯圖貝克了，這才是埃米特應該開去好萊塢的車。

——比利和埃米特是要去舊金山，毛毛指出。

——隨便啦。他們應該開這輛車去加州的。

——如果比利和埃米特想開這輛凱迪拉克去加州，隨時歡迎。

——真的嗎？

——我再樂意不過了，毛毛保證。唯一的問題是，這輛凱迪拉克比那輛斯圖貝克老得多，所以沒辦法讓他們那麼快抵達加州。

——也許吧，公爵夫人說，但開像這樣的車，還有什麼好急的呢。

結果，車庫裡的門上鎖了，所以毛毛和公爵夫人又回到外面，毛毛坐在花盆旁邊的門階上，公爵夫人從後行李廂拿出袋子。

——我可能要花幾個鐘頭，你確定你沒問題？

——絕對沒問題。我就在這裡等我姐回來。我相信她很快就會回來。

毛毛看著公爵夫人坐進斯圖貝克，揮手開出車道。再次獨處的毛毛從袋子裡拿出額外的那瓶藥，旋開滴管，捏了幾下，幾滴藥水滴在舌尖。接著，他又欣賞了一會兒熱情的陽光。

——這世界上最熱情的就是陽光了，他對自己說，而最可信賴的就是草。

想到「信賴」這兩個字，毛毛突然想起姐姐莎拉。她是另一個信賴的典範。他把瓶子收回袋子裡，站起來，抬起花盆，看了看——一點都沒錯，耐心在花盆下等待的，就是他姐姐家的鑰匙。所有的鑰匙都長得一樣，當然，但毛毛看得出來，這一把是姐姐家的鑰匙，因為鎖孔一插就進。

毛毛打開門，走進屋裡，停下腳步。

——哈囉？他大聲喊，哈囉，哈囉？

為了確定，毛毛對著通向廚房的走道喊了第四聲哈囉，又對著樓梯上方喊了第五聲，然後就等著看有沒有人回答。

就在豎起耳朵等待的時候，他恰巧垂下視線，看著樓梯下方擺電話的那張小桌子。光滑閃亮的黑色電話像是凱迪拉克年輕的表弟。唯一不光滑閃亮也不是黑色的，是撥號盤中央的一張長方形紙片，用漂亮的筆跡寫上這屋子的電話號碼——如此一來，電話就知道它自己是誰，毛毛想。

——這是客廳，他說，彷彿在帶自己參觀。

還是和他上次來的時候差不多。外公的咕咕鐘還是在窗邊，沒上發條。鋼琴還是在牆角，沒人彈。書也還是在書架上，沒人讀。

唯一不同的是，壁爐前面有一把巨大的折扇，彷彿壁爐羞於見人。毛毛思忖，這扇子從以前就在嗎，還是她姐姐在冬天把扇子收起來，好在壁爐升火。但是如果是收起來，又要收在哪裡呢？這扇子非常精緻，但也有點笨重。也許像普通的扇子那樣，可以收攏起來，毛毛想，然後收進某個抽屜裡。

毛毛對自己的這個想法很滿意，花了點時間給時鐘上發條，然後走出客廳，繼續他的參觀。

——這是餐廳，他說，也就是生日、節慶時候用餐的地方……這扇門是整個屋裡唯一一扇沒有門把的門，可以前後推開……這是廚房……這是後玄關……這是「丹尼斯」的書房，沒有人可以進去。

毛毛就這樣走過一個又一個房間，繞了一整圈，又回到樓梯口。

——這是樓梯，他爬上樓梯時說。這是走道。這是我姐和「丹尼斯」的房間。這是臥室。這是……

毛毛停在一扇微開的門前。他推開門，踏進一個既符合期待又出乎意料的房間。

他的床還在，但被移到房間正中央，蓋上一大塊帆布。這帆布是黯淡陳舊的白色，上面濺滿幾百滴的藍色灰色——很像現代藝術館裡的畫作。以前掛毛毛晚宴襯衫和外套的衣櫥空無一物，連衣架都沒有，通常擺在架子上層隱密處的樟腦丸盒也不見了。

房間裡的三面牆還是原來的白色，但另一面牆——有梯子的那一面牆——卻變成藍色的。明亮宜人的藍色，像埃米特那輛車的顏色。

衣櫥空空或床上蓋防水布，他都無從置喙，因為這個房間是他的，也不是他的。他媽媽再婚，搬到棕櫚灘之後，莎拉就讓他用這個房間。她讓毛毛在感恩節和復活節假期住這個房間，或者是在他離開某一所寄宿學校，準備到另一所寄宿學校之間的幾個星期空檔，來這裡住。雖然莎拉要毛毛把這個房間當成是他的房間，但他總是不認為這是個永久的房間，至少對他來說不是。這裡註定是另一個人永久的房間。

從防水布隆起的樣子看來，毛毛知道一定有箱子堆在床上，然後才蓋上布——讓整個外形看來像艘很小的平底船。

毛毛先確認防水布上的顏料已經乾了，才掀開來。床上有四個紙箱，上頭都寫了他的名字。毛毛停頓了一下，欣賞箱上的字跡。儘管他的名字是用黑色麥克筆寫成約五公分高的大字，但仍然可以看得出來不是他姐姐的筆跡——是在電話撥號盤上那張長方形小紙片上寫下一小行數字的那人寫的。毛毛想，這豈不是太神奇了，不管寫大字小字，一個人的筆跡都不會變。

毛毛伸手想打開最近的一個箱子，卻突然遲疑了。他突然想起薛丁格的貓，傅利教授在物理課提起的這個理論很讓人困擾。這個理論是說有個名叫薛丁格的物理學家布置（傅利教授真的是用「布置」這個詞）一個狀態並不確定的箱子，裝進一隻貓和毒藥。等你打開箱子的時候，這隻貓要麼喵喵叫，要麼就已經被毒死。所以這讓每個膽敢打開箱子的人心中忐忑，就算箱子上寫有你的名字也不例外。又或者，正因為箱子上寫有你的名字才更忐忑。

毛毛鼓起勇氣，打開箱蓋，呼出一口氣，如釋重負。

箱裡裝的是原本擺在抽屜櫃裡的衣服，他的和不是他的衣服都裝進箱裡。下一個箱子裝的是原本擺在抽屜櫃上的東西，例如舊的香菸盒，一瓶鬍後水，是有人在聖誕節送他，但他從沒用過的。還有一個網球俱樂部的亞軍獎盃，盃上有個小金人，永遠在打網球。在箱子底部，有本深藍色字典，是毛毛第一次離家上寄宿學校的時候，媽媽送他的。

毛毛拿出字典，感覺著把字典拿在手裡那令人安心的重量。他以前好愛這本字典——因為字典的目的就是要告訴你某個字的確實意義。選一個字，翻到所在的那一頁，就有這個字的解釋。如果解釋裡有某個字你不認識，你也可以查這個字，瞭解真正的意思是什麼。

他媽媽給他的這本字典其實是一組的，另外還有一本配成套的詞典，一起裝在露出書背的書盒裡。毛毛有多愛這本字典，就有多討厭那本詞典，光是想到就讓他焦慮不安。因為詞典的目的似乎和字典完全相反，不是告訴你某個字的意思，而是從一個字，再給你十個可以取而代之的同義字。

要是開口說話的時候，每個句子裡的每一個字都有十個不同的字彙可選，那要怎麼和別人溝通啊？這麼多個可能的變化會全部卡在心裡。所以毛毛剛到聖保羅寄宿學校不久，就去找數學老師凱倫貝克先生，問他說，如果一個句子裡有十個字，而每一個字都有十個字彙可以替換，那總共可以組成多少個句子？凱倫貝克老師一刻也不遲疑，走到黑板前面，寫出一個公式，做了幾個快速的計算，就千真萬確地證明毛毛這個問題的答案是一百億。嗯，面對這麼多的可能性，你怎麼可能在期末考的申論題裡寫出答案來？

然而，毛毛離開聖保羅，去唸聖馬可的時候，他乖乖帶上詞典，擺在他的書桌上。詞典安安穩穩地留在書套裡，帶著那幾萬個可以互相替代的字彙對著他嘻笑笑。接下來一年，它蔑視、取笑、刺激他，到最後，在感恩節即將來臨前的某個傍晚，毛毛把詞典從書套裡拿出來，帶到美式足球場，淋上他在划艇隊教練船上找到的汽油，放火燒了。

事後想想，要是毛毛當時想到要在五十碼線點火燒詞典，一切就太完美了。但如今已想不起來是為什麼，他把書放在球門區，一劃下火柴，火燄循著流過草地的汽油油漬一路迅速延燒，吞噬汽油罐，一聲爆炸，把球門給燒了。

毛毛退到二十碼線，起初非常驚駭，接著嘖嘖稱奇地看著火舌燒到球門的橫桿，然後同時朝兩側竄去，沿著兩根門柱往上燒，整個球門全陷入火海。剎時，球門已不再是球門，看起來像是凶惡的神靈狂喜地對天空高舉雙手。

他們把毛毛叫去校規懲戒委員會的時候，毛毛想解釋他只不過是要擺脫那本暴君也似的詞典，讓他可以在考試裡得到好一點的成績。但他們還沒給他機會說明之前，主持會議的教務長就說，毛毛是要來說明他為什麼在球場上縱火。一會兒之後，教師代表哈靈頓先生就說那是一場大火。然後學生會主席唐奇．唐柯爾（他剛好也是美式足球隊隊長）說那是一場嚴重火災。於是毛毛就知道，他說什麼都無關緊要了，他們大家都站在詞典那邊。

毛毛把字典收回箱子裡時，聽見走道上有輕輕的腳步聲，一轉頭，看見姐姐站在門口，手裡拿著棒球棍。

⁂

「房間的事，我很抱歉。」莎拉說。

毛毛和姐姐坐在廚房水槽對面的牆角小桌子旁。莎拉已經為剛才拿棒球棍準備對付他而道歉，說因為她發現大門開著。現在她又為拿走那間是他也不是他的房間而道歉。在毛毛家族裡，莎拉是唯一一個說對不起，就是真心道歉的人。問題是，在毛毛看來，她說對不起的時候，其實並沒有任何理由需要道歉。就像現在這樣。

——不，不，毛毛說。妳不必對我道歉。我想，那房間拿來當嬰兒房很好。

——我想我們應該把你的東西搬到靠後面樓梯的那個房間。那裡比較有隱私，而且你也可以隨意進出，比較方便。

——是啊，毛毛附和。住在靠後樓梯的都是花花公子。

毛毛微笑點了兩次頭，然後低頭看桌子。

莎拉在樓上給了毛毛一個擁抱之後，問他餓不餓，提議給他做個三明治。所以現在就擺在他面前——切成兩個三角形的烤乳酪三明治，一個尖角朝上，一個尖角朝下。毛毛眼睛看著三明治，卻知道姐姐在看他。

——毛毛，她過了一會兒說，你在這裡幹嘛？

毛毛抬頭。

——噢，我不知道，他微笑說，到處晃晃吧，我想。到這裡來看妳。妳知道嗎，我朋友公爵夫人和我從薩林納請假出來，決定來個小旅行，看看朋友和家人。

——毛毛……

莎拉輕聲嘆氣，但聲音小到毛毛幾乎聽不見。

——星期一媽打電話給我——她接到典獄長的電話。所以我知道你沒請假。

毛毛低頭看他的三明治。

——可是我打電話給典獄長，親自和他講話。他說你是他們機構裡的模範生，而且考慮到你只剩下五個月的刑期，他說你如果可以馬上自願回去，他會想辦法讓懲罰降到最小。我可以打電話給他嗎，毛毛？我可以打電話給他，說你馬上就回去嗎？

毛毛轉過盤子，讓那個尖角朝上的烤乳酪三角形變成尖角朝下。典獄長打給媽媽，媽媽打給莎拉，莎拉打給典獄長，毛毛想。這時他綻開微笑。

——妳記得嗎？他問。妳記得我們玩電話遊戲的時候嗎？我們一起在營地的大房間裡？

莎拉看了毛毛一晌，臉上的表情非常哀傷。但就只是一會兒而已。接著她也綻開微笑。

——我記得。

毛毛在椅子裡挺直身體，開始替兩人回想，因為他背東西雖然不行，但回想往事卻很在行。

——我年紀最小，所以總是第一個，他說。我會貼在妳耳朵旁邊，用手掩住嘴巴，讓其他人聽不見我說什麼，然後輕聲說：船長在他們的帆船上玩克里比奇紙牌。然後妳轉頭貼在凱特琳耳朵旁邊輕聲說，凱特琳再對爸說，爸對潘妮洛普表姐說，潘妮洛普表姐對露絲姨媽說，就這樣一個傳過一個——最後一個是媽媽。然後媽媽會說：川唐在他們的床上吃咖哩豬排。

提起他們媽媽向來的迷糊，姐弟倆哈哈大笑，笑得好大聲，幾乎像多年前那樣開懷大笑。

接著兩人沉默。

——她還好嗎？毛毛問，又低頭看他的三明治。媽還好嗎？

——她很好，莎拉說。她打電話來的時候，正要去義大利。

——和理察一起。

——他是她的丈夫啊，毛毛。

——是啊，是啊，毛毛贊同。當然，沒錯，當然。不論貧富貴賤，不管健康病厄，直到死亡把他們分開——但一分鐘也不多等。

——毛毛……才不是一分鐘。

——我知道，我知道。

——那是爸爸過世四年以後的事。那時你在學校，凱特琳和我都結婚了，她自己一個人。

——我知道，他又說。

——你不必喜歡理察，毛毛，但你不能因為自己媽媽想找個伴而怪她。

毛毛看著姐姐，心想：**你不能因為自己媽媽想找個伴而怪她**。他很好奇，要是他在莎拉耳邊輕聲說這句話，然後她再貼著凱特琳耳邊輕聲說，凱特琳對爸爸說，這樣一路傳下去，最後到了他媽媽耳中，這句話會變成怎樣？

處理法院的那個牛仔和「舊約」艾克力的時候，負債表的平衡一目了然，就像一加一，或五加五那樣。但輪到唐豪斯，這計算問題就變得有點複雜了。

毫無疑問的，那頓鞭子是我欠他的債。那天晚上下雨不是我的錯，而且我當然也不會故意搭條子的便車，但事實擺在眼前，要是我徒步穿過馬鈴薯田回營舍，唐豪斯就可以吃完他的爆米花，看完他的電影，神不知鬼不覺地溜回宿舍。

值得敬佩的是，唐豪斯沒當一回事，即使是在艾克力揍他一頓之後還是如此。我想要道歉，但他只聳聳肩，彷彿是個已經習慣不時挨揍的人，不管是不是他的錯。然而，我還是看得出來他對這件事不開心，若是我們立場對調，我肯定也很不開心。所以他為此挨鞭子，我知道我確實欠他一筆債。

讓算數變得複雜的是湯米・拉杜的事。湯米・拉杜出身奧克拉荷馬，卻笨到不知道要在三〇年代沙塵暴期間離開奧克拉荷馬，他是那種即使沒穿工人服，看起來也像穿工人服的人。

唐豪斯住進我們的四號營舍，和埃米特睡上下鋪時，湯米不太高興。他說他身為奧克拉荷馬人，始終覺得黑人應該要和他們的同類一起住在他們自己的營舍，吃他們自己的飯。看湯米和家人站在他們家農舍前的照片，你或許會好奇，奧克拉荷馬的拉杜家族幹嘛這麼排斥黑人，但湯米似乎從沒仔細想過。

第一晚，唐豪斯把剛發給他的衣服收進他的儲物櫃裡，湯米就過來把話說清楚。他說唐豪斯可以進出房間上下床，但不准靠近房間的西半邊。浴室裡有四個水槽，他只能用離門最遠的那個，至於眼神接觸，必須保持在最低程度。

唐豪斯看似自己可以應付得來，但埃米特沒耐心理會這種鬼話。他告訴湯米，室友就是室友，水槽就是水槽，唐豪斯可以像我們其他人一樣，自由在宿舍裡走動。要是湯米再高五公分，再重十公斤，而且多一倍勇氣，很可能就會揍埃米特一頓。但沒有，他退回宿舍西半邊去滋養心中的怨恨。

勞動農場的工作是設計來讓你腦袋變鈍的。他們要你黎明即起，工作到黃昏，給你半個鐘頭吃飯，半個鐘頭休息，然後就熄燈。就像中央公園那些蒙上眼罩的馬一樣，面前兩步以外的東西你都看不見。但是如果你是從小跟著巡迴雜技團長大，也就是跟一群三流的騙子和小偷為伍，絕對不會讓自己失去敏銳的觀察力。

例如：我發現湯米很巴結警衛鮑．芬雷。出身喬治亞州梅肯的芬雷和湯米想法接近。我曾無意間聽到他們罵黑人和對黑人好的白人。有天晚上在廚房後面，我看見老鮑塞了兩個窄窄的藍盒子到湯米手裡，凌晨兩點，我看見湯米躡手躡腳穿過宿舍，把那兩個盒子塞到唐豪斯的儲物櫃裡。

所以隔天早上，「舊約」艾克力在老鮑和其他兩名警衛的陪同下，宣布有人偷了食品儲藏室的東西時，我一點都不意外。他直接走向唐豪斯，命令他把個人物品放在剛鋪好的床上時，我也不意外。我當然更不意外的是，唐豪斯儲物櫃裡除了他的衣服之外，什麼都沒有。

覺得意外的人是老鮑和湯米。他們太意外了，意外到忘了不應該彼此對望。

老鮑雖然假裝自我克制，但還是很可笑地推開唐豪斯，翻開他的床墊，想看看裡面藏了什麼。

——夠了，典獄長說，顯然很不開心。

這時我高聲說道：

——艾克力典獄長？我說，要是有人偷了食品儲藏室的東西，然後又有某個壞蛋冤枉我們，說小偷就在四號宿舍，那我認為您應該搜查我們每個人的儲物櫃。唯有這樣，才能洗刷我們的冤情。

——我們會決定該怎麼做，老鮑說。

——**我**會決定該怎麼做，艾克力說，打開櫃子。

在艾克力的命令下，警衛開始從一個床位走到另一個床位，清空每一個儲物櫃。瞧瞧，他們在湯米．拉杜的櫃子底部找到什麼啦，一盒沒開封的奧利奧餅乾。

——你可以說說這是怎麼來的嗎，艾克力舉起那包該死的餅乾對湯米說。

聰明的年輕人或許會矢口否認，說他從沒見過這個淺藍色的盒子。比較狡猾的或許會有信心講出某種程度的實話：我沒把這些餅乾放進我的櫃子裡。因為他確實是沒有啊。但是湯米馬上就把目光從典獄長身上轉到老鮑身上，結結巴巴地說：

——要是奧利奧是我拿的，那另一盒在哪？

老天保佑他。

那天晚上，湯米在懲罰小屋裡不安等待，老鮑對著鏡子喃喃抱怨的時候，四號宿舍的所有男生圍著我，問說究竟是怎麼回事。我告訴了他們。我告訴他們我是怎麼看見湯米討好老鮑，看見他們在廚房後面可疑的行動，以及半夜的栽贓。

——但是餅乾怎麼會從唐豪斯的櫃子跑到湯米的櫃子？有個腦袋不太靈光的傢伙適時發問。

我沒馬上回答，只看看我的指尖。

——這麼說吧，它們不是自己走過去的。

這時，從來不該被低估的毛毛．馬丁問了最中肯的問題。

——要是老鮑給了湯米兩包餅乾，一包在湯米櫃子裡，那另一包哪裡去了？

宿舍牆壁正中央有塊綠色板子，上面寫有我們應當遵守的所有律法與規定。我從板子後面抽出那個窄窄的藍盒子，做了個誇張的手勢。

——看吧！

於是我們就有了美好時光，傳著餅乾，哈哈大笑，取笑湯米的結結巴巴和老鮑的翻找床墊。

但笑聲停歇之後，唐豪斯搖搖頭，說我這樣做是在碰運氣，太危險了。這時，所有的人突然好奇地看著我。我為什麼要這樣做，他們突然很想知道。我為什麼會為了一個我根本不算熟的室友，冒險得罪湯米和老鮑？更何況這個室友還是黑人。

在接下來的沉寂裡，我一手擺在想像中的腰間佩劍上，目光掃過一張又一張臉孔。

——碰運氣？我說。沒有什麼運氣可碰啊，朋友們。運氣是送上門來的。我們每一個人都來自不同的地方，因為不同的罪行，被判不同的刑期。但面對相同的苦難，我們得到一個機會——珍貴而稀罕的機會——成為志同道合的人。我們不當躲避命運送到我們腳邊的機會。我們應該拿起來，像高舉旗幟那樣，昂首闊步起而反抗，如此一來，事過境遷的多年之後，我們回望今日，便可以堂堂正正地說，儘管我們日日被迫勞苦工作，但我們勇敢面對他們，肩並肩，毫無懼色。我們人雖然不多，但我們是快樂的一群，我們是兄弟！

噢，你該看看他們！

他們全聽得入迷，我告訴你，每個音節都讓他們心醉神迷。我最後搬出那句「我們是兄弟」，他們爆出如雷喝采。要是我老爸人在現場，肯定會很驕傲，說不定還會嫉妒呢。

大家互相拍拍背，肚子裡裝著餅乾，笑容滿面各自回到床上之後，唐豪斯走到我面前。

——我欠你一份情，他說。

他說的沒錯。他確實欠我一份情。

儘管我們是兄弟。

但三個月後，這個問題仍然未解：他究竟欠我多少？要是艾克力在唐豪斯的儲物櫃裡找到那兩盒餅乾，那天晚上在懲戒小屋裡不安等待的就會是唐豪斯，而不是湯米，而且他得被關上四個晚上，而不是兩個晚上。他確實欠我這筆債，但這筆債卻不足以抵償唐豪斯背上挨的那八鞭抽打。

我把毛毛留在哈德遜河畔的哈斯汀他姐姐家之後，心裡想的就是這件事。我開往哈林的路上，一直在想。

••••　••••

唐豪斯有一回告訴我說他住在一二六街，聽起來好像挺容易找的，但我卻從街頭到街尾轉了六趟，才找到他。

他坐在一棟褐石建築的門階頂端，幾個男孩圍繞身邊。我把車停在對街，隔著擋風玻璃看他們。門階上，坐在比唐豪斯低幾階的是個笑瞇瞇的大塊頭傢伙，再下來是個膚色較淡、臉上有雀斑的黑人，最底下是兩個大概十一、二歲的孩子。我覺得他們坐的位置可能像軍隊的階級那樣，上尉坐在最上面，接下來是中尉，然後少尉，最下面是士兵。但順序就算倒轉，唐豪斯坐在最底下一階，他仍然是發號施令的人。這讓你不禁好奇，唐豪斯在堪薩斯的時候，這些孩子是怎麼過日子的。他們八成咬著指甲，數著日子，等他出獄。現在有唐豪斯回來指揮，他們可以表現出刻意做作的漠然態度，展示給任何經過的人看，好像他們對自己未來關心的程度，就和關心天氣差不多。

我穿過馬路，走近他們，年紀較小的那兩個孩子站起來，朝我走近一步，彷彿要問我通關密語似的。

我的視線越過他們頭頂，對唐豪斯微笑說：

——嘿，這就是如雷貫耳的街頭凶惡黑幫？

唐豪斯發現是我，臉上的表情和埃米特當時一樣意外。

——天哪，他說。

——你認識這個白垃圾？那個雀斑臉問。

唐豪斯和我都不理他。

——你在這裡幹嘛，公爵夫人？

——我來看你。

——為什麼？

——你下來，我告訴你。

——唐豪斯才不下去，誰都不能叫他下去，雀斑臉說。

——閉嘴，莫里斯，唐豪斯說。

我有點同情地看著莫里斯。他只不過想當個盡忠職守的士兵罷了。他不懂的是，他說**唐豪斯才不下去，誰都不能叫他下去**時，唐豪斯別無選擇，就只能下來。因為他或許不會乖乖聽我的指揮，但他肯定也不會乖乖聽他的少尉指揮。

唐豪斯站起來，孩子們連忙讓開來，就像紅海為摩西分開那樣。他站在人行道上，我告訴他說我見到他很開心，但他就只是搖搖頭。

——你逃了？

——從某個角度來說是。毛毛和我正要去他家在上州的房子。

——毛毛和你一起？

——對。我知道他很想見你。我們明天晚上六點會去「馬戲團」。你要不要一起來？

——「馬戲團」不是我的菜，公爵夫人，但還是跟毛毛說一聲，不好意思。

——我會的。

——那好，唐豪斯隔了一會兒之後說，什麼事情這麼重要，讓你非得到哈林來見我不行。

我懺悔似的聳聳肩。

——是鞭子的事。

唐豪斯看著我，彷彿不知道我在講什麼。

——你知道的，在薩林納的時候，下大雨的那天晚上我們打算去看約翰・韋恩的電影。害你挨打，我覺得很難受。

「挨打」這兩個字讓唐豪斯的孩子們扯掉漠不關心的表情，宛如一股電流往門階上方竄去。大塊頭八成有絕緣體隔絕，沒感覺到電流的全面衝擊，因為他就只是挪動了一下坐姿。但莫里斯跳起來。

——挨打？那個大塊頭微笑問。

我看得出來唐豪斯也想叫大塊頭閉嘴，但他眼睛直盯著我不放。

——我也許挨了打，也許沒有，公爵夫人。但不管有沒有，我都看不出來你有什麼理由要關心。

——你是個可敬的人，唐豪斯，我要這麼說。但我們面對現實吧：要是我沒搭那個條子的便車，你就不會挨那頓也許被打、也許沒被打的鞭子了。

這句話又在門階上激起一陣電流。

唐豪斯深吸一口氣，低頭看著街道，臉上是近乎哀傷的表情，彷彿回望那單純得多的年代。但他沒反駁我。因為沒什麼可反駁的。我是烤千層麵的，而他是負責清理廚房的。就是這麼簡單。

——那要怎樣？他沉默一晌之後問，別告訴我說你大老遠來一趟，就是為了道歉。

我笑起來。

——不，我不會把太多運氣押在道歉上。道歉永遠來得太遲。我心裡想的是更具體的東西，譬如結清帳目。

——結清帳目？

——就是這樣。

——這要怎麼做呢？

——如果光是電影的事，那就一鞭換一鞭。八減八，我們就算了結了。問題是，奧利奧那個意外，你也欠我一筆債。

——奧利奧那個意外？大塊頭說，臉上的笑容咧得更大了。

——那不能和挨鞭子拿來相提並論，我說，但也確實算得上一點什麼。所以我們的情況不是八減八，應該是八減五。我想你如果打我三下，那我們就算結清帳目了。門階上的男孩全都看著我，但臉上的表情是程度各異的不敢置信。兌現信貸的行為對一般人就是會有這種影響。

——你想和我打一架，唐豪斯說。

——不，我揮揮手說，不是打架。打架的定義是我要還手才行。但我要做的是站在這裡，讓你打我，絕不還手。

——你要讓我打你。

——打三下，我強調。

——搞什麼鬼啊？莫里斯說，他的不敢置信已經變成了某種敵意。但是那個大個頭，無聲地笑得全身顫抖。片刻之後，唐豪斯轉頭看他。

——你覺得怎麼樣，歐提斯？

歐提斯抹掉眼淚，搖搖頭。

——我不知道，唐。一方面來說，這實在很瘋狂。但另一方面，這白人小子大老遠從堪薩斯跑來要你揍他，我想你就揍他吧。

歐提斯又開始笑，還是沒有出聲音的笑。唐豪斯搖搖頭。他不想這麼做，我看得出來。如果我們兩個單獨在一起，他八成會很不滿地打發我走。但莫里斯瞪著我們，臉上是不知哪來的義憤填膺。

——要是你不揍他，那我來，他說。

他又犯了，我心想。莫里斯就是不瞭解指揮鏈是怎麼運作的。他自告奮勇要揍我，只會讓情況變得更糟，他這麼做實在很勇敢，因為等於是暗指唐豪斯之所以不動手，是因為他不能勝任這個任務。

唐豪斯轉頭看莫里斯，動作非常之慢。

——莫里斯，他說，你雖然是我表弟，但並不代表我不能讓你閉上狗嘴。

這句話讓莫里斯臉紅了起來，雀斑幾乎全不見了。這時換他低頭瞪著街道，希望這是比較單純的年代。

看見他當著我們大家的面被羞辱，讓我替他有點難過。但我也看得出來，因為他的沒見識，反倒激起了唐豪斯的情緒，這樣剛好。

我對著唐豪斯挺出下巴，指一指。

——給我一拳吧，唐。你又有什麼損失呢？

我叫他唐的時候，唐豪斯露出痛苦的表情，我就知道他會這樣。

對唐豪斯不敬，是我最不願意做的事。但我眼前的挑戰是逼他揮出第一拳。只要揮出第一拳，我知道接下來就容易了。因為就算他不想老是記著挨打那件事，但我確信他心中還有餘恨未消。

——來吧，我說，打算再喊他一次唐。

但我還來不及說，他就動手了。拳頭剛剛好打在該打的地方，但力道只讓我往後倒退幾步，彷彿他並沒有卯足全力。

——很好，我鼓勵地說，這拳不錯。但接下來，你何不學學老喬．路易斯[32]呢？

而他也確實這麼做了。我的意思是，我甚至沒看到拳頭飛來。前一秒鐘我還站在那裡慫恿他，下一秒我就躺在人行道上，聞到一個奇怪的味道，那種只有在你腦袋被狠狠敲了一記之後才會聞到的味道。

我雙手壓在水泥地上，想辦法撐起身體，站起來，回到迎接飛拳的位置——就像埃米特那樣。

那兩個十幾歲的孩子開始跳上跳下。

——揍他，唐豪斯，他們大喊。

32 Jo Louis，1914-1981，重量級拳擊手，外號「褐色轟炸機」。

——是他自己要的，莫里斯喃喃說。

——聖母馬利亞，歐提斯不敢置信地說。

雖然他們四個同時開口，但每個人的話我都聽得清清楚楚，彷彿他們是分別開口。但唐豪斯不行。他聽不見他們任何一個人講話，因為他根本不在一二六街上。他回到了薩林納。回到了他發誓永遠不再想起的那個場景：在我們圍觀之下，挨艾克力的鞭子。如今在唐豪斯身上燃燒的就是這股正義之火。這足以撫慰受創心靈，矯正過往紀錄的正義之火。

第三拳是上勾拳，揍得我躺平在人行道上。

這真是太美妙了，不蓋你。

唐豪斯退後兩步，稍微離開他的事故現場，汗水淌下額頭。接著他又後退一步，彷彿不得不如此，彷彿擔心自己如果再靠近一點，就會一拳又一拳地揍我，或許永遠也停不下來。

我像個承認落敗的人，對他親切地揮揮手。我謹慎地等了一段時間，讓頭上的傷口不再流血，然後才站起來。

——就是這樣，我對著人行道吐了一口血，微笑說。

——現在我們扯平了，唐豪斯說。

——現在我們扯平了，我贊同，伸出手。

唐豪斯瞪著我的手好一會兒，然後結實一握，看著我的眼睛——彷彿我們兩個是兩國元首，在數代征戰之後，終於簽署停戰協定。

這時，我們都凌駕於這幾個孩子之上，而他們也知道。從歐提斯和那兩個十幾歲孩子臉上的尊敬表情，以及莫里斯臉上的沮喪表情，你就可以明白。

我為莫里斯覺得難過。他沒大到足以當男人，沒小到足以當小孩，沒黑到足以當黑人，也沒白到可以當白人。他就只是個沒能在這世界上找到自己位置的人。這讓我想要搔搔他的頭髮，向他保證，總有一天所有的事情都會安好。但那還需要時間。

我放開唐豪斯的手，對他碰碰帽簷致意。

——後會有期啦，夥伴！我說。

——當然，唐豪斯說。

我搞定牛仔和艾克力的債務時，心裡覺得很暢快，知道我在平衡正義天平的工作上做了小小貢獻。但那時的感覺和我償清唐豪斯債務時的滿足不能相提並論。

阿格妮斯修女總是說，做好事會變成習慣。我想她說的沒錯，因為把莎莉的果醬送給聖尼古拉斯孩子們的我，正要離開唐豪斯家門階前時，突然又轉身。

——嘿，莫里斯，我喊他。

他抬頭看我，還是一臉沮喪，但也有一絲不確定的表情。

——看見那輛粉藍色的斯圖貝克了嗎？

——怎樣？

——它是你的了。

我把鑰匙丟給他。

我真想看看他接到鑰匙時的表情。但我已經轉身離開，背對陽光，在一二六街上闊步前行，心想：**哈里遜．希韋特，我來了。**

埃米特

晚上七點四十五分，埃米特坐在曼哈頓邊緣一家破舊沙龍的吧台前，面前一杯啤酒和一張哈里遜．希韋特的照片。

埃米特喝著酒，饒富意興地仔細端詳這張照片。這是一張側面照，英俊的四十歲男子眺望遠方。公爵夫人從沒明確說他父親幾歲，但從他講的故事聽來，希韋特先生的演員生涯從一九二〇年代初期就已開始。而且阿格妮斯修女不是說過嗎，他一九四四年帶公爵夫人到孤兒院的時候，差不多是五十歲？所以希韋特先生現在應該是六十歲——這照片已經是二十年前的了。這樣算來，這照片很可能是在公爵夫人出生之前拍的。

因為這照片太舊，照片裡的演員太年輕，所以埃米特不難看出他們父子的相似之處。據公爵夫人說，他爸爸有演員約翰．巴里摩的鼻子、下巴和胃口。就算公爵夫人沒有遺傳到爸爸的胃口，肯定也遺傳了他的鼻子和下巴。公爵夫人膚色比較白，但或許是遺傳自母親，不管母親是誰。

儘管希韋特先生以前很帥，但埃米特想到他五十歲的時候開著敞篷車，前座有個漂亮的年輕女子，就為了把八歲的兒子載去丟在孤兒院，心裡還是覺得很不舒服。

阿格妮斯修女是對的，因為她說埃米特很氣公爵夫人開走他的車。而她說公爵夫人最需要的是一個能適時讓他擺脫錯誤念頭的人，埃米特覺得這也是對的。埃米特究竟願不願意扛起這個責任還未知。但無論如何，他都必須先找到公爵夫人。

⁝ ⁝

這天早上七點，埃米特醒來的時候，史都已經起來忙了。

他看見埃米特，就指著一個倒扣的箱子，上面有一個碗、一鍋熱水、肥皂、刮鬍刀和毛巾。埃米特打赤膊，清洗上身，刮鬍子，接著吃了火腿蛋早餐——他自己付錢的。尤里西斯保證他會好好照顧比利，於是埃米特按照史都的指示，穿過圍籬的一處縫隙，爬下從鐵軌到第十三街的鐵梯。八點不到，他已經站在第十街街角往東望，覺得自己在一天之始搶得先機。

但是埃米特低估了接下來的一切。他低估了步行到第十七街要多久的時間。他低估了找到地鐵站入口有多困難，他來回走了兩遍才找到。他低估了地鐵站裡有多像迷宮——有通道和樓梯組成的網絡，有熙來攘往各有目標的乘客。

在川流不息的通勤人潮中繞了幾圈，埃米特終於找到售票處，找到一張地鐵路線圖，找到第七大道線，確認搭五站會到四十二街，而這過程裡的每一步都各有不同的挑戰，不同的挫折，以及各自該謙遜的不同理由。

埃米特走下階梯到月台，有班列車乘客正開始上車。他迅速隨著人潮擠進車廂裡。車門關上，埃米特發現自己和幾個人肩挨肩，和另幾個人臉對臉，突然有種很難理解的感覺，那種既覺得自己格格不入，又被人視而不見的感覺。車上的每個人似乎都選好了某個固定的點，讓眼睛可以精準且漠然地盯著那個點。埃米特也學他們，讓自己的視線停駐在Lucky Seven的香菸廣告上，開始默數停靠的車站。

最初兩站，埃米特覺得下車與上車的人數差不多。但在第三站，大部分都是下車的人。第四站，下車的人很多，讓埃米特覺得車廂差不多都空了。他挨近窄窄的車窗看外面的月台，很不安地發現這一站的站名是「華爾街」。他之前沒特別留意中間停靠車站的站名，因為覺得沒必要，但他非常肯定，華爾街並非其中的一站。

華爾街不是在曼哈頓下城……？

埃米特迅速走到貼在車廂牆上的地圖前面，伸出手指劃過第七大道線。找到華爾街站之後，他發現自己在匆忙之間，搭上了往南的特快車，而不是往北的普通車。但這時車門已經關上。再看一眼地圖，埃米特發現再過一分鐘，列車會穿過東河下方，抵達布魯克林。

車廂已經很空，埃米特找個空位坐下，閉上眼睛。他再次朝著一百八十度錯誤的反方向前進，但這一次他沒人可怪，只能怪自己。在每個階段，他都有人可以求助，有人可以對他指出正確的樓梯、正確的月台、正確的列車，讓他可以輕鬆前進，但他拒絕找任何人幫忙。埃米特沉鬱地察覺到自己的問題。他回想起爸爸有多不願意向附近經驗豐富的農人請教問題，彷彿這麼做會讓自己失去男子氣概。強求自立真是笨，埃米特想。

從布魯克林搭車轉回曼哈頓途中，埃米特下定決心，不再犯同樣的錯誤。抵達時代廣場站時，他問售票處的人，哪一個出口可以到下城；在四十二街的路口，他問報攤的人，斯塔勒大樓在哪裡；到了斯塔勒大樓，他問櫃台的人，大樓裡哪一家經紀公司最大。

埃米特抵達位在十三樓的亮星才藝經紀公司時，小小的接待室裡已經有八個人在等了——四個男人帶狗，兩個帶貓，一個女人牽著繫皮繩的猴子，還有一名身穿三件式西裝、頭戴圓頂禮帽的男人，肩上停了隻頗有異國風情的鳥。他正在和中年的接待員講話。他們講完之後，埃米特就走近櫃台。

——有事嗎？接待員問，彷彿不管埃米特要說什麼，她都已經覺得厭煩了。

——我想見雷柏格先生。

她從架上拿起一支鉛筆，準備記下來。

——名字？

——埃米特・華特森。

鉛筆匆匆記下。

——動物？

——不好意思？

她抬起頭來，用誇張的語氣表現她的耐性。

——你有哪一種動物？

——我沒有動物。

——要是你的表演沒有動物，那你就來錯地方了。

——我並沒有要表演，埃米特解釋說，我要和雷柏格先生談的是其他事情。

——這辦公室一次只處理一件事，孩子，你想和雷柏格先生談別的事，那就得改天再來。

——我只需要不到一分鐘的時間……

——嘿，小夥子，坐下吧，那個戴禮帽的男子站起來說。

——我也許不需要見雷柏格先生，埃米特堅持不放棄，或許妳就可以幫我。

接待員抬頭看埃米特，一臉嚴重懷疑的表情。

——我在找一個以前可能是雷柏格先生客戶的人，一個演員。我只是想查到他的地址。

埃米特講完，接待員臉色一沉。

——我長得像電話簿嗎？

——不像，女士。

埃米特背後幾個等候的人笑了起來，他覺得自己雙頰泛紅。

接待員把鉛筆塞回架上，拿起電話，撥了個號碼。

埃米特以為她是要打給雷柏格先生，所以留在櫃台前。但電話接通之後，接待員卻是和一個叫葛蕾狄的女人聊前一天晚上的電視節目。埃米特轉身，避免和其他人眼神接觸，走回外面的走廊——正好看見電梯門關起來。

但在門完全關起之前，有支雨傘的尖端穿過門縫，片刻之後，門又打開來，在裡面的是那個頭戴禮帽、肩頭有隻鳥的男子。

——謝謝你，埃米特說。

——不客氣，那人說。

今天早上看起來不像要下雨，所以埃米特猜這把雨傘也是表演的一部分。埃米特目光從雨傘往上移，發現這位紳士滿懷期待看著他。

——大廳？他問。

——噢，對不起，不是。

埃米特急忙翻找，從口袋掏出樓下櫃台給他的清單。

——五樓，麻煩你。

——啊。

這位紳士按下五樓的按鈕，然後從口袋掏出一粒花生，遞給肩上的鳥。鳥兒一爪抓住肩膀，另一爪抓著花生。

——謝謝你，莫頓先生，鳥兒尖聲說。

——我的榮幸，溫斯羅先生。

埃米特看著鳥兒以驚人的效率剝開花生，莫頓先生發現了埃米特感興趣的目光。

——非洲灰鸚鵡，他微笑說，是我們有羽毛的朋友裡最聰明的一種。比方這位溫斯羅先生，牠知道一百六十二個字彙。

——一百六十三，鸚鵡嘎嘎說。

——這樣阿，溫斯羅先生，那麼這第一百六十三個字是什麼？

——ASPCA[33]。

紳士略為尷尬地咳了幾聲。

——這不是個字啊，溫斯羅先生，這是個縮寫。

——縮寫，鸚鵡又嘎嘎叫，一百六十四！

這位紳士對埃米特露出略帶憂傷的微笑時，埃米特才意識到他們的對話正是表演的一部分。

電梯到五樓，停下來，門打開。埃米特道聲謝，走出電梯，門又關上。但莫頓先生再一次用雨傘頭卡住門縫。這次門又打開時，他走出電梯，和埃米特一起站在走廊上。

——我不想打擾你，年輕人，但我聽到你在雷柏格先生辦公室說的話。你該不會是要去邁可金利公司吧？

——我是要去，埃米特有點意外。

——我可以好心給你一點建議嗎？

——他的建議很棒，很值錢。鸚鵡說。

莫頓先生用鬼鬼祟祟的表情瞥了鸚鵡一眼，埃米特不禁大笑。他已經好久沒這樣開懷大笑了。

——我很樂意接受你願意給的任何建議，莫頓先生。

這位紳士微笑，雨傘指著走廊，那裡有一排看起來一模一樣的門。

——你去邁可金利公司的時候，會發現他的接待員克拉維特小姐和你剛才見的柏克太太一樣，沒啥幫助。這棟大樓的接待小姐都天生謹慎，或者應該說不樂意幫忙。這看來很不親切，但你必須瞭解，她們從早到晚被各式各樣的藝術家包圍，這些人費盡唇舌想要和經紀人見面。在斯塔勒大樓裡的眾多克拉維特小姐和柏克太太們，就是律令與羅馬競技場之間的那道牆。但如果這些小姐對表演者的

33 ASPCA，是美國防止虐待動物協會的縮寫（American Society for the Prevention of Cruelty to Animals）。

態度如此堅定是合理的，那麼她們對想要問姓名地址的人就只有更強硬……

莫頓先生放下雨傘，抵住地板，身體則靠著傘柄。

——這棟大樓裡的經紀人所代表的每個表演者，至少都有五個債主在追他們。有忿怒的觀眾，前妻，被騙的餐廳老闆。唯一能讓這些守門人表現出一絲禮貌的，是手捏錢包的人——不是受僱於百老匯的某齣戲，就是為猶太成年禮找表演的人。所以，如果你想要進到邁可金利先生的辦公室，那我建議你自稱是製作人。

埃米特思索這個建議的時候，這位紳士偷偷打量他。

——我從你的表情看得出來，你不願意偽裝身分，但是你要記得，年輕人，在斯塔勒大樓裡，把身分偽裝得好的人，往往也能讓自己表現得最好。

——謝謝你，埃米特說。

莫頓先生點點頭。但他又突然想起似的，豎起一根手指。

——你要找的這位演出者……你知道他的專長是什麼嗎？

——他是演員。

——嗯。

——有什麼問題嗎？

莫頓微微比個手勢。

——是你的外表。你的年紀和打扮。這麼說吧，你的形象和大家對劇院製作人的期待不相符。

莫頓先生又更肆無忌憚地打量埃米特，然後綻開微笑。

——請容我建議，你可以說你是馬術競賽會主辦人的兒子。

——我要找的這個人是演莎士比亞戲劇的……

莫頓先生笑起來。

——這更好，他說。

他又開始笑的時候，他的鸚鵡也跟著他一起笑。

埃米特拜訪邁可金利公司的時候，他小心翼翼遵照莫頓先生建議的每個步驟做，而他也的確沒失望。他進到接待室，裡面擠滿年輕媽媽和紅髮小男孩，接待員的不耐煩表情和他在亮星公司面對的一模一樣。但他一說他是巡迴馬術表演賽主辦人的兒子，想要僱個演出人的時候，接待員馬上表情一亮。

她站起來，拉平裙子，陪埃米特進到第二間接待室。這間比較小，但椅子比較好，水比較冰，而且沒有其他人。十分鐘之後，埃米特就被帶進邁可金利先生辦公室，他像老朋友般熱情迎接埃米特，並送上飲料。

——嗯，邁可金利先生坐回辦公桌後面說，愛麗斯告訴我，你正在為你們的馬術競賽會找演員。

莫頓先生說為馬術競賽會找個莎劇演員**更好**時，埃米特心存懷疑。他對邁可金利先生說明情況的時候，也不免遲疑。但他一講完，邁可金利先生就雙手合掌，顯然很滿意。

——很不錯的新嘗試，我會這麼說！有太多演出者抱怨他們被侷限在這個類型或那個類型裡。但是節目製作人一再犯下的錯誤，其實不是把演員侷限在某個範圍，而是把他們的**觀眾**歸納成特定的類型。他們會告訴你，這群觀眾只喜歡這個，那群觀眾只喜歡那個。但是，劇院裡的觀眾也很可能喜歡來點馬術表演，而你們馬術競賽會的觀眾也很可能有藝術品味！

邁可金利先生咧開大大的笑容，但馬上嚴肅起來，一手搭在他辦公桌上成疊的檔案上。

——請放心，華特森先生，你不必煩惱。我不只有一大堆莎士比亞戲劇演員供我差遣，而且其中還有四個會騎馬，兩個會射擊。

——謝謝你，邁可金利先生。但我要找的是**特定的**莎劇演員。

邁可金利先生興趣盎然地身體前傾。

——哪一種特定類型？英國人？受過古典訓練？悲劇演員？

——我要找的是一位獨白演員，我父親很多年前看過他的表演，始終忘不了。一個名叫哈里遜・希韋特的獨白演員。

邁可金利先生悄悄拍了桌子三次。

——希韋特？

——沒錯。

邁可金利先生又敲了一下桌子，按下對講機按鈕。

——愛麗斯？請拿檔案給我……哈里遜・希韋特的檔案。

一會兒之後，愛麗斯進來，把一個檔案交給邁可金利先生。檔案裡八成只有一張紙。邁可金利先生飛快看看內容之後，把檔案擺在桌上。

——哈里遜・希韋特是個很棒的選擇，華特森先生。我明白令尊為何對他念念不忘。他是個勤於面對藝術挑戰的演員，所以我相信他會樂於有機會在你們的活動上演出。但我要先聲明，我們是在合作的基礎上代理希韋特先生……

按照莫頓先生的估計，邁可金利先生講這句話的機率超過百分之五十。

——如果經紀人說他是在合作的基礎上代理某個演出者，意思就是他根本就沒代理他。但是不必擔心。斯塔勒大樓裡的經紀人有個共同協議，為了讓鳥入手，他們很樂於付給這棵樹百分之十的酬金。所以呢，他們每個人手上都有其他經紀人的演出者名單，只要能有適當的傭金，他們就會把有興趣的客戶送到樓上或樓下。

就埃米特的情況呢，是去找十一樓的柯恩先生。邁可金利先生事先打了電話，所以門口就有人迎接埃米特，陪他直接進到第二間接待室。十分鐘之後，他被帶進柯恩先生辦公室，又是熱情的招呼與飲料的招待。在馬術競賽會引進莎劇演員的點子，再次被推崇為原創性極高的好主意。但這次，按下對講機按鈕之後，送進來的檔案幾乎有五公分厚——塞滿泛黃的剪報、帳單，還有一疊過時的大頭照，他抽了一張給埃米特。

柯恩先生向埃米特保證，希韋特先生（他是威爾．羅傑斯[34]的好朋友呢）會很高興有這個機會，他問怎麼聯絡埃米特。

埃米特遵照莫頓先生的吩咐，說他隔天早上就要離開紐約，所以必須馬上敲定所有的細節。這讓辦公室陷入一片混亂，因為有條件要談妥，合約要簽訂。

——要是他們真的準備好合約，埃米特問過莫頓先生，我該簽字嗎？

——不管他們拿什麼東西放在你面前，你都簽，孩子！只要確定經紀人也簽字就沒問題。然後堅持你要兩份副本存檔。你只要肯簽字，經紀人連他媽媽家的鑰匙都會給你。

柯恩先生給的哈里遜．希韋特地址，讓埃米特來到曼哈頓下城一條陰暗街道的陰暗旅館。從四十二號房應門的那位彬彬有禮先生口中，埃米特失望得知，希韋特先生已經不住這裡，但他也知道，希韋特先生的兒子前一天早上來找過他，而且在旅館住了一夜。

——他說不定還在，這位紳士說。

在旅館大廳，臉上小鬍子留得像鉛筆的櫃台接待員說，沒錯、沒錯，他知道埃米特說的是誰。哈里遜．希韋特的兒子。他跑來問他老爸的下落，然後訂了兩個房間過夜。可是他已經不在這裡了。他和他那個做白日夢的朋友差不多中午時間離開了。

——還帶走我那該死的收音機，接待員又補上一句。

34 Will Rogers，1879-1935，美國演員，雜耍表演出身，後成為電影影員，並主持廣播節目，在報刊撰寫評論。

——他該不會剛好提到要去哪裡吧？

——也許有。

——也許有？埃米特問。

櫃台接待員靠在椅背上。

——我幫你朋友找他爸爸的時候，他給了我十塊錢……

據旅館接待員的說法，埃米特要找到公爵夫人的爸爸，必須先找他爸爸的朋友談談。那人每晚八點過後，都會在西區的一家酒吧喝酒。埃米特還有時間要打發，於是沿著百老匯街走，找到一家看來生意很好，乾淨且明亮的咖啡館。他坐在吧台，點了份特餐和一塊派。吃完餐點，喝完三杯咖啡，抽了根向女服務生討來的香菸——這位名叫莫琳的愛爾蘭女生比柏克太太忙十倍，但比柏克太太態度好上十倍。

旅館人員給的資訊讓埃米特再次回到時代廣場，還有一個鐘頭才天黑，但四周已是亮晃晃的各式廣告，宣傳著香菸、汽車、家電、飯店和劇院。廣告招牌尺寸之大，以及俗豔華麗的程度，讓埃米特一點都不想買它們宣傳的任何東西。

埃米特回到四十二街街角的報攤，找到今天早上見到的那個賣報人。這一次賣報人指著廣場北端，那裡有個加拿大俱樂部威士忌的大廣告，在馬路上方十樓處閃閃發亮。

——看到那個招牌沒？就在那邊，從四十五街左轉，一直走到曼哈頓盡頭。

經過這一整天，埃米特慢慢習慣被其他人視而不見。地鐵列車上的通勤族對他視而不見，人行道上的行人與接待室裡的藝人對他視而不見，累積起來就是都市生活的不友善氛圍。所以走到第八大道之外，埃米特發現自己受到別人注意的時候，反而有點意外。

在第九大道路口，一個正在值班的疲憊警察瞄了他一眼。在第十大道，有個年輕人走近他，要賣他毒品，還有另一個向他兜售自己的陪伴。快走到第十一街時，有個黑人乞丐朝他招手，他加快腳步避開，沒走幾步之後卻又撞上一個白人乞丐。

早上彷彿隱姓埋名的感覺有點不太好，所以埃米特喜歡現在的狀況。但他可以理解紐約人為什麼走路都有種刻意的匆忙。那是警告乞丐、流浪漢和其他落魄者退開的信號。

就快走到河邊的時候，他看見船錨酒吧，也就是旅館櫃台人員告訴他的那家酒吧。因為名字叫船錨，又位在河邊，埃米特以為這會是水手和商船船員群集的地方。但就算曾經是，如今也早就不是了。因為裡面的顧客沒有任何一個看起來像可以出海的樣子。在埃米特眼中，他們和他之前在街上碰見的乞丐只有一步之遙。

埃米特從莫頓先生那裡得知經紀人有多不願意透露旗下藝人的行蹤，所以擔心酒保的口風也同樣緊，又或者像陽光旅館的櫃台接待員那樣，他會期待有豐厚的報酬。但埃米特一說他要找個名叫費茲威廉斯的人，酒保就說他來對地方了。

所以埃米特在吧台坐下，點了啤酒。

⁘ ⁘

八點剛過，船錨酒館的門打開，一名六十多歲的男子走進來，酒保對埃米特點個頭。埃米特坐在凳子上，看著那名老人慢慢走到吧台，拿起酒杯和只剩半瓶的威士忌，躲到牆角的一張桌子。

費茲威廉斯給自己倒酒的時候，埃米特回想公爵夫人說過的，這人大起大落的故事。很難想像這個瘦弱、步履蹣跚，看起來孤獨潦倒的人曾經拿高薪扮演聖誕老人。埃米特在吧台留下些錢，走向這名老演員的桌子。

——不好意思，請問你是費茲威廉斯先生嗎？

埃米特說出「先生」二字的時候，費茲威廉斯有點意外地抬起頭。

——是的，他沉默片刻之後說，我是費茲威廉斯先生。

埃米特在空椅坐下，說明他是公爵夫人的朋友。

——我知道他昨天晚上來找過你。

老演員點頭，彷彿他瞭解了，彷彿他早該知道。

——沒錯，他用近乎坦白的語氣說，他是來過。他想找到他爸，因為他們之間還有些事情沒搞定。但是哈利不在城裡，公爵夫人不知道他的下落，所以就來找費茲。

費茲威廉斯對埃米特露出不太真誠的微笑。

——我是他們家的老朋友，你知道的。

埃米特報以微笑，問費茲威廉斯是不是告訴公爵夫人說希韋特先生去哪裡了。

——我是說了，這位老演員說，先是點頭，然後搖頭。我告訴他說哈利去哪裡了。雪城的奧林匹克飯店。公爵夫人應該去那裡了吧，我想。在見過他的朋友之後。

——哪個朋友？

——噢，公爵夫人沒說。但是應該……應該是在哈林區。

——哈林區？

——是啊，這是不是很好笑？

——不，這完全合理。謝謝你，費茲威廉斯先生，你幫了大忙。

埃米特推開椅子，費茲威廉斯一臉詫異。

——你該不會是要走了吧？既然我們是希韋特父子的老朋友，應該為他們乾一杯吧？

埃米特得知該知道的消息，而且也知道比利肯定已經開始懷疑他到哪裡去了，所以一點都不想再待在船錨酒館。

但原先一副不想被打擾的這名老演員，突然很不願獨處似的。所以埃米特又找酒保拿了個酒杯，回到桌邊。

費茲威廉斯給兩人都倒了威士忌之後，舉起酒杯。

——敬哈利和公爵夫人。

——敬哈利和公爵夫人，埃米特附和。

他倆喝了一口，把酒杯擺回桌上。費茲威廉斯露出哀傷的微笑，彷彿被苦澀的回憶所觸動。

——你知道我們為什麼這樣叫他嗎？我是說公爵夫人。

——我想他告訴過我，說是因為他在公爵夫人郡出生。

——不是，費茲威廉斯說，搖搖頭，又露出那不太真誠的微笑。才不是這樣，他是在曼哈頓出生的。我還記得那天晚上。

繼續往下講之前，費茲威廉斯先喝口酒，彷彿他非得這麼做不可。

——他媽媽黛兒芬是個漂亮的巴黎女人，擅長唱情歌，很有琵雅芙[35]的味道。公爵夫人出生之前，她在各家高級晚餐俱樂部演出。摩洛哥俱樂部、鸛鳥俱樂部和彩虹廳。我敢說她一定會很出名，至少在紐約會很有名，如果不是後來生病的話。她得了肺結核，我想。但我真的不記得了，這是不是很可怕？像她這麼漂亮的女人，又是我的朋友，在風華正盛的時候過世，而我竟然不記得是為什麼。

費茲威廉斯自責地搖搖頭，舉起酒杯，但沒喝又放下，彷彿意識到這麼做會羞辱了對黛兒芬的回憶。

希韋特太太過世的故事，讓埃米特稍微卸下心防。因為公爵夫人有幾次提起媽媽，總是一副她拋棄他們似的。

35 Édith Piaf，1915-1963，法國知名歌手。

——反正，費茲威廉斯繼續說，黛兒芬很寵她的小男孩。只要有錢，她就會瞞著哈利藏起一些，好給兒子買新衣服。那種好可愛的小衣服，你們叫什麼來著……德國吊帶褲！她把他打扮得好漂亮，讓他頭髮長長的留到肩膀。但是她病重開始臥床之後，就只能叫兒子下樓去小酒館叫哈利回家，而哈利……

費茲威廉斯搖搖頭。

——唉，你也知道哈利這個人。幾杯酒下肚之後，就很難分得清他是在演莎劇，還是在扮自己。所以這孩子走進酒館大門時，哈利就站到凳子上，比個非常誇張的手勢說：**各位女士，各位先生，請容我向各位介紹，阿爾巴公爵夫人**。下一次就變成**肯特公爵夫人**或**的黎波里公爵夫人**。於是我們就叫他公爵夫人。我們每一個人都這樣叫。到後來沒有人記得他本來叫什麼名字。

費茲威廉斯又舉起酒杯，這一次好好喝上一大口。埃米特很驚訝地看見這老演員放下杯子之後竟然開始哭——他任由淚水流下雙頰，甚至懶得擦掉。

費茲威廉斯指著酒瓶。

——這是他給我的，你知道嗎？我是說公爵夫人。雖然發生過這麼多事，但他昨天來這裡，還給我帶了一整瓶我最愛的威士忌。就是這個。

費茲威廉斯深吸一口氣。

——他被送到堪薩斯的一個勞動營，你知道吧，十六歲的時候。

——我知道，埃米特說，我們就是在那裡認識的。

——噢，原來如此。可是你們在一起的時候，他有沒有告訴過你……他為什麼會被送到那裡去？

——沒有，埃米特說，他從來沒說。

埃米特拿起老人的這瓶酒，給兩人的酒杯添了酒，然後等待著。

尤里西斯

雖然小男孩已經把這個故事從頭到尾讀完一遍，但尤里西斯還是請他再唸一遍。

十點剛過——太陽已下山，月亮還沒出來，其他人都回到帳篷裡了——比利拿出書，問尤里西斯要不要聽以實馬利的故事。以實馬利是個年輕的水手，和獨腿老船長一起去追捕大白鯨。雖然尤里西斯沒聽過這個故事，但他相信這一定是個好聽的故事。小男孩唸的每一個故事都很好聽。但是比利說要唸這個新的探險故事給他聽的時候，尤里西斯卻有點不好意思的問他，能不能再唸一遍尤里西斯的故事。

小男孩毫不遲疑。就著史都逐漸黯淡的火光，他把書翻到接近最後的部分，用手電筒的光照亮——在一片宛如汪洋的黑暗裡，一圈暗淡火光之中的一小圈光。

比利開始唸的時候，尤里西斯擔心因為之前已經唸過一遍，小男孩會自己詮釋或跳過幾段，但比利似乎很明白，如果故事值得再唸一遍，那就值得逐字逐句唸。

沒錯，小男孩唸得和在車廂裡的時候一模一樣，但尤里西斯聽起來的感受卻很不一樣。這一次，他知道接下來會發生什麼。他現在會期待某些部分的到來，也會擔心某些情節的發生——他期待尤里西斯把手下藏在羊皮下，擊敗獨眼巨人，擔心貪婪的船員打開風袋，在故鄉陸地已經出現在眼前之際，把船再次吹得偏離航道。

故事唸完之後，比利闔上書，關掉手電筒，尤里西斯拿起史都的鏟子，熄滅餘火。比利問他要不要說一個故事。

尤里西斯微笑低頭看他。

——我又沒有故事書，比利。

——你不必照書唸啊，比利回答說。你可以講一個你自己的故事。比方海外戰場的故事。你有這樣的故事嗎？

尤里西斯轉動手上的鏟子。

他有戰爭的故事嗎？當然，他有。多到他數也數不清。他的故事沒有因為時間的迷霧而變得模糊，也沒有因為詩人的修辭而變得美好。一切都鮮明而嚴酷。鮮明嚴酷到只要偶爾浮現心頭，尤里西斯就急忙把它們深深埋藏，就像他埋起火堆餘燼一樣。如果尤里西斯受不了和自己分享這段回憶，當然也不可能和一個八歲小孩分享。

但比利的要求很公平。他慷慨翻開他的書，唸了辛巴達、傑森和阿基里斯的故事，甚至還唸了兩遍尤里西斯。他當然有權利要求聽個故事當回報。所以尤里西斯放下鏟子，又給火堆添了根柴，坐回鐵軌枕木上。

——我有個故事可以說給你聽，他說，是我碰到風王的故事。

——在你航越洶湧大海的時候？

——不是，尤里西斯說，是我走過塵土飛揚的乾涸大地的時候。

故事開始於一九五二年夏天的愛荷華，一條鄉間道路上。

在這之前幾天，尤里西斯在猶他州搭上火車，想穿過洛磯山脈，越過平原，到芝加哥。但路過愛荷華的時候，他搭的貨運車廂轉軌到一條支線，等待另一個火車頭來。但沒人知道那個火車頭什麼時候會來。將近六十五公里外就是德梅因聯軌站，從那裡，他可以輕輕鬆鬆搭另一班列車往東行，或往北到五大湖區，或往南到紐奧良。尤里西斯揣著這樣的想法下了車，開始徒步穿過鄉間。

他在泥土路上走了差不多十六公里，開始覺得情況好像有點不對勁。

第一個徵兆是鳥。或者應該說是沒有鳥。在鄉間來回旅行的時候，尤里西斯解釋，唯一不變的就是隨時有鳥。你從邁阿密到西雅圖，或從波士頓到聖地牙哥，景色一直在變。但是不管你到哪裡，到處都有鳥。鴿子或美洲鷲，禿鷹或北美紅雀，藍松鴉或燕八哥。生活在旅途中，你每天聽著牠們在黎明的啼聲醒來，在牠們黃昏的嘈雜聲中歇息。

然而……

尤里西斯沿著這條泥土路往前走，看不見半隻鳥，沒在田地上盤旋，也沒停在電線上。

第二個徵兆是車隊。一整個早晨，偶爾有輛小貨卡或小轎車以六十五公里時速駛過他身邊，但他這時突然看見十五輛各形各色的汽車，包括一輛黑色禮車，疾馳而來。車子開得很快，他得讓到路肩，才能避開車輪濺起的小碎石。

看著車隊開走之後，尤里西斯轉頭看車子開來的方向。這時他才看見東方的天空從藍色變成綠色。連比利都知道，在美國的這個區域，這只代表一件事。

尤里西斯背後什麼都沒有，只有一望無際及膝高的玉米，但前方八百公尺處有座農舍。天空逐漸變暗，尤里西斯開始跑。

接近的時候，尤里西斯發現這間農舍很破舊，門和窗板都已經關上。他看見屋主關好穀倉，衝向地下避難室的掀門口。他的妻子兒女都在那裡等他。這名農人跑到家人身邊時，尤里西斯看見小男孩指著他的方向。

他們四人同時看著他，尤里西斯放慢腳步，不再跑，雙手貼在身體兩側慢慢往前走。

農人叫他的妻兒進到地下避難室——他的妻子先進去，才能幫孩子們進去。先是女兒，接著是兒子。那小男孩還是看著尤里西斯，直到進入地下室，再也看不見。

尤里西斯以為農人會跟著家人爬下梯子，但他只俯身跟他們說了句話，就關上掀門，轉身面對尤里西斯，等他走近。尤里西斯想，也許掀門沒有鎖，所以農人覺得如果要對決，那最好是現在，趁他們都還在地面上的時候。又或者他覺得，如果要拒絕收容另一個人，那最好當面對那人說清楚。

尤里西斯為表達尊重，停在六步之外，近得可以聽見彼此講話的聲音，又遠得不足以構成威脅。兩人打量彼此，而風開始捲起他們腳邊的沙土。

——我不是附近的人，尤里西斯沉默片刻之後說。我只是個想到德梅因搭火車的基督徒。

那農人點點頭。他點頭的意思是，他相信尤里西斯是基督徒，也相信他是要到德梅因去搭火車，但是在目前的情況下，這些都不重要。

——我不認識你，他只這麼說。

——是，你是不認識我，尤里西斯說。

有那麼一會兒，尤里西斯想讓這位農人認識他。他想告訴農人他的名字，說他在田納西長大，是個退伍軍人，曾經也有妻子和兒子。但儘管這個念頭拂過尤里西斯心頭，但他知道這些也都不重要。他心裡清楚，而且一點都不怨懟。

若是易地而處，尤里西斯正要爬下梯子，進到沒窗的地下避難室，這個他親手為家人在地下挖出的安全處所，然後有個一百八十公分高的白人突然出現，他也不會歡迎這個人。他會打發那人離開。

畢竟，一個正當壯年的男子徒步穿過鄉野，身上什麼都沒有，只有肩上的一只帆布包，究竟會是什麼樣的人呢？像這樣的男人必定做過某些選擇。他選擇放棄家人，放棄家鄉，放棄教會，追尋不同的東西。追尋不受阻撓、無人回應、孑然一身的生活。嗯，如果這是他致力追求的，那麼在這樣的時刻，又怎能期待別人用不一樣的態度對待他呢？

——我瞭解，尤里西斯說，雖然那人並沒有進一步解釋他的意思。

農人盯著尤里西斯看了好一會兒，頭轉向右邊，指著一小片樹林裡突起的白色小尖塔。

——那裡有座獨神論派的教堂，離這裡不到兩公里。他們有地下室。要是你跑快一點，應該來得及。

——謝謝你，尤里西斯說。

他們就這樣面對面站著，尤里西斯知道這個農人說的沒錯。他要抵達那個教堂，唯一的機會就是儘快跑。但尤里西斯不打算在另一個男人面前拔腿就跑，無論這是多好的建議。這是自尊的問題。

農人等了一會兒之後，似乎也理解了，搖搖頭，不怪任何人——包括他自己，他打開掀門，和家人一起進入地下避難室。

尤里西斯瞥了一眼尖塔，知道到教堂最近的路線是直接穿過田野，而不是走馬路，所以他就決定跑過田野，跑得像烏鴉飛翔那麼快。他沒跑多遠就發現自己錯了。雖然玉米長得不高，只及膝蓋，而且農人種植的排距很寬也很整齊，但土壤本身很軟，而且凹凸不平，跑起來很費力。在義大利曾經蹣跚走過那麼多田野的他，早該知道會這樣。但這時要跑回馬路已經來不及了，所以他眼睛盯著尖塔，儘快往前跑。

距離教堂還有一半路的時候，龍捲風出現在兩點鐘方向的遠處，一隻烏黑的手指從天空伸下，無論顏色或意圖都和尖塔恰成對比。

每跨出一步，尤里西斯的速度就慢一點，因為地上飛起許多碎石礫渣，他必須用一手遮臉來保護眼睛。後來他甚至必須舉起雙手，所以視線不清地跌跌撞撞往前跑，迎向天上垂下與地上聳起的尖塔。

透過指縫和刮個不停的風沙，尤里西斯感覺到有一個個長方形的陰影出現在他四周，這些陰影既規則又凌亂。他暫時放下雙手一秒鐘，發現自己身在墓園，也聽見尖塔的鐘聲響起，彷彿有隻看不見的手在敲鐘。他離教堂只有五十幾公尺。

但五十公尺很可能還是太遠。

因為龍捲風以逆時針的方向刮來，所以強風讓尤里西斯離目標越來越遠，而不是越來越接近。冰雹開始落下時，他準備要最後衝刺。**我做得到**，他對自己說。他卯足全力往前跑，開始拉近自己和避難所之間的距離。但這時，卻撞上一塊低矮的墓碑，撲倒在地上，因為被遺棄而痛苦認命。

——被誰遺棄？比利問，他把書抓在腿上，眼睛瞪得大大的。

尤里西斯微笑。

——我不知道，比利，我想是被命運吧。但更有可能是被上帝遺棄。

男孩開始搖頭。

——這不是真的，尤里西斯，你不是這個意思，你沒被上帝遺棄。

——但這千真萬確就是我的意思，比利。如果說我在戰爭裡學到了什麼，那就是徹底的被遺棄——在那一刻，你明白沒有人會來幫你，就連你的造物主也不會——但也就在那一刻，你或許會發現繼續前進所需要的力量。因為上帝要叫你站起來的時候，並不會用天使的聖歌或天使長的號角聲來召喚你起來。祂要叫你站起來，是透過讓你覺得孤獨、覺得被遺忘的方式。只有在你**真正**覺得自己被遺棄的時候，才會面對現實，知道接下來所發生的一切都握在你手中，只在你自己手中。

尤里西斯躺在墓園裡，感覺到那曾經有過的遺棄感，心如明鏡，他伸手抓住最接近的一塊墓碑。他撐起身體之後，發現他抓著的那塊墓碑既沒損壞也不舊。就算是在飛沙走石裡他也看得出來，這塊深灰色的發亮石碑才剛豎起不久。尤里西斯站起來，轉身看見一個剛挖好的墳，底下是一副棺材的黑亮頂蓋。

剛才那個車隊就是從這裡離開的，尤里西斯醒悟。他們一定是在入土儀式進行中接到龍捲風接近的警報。牧師肯定匆匆唸完足以讓死者靈魂安歇在天堂的經文，然後所有的人全都衝上車。

從棺木來看，這想必是個有錢的男人。因為這不是松木，而是打磨晶亮的桃花心木，把手還是銅製的。棺木蓋上還有個配襯的銅牌，鐫刻死者的名字：諾亞．班傑明．埃里亞斯。

尤里西斯滑下棺木和土壁之間的狹小縫隙，彎腰旋開棺木的鎖扣，掀開蓋子。裡面躺著莊嚴的埃里亞斯先生，身穿三件式西裝，雙手交叉整齊擱在胸前，鞋子像他的棺木一般黑亮，一條細細的金鍊子勾在背心上，掛著一只金錶。埃里亞斯先生身高雖然只有一百七十公分左右，但體重大概超過九十公斤——顯然吃得很好，符合他的身分。

埃里亞斯先生生前的成就是什麼？他是銀行董事長還是大木材廠老板？他為人是剛毅堅定還是貪婪狡詐？無論他是什麼樣的人，如今都不再是了。對尤里西斯來說，唯一重要的是，這人只有一百七十公分，卻躺在一副一百八十公分的棺材裡下葬。

尤里西斯伸手抓住埃里亞斯先生的西裝衣領，就像你想叫某人腦筋清楚點那樣。尤里西斯把他拉出棺木，豎直起來，兩人幾乎面對面。尤里西斯發現葬儀師給這人臉頰上了腮紅，噴上梔子花香水，搞得像妓女似的。他屈膝撐起屍體的重量，往上一舉，丟在墳墓旁邊。

尤里西斯再次看一眼那隻從天而降的巨大黑手指，左搖右晃朝他伸來，便急忙躺進襯有白色皺褶絲布的棺木裡，伸出手，然後——

約翰牧師

上帝的復仇降臨吾人身上時，並非如同拖著長長火光的流星雨般從天堂紛紛落下，並非如同閃電伴隨著雷響狂襲而來，也並非如同海浪潮汐那樣退向大海又撲上海岸。並非如此。上帝的復仇降臨吾人身上，是從沙漠的一絲氣息開始的。

這微小的氣息輕盈但無所懼，在乾硬的地上翻滾三次，悄悄地攪動沙塵與山艾。翻滾三圈，再三圈，這小小的旋風不斷變大，大得像人身，開始行動。旋風螺旋轉動橫越大地，動力與體積都急速擴增，變得像巨人一樣大，襲捲吸收行進路徑上的一切——先是泥土與石塊，接著是灌木和野生動物，再來就是人工建物。到了最後最後，旋風高達百尺，時速超過百里，盤旋轉動，翻動扭轉，冷酷無情地追索罪人。

約翰牧師步出暗處，揮著橡木杖想敲打那個名叫尤里西斯的黑人腦門時，心裡就是這麼想的。

⋯⋯

被拋下等死，約翰牧師正是如此。他右膝腱撕裂，雙頰皮膚擦傷，右眼腫得睜不開，躺在灌木和刺藤裡，準備要給自己唸人生最後的赦罪禱詞。但就在即將死去的那一刻，上帝發現他躺在鐵軌旁邊，於是對著他的四肢吹了一口生息。他從碎石地與灌木叢中站起來，拖著身體走到清涼的溪澗旁，他解了渴，清了傷口，雙手折下老橡木的樹枝當柺杖。

接下來幾個鐘頭，約翰牧師一次也沒思索自己要往哪裡去，以及要怎麼去、為什麼目的而去——

因為他感覺到聖靈在身上發揮作用，利用他為工具。聖靈從河岸引領他往回走，穿過樹林，到空車廂無人照管的支線。等他安全坐進車廂裡，聖靈又召來火車頭，把這個車廂掛上列車後面，載他東行前往紐約市。

約翰牧師在位於賓州車站和哈德遜河之間的鐵路大站場下車之後，聖靈保護他，不被鐵道警衛看見，沒帶他走向擁擠的街道，而是帶他沿著鐵軌走到高架鐵路。約翰牧師用枴杖撐著身體以保護膝蓋，踏著高架鐵路上的鐵軌前進，影子映在橋下的街道上。太陽下山後，聖靈領他繼續前行，穿過空倉庫，鑽過圍籬縫隙，走過凌亂瘋長的草叢，穿過黑暗本身，直到他看見遠遠的前方有營火，閃亮如星的營火。

走近之後，約翰牧師意識到造物主何等睿智，祂點亮營火並不只是為了引領他，而是為了照亮那個黑人與小男孩的臉——同時又讓他們看不見約翰牧師的存在。約翰牧師停在火光照亮的那圈光影之外，聽小男孩唸完一個故事，問那個黑人要不要講個自己的故事。

噢，聽尤里西斯講起那個可怕的龍捲風，約翰很想大笑。比起上帝復仇那逐漸變大的旋風，這小小的龍捲風算什麼。他當真認為把一個牧師推下火車，不必擔心報應？他真心以為他的行為可以逃過上帝之眼與審判之手？

上帝無所不見，無所不知，約翰牧師默默在心裡說。**祂目睹了你的惡行，尤里西斯。他目睹了你的自大與逾越。祂派我來執行祂的報復！**

聖靈注入約翰牧師四肢的忿怒如此強烈，橡木枴杖敲在這黑人腦袋上，那揮擊的力道竟讓木杖斷成兩截。

尤里西斯倒在地上，約翰牧師踏進火光照亮之處，亦步亦趨緊跟著黑人的小男孩張開雙手，為眼前的情景驚恐不已。

——我可以分享你的火光嗎？牧師發出響亮真心的大笑。

約翰牧師的木杖折斷變短，所以拖著腳朝男孩走去。但他並不擔心。因為他知道小男孩什麼地方也不會去，什麼話也不會說，只會像蝸牛那樣縮回自己的殼裡。一點都沒錯，約翰牧師抓住他襯衫衣領的時候，小男孩緊緊閉上眼睛，開始喃喃唸咒語。

——埃米特不在這裡，牧師說，也不會有人來幫你，威廉・華特森。

約翰牧師緊緊抓住小男孩的衣領，舉起木杖，準備要好好教訓他一頓。兩天前就該給的教訓被尤里西斯打斷，他現在要加上利息討回來。

但木杖正要落下時，小男孩突然睜開眼睛。

——我是真的被遺棄了，他突然莫名其妙說道。

接著，他用力踢牧師受傷的膝蓋。

約翰牧師發出野獸般的哀號，放開小男孩襯衫，丟下木杖。他痛得原地跳，眼淚從沒腫大的那隻眼睛流下來。約翰牧師更加痛下決心，非得狠狠給這小孩一場教訓不可，狠到讓他一輩子忘不掉才行。但他一伸手，淚眼朦朧的眼睛卻發現男孩已經不見了。

約翰牧師急著想逮到他，於是拚命四下張望，尋找可以替代斷掉木杖的東西。

——啊哈，他大喊。

地上有把鏟子。約翰牧師撿起鏟子，把尖端插進土裡，身體倚著握柄，開始慢慢往男孩消失的暗處走。

走了幾步之後，他隱隱看見一個營地的輪廓：一小堆蓋著防水布的柴薪，一個權充的洗臉台，三個沒人睡的鋪蓋排成一排，還有一頂帳篷。

——威廉，他好聲好氣喊著小男孩，你在哪裡，威廉？

——外面怎麼回事？帳篷裡有人喊。

約翰牧師屏住呼吸，往旁邊一步，看見一個結實的黑人走出來。這人沒看見牧師，往前幾步便停下來。

——尤里西斯？他問。

約翰牧師用鏟子的扁平面打中他，他倒在地上呻吟。

約翰牧師聽見他左邊傳來講話的聲音。是兩個聽見外面動靜的男人。

——別理那個男孩了，他對自己說。

他用鏟子當柺杖，一跳一跳地儘快回到營火旁邊，到那男孩原本坐著的地方。地上有書，還有手電筒。但那個該死的帆布包哪裡去了？

約翰牧師轉頭看他剛才來的方向。有可能在鋪蓋那邊嗎？沒有。既然書和手電筒在這裡，帆布包也應該在這裡才對啊。約翰牧師小心地彎下腰，丟下鏟子，拿起手電筒，打開燈。他往前一跳，讓燈光照亮鐵軌枕木後面，開始從右到左找。

在那裡！

約翰牧師坐在枕木上，受傷的那條腿伸在前面，抓起帆布包，放在他腿上。就在這時，他聽見帆布背包裡有叮叮噹噹的悅耳聲音。

他情緒越來越興奮，解開繫帶，開始掏出裡面的東西，丟在一旁。兩件襯衫，一條長褲，一條毛巾，帆布包最深處是那個錫罐。他從袋裡拿出罐子，欣喜地搖一搖。

明天早上，他會到四十七街去拜訪那些猶太人。下午，他可以到百貨公司買幾套新衣服。而明天晚上，他會住進一家好飯店，洗個長長的熱水澡，出門去吃生蠔，點瓶紅酒，也許還找個女伴。但現在，他該離開了。他把手電筒和錫罐塞回帆布包，綁好繫帶，揹在肩上。約翰牧師終於準備好要上路的時候，身體歪向左邊要拿鏟子，但是鏟子已經不在了——

尤里西斯

起初是一片什麼也無法理解的漆黑。然後緩緩的，他的意識恢復過來。他意識到這不是空間的漆黑——很冷，很大，很遠的那種黑暗。這黑暗很近，很溫暖，是可以包裹他，擁抱他，像絲絨裹屍布團裹他那樣的黑暗。

從回憶的角落裡悄悄爬出來的領悟讓他明白，他還在那個胖子的棺木裡。他的肩膀感覺得到那光滑的真絲皺摺襯布，以及隔著絲布的桃花心木外廓。

他想要掀起蓋子，但時間已經過去多久了？龍捲風已經走了嗎？他屏息，豎耳聆聽。他透過真絲皺摺襯布和打磨晶亮的桃花心木聆聽，但什麼也沒聽見。沒有強風呼嘯的聲音，沒有冰雹打在棺木蓋上的聲音，也沒有教堂大鐘逕自在架上敲響的聲音。為了確認，他決定把棺木打開一條縫。他雙手掌心朝上，壓住頂蓋，但蓋子怎麼也不動。

他有可能因為飢餓與疲累而變得虛弱了嗎？當然可能，但時間並沒過那麼久。還是真的已經這麼久了？他突然驚恐的想，說不定在暴風過後，在他昏迷不醒的時候，有人恰好經過沒蓋土的墓穴，便把土鏟到棺木上，完成原本該完成的工作。

他必須再試一次。他轉動肩膀，張開手指，讓四肢血液循環通暢，深吸一口氣，雙掌貼在棺木頂蓋內側的襯布上，卯足全力往上推，費力到汗水都一滴滴從額頭淌進眼睛裡。慢慢的，蓋子開了，清涼的風透進棺木裡。尤里西斯放下心頭重擔，使盡力氣，一口氣推開蓋子，以為會看見下午的天空。

但不是下午。

看起來是深夜。

他緩緩舉起一手，看見皮膚反射一閃一閃的亮光。他側耳聆聽，聽見船笛悠緩的長鳴，還有海鷗的叫聲，彷彿置身海上。但這時從近處，發出一個聲音。這小男孩的聲音，喚醒了他的記憶。這是比利・華特森的聲音。

突然之間，尤里西斯想起他人在哪裡。

片刻之後，他聽見有個成年男子生氣或疼痛的哀號。雖然尤里西斯還搞不太清楚自己出了什麼事，但他知道他該怎麼做。

他翻身側躺，費力地慢慢跪起來。抹去汗水之後，他才在火光裡發現，他以為的汗水並不是汗水，是血。有人打了他的頭。

尤里西斯站起來，看看火堆周圍，找比利和那個哀號的男人，但什麼人也沒看見。他想出聲喊比利，但知道這麼做只會讓那個未知的敵人知道他已經恢復知覺了。

他必須離開火堆旁邊，離開那圈光線。在黑暗的掩護下，他可以集中心力，找到比利，然後開始追捕他的敵手。

跨過一截鐵道枕木，他向前五步，走進暗處，耐住性子等候。河在那邊，他轉身想，帝國大廈在這邊。而那邊是他們的營地。望向史都帳篷的方向時，他覺得自己看到有些動靜。有個非常小聲、幾乎要聽不見的嗓音，叫喚著比利，喊他威廉。這人的聲音或許小到幾乎聽不見，但沒小到讓他認不出來是誰。

尤里西斯留在暗處，開始避開火光行動，謹慎，緩慢，一步步接近牧師。

尤里西斯陡然止步，因為聽見史都喊他的名字。片刻之後，他聽見金屬的咣噹聲，以及身體砰一聲倒地的聲音。尤里西斯很氣自己謹慎過度，正準備要衝向營地時，卻看見有個人影從黑暗裡出現，搖搖晃晃的。

是牧師用史都的鏟子當楞杖。他把鏟子丟在地上，拿起小男孩的手電筒，打開燈，開始找某個東西。

尤里西斯一面盯著牧師，一面躡手躡腳沿著火光邊緣走，手探過一截枕木，拿起鏟子。牧師找到他要的東西，發出歡呼，尤里西斯退回暗處，看著他拿起比利的登山背包，擱在腿上。

牧師用興奮的聲音開始自言自語，提到飯店、生蠔和女伴，一面掏出比利袋裡的東西，丟在地上——直到找到那個裝銀元的罐子。這時尤里西斯悄悄接近，走到牧師正後方。牧師把登山背包揹在肩上，側身向左時，尤里西斯舉起鏟子往下敲。

牧師躺在他腳邊，尤里西斯卻覺得自己輕飄飄的。因為他頭上有傷，而擺平牧師又耗盡了他目前所有的力氣。尤里西斯怕自己會昏倒，所以把鏟子插在地上，身體靠在握柄上，低頭確認牧師已經不動了。

——他死了嗎？

是比利，站在他身邊，也低頭看牧師。

——沒有，尤里西斯說。

——你還好嗎？比利問。

——還好，尤里西斯說，你呢？

比利點點頭。

——我照你說的做，尤里西斯。約翰牧師說我自己一個人的時候，我想像自己已經被所有的人拋棄，包括我的造物主。所以我踢他，然後躲進柴堆的防水布下面。

尤里西斯微笑。

——做得好，比利。

——這究竟是在搞什麼鬼啊？

比利和尤里西斯抬頭，看見史都站在他們後面，手裡拿了把菜刀。

——你也在流血，比利很關心地說。

史都被打中頭部側邊，所以血從耳朵流到汗衫肩部。

尤里西斯突然覺得自己好多了，腦筋清楚，也站得穩了。

——比利，他說，你去那邊幫我們拿盆水和毛巾來。

史都把菜刀插在皮帶上，走到尤里西斯旁邊，低頭看地上。

——這是誰？

——是個壞人，尤里西斯說。

史都的視線轉到尤里西斯頭上。

——你最好讓我看看。

——我碰過更慘的。

——我們都碰過更慘的。

——我沒事的。

——我知道，我知道，史都搖搖頭說。你是個了不起的人。

比利端水和毛巾來。兩人洗洗臉，然後輕輕擦拭傷口。弄乾淨之後，尤里西斯要比利和他一起坐在枕木上。

——比利，他說，我們今天晚上過得很刺激。

比利點頭同意。

——是啊，是很刺激，尤里西斯，埃米特一定不相信。

——嗯，這就是我要和你談的。你哥哥忙著找回他的車，要趕在七月四日之前和你一起到加州，所以心裡要煩的事情肯定很多。也許我們最好先不告訴他今天晚上的事。至少暫時不說。

比利點頭。

——這樣也許最好，他說，埃米特要煩的事情夠多了。

尤里西斯拍拍比利膝蓋。

——總有一天，他說，你會告訴他。你會告訴他，也會告訴你的孩子，說你是怎麼打敗這個牧師，就和你書裡的英雄一樣。

尤里西斯知道比利已經明白之後，就站起來對史都說：

——你可以帶這孩子回帳篷嗎？也許給他弄點吃的？

——沒問題。可是你打算做什麼？

——我打算好好照顧這位牧師。

一直站在尤里西斯背後聽的比利走到他面前，一臉擔憂。

——這是什麼意思，尤里西斯？你說要好好照顧牧師是什麼意思？

尤里西斯和史都看看小男孩，看看彼此，最後又看著小男孩。

——我們不能把他留在這裡，尤里西斯解釋說，他醒來就會做我剛才做的事。而且我還沒打他之前，他腦袋裡的那些壞念頭現在也都還在。甚至只會比之前更壞。

比利蹙眉，抬頭看尤里西斯。

——所以，尤里西斯繼續說，我要帶他走下樓梯，把他丟在——

——警察局？

——沒錯，比利。我要把他丟在警察局。

比利點頭，覺得這樣做是正確的。這時史都轉頭看尤里西斯。

——你知道通往甘斯沃爾特的那個樓梯？

——我知道。

——有人把那裡的圍籬弄彎了。那條路比較好走，既然你還要扛他。

尤里西斯謝謝史都，等比利收拾東西，等史都熄滅火堆，等他們兩個走回史都的帳篷，才把注意力轉回牧師身上。

尤里西斯從腋下把他撐起來，扛到肩上。牧師的體重和尤里西斯原本預期的差不多，但他身材瘦長，所以很不好扛。尤里西斯把他前後挪動到平衡的位置，才開始邁出短但穩定的步伐。

尤里西斯走到樓梯時，如果他停下來想想，很可能會把牧師推下樓梯，以保持自己的體力。但因為他正在走動，而且牧師正穩穩躺在他肩上，他擔心要是停下腳步很可能會失去平衡或動能。而這兩者他都需要。因為到了樓梯底下，他還要走上將近兩百公尺才能到河邊。

公爵夫人

毛毛的姐姐像條鬼魂似的飄進廚房。她身穿白色長袍站在門口，然後悄無聲息地穿過沒亮燈的房間，彷彿雙腳沒著地似的。但她就算是鬼，也不是悲慘的鬼——不是哀號呻吟，讓你打脊梁冷起來的那種鬼。她是孤獨的鬼。會在空屋的走廊世世代代遊蕩，尋找沒人記得的某個東西或某個人的那種鬼。巡訪的鬼魂，我想應該這麼說。

沒錯，就是這樣。

巡訪。

她沒開燈，給燒水壺注水，打開爐子。她從櫃子裡拿出一個馬克杯和一個茶包，擺在流理台上。接著又從長袍口袋掏出一個褐色小瓶子，擺在馬克杯旁邊，然後走回水槽前，望著窗外。

你會覺得她好像很善於看窗外，就像曾經好好練習過似的。她腳沒動來動去，也沒不停敲地板，事實上，她很擅長，擅長沉浸在她自己的思緒裡，所以燒水壺響的時候，她好像嚇了一跳，忘了自己一開始在燒水。她慢慢的離開窗前，彷彿很不情願，然後倒水，一手端起馬克杯，一手拿著褐色小瓶，轉身走向餐桌。

——睡不著嗎？我問。

她突然被嚇到，但沒喊叫，也沒砸了手上的茶杯。她只露出意外的表情，就像剛才燒水壺響的時候一樣。

——我沒看到你在這裡，她說，把褐色小瓶又收回長袍口袋裡。

她沒回答我是不是睡不著的問題，但她也不必回答。從她在黑暗裡的行動看來——穿過房間，添水，給爐子點火——這應該是她常做的事。若說她在其他夜裡，趁丈夫熟睡之後，悄悄在凌晨兩點下樓到廚房，我也一點都不意外。

她轉身指著爐子，問我想不想喝茶。我指著面前的酒杯。

——我在客廳找到一點威士忌，希望妳不介意。

她溫柔微笑。

——當然不會。

她在我對面坐下，目光盯著我的左眼。

——還痛嗎？

——好多了，謝謝。

我離開哈林區的時候情緒高昂，所以回到毛毛姐姐家的時候，渾然忘了自己挨過一頓揍。她來開門的時候倒抽一口氣，而我也跟著倒抽一口氣。

但毛毛介紹我們認識，我也解釋我是在車站摔了一跤之後，她就從藥櫃裡拿出可愛的小急救箱，要我坐在廚房餐桌旁，清理我嘴唇上的血跡，給我一袋冷凍豆子敷在眼睛上。我寧可像重量級拳擊手那樣用冷凍生牛肉冰敷，但乞丐是沒得選擇的。

——你要再吃顆阿斯匹靈嗎？她問。

——不用了，我沒事。

我們兩個沉默了一會兒，我又喝了一小口她丈夫的威士忌，她又喝了一小口茶。

——你是毛毛的室友？

——沒錯。

——所以，那個在舞台上表演的就是你父親？

——他在台下的時間比在台上還多，我微笑說。但是沒錯，那就是我老爸。他原本是莎劇演員，後來淪落到表演雜耍。

她聽到「雜耍」，綻開微笑。

——毛毛在寫給我的信裡，提到幾個和你爸爸一起表演的人。表演逃生術的和魔術師……他好迷他們。

——妳弟弟喜歡好聽的床邊故事。

——是啊，他的確是。

她隔著餐桌看我，彷彿想問我什麼，但馬上又轉開視線，看她的茶。

——怎麼了？我主動問她。

——我想問個私人問題。

——問吧。

她盯著我看了一會兒，想知道我究竟是不是認真的。她想必認定我是認真的。

——你怎麼會去到薩林納的，公爵夫人？

——噢，說來話長。

——我茶才剛開始喝……

所以，我又給自己倒了一指高的威士忌，回憶我的那段小鬧劇，心想：也許毛毛家的每一個人都喜歡好聽的床邊故事。

那是一九五二年春天，我十六歲生日的幾個星期之後，我們住在陽光旅館的四十二號房，爸睡彈簧床墊，我睡地板。

當時我老爸喜歡說他是在處在「懸而未決的模糊時期」，意思就是，他被前一個工作開除，而下一個工作還沒著落。他整天都和住在走廊對面的老搭檔費茲一起混。中午過後不久，他們會拖著腳步走到公園長椅、水果攤、書報攤之類的地方，也就是大家容易掉個零錢、又懶得去撿的地方。接著他們就去地鐵站，手裡拿著帽子，開始唱些多愁善感的歌曲。他們是很懂觀眾的人，會在第三大道線為愛爾蘭人唱〈丹尼男孩〉，在泉街站為義大利人唱〈聖母頌〉，唱得淚光閃閃，彷彿一字一句都發乎真心。他們在運河街站的月台上，甚至還會唱幾首追懷歐洲猶太村鎮的意第緒歌曲。到了傍晚，他給我一點零錢，打發我去看兩場連映的電影之後，他倆就拿著好不容易掙來的錢去伊麗莎白街的廉價小酒館，把每一分錢都喝光光。

他們兩個都要睡到中午才起床，所以我早上醒來之後，都在旅館裡到處晃，找東西吃，或找人講話。這個時間人不多，但還是有幾個早起的人，其中最棒的，毫無疑問就是馬歇林・莫柏桑。

在二〇年代，馬歇林是歐洲最有名的小丑，在巴黎和柏林的表演場場爆滿，結束的時候滿場熱烈喝采，舞台後門擠滿一排排女人。馬歇林絕對不是一般的小丑。他不是在臉上塗滿顏料，腳上一雙特大號鞋子，一踩就叭噗叭噗響的那種小丑。他是貨真價實的表演家，是詩人，也是舞者。一個能仔細觀察世界，深刻感受萬物的人——和卓別林與巴斯特・基頓一樣。

他最厲害的表演是演在大都市鬧街上的乞丐。布幕揭開，他就在那裡，走過一群都市人中間。他一鞠躬，想要引起在報攤旁邊為頭條新聞爭吵的兩人注意；舉起歪戴的帽子，想要和一個保姆講話，但那保姆只在意娃娃車上鬧腹絞痛的寶寶。儘管他又舉帽又鞠躬，但他想要打交道的對象都繼續做他們原本的事，當他是空氣。馬歇林正要走向一名表情沮喪的羞怯年輕女子，一個大近視眼的老學究撞上他，把他頭上的帽子撞掉在地上。

馬歇林開始追他的帽子。但他每次快要抓到時，就會有個漫不經心的過路人把帽子踢向另一個方向。努力多次都無法撿回帽子的馬歇林發現，有個矮胖的警察就要不經意踩上他的帽子了。馬歇林別無選擇，只能舉起一手，打響手指——所有的人霎時全都在原地僵住不動，除了馬歇林之外。

此時神奇的事情發生了。

在這幾分鐘的時間裡，馬歇林在舞台上滑行，面露微笑在動也不動的行人之間滑來滑去，彷彿無憂無慮。接著，他從花攤拿起一支長莖玫瑰，害羞地給那位沮喪的年輕女子。他對報攤旁邊爭論不休的兩人數落了兩句，對娃娃車裡的寶寶做鬼臉。他大笑，指揮，給意見，但沒發出半點聲響。

馬歇林正要再到人群裡繞一圈時，突然聽見細微的滴答聲。他停在舞台正中央，手伸進寒酸的背心裡，掏出一個金質懷錶，顯然是他另一段人生留下的遺跡。他按開錶蓋，看看時間，一臉憂傷，發現他的小把戲已經進行太久了。他收好懷錶，小心翼翼地把歪掉的帽子從胖警察腳下拿起來——警察的腳一直懸著，這本身就是個難度頗高的體操表演。他拍拍帽子，戴回頭上，面對觀眾，打響指頭，其他人霎時全部恢復行動。

這是場值得一看再看的表演。因為你第一次只看見表演本身，看見最後馬歇林一打響指頭，世界就再次恢復正常運作。但是看第二次或第三次的時候，你或許會知道，世界並沒恢復到原本的模樣。那名羞怯的年輕女子走開的時候面帶微笑，因為發現手裡有支長莖玫瑰。兩個在報攤旁邊爭辯的人，突然對自己的論點不太有把握了。拚命想要安撫哭泣寶寶的保姆詫異發現，寶寶竟然咯咯笑。要是你看馬歇林的表演不只一次，很可能會在布幕落下之前的幾秒鐘裡注意到這一切。

一九二九年秋天，馬歇林在歐洲的名氣達到顛峰，紐約以六位數的簽約金邀他在競技場劇院駐院演出六個月。他懷著滿滿的藝術熱忱，打包行李，準備在這塊自由土地上長期居留。但是不幸的是，他在不來梅登船的那個月，華爾街股市開始狂跌。

等他在西區碼頭上岸時，他的美國製作人已經破產，競技場劇院關閉，他的合約作廢。在他下榻的飯店有封電報等著他，是他巴黎的銀行拍來的，通知他說這波經濟危機也讓他失去了一切，甚至沒有足夠的錢可以讓他安然返家。他去敲其他製作人的門，卻發現他在歐洲雖然名氣響亮，但美國幾乎沒有人聽過他的名字。

此時從馬歇林頭上掉下來的不是帽子，而是他的自尊。每當他彎腰想撿起來，路過的人就把它踢得更遠，讓他撿不著。他一路追著跑，從一個傷心地到下一個傷心地，最後他發現自己在街頭演默劇，住在陽光旅館——就在走廊另一頭的四十九號房。

理所當然的，馬歇林變成酒鬼。但不是費茲和我老爸那種酒鬼。他不會去廉價酒館追懷往日榮光，發牢騷。每到晚上，他就買瓶便宜的紅酒，關上房門，自己一個人在房間裡喝，用流暢優雅的動作給自己斟酒，彷彿這也是他表演的一部分。

但在早上，他會讓門微開。我敲門之後，他會摘下早已不存在的帽子歡迎我。有時候，如果他手邊有點錢，他就會派我去買牛奶、麵粉和蛋，用電熨斗加熱，給我們倆做個小可麗餅。我們坐在他房間地板上吃早餐時，他不會談他的過去，而是問我的未來——我想去的地方，我想做的事。這是揭開新的一天的老派好方法。

有天早上，我跑到走廊那頭，他的門關著。我敲敲門，沒有人回應。我把耳朵貼在門板上，聽見微微的吱嘎聲，想是有人在彈簧墊上翻身。我擔心他病了，所以把門推開一條小縫。

——馬歇林先生？我說。

他沒回答，所以我把門推得全開，卻發現床上沒人，書桌的椅子翻倒在房間中央，馬歇林吊在天花板的風扇上。

那個吱嘎聲，你知道，不是從床墊傳來的，而是因為他的身體前後擺盪。

我叫醒我爸，帶他到那個房間，他只點點頭，彷彿早就料到會有這樣的事情發生。然後他叫我去樓下櫃台，要他們通知有關當局。

半個鐘頭之後，房間裡有三名警察——兩個警員和一名警探，給我、我爸和探頭探腦的隔壁房客做筆錄。

——是搶劫嗎？有個房客問。

警察沒回答，只是指著馬歇林的書桌，上面擺滿他口袋裡的東西，包括一張五元紙鈔和一些零錢。

——錶哪裡去了？

——什麼錶？探長問。

所有的人都同時開口——說那只金質懷錶是這名資深小丑表演的重要道具，他從不離身，就連破產之後也還留著。

警探看看警員，警員搖搖頭，所以警探看著我爸，而我爸看著我。

——公爵夫人，他手搭在我肩頭說，這很重要。我要問你一個問題，我要你老實回答。你發現馬歇林的時候，有沒有看見他的錶？

我默默搖頭。

——也許你看見錶在地板上，他懷著希望說，所以你撿起來，不想弄壞。

——沒有，我又搖頭說。我沒見到他的錶。

我爸近乎同情地拍拍我的肩膀，轉頭看警探，聳聳肩，表示他已經盡力了。

——給他們搜身，警探說。

想想看我有多意外。那個警察叫我把口袋裡的東西全掏出來，結果在口香糖包裝紙裡，就有那只掛有長長金鍊的金錶。

在這之後，我馬上就明白是怎麼回事。我老爸叫我到樓下櫃台，所以他就可以搜查屍體。某個愛管閒事的鄰居提到金錶之後，我爸手搭在我肩上，趁對我曉以大義的時候，把金錶偷偷塞進我口袋。然後才被搜身。

——噢，公爵夫人，他用失望的語氣說。

不到一個鐘頭，我已經在警察局。這是小罪，我又是初犯，很可能會交由我父親管束。但因為小丑的這只金錶價值不菲，所以是重大竊案。我犯了重大竊盜罪。但雪上加霜的是，陽光旅館曾經有幾起竊案通報，費茲在具名筆錄裡說，他曾經看過我從其他一兩個房間裡出來。而彷彿這樣還不夠似的，兒童福利處的人發現，我已經五年沒上學——這讓我爸驚駭不已。我在少年法庭出庭時，我爸被迫承認，身為工作辛勞的鰥夫，他沒辦法保護我不受周圍環境的惡劣影響。為了我好，各方都同意，應該送我到少年懲戒機構，直到年滿十八歲。

法官作出判決時，我爸問，在我被送走之前，他可不可以給走歪路的兒子幾句忠告。法官默許，八成以為我爸會把我拉到一旁，迅速交代幾句。但沒有，我爸拇指伸到吊帶下，挺起胸膛，對法官、法警、後排觀眾和速記員——特別是速記員——發表了滔滔演說。

——**我們在此揮別，吾兒，我的祝福將一路相隨。我雖身不能至，但幾句叮嚀盼你牢記於心：為人當友善，但忌輕浮；多聽少言，聆聽他人意見，但保留自我判斷。尤為重要者：萬勿自欺。自此而後，夜繼於日，你必將不負他人**[36]**。再會，吾兒，**他終於講完。**再會。**

他們把我帶離法庭時，他還真的掉淚，這隻老狐狸。

——太可怕了，莎拉說。

從她的臉色，我看得出來她是真心的。她的表情流露同情和忿怒，保護心切。你可以看得出來，不管她自己的生活幸不幸福，她都會是個很棒的媽媽。

——還好啦，我說，想讓她別這麼難過。薩林納也沒那麼糟。我有三餐可吃，有床可睡。而且我如果沒到那裡，就不會認識妳弟弟了。

我跟著莎拉走到水槽清洗空酒杯，她謝謝我，露出寬厚的微笑，然後道晚安，轉身離開。

——莎拉姐姐，我說。

36 這幾句叮嚀引自《哈姆雷特》第一幕第三景。

她轉身，挑起眉毛露出疑問。她意外但沉默地看著我走近她，從她的長袍口袋裡掏出那個褐色小瓶子。

——相信我，我說，這對妳沒有任何好處。

她離開廚房之後，我把那個褐色小瓶子擺進香料架上，覺得我做了今天的第二樁好事。

·倒數·

第4日

毛毛

星期五下午一點半，毛毛站在店裡他最最喜歡的位置。這可不是隨便說說的！因為FAO施瓦茲玩具店有太多地方值得駐足流連了。啊，要到這個位置，他得先經過一大堆巨型絨毛動物——包括那眼睛令人著迷的老虎，以及頭快頂到天花板的實物大小長頸鹿。他得先穿過賽車區，有兩個小男孩正在八字形的軌道上玩小法拉利。搭手扶梯到樓上之後，他必須穿過有魔術師正在把方塊老J紙牌變不見的魔術道具組區。但儘管店裡有這麼多東西可以看，卻沒有一個地方可以讓毛毛這麼開心，那就是裝在大玻璃櫃裡的娃娃屋家具。

六公尺長的玻璃櫃裡有八個玻璃架，體積比聖喬治擺獎盃的玻璃櫃還大。裡面從上到下，從左到右，全擺滿唯妙唯肖的小複製品。櫃子左側是一整區齊本德爾家具——齊本德爾的高腳抽屜櫃，齊本德爾書桌，還有一整組餐桌椅，十二張齊本德爾餐椅整整齊齊圍著齊本德爾餐桌擺放。這張餐桌和他們家在八十六街那幢褐石大宅餐廳裡的餐桌一模一樣。當然，他們並沒有每天都在齊本德爾餐桌上吃飯。那是專門留在生日或節慶等特殊場合用的，他們會在餐桌上擺出精美磁器，在枝形燭台上點蠟燭。至少，在毛毛父親過世之前是如此。後來他媽媽再婚，搬到棕櫚灘，就把餐桌捐給婦女交換組織[37]。

天哪，他姐姐凱特琳當時氣得抓狂。**妳怎麼可以這樣**，她對媽媽說（也許應該說是咆哮吧），就在搬家工人來搬走餐桌組的時候，**那是外曾祖母留下的東西啊！**

噢，凱特琳，媽媽說，**妳怎麼可能會要像這樣的餐桌？坐十二個人的過時老餐桌？現在沒人在家辦晚宴了。對不對啊，毛毛。**

當時毛毛並不知道大家是不是還在家裡辦晚宴，現在他也還是不知道。所以他什麼都沒說。但他姐姐說了。搬家工人把齊本德爾餐桌搬出門的時候，姐姐對他說。

再仔細看看，毛毛，她說，**因為你再也看不到像這樣的餐桌了。**

所以他好好地認真看。

結果凱特琳錯了。因為毛毛又看到像那樣的餐桌了。他就在FAO施瓦茲的這個玻璃櫃裡看到了。

展示櫃裡的家具是按年代排列的。所以從左到右，你可以從凡爾賽宮廷一路看到現代的公寓客廳，有著電唱機、雞尾酒桌和一對密斯．凡德羅椅子。

毛毛知道齊本德爾先生和凡德羅先生都因為椅子的設計而得到極高讚譽。但在他看來，做出這些唯妙唯肖小仿製品的人值得更高的讚譽，至少要和這兩位設計師一樣。因為要做出這麼小尺寸的齊本

37 Women's Exchange，以慈善商店營運方式讓婦女受益的活動組織。

德爾和凡羅德，肯定要比做出能讓人坐的椅子更費力。

但這個展示櫃裡，毛毛最喜歡的部分是最右邊，那一系列的廚房。最上方是所謂的「草原廚房」，有簡單的木桌和奶油攪拌器，一個鑄鐵鍋擺在鑄鐵爐上。接著是維多利亞廚房，你可以看得出來這是由廚師負責烹調的那種廚房，因為沒有桌子和椅子可以讓你坐下來吃晚餐，只有一張長長的木材中島，掛了六只從大到小的鍋子。最後是今日的廚房，有著現代的各種神奇物品。除了亮白的爐子和亮白的冰箱之外，還有一張可坐四人的餐桌，桌面是紅色美耐板，附上四把紅色塑膠椅面的鉻鋼椅子。此外也有廚房幫手牌的攪拌機，一部有小小黑色壓桿的烤麵包機，以及兩片小吐司。流理台上方的櫃子裡，有很多小盒早餐穀片和小小的湯罐頭。

——我就知道會在這裡找到你。

毛毛轉頭看見姐姐站在他旁邊。

——妳怎麼會知道？他驚喜地問。

——我怎麼會知道！莎拉哈哈大笑說。

毛毛也笑了。因為，當然啦，當然啦，他當然知道莎拉怎麼會知道。

他們小時候，每年十二月，渥卡特外婆會帶他們來FAO施瓦茲，讓他們各自挑選一件聖誕禮物。有一年，全家人都把外套扣好，紅色大購物袋塞得就要滿出來，準備離開店裡的時候，發現毛毛在節慶的混亂喧鬧裡失蹤了。全家人分頭到各個樓層，喊著他的名字，最後莎拉在這裡找到他。

——我們那個時候幾歲？

她搖搖頭。

——我不知道。那是外婆過世前一年，我想我應該是十四歲，你七歲。

毛毛搖搖頭。

——那真的好難，對不對？

——什麼好難？

——選聖誕禮物啊，在這麼多東西裡挑一件！

毛毛雙臂往外一揮，指著店裡所有的長頸鹿、法拉利和魔術組。

——是啊，她說。好難選。但對你來說特別難。

毛毛點頭。

——我們挑完禮物之後，毛毛說，外婆叫司機把所有的購物袋送回家，然後帶我們到廣場飯店喝茶。妳還記得嗎？

——我記得。

——我們會坐在有棕櫚樹的那個大房間，他們端來像塔一樣的點心架，下層是水芹、小黃瓜和鮭魚三明治，上層是小檸檬塔和巧克力泡芙。外婆會要我們先吃三明治，然後才准吃甜點。

——**你們得要自己爬上天堂**。

毛毛笑起來。

——是啊，沒錯，外婆以前常這麼說。

毛毛和莎拉搭手扶梯回到一樓，毛毛一路說明他的嶄新觀點，認為做娃娃屋椅子的人比齊本德爾先生和凡德羅先生更加值得敬佩，至少要得到同樣的敬意。但他們走到大門的時候，有人在背後叫他們，語氣非常急。

——不好意思，不好意思，先生！

毛毛和姐姐轉身覓聲，發現一名外表看來非常像管理階層的男人揮手追來。

——請等一下，先生，那人一面朝毛毛走來，一面說。

毛毛刻意裝出滑稽的意外表情，轉頭看姐姐。但姐姐還是看著那人走近，心中微微有一絲擔憂，一絲細微但心痛的擔憂。

那人走到他們面前，停了一會兒好喘過氣來，然後對毛毛說：

——對不起，這麼大聲喊叫。但你忘了你的熊。

毛毛眼睛瞪得大大的。

——熊！

他轉身看姐姐，而姐姐的表情既是不解，又如釋重負。

——我忘了那隻熊，他微笑說。

跟在經理後面的一名年輕女子出現，遞出一隻體型幾乎和她一樣大的貓熊。

——謝謝兩位，毛毛說，把貓熊抱在懷裡。謝謝你們十次。

兩名工作人員回到崗位，莎拉轉頭看毛毛。

——你買了隻大貓熊？

——這是要送給寶寶的。

——毛毛，她微笑搖搖頭。

——我考慮過棕熊和北極熊，毛毛說，但牠們看起來都太凶了。

為了說明，毛毛很想舉起爪子，露出牙齒，但他手裡抱著貓熊。

因為貓熊在他懷裡塞得滿滿的，他連旋轉門都出不去。永遠守在FAO施瓦茲入口、身穿亮紅色制服的警衛馬上採取行動。

——讓我來，他非常有紳士風度地說。

他打開沒旋轉的門，讓姐弟倆和貓熊走到隔開店門和第五大道之間的小露台。

天氣很好，陽光灑在每一輛馬車，以及排在中央公園外面的熱狗攤車上。

——陪我坐一會兒，莎拉說，那態度顯然是有嚴肅的話題要談。

毛毛有點不情願地跟著姐姐到一張長椅坐下，把貓熊擺在他倆之間。但莎拉拿起貓熊，擺在她另一邊，讓兩人之間沒有任何東西隔著。

——毛毛，她說，我有件事要問你。

莎拉看著他，毛毛看見她臉上有關心，但也有一絲不確定，彷彿不管她原本打算問什麼，此刻都突然不確定是不是想問。

毛毛伸手搭在她前臂。

——妳什麼都不必問我，莎拉。妳什麼都不必問我。

毛毛看著她，看見關心的心情和不確定的感覺持續交戰。所以他盡力安慰她。

——提出問題有時候很微妙，他說，很像在三岔路口。你們本來聊得好好的，突然有人提出一個問題，接下來你就往一個全新的方向去了。很有可能，這條新的路會帶你到很舒適的地方，但有時候你就只是想去你原本打算要去的地方。

他倆沉默一晌。然後毛毛捏捏姐姐的手臂，突然因為有個新的想法而興奮起來。

——妳有沒有注意過，他說，妳有沒有注意過，有多少個問句是W開頭的？

他扳著手指數。

——誰（Who）、什麼（What）、為什麼（Why）、什麼時候（When）、什麼地方（Where）、哪個（Which）。

他看見姐姐臉上的關切和不確定暫時消失，這個有趣的小發現讓她綻開微笑。

——這不是很有趣嗎？他繼續說。我是說，妳覺得為什麼會這樣？很久很久以前，創造文字的人剛開始造字的時候，W的發音有什麼特別，讓他們把所有的問題都用這個字當開頭？比方說，為什麼不用T或P呢？這讓人替W覺得有點難過，對不對？我的意思是，這真的是很大的負擔。特別是大家用W為開頭問的問題，其實有一大半都不是真的在問你問題。他們只是表達心裡的厭惡而已。就像，就像……

毛毛模仿媽媽的姿勢和口氣。

——**你什麼時候才會長大！**還有：**你為什麼做這種事！天哪，你在想什麼！**

莎拉笑起來，看到她笑真好。因為她笑聲很好聽。她絕對是毛毛所認識的人裡面，最會笑的人。

——好吧，毛毛，那我不問你問題了。

現在輪到她伸手抓住毛毛的前臂。

——我不問，但我要你答應我一件事。我要你答應我，離開我家之後，就回去。

毛毛想低頭看自己的腳，但感覺到姐姐的手指還抓著他的手臂。而且從她臉上，毛毛也看到她的關切雖然還在，但那種不確定感已經消失了。

——我答應，他說，我答應……我會回去。

莎拉捏捏毛毛的前臂，就像毛毛剛才捏她那樣，彷彿肩上已卸下千斤重擔。她身體往後靠在椅背，於是毛毛也往後靠。他們和貓熊一起坐在長椅上，卻發現自己的目光越過第五大道——望向廣場飯店。

毛毛綻開大大的微笑，站起來，轉身面對姐姐。

——我們應該去喝茶，他說，為了紀念往日時光。

——毛毛，莎拉垮著肩膀說，已經兩點多了，我還要去波道夫百貨公司拿衣服，做頭髮，然後回公寓換衣服，好趕得及和丹尼斯在餐廳碰面。

——噢，哇啦哇啦哇啦，毛毛說。

莎拉張口想要辯駁，但毛毛拿起貓熊，在姐姐面前扭來扭去。

——噢，哇啦哇啦哇啦，他假裝是貓熊在說話。

——好啦，莎拉大笑，為了紀念往日時光，我們去廣場飯店喝茶。

星期五下午一點半，我站在毛毛姐姐家餐廳的櫥櫃前，欣賞她那排列有序的磁器。就像華特森家一樣，她有成套足以傳家的磁器，說不定早已傳過好幾代了。但這裡沒有危危顫顫疊得高高的咖啡杯，也沒積上厚厚一層灰。莎拉姐姐的磁器整整齊齊垂直疊起，而且每一個盤子表面都有一小圈毛氈，保護表面不被上面的盤子磨擦受損。磁器下方的那層架子，有個黑色的長盒，裝著同樣整齊擺放的家傳銀器。

鎖上櫥櫃下方的櫃子之後，我把鑰匙擺回我原先發現的地方：在中間那層架子正中央的蓋碗裡。這家的女主人顯然很有對稱概念，雖然容易破解，但還是值得讚揚。

從餐廳穿過走道，我覺得很滿意，因為已經參觀完一樓的每一個房間了，於是我走向後梯。

⋯⋯　⋯⋯

今天吃早餐的時候，莎拉說她和丹尼斯整個週末都會待在市區的公寓，因為他們兩天晚上都有晚餐邀約。她又說自己必須中午前就出發，因為還有幾件事要辦，毛毛就說要陪她去。她看著我。

——這樣可以嗎？她問，如果毛毛陪我進城幾個鐘頭？

——我不覺得有什麼不可以。

所以就這樣決定了。毛毛和莎拉開車進城，我稍後開凱迪拉克去接毛毛，然後一起去「馬戲團」。我問毛毛要在哪裡碰面時，他當然是建議在聯合廣場的亞伯拉罕．林肯雕像前。十一點多，他們開出車道，前往市區，留我一個人看家。

一開始，我走進客廳。先給自己倒了杯威士忌，然後放了張法蘭克．辛納屈的唱片，抬起腳。這張唱片我以前沒聽過，但這藍眼睛的老傢伙表現很好，在管弦樂伴奏下唱了許多輕鬆的情歌，包括〈你讓我快樂〉、〈他們無法剝奪的回憶〉。

唱片封面上，一對情侶在散步，而辛納屈自己一個靠在路燈柱旁。他身穿深灰色西裝，頭上歪戴一頂軟呢帽，香菸鬆鬆地夾在兩根手指之間，看起來像隨時會掉下來。光是看唱片封面這張照片，就會讓你想抽菸，想戴帽子，想孤獨寂寞地倚著路燈柱。

有那麼一會兒，我思索這張唱片是不是毛毛姐夫買的。但只想了一會兒。因為，這當然是莎拉的唱片。

給唱片放第二次，我又倒了杯威士忌，在走廊上漫步。據毛毛說，他姐夫是華爾街那種少年得志的人，雖然從他的書房一點都看不出來。這裡沒有股票行情收錄器，或其他用來告訴他們該買進或賣出什麼的新工具。沒有帳簿、計算器或計算尺。只有豐富的運動生活紀錄。

書桌對面的架子上——丹尼斯一眼就看得到的地方——是隻擱在托架上的魚標本，嘴巴永遠轉向魚鉤。魚上方的架子擺的是張最近的照片，四個男人剛打完高爾夫球。還好是張彩色照片，所以你可以仔細看看那些你一輩子也不會穿的衣服。我掃視這幾個高爾夫球手的臉，挑出格外自鳴得意的一個，斷定這就是丹尼斯。架子左邊的牆面有兩根凸出的J形勾，但上面什麼東西也沒擺。掛勾上方，是另一張照片，大學棒球隊的團體照，球員面前的草地上有個六十公分高的獎盃。

這裡沒有毛毛姐姐的照片。牆上沒有，架上沒有，這位青年才俊的書桌上也沒有。

在廚房洗乾淨我的威士忌杯之後，我找到了或可稱之為「食品儲藏室」的地方。但這不像聖尼古拉斯的食品儲藏室，從地板到天花板堆滿一袋袋麵粉和一罐罐番茄。這裡只有一個配上銅檯面的小小銅水槽，還有各種花瓶，你想像得到的顏色與形狀都有，讓莎拉可以完美展示丹尼斯從未送過她的每一束花。往好處想，丹尼斯沒忘記在食品儲藏室裡擺設特別訂製的櫃子，儲存他的幾百瓶葡萄酒。

我從廚房走到餐廳，欣賞磁器與銀器，就如我前面所描述的。我在客廳停了一下，再次打開威士忌瓶蓋，關掉唱機，然後上樓。

跳過毛毛和我睡的那個房間，我探頭進另一間客房，接著是一間看似縫紉室的房間，然後到正在粉刷的臥房。

這個房間正中央是一張床，有人掀開蓋在上面的防水布，讓堆在床上的箱子曝露在危險的淡藍色油漆裡。這看來不像毛毛姐姐會做的事，所以我把防水布蓋回去。就在這時，我發現靠在床架旁邊的是一支路易斯維爾球棒[38]。

這一定是原本擺在丹尼斯書房J形勾上的東西，我對自己說。他很可能在十五年前擊出全壘打，所以把這支球棒掛在牆上，每回抬頭看他的魚的時候，就可以回味這個戰績。但為了某個奇怪的理由，有人把球棒拿到這裡來。

我拿起球棒，在手裡掂掂重量，不敢置信地搖搖頭。我之前怎麼沒想到這個呢？

從形狀和本質來看，一支路易斯維爾球棒和我們祖先在幾世紀之前用來制伏山貓和狼的木棍沒什麼不同。然而，這支球棒光滑精緻，時尚摩登得像輛瑪莎拉蒂。棒身握把部分逐漸變細，讓力量得以平均分布……棒尾的唇形底部卡住掌根，讓揮擊力量可以發揮到最大，而不至於讓球棒滑出手裡……雕刻、打磨、磨亮過程付出的心力，和製作小提琴與船隻並無二致，路易斯維爾球棒是兼具功能與美的產物。

事實上，想想看喬·狄馬喬把球棒棒身貼在肩上，身體突然動起來，迎接時速一百四十五公里朝他飛來的球，然後用自信的咣一聲，把球擊向反方向，我敢說你怎麼也想不出比這更好的工具來執行

38 Louisville Slugger，為美國職棒大聯盟認證的知名品牌球棒。

以後的工作了。

是啊，我心裡想，你可以忘了你的板材，忘了你的平底煎鍋，或是威士忌瓶。要實現正義，你只需要一根上好的美國老球棒。

我吹著口哨穿過走廊，用球棒頂端推開主臥室的門。

這是間光線充足的漂亮房間，不只有床，還有張躺椅，一張附腳凳的高背椅，和兩個分屬男女主人、配成套的抽屜櫃。此外還有兩個分屬他們倆的衣櫃。左邊的衣櫃裡是一整排的洋裝。大部分都和它們的主人一樣明亮優雅，但塞在角落裡有少少幾件我不好意思看、她肯定也不好意思穿的衣服。

第二個衣櫃有層架，擺著摺得整整齊齊的牛津襯衫，吊桿上掛著許多三件式西裝，按色調排列，從淺褐到灰到藍，再到黑。西裝上方的架子則是一排軟帽，也按同樣的色調邏輯排列。

人要衣裝，俗話這麼說。但你只要看看這一整排軟帽，你就會知道這句話是一派胡言。集合各形各色的人——從有權有勢的到一無是處的——摘下他們的軟帽，丟成一堆，你花上一輩子的時間也搞不清楚哪一頂是哪一個人的。因為是衣要人穿，而不是人要衣裝。我的意思是，你應該寧可戴法蘭克·辛納屈戴過的舊帽子，而不是喬·富萊蒂警探的帽子吧？我想應該是這樣的。

我算算，丹尼斯有大約十頂軟帽，二十五套西裝，和四十件可以互作搭配的襯衫。我懶得算這樣總共可以組合出多少種變化。隨便看看就知道，就算其中一件不見了，也沒有人會注意。

埃米特

星期五下午一點半，埃米特走近一二六街上的一幢褐石建築。

——又來了，一名靠在門階頂端欄杆上的淺膚色黑人男孩說。

這淺膚色的男孩一開口，坐在門階最低一階的大個頭就抬頭看埃米特，臉上露出歡迎的驚喜表情。

——你也是來挨揍的？他問。

他搖搖頭，咧嘴無聲地笑，這時房子大門打開，唐豪斯走出來。

——哎，哎，他微笑說。這不是埃米特．華特森嗎？

——嗨，唐豪斯。

唐豪斯停下來瞪了那稍微擋住路的淺膚色男孩一眼，男孩很不情願地讓開，唐豪斯走下門階，握住埃米特的手。

——很高興見到你。

——我也很高興見到你。

——我猜他們讓你提早幾個月出來。

——因為我爸爸的事。

唐豪斯點頭，露出同情的表情。

淺膚色的男孩一臉不以為然地看著他倆的互動。

——這又是誰？他問。

——朋友，唐豪斯連頭都沒回地說。

——薩林納肯定是個朋友很多的地方。

這一次唐豪斯回頭看他。

——閉嘴，莫里斯。

莫里斯瞪著唐豪斯一會兒，然後沉著臉轉頭看馬路，笑呵呵的大個子搖搖頭。

——來吧，唐豪斯對埃米特說，我們散散步。

兩人一起走上馬路，唐豪斯什麼話都沒說。埃米特感覺得出來，他想離其他人遠一點再說。所以埃米特也沉默不語，一直走到路口。

——你看到我好像一點都不意外。

——我是不意外。公爵夫人昨天來過。

埃米特點頭。

——我聽說他來哈林區，就知道他一定是來找你。他想幹嘛？

——他要我揍他。

埃米特停下腳步，轉頭看唐豪斯，所以唐豪斯也停下腳步，轉頭看他。他們就這樣看著彼此，沉默了好一晌——兩個膚色、出身不同的年輕人，心性卻很相似。

——他希望你揍他？

唐豪斯壓低嗓音，彷彿託付祕密，雖然附近沒人聽得見他說什麼。

——他要我揍他，埃米特。他腦袋裡不知道怎麼想的，覺得他欠我——因為我挨了艾克力一頓鞭子——所以只要我揍他幾拳，我們就扯平了。

——那你怎麼做？

——我揍了他。

埃米特有點詫異地看著他的這位朋友。

——他讓我別無選擇。他說他大老遠到上城來，就是為了擺平這一切，而且說得很清楚，要是沒擺平，他就不走。我揍了他一拳，他堅持要我再揍他。再兩拳。他臉上挨了三拳，卻連拳頭都沒舉起來，就在我們一分鐘前站的那個門階前，當著那些男孩的面。

埃米特視線轉離唐豪斯，思索著。他當然沒忘記自己五天前也挨了一頓揍，好償還他自己的債。埃米特並不迷信，他不喜歡四葉幸運草，也不怕黑貓。但想到公爵夫人當著眾人的面挨了三拳，讓他有種不祥的預感。但這並沒有改變情況，該做的還是得做。

埃米特又看著唐豪斯。

——他有沒有說他住在哪裡？

——沒有。

——他有沒有說他要去哪裡？

唐豪斯沉吟一下，搖搖頭。

——他沒說。但聽我說，埃米特，如果你要找公爵夫人，那麼應該要知道，你不是唯一一個在找他的人。

——什麼意思？

——昨天晚上有兩個警察來過。

——因為他和毛毛逃獄？

——也許，他們沒說。但他們比較有興趣的是公爵夫人，而不是毛毛。我有預感，他們並不只是在追查兩個逃獄的小孩。

——謝謝你告訴我。

——沒問題。但你走之前，我要帶你去看個東西。

唐豪斯帶埃米特走過八條街，到看起來比較像西班牙而不是黑人社區的一條街。這裡有家西班牙雜貨店，還有兩個人在人行道上玩骨牌，收音機裡播放拉丁舞曲。走到街底，唐豪斯停下來，對街是家汽車修理廠。

埃米特轉頭看他。

——這就是**那家**汽車修理廠？

——是的。

這家修理廠的老闆叫岡薩雷茲，戰後帶著妻子和兩個兒子——是對雙胞胎，街坊鄰居都叫他們帕可和皮可——從南加州移居紐約。兩個兒子十四歲的時候，岡薩雷茲讓他們放學之後在修車廠幫忙，清理工具、掃地、倒垃圾什麼的，讓他們瞭解要怎麼腳踏實地掙每一塊錢。帕可和皮可確實瞭解。十七歲的時候，他們負責在週末關店門，於是就開始做起他們自己的小生意。

修車廠裡大部分的車子都是因為保險桿鬆脫或車門有凹洞而送修，除了這些小問題之外，大多運作無礙。所以每逢星期六晚上，這對兄弟就以每小時幾塊錢的代價，把廠裡的車子租給街坊的男生。唐豪斯十六歲的時候，他約了名叫克萊絲的女生出去。這女生是十一年級最漂亮的女生。她答應之後，唐豪斯就向哥哥借了五塊錢，去找雙胞胎租車。

他的計畫是帶上野餐，載克萊絲到格蘭特將軍墓園，把車停在榆樹下，欣賞哈德遜河風光。但運氣就是這樣說不準，那天晚上雙胞胎兄弟能出租的就只有一輛鍍鉻的別克雲雀敞篷車。這車太漂亮，讓克萊絲這樣的美女坐前座，開到河邊去看拖船開來開去，簡直是犯罪行為。所以唐豪斯改變計畫，打開頂篷，轉開收音機，載著約會對象到第一二五街兜風。

——你們應該看看我們那天的模樣，唐豪斯有次在薩林納說。那時已經熄燈，所有的人都躺在床上。我穿著復活節星期天穿的西裝，藍得和車子的顏色幾乎一樣；而她穿了一身鮮黃洋裝，後背挖空，露出大半的背部。那輛雲雀可以在四十秒之內從時速零加速到一百，但我只開時速三十公里，這樣才能和我們認識的、不認識的人揮手打招呼。我們開過第一二五街，穿過站在泰麗莎飯店、阿波羅劇院和秀場爵士酒吧前面那些打扮入時的人中間，開到百老匯街之後，就迴轉再往回開。每一次我們一迴轉，克萊絲就往我這邊滑近一些，後來已經貼在我身上沒有空間再滑動了。

最後是克萊絲建議兩人到格蘭特墓園，停在榆樹下。也就是在那裡，在樹影暗處，兩名巡警的手電筒照亮了車子。

原來阿波羅劇院門口那些衣著入時的人裡面，有一位就是這輛雲雀的車主。唐豪斯和克萊絲一路揮手，所以警察沒花多少時間，就在公園裡找到他們。把這對纏綿的情侶拉開之後，一名警察開雲雀送克萊絲回家，另一名警員把唐豪斯塞進黑白相間的警車後座，載到警察局。

唐豪斯未成年，而且沒有前科，如果供出那對雙胞胎，頂多被嚴厲告誡一番就會釋放。但唐豪斯不是告密的人。警察問他是怎麼開著那輛不屬於他的車時，唐豪斯說他溜進岡薩雷茲先生辦公室，從掛勾上拿下鑰匙，趁沒人注意，開出修車廠。所以唐豪斯沒被嚴厲警告，而是被關進薩林納十二個月。

——來吧，他說。

兩人穿過馬路，經過岡薩雷茲先生正在講電話的辦公室，進到修車區。第一個修車格停著輛車屁股凹進去的雪佛蘭，第二格是引擎蓋翻起的別克路霸，兩輛車看來彷彿是在同一場車禍頭尾相撞似的。在看不見的某處，收音機裡播著舞曲。在埃米特聽來，和玩骨牌的那幾個人聽的好像是同一首曲子，但他知道很可能不是。

——帕可！皮可！唐豪斯在音樂聲中扯開嗓子喊。

兄弟倆從雪佛蘭後面冒出來，身上是骯髒的連身工作服，拿抹布擦手。

如果說帕可和皮可是雙胞胎，你一眼很可能看不出來。因為帕可高高瘦瘦，蓬頭亂髮，而皮可身材結實，頭髮剪得短短的。只有他們咧開一嘴潔白牙齒笑的時候，你才看得出來家族相貌的相似。

——這是我跟你們提過的那位朋友，唐豪斯說。

兩兄弟轉頭看埃米特，弟弟對他咧嘴笑，露出滿口牙齒。帕可頭朝修車廠最裡面點了一下。

——在那邊。

埃米特和唐豪斯跟著兩兄弟經過別克路霸，走向最後一個修車格，那裡有輛罩著防水布的車。兩兄弟合力掀開罩布，露出粉藍色的斯圖貝克。

——這是我的車，埃米特很意外地說。

——正是，唐豪斯說。

——怎麼會在這裡？

——公爵夫人留下的。

——車子沒問題吧？

——沒什麼問題，帕可說。

埃米特搖搖頭。他搞不清楚公爵夫人為什麼，或在什麼時候、什麼地方決定要這麼做。但既然車子已經回到他手上，而且沒什麼問題，他也就不必搞懂公爵夫人的選擇。

埃米特迅速繞車子一圈，很高興發現車子的凹痕並沒有比他買進的時候多。但打開後行李廂，背包已經不見了。更重要的是，他掀開蓋住備胎的氈毯時，發現信封也不在了。

——都還好吧？唐豪斯問。

——還好，埃米特說，輕輕闔上後行李廂。

埃米特走到車子前面，透過駕駛座的車窗往裡看，然後轉頭面對帕可。

——鑰匙在你那裡嗎？

但帕可轉頭看唐豪斯。

——鑰匙在我們這裡，唐豪斯說，但有件事你應該先知道。

唐豪斯還沒來得及解釋，修車廠另一頭就響起忿怒的咆哮。

——這是在搞什麼啊！

埃米特以為是岡薩雷茲先生，為兒子沒認真工作而生氣，但一轉頭，卻看見那個名叫莫里斯的男孩朝他們走來。

——這是在搞什麼啊，莫里斯又說一遍，但這次講得比較慢，一個字一個字用力講。

唐豪斯對埃米特說這是他表弟，然後就等莫里斯走過來才回答。

——什麼在搞什麼，莫里斯？

——歐提斯說你要交出鑰匙，我本來還不相信。

——這個嘛，你現在可以相信了。

——可是這是**我的**車。

——這車和你沒關係。

莫里斯不敢置信地看著唐豪斯。

——那個瘋子給我鑰匙的時候，你也在場。

——莫里斯，唐豪斯說，你這一整個星期都在挑戰我的底線，我已經受夠了。你管好你自己的事情就好，否則我就要來好好管管你了。

莫里斯咬緊牙關，瞪了唐豪斯好一會兒，才轉身闊步離開。

唐豪斯搖搖頭，彷彿對表弟不屑一顧似的，臉上浮現了努力思索的神情，拚命回想剛才被無謂打斷之前正要談的是什麼重要問題。

——你正要告訴他車子的事，帕可馬上說。

唐豪斯點點頭，想起來了，轉頭對埃米特說：

——我昨天晚上告訴警察說我沒見到公爵夫人，他們應該是不相信。因為今天早上他們又回來了，在整條街上到處問。問有沒有看見兩個白人男孩在我家門階外面晃，或開車在附近轉——開一輛淺藍色的斯圖貝克……

埃米特閉上眼睛。

——沒錯，唐豪斯說，不管公爵夫人惹上什麼麻煩，看來都是開你的車子去幹的。所以如果牽扯到你的車子，警察遲早會認為你也脫不了干係。這也是我把車藏在這裡，而不停在路上的原因之一。另一個原因是，如果要說噴漆呢，岡薩雷茲兄弟可以說是藝術家了。對不對啊，兄弟？

——我們是畢卡索啊，皮可第一次開口。

——等我們重新弄好之後，帕可說，肯定連它媽媽都不認得它。

兩兄弟哈哈大笑，但看埃米特和唐豪斯都沒笑，就停了下來。

——需要多久時間？埃米特問。

兄弟倆互看一眼，然後帕可聳聳肩。

——如果我們明天開始，順利的話，應該可以在……星期一早上完工？

——Sí（是），帕可點頭同意，El lunes（星期一）。

又要耽擱時間了，埃米特想。但信封既然不見了，他在找到公爵夫人之前，反正也無法離開紐約。而且唐豪斯對車子的說法是對的。如果警方積極追查淺藍色的斯圖貝克，他當然不該開輛藍色的斯圖貝克。

——那就星期一早上，埃米特說，謝謝你們兩位。

走出修車廠，唐豪斯提議陪埃米特走到地鐵站，但埃米特還有想知道的事。

——我們站在你家外面的時候，我問你公爵夫人去了哪裡，你欲言又止——彷彿知道，卻又不想承認你知道。如果公爵夫人說過他要去哪裡，我需要你告訴我。

唐豪斯呼口氣。

——聽我說，他說，我知道你喜歡公爵夫人，埃米特，我也是。他雖然行事風格瘋狂，但是個忠心的朋友，滿嘴屁話，卻有趣得不得了，是我見過最厲害的一個。只是，他也是天生周邊視野有缺陷的那種人。他可以看見眼睛正前方的東西，而且看得比誰都清楚。但那東西只要往左或往右幾公分，他就完全看不見了。這會惹來各式各樣的麻煩，給他自己，也給離他很近的每一個人。所以我要說的是，埃米特，你既然找到車子，也許就別再管公爵夫人了。

——如果可以不管公爵夫人，我再高興不過了，埃米特說，但事情沒這麼簡單。四天前，就在比利和我準備開車前往加州的時候，他帶毛毛開走斯圖貝克，這已經夠麻煩的了。但是我爸過世前，在信封裡放進三千元，擺在車子的後行李廂。公爵夫人開走車子的時候，信封還在，現在不見了。

——該死，唐豪斯說。

埃米特點點頭。

——別誤會我的意思，我很高興找到車子，但我需要那筆錢。

——好吧，唐豪斯說，讓步點頭。我不知道公爵夫人住在哪裡，但他昨天離開前，想說服我和他與毛毛去「馬戲團」。

——馬戲團？

——沒錯。在雷德胡克。在河邊的康諾佛街。公爵夫人說他和毛毛會去看今天晚上六點的演出。

兩人從修車廠走向地鐵站。唐豪斯帶他繞遠路，好把一個個地標指給他看。不只是哈林區的地標，還有他們以前在聊天中提過的地點。他們以前並肩在田裡工作，或夜裡躺在床上時聊起過的地方。例如位於萊諾克斯大道那幢他爺爺在屋頂養鴿子的公寓大樓，大人允許他和哥哥在很熱的夏天夜晚睡在那個屋頂上。還有唐豪斯曾經是明星游擊手的那所中學，在第一二五街上，埃米特瞥見這條街的活力蓬勃，這也是唐豪斯和克萊絲在那個倒楣的夏夜開車來回兜風的那條街。

離開內布拉斯加，埃米特並不怎麼懊悔。他不懊悔拋下家，拋下他們的財產。他不懊悔拋下父親的夢想與父親的墳墓。在林肯公路上才開了幾公里，他就享受到自己與家鄉越來越遠的感覺，即便是開往和目的地相反的方向。

但此時漫步哈林區，唐豪斯指著年少時期的一個個地點給他看，埃米特真希望他也能帶他的朋友回摩根，就算只有一天也好，讓他可以指出他人生裡的一個個地標，他過去提到的種種故事發生的地點。例如他辛苦組裝、現在還掛在比利床上的飛機；位在梅迪遜的那幢兩層樓房子，也就是他協助舒爾特先生蓋的第一棟房；還有那片寬廣無情的大地，或許擊潰了他父親，但在他眼中依舊美麗無比。而且，是的，他也要帶唐豪斯去看市集廣場，就像唐豪斯毫不羞愧、毫不遲疑地帶埃米特去看那條引他走上不歸路的街道一樣。

走到地鐵站，唐豪斯陪埃米特進去，一直走到收票閘口。分開之前，他好像突然想起似的，問今天晚上需不需要陪埃米特去找公爵夫人。

——沒問題的，埃米特回答說，我想他不會找我麻煩的。

——嗯，他是不會，唐豪斯說，至少不會故意找麻煩。

片刻之後，唐豪斯搖頭微笑。

——公爵夫人腦袋裡有很多瘋狂的點子沒錯，但他有件事說對了。

——什麼事？埃米特問。

——我揍了他之後，確實感覺好多了。

莎莉

十次裡有五次，妳需要男人幫忙的時候，他卻跑得不見人影。他出門去看這個那個，都是明天看和今天看不會有什麼差別的東西，而且都恰恰在耳朵聽得到妳叫他的範圍之外五步。但是妳一旦需要他們不在場的時候，他們卻打死也不出門。

就像我爸此時此刻一樣。

此時是星期五下午十二點半，他像外科醫生那樣細心切他的烤雞排，彷彿他的病人生死就繫於他的刀下。等他終於吃完，喝完兩杯咖啡之後，又極其罕見地要求喝第三杯。

——那你得等我再煮一壺，我警告他。

——我有的是時間，他回答說。

所以我把咖啡渣倒進垃圾桶，重新裝咖啡粉，放在爐子上，等咖啡煮好，心裡想著，在這個騷動不安的世界，有這麼多時間任你打發，還真好呢。

⋯⋯ ⋯⋯

自我有記憶以來，我爸每個星期五都到鎮上辦事。一吃完午飯，他就爬上他的小貨車，表情堅定地開往五金行、飼料行和藥房。然後在七點鐘左右——剛好趕得及晚餐——他的車會開進車道，帶回一條牙膏、三十六公升的燕麥和一把新的老虎鉗。

你或許要問，這人把二十分鐘的採買變成一趟五個鐘頭的小旅行，究竟是怎麼回事？這個嘛，答案很簡單：聊天。當然，他在五金行和伍特爾先生聊天，在飼料行和霍丘先生聊天，在藥房和丹吉爾先生聊天。但他聊天的對象不限於這幾位店家老闆。星期五下午，每家店裡都有很多經驗老到的採買人，閒聊預測天氣、收成和全國性選舉。

依我估算，在每家店大概要耗上一個鐘頭，但這樣也只有三個鐘頭，顯然還不夠。因為這群老人家在預測完這天所聊的一切未知之後，就會移駕邁可卡夫提小酒館，配著一瓶瓶啤酒，再聊上兩個鐘頭。

我爸是個習慣的動物，就如我說的，從我有記憶以來，他一直都是這麼做的。但大約六個月前突然變了，我爸吃完午飯，推開椅子，並沒有馬上衝出門上車，而是上樓換件乾淨的白襯衫。

我不必花什麼功夫就明白，有個女人走進了我爸的日常行程裡。特別是她愛灑香水，而我又是幫我爸洗衣服的人。但疑問仍在：這女人是誰？他究竟是在哪裡認識她的？

她不是教會的信眾，我非常確定。因為星期天早上我們結束禮拜，魚貫走到教堂前面那片小草坪的時候，並沒有任何女人——無論已婚或未婚——別有用意地對他招手，或給他尷尬的一瞥。不是飼料店的伊瑟，因為她那人哪，就算天上掉下一瓶香水，砸到她的頭，她也不認得那是什麼東西。我本來認為可能是那些偶爾會在邁可卡夫提小酒館出現的女人，但從我爸開始換白襯衫起，就不再帶著啤酒味回家。

嗯，如果他不是在教堂、店鋪或酒館認識她的，我就完全摸不著頭緒了。所以我別無選擇，只能跟蹤他。

三月的第一個星期五，我煮了鍋辣肉醬，這樣我就不必擔心還得煮晚飯。伺候我爸吃完午飯後，我眼角瞥見他穿著乾淨的白襯衫出門，爬上小貨車，開出車道。他開上路八百公尺之後，我從櫃子上抓起寬邊帽，跳上貝蒂，也開車出門。

和以往一樣，他的第一站是五金行，買了些東西，和志同道合的傢伙混了一個鐘頭才離開。接著到飼料行，然後去藥房，都各買了些東西，又多聊了會兒天。每家店都有幾個女人來買她們需要的東西，但就算他和她們講過話，我也都沒發現。

但到了五點鐘，他走出藥房，爬上他的小貨車，並沒沿著傑佛遜街開向邁可卡夫提小酒館，而是經過圖書館，在柏樹街右轉，然後在亞當斯街左轉，停在一幢有藍色窗板的小白屋對面。等了幾分鐘之後，他才下車，過街，敲敲紗門。

他只等了不到一分鐘，就有人來應門。站在門口的是愛莉絲．湯普生。

就我的印象，艾莉絲頂多二十八歲。她在學校比我姐高三屆，而且是衛理公會教友，所以我當然和她不熟。不過我和其他人一樣都知道：她畢業於堪薩斯州立大學，嫁給一個托皮卡的人，但那人死在韓國。艾莉絲喪夫，膝下無子女，一九五三年秋天回到摩根，在儲貸銀行找到出納的工作。

事情肯定是因銀行而起。銀行不是我爸每週五固定要去的地方，但他隔週的星期四必須到銀行，領錢付打工男孩的薪水。某個星期他必定剛好走到她的窗口，被她那哀傷的神情給吸引。我想像他再隔週到了銀行，仔細挑選該排哪一行，才能到艾莉絲服務的窗口，而不是埃德．佛勒的。然後趁她數鈔票的時候，想辦法和她聊上幾句。

我坐在車上瞪著那棟房子，你可能以為我會不安、生氣或義憤填膺，氣他忘了我媽，和年紀只有他一半的女人搞戀情。你愛怎麼想就怎麼想吧，這反正也不花你力氣，對我來說更沒損失。但那天晚上，我們吃完辣肉醬，清理完廚房，關燈之後，我跪在床鋪旁邊，雙手合掌，開始禱告。**親愛的上帝**，我說，**請賜我父親以高貴的智慧，慷慨的胸懷，以及勇氣，讓他敢於請求這個女人和他踏入神聖的婚姻，讓她為他煮飯洗衣**。

接下來四個星期，我每天都唸同樣的禱詞。

然後在四月的第一個星期五，我爸沒準時七點回來吃晚飯。直到我清理完廚房，爬上床，他都沒回來。我聽見他車子開進車道的時候，已經接近午夜。我撥開窗簾往外看，看見他的車子停了四十五度角，打開車門的時候，車燈還沒關。我聽見他走過我替他留的晚飯，腳步踉蹌上樓。

他們說上帝會回應所有人的祈禱，只是有時候祂的答案是否定的。我猜祂給我的答案也是否定的。因為隔天早上，我從洗衣籃拿出他的襯衫時，上面飄散的是威士忌味，而不是香水味。

⁂

終於，一點四十五分，我爸喝完了他的咖啡，推開椅子。

——呃，我想我最好快出門，他說，而我也沒反駁。

他一爬上他的小貨車，開出車道，我看看時鐘，發現我至少還有四十五分鐘。所以我洗碗，整理廚房，擺好桌上的餐具。這時已經兩點二十分了。我解下圍裙，抹抹額頭，坐在樓梯最低的一層梯板，這個位置在下午總是有可喜的微風吹來。而且在這裡，我可以清清楚楚聽見爸爸書房電話的鈴聲。

接下來的半個鐘頭，我就在這裡。

我站起來，抹平裙子，回到廚房。我手叉腰，環顧室內。乾乾淨淨，幾乎一塵不染：椅子推進餐桌下，流理台擦乾淨了，盤子整整齊齊擺在櫃子裡。所以我動手做雞肉派。做好之後，我又清理廚房。然後，儘管今天不是星期六，但我還是從櫃子裡拿出吸塵器，把客廳的地毯吸乾淨。正要帶吸塵器上樓清理臥房的時候，我突然想到，吸塵器發出的噪音很可能會讓我聽不見樓下的電話鈴聲。所以我把吸塵器收回櫃子裡。

我站在那裡瞪著窩在櫃子地板上的吸塵器，心裡想，究竟是它為我服務呢，還是我為它服務。我砰一聲關上櫃門，走進我爸書房，坐在他的椅子上，拿起他的電話簿，查柯摩爾神父的電話號碼。

埃米特

從卡爾洛街車站出來的時候，埃米特就知道帶弟弟來是大錯特錯。

直覺告訴他說不該這麼做。唐豪斯不記得馬戲團的確切地點，所以他們很可能要走一大段路才找得到。而且埃米特一進到馬戲團，就得開始找公爵夫人。而他一找到公爵夫人，公爵夫人有可能——不管可能性有多低——在把信封交出來之前，惹出莫名其妙的麻煩。因為這種種狀況，把比利留給尤里西斯照顧是比較明智的作法。但你要怎麼告訴一輩子都想去看馬戲團的八歲孩子說，你不打算帶他去呢？所以五點鐘，他們一起從鐵軌爬下鐵梯，走向地鐵站。

本來埃米特覺得有點慶幸，因為他前一天已經到過布魯克林一次——雖然是因為搭錯車——所以他知道要到哪一站，知道哪一個是正確的月台，正確的列車。但他前一天從往布魯克林的列車換到往曼哈頓的列車時，並沒有出站，所以他們從卡爾洛街站出來的時候，埃米特才發現布魯克林的這個區域有多荒涼。而他們穿過戈瓦納斯往雷德胡克去時，情況似乎更糟。周遭都是綿長沒有窗戶的倉庫，只偶爾間雜一家小旅館或酒吧。這裡看起來不像有馬戲團，除非他們是把帳篷搭在碼頭上。但眼前已經看到河了，卻還是沒有帳篷的影跡，沒有旗幟，沒有頂篷。

埃米特正要轉身離去，比利指著對街一棟無趣單調的房子，窗裡有微微的亮光。

結果竟然是個售票亭，有個七十幾歲的老先生坐在裡面。

——這是馬戲團？埃米特問。

——第一場表演已經開始了，老頭說，但一個人還是兩塊錢。

埃米特付錢之後，老頭把票推過櫃台，那冷漠的神態，好像他一輩子都在把票推過櫃台。

埃米特發現大廳比較符合他的期待，鬆了一口氣。地板鋪了黑色和紅色的地毯，牆面畫上特技演員、大象和張開大口的獅子。也有一個特許的攤子賣爆米花和啤酒，大黑板架上宣傳特別節目：**不可思議的蘇特姐妹，來自德州聖安東尼奧！**

埃米特把票交給穿藍色制服的女服務員，問可以坐哪裡。

——你們想坐哪裡都可以。

她對比利眨眨眼，拉開門，祝他們看得愉快。

裡面像個室內馬術競技場。骯髒的地板周圍一圈橢圓形護牆，前面有二十排階梯座位。埃米特估計，場內只有四分之一滿，但因為燈光打在橢圓形場地上，所以座位上觀眾的臉不容易看清楚。

兄弟倆在一條長椅坐下，燈光變暗，聚光燈打在主持人身上。這主持人秉承傳統，穿得像馴獸師，黑色馬靴、鮮紅外套和高帽。只是這人一開口，埃米特才發現她是女的，只不過戴了假鬍子。

——接下來這位，她透過紅色麥克風說，剛從東方回來，她為暹邏國王獻舞，印度大君也為她心醉神迷，「馬戲團」很榮幸向各位介紹獨一無二的黛麗拉！

主持人手一伸，聚光燈掃過橢圓形護牆，照在護牆的大門上。門裡出現一個高大的女人，身穿芭蕾舞裙，騎著小孩的三輪車。

觀眾爆出大笑，還有淫穢的喝采聲。這時，兩隻頭戴老式警察鋼盔的海豹出場，開始叫。黛麗拉瘋狂踩著腳踏車，兩隻海豹在後面追，觀眾鼓譟。海豹成功把黛麗拉趕回門裡之後，轉身對著觀眾點頭，拍手，表達感謝之意。

接下來，兩名牛仔女郎騎馬進場，一名身穿白皮衣戴白帽，騎在白馬上，另一名則是全身黑。

——不可思議的蘇特姐妹，主持人透過麥克風說。兩匹馬小跑步繞著場地，兩名女郎對歡呼的觀眾揮手。繞場一周之後，姐妹倆開始一系列驚人的表演。馬匹高速奔馳，兩人以無比協調的默契，互換座騎。接著，馬跑得更快，穿黑衣的蘇特女郎迅速跳到白衣女郎的馬背上，然後又跳回來。

比利指著場地，用不可置信的表情抬頭看哥哥。

——你看見了嗎？

——我看見了，埃米特微笑說。

但比利回頭看表演的時候，埃米特卻轉頭看觀眾。因為這對姐妹的表演，所以場內的燈光調亮了，讓埃米特比較容易看見觀眾的面容。看完一圈毫無所獲之後，埃米特從自己的左手邊開始，更有系統地繞著橢圓形的場地細看，一排接一排，一個走道接一個走道。埃米特還是沒找到公爵夫人，但有點詫異地發現，絕大部分的觀眾都是男性。

——看！比利大叫，指著那對姐妹。她們現在並肩站在自己騎乘的馬背上。

——嗯，埃米特說，她們是很厲害。

——不是，比利說，不是騎馬的人。那邊，在觀眾席上，是毛毛。

埃米特循著比利手指的方向，越過表演場地，看見在第八排，毛毛一個人坐在那裡。埃米特一直集中焦點找公爵夫人，沒想到要找毛毛。

——幹得好，比利。來吧。

埃米特和比利沿著寬闊的中央走道，繞過表演場地，到毛毛坐的地方。他腿上擱著一袋爆米花，面露微笑。

——毛毛！比利跑過最後幾級台階，高聲大叫。

聽見有人喊他的名字，毛毛抬起頭來。

——Mirabile dictu（說也奇怪）！埃米特和比利不知從哪裡冒出來。太巧了！真是意外驚喜！坐下吧，快坐下來。

雖然椅子還有很大的空間可以讓他們兩兄弟坐，但毛毛還是往旁邊挪了挪，空出更大的位置。

——這表演很精彩吧？比利拿下背包說。

——是啊，毛毛同意，絕對精彩。

——看！比利指著場中央，四個小丑開著四輛小車。

埃米特繞過弟弟後面，坐在毛毛右邊的空位上。

——公爵夫人呢？

——什麼？毛毛問，眼睛還是盯著那對姐妹，她們現在躍過車子，趕跑小丑。

埃米特靠近一點。

——公爵夫人在哪裡，毛毛？

毛毛抬頭，好像一點頭緒都沒有。然後他突然想了起來。

——他在客廳！他說要去客廳見幾個朋友。

——客廳在哪裡？

毛毛指著橢圓形護牆的盡頭。

——從那個台階上去，穿過藍色的門就到了。

——我去找他。你可以幫我照顧比利嗎？

——沒問題，毛毛說。

埃米特盯著毛毛看了好一會兒，強調他這個要求是很重要的。毛毛轉頭看比利。

——埃米特要去找公爵夫人，比利。所以你和我好好照顧彼此，好嗎？

——好，毛毛。

毛毛又轉頭看埃米特。

——可以了吧？

——好，埃米特微笑說，別離開這裡。

毛毛指著表演場地。

——我們幹嘛離開？

埃米特跨到毛毛座位背後，沿著中央走道一路走到橢圓護牆頂端的台階。

埃米特並不愛看馬戲團。他不愛看魔術表演，不愛馬術表演。唸中學的時候，他甚至也不愛去看美式足球賽。他單純只是不喜歡和大家坐在一起，欣賞某些自己親自去做，要比坐在那裡看別人做更有趣的事。所以爬上階梯時，聽見兩聲玩具手槍槍響與眾人的喝采，他也懶得回頭看。他打開台階頂端的藍門，又聽見兩聲槍響和更大的喝采聲，還是沒回頭。

埃米特如果回頭，就會看見蘇特姐妹帶著她們的六發子彈手槍往相反的方向奔馳，兩人交會時，互開一槍，射掉彼此頭上的帽子。兩人第二次錯身時，他會看見她們開槍把彼此的襯衫射得往後飛掉，於是露出光裸的腹部和蕾絲胸罩——一黑一白。如果他再等幾分鐘才推開藍門，那麼他就會看見蘇特姐妹拿起手槍快速連續射擊，最後兩人都在馬背上疾馳，身上光裸，就像歌黛娃夫人[39]一樣。

埃米特走進台階頂端的藍門，關上門之後，看見自己面前是一條狹長的走廊，兩邊各有六扇門，全都關著。埃米特往前走，藍門外的喧嘩喝采聲漸漸變小，他聽見有鋼琴演奏的古典音樂。是從走廊盡頭那扇門裡傳出來的——這扇門上有個大大的鐘型圖案，很像電話公司商標的那種。他手握門把，古典音樂突然慢下來，無縫接軌換成沙龍風格的散拍音樂。

埃米特打開門，面前出現一間豪華的大廳。裡面至少分成各自獨立的四個座位區，沙發與椅子都襯有厚實的深色布料。邊桌上都有綴流蘇的檯燈，牆上則是一幅幅繪有船隻的油畫。兩張相對擺放的沙發上，各躺著一名女子，一紅髮一黑髮，兩人身上都只有一襲精緻的直筒洋裝，但都抽著味道刺鼻的菸。在大廳盡頭，靠近精美雕花吧台處，有個披著絲巾的金髮女子靠在鋼琴上，隨著音樂敲手指打

39 Lady Godiva，據傳為十一世紀初英國考文垂市麥西亞伯爵的夫人，為勸服丈夫不對市民加稅，裸身騎馬繞行市區。

拍子。

但整個景象最讓埃米特意外的是：比豪華家具、油畫、衣不蔽體的女子更讓他意外的是，彈鋼琴的人是公爵夫人——他身穿筆挺白襯衫，一頂軟帽斜斜往後戴。

鋼琴旁邊那名金髮女子抬頭看是誰進來時，公爵夫人也循著她的視線望來。一看見埃米特，他的手指就滑過全部的琴鍵，重重壓下最後一個音，然後咧開大大的笑容，跳了起來。

——埃米特！

三個女人同時看公爵夫人。

——你認識他？金髮女子有著像小孩般的稚氣嗓音。

——他就是我對妳們提起的那個傢伙！

三個女人都把目光轉到埃米特身上。

——你是說北達科塔州的那個？

——內布拉斯加啦，黑髮女子糾正她。

紅髮女子懶洋洋地用菸指著埃米特，彷彿突然明白了。

——就是借你車的那個。

——就是這樣，公爵夫人說。

三個女人全都對埃米特微笑，讚賞他的大方。

公爵夫人闊步穿過大廳，拉著埃米特雙臂。

——我不敢相信你來了。今天早上毛毛和我還覺得你沒來很可惜，數著我們還有幾天才能見面。

可是，慢著！我的禮貌哪裡去了？

公爵夫人一手搭在埃米特肩上，帶他走到這幾位女子面前。

——向你介紹我這三位神仙教母。我左邊這位是海倫，歷史上引發千艦齊發的美女[40]。

——真可愛，紅髮女子對埃米特說，伸出手來。

埃米特伸手和她握手，發現她的直筒洋裝太透明，深色的乳暈在布料下清晰可見。他覺得自己臉都紅了起來，連忙轉開視線。

——鋼琴旁邊的這位是慈善，我就不必告訴你她的名字是什麼意思了。然後我右邊這位是貝娜德特。

埃米特覺得很慶幸，身上的衣服和海倫差不多的貝娜德特並沒要和他握手。

——這皮帶扣真漂亮，她微笑說。

——很高興見到各位，埃米特有點尷尬地對她們三個說。

公爵夫人轉身看他，臉上還是咧得大大的笑容。

——太棒了，他說。

——是啊，埃米特說，但沒他那麼熱情。聽我說，公爵夫人，要是我們可以說句話，私下……

——沒問題。

公爵夫人帶埃米特離開那幾個女人，但沒到兩人可以比較有隱私的走廊，而是到距離差不多四公尺半外的大廳角落。

公爵夫人仔細打量埃米特的臉。

——你很生氣，他說，我看得出來。

埃米特不知道該從何說起。

——公爵夫人，埃米特聽見自己說，我沒**借**你車。

40 海倫（Helen）即引發特洛伊戰爭的絕世美女，這場戰爭千艘戰艦齊發，戰情慘烈。

——沒錯，公爵夫人回答說，舉起雙手做出投降的姿勢。你說的一點都沒錯。說得精確一點，應該是我向你借了車子。但就像我在聖尼古拉斯對比利說的，我們只是要開到上州辦點事情。我們會在你們還沒發覺之前就回到摩根。

——不管你是開走一年或一天，你開走**我的**車這個事實都不會改變——而且車上還有我的錢。

公爵夫人看了埃米特一秒鐘，彷彿不明白他在說什麼。

——噢，你說的是塞在後行李廂的那個信封啊。這你不用擔心，埃米特。

——所以你拿走了？

——當然。但是不在我身上。畢竟這是個大城市。我放在毛毛姐姐家，和你的背包一起，放在那裡很安全。

——那我們現在就去拿。然後在路上，你順便可以告訴我警察的事。

——什麼警察？

——我見過唐豪斯，他說今天早上有警察去找他，問我的車子的事。

——我不知道他們幹嘛要這樣，公爵夫人說，看起來是真的嚇呆了。除非……

——除非什麼？

公爵夫人點點頭。

——我們來紐約的路上，毛毛趁我不注意，把車停在消防栓前面。我發現的時候，有個警察問他要駕駛執照，他當然沒有。但毛毛那個樣子，我說服了警察不開他罰單。說不定他把車子的外觀登記進系統裡了。

——太好了，埃米特說。

公爵夫人嚴肅點頭，但馬上就打響指頭。

——你知道嗎，埃米特？沒關係的。

——為什麼？

——昨天我做了筆天大的交易。或許不像用一串珠子買下曼哈頓[41]那麼了不起，但也差不多。我拿你那輛舊斯圖貝克房車，換了輛一九四一年的凱迪拉克敞篷車，完美無瑕，里程數不到一千，而且出身清白。

——我不需要你的凱迪拉克，公爵夫人，不管那車是哪裡來的。唐豪斯已經把斯圖貝克還給我了。他們會重新烤漆，我星期一去拿車。

——你知道嗎，他豎起一根手指朝天，這樣更好，我們有斯圖貝克和凱迪拉克。去了阿第倫達克之後，我們可以組成車隊一路開向加州。

——噢噢噢，慈善在大廳另一頭說，車隊！

埃米特還來不及打消他們對車隊開往加州的念頭，鋼琴後面的門就打開，走進來的是剛才在場內騎三輪車的那個女人，只是她現在身上是件很寬大的毛巾布袍子。

——喔，喔，她用刺耳的嗓音說，這位是誰啊？

——這是埃米特，公爵夫人說，我向妳提起過的那位。

她瞇起眼睛看埃米特。

——有信託基金的那位？

——不是，是我借車的那位。

——你說的沒錯，她的語氣有點失望，他長得確實像演員賈利·古柏。

——我很樂意和他關在一起，慈善說。

除了埃米特之外，每個人都笑了，但笑得最大聲的是那個大塊頭的女人。

41 據說荷蘭人在十七世紀以價值六十荷蘭盾的珠串，向原住民買下曼哈頓島。

埃米特再次覺得自己雙頰發紅，公爵夫人一手搭在他肩上。

——埃米特．華特森，我向你介紹這位，全紐約市最會提振人類精神的瑪貝爾[42]。

瑪貝爾又開始大笑。

——你比你爸還壞。

趁所有的人都沉默片刻時，埃米特拉起公爵夫人的手肘。

——很高興見到各位，他說，但公爵夫人和我得走了。

——別那麼快嘛，慈善蹙起眉頭說。

——恐怕還有人在等我們，埃米特說。

這時他手指戳進公爵夫人關節的肉裡。

——噢，公爵夫人甩開他的手，如果你趕時間，幹嘛不直說？給我一分鐘和慈善與瑪貝爾講講話，然後我們就走。

公爵夫人拍拍埃米特的背，走過去和那兩個女人講話。

——那麼，紅髮女子說，你們是要去那個花花世界囉。

——什麼？埃米特問。

——公爵夫人告訴我們說，你們要去好萊塢。

埃米特腦筋還沒轉過來，公爵夫人就走回來，拍拍手。

——好了，各位女士，今天真是太棒了。但我和埃米特該上路了。

——要是你們非走不可，瑪貝爾說，你們一定要先喝杯酒才准走。

公爵夫人看看埃米特，又看看瑪貝爾。

42 Ma Belle，即法文的「我的美人」之意。

——我想我們沒有時間，瑪兒。

——胡說，她說。每個人都有時間喝一杯。更何況，你要去加州之前，我們一定要舉杯祝你好運才行。對不對啊，各位小姐？

——沒錯，乾杯！幾位女士都說。

公爵夫人對埃米特莫可奈何聳聳肩，走向吧台，拔起躺在冰桶裡的香檳酒瓶瓶塞，倒了六杯，遞給每一個人。

——我不要喝香檳，公爵夫人走近時，埃米特悄悄對他說。

——人家向你敬酒，你不喝很沒禮貌耶，埃米特。而且也會帶來厄運。

埃米特閉上眼睛一晌，然後接下杯子。

——首先，瑪貝爾說，我要謝謝我們的朋友公爵夫人，為我們帶來這些迷人的香檳。

——沒錯，沒錯，其他女士都歡呼，公爵夫人朝各個方向鞠躬。

——失去好朋友的陪伴，總是憂喜交織，瑪貝爾繼續說，但我們感到欣慰，因為我們的損失，是好萊塢的收穫。最後，我想獻給各位幾句愛爾蘭偉大詩人威廉・巴勒特・葉慈的詩句：穿過牙齒，越過牙齦，胃，小心啊，她來了。

然後瑪貝爾一口喝乾杯裡的酒。

所有的女士都大笑，一飲而盡。埃米特別無選擇，只能照做。

——看，公爵夫人微笑說，沒那麼糟吧？

慈善離開房間，公爵夫人開始和一個個女人道別，可想而知，話說得沒完沒了。

為了不破壞氣氛，埃米特竭力保持風度，但他的耐性就快磨光了。雪上加霜的是，因為這些人、這些椅墊和流蘇，房間裡變得很熱，而那些女人的香菸甜味也讓人厭惡。

——公爵夫人，他說。

——好，好，埃米特，我只是要講幾句最後道別的話。不然你去走廊等我，我馬上就來。

埃米特放下酒杯，很樂於到走廊去等。

涼爽的空氣讓埃米特大大鬆了一口氣，但這走廊看起來卻也比之前更長，更窄。而且門好像變多了。左邊的門很多，右邊的門更多。雖然他眼睛看著正前方，但一扇扇門卻開始讓他覺得頭暈目眩，彷彿整幢房子的軸心偏移，他很可能就要跌倒，滑過整條走廊，衝進另一頭的門裡。

肯定是香檳作祟，埃米特想。

他搖搖頭，轉身回去看那間客廳，卻只看見公爵夫人坐在紅髮女子的沙發邊上，重新給自己的杯子斟酒。

——天哪，他低聲說。

埃米特開始走回客廳，作好準備，要是有必要，他要抓起公爵夫人的衣領。可是他才走兩步，瑪貝爾就出現在門口，朝他的方向而來。因為她塊頭如此之大，走廊差點就塞不下她，更不要說從埃米特身邊擠過去了。

——欸，她很不耐煩地揮揮手，讓開吧。

她繼續朝他走來，埃米特後退，發現有扇門是開的，所以退進門裡，讓她先過。

但她走到埃米特身邊，和他平行時，並沒有繼續往前走，而是伸出肉嘟嘟的手用力一推。埃米特踉蹌後退，進到房間裡，而她猛力把門關上，埃米特聽見鑰匙上鎖的聲音，絕對不會錯。埃米特往前衝，抓住門把，想要開門。但門怎麼也不開，所以他開始用力捶。

——開門！他大叫。

就在反覆大叫的時候，他回想起在某個地方，也曾有另一個女子對著他喊同樣的話。這時從埃米特背後傳來另一個女人的聲音。更溫柔，也更吸引人的聲音。

——急什麼呢，內布拉斯加小子？

埃米特轉身，看見那個叫慈善的女人側躺在豪華的床上，纖巧的手拍拍她旁邊的床單。埃米特四下打量，發現這房間沒有窗，只有更多以船為主題的畫作，抽屜櫃上甚至有一大幅迎風張滿帆的雙桅帆船。慈善剛才披在身上的絲巾已經掛在椅背上，身上是鑲象牙色滾邊的蜜桃色晨褸。

——公爵夫人覺得你可能會有點緊張，她的嗓音聽起來不像剛才那麼稚氣，但你不需要緊張。在這個房間裡不需要，和我在一起的時候不需要。

埃米特開始轉身走向門口，但她說**不是那邊，是這邊**，所以他轉身。

——過來吧，她說，躺我旁邊。因為我想問你幾件事。或者我來告訴你一些事情。也或者我們完全不說話。

埃米特發現自己朝她走去，舉步維艱，腳踩在地板上很慢，很重。他站在鋪有暗紅床單的床鋪旁邊，她雙手拉起他的手。埃米特低頭，看見她把他的手掌翻過來，像吉普賽人算命那樣。埃米特有那麼一會兒覺得納悶，甚至是好奇，她是不是要告訴他，他未來的命運。但沒有，她拉著埃米特的手貼在她胸脯上。

他把手緩緩抽離那光滑冰涼的絲料。

——我得出去，他說，妳必須幫我離開這裡。

慈善對他噘起嘴，彷彿埃米特傷害了她的感情。他覺得很不好受，因為他傷害了她的感情。他覺得難過，所以想伸手安慰慈善，但反而再次轉身朝門走去。只不過這一次，他轉身的時候，一轉，再轉，又轉。

公爵夫人

我心情很嗨，這是我的藉口。

一整天，我像跳房子似的，從一個驚喜跳到下一個驚喜。首先，我在毛毛姐姐家裡逛了一圈，最後弄到一身上好衣服；我開心拜訪了瑪貝爾和女孩們；而埃米特竟然費盡千辛萬苦現身了，讓我有機會（在慈善的協助下）執行這些天以來的第三樁善行；現在，我坐在一九四一年份的凱迪拉克駕駛座，放下頂篷，開向曼哈頓。唯一棘手的是，毛毛和我現在多了個比利。

埃米特出現在瑪貝爾客廳的時候，我想都沒想到他竟然帶了弟弟來，所以看到比利坐在毛毛旁邊，我有點吃驚。別誤會我的意思。比利是最最可愛的小孩，但他也是個萬事通。要是萬事通很容易惹毛你，那麼其中讓你最氣惱的，肯定就是年輕的萬事通。

我們在一起還不到一個鐘頭，他就已經糾正過我三次。第一次，他告訴我說蘇特姐妹不是拿真槍對彼此開槍，彷彿我才是需要知道舞台技法的那個人！接著，他說海豹是哺乳動物，不是魚，牠們是溫血動物，有脊骨和這個那個什麼什麼。然後我們開上布魯克林大橋的時候，輝煌的天際線在我們面前延展開來，我情緒高昂地隨口問，有誰可以舉出一個例子，人類歷史上可有哪條河，讓你一過河就能產生這麼大的變化。但這孩子沒有默默欣賞風景，咀嚼我說的這句話，而是認為他有必要挺身而出。

——我想到一個例子，他說。

——我這個問題不是真的問題，我說。

但他已經挑起毛毛的興趣。

——你想到的例子是什麼，比利？

——喬治・華盛頓跨過德拉瓦河。一七七六年聖誕夜，華盛頓將軍跨過冰冷的河水，突襲英國人僱用的黑森傭兵[43]。華盛頓率領的軍隊擊潰敵軍，俘虜了一千名戰囚。埃瑪紐爾・洛伊茲[44]就在他那幅著名的畫作裡紀念了這個事件。

——我想我看過那幅畫！毛毛大叫。是不是華盛頓站在划艇船頭的那幅？

——沒人能站在划艇船頭啦，我說。

——在埃瑪紐爾・洛伊茲的畫裡，華盛頓就站在划艇船頭，比利說。你想看的話，我可以給你看那幅畫。就在亞伯納斯教授的書裡。

——噢，當然是在那本書裡。

——那幅畫很棒，毛毛說。毛毛向來喜歡歷史。

因為是星期五晚上，車子有點多，我們後來塞在橋的最高處，讓我們有機會靜靜欣賞美景。

——我還有另一個例子，比利說。

毛毛微笑轉頭看後座。

——什麼例子，比利？

——凱撒越過盧比孔河。

——那次又發生什麼事啦？

你可以聽見那孩子在座位裡坐直起來。

——西元前四十九年，凱撒是高盧總督，元老院擔心他的野心，召他回首都羅馬，並命令他把軍

43 Hessian，十八世紀為大英帝國僱用的德意志籍傭兵，美國獨立戰爭期間約有三萬人投入北美戰場。

44 Emanuel Leutze，1816-1861，德裔美國畫家，以畫作《華盛頓橫渡德拉瓦河》聞名。

隊留在盧比孔河對岸。但凱撒沒有聽命，率領軍隊跨越盧比孔河進入義大利，直奔羅馬，馬上就奪得政權，開啟帝國。這也就是「橫渡盧比孔河」這句成語的出處。意思就是「破釜沉舟」。

——又是個好例子，毛毛說。

——還有尤里西斯，他跨越冥河……

——我想我們都懂了，我說。

但毛毛還沒完。

——那麼摩西呢？他問，他不是也渡河？

——那是紅海，比利說，在他——

這孩子顯然想把摩西的章節經文唸給我們聽，但他卻突然打斷自己的話。

——看！他指著遠處說，帝國大廈！

我們三個全轉頭看那棟摩天大樓。就在這時，我突然有了一個點子。就像一個小小的閃電，打中我的頭，電流沿著我的脊椎上下竄動。

——他的辦公室就在那裡吧？我問，從後照鏡裡看著比利。

——誰的辦公室？毛毛問。

——亞伯納斯教授的辦公室。

——你是說那個亞伯納斯教授？

——就是這樣。他是怎麼說的，比利？**我的辦公室位在曼哈頓島第三十四街與第五大道交叉口……**

——沒錯，比利眼睛睜得大大的，他是這麼說的。

——那我們何不去拜訪他？

我從眼角瞥見毛毛對我的建議不以為然，但比利不同。

——我們可以去拜訪他？他問。

——我不覺得有什麼不可以。

——公爵夫人……，毛毛說。

我不理他。

——他在前言裡是這麼叫你的吧，比利？**親愛的讀者**？有哪個作者不希望他親愛的讀者來拜訪呢？我的意思是，作家肯定要比演員加倍花功夫，對吧？但他們沒得到任何現場掌聲和謝幕喝采，也沒有人在後台門口等他們。況且，如果亞伯納斯教授不希望讀者去拜訪他，又何必在書上的第一頁寫出他的地址呢？

——這個時間他很可能已經不在辦公室裡了，毛毛反駁。

——說不定他工作到很晚，我馬上頂回去。

車子又開始動了，我轉到右線，準備走上城出口。我心中暗自思忖，要是大廳門已關，那我們就得像金剛一樣爬上大樓了。

我沿第三十五街往西開，在第五大道左轉，停在大樓出口正前方。一秒鐘之後，一個門房走上前來。

——你們不能在這裡停車，老兄。

——我們一分鐘就回來，我說，塞給他一張五元紙鈔。這段時間呢，也許你可以和林肯總統好好熟悉一下。[45]

這時他不再說我們不能停車，而是拉開毛毛的車門，碰碰帽簷，請我們進入大樓。這就是資本主

45　美金五元紙鈔上是林肯總統的肖像。

義，大家都這麼說。

進入大廳之後，比利臉上是緊張的興奮表情。他不敢相信我們人在這裡，也不敢相信我們接下來要做的事。就算是在最大膽的夢裡，他也沒想到有這一天。而毛毛正好相反，很不像他平常的個性，蹙眉看我。

——怎麼了？我說。

他還沒回答，比利就拉拉我的衣袖。

——我們該怎麼找他，公爵夫人？

——你知道怎麼找他的啊，比利。

——我知道？

——你自己唸給我聽的。

比利眼睛瞪得大大的。

——在五十五樓。

——就是這樣。

我微笑指著電梯間。

——我們要搭電梯？

——我們當然不可能爬樓梯。

我們搭上一部特快電梯。

——我以前沒搭過電梯，比利對電梯操作員說。

——好好享受你的搭程之旅，操作員回答說。

他拉起操縱桿，帶我們飛快往上衝。

通常來說，在這種時候，毛毛都會一路哼著歌，但今天晚上哼歌的卻是我。而比利則默默數著我們經過的樓層。你可以看見他嘴唇的掀動。

——五十一，他嘴巴動著，五十二，五十三，五十四。

到了五十五樓，操作員開門，我們走出電梯，然後從電梯間走到走廊，看見左右兩邊都是一長排的門。

——我們現在該怎麼辦？比利問。

我指著離我們最近的那扇門。

——我們從那裡開始，繞著整層樓走，直到找到他為止。

——順時鐘？比利問。

——順時鐘逆時鐘都行。

所以我們開始一扇門一扇門找——順時鐘方向——比利唸出鐫刻在門上小銅牌裡的名字，就像他剛才數樓層一樣，只是這回是唸出聲音來。這裡靠寫字工作的人還真多。除了律師和會計師之外，還有房地產仲介、保險員、股票經紀人。都不是大公司，你懂的。這都是些沒辦法發展成大企業的人。他們穿的是補過鞋底的鞋子，平常沒事讀報上的連環漫畫，等待電話鈴響。

最開始的二十個門牌，比利用愉快有力的嗓音唸著，彷彿每一個都是小小的驚喜。接下來的二十個，他唸得沒那麼熱情了。之後，他的聲音開始無力了。你幾乎聽見現實的拇指開始用力按壓在靈魂上，就在那年輕熱情泉源冒出之處。可以確定的是，今晚現實將在比利．華特森身上留下印記。而這個印記很可能終此一生都不會消失，時時提醒他，故事書裡的英雄通常都是想像拼湊而成，而寫這些故事的人，大部分也都是由想像拼湊而成的。

我們轉進第四個轉角，看見最後這一條走廊的盡頭就是我們剛才開始的地方。比利越走越慢，唸出的聲音越來越輕，最後，在倒數第二扇門門口，他停下腳步，什麼也沒說。到現在為止，他已經唸了五十個小銅牌，他覺得已經夠了。

片刻之後，他抬頭看毛毛，臉上的表情想必非常失望，因為毛毛突然流露出同情的神色。然後比利轉頭看我。但他的表情不是失望，是瞪大眼睛的驚奇。

他轉頭面對小銅牌，手指摸著上面的字，唸出來。

——亞伯納斯教授辦公室，美國語文學會，博士。

換我露出不敢置信的表情，轉頭看毛毛。我意識到，他臉上的同情不是因為比利，而是因為我。因為我再度拆自己的台，給自己惹了麻煩。和這個孩子相處過幾天之後，我本來早該有所領悟的。但都怪我自己心情太嗨。

好吧，既然猝不及防的情況毀了你精心籌謀的計畫，那麼你能做的最佳選擇，就是儘快攬下功勞。

——我就說吧，孩子。

比利對我微笑，但有點憂心地看著門把，彷彿不確定自己是不是有勇氣打開。

——讓我來！毛毛嚷著。

毛毛往前一步，轉動門把，打開門。我們進到一間小接待室，裡面有辦公桌、茶几和幾把椅子。接待室很暗，但內側另一道門上敞開的氣窗透過來隱約的光線。

——我想你說的沒錯，毛毛，我大聲嘆氣說。看來是沒人在。

但毛毛豎起一根手指貼在唇上。

——噓，你們聽見了嗎？

毛毛指著氣窗，我們全抬頭看。

——又有了，他輕聲說。

——什麼？我也輕聲說。

——筆在紙上寫字的聲音，比利說。

——筆在紙上寫字的聲音，毛毛微笑說。

毛毛躡手躡腳穿過接待室，我和比利跟在他後面。他輕輕轉開第二道門的門把。門裡是個大得多的房間。長長的長方形房間裡，從地板到天花板是整排的書，家具則是一個落地的地球儀，一張沙發，兩把高背椅，以及一張大木桌。桌子後面坐了個小老頭，就著綠燈罩檯燈的燈光，在老舊的小本子上寫字。他身穿發皺的泡泡紗西裝，一頭稀疏白髮，鼻尖一副老花眼鏡，看起來像個飾演教授的演員，你一定會覺得架上的書全是布景。

聽見我們進來的聲音，正寫字的老先生抬頭，沒有一點意外，也沒驚慌。

——有何貴幹呢？

我們三個往前走了幾步，毛毛推比利再往前一步。

——問他，他鼓勵比利。

比利清清嗓子。

——請問您是阿巴卡斯．亞伯納斯教授嗎？

老先生把老花眼鏡架到頭頂，然後挪動檯燈的燈罩，好看清楚我們三個。他的目光轉到比利身上，因為他想必知道這小男孩才是我們來到這裡的原因。

——我是阿巴卡斯．亞伯納斯，他回答說。有什麼可以效勞的嗎？

雖然比利知道的事情似乎多到不勝枚舉，但他顯然不知道阿巴卡斯．亞伯納斯可以為他做什麼。因為比利沒回答這個問題，反而用不太確定的表情轉頭看毛毛。所以毛毛替他發言。

——不好意思打擾你，教授，但這位比利．華特森是從內布拉斯加的摩根來的。這是他第一次到紐約來。他才八歲，但已經讀過你那本英雄大全二十四遍了。

教授意興盎然地聽毛毛說，目光又回到比利身上。

——是這樣的嗎，年輕人？

——是的，比利說，只是我已經讀過英雄大全二十五遍了。

——這樣啊，教授說，如果你已經讀過我的書二十五遍，然後大老遠從內布拉斯加來紐約告訴我這件事，那麼我至少可以請你坐坐吧。

他張開手，請比利坐到他書桌前的一張高背椅上。至於毛毛和我，他手一擺，請我們坐書架旁邊的沙發。

請容我說，這沙發真的很不賴。黑色皮面，綴一顆顆閃亮的銅鉚釘，而且很大，大得像輛車子。

但進到辦公室來的三個人如果接受第四個人的邀請坐下，那麼大家就別想太快離開到別的地方去。這這是人性。既然已經費了一番功夫讓自己舒服安頓好，大家就會覺得至少應該享受個半小時。事實上，如果過了二十分鐘，把能講的話題都講完之後，為了保持禮貌，大家也會開始想辦法擠出一些話題來。所以教授請我們坐下之後，我張口想說時間不早了，而且我們的車子停在路邊。但我還來不及開口，比利就爬上高背椅，而毛毛也在沙發坐下。

——請告訴我，比利，教授說——在我們無法挽回地安頓好之後——你怎麼會到紐約來？

就對話來說，這是很典型的開場白。這是每個紐約人都會問訪客的問題，也期待客人用一兩句話簡短回答。例如：**我來看我姑姑**，或**我們有張戲票**。但教授從比利．華特森身上得到的，不是簡單一兩句話的答案，而是一整個複雜的故事情節。

比利從一九四六年母親離開他們的那個夏夜開始說起，說明埃米特到薩林納服刑，爸爸死於癌症，兄弟倆決定循著幾張明信片留下的足跡，七月四日在舊金山的煙火會上找到媽媽。他甚至提到我們的大冒險，說毛毛和我借走斯圖貝克，所以他和哥哥搭上夕陽東方號的貨運車廂到紐約來。

——哇，哇，哇，教授一字不漏地認真聽，你說你們是搭火車的貨運車廂到紐約來的？

——我就是在車上開始讀您的書第二十五遍，比利說。

——在車廂裡？

——車廂沒有窗戶，但我有支陸軍手電筒。

——太幸運了。

——我們決定到加州展開新生活，埃米特同意您的看法，我們應該只帶能裝進一個背包裡的東西。所以我把我所需要的東西都裝在背包裡。

原本微笑靠坐在椅背的教授，突然又傾身。

——你的背包裡該不會剛好有這本《英雄大全》吧？

——有，比利說，我就是放在背包裡的。

——那麼，也許我可以幫你簽名？

——太棒了！毛毛大喊。

在教授的鼓勵下，比利滑下高背椅，取下背包，解開繫帶，拿出那本紅色大書。

——拿過來，教授招手說，拿到這裡來。

比利繞過書桌，教授接過書，在燈光底下細看書本的磨損。

——在作者眼中，他對比利說，最美的莫過於自己的書被翻讀得破破舊舊。

教授放下書，拿起鋼筆，翻開書名頁。

——我想，這本書是禮物。

——是梅迪森小姐送我的，比利說，她是摩根公立圖書館的館員。

——圖書館館員送的禮物，太好了，教授更加滿意地說。

教授在比利書上寫長長的句子，然後用誇張的大手勢簽下他的名字。因為在紐約，就算是寫《英雄大全》的老先生也會為後排觀眾表演。歸還書之前，教授又翻翻書頁，彷彿是要確認每一頁都還在。然後露出有點訝異的表情，看著比利。

——我發現你沒在**你**的那一頁寫任何字，為什麼？

——因為我想要從中間開始寫起，比利解釋說，但我不確定哪裡算中間。

在我聽來，這似乎是個瘋狂的答案，但教授卻綻開笑容。

——比利．華特森，他說，身為資深歷史學家與專業的說書人，我覺得我可以很有信心的告訴你，你已經經歷夠多探險行程，足以開始寫你自己的篇章了。然而……

教授拉開他書桌的抽屜，拿出一本黑色記事本，就像我們進來的時候他在用的那本。

——如果《英雄大全》裡的八頁不夠記錄你全部的冒險行程——我幾乎可以肯定絕對不夠——你可以繼續在這個本子上寫。要是這本寫完了，就寫信給我，我很樂意再寄一本給你。

教授把書和本子交給比利，和他握手，說很榮幸見到他。就這樣，像大家期待的，應該就結束了。

但比利小心把書和本子收起來，繫好背包的繫帶，朝門口走了幾步之後，突然又停步轉身，蹙起眉頭看著教授。就比利．華特森來說，這個表情只意味著一件事：更多的問題。

——我想我們已經占用教授太多時間了，我一手搭在比利肩上。

——沒關係，亞伯納斯說。有什麼事嗎，比利？

比利盯著地板看了一秒鐘，然後抬頭看教授。

——您認為英雄會回來嗎？

——你指的是像拿破崙回巴黎，馬可波羅回威尼斯……？

——不是的，比利搖搖頭。我指的不是回到某個地方。我指的是及時回來。

——你為什麼這樣問，比利？

舊事重演了，這位搖筆桿的老人又得到比他所要求的來得更長的答案。因為比利沒坐下，就開始講一個比之前那個更長、也更離奇的故事。他說他搭上夕陽東方號之後，埃米特去找吃的東西，有個牧師不請自來跑進比利的車廂，想把比利丟下火車，好搶走比利收藏的銀元。在千鈞一髮的時刻，一個大塊頭黑人從車頂跳下來，結果被丟下車的反而是牧師。

但牧師、銀元、千鈞一髮獲救，顯然都不是故事的重點。重點是這個黑人，他名叫尤里西斯，拋下妻兒到大西洋彼岸去參戰，回國之後便搭著貨運列車流浪全國。

八歲的小孩編了一個這樣的冒險故事——從天花板跳下的黑人，被丟下火車的牧師——你可能會覺得他是在測試大家的極限，看能忍耐他胡說到何時。但對亞伯納斯來說，這並非測試，一點都算不上。

比利講這個故事的時候，和氣的老教授緩緩坐下，小心翼翼坐到椅子上，然後背往後靠，彷彿不想有突如其來的聲音或動作打斷男孩的故事，或他自己的注意力。

——他以為他的名字是因為尤里西斯．格蘭特將軍而來的，比利說，但我對他解釋，他的名字來自偉大的尤里西斯。他已經離開妻子和兒子八年，到處流浪，等完成十年的流浪之後，他一定會和他們團圓。但如果英雄無法及時回來，比利有點擔憂地說，那我也許不該對他這麼說。

比利一講完，教授閉上眼睛片刻。不是像埃米特努力忍住怒氣那樣，而是像音樂愛好者聆賞他最愛的協奏曲終章那樣。等他再度張開眼睛，他看看比利，看看書架上的書，最後又看著比利。

——我一點都不懷疑英雄會及時回來，他對比利說，我想你告訴他是很正確的。但我……

教授有點遲疑地看著比利，換比利鼓勵教授繼續說。

——我只是很好奇，這個名叫尤里西斯的男人是不是還在紐約？

——在，比利說，他現在就在紐約。

教授靜坐片刻，彷彿要鼓起勇氣問這個八歲男孩第二個問題。

——我知道時間有點晚了，最後他說，你和你的朋友還有地方要去，而且我也沒有立場要求你們幫我。但是你們願不願意帶我去見他？

毛毛

一九四六年毛毛和他媽媽一起去希臘旅行，第一腳踏上帕德嫩神廟的時候，毛毛才知道有所謂的「清單」——列出所有應該去看的地方。就是這裡，她當時拿著地圖搧風說。他們爬上塵土飛揚的山頂，俯瞰雅典。帕德嫩神廟美不勝收。除了這座神廟之外，毛毛很快就知道，清單上還有威尼斯的聖馬可廣場，巴黎的羅浮宮，佛羅倫斯的烏菲茲美術館。還有西斯汀教堂、聖母院與西敏寺。

毛毛覺得很神祕，這張清單究竟從哪裡來。感覺上是早在他出生之前，就由好幾位學者與傑出歷史學家編纂而成。從來沒有人對毛毛解釋，為什麼一定要去清單上的這些地方，但這麼做好像又確實很重要。他如果去看了某一個地方，長輩就會稱讚他，他要是覺得對某個地方沒興趣，他們會蹙起眉頭，而他如果恰巧到了附近，卻又沒去參訪這些地點，那他們就會責備他。

這麼說吧，提到去造訪清單上的這些地方，毛毛．渥卡特．馬丁可是隨時聽候差遣的。只要出門旅行，他總是特別注意要帶對旅遊指南，確保能找到對的司機，在對的時間帶他到對的景點。**到羅馬競技場，先生，趕快！**他會這麼說，然後就以警察追小偷那樣緊急的速度，穿過羅馬彎彎曲曲的大街小巷。

毛毛抵達清單上的地點時，總是會有三重反應。最開始是敬畏的感覺。因為這些地方不是你隨隨便便走馬看花的景點，而是宏偉精緻，全部用大理石、桃花心木、青金岩之類了不得的建材建造而成。接下來的感覺是感激，感激他的先祖們不懼麻煩，把這份清單一代又一代傳下來。但第三個也是最重要的感覺是鬆了一口氣：毛毛急匆匆把行李丟在飯店，跳上計程車後座，穿過整座城市，終於可以在清單上給這個地點打上勾勾，於是大大鬆了口氣。

毛毛自從十二歲以來，就是個努力給清單上名字打勾勾的人，但今天傍晚他們開車到馬戲團的時候，他卻突然頓悟，那份清單雖然一代傳過一代，在渥卡特——也就是世居曼哈頓的家族手裡傳了五代，但不知基於什麼奇怪的理由，裡面連一個紐約的景點都沒有。毛毛雖然很盡責地去造訪過白金漢宮、史卡拉大劇院和艾菲爾鐵塔，但他從來就沒有、一次也沒有搭車越過布魯克林大橋。

在上東區長大的毛毛不必過這座橋。不管是要到阿第倫達克、長島，或他唸過的那些新英格蘭寄宿學校，只需要越過皇后區大橋或三區大橋。所以在公爵夫人開車到百老匯，繞過市政府的時候，毛毛不由得興奮起來，因為他知道他們突然往布魯克林大橋的方向駛去，而且百分之百要跨過這座橋。

這座大橋的建築多麼雄偉啊，毛毛想。那宛如教堂的橋塔與高聳入雲的鋼索，多麼令人心蕩神馳啊。這是建築工程的壯舉，特別是大橋建造於一八不知多少年，而且自此而後，協助許多人從這岸到那岸，再從那岸到這岸，日復一日。當然，布魯克林大橋值得列入清單。這座大橋和艾菲爾鐵塔同等重要，而艾菲爾鐵塔雖然是用同樣的材質，在差不多同樣的時期所建造，卻沒能對任何人提供運輸交通的功能。

這簡直是視而不見，毛毛想。

就像他的凱特琳姐姐和那些油畫。

他們家人造訪羅浮宮和烏菲茲美術館的時候，凱特琳對牆上那些裝在鍍金畫框裡的油畫表達了最高的讚賞之意。他們穿過一個又一個廳堂，她總是叫毛毛不要講話，堅定指出他應該默默欣賞的人物肖像或風景畫。但好笑的是，他們位在第八十六街的連棟樓房裡，就掛滿了裝在鍍金畫框裡的人物肖像和風景畫。那原本都是他們外婆的收藏。然而，在成長的歲月裡，他姐姐一次也沒有停在任何一幅畫作前面，思索這些畫的偉大價值。所以毛毛說這是視而不見。因為這些油畫就在凱特琳面前，但她什麼也沒注意。這也就是為什麼曼哈頓人傳下來的清單裡並沒有包括任何紐約的景點。再仔細想想，毛毛不禁懷疑他們還遺忘了什麼別的。

然後這時。

然後這時！

就在兩個鐘頭之後，他們在同一個晚上，第二次開車跨過布魯克林大橋。比利話講到一半突然停下，指著遠處。

——看！他大喊，帝國大廈！

沒錯，這絕對應該列入清單，毛毛想。這是全世界最高的建築。事實上，就因為太高，曾經有架飛機撞上樓頂。然而，儘管它就聳立在曼哈頓中心區，毛毛以前卻一次也沒踏進去過。

因此，公爵夫人建議他們到帝國大廈拜訪亞伯納斯教授的時候，你或許以為毛毛會像之前知道要跨過布魯克林大橋時那般興奮。但他感覺到的卻只有焦慮——不是因為要搭狹小電梯衝上摩天大樓而焦慮，而是因為公爵夫人嗓音裡的語氣。因為毛毛聽過這樣的語氣。他聽過三位校長，兩位聖公會牧師，還有他那個名叫「丹尼斯」的姐夫用過同樣的語氣說話。那是他們要糾正你的時候所用的語氣。

對毛毛來說，每天的生活裡似乎不時會福至心靈湧現某個想法。比方說，八月中旬，你划著小船在湖心漂蕩，蜻蜓在水面跳躍，你突然會想：暑假為什麼不延續到九月二十一日呢？畢竟，夏季一直要到九月初勞動節的那個週末才算結束。夏季持續到秋分來臨，就像春季持續到夏至來臨一樣。而且你看看，所有的人在暑假裡都好開心啊。不只是小孩，連大人也是，他們十點鐘打網球，中午游泳，六點整就開始喝琴酒通寧水。所以我們可以合理推論，暑假如果延長到秋分，那麼世界就會變得更快樂。

嗯，你有這樣的想法時，就要非常謹慎地選擇分享這個看法的對象。要是某些人聽聞你有這個看法——譬如你的校長、牧師或你的姐夫「丹尼斯」——他們會覺得自己負有道德義務，要你坐下來，糾正你。他們擺擺手要你坐在他們辦公桌前面的大椅子裡，開始說明你的想法是多麼誤入歧途，若是你能認清這個事實，你就能成為更好的人。這就是公爵夫人對比利講話的口氣——是準備打破別人幻想的口氣。

你可以想見，搭電梯直上五十五樓，辛苦穿過一條條走廊，瞇眼細看門上的每一個銅牌，在只剩兩個銅牌時，竟然就看到上面刻著：阿巴卡斯．亞伯納斯教授，什麼什麼的，毛毛有多滿意，甚至可以說是欣喜若狂。

可憐的公爵夫人，毛毛露出同情的微笑想，也許今晚得到教訓的人是他。

一進到教授的內辦公室，毛毛就發現他是個敏感的人，也是和藹可親的人。雖然他的橡木大書桌前也有張高背椅，但毛毛看得出來，他不會是叫你坐下，糾正你的那種人。更好的是，他不是那種會催促你的人，不管是因為時間就是金錢，或先天性急，或相信及時一針省九針之類的。

有人問你一個問題，儘管表面看來是很簡單很直接的一個問題，你也必須仔細回想，才能提供所有必要的小細節，讓問話的人理解你答案的意思。儘管如此，很多問話的人，一聽到你開始講這些基本的細節，臉色就變得難看。他們會坐立難安，會想辦法催促你快一點，要你從點A直接跳到點Z，省略中間所有的字母。但亞伯納斯教授不會。他問比利一個聽來似乎很簡單的問題，比利話說從頭，給出全面的答案，他就靠坐在椅背上，像所羅門王那樣仔細聆聽。

所以毛毛、比利和公爵夫人終於起身告辭，在同一個晚上造訪了紐約的兩個世界知名景點（打勾！打勾！），同時證明了阿巴卡斯．亞伯納斯教授無可否認的存在之後，你會以為這個晚上已經到了顛峰，不可能再超越了。

但你錯了。

三十分鐘之後，他們全坐進凱迪拉克——包括教授在內——開上第九大道，往西區高架鐵路而去。又一個毛毛聽都沒聽過的地方。

——下個路口右轉，比利說。

公爵夫人按照指示，右轉進一條鵝卵石街道，兩旁都是卡車和肉品包裝廠。毛毛知道那是肉品包裝廠，因為他看見兩個穿白色長外套的男人從卡車搬下牛肉，而另一邊還有個公牛圖案的霓虹大招牌。

一會兒之後，比利叫公爵夫人右轉，再左轉，然後指著從街道聳起的一個鐵絲籠。

——就在那裡，他說。

公爵夫人停車，但沒熄掉引擎。在這一段馬路上，沒有肉品包裝廠，也沒有霓虹招牌，只有一塊空地，停了輛沒有輪胎的車子。街道盡頭只見一個孤獨的人影，又矮又胖，穿過路燈底下，消失在暗處。

——你確定是這裡？公爵夫人問。

——我確定是這裡，比利揹上背包說。

然後他就這樣下車，走向那個鐵絲籠子。

毛毛轉頭看亞伯納斯教授，只為了挑起眉毛表達驚訝，但亞伯納斯教授已經準備好要追上比利了。所以毛毛跳下車，好追上教授，最後公爵夫人也跳下車，好追上毛毛。

籠子裡有道往上延伸不知道到哪裡的鐵梯。這會兒輪到教授對毛毛挑起眉毛，雖然他是興奮大於驚訝。

比利伸手抓住圍籬上的一片鐵絲，扳開來。

——嘿，毛毛說，讓我來，讓我來。

他伸出手指，穿過鐵絲網眼，拉開整片鐵絲，讓每個人都能鑽進去。然後他們爬上鐵梯，八隻腳踩在老舊的鐵梯板上盤旋而上。到了梯頂，毛毛再次扳開一片鐵絲網，讓大家鑽出去。

噢，毛毛鑽出鐵籠，迎向開闊的氣息，第一個感覺就是大大的驚奇。往南，你可以看見華爾街的高樓，往北是中城的高樓，如果非常仔細看南南西方，就可以隱約看見自由女神像——又一個紐約地標，理所當然應該列入清單，而毛毛當然也沒去過。

——從來沒去過！毛毛氣憤地說，沒對誰，而是對自己說。

但在這高架鐵軌上最讓他嘖嘖稱奇的，不是華爾街或中城的景觀，甚至不是夏日大太陽沉入哈德遜河的夕陽美景。真正讓他驚訝到難以置信的是植物。

剛才在亞伯納斯教授辦公室裡，比利說他們要來的這個高架鐵路路段是三年前停用的。但在毛毛眼中，這裡看來像廢棄了好幾十年。你轉頭四望，到處都長滿野花和灌木，鐵軌枕木間冒出來的野草差不多高及膝部。

僅僅三年，毛毛想。哇，這時間比他去上寄宿學校的時間還短，也不夠去唸大學。這時間比總統任期還短，也比奧運會間隔的時間短。

僅僅兩天前，毛毛還對自己說，曼哈頓每天有幾百萬人走過，卻還是始終毫無損傷地存在，實在太可怕了。但很顯然，會讓城市走向終點的並不是幾百萬人的來來去去，而是這些人的不復存在。在這裡，你可以略微窺見，如果紐約再也沒有人，會是什麼景況。在紐約的這一小塊區域，被人們拋棄不過短短時間，碎石地上就已經長滿灌木、長春藤與野草。如果幾年的棄置不用就能造成這個結果，毛毛心想，那麼再過幾十年，會是什麼模樣。

低頭看植物的毛毛抬起頭來，想和朋友們分享他的觀察心得，卻發現他們已經丟下他，逕自往前，朝向遠處的營火走去。

——等等我，他喊道，等等我！

毛毛跟上隊伍的時候，比利正在向教授介紹一名高大的黑人，就是那個名叫尤里西斯的人。兩人雖然素昧平生，卻都已經從比利那裡知道彼此，所以毛毛很驚訝地看見他們握手的時候，態度非常慎重，極度令人嫉羨的慎重。

——請，尤里西斯說。他指著火堆旁邊的鐵軌枕木，就像教授剛才指著他辦公室裡的椅子那樣。

坐下之後，眾人沉默了片刻，只聽見柴火霹里啪啦響。毛毛覺得他和比利、公爵夫人像是年輕的戰士，擁有殊榮得以見證兩位酋長的會晤。但結果是比利先開口，鼓勵尤里西斯講他的故事。

尤里西斯朝比利點點頭，目光轉向教授，開始講。他先說明他和這個名叫瑪西的女人，在世上孤苦無依的兩人是怎麼在聖路易的舞廳相識，相戀，踏進神聖的婚姻。他說戰爭開始之後，街坊鄰居四肢健全的人都加入戰場，而瑪西是怎麼緊緊把他留在身邊，在懷孕之後甚至更不願意放手。他說他是怎麼不顧妻子的警告，應召入伍，加入歐洲戰場，幾年後回來卻只發現——就像她當初的警告一樣——她和兒子已經消失得無影無蹤。最後，他說他是怎麼在那天回到聯合車站，搭上開出車站的第一班火車，自此而後，就一直在搭火車。這是毛毛聽過最悲傷的故事。

好一會兒沒人開口，就連聽了別人的故事後喜歡跟著說自己故事的公爵夫人也沒講話，或許就像毛毛一樣，他也察覺到有什麼重大的結論就將在他們面前展開。

尤里西斯彷彿需要片刻沉默來讓自己的心情平復，在幾分鐘之後才繼續開口。

——我這個人相信，教授，人生所有有價值的東西都要靠自己努力掙來。這是應該自己去掙的。因為如果不需要努力就得到有價值的東西，那麼就會揮霍。我也相信人應該努力爭取別人的尊敬，人應該努力爭取別人的信任。有段時間，我擁有源源不絕的希望——不需要努力就源源不絕的來。我不知道希望的價值，任意揮霍，於是離開了我的妻子和兒子。過去這八年半以來，我學會不抱持任何希望活下去，就像該隱殺死弟弟之後，被懲罰永遠遭到流放，不抱任何希望地活下去那樣。

不抱希望地活下去，毛毛對自己說，默默點頭，抹掉眼淚。永遠遭到流放，不抱希望地活下去。

——就這樣，尤里西斯說，後來我遇見了這個小男孩。

尤里西斯眼睛還是看著教授，一手搭在比利肩上。

——比利說，我既然名叫尤里西斯，就註定會再見到妻兒，我內心開始激動起來。他唸你寫的書給我聽，我就更激動了。非常非常激動，讓我甚至敢痴心妄想，在這麼多年獨自浪跡全國之後，我或許終於掙到了再次擁有希望的權利。

尤里西斯這麼說的時候，毛毛挺背坐好。今天下午，他試著想要讓姐姐莎拉理解，明明是要表述自己的意見，卻偽裝成問別人的問題，實在是很可惡的行徑。但此刻在營火旁邊，聽尤里西斯對教授說：**我或許終於掙到了再次擁有希望的權利**，毛毛知道這是一個偽裝成聲明的疑問句。

亞伯納斯教授似乎也理解，因為沉默片刻之後，他給了答案。教授開口講話時，尤里西斯充滿敬意地聆聽，就像剛才教授聽他講話一樣。

——我的人生，尤里西斯先生，從很多方面來看，都和你恰恰相反。我沒走遍這個國家。事實上，過去三十年，我大半的時間都在曼哈頓島上。而過去十年，我大半的時間都在那裡。

他轉身指著帝國大廈。

——我坐在滿滿都是書的房間裡，聽不見蟋蟀和海鷗的叫聲，也接觸不到暴力和慈悲。如果你說的沒錯——我認為你是對的——最有價值的東西應該靠努力爭取，否則就會被揮霍，那麼，毫無疑問的，我就是肆意揮霍的那種人。我是一個活在第三人稱與過去式裡的人。所以請容我先聲明，我是懷著極度的謙卑，對你說出每一句話。

教授非常有禮貌的對尤里西斯躬身致意。

——我承認我是仰賴書過日子的，但我至少可以向你宣稱，我對讀書很有心得。也就是說，尤里西斯先生，我讀過很多很多書。幾千幾萬本書，有些還不只讀一遍。我讀歷史和小說，科學短文和詩集。從這一本又一本的書裡，我學到的一件事是，人生經驗有太多不同的樣貌，所以在像紐約這麼大的城市裡，每一個個人都可以認為自己的經驗是獨一無二的。這是很美好的。懷有渴望，墜入愛河，像我們這樣跌跌撞撞但又繼續堅持，是很美好的。從某個角度來說，我們必須相信我們此刻所體驗的一切，都和我們過去的經驗不盡相同。

教授的目光從尤里西斯臉上轉開，和圍坐火堆旁邊的每一個人眼神接觸，包括毛毛。但目光轉回到尤里西斯身上時，教授豎起一根手指。

——然而，他接著說，我們雖然說人類的人生經驗有太多不同的樣貌，足以讓我們相信在廣闊如紐約的大都市裡，每一個個人都獨一無二，但我也強烈懷疑，真的有夠多的不同經驗可以讓每個人都截然不同嗎？在竭力蒐集跨越全世界、跨越不同年代，在各個大城小鎮發生的不同人生故事之後，我一點也不懷疑，「分身」這樣的事情是很常見的。某些人的生活——雖然有這樣那樣的小小不同——但在具體可見的層面和我們幾乎完全相同。有人在我們戀愛的時候也戀愛，在我們哭泣的時候也哭泣，在我們成功的時候也成功，在我們失敗的時候也失敗，他們爭吵、說理、大笑，都和我們一模一樣。

教授又看了一圈大家。

——你會說，這不可能吧？

但沒有人說半個字。

——所謂的無限，基本原則之一就是，從定義上來看，任何事物都不可能只有獨一無二的一個，而是每個事物都有兩個，甚至三個。事實上，想像我們自己還有另一個分身存在的觀點，在歷史上處處可見，一點都不古怪。反倒是不這麼想才奇怪。

教授的視線回到尤里西斯身上。

——所以，如果說你的人生很有可能會呼應偉大的尤里西斯的人生，經過十年的流浪之後，和妻兒團圓，我相信嗎？我當然相信。

尤里西斯極為莊重地接受教授所說的話。他站起來，教授也站起來，兩人握手，彷彿從彼此身上找到了出乎意料的安慰。兩人放開手之後，尤里西斯轉身，但教授卻抓住他的手臂，把他拉回來。

——但你要瞭解一件事，尤里西斯先生，我沒寫在比利那本書裡的事。偉大的尤里西斯在冥界遇見老預言家提瑞西阿斯的鬼魂，他說尤里西斯註定要在海上漂流，直到他透過進貢的行為安撫了天神之怒。

如果毛毛和尤里西斯易地而處，這時聽到這個消息肯定很挫敗。但尤里西斯似乎沒有。他對教授點點頭，彷彿事情本該如此。

——什麼樣的進貢行為？

——提瑞西阿斯斯對尤里西斯說，他必須帶一根船槳到鄉間，一直走，一直走，走到沒有人見過大海的地方，等有人問他：**你肩上扛的是什麼？**尤里西斯便在那個地方把船槳種入地裡，用以榮耀海神波賽頓，之後他就將自由。

——船槳……，尤里西斯說。

——是的，教授興奮地說，就偉大的尤里西斯來說，貢品就是船槳。但在你，應該會是別的東西。某個和你的故事，和你這些年的流浪更為相關的東西。像……

教授開始找。

——像那樣的東西！

尤里西斯俯身，拿起教授指的東西，是沉甸甸的鐵製品。

——鐵道釘，他說。

——是的，教授說，一根鐵道釘。你應該帶著這根鐵道釘到沒有人認識鐵道的地方，等他們問你這是什麼，你就把這根鐵道釘釘進那裡的地上。

⁘ ⁘

毛毛、比利和公爵夫人準備要離開的時候，亞伯納斯教授決定要留下來，再和尤里西斯深談。於是，幾分鐘之後，他們三個坐進了凱迪拉克，比利和公爵夫人都馬上睡著，駕車開上西區高速公路往

姐姐家去的毛毛，有了屬於自己的時光。

如果毛毛夠誠實，就會坦承，他大部分的時間都不想獨處。他發現和別人在一起的時候，比自己一個人獨處的時候，有更多的笑聲和驚喜。一個人獨處的時間，很容易不停打轉，鑽進他一開始並不希望去想的思緒裡。但此時此刻，發現自己有時間獨處，毛毛卻很歡喜。

因為這讓他有機會重溫這一天的種種。他從FAO施瓦茲玩具店開始回想，他站在全店他最喜歡的位置，他姐姐突然出現。接著他們為了回味往日時光，穿過馬路到廣場飯店，和貓熊一起喝下午茶，聊了很多很棒的往事。和姐姐分開之後，毛毛覺得天氣宜人，於是步行到聯合廣場，向亞伯拉罕·林肯致意。然後啟程去看馬戲團，跨過布魯克林大橋，登上帝國大廈，亞伯納斯教授給了比利一本空白簿子，讓他可以寫下自己的探險歷程。然後比利帶他們到雜草叢生的高架鐵道上，他們圍坐在營火旁邊，聽尤里西斯和教授那段格外有意思的對話。

但之後，在這一切之後，在他們終於要離開的時候，尤里西斯和比利握手，謝謝他的友誼，比利祝他找尋妻兒順利，並解下他脖子上的項鍊。

——這個，他對尤里西斯說，是聖克里斯多福的紀念章，他是旅行者的聖徒。我們來紐約之前，阿格妮斯修女給我的。但我覺得應該送給你。

為了讓比利幫他戴上項鍊，尤里西斯屈膝跪下，就像圓桌武士跪在亞瑟王面前受封騎士那樣。

——就像這樣，毛毛對自己說，並抹掉眼角的淚水，就像這樣把一切都整理好，開頭歸開頭，中間歸中間，結尾歸結尾，你不能否認，今天就是那樣獨一無二的日子。

·倒數·

第3日

毛毛

香菜！毛毛熱情地對自己說。

公爵夫人教比利怎麼正確攪拌醬汁，毛毛則按字母排列香料架上的瓶罐。他沒花多久就發現有好多香料的名字都是C開頭。整個架上只有一種是A開頭：Allspice（多香果），不管這究竟是什麼東西。多香果之後則是兩種B開頭的香料：Basil（羅勒）和Bay Leaves（月桂葉）。但毛毛一開始排C開頭的香料，就好像沒完沒了！到目前為止，就有Cardamom（小豆蔻），Cayenne（卡宴辣椒），Chilli Powder（辣椒粉），Chives（細香蔥），Cinnamon（肉桂），Cloves（丁香），Cumin（孜然），然後就是這個，Coriander（香菜）。

太壯觀了。

也許，毛毛想，也許這就像是W開頭的疑問句一樣。古代的某個時間點，字母C必定被認為特別適合拿來當香料的名字。

又或者是在古代的某個**地方**，在字母C更為流行的某個地方。毛毛突然想起很久很久以前，在某堂歷史課上讀到「香料之路」——這是一條漫長艱辛的道路，貿易商沿著這條路把東方的香料運送到西方家庭的廚房裡。他甚至記得有張地圖上畫著細細的弧線，穿越戈壁沙漠，越過喜馬拉雅山，一路往前，安抵威尼斯或其他地點。

這些C開頭的香料很可能源自地球的另一端，毛毛覺得非常有可能，雖然這些香料他有大半都不知道是什麼味道。他知道肉桂，當然。事實上，這也是他心愛的香料之一。不只是因為蘋果派和南瓜派都用到肉桂，更因為這是做肉桂卷的必要原料。可是小豆蔻、孜然和香菜究竟是什麼？這些謎樣的名字讓毛毛覺得格外有東方色彩。

——啊哈！毛毛說，他發現咖哩躲在迷迭香後面，在架子的倒數第二排。

咖哩當然絕對是東方來的香料。

毛毛挪出空間，把咖哩放在孜然旁邊。接著他把注意力轉到最後一排，手指拂過標籤：Oregano（奧勒岡葉）、Sage（鼠尾草），還有——

——天哪，**你**在這裡幹嘛？毛毛問自己。

但他還沒回答，公爵夫人就問了另一個問題。

——他去哪裡了？

毛毛從香料架上抬起頭，看見公爵夫人雙手叉腰站在門口，比利則不見人影。

——我才轉身一分鐘，他就棄守崗位。

是真的，毛毛想。比利本來應該負責攪拌醬汁的，現在卻溜出廚房了。

——他沒去看那個該死的鐘吧？公爵夫人問。

——我去看看。

毛毛悄悄穿過走廊，在客廳門口張望，比利果然又回到老爺鐘前面了。

今天早上，比利問埃米特什麼時候會到，公爵夫人信心滿滿的回答說，他會來這裡吃晚飯——八點整準時開飯。通常呢，比利聽他這麼說，就會查看他自己的那只軍用手錶。但他的錶被埃米特在貨運火車上摔壞了，所以他別無選擇，只能不時來客廳看時鐘。老爺鐘的指針精確指出，現在是七點四十二分。

毛毛躡手躡腳回到廚房，正要對公爵夫人說明情況的時候，電話響了。

——電話！毛毛大叫，說不定是埃米特。

毛毛馬上衝進姐夫書房，蛇行避開書桌，抓起正響第三聲的電話。

——喂，喂！他微笑說。

毛毛的熱情招呼卻只換來了一晌沉默。接著提出問題的那個嗓音，只能形容為帶有針對性又尖銳。

——你是誰？電話另一端的女人想知道。是你嗎，華勒斯？

毛毛掛掉電話。

他就這樣瞪著電話看了好一會兒，然後從電話機上拿起聽筒，摔向書桌。

毛毛喜歡的那個電話遊戲，一個接一個傳話下去，最後一個人說出的詞句，一定和剛開始的那句話非常不一樣。有時候是神祕不可解的話，有時是驚喜，有時是好笑。但有些人，例如他姐姐凱特琳，對著**真正的**電話講話時，講出來的話一點都不神祕，不驚喜，也不好笑，而是從頭到尾一致，帶有針對性的尖銳語氣。

躺在書桌上的聽筒開始嗡嗡響，像半夜臥房裡的蚊子。毛毛把電話掃進抽屜裡，用力關上，但電話線還是露在外面。

——是誰？毛毛回到廚房之後，公爵夫人問。

——打錯的。

比利一定很希望是埃米特打來的，這時用擔心的表情看公爵夫人。

——快八點了，他說。

——是嗎？公爵夫人說，那態度彷彿在說差一個鐘頭也沒什麼大不了。

——醬汁做得怎麼樣了？毛毛問，希望改變話題。

公爵夫人把攪拌匙交給比利。

——你何不試試味道？

一會兒之後，比利拿著湯匙，放進鍋裡。

——看起來很燙喔，毛毛警告他。

比利點頭，小心吹涼。他把湯匙放進嘴裡，毛毛和公爵夫人同時傾身，急著想聆聽最後的裁決。

但他們聽見的卻是門鈴叮咚響。

他們三個面面相覷。公爵夫人和比利馬上衝出去，公爵夫人跑過走廊，比利則是穿過餐廳門。

毛毛看見他倆的行動，露出微笑。但片刻之後，他心生擔憂：這情況如果像薛丁格的貓，那該怎麼辦？要是門鈴聲觸發兩種不同的可能情況，那該怎麼辦？若是比利開門，則來人會是埃米特；若是公爵夫人開門，則來人會是推銷員。因為這科學上的不確定，加上十分憂心忡忡，所以毛毛快步衝到玄關。

公爵夫人

新來的男生到聖尼古拉斯之後，阿格妮斯修女會要他們投入工作。**如果有人要求我們專心做眼前的工作，她會說，那我們就比較不可能為看不見的事情煩心**。所以當這些男孩出現在門階上，嚇得手足無措，有點害羞，通常還一臉泫然欲泣時，她會指派他們到餐堂，幫忙擺放午餐要用的刀叉。餐具擺好之後，她又派他們到小教堂，在長椅上擺讚美詩集。等讚美詩集擺好，又有毛巾要收，床單要摺，樹葉要掃——直到把新生磨到不再新為止。

我就是這麼對付這個孩子的。

為什麼？因為早餐還沒吃完，他就開始問哥哥什麼時候會到。

就我個人的看法，我不認為埃米特會在中午之前出現。我很瞭解慈善那個女人，埃米特應該要到凌晨兩點才會心滿意足。假設他睡到十一點，在床上流連一番，很可能會在下午兩點抵達哈德遜河畔的哈斯汀。這是最早的時間。但為了保險起見，我告訴比利說他會來吃晚餐。

——晚餐是幾點？

——八點。

——準時八點？毛毛問。

——準時，我保證。

比利點點頭，禮貌告退，到客廳去看老爺鐘，回來告訴我們說時間是十點零二分。

這意思再簡單不過。距離他哥哥預定抵達的時間還有五百九十八分鐘，比利打算一分鐘一分鐘算清楚。所以毛毛開始清理早餐餐盤的時候，我問比利要不要幫我個忙。

首先，我帶他到織品櫥櫃，挑出一條漂亮的桌巾，鋪在餐廳的晚餐桌上，細心調整，讓桌子每一面垂下來的桌巾長度都分毫不差。在餐桌的四個座位上，我們再鋪上亞麻餐巾，每一條都繡有不同的花卉圖案。我們把注意力轉到餐具櫃時，比利發現櫃子是鎖著的，我說鑰匙其實就在鎖孔附近。於是我伸手從蓋碗裡拿出鑰匙。

——瞧！

打開餐具櫃門，我們拿出為開胃菜、主菜和甜點準備的精美磁器。裝水和酒的水晶杯，還有兩盞枝形燭台，以及一個裝家傳銀製刀叉的扁平盒子。

我教比利怎麼擺放餐具，知道等他完成這個任務之後，我還得要給他更多工作。結果他是個擺放餐具的天生好手。他拿出尺和指南針把每根叉子、刀子和湯匙擺得工工整整的。

我們後退一步欣賞成果，比利問今天晚上是不是有個特別的晚餐。

——就是這樣。

——為什麼是特別的晚餐，公爵夫人？

——因為是團圓啊，比利。四劍客的大團圓。

聽到我這麼說，這孩子咧開大大的微笑，但馬上又蹙起眉頭。比利．華特森微笑和蹙眉的間隔時間，從來沒大於一分鐘。

——如果是特別的晚餐，那我們要吃什麼？

——好問題。在某位毛毛．馬丁的要求下，我們要吃所謂的Fetuccine Mio Amore（我心愛的義大利寬麵）。這個啊，我的朋友，是最特別的。

我要比利在購物清單上寫下我們所需要的所有材料，然後就開車前往亞瑟大道，時速是平均每小時三百個問題。

——亞瑟大道是什麼地方，公爵夫人？

——那是布朗克斯義大利區的主要大街，比利。

——什麼是義大利區？

——就是所有的義大利人住的地方。

——為什麼所有的義大利人都要住在那個地方？

——這樣他們才可以互相照顧啊。

什麼是trattoria（義式小館），公爵夫人？

什麼是paisano（同胞）？

什麼是artichoke（朝鮮薊）、pancetta（義式培根）和tiramisu（提拉米蘇）？

我們幾個鐘頭之後回來，但要做飯還嫌太早。我知道比利數學很好，所以帶他到毛毛姐夫的書房，讓他計算一下。

我讓他坐在書桌後面，給他便條紙和筆，我則躺在地毯上，一一細數毛毛和我離開聖尼古拉斯之後的每一筆花費。加滿六次油箱的汽油；在霍華強生旅館的兩晚住宿；陽光旅館的兩個房間和毛巾；第二大道餐館的兩頓飯。為了保險起見，我請他多加上二十元，做為未來支出的費用，然後把全部的清單列出來，標題寫上：行動支出。一旦我們從阿第倫達克拿到毛毛的信託基金，就會先把這部分的錢還給埃米特，然後再均分剩下的錢。

在「行動支出」標題下方，我請比利另列一個「個人支出」的欄位，列進打到薩林納的長途電話費；給陽光旅館那個柏尼的十塊錢；買給費茲的那瓶威士忌；在瑪貝爾的客廳喝的香檳和陪酒費用；以及給帝國大廈門房的小費。這些錢既然都不是我們共同目標的必要花費，所以我想應該由我個人支付。

最後一刻，我想起在亞瑟大道的採買。你可以說這些費用應該列入行動支出，因為我們是一起吃飯的。但秉持管他去死的態度，我告訴比利，就列入我的帳上吧。今天晚上，我請客。

比利寫下所有的數目，檢查一遍他的計算。我慫恿他另拿一張紙，重新抄寫這兩欄。面對這樣的建議，大部分的小孩都會想知道，既然已經做完一遍，為什麼還要從頭再做一遍。但比利不會。他天生喜愛整齊乾淨，所以他又拿了一張新的紙，開始抄寫數字，那嚴謹精準的態度，和他剛才排餐具的時候一模一樣。

比利寫完之後，連點三次頭，給了認可標章。但他的眉頭又皺起來了。

——這是不是該有個標題啊，公爵夫人？

——你有什麼想法嗎？

比利咬著鉛筆頭，想了一秒鐘。然後用大大的大寫字母寫下來，一面說：

——大冒險。

噢，你覺得如何呢？

支出報告完成時，已經六點多——該開始做飯了。我把所有的材料都擺出來，把雷歐尼洛餐廳主廚阿羅教我的，全教給比利。首先，是如何用罐頭番茄和索夫利特醬[46]（**公爵夫人，什麼是索夫利特醬啊？**）做成基本的番茄醬汁。把那放上爐子之後，我開始示範如何正確切培根，以及如何正確切洋蔥。我拿出醬料鍋，示範給他看，要怎麼把這些材料和月桂葉一起炒，然後又要怎麼拿來和白酒、奧勒岡葉和胡椒片一起慢慢煮。最後，是怎麼攪拌進去一杯番茄醬汁——剛剛好一杯，多一茶匙都不行。

46 soffritto，指的是將洋蔥、紅蘿蔔、西洋芹三種食材切碎慢炒至軟爛的底料。可用於義大利麵、燉飯、燉蔬菜等料理。

——現在最重要的，我解釋說，是好好盯著，比利。我要去洗手間，所以我要你站在現在站的這個地方，偶爾攪拌一下。好嗎？

——好，公爵夫人。

我把湯匙交給比利，告退，走向丹尼斯的書房。

我說過，我不認為埃米特兩點能到，但我一心相信他六點會到，我悄悄關上房門，撥了瑪貝爾的電話。電話響了二十聲，她才來接，但嘮叨一頓在別人洗澡的時候打電話來很沒禮貌之類的話之後，她一五一十把所有的情況都告訴我。

——喔噢，我掛掉電話。

和比利一起算帳的時候，我心裡也在算另外一本帳：埃米特已經因為斯圖貝克的事情而不高興，所以我希望能讓慈善陪他一個晚上，當成補償。但顯然情況不如預期。我怎麼會知道毛毛那瓶藥的效力那麼強？最重要的是，我忘了留下地址。嗯，我心裡想，埃米特來到這裡的可能性微乎其微，而他就算來了，心情肯定也很不好。因為假設他能找到我們……

回到廚房，我發現毛毛瞪著香料架，沒有人在照料那鍋醬汁。就在這時，一切突然開始加速。

首先，毛毛跑去查看比利的情況。

接著，電話鈴響，比利又出現了。

然後，毛毛回來說是打錯電話了，比利宣布已經快八點了，門鈴就在此刻響起。

拜託，噢，拜託，拜託，我衝過走廊時對自己說。我的心臟就快從嘴巴跳出來，而比利緊追在我背後，我拉開門——是埃米特，一身乾淨衣服，只是看起來有點疲憊。

但大家都還來不及開口，客廳的時鐘就敲響八點鐘的鐘聲。

我轉身面對比利，張開雙臂說：

——我就說吧，孩子。

埃米特

埃米特剛上初中一年級的時候，數學老師尼可遜先生提到芝諾悖論。他說古希臘有位名叫芝諾的哲學家提出論述，如果要從A點到B點，必須先到這兩個地點之間的中點。但要從這個中點到B點，就必須先到這兩個點之間的中點，然後要到這個中點，又有另一個中點，以此類推。所以把從A點到B點過程裡的一個又一個中點疊加起來，得到的結論就是，根本就到不了。

尼可遜老師說這是悖論推理的最佳例證，而埃米特覺得這就是上學為何浪費時間的最佳例證。想想看這得耗費多少心力，埃米特心想，不只是創造出這個悖論，同時還要代代相傳，翻譯成另一種語言，才能讓這個悖論出現在一九五二年的美國學校黑板上——而五年之前，查克．葉格[47]已經在莫哈維沙漠突破音障限制。

尼可遜老師一定是注意到坐在後排的埃米特臉上的表情，因為下課鈴響之後，他要埃米特留下來。

——我只是想確定你瞭解今天早上的課在講什麼。

——我瞭解，埃米特說。

——那你的想法是？

埃米特看了一會兒窗外，不確定該不該講出心裡的想法。

47 Chuck Yeager，1923-2020，美國空軍飛行員，被譽為二戰空中英雄，並曾擔任美國空軍與太空總署試飛員，一九四七年試飛貝爾X-1新機，突破音障限制。

——說吧，尼可遜老師鼓勵他，我想聽聽你的想法。

那好吧，埃米特想。

——我覺得，我六歲大的弟弟靠著他的兩條腿，只要花一秒鐘的時間就可以證明這個推論是錯的，他們卻要花這麼多時間，用這麼複雜的方法證明這個推論是對的。

埃米特這麼說的時候，尼可遜老師並沒有一點點反對的意思，反而熱烈點頭，彷彿埃米特就要做出和芝諾一樣偉大的發現。

——要是我的理解沒錯，埃米特，你的意思是芝諾這樣大費周張，顯然只是為了證明自己的立論，而不是為了提出實用的價值。抱持這種看法的，並不只有你一個。事實上，對於這樣的作法，我們有個幾乎和芝諾一樣古老的名詞：詭辯法。這是從希臘的「詭辯師」演變而來的。詭辯師是哲學家，也是辯論家，他們教學生辯論的技巧，讓自己的立論更機巧，更有說服力，但未必有現實作為基礎。

尼可遜老師甚至在黑板上寫出「詭辯法」這三個字，就在他用來解釋從A點到B點必須永遠無限分割的那個圖解下方。

這豈不是太完美了，埃米特想。學者不只傳遞了芝諾的理論，還傳下了一個特別的字彙，這個字彙的唯一目的就是在形容這種把胡說八道掰成言之成理的教學方式。

至少埃米特站在尼可遜老師教室時心裡是這樣想的。但他走在哈德遜河畔的哈斯汀市區綠樹成蔭的蜿蜒街道時，心裡想的卻是，芝諾也許並不瘋狂。

⁂

這天早上埃米特清醒過來的時候，覺得自己像在漂——彷彿在某個溫暖的夏日，順著寬闊的河面漂流。他睜開眼睛，看見自己躺在陌生的床上，蓋著被子。床頭櫃上有個紅燈罩的檯燈，讓屋裡有種玫瑰紅的色調。但不管是床或檯燈，都不夠軟不夠柔和，無法緩解他的頭痛。

埃米特呻吟一聲，想辦法撐起身體，但房間另一頭傳來光腳踩在地板上的啪噠啪噠聲，然後一隻手輕輕貼在他胸口。

——你躺著就好，別說話。

雖然她現在穿著簡單的白襯衫，頭髮往後梳，但埃米特認得他的這名護士就是前一晚身穿晨褸，躺在他現在這張床上的年輕女子。

慈善轉頭對著走廊喊：**他醒了**。不一會兒，身穿巨大花草圖案家居服的瑪貝爾就出現在門口。

——他醒了啊，她說。

埃米特再次撐起身體，這一次比較成功。但他這麼做的時候，被子從胸口滑落，他發現自己沒穿衣服。

——我的衣服，他說。

——你以為我會讓你穿著那身髒衣服躺在我家床上啊？瑪貝爾說。

——衣服呢……？

——就在抽屜櫃裡等著你呢。現在，你不如先起床，吃點東西。

瑪貝爾轉身對慈善說。

——好了，親愛的，妳的守夜結束了。

兩個女人關上門，埃米特拉開被子，小心翼翼站起來，覺得兩條腿有點站不太穩。他走到抽屜櫃，很意外地發現自己的衣服已經洗好，整整齊齊疊成一落，皮帶捲好擱在最上面。埃米特扣襯衫釦子的時候，盯著他昨晚就看見的那幅畫。只是他現在看清楚了，船的桅桿之所以歪向一邊，並不是因為迎著強風的關係，而是因為船擱淺在岩塊上，有幾個船員吊在索具上，其他的跌跌撞撞登上一艘小船，有個人的頭部浮在白色的高浪上，不知是要撞上岩石，還是要被沖向大海。

就像公爵夫人百說不厭的：就是這樣。

埃米特走出臥房，沒看那一整排令人頭暈目眩的門，直接左轉。在大客廳裡，他看見瑪貝爾坐在一張高背椅上，慈善站在她旁邊。茶几上有早餐蛋糕和咖啡。

埃米特坐在沙發上，一手遮住眼睛。

瑪貝爾指著擺在咖啡壺旁邊的盤子，上面有個粉紅橡膠袋。

——那是冰袋，如果你想用的話。

——不用，謝謝。

瑪貝爾點點頭。

——我從來不懂為什麼有人喜歡冰袋。一夜狂歡之後，我絕對不想要冰袋靠近我。

一夜狂歡，埃米特搖搖頭想。

——怎麼回事？

——他們在你的酒裡加了麻藥，慈善露出淘氣的微笑。

瑪貝爾皺起眉頭。

——那不是麻藥，慈善。而且也不是**他們**。就只是公爵夫人自己。

——公爵夫人？埃米特說。

瑪貝爾指著慈善。

——他要送你一個小禮物。慶祝你在勞動農場服完刑期。但他怕你會緊張——因為你是基督徒，又是處男。

——是基督徒和處男又沒什麼問題，慈善挺身而出說。

——這個嘛，我可不確定，瑪貝爾說。反正，為了讓氣氛好一點，我提議乾杯，公爵夫人在你的酒裡加了點小東西，讓你可以放鬆。但那點小東西想必藥效比他以為的要強，因為你一進慈善的房間，就轉了兩圈，然後不省人事。對吧，親愛的？

——還好你就倒在我腿上，她眨眨眼說。

她倆都覺得這件事很有趣。這只讓埃米特更氣得咬緊牙關。

——噢，別生我們的氣，瑪貝爾說。

——我就算生氣，也不是針對妳們。

——噢，也別生公爵夫人的氣。

——他沒打算傷害你，慈善說。他只是希望你能享受一下美好時光。

——這是事實，瑪貝爾說，錢是他出的。

埃米特懶得告訴她們，這所謂的享受美好時光，就像前一晚的香檳一樣，用的都是他的錢。

——公爵夫人還小的時候，慈善說，就很周到，希望每個人都過得很愉快。

——反正，瑪貝爾繼續說，我們應該告訴你，公爵夫人、你弟弟和他的另一個朋友……

——毛毛，慈善說。

——沒錯，瑪貝爾說，毛毛。他們在毛毛姐姐家等你。但首先，你得吃點東西。

埃米特又伸出一手遮住眼睛。

——我不確定我餓不餓，他說。

瑪貝爾蹙眉。

慈善傾身，壓低嗓音說：

——瑪貝爾通常是不供應早餐的。

——妳還真說對了，我通常不這麼做。

為了表示禮貌，埃米特接過一杯咖啡和一片咖啡蛋糕，他想，禮貌通常都對自己有益。結果呢，咖啡和蛋糕正是他需要的。所以他準備要再多吃一份。

埃米特一面吃，一面問這兩位女士是怎麼在公爵夫人小時候認識他的。

——他爸爸在這裡工作，慈善說。

——我以為他爸爸是演員。

——他是演員沒錯，瑪貝爾說，但他找不到舞台的工作時，就當服務生或餐廳領班。但大戰結束後那幾個月，他在這裡當主持人。哈利其實可以表演得很好的，我覺得。但大部分時候，他都是在自找麻煩。

——怎麼說？

——哈利是個很有魅力的人，但就是擋不住烈酒的誘惑。所以他可以花短短幾分鐘的時間耍耍嘴皮子，就拿到一份工作，也可以幾杯酒下肚，就丟掉一份工作。

——可是他在「馬戲團」工作的時候，慈善說，就把公爵夫人留給我們照顧。

——他帶公爵夫人到這裡來？埃米特問，有點嚇到。

——沒錯，瑪貝爾說，當時他大概才十一歲吧。他爸爸在樓下工作，他就在這裡工作。替客人拿帽子，倒酒。他也賺了不少錢，只是他爸爸不肯讓他留著錢。

埃米特張望四周，試著想像十一歲的公爵夫人在這個名聲不佳的地方幫人拿帽子倒酒。

——當時和現在不一樣，瑪貝爾循著他的視線看看周圍說，當年每逢星期六，「馬戲團」人多得只剩站票，而且我們有十個女孩在這裡工作。我們的客人不只有海軍的小伙子，也有**上流社會**的人。

——市長也來過，慈善說。

——後來怎麼了？

瑪貝爾聳聳肩。

——時代變了，周圍的環境變了，品味也變了。

她有點感傷懷舊地看看周圍。

——我當時以為戰爭會讓我們生意蕭條，但最後，是郊區發展帶來的影響。

中午過後不久，埃米特準備離開。慈善輕輕啄了他的臉頰一下，瑪貝爾和他握手，他謝謝她們為他洗好衣服，準備早餐，待他如此親切。

——如果妳能給我地址，我就馬上出發。

瑪貝爾看著埃米特。

——什麼地址？

——毛毛姐姐家的地址。

——我怎麼會有？

——公爵夫人沒給妳？

——他沒給我。妳呢，親愛的？

慈善搖搖頭，埃米特閉上眼睛。

——我們可以查查電話簿，慈善高興地建議。

慈善和瑪貝爾同時看著埃米特。

——我不知道她夫家的姓。

——好吧，我想你是倒大楣了。

——瑪兒，慈善輕聲斥責。

——好吧，好吧，我來想想看喔。

瑪貝爾轉開視線。

——你們這位朋友——毛毛。他什麼來歷？

——他出身紐約……

——這我們知道，但是在哪一區……

埃米特不太明白的看著她。

——他家在哪個區域，布魯克林？皇后區？曼哈頓？

——曼哈頓。

——總算有個開始了。你知道他上哪一所學校？

——他上寄宿學校。聖喬治……聖保羅……聖馬可……

——他是天主教徒！慈善說。

瑪貝爾翻個白眼。

——那不是天主教學校啊，親愛的。那是白人盎格魯撒克遜新教徒[48]的學校。而且是很高貴的那種。我知道他們有哪些校友，我敢和你賭一件藍色獵裝，你這位朋友一定住在上東區。但他是唸哪一所學校呢，聖喬治、聖保羅還是聖馬可？

——全部都唸過。

——全部？

埃米特解釋說，毛毛被兩所學校開除，瑪貝爾大笑搖頭。

——噢，天哪，最後她說。如果你被一所學校開除，還進得了另一所學校，你們家族想必很不得了。但如果被兩所開除，還能進第三所？那你的祖先得是搭五月花號來的才行！所以毛毛的本名是？

——華勒斯．渥卡特．馬丁。

48 White Anglo-Saxon Protestant，簡稱WASP，指的是美國既富且貴、有政治經濟人脈的菁英階級。

——噢，沒錯，肯定是。慈善啊，去我的辦公室，把我辦公桌抽屜裡的那本黑色本子拿來。

慈善從鋼琴後面那個房間回來時，埃米特以為她會拿著小小的地址簿。結果不是，她拿來的是印有深紅標題的黑色大本子。

——《社交登記簿》[49]，瑪貝爾說，這上面列出了每一個人。

——每一個人？埃米特問。

——當然不是像我們這樣的每一個人。說到這《社交登記簿》呢，我曾經在它上面，在它下面，在它前面，在它後面，就是不曾在它裡面。因為這裡列的是**另一種**的每一個人。嘿，過去一點，賈利．古柏。

瑪貝爾在埃米特身邊坐下，他感覺到沙發椅墊往下沉了幾公分。埃米特瞥一眼封面，不由自主地注意到這本是一九五一年版。

——已經過期了，他說。

瑪貝爾對著他蹙起眉頭。

——你以為要弄到一本這個很簡單啊？

——他不懂啦，慈善說。

——對，我想他是不懂。聽我說，如果你要找的是爺爺在艾利斯島登陸的波蘭或義大利朋友們，首先，沒有這樣的書可以讓你查。就算有吧，問題在於他們的名字和地址老是變來變去，像換衣服那樣。這也是他們一開始要到美國來的原因。要擺脫他們祖先給他們設定的老規矩。

瑪貝爾懷著崇敬的態度，一手擱在腿上的這本書上。

——但是這群人，什麼都不會改變。不改名字，不改地址，什麼該死的小東西都不會改。這就是

49 Social Register，登錄美國上流社會成員的名錄，始於一八八〇年代，每半年出版一期。

他們之所以是**他們**的全部意義。

瑪貝爾花了五分鐘就找到她要找的東西。因為毛毛年紀還輕，名錄裡沒有他自己的條目，但列在理察・柯伯夫人（娘家姓氏渥卡特）的三名子女裡。柯伯夫人是湯瑪斯・馬丁的遺孀，殖民地俱樂部[50]與美國革命女兒會[51]成員，原居曼哈頓，現居棕櫚灘。兩位女兒凱特琳與莎拉皆已婚，與夫婿另列：紐澤西莫里斯敦的劉易士・威爾寇克斯先生夫人，紐約哈德遜河畔哈斯汀的丹尼斯・惠特尼先生夫人。

——無論如何，瑪貝爾說，你都必須回曼哈頓搭火車。如果我是你，我會先去找莎拉，因為哈德遜河畔的哈斯汀車程比較近，而且還有不必到紐澤西的額外好處。

⁂　⁂

埃米特離開瑪貝爾家，已經十二點半了。為了節省時間，他招手攔下計程車，但要司機載他去曼哈頓的火車站時，司機卻問是哪個火車站。

——曼哈頓不只一個火車站？

——有兩個啊，老弟：賓州車站和大中央車站。你要去哪一個？

——哪個站比較大？

——兩個都很大。

埃米特沒聽過大中央車站，但他記得柳伊斯那名乞丐告訴他說賓州車站是全國最大的火車站。

50 Colony Club，創立於一九〇三年，為美國第一個純女性社交俱樂部。

51 Daughter of American Revolution，由曾參與美國獨立革命的人士直系後裔所組成的社會服務團體，是以血統為基礎的美國菁英團體。

——賓州車站吧，他說。

埃米特抵達賓州車站時，慶幸自己選得好，因為車站立面的大理石石柱巍峨聳立，有四層樓高，而內部高聳的玻璃天花板下方，寬闊的空間裡有各形各色的大批旅客。只是找到詢問櫃台後，埃米特才知道賓州車站沒有開往哈德遜河畔哈斯汀的列車。要去那裡得在大中央車站搭哈德遜河線。所以埃米特沒去莎拉家，而是搭上一點五十五分開往紐澤西莫里斯敦的火車。

抵達瑪貝爾給他的地址時，他請計程車司機等他，他下車敲門。開門的女人說沒錯，她就是凱特琳．威爾寇克斯，態度很客氣。但埃米特一問她弟弟毛毛是不是在這裡，她脾氣就快爆發了。

——突然之間，每個人都想知道我弟是不是在這裡。可是他為什麼會在這裡？究竟為什麼？你和那個女生是一夥的？你們兩個想幹嘛？你是誰？

埃米特快步走向計程車，還聽見她在大門口嚷嚷，想知道他究竟是什麼人。

所以埃米特回到莫里斯敦火車站，搭四點二十分的火車到賓州車站，然後搭計程車到大中央車站，結果這裡也有大理石石柱，有高聳的天花板，也有各形各色的大批旅客。他在這裡等了半個小時，搭六點十五分的列車到哈德遜河畔的哈斯汀。

埃米特七點幾分到達之後，第四度搭上計程車。但車才上路十分鐘，他看見計費器跳到了一元九十五分，突然想到他也許沒有足夠的錢可以付車資。他打開皮夾，確定在搭了幾趟火車和計程車之後，他身上只剩兩塊錢。

——可以停車嗎？他問。

司機疑惑地從後照鏡瞥他一眼，在一條三線道馬路路肩停下。埃米特拿起皮夾，解釋說他的錢只夠付目前計費表上的車資。

——錢沒了，車也就沒得搭了。

埃米特點頭表示理解，把兩塊錢交給司機，謝謝他，然後下車。幸運的是，司機在開走之前，很好心的搖下前座乘客席的車窗，指引埃米特方向：**往前走大約三公里，右轉森林路，再走一公里半，左轉史迪波切斯路**。計程車開走之後，埃米特開始走，心裡想的就是那旅程無限切分成兩半的可怕理論。

美國國土寬達四千八百公里，他心裡想。五天前，他和比利啟程，打算往西開兩千四百公里到加州。結果，他卻往東兩千四百公里到了紐約。抵達紐約之後，埃米特從時代廣場到曼哈頓下城來回移動，然後又回布魯克林和哈林。最後最後，在終點看似近在咫尺時，他卻又得搭三趟火車，四趟計程車，然後徒步前往。

他想像得出來尼克遜老師會怎麼圖解：舊金山在黑板左邊，埃米特彎彎曲曲一路往右前進，每一段路程都比前一段短一點。只是，埃米特一直以來必須竭力奮戰的，並非芝諾的悖論。而是那個花言巧語、天馬行空、計畫顛倒錯置的悖論，也就是名之為公爵夫人的那個。

但為此而生氣的埃米特知道，一個下午在路上來來去去或許最好。因為他今天離開瑪貝爾家的時候，心中滿是挫折怒火，若是當時公爵夫人就站在街上，埃米特肯定會把他打倒在地。

但搭火車和計程車來去幾趟，以及這將近五公里的步行，讓他不只有時間重新探索忿怒的原因——斯圖貝克、信封、麻藥——也有時間思索自己必須克制的理由。例如他對比利和阿格妮斯修女許下的承諾。例如瑪貝爾和慈善的辯護。但最重要的，讓埃米特暫停下來找尋衡量標準的，是那天晚上費茲．費茲威廉斯在窮途末路的小酒館裡，喝著威士忌告訴他的那個故事。

將近十年的時間，埃米特默默滋養出對父親的譴責，父親接連不斷的愚行——一心一意追求農夫夢，不肯向人求助，靠著過分樂觀的理想主義支持自己，最後甚至付出失去農場與妻子的代價。儘管有這種種缺點，但查理．華特森從未像哈里遜．希韋特那樣背叛埃米特，一次也沒有。

哈里遜．希韋特的背叛是為了什麼？

為了個小玩意兒。

從小丑屍體上扒下來的小東西。

這老演員故事背後的諷刺意味，時時刻刻都在埃米特心裡盤桓。那諷刺響亮而清晰，猶如斥責一般。埃米特在薩林納認識的那些男孩，公爵夫人是最有可能為了自己方便而扭曲規則與事實的人，但到頭來，公爵夫人卻是無辜的。他是什麼事也沒做，卻被送進薩林納的人。唐豪斯和毛毛都偷了車，而他，埃米特．華特森，終結了另一個人的生命。

他有什麼權利要求公爵夫人彌補自己的罪孽呢？

按下惠特尼家門鈴不到幾秒鐘，埃米特就聽見屋裡有人跑步的聲音。然後門就敞開了。

從某個程度上來說，埃米特原本必定期待公爵夫人會滿臉痛悔，因為他看見公爵夫人笑嘻嘻出現在門口，心中湧起一股強烈的惱怒。公爵夫人不只笑嘻嘻，甚至有點得意地轉頭看比利，並張開雙臂——就像他出現在華特森家穀倉時那樣——只為了說：

——我就說吧，孩子。

比利咧開大大的笑容，繞過公爵夫人，擁抱埃米特，然後開始滔滔不絕。

——你一定不相信發生什麼事了，埃米特！我們離開馬戲團之後——你那個時候和朋友在一起——公爵夫人開車載我們到帝國大廈去找亞伯納斯教授的辦公室。我們搭特快電梯，直達五十五樓，我們不只找到那間辦公室，還找到亞伯納斯教授！他給了我一本筆記本，讓我寫完書上的空白頁之後可以繼續寫。我告訴他尤里西斯——

——等等，埃米特不由自主地露出微笑，我很想聽全部的故事，比利。我真的很想。但首先，我得和公爵夫人單獨談一分鐘，好嗎？

——好吧，埃米特，比利說，好像有點不太確定哥哥這個想法好不好。

——你跟我來吧，毛毛對比利說，我反正有東西要給你看！

埃米特看著比利和毛毛爬上樓梯，等他們的身影消失在走廊裡，他才轉頭面對公爵夫人。

埃米特看得出來公爵夫人有話要說。他表現出準備開始說故事的每一個徵兆：他重心移到腳掌，雙手準備做手勢，表情熱切誠摯。

所以趁他還來不及開口，埃米特就拉住他的衣領，掄起拳頭。

毛毛

就毛毛的經驗來說，當某人說他要和另一個人私下談談的時候，你很難知道該怎麼做才好，真的。但埃米特說要單獨和公爵夫人談談的時候，毛毛馬上知道該怎麼做。事實上，他從七點四十二分就已經開始思考這個問題了。

——你跟我來吧，他對比利說，我反正有東西要給你看！

毛毛帶比利上樓，到那間既是他的、也不是他的臥房。

——進來呀，進來，他說。

比利踏進房間，毛毛關上門——但留著幾公分的縫隙，這樣一來他們聽不見埃米特對公爵夫人說什麼，但埃米特喊他們下樓的時候，他們可以聽得見。

——這是誰的房間？

——以前是我的，毛毛微笑說，但我放棄這個房間，這樣寶寶可以離我姐比較近。

——所以你現在的房間是靠後梯的那間。

——這樣比較合理，毛毛說，因為我不時來來去去。

——我喜歡這個藍色，比利說，和埃米特車子的顏色一樣。

——我也是這樣想！

欣賞完藍色粉刷之後，毛毛的注意力轉到房間正中央的那堆東西。他掀開防水布，找到他想找的箱子，打開蓋子，把網球獎盃擺到一旁，拿出一個雪茄盒。

——找到了，他說。

因為床上擺滿了毛毛的東西，所以他和比利只好坐在地上。

——這是收藏品？比利問。

——是的，毛毛說。雖然不像你的銀元，或你在內布拉斯加的瓶蓋。因為我並不是蒐集某一種東西的不同版本。我蒐集的是同一種性質的不同東西。

毛毛打開盒蓋，斜舉起盒子給比利看。

——看見沒？這都是很少用到的東西，但收在這裡，萬一臨時需要的時候，就知道可以在哪裡找到。例如，我把我爸的襯衫門襟釦和袖釦收在這裡，因為我有時候突然必須穿晚宴服時要用。還有，這是法國法郎，萬一我去法國可以用。這是我撿過最大的一顆海玻璃。但這……

毛毛輕輕推開爸爸的舊皮夾，從盒子底部拿出一只手錶，交給比利。

——這錶面是黑色的，比利很意外。

毛毛點頭。

——而數字是白的。和你預期的剛好相反。這是軍官手錶。之所以這樣設計，是為了讓軍官在戰場上需要看手錶的時候，不會因為白色的錶面而被敵軍的狙擊手瞄準。

——這是你爸爸的？

——不是，毛毛搖頭說，這是我外公的。他第一次世界大戰的時候在法國戴的。後來他送給我媽的哥哥華勒斯。我年紀比你還小的時候，華勒斯舅舅把錶送給我當聖誕禮物。我就是用他的名字命名的。

——所以你的名字是華勒斯？

——是的，沒錯。

——他們是因為這樣才叫你毛毛，免得你和華勒斯舅舅在一起的時候，容易叫錯？

——不是的，毛毛說。華勒斯舅舅過世很多年了。他和我爸爸一樣，死在戰場上。只不過不是世界大戰，是在西班牙內戰。

——你舅舅為什麼去打西班牙內戰？

毛毛迅速抹掉眼淚，搖搖頭。

——我也不確定是為什麼，比利。我姐說，他做了很多大家期待他做的事，所以他想做一件完全沒有人料到的事。

比利把錶輕輕握在手裡，他們一起看著。

——你看，毛毛說，這錶也有秒針，但和你那只錶不一樣，不是大秒針繞著大錶面轉，而是一根細小的秒針，繞著自己的小錶面轉。在戰爭裡，就算一秒鐘也是很重要的，我想。

——是啊，比利說，我也這樣覺得。

比利遞出手錶，想還給毛毛。

——不，不，毛毛說，這是送你的。我從箱子裡拿出來，是因為我希望你擁有它。

比利搖搖頭，說這錶太貴重，不可以隨便送人。

——不是這樣的，毛毛興奮反駁。這不是那種太珍貴所以不能送人的手錶。這是太珍貴所以必須好好保存的手錶。我外公傳給我舅舅，舅舅傳給我。現在我要傳給你。有一天——很多很多年以後——你可以再傳給其他人。

也許毛毛沒把他的重點說得很清楚，但比利似乎瞭解。所以毛毛叫他給手錶上發條！但首先，他說明這個手錶的怪癖——一天必須轉十四次。

——如果你只轉十二次，一天終了時，這錶會慢五分鐘。相反的，如果你轉十六次，那錶就會快五分鐘。但如果你轉剛剛好十四次，那時間就會分秒不差。

比利聽完之後，默默數著，給發條轉了整整十四次。

毛毛沒告訴比利的是，有時候——就像他剛到聖保羅的時候——他會一連六天，每天給錶上十六次發條，這樣他最後可以比別人快上半個鐘頭。又有些時候，他會一連六天給手錶上十二次發條，那麼他就會比別人慢半個鐘頭。不管是哪一種情況——不管他轉十六次或十二次——都很像愛麗絲踏進鏡子裡，或是《納尼亞傳奇》裡的佩文西兄妹穿過衣櫥那樣，發現自己置身在一個既是他們的、又不是他們的世界裡。

——快，戴上吧，毛毛說。

——你是說我現在就可以戴？

——當然，毛毛說。當然，當然，當然。這才是重點！

於是比利不需要他人協助，就自己戴好手錶。

——看起來很棒吧，毛毛說。

毛毛說完這句話，很可能會再覆述一遍強調，結果沒有，因為樓下突然傳來很像槍響的聲音。毛毛和比利瞪大眼睛互看一眼，跳起來，衝出房門。

公爵夫人

埃米特心情確實很壞。他想掩藏情緒，因為他就是這樣的人。但我還是看得出來。特別是他打斷比利講到一半的故事，說他要單獨和我談談。

真該死，如果我是他，我也會想要單獨和我談談。

阿格妮斯修女很愛說的另一句話是：**聰明人自己招認**。她的重點當然是，如果你做了什麼壞事——不管是躲在維修棚後面，還是在三更半夜做的任何壞事——她遲早都會發現。拼湊線索之後，她會像福爾摩斯之類的安樂椅神探那樣推衍出結論。或者她可以從你的神態察覺出來。或者直接從上帝口中聽見。無論來源為何，她都會知道你的惡行，一點疑問都沒有。所以為了節省時間，你最好自己招認。承認你違反規定，痛徹懊悔，保證彌補——最理想的狀況就是趁別人還沒聽到風聲之前先自己承認。所以埃米特和我一獨處，我就做好準備了。

結果，埃米特的想法和我不同。甚至比我更好。因為我還來不及說半個字，他就抓起我的衣領，想揍我。我閉上眼睛，等待贖罪。

但什麼也沒發生。

我微張右眼偷看，看見他咬緊牙關，努力壓抑自己的本能反應。

——動手吧，我告訴他，如果能讓你覺得好過一些，我也會覺得好過。

儘管我想辦法鼓動他，我還是感覺得出來，他逐漸鬆手。然後他把我往後推一兩步。所以我最終還是有機會道歉。

——對不起，我說。

我一鼓作氣，一一細數我做錯的事。

——我沒問你就借走了斯圖貝克；我把你們丟在柳伊斯；我誤判了你對凱迪拉克的興趣；最重要的是，我毀了你在瑪貝爾家的夜晚。我還能怎麼說呢？我的判斷力實在太差了。但我會彌補你。

埃米特舉起雙手。

——我不需要你的任何彌補，公爵夫人。我接受你的道歉。我不想再提這些事了。

——好吧，我說，我很感激你願意拋開我們的恩怨。但重要的事情先做……

我從長褲後口袋掏出信封，有點正式地交還給他。拿到信封，他顯然放了心，甚至還嘆了一口氣。但同時，我也看得出來，他掂掂信封的重量。

——少了一些，我承認。但我有另一個東西要給你。

我從另一個口袋掏出那張帳單。

埃米特接過那張紙的時候，似乎有點不解，但看了之後更加不解。

我走到埃米特旁邊，指著那些欄位。

——當然是。我告訴你，埃米特，這孩子很有數學頭腦。

——這是比利的筆跡？

——都在上面了。必要的支出，例如汽油和旅館費，都會先補給你。然後還有一些我任意支出的費用，算在我個人帳上——等我們到阿第倫達克就可以把帳算清楚。

埃米特從那張紙抬起目光，有點難以置信。

——公爵夫人，我告訴你多少次了，我不要去阿第倫達克。等那輛斯圖貝克弄好了，比利和我就要去加州。

——我知道，我說。因為比利要趕在七月四日到那裡，所以趕快行動是合理的。但你說你的車要到星期一才會好，對吧？而且你一定餓了。所以今天晚上，我們就好好吃一頓，就我們四個人。明天，毛毛和我會開著凱迪拉克到營地，拿到那筆錢。我們會在雪城停一下，去看我老爸，然後馬上就開上高速公路。我們應該幾天就可以趕上你們。

——公爵夫人……，埃米特說，哀傷地搖搖頭。

他看起來甚至有點洩氣，對一個這麼能吃苦耐勞的男生來說，實在很不尋常。顯然這個計畫有些部分他並不接受，或者是有我所不知道的新問題。但我還沒機會問，就聽到馬路上有個爆裂的聲音。

埃米特緩緩轉身，瞪著大門好一會兒，然後閉上眼睛。

莎莉

要是我哪天蒙上主隆恩生下孩子，我一定要把他養成是聖公會教徒，而不要像我一樣是個天主教徒。聖公會雖然是新教，但你從他們的儀典裡看不出來——他們有那些法袍和英文讚美詩。我猜他們喜歡被稱為高教會派[52]。我覺得他們既高且強。

聖公會值得稱頌的一點是，他們把紀錄保存得很完整。他們對紀錄的堅持，簡直和摩門教不相上下。所以，埃米特沒按約定在星期五下午兩點半打電話來，我別無選擇，只能聯絡聖路加教會的柯摩爾神父。

他來接電話之後，我向他說明，我想追查一位曼哈頓的聖公會教友，請他建議我怎麼著手。他想也不想就說我應該和聖巴多羅買的漢彌頓．史皮爾牧師聯絡。他甚至給了我電話號碼。

這個聖巴多羅買應該是個很不尋常的教會，我可以告訴你們。因為我打電話去的時候，聽電話的不是漢彌頓．史皮爾牧師，而是個接待員，叫我在線上等一下（雖然這是長途電話），然後她幫我轉接給助理牧師，而這位助理牧師想知道我為什麼要和牧師本人講電話。我說我是他們教區一個家族的遠親，我父親夜裡過世了，所以我必須通知紐約的遠親，而我這輩子從來就沒找到過我父親的電話簿。

嗯，嚴格來說，我所言並非事實。不過，天主教信仰雖然通常反對飲酒，但喝一點點紅酒不只

52 High Church，源於聖公會的一種基督教傳統，崇尚古老繁華的儀典，也主張恢復部分天主教傳統。與之對立的低教會派，則主張簡化儀典。

沒人反對，而且還是聖餐儀式的重要部分。所以我想，教會雖然通常反對說謊，但只要是對上帝的敬獻，那麼一點點白色謊言就和星期天的那一小口紅酒一樣，都不違背天主教信仰。

那家人姓什麼？助理牧師想知道。

我回答說是毛毛．馬丁他們家，他就要我別掛斷。又耗掉幾毛錢電話費之後，史皮爾牧師來接電話。首先，他為我的喪父之痛表達最深摯的同情，也希望我父親安息。他接著說，毛毛一家人，也就是渥卡特家族從聖巴多羅買一八五四年創立以來，就是教會的教友，他個人曾為他們的四個家族成員主持過婚禮，當然也主持過更多葬禮。

幾分鐘的時間裡，我拿到毛毛家人的電話號碼和地址：他媽媽在佛羅里達，兩個姐姐都已結婚，住在紐約附近。我先打給那個叫凱特琳的。

渥卡特家族或許從一八五四年聖巴多羅買創立之初就加入教會，但這位凱特琳．渥卡特．威爾寇克斯並沒有太在意教義訓誨。因為我一說要找她弟弟，她就提防起來。我說我聽說毛毛可能住在她家，她就完全不客氣了。

——我弟弟在堪薩斯，她說，他為什麼會在這裡？誰告訴妳說他在這裡的？妳是誰？

就這樣。

接著我打給莎拉。這次電話響了又響，響了又響。

最後我掛掉電話，坐了一會兒，手指敲著我爸的書桌。

在我爸的書房。

在我爸的屋簷下。

我走進廚房，拿出皮包，數了五塊錢，放在電話旁邊，用來支付長途電話費。然後我回到房間，從櫃子深處找出行李箱，開始打包。

從摩根到紐約的車程是二十個鐘頭，花了一天半的功夫。

……　……

對某些人來說，開這趟路可能很辛苦。但我不敢相信，這二十個鐘頭在路上，我竟然幾乎無時無刻不在回顧我的人生。而且我發現自己經常想的——這應該很自然吧，我想——是我們渴望遷徙的這個謎團。

從所有的證據來看，對於遷徙的渴望和人類歷史一般古老。就說《舊約》裡的那些人物吧，他們總是在遷徙。首先是亞當和夏娃離開伊甸園。接著是該隱被懲罰，永遠流浪；挪亞漂流在大洪水裡；摩西帶領以色列人出埃及，到應許之地。其中有些人是上帝討厭的，有些人是上帝喜愛的，但他們全都在遷徙。至於《新約》，我們的主耶穌基督是所謂的漫遊者，總是從這個地方到那個地方，不是徒步，就是騎驢子，或乘坐天使雙翼。

但渴望遷徙的證據並不侷限於《聖經》裡。任何一個十歲的小孩都可以告訴你，闖蕩天下的熱情是人類歷史上排名第一的題材。就拿比利總是抱著的那本紅色大書來說吧，裡面有橫跨不同時代的二十六個故事，但每個故事的主角幾乎都是準備要到什麼地方去的人。拿破崙準備出兵征服他國，亞瑟王要去尋找聖杯。書裡有些角色是歷史人物，有些是虛構人物，但不管是真實或想像的人物，每一個人幾乎都要從自己所在的地方出發去別的地方。

所以，如果遷徙的渴望和人類歷史一般久遠，而且每個小孩都可以告訴你這個道理，那麼像我爸這樣的人是怎麼回事呢？是他心裡的哪個開關出了差錯，把上帝賦予的遷徙渴望，轉化成了留在原地的意願？

並不是因為失去活力。像我爸這樣的人，這個轉化並不是在變得年老體衰時才發生的。是他們還健壯精力充沛，人生還處在活力鼎盛的階段時就已存在。要是你問他們為什麼會有這樣的改變，他們就會用所謂的美德來加以掩飾。他們會告訴你，美國夢就是定居，成家立業，過誠實正直的生活。他們會談起藉由教會、扶輪社和商會所建立的社區秩序，以及其他的定居生活態度。

但也許，我開過哈德遜河時心想，只是也許，對於定居的渴望並非來自某人的美德，而是來自他的邪惡。畢竟，暴食、貪婪和怠惰[53]都和定居的安逸有關，不是嗎？安穩坐在你的安樂椅裡，你才能吃得更多，懶散更多，需索更多，不是嗎？從某個角度來說，傲慢和嫉妒也和定居有關。因為傲慢來自於你為自己所搭建創造的一切，而嫉妒源於你對街鄰居所建造的一切。一個人的家是他的城堡，但在我看來，這城堡的護城河，不只防範外人進來，也同樣讓裡面的人出不去。

我相信上主賦予我們每一個人任務——寬恕我們的軟弱、鍛鍊我們的力量、塑造獨一無二心靈的任務。但也許祂並沒來敲我們的門，像端著鋪滿糖霜的蛋糕那樣送到我們面前。也許，就只是也許，祂要求我們的，祂期待我們的，祂希望我們做的，就是像祂那位獨生子一樣，踏進世界裡，自己去尋找。

我爬出貝蒂，埃米特、毛毛和比利都從屋裡衝出來。比利和毛毛臉上咧開大大的微笑，而埃米特和往常一樣，彷彿微笑是珍貴不可浪費的資源。

教養顯然很好的毛毛，問我是不是有行李。

——謝謝你這麼問，我回答說，眼睛不看埃米特，我的行李在小貨車後面。比利，後座有個籃子，麻煩你了。但不要偷看。

——我們什麼都有了，比利說。

比利和毛毛幫我把東西拿進屋裡，埃米特搖搖頭。

53 天主教的七宗罪，包括暴食、貪婪、怠惰、嫉妒、傲慢、色慾與忿怒。

——莎莉，他說，嗓音裡的怒氣可不只一點點。

——嗯，華特森先生。

——妳來這裡幹嘛？

——我來這裡幹嘛？這個嘛，讓我想想喔。我的行事曆上沒有什麼特別急的事情要做。而且我一直想來這個大城市看看。然後呢，昨天下午又有坐在那裡等電話響那麼一樁小事。

這句話讓他氣勢頓消。

——對不起，他說，我真的忘了要打電話給妳。離開摩根之後，麻煩接二連三不停來。

——我們都有自己的考驗要面對，我說。

——沒錯。我不會給自己找藉口。我應該要打電話的。但就算我沒打，妳也不必大老遠開車到這裡來吧？

——也許是不必。我想我應該只要手指交叉，祝你和比利平安無事就好。但我想你應該想知道，警長為什麼來找我。

——警長？

我還來不及開口解釋，比利就摟著我的腰，抬頭看埃米特。

——莎莉帶了好多餅乾和果醬來。

——我記得我叫你別偷看喔，我說。

我搔搔他的頭髮，顯然從我上次見到他之後，他都沒洗頭。

——我知道妳是這麼說的沒錯，莎莉，但妳不是認真的，對吧？

——對，我不是認真的。

——妳帶了草莓醬來？毛毛問。

——沒錯。還有覆盆子。說到果醬，公爵夫人哪裡去了？

每個人都驚訝抬頭，彷彿這時才發現公爵夫人不見了。但就在這時，他從大門冒出來，身穿襯衫，繫乾淨的白圍裙，說：

——晚餐準備好了！

毛毛

噢，多麼快樂的夜晚啊！

一開始，八點整，公爵夫人打開大門，看見埃米特站在門階上，這本身就是個慶祝的理由。不到十五分鐘之後——就在毛毛把舅舅的手錶送給比利之後——馬路上響起一陣小小的爆裂聲，出現在他們驚嘆的眼睛前面的，是莎莉．藍勝本人，大老遠從內布拉斯加開車到了這裡。他們還沒機會慶祝這件大事，公爵夫人就站在門口，宣布晚餐已經準備好了。

——這邊請，他帶著他們大家一起回到屋裡。

但公爵夫人沒帶他們進客廳，而是到餐廳，餐桌上擺了磁器、水晶杯和兩個枝形燭台，今天甚至不是生日或節日耶。

——噢，天哪，莎莉走進門裡說。

——藍勝小姐，請坐這裡，公爵夫人幫她拉開椅子說。

然後公爵夫人讓比利坐在莎莉隔壁，毛毛坐在他們對面，埃米特坐桌首。公爵夫人把桌子另一端的位子留給他自己，這個位子離廚房門最近，而他也馬上就鑽進門裡不見了。但那扇雙開門還沒停止擺動，他就臂上搭條餐巾，手裡拿瓶酒回來了。

——要好好享受一頓義大利晚餐，他說，一定要來點vino rosso（紅酒）。

公爵夫人繞著餐桌給每個人各斟一杯酒，包括比利。然後他放下酒瓶，又鑽進廚房再出來，這次一口氣端來四個盤子——兩手各有一個盤子，兩條手臂臂彎處也各穩穩擺上一個盤子。毛毛心想，眼前這個景象，正是這扇雙開門當初會如此設計的目的。

再一次繞行餐桌，在每個人面前擺好盤子之後，公爵夫人再次回到廚房，端來另一個盤子給自己。只是他這次穿門而來的時候，身上的圍裙已經不見，換上一件每一顆釦子都扣得好好的背心。

公爵夫人坐下，莎莉和埃米特瞪著他們的盤子。

——這是什麼玩意兒？莎莉說。

——朝鮮薊鑲肉，比利說。

——這不是我做的，公爵夫人承認，是比利和我今天在亞瑟大道買的。

——那條路是布朗克斯義大利區的主要幹道，比利說。

埃米特和莎莉看看公爵夫人，看看比利，又看看他們的盤子，迷惑的表情依舊。

——你們可以用下排牙齒把葉片上的肉刮下來，毛毛解釋說。

——什麼？莎莉說。

——就像這樣！

毛毛為了示範，掰下一片葉子，用牙齒刮下內餡，然後把葉片丟在盤子上。

不到幾分鐘，所有的人都開始享受美好的往日時光，掰葉子，喝口酒，讚嘆討論歷史上第一個膽子大到敢嘗試吃朝鮮薊的人。

每個人都吃完開胃菜之後，莎莉把餐巾攤開放在膝上，問接下來要吃什麼。

——Fettuccine Mio Amore（我心愛的義式寬麵），比利說。

埃米特和莎莉看著公爵夫人，希望他解釋一下，但因為他忙著收盤子，所以就請毛毛代勞。

於是毛毛話說從頭，告訴他們全部的故事。他提起雷歐尼洛餐廳——不接受訂位也不提供菜單的餐廳。他提起點唱機、黑道老大和瑪莉蓮・夢露。他告訴他們，雷歐尼洛本人會逐桌和客人打招呼，請他們喝酒。最後，他告訴他們，服務生來到你的桌邊時，根本不會提起Fettuccine Mio Amore（我心愛的義式寬麵），因為你若不是對這家餐廳熟到知道有這道菜，那就沒資格吃。

——我也幫忙做喔，比利說。公爵夫人教我怎麼正確切洋蔥。

莎莉瞪著比利，有點驚訝。

——正確？

——是的，比利說，正確。

——那該怎麼切？拜託告訴我。

比利還來不及說明，門就又開了，公爵夫人端了五個盤子回來。

毛毛看得出來，他講雷歐尼洛餐廳的故事時，埃米特和莎莉都面露懷疑。他不怪他們。因為一開口講故事，公爵夫人就會像神話中的樵夫保羅．班揚（Paul Bunyan）一樣誇張，積雪永遠有三公尺深，河面永遠寬闊得像大海。但在吃下第一口之後，餐桌上的每個人都不再懷疑。

——真是太好吃了，莎莉說。

——我不得不佩服你們兩個，埃米特說，然後舉杯又說：敬兩位主廚。

毛毛也附和：說得好，說得好！

所有的人都開始說：說得好，說得好！

晚餐太美味，每個人都要求再添一點，公爵夫人又斟了酒，埃米特眼睛發亮，莎莉臉頰泛紅，蠟燭燭油順著燭台支架歡快流淌。

每個人都要其他人講故事。首先是埃米特要比利講他去帝國大廈的事。接著是莎莉要埃米特講搭貨運火車的事。然後毛毛要公爵夫人講他在舞台上看到的魔術。最後，比利問公爵夫人，他是不是會變魔術。

——這麼多年來，我想我是學會了不少。

——你可以變一個給我們看看嗎？

公爵夫人喝一口酒，想了想，然後說：有何不可呢？

公爵夫人推開面前的餐盤，從背心口袋裡掏出開酒器，打開瓶塞，放在餐桌上。然後倒出酒瓶裡沉澱的殘渣，把瓶塞塞回去——不是只塞在瓶口，而是往酒瓶裡塞，讓瓶塞掉到瓶底，原本留有殘渣的地方。

——你們看見了，他說，我已經把瓶塞放進酒瓶裡了。

他把酒瓶傳給每個人，確認瓶身是結實的玻璃，而瓶塞確實在瓶內。毛毛甚至把瓶子倒過來晃一晃，證明每個人基本上都知道的事實：把瓶塞塞進瓶子裡既然這麼困難，要把它搖出來根本不可能。

每個人都檢查過酒瓶之後，公爵夫人捲起衣袖，高舉雙手，證明自己手上什麼都沒有，然後問比利是不是願意幫忙倒數計時。

讓毛毛很滿意的是，比利不只答應接下任務，而且還用他那只新手錶上的秒針，讓倒數計時更加準確。

十，他說，公爵夫人拿起瓶子，擺在他膝上，讓大家看不見。**九**……**八**……，他說，公爵夫人吸氣，吐氣。**七**……**六**……**五**……，公爵夫人的肩膀開始前後轉動。**四**……**三**……**二**，他垂下眼皮，看起來眼睛彷彿全閉上了。

十秒鐘有多長？比利倒數計時的時候，毛毛想。十秒鐘長得足以讓重量級拳擊手輸掉一回合。足以宣布另一個新的年度到來。但怎麼想似乎都不足以讓人從瓶底拿出瓶塞。然而，然而，在比利喊出**一**的那一刻，公爵夫人一手把空酒瓶擺在桌上，另一手把瓶塞擺在酒瓶旁邊。

莎莉倒抽一口氣，看著比利、埃米特和毛毛。比利看著毛毛、莎莉和埃米特。埃米特看著比利、毛毛和莎莉。也就是說，每一個人都盯著其他人看。只有公爵夫人例外，他直視前方，臉上是人面獅身像那莫測高深的微笑。

這時所有人同時開口。比利宣稱這太神奇了。莎莉說，**我不相信！**毛毛說，**太棒了！太棒，太棒**

了！而埃米特要求檢查那個酒瓶。

所以公爵夫人把酒瓶遞給他們輪流檢查，確認酒瓶是空的。埃米特非常懷疑地說，一定是有兩個酒瓶和兩個瓶塞，然後公爵夫人在他膝上掉換。所以每個人都看桌下，公爵夫人張開手臂轉身，但根本就沒找到另一只酒瓶。

每個人又都開始講話，要公爵夫人示範是怎麼辦到的。公爵夫人回答說，魔術師永遠不會揭露他的祕密。但在好一陣哀求催促之後，他還是同意示範。

——要做的呢，他把瓶塞塞回酒瓶之後說，是拿起你們的餐巾，把折起來的一角塞進酒瓶口，就像這樣，用力晃動瓶塞，讓它滑進餐巾的折角裡，餐巾折角包覆瓶塞之後，就把餐巾拉出瓶口，砰一聲，瓶蓋就從瓶子裡出來了。

——讓我試試，比利和莎莉同時開口。

——我們每一個人都試試吧！毛毛建議。

毛毛從椅子上跳起來，衝進廚房，到「丹尼斯」存放葡萄酒的食品儲藏室。他抓起三瓶紅酒，拿到廚房，公爵夫人打開瓶塞，毛毛把酒全倒進排水管裡。

回到餐廳，比利、埃米特、莎莉和毛毛都用力把自己的瓶塞塞進酒瓶裡，然後給自己的餐巾折起一角。公爵夫人繞著餐桌走，指導每一個人。

——多折一點，就像這樣……再多用點力氣搖動瓶塞，像這樣……讓它多進到餐巾裡面一點。好，現在開始拉，別太用力。

砰，**砰**，**砰**，是莎莉、埃米特和比利的瓶塞。

這時所有人都看著毛毛，這樣的情況通常會讓毛毛起身離開房間。但在和四個最親愛的朋友吃過朝鮮薊和Fettuccine Mio Amore（我心愛的義式寬麵）之後，他並沒這麼做。今晚不會！

——等等，等等，他說，我就快好了，快好了。

毛毛咬著舌尖，推擠勸誘，然後輕輕的，輕輕的開始拉。他拉的時候，餐桌上的每一個人，包括公爵夫人，都屏住呼吸，一直等到毛毛的瓶塞發出砰一聲，大家才發出驚喜的歡呼。

也就在這時，雙開門突然被推開，「丹尼斯」走了進來。

——噢，天哪，毛毛說。

——老天爺啊，這裡發生什麼事了？「丹尼斯」逼問，用的是沒期待有人回答的W開頭問句。

門再次被推開，進來的是莎拉，一臉可想而知的擔憂表情。

「丹尼斯」突然向前，拿起毛毛面前的酒瓶，環顧餐桌。

——二八年的瑪歌堡紅酒！你們喝掉四瓶二八年的瑪歌堡紅酒！

——我們只喝了一瓶，比利說。

——沒錯，毛毛說，我們把另外三瓶倒進排水管。

話才一出口，毛毛就知道自己不該這麼說。因為「丹尼斯」的臉紅得像他的瑪歌堡紅酒。

——你把酒倒掉！

本來站在丈夫背後拉著門的莎拉，這時走進餐廳。她要說此時必須說的話，毛毛想，也就是他自己事後會希望自己能神智清明說出的話。但她從「丹尼斯」背後走到前面來，看見整個場面時，從毛毛餐盤旁邊拿起餐巾。這條餐巾和其他人的餐巾一樣，都染上了紅色的酒漬。

——噢，毛毛，她說，聲音非常之輕。

非常之輕，非常令人心碎的輕。

所有的人都沉默下來。有那麼一晌，似乎沒有人知道眼睛該往哪裡看。因為他們不想看彼此，不想看酒瓶，也不想看餐巾。但「丹尼斯」把瑪歌堡紅酒的空瓶擺回餐桌上，魔咒彷彿破解，所有人都看著毛毛，特別是「丹尼斯」。

——華勒斯．馬丁，他說，我可以和你單獨談一下嗎？

毛毛跟著姐夫走進他的書房，立刻明白原本就已經很慘的情況，現在是慘上加慘了。因為「丹尼斯」說得很明白，他不在家的時候，不希望有人進他書房，而眼下電話被塞進書桌抽屜，電話線還露在外面。

——坐下，「丹尼斯」砰一聲把電話放回原位之後說。

他盯著毛毛看了長長的一分鐘，這好像是一般人坐在辦公桌後面常會做的事。他們明明一刻也不肯耽擱地堅持要求和你談談，但卻坐在那裡整整一分鐘，一句話也不說。但就算是整整一分鐘也有結束的時候。

——我想你大概會覺得奇怪，你姐和我為什麼會在這裡？

事實上，毛毛之前根本沒覺得奇怪。但現在既然「丹尼斯」提起了，好像值得思索一下，因為他們兩個原本是要待在城裡過夜的。

原來，星期五下午，凱特琳接到一個年輕女人打來的電話，問毛毛是不是在她家。然後今天早上，有個年輕人出現在凱特琳家門口，問同樣的問題。凱特琳不明白，為什麼大家都要問毛毛是不是在她家，因為他明明應該在薩林納服刑。理所當然的，她很擔心，所以決定打電話給妹妹。但她撥了莎拉家的電話，接電話的竟然是毛毛。毛毛不只掛了她的電話，還把聽筒拿起來，因為凱特琳再打，只聽到嘟嘟的通話聲。這一連串的事情讓凱特琳別無選擇，只能去找莎拉和「丹尼斯」——儘管他們人在威爾森餐廳吃飯。

毛毛小時候，標點符號對他來說簡直像是個死對頭——是一股敵對勢力，不論是透過刺探，還是以威不可擋的暴力橫掃他的灘頭，目的都在擊潰他。七年級的時候，他對親切又有耐心的潘妮老師承認這個困擾，老師說毛毛搞錯了。她說，標點符號是盟友，而不是敵人。這些小符號——句點、逗點和冒號——是要幫助他，讓其他人理解他所要表達的意思。但「丹尼斯」顯然確定別人能理解他要說什麼，所以完全不需要標點符號。

——我們向主人道歉大老遠開車回哈斯汀結果看見一輛小貨卡停在我們家車道上廚房亂得一塌糊塗餐廳坐滿陌生人喝我們的酒還有那條桌巾我的天哪那是你外婆送給你姐的桌巾現在全毀了沒辦法修補挽救因為你們對待這條桌巾就像對待其他東西對待其他人一樣也就是說沒有一絲一毫的尊重

「丹尼斯」盯著毛毛看了一會兒，彷彿真心想理解他，想真正衡量眼前這個人。

——你十五歲的時候家裡送你到全國最好的學校結果你因為我現在已經不記得的原因被開除然後又去了聖馬可結果因為把球場球門燒光光被踢出校門沒有任何一所像樣的學校願意收你你媽媽說服聖喬治收你以紀念華勒斯舅舅因為他是那所學校傑出的學生後來也是他們信託基金會的董事但你又被踢出學校這次不是站在校規懲戒委員會面前而是在法官面前逼得你的家人必須謊報你的年齡免得你被以成年人治罪他們還僱了蘇利文與克倫威爾律師事務所的律師說服法官送你到堪薩斯的特別矯正機構讓你在那裡種一年蔬菜但你顯然沒有毅力待到這段不便的生活結束

「丹尼斯」停下來，是個沉重的暫停。

毛毛很清楚，這個沉重的暫停是和某人單獨談話的主要部分。這是個訊號，表示說的人和聽的人接下來要面對最重要的問題。

——我聽莎拉說如果你回薩林納他們會讓你服完接下來幾個月的刑期然後你就可以申請大學繼續你的人生但是有件事情非常清楚華勒斯也就是你還不懂得珍習教育的價值要讓一個人學會珍惜教育價值的最好方式就是花幾年的時間去做份不需要教育的工作基於這個想法明天我會聯繫一位在股票交易所工作的朋友他永遠都在找年輕人做跑腿的工作也許他可以比我們其他人更成功的教你理解掙錢過日子是怎麼回事

就在這時，毛毛清清楚楚領悟他前一天晚上就該明白的事——當他站在開滿野花、草長及膝的空地上，情緒高昂的那時就該明白——他永遠不會去參觀自由女神像。

埃米特

惠特尼先生和毛毛談完，就回樓上房間，幾分鐘之後，他太太也上樓了。毛毛說他想去看星象的變化，所以走出大門，幾分鐘之後，公爵夫人也出去，說要確認毛毛沒事。莎莉上樓去把比利安頓好。所以埃米特一個人在廚房面對杯盤狼藉。

埃米特很慶幸。

惠特尼先生走進餐廳時，埃米特的情緒從歡樂霎時變成羞愧。他們究竟在想什麼，他們五個？在別人家裡狂歡作樂，喝那人的酒，用他太太的織品來玩幼稚的遊戲。更讓他覺得尷尬難受的是，想起在火車上的帕克與派克，食物丟得到處都是，還有一瓶喝了一半的琴酒躺在地上。當時埃米特心裡馬上就批判那兩人，譴責他們的浪費，以及他們對周遭事物的麻木不仁。

所以埃米特一點都不怪惠特尼先生生氣。他有百分之百的權利生氣。因為他受了羞辱。埃米特意外的是惠特尼太太的反應，她是那麼親切體恤，在毛毛和惠特尼先生離開餐廳之後，她對他們說沒事，不過就是幾條餐巾，幾瓶酒而已，再三堅持說留給管家來收拾就好，而且語氣絲毫不帶怨恨，然後告訴他們可以睡哪幾個房間，可以在哪幾個櫃子裡找到備用的毯子、枕頭和毛巾。體恤，只能用這個詞彙形容。這體恤加重了埃米特的愧疚感。

所以他很慶幸自己獨處，很慶幸有機會清理餐桌，清洗杯盤，當成小小的贖罪。

埃米特剛洗完盤子，正要開始洗杯子時，莎莉走了進來。

——他睡著了，她說。

——謝謝。

莎莉沒再多說什麼，拿起擦碗巾，在他洗水晶杯時，開始擦乾盤子。然後他洗鍋子，她擦水晶杯。做這些工作是一種撫慰，有莎莉陪在他身旁做這些工作，兩人都覺得不需要開口。

埃米特看得出來，莎莉和他一樣羞愧，也和他同樣在這工作裡找到安慰。不是因為知道另一個人也同樣被斥責而覺得安慰。而是因為知道另一個人和自己有同樣的是非觀念，讓這樣的是非黑白變得更加真實而覺得安慰。

·倒數·

第2日

公爵夫人

講到雜耍，要訣就是出人意表。對喜劇演員來說如此，對雜技演員和魔術師來說也是如此。觀眾進到戲院的時候，懷著各自的喜好，各自的偏見，各自的種種期待。因此，表演者必須在觀眾未察覺的情況下，移除他們心裡的這些看法，以一組新的期待取而代之——對表演者來說比較容易預期、操縱，最終也較容易讓觀眾得到滿足的期待。

就拿偉大的曼德雷克來說吧。曼德雷克並不是你所謂的那種偉大魔術師。表演的前半段，他從袖子裡變出花，從耳朵裡掏出緞帶，無中生有變出一枚鎳幣——基本上就是你十歲生日派對上會見到的魔術表演。就和逃脫藝術表演家卡桑提克斯一樣，曼德雷克前半段表演看似缺乏的，其實是在為結尾鋪陳。

曼德雷克和他大部分同行不同的是，他身邊並沒有長腿金髮美女，有的是一隻名叫露辛達的鳳頭鸚鵡。曼德雷克會對觀眾說明，他很多年前在亞馬遜河流域旅行時，發現一隻雛鳥從鳥巢掉到森林地面。為了照顧這隻雛鳥康復，他把牠養到成鳥，自此他們就未再分開。表演過程中，露辛達站在鍍金的架子上協助曼德雷克，有時爪子抓住一組鑰匙，或是用鳥喙在一疊卡片上敲三次。

但表演即將結束之前，曼德雷克會宣布他要嘗試一段從未表演過的魔術。舞台工作人員推出一個帶輪子的臺座，上面是個黑色亮漆櫃子，繪有一隻紅色大龍。曼德雷克會對觀眾解釋，他不久前去了一趟東方，在舊貨市場找到這件物品。他一眼就認出來了，這是個中國箱子。一般人對中國認識不多，但賣古玩的這個老人不只證實了曼德雷克的看法，還教曼德雷克神奇咒語，讓這盒子發揮作用。

今天晚上，曼德雷克宣布，**在全美國第一次，我要利用這個中國箱子，讓我最信任的鳳頭鸚鵡在你們面前消失，然後再次出現。**

曼德雷克輕輕把露辛達放進櫃子裡，關上櫃門。他閉起眼睛，唸了一段他自創的中文咒語，用魔術棒敲敲櫃子。等他再次打開櫃門時，鸚鵡已經不見了。

對熱烈掌聲鞠躬致謝之後，曼德雷克請觀眾安靜，說要讓鸚鵡重新出現的咒語，比讓牠消失來得複雜許多。他深吸一口氣，把聲音調整到適合的音調，快速唸出他那不知是什麼的咒語，然後睜開眼睛，揮舞魔術棒。這時不知從何而來的一團火球炸開來，吞噬櫃子，引發觀眾一陣驚呼，曼德雷克也倒退兩步。但煙消霧散之後，那個中國箱子毫髮無傷。曼德雷克小心翼翼往前，打開櫃門……手伸進去……拿出一個盤子，上面是一隻烤好的鳥，周圍一圈配料。好一會兒，魔術師和觀眾就這樣驚詫得說不出話來，一片沉寂。接著，曼德雷克的目光離開盤子，望向觀眾席，說：唉呀！

於是滿堂喝采。

就這樣。這就是星期天發生的事，六月二十日……

我們天剛破曉便醒，在毛毛的協助下，收拾好行李，躡手躡腳走下後梯，無聲無息溜出門。

我們給凱迪拉克打空檔，推出車道，然後才發動引擎，上檔。半個鐘頭之後，我們就像阿里巴巴搭乘飛毯那樣，奔馳在塔柯尼克州立公園大道。

路上的車輛似乎都是朝反方向開的，所以我們一路順暢，七點鐘經過拉格蘭奇，八點鐘到阿爾巴尼。

毛毛被姐夫痛罵一頓之後，幾乎一個晚上都輾轉反側，起床的時候心情低落，我從沒見過他心情如此之差。所以我一看見地平線上出現藍色尖塔，就打了方向燈。

再次回到橘色的雅座，讓他心情似乎好了些。雖然他對餐桌的紙墊沒什麼興趣，但吃掉了快一半的煎餅，還有我全部的培根。

我們剛開過喬治湖不遠，毛毛就要我轉出公路。我們開始沿著蜿蜒的小路穿過大片大片的鄉村田野。紐約州有百分之九十的地方都是這樣的野地，但卻很少人知道。村鎮越來越遠，樹木離道路越來越近，毛毛兀自哼著廣告歌曲，儘管我們根本沒開收音機。他從座位往前滑，指著樹林的缺口時，應該已經十一點了。

——下個路口右轉。

轉進一條泥土路之後，我們彎彎曲曲穿過森林前進。這森林的樹木好高大，我從沒看過這麼大的。

老實說，毛毛第一次告訴我說十五萬元安全藏在家族營地的時候，我是懷疑的。我就是想像不出來，這麼一大筆錢怎麼能擺在樹林的小屋裡。但我們開出樹林之後，聳立在我們面前的是看起來活像洛克斐勒家族狩獵小屋那樣的大宅。

毛毛一看見房子，就大大呼了口氣，聲音比我還大，彷彿他自己原本也對此有所懷疑似的，彷彿怕這整個地方都只是他自己的想像。

——歡迎回家，我說。

他微笑，今天的第一個微笑。

下車之後，我跟著毛毛繞到房子正門，穿過草坪，到水邊，一大片水面在太陽下粼光閃閃。

——湖，毛毛說。

樹木一路長到湖畔，放眼看去不見其他房子。

——這湖邊有幾棟房子？我問。

——一間……？他反問。

——沒錯，我說。

然後他開始介紹環境。

——那是甲板，他指著甲板說。

船屋，他指著船屋說。還有旗桿，他指著旗桿說。

——管理員還沒來，他看起來又鬆了口氣。

——你怎麼知道？

——因為橡皮艇沒在湖上，划艇也不在甲板上。

我們轉身欣賞房子，這幢俯瞰湖面的房子，看似從美國建國之初就聳立於此。

——也許我們應該把我們的東西……？毛毛建議。

——讓我來！

我像麗池酒店的行李門僮那樣一跳而起，衝到車子後面打開行李廂。我把路易斯維爾球棒擺在一旁，拿出我們的書包，跟著毛毛走到房子比較窄的一端，這裡有兩排粉刷成白色的石牆通向一道門。門階頂端是四盆倒扣的花盆。等橡皮艇在湖上，划艇在甲板的時候，這幾個花盆肯定會種上白人盎格魯撒克遜階級覺得具裝飾效果又不過分張揚的隨便什麼花。

看過三個花盆底下之後，毛毛拿出鑰匙，打開門。接著，他做了絕對不符毛毛心理狀態的行為：

把鑰匙擺回原處，然後才進到屋裡。

首先，我們進到一個小房間，這裡有廚櫃、掛勾和籃子，戶外活動所需要的所有東西都收拾得整整齊齊：外套和帽子，釣竿和線軸，弓和箭。裝有四把來福槍的玻璃櫃前擺了幾張疊起來的白色椅子，應該是從他們草坪的觀景點收進來的。

——污泥雜物間，毛毛說。

說得一副污泥膽敢黏到渥卡特家人鞋子上似的。

槍櫃上有個大大的綠色標示，很像薩林納宿舍的告示，標明所有的守則與規範。牆壁的其他部分，是一塊塊很像雪佛龍商標的暗紅色板子，漆著白色的名單，一直掛到天花板上。

——勝利者名單，毛毛解釋說。

——什麼勝利者？

——我們通常在七月四日進行的比賽。

毛毛一個一個指給我看。

——射擊，箭術，游泳，獨木舟，十八公尺短跑。

我看著那些板子的時候，毛毛一定以為我是在找他的名字，因為他自動告訴我說上面沒有他的名字。

——我不太擅長贏別人，他承認。

——這標準也太高了吧，我安慰他。

走出雜物間，他帶我穿過走廊，一一介紹每個房間。

——飲茶室……撞球室……玩具遊戲貯藏間……

走廊的盡頭通向很大的一個起居空間。

——我們叫這裡是大房間，毛毛說。

這可不是蓋的。這裡簡直像豪華大飯店的大廳，有六個不同的座位區，各自配備有沙發、扶手椅和立燈。還有鋪著厚呢氈的牌桌，以及看起來應該是古堡才有的大壁爐。所有的東西都各安其位，只有綠色的搖椅擠在通向戶外的門邊。

看見那幾把搖椅，毛毛有些失望。

——怎麼了？

——那些椅子應該擺在門廊上的。

——那我們現在就動手吧。

我放下我們的袋子，把軟呢帽丟在椅子上，來來回回幫毛毛把搖椅搬到門廊上，照他的指示，隔著相等的距離細心擺放。搖椅全部擺好之後，毛毛問我要不要參觀房子的其他部分。

——絕對要，我說，這句話讓他的笑容咧得更大。我想看整個房子，毛毛。可是我們不能忘記我們來這裡的理由……

毛毛好奇地看看我之後，豎起一根手指，表示理解。然後他帶我穿過大房間另一頭的走廊，打開一扇門。

——這是我外曾祖父的書房。他說。

在這幢房子裡走動，我覺得自己當初對這裡藏有錢的懷疑，簡直太可笑了。從這些房間的規模和家具的品質來看，女傭床墊下藏有五萬元，沙發椅墊裡散落另外五萬元，都大有可能。但如果說這幢房子的富麗堂皇給予我信心，那麼外曾祖父書房無疑是我信心的最大來源。擁有這間書房的男人不僅知道該怎麼賺錢，而且知道該如何保有財產。因為這是兩件不同的事。

從某個方面來說，這間書房是大房間的縮小版，有同樣的木頭椅子、紅色地毯，還有另一座壁爐。但這裡也有一張大書桌，書櫃，以及小梯子，讓書蟲可以爬上去拿擺在書架上層的書。有面牆上掛了張畫，一群殖民地時代的傢伙身穿緊身褲，頭戴白色假髮，圍在書桌旁。但壁爐上是一幅肖像，年約五十幾歲的男子，金髮白膚，一張英俊堅毅的臉。

——這是你外曾祖父？我問。

——不是，毛毛說，是我外公。

聽到這個答案，我有點鬆了口氣。把自己的肖像掛在自己書房的壁爐上，非常不像渥卡特的作風。

——這是我外公接管我外曾祖父造紙廠的時候畫的。在那不久後他過世了，外曾祖父就把這幅畫挪到這裡來。

看看毛毛，再看看那幅畫，我看得出來家族長相的特徵。除了那堅毅的部分，當然。

——造紙廠後來怎麼了？

——外公過世之後，華勒斯舅舅接下造紙廠。那年他才二十五歲，他經營到三十歲，然後也死了。

我沒說渥卡特造紙廠的老闆能不當就不當。我想毛毛早就明白了。

毛毛轉身走向那幅殖民地時代的畫作，伸手指著。

——獨立宣言。

——不是開玩笑的。

——當然，毛毛說，這是約翰・亞當斯、湯瑪斯・傑佛遜、班・富蘭克林和約翰・漢考克。全在上面。

——渥卡特是哪一個呢？我淘氣地咧嘴笑問。

但毛毛往前一步，指著後排眾人裡一顆小小的頭。

——奧利佛，他說，他也簽署了《邦聯條例》，並擔任康乃迪克州州長。雖然那已經是七代以前的事了。

我倆點點頭，給老奧利佛應有的尊敬。然後毛毛伸手拉開這幅畫，像拉開櫃子門似的，你瞧瞧！裡面是外曾祖父的保險箱，看似用戰艦鋼鐵打造而成的。上面有鍍鎳的把手和四個小轉盤，大小應該有四十五公分見方，深大概也有四十五公分，大得足以裝下希韋特家族七十代的所有積蓄。若非這個時刻如此嚴肅莊重，我真要吹聲口哨了。

從外曾祖父的觀點來看，這保險箱裡面的東西很可能代表了過往歲月。在這幢古老的大宅裡，在脆弱的舊畫後面，收藏有幾十年前簽署的文件，代代相傳的珠寶首飾，以及積累了數代的現金。但再過幾分鐘，保險箱裡的部分東西將變身成為未來的代表。

埃米特的未來。毛毛的未來。我的未來。

——就在這裡，毛毛說。

——就在這裡，我附和。

我倆同時嘆口氣。

——你想要……？我指著轉盤問。

——什麼？噢，不，你請吧。

——好，我說，忍不住想搓搓手，但拚命忍耐。給我數字密碼，我負責動手。

沉默片刻之後，毛毛看著我，一臉驚訝。是真的非常驚訝。

——數字密碼？他問。

然後我笑了。哈哈大笑，笑到腎臟都痛了，淚水都湧出眼眶。

就像我說的：談到雜耍，最重要的就是出人意表。

埃米特

做得太好了，惠特尼太太說，我真的不知道該怎麼謝謝你。

——我的榮幸，埃米特說。

他們站在嬰兒房門口，看著牆壁。埃米特剛粉刷好。

——忙了這麼久，你一定餓了。你到樓下來，我給你弄個三明治。

——謝謝妳，惠特尼太太，讓我先清理一下。

——沒問題，她說，還有，請叫我莎拉。

這天早上，埃米特下樓的時候發現公爵夫人和毛毛已經離開了。他們一大早就起床，留下一張紙條，開著凱迪拉克離開。惠特尼先生也走了，他沒浪費時間吃早餐，就回他們位在市區的公寓了。惠特尼太太穿著吊帶褲站在廚房，頭髮往後梳，紮在頭巾裡。

——我答應要把寶寶的房間粉刷好，她有點尷尬地解釋。

埃米特沒花多少功夫，就說服莎拉讓他來幫忙。

在惠特尼太太應允之下，埃米特把毛毛的東西搬到車庫，堆在原本停放凱迪拉克的位置。他在地下室找到一些工具，拿來拆掉床，塞進箱子裡。房間清空之後，他先給飾條貼上膠帶，地板蓋上防水布，攪拌油漆，開始工作。

只要把準備工作做好——房間清空，飾條貼上膠帶，地板作好防護——粉刷就是件輕鬆的事。這富有節奏的動作會讓你的思緒平靜下來，甚至完全靜默下來。最後，你只會意識到油漆刷的來回刷動，把原本的白色牆面變成新的藍色調。

莎莉看著埃米特工作，點頭表示讚許。

——需要幫忙嗎？

——我自己做得來。

——你的油漆灑出來了，在窗戶旁邊的防水布上。

——是啊。

——好吧，她說，你知道就好。

莎莉蹙起眉頭，看看走廊左右，彷彿沒看到有其他房間需要粉刷，覺得很失望似的。她不習慣無所事事，當然更不習慣在其他女人家裡當不速之客。

——也許我該帶比利到鎮上，她說，找家速食店，吃個午餐。

——聽來不錯，埃米特同意，把刷子擺在油漆罐邊上。我拿錢給你。

——我想我還請得起你弟弟吃個漢堡。況且，惠特尼太太現在可不需要你把油漆滴得一屋子都是。

⋮ ⋮

惠特尼太太下樓去做三明治，埃米特帶著所有的工作用具走下後梯（還先檢查鞋子兩次，確定鞋底沒油漆）。他在車庫裡用松節油清洗刷子、油漆盤和他自己的手，然後才到廚房找惠特尼太太。桌上已經有個火腿三明治和一杯牛奶等著他。

埃米特坐下，惠特尼太太坐在他對面，端了杯茶，但沒吃東西。

——我得進城去找我先生，她說，但我聽你弟弟說，你們的車還在修車廠，明天才會好。

——是的，埃米特說。

——既然這樣，你們三個就留下來過夜吧。你們可以用冰箱裡的東西自己做晚餐，明天早上鎖好門再離開。

——妳對我們太好了。

埃米特懷疑惠特尼先生會喜歡這樣的安排。若要說惠特尼先生有什麼看法呢，那肯定是對太太說，他要他們一睡醒就離開。埃米特覺得自己的懷疑獲得證實，因為惠特尼太太彷彿突然想起似的，告訴他說要是電話響了，就別接。

埃米特吃三明治的時候，發現餐桌中央有張折起來的紙，豎直夾在鹽罐和胡椒罐中間。惠特尼太太循著他的視線望去，承認那是毛毛留下的字條。

埃米特早上第一次下樓的時候，惠特尼太太說毛毛已經走了。他的離開讓她幾乎鬆了一口氣，但也還是有點擔心。此時她看著那張字條，臉上又浮現同樣的神情。

——你想看嗎？她問。

——我不該看的。

——沒關係，我想毛毛不會在意的。

埃米特通常的本能反應是再猶豫一下，但他察覺到惠特尼太太希望他看這張字條。他放下三明治，從兩個罐子之間拿出那張字條。

毛毛手寫的這張字條是寫給**姐**，為他搞亂所有的事情而道歉。為餐巾和葡萄酒而道歉。為塞在抽屜裡的電話而道歉。為一大清早就離開，沒好好說再見而道歉。但她不該擔心，一分鐘也不必擔心。一刻，甚至一眨眼功夫都不該擔心。一切都會沒事的。

字條最後，有個神祕難解的附註：**川唐在他們的床上吃咖哩豬排！**

——會嗎？埃米特把字條放回餐桌之後，惠特尼太太問。

——不好意思？

——會沒事嗎？

——會的，埃米特回答說，我相信會的。

惠特尼太太點點頭，但埃米特看得出來，她並不是贊同他的回答，而是感激他的保證。有那麼一會兒，她就只是看著自己的茶，應該已經變得微溫的茶。

——我弟弟不是從小就愛惹麻煩的。他是有點迷糊毛躁沒錯，但戰爭改變了他。接受海軍任務的是我們父親，迷失在大海裡的卻是毛毛。

她對自己的這句俏皮話，露出哀傷的微笑。然後她問埃米特，知不知道她弟弟為什麼會被送到薩林納。

——他有一回告訴我們，說他開走別人的車。

——沒錯，她帶著笑意說。算是吧。

那時毛毛在聖喬治，是他多年來唸的第三所寄宿學校。

——春天的某一天，課上到一半，她解釋說，他決定走到鎮上去吃個霜淇淋。他走到離校園只有幾里的小購物中心，看見有輛消防車停在路邊。他到處張望，找不到半個消防員，所以他確信——這是只有我弟才會有的推論——這輛消防車是被忘記了。就像——噢，我也不知道——就像雨傘被忘在椅子後面，或書被忘在公車椅子上一樣吧。

她露出寵愛的微笑，搖搖頭，繼續說。

——毛毛急著想把消防車物歸原主，所以坐上駕駛座，開去找消防站。他戴著消防帽——據後來的報告說——在鎮上到處轉，經過小孩身邊就按喇叭。天曉得繞了多久之後，他終於找到一間消防站，於是停好車，步行回學校。

那寵愛的微笑從惠特尼太太臉上褪去，因為她的思緒已跳到後來發生的事。

——結果呢，那輛消防車之所以停在購物中心停車場，是因為有幾個消防員在雜貨店。而毛毛開著消防車逛大街的時候，消防站接到火警通報，有間馬廄失火了。等鄰鎮的消防車趕到，馬廄已經燒得精光。謝天謝地，還好沒有人受傷。但看管馬廄的那個年輕人自己一個人沒辦法把所有的馬都救出來，所以有四匹馬死了。警方查出毛毛已經回到學校，所以就這樣了。

片刻之後，惠特尼太太指著埃米特的盤子，問他是不是吃完了。他說吃完了，她便連同她的杯子一起端到水槽。

她在努力不去想像，埃米特認為。惠特尼太太努力不去想那四匹馬被綁在各自的廄欄裡，隨著火越燒越近，嘶鳴哀號，舉起前腿。努力不去想像那難以想像的場景。

雖然她背對埃米特，但他從她手臂的動作看得出來，她正在抹眼淚。埃米特決定要讓她一個人靜靜，所以把毛毛的字條塞回原位，悄悄推開椅子。

——你知道我覺得奇怪的是什麼嗎？惠特尼太太問，依舊背對埃米特站在水槽前。

他沒回答，於是她轉身，露出憂傷的微笑。

——我們小的時候，大人花很多時間教我們瞭解控制內心邪惡的重要性。我們的忿怒，我們的嫉妒，我們的傲慢。但我現在回頭看，卻發現我們的人生到頭來往往是被美德所阻礙。要是你拿從表面上看來完全可以稱之為美德的某種特性——牧師與詩人齊聲讚頌，我們的朋友無一不讚賞、而我們也希望兒孫能發揚光大的那種特性——充分且大量的賦予某些可憐人，那幾乎可以確定，這將成為阻撓他們得到幸福的障礙。就像有些人因為太過聰明，所以無法讓自己過得好，也有些人因為太有耐性，或太勤奮工作，所以無法讓自己過得好。

惠特尼太太搖搖頭，抬頭望天花板。她再次低下頭時，埃米特看見又有一行淚淌下她的臉頰。

——那些太過有信心……太過謹慎……太過親切……

埃米特瞭解惠特尼太太此時想讓他知道的是，她努力想理解，想解釋，想搞清楚她這個心胸寬大的弟弟為何會走上毀滅之路。同時，埃米特懷疑惠特尼太太的這份清單裡也藏有對自己丈夫的辯解，因為惠特尼先生不是太過聰明，就是太過自信，或太過勤奮工作，沒辦法讓自己過得好。說不定他這三者兼而有之。但埃米特發現自己不住思忖的是，惠特尼太太擁有太多的又是哪一種美德呢？他的本能告訴他，答案很可能是寬恕——儘管他很不願意承認。

毛毛

這是我最喜歡的搖椅，毛毛自言自語說。

他站在門廊上，就在公爵夫人出門去雜貨店之後不久。他輕輕推一下椅子，豎耳傾聽那椅子前後搖擺的喀喀聲，發現隨著椅子前後擺動的動作越來越輕，一聲聲之間的間隔也越來越短，最後完全黏在一起，而椅子也停止搖動了。

毛毛又推了一下椅子，目光望向湖水。此時的湖面如此平靜，連天上的雲都清清楚楚映在水面。但再過一個鐘頭左右，差不多五點鐘，下午的微風就會開始吹起，湖面將掀起漣漪，所有的倒影也會全部消失不見。接著，窗戶裡的窗簾也會開始掀動。

有時候，毛毛想，有時候在夏末時分，颶風在大西洋上流連之際，午後的微風會變得非常之強，讓臥房的門砰一聲摔上，搖椅不必人推也搖個不停。

毛毛推了他最喜歡的這把搖椅最後一下之後，轉身穿過雙扉門，進到大房間。

——這是大房間，他說，雨天的下午，我們在這裡玩印度雙骰棋和拼圖……這是走廊……這是廚房，桃樂西會在這裡做炸雞和她遠近馳名的藍莓馬芬糕。這是年紀太小的人吃飯的飯桌，因為還不能到餐廳的餐桌用餐。

毛毛從口袋拿出他坐在外曾祖父書桌上寫的字條，整齊塞在鹽罐和胡椒罐中間。然後他穿過這屋裡唯一一道可以前後推開的門，離開廚房。

——這是餐廳，他說，指著他的阿姨舅舅表兄弟姐妹會圍坐在一起的長桌。等你年紀夠大，可以在這裡用餐，他解釋說，你可以任意挑個自己喜歡的位子坐，除了桌首之外，因為那是外曾祖父的座位。那是麋鹿的頭。

走出餐廳門，毛毛又進到大房間，仔細欣賞每個角落之後，他拿起埃米特的書包，爬上樓梯，一面走一面數數兒。

——二，四，六，八，我們最愛他。

樓梯頂端的兩側都有走廊，一條往西，一條往東，走廊兩邊是一扇又一扇臥房的門。

南面的牆上什麼東西都沒掛，但北面的牆上到處掛滿照片。根據家族流傳的說法，毛毛的外婆是第一個在樓上走廊掛照片的人——她把四個小孩的合照掛在樓梯對面的邊桌上方。沒過多久，第一張照片左右就掛上了第二張、第三張照片。接著第四張、第五張照片掛在上下。經過這麼多年，照片往左往右，往上往下延伸，最後就朝所有的方向擴散出去。

毛毛放下書包，走近第一張照片，然後開始依照這些照片懸掛的時間順序一一欣賞。這裡有華勒斯舅舅小時候身穿小海軍服的照片。有外公露出手臂上的帆船刺青，站在甲板上，準備在正午十二點開始游泳的照片。有他爸爸在一九四一年七月四日贏得射擊比賽，高舉獎章的照片。

——他參加射擊比賽老是贏，毛毛說，手掌心拂去臉頰的淚水。

在離邊桌一步之處，是毛毛和爸媽在獨木舟上的照片。

這張照片是——噢，毛毛也不太確定——應該是他七歲左右拍的。當然是在珍珠港和航空母艦的事之前。在理察和「丹尼斯」之前。在聖保羅和聖馬可和聖喬治之前。

之前，之前，之前。

照片最有趣的是，毛毛想，照片最有趣的是，儘管在拍照的當下，你知道在這一刻之前所發生的一切，但卻絕對不知道接下來會發生什麼。然而，一旦照片裝框掛在牆上，你如果很仔細很仔細看，就會發現即將發生的所有事情都在這張照片裡。所有還未成形的事情。你想都沒想過的事情。不在你計畫之中，也無可逆轉的所有事情。

毛毛又抹掉一行淚水，從牆上取下這張照片，拿起書包。就像餐桌旁的椅子一樣，走廊上也有個房間的床是你絕對不許睡的，因為那是外曾祖父的床。除了外曾祖父之外，其餘的人都依據年齡大小、是否已婚，或在夏季抵達的時間先後，在不同時期睡不同的臥房。這些年來，毛毛睡過好幾個房間。但住過最久的，或者應該說感覺上好像最久的，是和他表哥富雷迪一起睡的左邊倒數第二個房間。毛毛這時就是要去這個房間。

毛毛走進房間，放下書包，把他和爸媽的合照靠牆立在抽屜櫃上，就在水壺和玻璃杯後面。他盯著水壺看了好一會兒，拿下水壺，走到浴室，裝滿水，再拿回來。他給一只玻璃杯倒水，端起來，放到床頭櫃上。打開窗戶，讓五點過後的微風能吹進房裡，然後開始解開行李。

首先，他拿出收音機，擺在抽屜櫃上，水壺旁邊。接著拿出他的字典，放在收音機旁邊。然後他掏出雪茄盒，裝有他那些相同性質但不同東西收藏品的盒子，擺在字典旁邊。再來是他額外多出來的一瓶藥，以及他發現在香料架上等著他的褐色小瓶子，他把這兩個瓶子放在床頭櫃上的水杯旁邊。

毛毛脫掉鞋子，聽見有輛車開進車道——公爵夫人從雜貨店回來了。毛毛走到門邊，聽見雜物間的紗門打開又關上。腳步聲穿過大房間。書房裡的家具挪移。最後，咣噹的聲音響起。

這不是那種輕巧的咣噹聲，像舊金山纜車的那種聲音，毛毛想。這是強而有力的咣噹聲，像打鐵匠在鐵砧上敲打燒得熾熱的馬蹄鐵。

也許不是馬蹄鐵……毛毛想，一陣心痛。

打鐵匠敲的最好是別的東西。其他東西，例如，例如，例如一把劍。對，是劍。這咣噹聲很像是古代的打鐵匠敲打亞瑟王石中劍的刀刃。

毛毛懷著這比較快樂的意象，關上門，打開收音機，躺在左邊的那張床上。

在金髮女孩與三隻小熊的故事裡，金髮女孩必須爬上三張床，才能找到適合她的那張床。但毛毛不需要爬上三張不同的床，因為他早就知道左邊這張床最適合他。在他年少時，這張床不會太硬也不會太軟，不會太長也不會太短。

毛毛拍拍枕頭，迅速喝掉多出來的那瓶藥，讓自己舒舒服服的。他抬眼看天花板，思緒飄回他們在雨天玩的拼圖。

要是每個人的生活都像那一片片拼圖，毛毛想，那豈不是太好了。那麼就沒有任何人的生活會造成其他人的不便。每個人的生活都恰恰好可以拼進特別為他們所設計的位置，如此一來，也會讓整個精緻複雜的圖像變得完整。

毛毛沉浸在這個有趣想法的時候，收音機的廣告播完了，開始播放懸疑節目。毛毛從床上爬起來，把音量轉低到二格半。

聽收音機播放的懸疑節目有個重點，毛毛非常清楚，你必須瞭解，所有設計來讓你感到焦慮的情節——例如刺客的低聲耳語，樹葉的沙沙聲，或樓梯的吱嘎響——都是相對安靜的。而那些設計來讓你覺得安心的——例如英雄突然現身，油門加速，或他的手槍擊發——都相對大聲。所以你如果把音量調低到兩格半，就差不多聽不見那些設計來讓你感覺焦慮的部分，但仍然聽得見那些設計來讓你覺得安心的部分。

毛毛回到床上，從褐色小瓶子裡把全部的粉紅色小藥丸倒在床頭櫃上。他用指尖把藥丸推到掌心，說：**一顆馬鈴薯，兩顆馬鈴薯，三顆馬鈴薯，四顆馬鈴薯，五顆馬鈴薯，六顆馬鈴薯，七顆馬鈴薯，更多馬鈴薯**。然後就著一大口水，全吞進肚子裡。他再次讓自己舒舒服服的。

枕頭拍好了，音量適度調低了，粉紅小藥丸也好好的吞進肚子了，你或許會以為毛毛接下來不知道該想什麼，不知道毛毛究竟為什麼是毛毛，又變得像以前的毛毛一樣了。

但毛毛清清楚楚知道該想什麼。幾乎在這一切剛發生的瞬間，他就知道他要想什麼了。

——我會先從站在FAO施瓦茲的櫃子前開始想，他微笑對自己說。然後我姐姐來了，我們帶著貓熊一起去廣場飯店喝茶。之後公爵夫人和我在亞伯拉罕．林肯的雕像前碰面，他和我去看馬戲團，在那裡，比利和埃米特突然出現。然後我們一起跨過布魯克林大橋，到帝國大廈樓上，我們見到亞伯納斯教授。接著我們到了長滿野草的火車軌道，坐在火堆旁邊，聽兩個尤里西斯的故事，也聽古代預言家說他們要怎麼找到回家的路——他們要如何在漫長的十年之後，找到回家的路。

但不必著急，毛毛想，等窗簾掀動，野草開始從地板縫隙冒出來，長春藤爬上抽屜櫃的櫃腳。這種獨一無二的日子值得用最慢最慢的步伐細細品味，品味每一個片刻，每一個轉折，每一個情節變化，記住每一個最微小的細節。

阿巴卡斯

很多年以前，阿巴卡斯就得到結論，最偉大的英雄故事從側面看都像個菱形。英雄的故事從某個精妙的起點開始，往外擴展到年少時期，也就是他開始蓄積能力，累積錯誤經驗，培養友誼與醞釀敵意的時期。他踏進世界之後，在卓越同伴的協力之下建立功勳，贏得無數榮耀與功業。英雄的這個世界擁有堅強的同伴與偉大的探險，不斷往外擴展，但是界定其範圍的兩條外圍廓線，卻在某個未知的時刻，同時轉過一個彎角，開始往內聚合。我們這位英雄跨越的疆土，所遇見的人物，以及從一開始就驅動他不斷向前邁進的使命感，都逐漸變窄變少——漸漸窄化，最後兩條線就到了決定他的命運，無可逆轉且固定不動的那個點。

就拿阿基里斯的故事來說吧。

女神提蒂絲希望自己的兒子所向無敵，於是抓著新生兒的腳踝，把他浸入冥河裡。阿基里斯的故事從他母親手指捏住他腳踝的這一刻便已展開。阿基里斯長成高大魁梧的年輕人，追隨半人半馬的紀戎學習歷史、文學和哲學。在運動場上，他得到力量與活力。而從志同道合的帕特羅克斯身上，他則得到最親密且堅固的友誼。

阿基里斯青年時期勇闖世界，從一場輝煌成就到下一場，征服所有的敵手，讓聲望傳揚得既高且廣。然後，在聲望的最高點、體能也達顛峰時，阿基里斯出海航向特洛伊，與阿格門儂、梅奈勞斯、尤里西斯和艾阿斯一同投入有史以來最偉大的戰役。

但在航越海洋途中，也就是在愛琴海的某處，阿基里斯並不知道他人生不斷向外擴展的射線已經轉了個彎，開始循著往內聚縮的軌道前進。

漫長的十年，阿基里斯留在特洛伊戰場上。隨著時間流逝，衝突的區域越來越小，而戰線也越來越靠近被包圍的特洛伊城牆。數目一度多到難以計數的希臘與特洛伊軍隊也越來越少，每多一人死亡，就少一個兵士。第十年，特洛伊王子赫克特殺了他的好友帕特羅克斯之後，阿基里斯的世界變得越發窄小。

從這時起，敵人在阿基里斯心中的概念，從特洛伊軍隊縮小到必須為好友之死負責的那個人。綿延的戰場也縮小成他與赫克特對峙的那幾尺見方空間。原本涵蓋責任、名譽與榮耀的使命感，如今只剩下一團熊熊燃燒的復仇之火。

所以或許我們也不該覺得意外，在阿基里斯成功殺死赫克特之後幾天，一支毒箭凌空飛來，射中阿基里斯身上唯一不受保護的地方——他母親抓著他浸入冥河之時所握住的腳踝。在這一瞬間，他所有的回憶與夢想，他所有的理性與感性，他所有的美德與邪惡，都像被食指與拇指一捏而熄的蠟燭火燄，全消失了。

是的，在漫長的時間裡，阿巴卡斯早已瞭解到，偉大英雄的故事從側面看來都像個菱形。但最近以來，盤據他思緒的卻是另一重領悟，符合這個對稱圖形的不僅僅是知名人物的人生。即使是礦工或碼頭工人，也符合這個圖像。女服務生和護士的人生是如此，配角和無名氏，無足輕重或被遺忘的人也都是如此。

每一個人的人生。

他的人生。

他的人生從一個點開始——一八九〇年五月五日，名叫山姆的小男嬰出生在瑪莎葡萄園島上，一棟色彩鮮豔小屋的臥房裡，是保險理算人和裁縫的獨生子。

山姆和其他小孩一樣，人生最初的幾年是在家人溫暖的照顧下度過。但七歲那年，有一天，在颶風過後，山姆陪爸爸去檢查一艘需要評估理賠金額的船隻殘骸。這艘船從海地的太子港啟程，最後在瑪莎葡萄園北端燈塔外海的沙洲擱淺，船身毀壞，船帆破碎，裝滿貨艙的蘭姆酒隨波濤沖上岸邊。

從這一刻起，山姆人生的外牆開始往外擴展。每回暴風雨過後，他都堅持要和爸爸一起去看船骸：縱帆船、巡防艦和遊艇。無論是被狂風吹上岩石，或被巨浪打沉，山姆看見的不只是一艘陷入困境的船。他看見的是因船而具體顯現的世界。他看見阿姆斯特丹、布宜諾斯艾利斯和新加坡的港口。他看見香料、織品和陶器。他看見從全球各地的每一個航海國家越洋而來的水手。

山姆對船骸的迷戀，引發了他對迷人的海洋故事的興趣，例如辛巴達和傑森的故事。這些迷人的故事帶領他走向偉大探險家的歷史，每多讀一頁，他的世界就多擴展一步。最後，山姆對歷史與神話不斷滋長的愛，讓他進入牆面爬滿長春藤的哈佛大學，然後到了紐約。在這裡，他改名為阿巴卡斯，並自稱是作家，結識了音樂家、建築師、畫家、金融家，同時也遇見了罪犯和社會邊緣人。最後，他遇見波麗，一個奇蹟中的奇蹟，帶給他喜悅、陪伴，以及一兒一女。

在曼哈頓的那幾年是多麼特別的篇章啊！阿巴卡斯親身體驗了無所不能、無所不在、無所不有的向外擴展，而這就是人生。

或者應該說，是前半的人生。

變化是從什麼時候開始的？他這個世界的外圍廓線從什麼時候開始轉了彎，朝向裡側延伸，趨向最終不可避免的那個聚合點？

阿巴卡斯完全不知道。

也許是在孩子們長大搬走之後不久。但當然是在波麗過世之前。沒錯，在那些年裡的不知什麼時候，在他們渾然不覺的情況下，她的時間開始倒數，而他，在所謂的人生鼎盛時期，只忙著自己的事。

最殘酷的是，這個廓線往內趨合來得讓人如此猝不及防，而又如此無可避免。廓線剛剛開始轉彎的時候，你人生的這兩條對稱線，距離還非常遙遠，讓你察覺不到它們軌道的變化。兩條線雖然開始朝內偏斜，但世界看來仍舊無比開闊，你沒有理由懷疑它有一天會縮小。

但有一天，在這個內趨聚合的過程開始好幾年之後的某一天，你不只察覺到世界外牆向內偏斜的軌道，也發現那個終點已遠遠在望，所以你面前的疆土已經以加快的步伐不斷縮小。

在二十幾、將近三十歲的黃金時期，也就是在抵達紐約之後不久，阿巴卡斯交了三個好朋友。兩男一女，他們是最堅實的同伴，是一同探索心靈與精神的探險家。他們以適度的辛勤努力與合宜的泰然自若，並肩航越人生大海。但就在近五年裡，先是一個失明，接著又一個患肺氣腫，然後第三個失智。他們的命運多麼不同啊，你或許會這麼說：一個失去視力，一個失去肺功能，一個失去認知能力。但事實上，他們三個人的病都是同一回事：生命逐漸向方塊尖端縮小。一步一步，這幾位朋友的立足之地不斷縮小了，從世界縮小到他們的國家，從國家縮小到他們所在的郡，從郡縮小到他們的家，最後縮小到一個房間。在這個房間裡，他們失明、無法呼吸、遺忘一切，最終也將在此結束他們的人生。

雖然阿巴卡斯目前還沒有什麼值得一提的病痛，但他的世界也縮小了。他也眼睜睜看著他人生的外圍界線從世界向內縮，縮小到曼哈頓島，縮小到擺滿書籍的辦公室，用冷靜的聽天由命態度，等待著食指與拇指的一掐，然後……

這個！

這個意外的轉折。

內布拉斯加的小男孩出現在他門前。這孩子態度彬彬有禮，帶來一個不可思議的故事。這故事並非來自皮革精裝書，真的，並非來自早已無人使用的語言所寫就的史詩，並非來自檔案或文學協會。這故事來自人生本身。

我們有多麼容易忘記——我們這些靠說故事為生的人——忘記了人生才是重點。有個消失的媽媽，去世的爸爸，意志堅定的哥哥。從大草原來到大城市，一路搭乘貨運火車，和名叫尤里西斯的人成為旅伴。然後是一段高高懸在城市之上的鐵軌，就像北歐神話中的英靈殿高懸在雲端一般。然後在那裡，這男孩，尤里西斯和他，坐在營火旁邊，像古代人一樣，就此開始——

——是時候了，尤里西斯說。

——什麼？阿巴卡斯問，什麼時候？

——如果你還想跟我走的話。

——我要去，他說，我來了！

阿巴卡斯從堪薩斯市西方三十二公里外的小雜木林裡起身，在黑暗裡跌跌撞撞穿過矮樹叢，劃破了泡泡紗外套的口袋。他上氣不接下氣地跟著尤里西斯穿過樹林開口，爬上鐵軌路堤，進入貨運車廂，天曉得要帶他們到哪裡去的車廂。

比利

埃米特在睡。比利看得出來埃米特在睡，因為他在打呼。埃米特的鼾聲不像他們爸爸那麼大聲，但他的鼾聲也夠大的了，讓你可以看得出來他是不是在睡。

比利悄悄溜出被子，爬下床到地毯上。他在床底下找到他的背包，翻開上蓋，拿出他的軍用手電筒。比利小心地把手電筒朝下對著地毯——這樣才不會吵醒哥哥——打開開關。接著拿出阿巴卡斯·亞伯納斯教授的《英雄大全：冒險家與其他的英勇旅人》，翻開第二十五章，掏出鉛筆。

如果比利想要從最開頭開始，那麼就必須回到一九三五年十二月十二日，埃米特出生那天。那是他們爸爸媽媽在波士頓結婚，搬到內布拉斯加的兩年之後。當時正是經濟大蕭條，富蘭克林·羅斯福當總統，莎莉快滿一歲。

但比利不想從最開頭開始。他要從中間開始。就像比利在柳伊斯火車站對埃米特說的，最難的是知道中間在哪裡。

比利原本有個構想，是從一九四六年的七月四日開始，也就是他、埃米特和他們爸媽一起去席華德看煙火表演的那天。

比利當時還只是個小寶寶，所以不可能記得去席華德的那趟行程是什麼情況。但有天下午，埃米特仔細說給他聽。他說他們媽媽很愛煙火，還講了閣樓上的那個野餐籃，他們鋪在梅溪公園草地正中央的那條紅白格紋野餐布。所以比利可以用埃米特告訴他的內容來描述那天的景況。

但他也有照片。

比利手探進背包，從最裡側的口袋拿出那個信封。翻開封蓋，他抽出照片，貼近手電筒光線。這張照片上有埃米特、躺在搖籃裡的比利、他們媽媽和野餐籃，在格紋野餐布上排成一排。拍照的人一定是他們爸爸，因為他沒在照片裡。照片裡的每個人都微笑，雖然爸爸不在照片裡，但比利知道，他一定也在微笑。

這張照片，是比利和林肯高速公路沿線的那幾張風景明信片一起找到的，擺在爸爸抽屜櫃的最下層抽屜，一個鐵盒裡。

但比利把明信片裝進牛皮信封，準備等埃米特從薩林納回來之後拿給他看的時候，卻把在席華德拍的這張照片收進另一個信封。他之所以收在另一個信封，是因為他知道，去席華德的那段回憶會惹哥哥生氣。而比利之所以知道，是因為埃米特講席華德煙火表演的事情給他聽時，非常生氣。埃米特再也沒提起那天的事。

比利收起這張照片，因為他知道埃米特不會永遠生他們媽媽的氣。一旦他們在舊金山找到她，她就有機會告訴他們，離開他們的這些年她都在想什麼，而埃米特也就不會再生氣了。到那時，比利就會給他這張照片，他會很慶幸比利為他保存這張照片。

但故事從這裡開始也很沒道理，比利把照片收回信封的時候想。因為一九四六年的七月四日，他們媽媽還沒離開。所以那天晚上比較接近開頭，而不是中間。

比利的另一個構想是從埃米特揍吉米．史奈德的那天晚上開始。

比利不需要照片也清楚記得那天晚上，因為他人就和埃米特在一起，而且年齡也大得足以擁有自己的記憶。

那是一九五二年十月四日，星期六，市集的最後一天。爸爸前一天陪他們一起逛了市集，決定星期六在家休息。所以埃米特和比利開著斯圖貝克去。

有幾年，市集舉行期間的溫度，讓人覺得像初秋，但那年的市集卻像夏末。比利記得，因為他們開車去市集的路上，搖下車窗，到了之後，還決定把外套擺在車上。

他們五點出發去市集，這樣才能找東西吃，玩幾個遊樂設施，還有時間在小提琴比賽場地找個接近前排的位子坐。埃米特和比利都很愛小提琴比賽，特別是他們找得到接近前排的座位時。但在這一天，儘管他們時間還很充裕，卻沒有機會去聽小提琴比賽。

他們從旋轉木馬要走向舞臺時，吉米．史奈德開始講他那些髒話。起初埃米特不打算理會吉米說什麼。後來他開始生氣，比利想拉開他，但埃米特不肯走。吉米又說了他們爸爸的壞話時，埃米特就一拳打在他鼻子上。

吉米倒在地上，撞到頭時，比利必定是閉上眼睛了，因為他不記得接下來的幾分鐘是什麼情況。他只記得聲音：吉米的朋友驚呼，然後求救，其他人圍過來以後，開始對著埃米特咆哮。埃米特始終沒放開比利的手，想對一個又一個人解釋事情發生的經過，直到救護車抵達。這段時間，旋轉木馬的汽笛風琴仍然奏著音樂，射擊遊戲場的槍也還在**砰**，**砰**，**砰**。

但是，故事從這裡講起也很沒道理，比利想。因為在市集的那個晚上，埃米特還沒被送到薩林納。所以這也屬於開頭，而不是中間。

所謂的中間，比利想，一定要有很多重要的事情已經發生，而有很多重要的事情還沒發生。對埃米特來說，那應該是已經去席華德看過煙火；媽媽已經沿著林肯公路到舊金山；埃米特已經不在農場工作，去學習當木匠；他應該已經用儲蓄買了斯圖貝克；他應該也已經在市集脾氣爆發，揍了吉米．史奈德的鼻子一拳，被送到薩林納，學到教訓了。

但公爵夫人和毛毛抵達內布拉斯加；他們搭火車到紐約，尋找斯圖貝克；和莎莉重逢；從時代廣場到榮勳宮，趕在七月四日找到他們媽媽，這些事情應該都還沒發生。

正因為如此，所以比利手拿鉛筆，翻開第二十五章，斷定埃米特探險故事最理想的開頭，就是他坐在典獄長汽車前座，從薩林納回家的時候。

·倒數·
第1日

埃米特

早晨九點，埃米特獨自從一二五街的車站出來，踏進西哈林區。兩個鐘頭之前，莎莉下樓走進惠特尼太太的廚房，報告說比利睡得很熟。

——他八成累壞了，埃米特說。

——我想也是，莎莉說。

埃米特有那麼一晌，以為莎莉這句話是針對他，怪他讓比利在過去幾天曝露在這麼多考驗裡。但看看她的表情之後，埃米特知道，莎莉只是回應他的感受：比利累壞了。

所以兩人決定讓他繼續睡。

——更何況，莎莉說，我也需要一點時間洗床單，把床鋪好。

這段時間，埃米特可以搭火車去哈林，拿回斯圖貝克。既然比利說他們的旅程必須從時代廣場出發，埃米特建議他們三個十點半碰面。

——好啊，莎莉說，但我們怎麼找到對方呢？

——誰先到，就在加拿大俱樂部的招牌底下等。

——那個招牌在哪裡？

——相信我，埃米特說，妳很容易就會找到的。

埃米特抵達修車廠，唐豪斯已經在馬路上等他了。

——你的車好了，他和埃米特握手之後說，你拿回你的信封了嗎？

——拿回來了。

——很好，現在你和比利就可以出發去加州了。現在說這個好像有點太晚了……

埃米特看著他朋友。

——昨天晚上警察又來了，唐豪斯繼續說。只是，這回不是巡警，是兩個警探。他們問我同樣的問題，看我有沒有看見公爵夫人，但他們也問起你。他們把話說得很明白，要是我知道你或公爵夫人的消息，沒讓他們知道，那我就會給自己惹來一大堆麻煩。因為有人看見一輛和你的斯圖貝克外型相似的車子停在「舊約」艾克力家附近——那天下午，有人把他送進醫院了。

——醫院？

唐豪斯點點頭。

——看來是有一個或幾個不知名的人闖進艾克力在印第安納州的家裡，用某個鈍器敲他的頭。他們認為他應該不會有事，但他也還沒清醒。同時，那幾個條子也去下城的廉價酒館找過公爵夫人的老爸，他沒去，但公爵夫人去過，和另一個白人年輕人，開輛淺藍色的車。

埃米特一手掩住嘴巴。

——天哪。

——你說對了。聽我說，我覺得呢，那個他媽的艾克力不管發生什麼事，都是活該。但目前，你或許該離紐約遠一點。離開紐約之後，也應該離公爵夫人遠一點。來吧，雙胞胎在裡面。

唐豪斯帶路，領著埃米特穿過修車區，到岡薩雷茲兄弟和那個叫歐提斯的年輕人等候的地方。斯圖貝克已經從吊帶上放下來，帕可和皮可咧開他們那滿嘴白牙的大微笑——是兩個準備展示他們得意傑作的工匠。

——都好了，唐豪斯問。

——都好了，帕可說。

——那就來看看吧。

雙胞胎兄弟掀開防水布，唐豪斯、埃米特和歐提斯都好一會兒說不出話來。然後歐提斯開始搖頭大笑。

——黃色？埃米特不敢置信。

兩兄弟看看埃米特，然後看看彼此，又再看看埃米特。

——黃色有什麼不對？帕可辯白道。

——這是膽小鬼的顏色，歐提斯又開始笑。

皮可開始用西班牙文對帕可講話，語速非常快。他講完之後，帕可轉頭看其他人。

——他說這不是膽小鬼的黃色，這是大黃蜂的黃色。這車不只看起來像大黃蜂，而且像大黃蜂一樣會螫人。

帕可開始指著車，像銷售員特別強調新車款。

——除了烤漆之外，我們還修好了車上的凹痕，打磨鉻鋼，調整傳動系統。而且我們也在引擎蓋底下幫你加了幾匹馬力。

——噢，歐提斯說，最起碼現在警察認不出你了。

——就算他們認出來，帕可說，也逮不到你。

岡薩雷茲兄弟非常滿意地哈哈大笑。

埃米特很後悔自己一開始有那樣的反應，再三表達他的感謝，特別是這兩兄弟還為車子提升了車速。但他從後口袋掏出裝現金的信封時，他倆搖搖頭。

——這是為唐豪斯做的，帕可說，我們欠他的。

⁂

埃米特載唐豪斯回一二六街，兩人為岡薩雷茲兄弟，為埃米特的車，以及這車的嶄新蜂針而哈哈大笑。車停在褐石建築門口，兩人都沉默下來，但也都沒開車門。

——為什麼去加州？沉默片刻之後，唐豪斯問。

埃米特第一次說出自己打算怎麼用爸爸這筆錢——他打算買一間破房子，修理好，賣掉，再買兩間；因此，他必須找個夠大，而且人口不斷成長的州。

——這真是埃米特．華特森的大計畫啊，唐豪斯微笑說。

——你呢？埃米特問，你打算做什麼？

——我不知道。

唐豪斯望向車窗外面，看著他家的門階。

——我媽要我回學校唸書。她夢想我能拿到獎學金，支付大學學費，只是這兩件事都不可能發生。我爸希望替我在郵局找份工作。

——他喜歡他的工作，對吧？

——噢，他不是喜歡，埃米特，他是愛！

唐豪斯搖搖頭，忍不住微笑。

——你如果當郵差，他們會給你一條路線，你知道嗎？你得揹著你的郵袋每天在那幾個街區走來走去——像是馱東西的騾子在同一條路上來來去去。可是對我老爸來說，那不像是工作。因為他認識他那條路線上的每一個人，每一個人也都認識他。老太太，小孩，理髮師，雜貨店老闆。

唐豪斯又搖搖頭。

——大約六年前，有天晚上，他回家的時候心情很不好。我們以前從沒見過他那樣。媽問他是怎麼回事，他竟然哭了。我們以為是誰死了，再不然就是出了什麼事。結果是因為經過十五年之後，他們上級決定給他換路線。他們把他的送信區域往南移六條街，往東移四條街，這簡直讓他心都碎了。

——後來呢？埃米特問。

——他還是早上起床，出門工作，到了那年年底，他又愛上這條路線了。

這兩個朋友齊聲大笑。然後唐豪斯豎起一根手指。

——但他始終沒忘記第一條路線。每年陣亡戰士紀念日，他下班之後，就會走原本的那條路線。對每個認得他的人，還有另一半不認識他的人打招呼。套句他的話說，你要是做郵差的工作，就等於美國政府付你薪水去交朋友。

——聽你這麼說，這工作好像還不錯。

——也許吧，唐豪斯同意，也許是這樣吧。但我雖然很愛我爸，但無法想像自己過他那樣的生活。在同樣的地方走來走去，一天又一天，一週又一週，一年又一年。

——好吧，不上大學，不去郵局，那要做什麼呢？

——我在考慮陸軍。

——陸軍？埃米特很意外。

——是啊，陸軍，唐豪斯說，彷彿是在試著說服自己。有何不可呢？現在又沒有戰爭。薪水很不錯，而且不會失業。要是運氣好，還可以派駐海外，看看這個世界。

——這樣你就必須回到營舍，埃米特指出。

——我沒那麼在乎，唐豪斯說。

——排隊……聽從指令……穿制服……

——就是這樣，埃米特。身為黑人，不管你最後是去送信，去操作電梯，幫人加油，或關在牢裡服刑，終究都要穿制服。所以也許最好自己挑個你喜歡的制服穿。我想如果我刻意低調，認分工作，也許還可以升遷。當個軍官。給我自己換來敬禮呢。

——我能想見那個場面，埃米特。

——你知道嗎？唐豪斯說，我也能想見。

唐豪斯終於下車之後，埃米特也下車。埃米特繞過引擎蓋前方，和他一起站在人行道上。他倆握手，默默流露珍貴的情誼。

一個星期之前，比利攤開明信片，告訴埃米特，要去加州最大的國慶煙火表演上找媽媽時，埃米特頂多只把弟弟的想法當成幻想。然而，儘管埃米特和唐豪斯是兩個就要走上不同方向，也不知道自己最後會落腳何方的年輕人，但唐豪斯分手時說：**我們以後再見**，埃米特卻一點也不懷疑這是事實。

…… ……

——天哪，這是什麼東西！莎莉說。

——是我的車，埃米特說。

——說是車，看起來和那些招牌也差不多。

他們在時代廣場西北端，埃米特把他的斯圖貝克停在貝蒂正後方。

莎莉拿這輛車和周圍的廣告招牌相提並論不是沒道理的，因為同樣引人注目。正因為如此，也開始有一群行經的人圍過來看。埃米特不想和他們有目光接觸，所以也就不知道他們之所以駐足，是因為嗤之以鼻，還是讚賞有加。

——是黃色的！剛從附近書報攤走回來的比利大叫。是玉米的黃色！

——事實上，埃米特說，是大黃蜂的黃色。

——你說是就是吧，莎莉說。

埃米特迫不及待想換話題，指著比利手上的袋子。

——那是什麼？

莎莉回到她的小貨車上，比利小心翼翼從袋子裡拿出他剛買的東西，遞給埃米特。是時代廣場的風景明信片。在照片最上方，從大樓後面探出來的，是一小片天空，和比利收藏的那幾張風景明信片一樣，天空都是一絲雲也沒有的藍色。

比利站在埃米特旁邊，指指明信片，又指著地標。

——看見沒？這是標準劇院，龐德服裝店。那是駱駝香菸廣告。還有加拿大俱樂部的招牌。

比利帶著欣賞的表情環顧四周。

——書報攤的人說，到了晚上，每一個招牌都會亮。每一個耶。你能想像嗎？

——很壯觀。

比利的眼睛瞪得大大的。

——你看過招牌亮的時候？

——看過一下下，埃米特承認。

——嘿，老兄，有個手挽黑髮女郎的水手說，載我們一程如何？

埃米特不理他，蹲下來，想挨弟弟更近一點說話。

——我知道來到時代廣場很讓人興奮，比利。但我們還有很遠的路要趕。

——而且我們才剛要啟程。

——沒錯。所以你再看一眼，我們就和莎莉說再見，上路出發。

——好，埃米特，我想這是個好主意。我再好好看周圍一眼，然後我們就出發。但我們不必和莎莉說再見。

——為什麼？

——因為貝蒂。

——貝蒂怎麼了？

——她已經沒救了，莎莉說。

埃米特抬頭，看見莎莉站在他車子的前座車門旁邊，一手提著她的行李箱，一手拿她的籃子。

——莎莉從摩根開來的時候，害貝蒂引擎過熱兩次。然後我們開到時代廣場以後，貝蒂冒了一大團煙，發出咣噹咣啷的聲音。就再也發不動了。

——我猜是因為我對她的要求超過她的能力，莎莉說。但她竭盡所能載我們到我們必須去的地方。上帝保佑她。

埃米特站起來，莎莉的目光從他身上轉到斯圖貝克。片刻之後，他往前一步，幫她打開車門。

——我們一起坐前座，比利說。

——這樣也許有點太擠，埃米特說。

——這樣也許剛好，莎莉說。

她把行李箱和籃子放進後座，關上車門，打開前座的門。

——你先坐進去吧，比利，她說。

比利帶著他的背包坐進車裡之後，莎莉也上車。她雙手擱在膝上，眼睛直視擋風玻璃外。

——謝謝你這麼好心，埃米特關上車門之後，她說。

但埃米特才坐在駕駛座上，比利就已經攤開地圖，抬頭指著窗外。

——威廉斯警察，就是和我談過的第二個警察，他說林肯公路正式的起點是在四十二街和百老匯街的路口。從那裡，你右轉，朝向河的方向開。他說林肯公路剛開通的時候，你還得搭渡輪跨過哈德遜河，但現在走林肯隧道就行了。

埃米特指著地圖對莎莉解釋，林肯公路是第一條橫越美國的公路。

——你不必告訴我，莎莉說，我都知道了。

——沒錯，比利說，莎莉都知道了。

埃米特給車上檔。

車子開進林肯隧道之後，比利有點驚慌地對莎莉說，他們此刻在哈德遜河底下。這條河很深，幾個晚上之前，他才親眼看見一小隊戰艦航過河上。然後又對她說起高架鐵軌、史都和營火的事，讓埃米特得以沉浸在自己的思緒裡。

如今啟程上路，埃米特認為自己所要想的，他一心所想的，就是眼前的道路。岡薩雷茲兄弟說他們在引擎蓋下多加了幾匹馬力，真不是蓋的。每次一踩下油門，埃米特就感覺得到，也聽得到。所以費城到內布拉斯加之間的這段公路如果沒什麼車，他預計他們可以開到平均時速八十公里，甚至將近一百公里。那麼他們就可以在隔天下午送莎莉回到摩根，接著終於可以往西行，讓懷俄明、猶他和內華達的景色在他們面前延展開來。而他們的終點就是加州，即將擁有一千六百萬人口的加州。

但車子開出林肯隧道，把紐約市區拋在背後之時，埃米特發現自己想的並不是面前的道路，而是唐豪斯這天早上說的話：他應該離公爵夫人遠一點。

這是個合理的建議，也符合埃米特自己的直覺。唯一的問題是，既然襲擊艾克力的案件還懸而未決，那麼警察就會繼續追查公爵夫人，追查他。而這還是假設艾克力活下來的情況。倘若艾克力死了，除非把他們兩人之一繩之以法，否則有關當局絕對不會善罷甘休。

埃米特瞥一眼右邊，看見比利又在研究地圖，而莎莉看著公路。

——莎莉……

——什麼事，埃米特？

——彼德生警長找妳做什麼？

正在看地圖的比利抬頭。

——警長找妳幹嘛，莎莉？

——沒事，她要他倆安心，我覺得自己很蠢，竟然提起這件事。

——兩天前，妳覺得這件事情重要到值得妳橫跨半個美國，埃米特指出。

——那是兩天前。

——莎莉。

——好吧，好吧，是和你與賈可柏．史奈德那件糾紛有關的事。

——妳是指賈可柏在鎮上揍他的事？比利問。

——他和我只是要搞定一些問題而已，埃米特說。

——我也是這樣想，莎莉說。反正，你和賈可柏在搞定你們的問題時，好像還有另一個傢伙在場，賈可柏的朋友，之後不久，在電影院後面的巷子裡，有人敲了他的頭。他的頭傷得很重，得用救護車送進醫院。彼德生警長知道不是你幹的，因為你當時和他在一起。但他聽說那天有個陌生的年輕人在鎮上，所以才來找我，問有沒有人來看你。

埃米特看著莎莉。

——我當然說沒有。

——妳說沒有，莎莉？

——是的，比利，這是謊言。不過這是**白色**謊言。更何況，說你哥的朋友和電影院後面巷子發生的事情有關，不是很離譜嗎。毛毛會繞一公里遠的路，就為了怕踩到一隻毛毛蟲。而公爵夫人呢？這個嘛，能煮那麼好吃的什麼什麼義大利麵，還擺在完美餐桌上的人，怎麼會拿建材用的木板條敲別人的頭？

很好，這就是結論，埃米特想。

但他還是不太確定……

——比利，我去鎮上的那個早上，公爵夫人和毛毛一直都和你待在一起？

——是啊，埃米特。

——從頭到尾？

比利想了想。

——毛毛從頭到尾都和我在一起。公爵夫人大半的時間也都和我們在一起。

——公爵夫人什麼時候沒和你們在一起？

——他去散步的時候。

——他去了多久？

比利又想了想。

——我們唸了《基督山恩仇記》、〈羅賓漢〉、〈翟修斯〉和〈蘇洛〉的那段時間。前面左轉，埃米特。

看見林肯公路的路標，埃米特變換車道，轉彎。

開向紐華克時，埃米特的心思飛回內布拉斯加，看見當時發生的事。埃米特叫公爵夫人低調，但他還是去了鎮上。（當然，他一定會去。）到了鎮上，他必定是撞見埃米特和賈可柏的對峙場面，目睹了那件悲慘的事。但就算如此，他又何必去敲賈可柏朋友的頭呢？

回想那天靠在斯圖貝克車上那個頭戴牛仔帽的高個子陌生人，埃米特記得他那懶洋洋的神態和嘲弄的表情，他也記得那人慫恿賈可柏動手，最後，他還記得那個陌生人說的第一句話是：**看來賈可柏和你還有些事沒有了結，華特森。**

他就是這麼說的，埃米特想：**還有些事沒有了結**。而據老演員費茲威廉斯說，公爵夫人說他和他爸爸還有些事沒有了結……

埃米特停車，雙手仍握著方向盤。

莎莉和比利好奇的看著他。

——怎麼了，埃米特？比利問。

——我想我們得去找公爵夫人和毛毛。

莎莉很意外。

——可是惠特尼太太說他們已經回薩林納去了。

——他們沒回薩林納，埃米特說。他們要去渥卡特家族在阿第倫達克的營地。問題是，我不知道那在哪裡。

——我知道在哪裡，比利說。

——你知道？

比利低頭，手指緩緩從紐澤西的紐華克開始滑動，離開林肯公路，往上到紐約州北部的中央地帶，有人在那裡畫了個大大的紅色星星。

莎莉

我們開車經過紐華克某個天曉得為什麼會有人住在這裡的地方時，埃米特突然停車，說我們必須到紐約上州去找公爵夫人和毛毛，我什麼話也沒說。四個鐘頭之後，我們停進一家看起來像是要人捐助而不是過夜的路邊汽車旅館時，我什麼話也沒說。在汽車旅館破爛的小辦公室裡，埃米特簽下舒爾特先生的名字時，我還是什麼話都沒說。

然而……

我們找到房間之後，我叫比利去浴室洗澡，埃米特的注意力集中在我身上。他態度嚴肅地說，他不確定要花多少時間才能找到公爵夫人和毛毛。也許幾個鐘頭，也許更久。但等他回來，我們三個可以一起吃點東西，好好睡一覺，要是明天早上七點可以上路，那他想他們可以在星期三晚上送我回到摩根，也還算是順路，沒繞太遠。

而這也就是我一路上什麼話都不說的原因。所有的話都要留在這個時候用。

——你不擔心繞遠路，我說。

——那不是問題，他保證道。

——是啊，不管繞不繞遠路，都沒有差別。因為我並不打算在摩根下車。

——好吧，他略微有點遲疑，那妳想在哪裡下車？

——舊金山也許不錯。

埃米特就這樣看著我好一會兒，然後閉上眼睛。

——你閉上眼睛，我說，並不代表我不在這裡，埃米特。才不是。事實上，你閉上眼睛，不只我在這裡，比利在這裡，這個美麗的汽車旅館在這裡，整個世界都在這裡——就在你拋下的地方。

埃米特再次睜開眼睛。

——莎莉，他說，我不知道我給了妳什麼期待，或妳對自己有什麼期待……

這是怎樣？我思忖。他可能給我的期待？我可能給自己的期待？我傾身挨近一些，確保不聽漏任何一個字。

——……可是比利和我今年經歷了很多事情。我爸過世，失去農場……

——繼續，我說，你喚起我的注意力了。

埃米特清清嗓子。

——就只是……因為我們經歷的這一切……我覺得比利和我現在需要的……是一起重新開始。就只有我們兩個人。

我瞪著他看了好一會兒，然後發出一聲輕呼。

——所以是這樣啊，我說，你以為我不請自來，想搭便車到舊金山，成為你們家庭的一份子。

他看起來有點不安。

——我只是說，莎莉……

——噢，我知道你在說什麼——因為你已經說出口了。說得大聲且清楚，儘管有點猶豫。所以，我也要大聲且清楚的回應你。在可見的未來，埃米特．華特森先生，我心目中唯一的家人就是我自己。在我的這個家裡，我作飯、打掃，都只為了我自己。我給**自己**煮早餐，午餐，晚餐。我替**自己**洗盤子，洗衣服，掃地板。所以你不必擔心，我不會阻撓你們的新開始。就我上次所查看的，可以做的新開始還真不少呢。

埃米特走出門口，坐上他那輛鮮黃色的車子裡，我心裡想，美國肯定有很多偉大的事物。帝國大廈和自由女神像很大。密西西比河和大峽谷很大。大草原上的天空也很大。但都比不上一個男人對自己的看法來得大。

我搖搖頭，把門關起來，敲敲浴室門，看比利情況如何。

⋮ ⋮

我想除了埃米特之外，我應該比任何人都瞭解比利。我知道他怎麼吃雞肉、豆子和馬鈴薯泥（先吃雞肉，接著吃豆子，把馬鈴薯泥留到最後才吃。）我知道他怎麼做功課（在廚房餐桌正襟危坐，用鉛筆頂端的小橡皮擦擦掉錯字的痕跡。）我知道他是怎麼禱告的（總是記得為爸爸、媽媽、哥哥和我禱告。）但我也知道他是怎麼給自己惹上麻煩的。

那是五月的第一個星期四。

我記得，是因為我正在為教會的聚會做檸檬蛋白派，突然接到電話，叫我到學校去。

我承認，走到校長室的時候，我已經有點惱火了。接到電話的時候，我才剛把做蛋白派的蛋白打好，所以我得關掉烤箱，把蛋白丟進水槽裡。但等我打開校長室的門，看見比利坐在赫斯利校長前面的椅子上，眼睛瞪著自己的鞋子，我眼睛就紅了。我很確定，比利．華特森這輩子從來沒有做過必須瞪著自己鞋子看的事。所以要是他瞪著鞋子，那一定是因為有人讓他覺得他必須這麼做，而且絕對是非常不公平的事。

——好啦，我對赫斯利校長說，你要我們到你這裡來，看來是有麻煩了？

結果是因為午餐過後，學校有個臥倒掩護的演習。在課堂中，學生正在照常上課的時候，校鐘一連響了五聲，這時所有的學生都應該要爬到桌子底下，雙手護住頭部。但鐘聲響起，庫柏老師提醒孩子們該怎麼做的時候，比利不肯照做。

比利不常拒絕什麼。但只要選擇拒絕，那就是堅決拒絕。不管怎麼利誘、堅持，或像庫柏老師選擇的斥責，比利都不肯和同學一起爬到課桌下面。

——我很努力對威廉說明，赫斯利校長對我說，演習的目的是保障他自己的安全，拒絕參加演習，不只讓自己有危險，也可能會製造干擾，對其他人造成傷害。

歲月並未輕饒赫斯利校長，他頭頂髮絲漸疏，鎮上傳言赫斯利太太在堪薩斯城有位**朋友**。所以我想我是有點同情他。但我在摩根小學唸書的時候，並沒特別喜歡赫斯利校長，我也看不出有什麼理由現在要喜歡他。

我轉頭看比利。

——真的是這樣嗎？

比利還是瞪著自己的鞋子，點點頭。

——也許你該告訴我們，你為什麼不肯聽庫柏老師的指令，校長說。

比利這時第一次抬頭。

——在《英雄大全》的序言裡，亞伯納斯教授說英雄不該轉身背對危險。他說英雄永遠直接面對危險。但如果我們躲到桌子底下，雙手抱頭，要怎麼直接面對危險呢？

說得清楚明白，合情合理。就我看來，沒什麼其他可說的。

——比利，我說，你到外面去等吧。

——好，莎莉。

校長和我看著比利走出校長室，他依舊低頭盯著自己的鞋子。門關上之後，我轉身面對校長，這樣他才可以和我直接面對面。

——赫斯利校長，我竭盡全力保持良好態度說，你是在告訴我，美國打敗全世界的法西斯主義已經九年之後，只因為一個八歲的孩子不肯像鴕鳥把頭埋進沙裡那樣，把頭塞在課桌底下，你們就要責備他？

——藍勝小姐……

——我從來不敢自稱科學家，我繼續說。事實上，唸高中的時候，我的物理成績是C，生物成績得B。但就我從這些科目得到的小小知識裡，我知道在核彈爆炸的時候，想靠課桌來保護小孩頭部，就像要靠你頭上的頭髮來保護你的頭皮不曬傷一樣。

我知道。天主教徒不該說這樣的話。但我已經生氣了，而且我只剩下兩個鐘頭可以重新熱烤箱，做好我的派，送到教堂。所以沒時間好聲好氣了。

你不知道的是：五分鐘之後我離開校長辦公室時，赫斯利校長已經同意，為了確保學生健康安全，要指派一位名叫比利．華特森的勇敢學生，擔任臥倒掩護演習的糾察員。此後，學校鐘聲一連響五聲的時候，比利不必躲在桌子底下，而是可以手拿夾紙板，一間一間教室巡視，確認每個人都遵守指示。

就像我說的，我比任何人都瞭解比利，包括他是怎麼惹麻煩的。

所以我沒有藉口可以解釋我當下的意外，因為就在敲了浴室門三次之後，我打開門，發現浴缸的水在流，窗戶開敞，而比利不見了。

埃米特

沿著彎彎曲曲的泥土路開了一公里半之後，埃米特開始懷疑自己是拐錯彎了。加油站的那人聽過渥卡特家族的名字，告訴埃米特說應該繼續沿著二十八號道路往前十三公里，然後右轉，開進一條兩旁都有北美香柏的泥土路。埃米特靠里程表計算距離，雖然不確定北美香柏長什麼樣子，但這條路兩旁都是綠色常青樹，所以他就轉進來了。開了一公里半之後，還是看不見半戶人家。幸運的是，這條路太窄，埃米特不能掉頭，所以他繼續往前開，幾分鐘之後，看見湖邊有幢大木屋——而且毛毛的車也停在那裡。

埃米特把車停在凱迪拉克後面，下車，走向湖邊。此時已是下午稍晚時分，湖水平靜無波，對岸的松樹和天空的雲朵映在湖面，讓整個世界呈現完美的對稱幻象。唯一移動的是隻大蒼鷺，因為太靠近埃米特車門而被驚動，從淺水處飛起，悄悄從離水六十公分處滑翔而過。

在埃米特左邊有間小房子，顯然是某種工具間，因為附近有兩個鋸木架，一艘船頭破損的小船倒扣在架上，等待修理。

埃米特右邊是俯瞰草坪、湖與甲板的房子。正面是個大門廊，擺了幾張搖椅，還有寬闊的門階通向草地。門階頂端是主要的出入口，埃米特知道，但在凱迪拉克的另一邊有條步道，兩旁都是上了漆彩的石頭，盡頭是一個台階，以及一扇敞開的門。

埃米特爬上台階，打開紗門，往屋裡喊。

——毛毛？公爵夫人？

他什麼聲音也沒聽見，於是走進屋裡，讓紗門在他背後砰一聲關上。他發現自己所在的位置是個雜物間，有各式釣竿、健行靴、防水外套和溜冰鞋。這裡的東西都擺得整整齊齊的，除了疊在房間正中央的幾把庭院椅之外。槍櫃上掛了大大的手寫告示牌，是一張標題為「關門」的檢查清單：

1、取出撞針　2、收好獨木舟　3、清空冰箱　4、收進搖椅　5、拿出垃圾
6、鋪好床　7、關閉暖氣管　8、鎖窗户　9、鎖門　10、回家

埃米特走出雜物間，進到一條走廊，他停下腳步注意聽，再次叫喚毛毛和公爵夫人。沒聽到任何回答，所以他繼續往前走，探頭看各個房間。前兩個房間看來原封不動，第三個房間，撞球桌的毛氈上留有母球和幾顆色球，彷彿有人打到一半丟下。在走廊盡頭，埃米特走進天花板高聳的客廳，有好幾組沙發和椅子錯落，還有一道開闊的樓梯通往二樓。

埃米特讚賞搖頭，這是他畢生所見最精美的房間。大部分家具都是藝術與工藝風格，以櫻桃木和橡木製成，接榫完美無瑕，細節一絲不苟。客廳正中央掛著巨大燈具，外有雲母燈罩，像油燈似的，確保在夜色降臨之後，屋裡也能有溫暖的光線。壁爐、天花板、沙發和樓梯都比一般的規格來得大，但比例配置得當，與人身大小維持和諧感，讓這房間既豪華又舒適。

不難理解為何這幢房子在毛毛的想像中具有如此崇高的地位。如果埃米特有幸在這裡成長，這房子必然也會在他心中具有崇高的地位。

透過兩扇開敞的門，埃米特看見餐廳裡有座橡木長桌，而順著走廊往下，還有其他門通往其他房間，包括位在盡頭的廚房。但如果毛毛和公爵夫人在這裡的某個房間裡，應該會聽見他的叫喚才對。所以埃米特爬上樓梯。

在樓梯頂端，走廊朝兩個方向延伸。

首先，他檢查他右邊的臥房。儘管每間臥房的大小和家具各有不同——有些是雙人床，有些是單

人床，有些是上下鋪——但都隱隱流露某種簡樸的感覺。住在像這樣的房子裡，埃米特知道，沒有人會一直待在自己房間裡。每個人都應該到樓下和家人一起坐在橡木長桌吃早餐，然後一整天待在戶外活動。沒有任何房間有前一晚使用過的跡象，所以埃米特折回來，往另一條走廊走去。

埃米特往前走的時候，一面看著牆面的照片，原本只是瀏覽，沒打算細看。但他發現自己越走越慢，最後完全停下腳步，想看得更仔細一點。

雖然每張照片大小不一，但拍的全是人物。其中有合照，也有獨照，有小孩，也有大人，有些是動態的，有些是靜態的。個別來看，看不出有什麼特別。臉孔和衣著都很普通。但合在一起看，這一整個牆面裝在黑框裡的照片非常令人嫉羨。不是因為充足的陽光與無憂的微笑。而是因為代代相傳的傳統。

埃米特父親成長於和此地類似的地方。他在最後一封信中寫道，他的家族一代又一代傳承的不只是股票和債券，還有房宅與畫作，家具與船隻。而埃米特父親偶爾願意提起年少往事時，他老家的節慶餐桌上好像總坐滿數不盡的堂表兄弟姐妹和姑姨叔舅。但不知為什麼，為了某個從未被完整解釋的原因，埃米特的父親拋下這一切，移居內布拉斯加。他拋開一切，不留一絲痕跡。

或者應該說，幾乎不留一絲痕跡。

擱在閣樓上的行李箱，貼有外國飯店的異國風情貼紙；野餐籃裡整整齊齊排列的餐具；還有塞在櫃子底下的磁器——那些全是埃米特父親過往人生的遺跡，他為追求愛默生式的理想所拋棄的人生。埃米特搖搖頭，不知道父親的所作所為，應該讓他覺得失望或欽佩。

通常心中有這樣的困惑時，答案大概是兩者皆是。

沿著走廊往前走，埃米特從照片的畫質和服裝的風格看得出來，這些照片是回溯時間排列的。從一九四〇年代開始，接著是三〇年代、二〇年代，一直到一〇年代。但埃米特經過樓梯口的邊桌時，照片排列又倒轉時序，開始順著時間往下排。他最後又回到一九四〇年代，好奇地看著牆上的一塊空白位置時，聽見了音樂——隱隱約約從走廊某處傳來的音樂。他隨著樂聲走過幾個房間，停在倒數第二道門門口，豎耳傾聽。

是東尼・班奈特。

歌手東尼・班奈特在唱著：只要你說你在乎，他有朝一日就會從赤貧變富翁。

埃米特敲門。

——毛毛？公爵夫人？

沒人回答，所以他打開門。

又一個家具簡單的房間，但這間有兩張單人床和一個抽屜櫃。毛毛躺在其中一張床上，穿著襪子的腳伸到床架外面，眼睛閉著，雙手交叉擱在胸前。床頭櫃上有兩個空藥瓶和三顆粉紅藥丸。

埃米特懷著可怕的預感走近床前。他叫了毛毛名字之後，又輕輕搖晃毛毛的肩膀，發現他渾身僵硬。

——噢，毛毛，他說，在另一張床坐下。

埃米特覺得自己快吐了，轉頭不看朋友那張沒有表情的臉，卻發現自己瞪著床頭櫃。埃米特已經認出那個藍色小瓶是毛毛所謂的「藥」，於是拿起褐色的小瓶子。他從沒聽過貼在瓶身標籤上的藥名，但他看見這藥是開給莎拉・惠特尼的。

就這樣，埃米特想，一個不幸招來另一個不幸。毛毛的姐姐善於寬恕，但這件事，她絕對不會原諒自己的。他放下空藥瓶時，收音機傳來爵士樂，搖擺而不協調的樂音。

埃米特站起來，走到收音機前，關掉。抽屜櫃上的收音機旁，有個舊雪茄盒和字典，這兩樣東西有可能來自任何地方，但靠在牆面的那張裝框照片，卻只可能來自走廊牆上的那個空白位置。

這是毛毛小時候的快照，他坐在爸爸和媽媽中間，在一艘獨木舟上。毛毛的爸媽——大約三十幾、快四十歲的漂亮夫婦——各握著一根擱在舷邊的划槳，彷彿正要出發。從毛毛的表情看來，你知道他有點緊張，但他也在笑，彷彿在相框之外，某個站在甲板上的人做鬼臉逗他笑。

僅僅幾天前——他們在孤兒院外等公爵夫人的時候——比利對毛毛說起他們媽媽和舊金山煙火表演的事，毛毛則對比利談起他們家族在這個營地舉行的國慶慶祝會。埃米特突然想到，毛毛坐在爸媽中間拍這張照片的那天，很可能就是埃米特躺在爸媽中間看席華德煙火表演的同一天。這或許是第一次，埃米特略微理解沿著林肯公路往西行的旅程，對弟弟來說為什麼如此重要。

埃米特輕輕把照片擺回抽屜櫃上，又看了一眼他的這位朋友，便走出房間找電話。但就在沿走廊往回走的時候，他聽見樓下傳來咣啷的聲音。

公爵夫人，他想。

他心中原本湧現的悲痛情緒，剎時被忿怒所取代。

埃米特下樓，快步走向通往廚房的那條走廊，一聲巨響再次傳來。穿過左邊的第一道門，他走進一間看來像某位紳士書房的房間，但眼前一片凌亂——書架上的書被丟下來，書桌的抽屜拉開，紙張散落一地。在埃米特左邊，有張裱框的畫作被拉開來，和牆面呈九十度角，畫作後面站著公爵夫人，徒勞無功地揮舞斧頭，敲打保險箱光滑的灰色箱面。

——別這樣，公爵夫人說，又敲保險箱一下，別這樣嘛，寶貝。

——公爵夫人，埃米特喊了一聲。

然後又一聲，聲音更大一些。

公爵夫人一驚，轉身往後看。但一看見埃米特，就咧開笑容。

——埃米特！小子，真高興見到你！

埃米特覺得公爵夫人臉上的微笑很不協調，就像毛毛房間收音機裡播放的爵士樂一樣，讓他覺得很想上前一把關掉。埃米特朝公爵夫人走去，公爵夫人的表情從興高采烈變成有點擔心。

——怎麼了？出什麼事了？

——出什麼事了？埃米特說，不敢置信地停下腳步。你沒到樓上去？你沒看見毛毛？

公爵夫人頓時理解他在說什麼，把斧頭擱在椅子上，神情嚴肅地搖搖頭。

——我看見他了，埃米特，我能怎麼說呢？太可怕了。

——可是怎麼……？埃米特說不下去，你怎麼能讓他這樣？

——讓他？公爵夫人詫異地重覆埃米特的話。我要是知道毛毛打算這麼做，你當真以為我還會放他自己一個人在樓上？打從認識他以來，我無時無刻不盯著他。不到一個星期之前，我甚至還拿走他的最後一瓶藥。但他一定還偷藏了一瓶。至於那些藥丸，你別問我他是從哪裡拿到的。

無力且忿怒的埃米特很想怪罪公爵夫人。他想要怪公爵夫人，把所有的錯全都怪在他頭上。但他也知道，這不是公爵夫人的錯。他心中突然湧現一股情緒，像膽汁湧上喉頭一般，因為他想起自己安慰毛毛姐姐的話，說一切都會沒事。

——你至少叫救護車了吧，埃米特沉默片刻之後說，聽見自己的聲音在發抖。

公爵夫人露出無濟於事的表情，搖搖頭。

——我發現他的時候已經來不及了。他那時已經冷得像冰塊。

——好吧，埃米特說，我打電話報警。

——報警……？你為什麼要這樣做？

——我們總要告訴別人啊。

——我們當然要告訴別人。而且我們也會這麼做。但現在做，還是晚一點再做，對毛毛來說並沒有差別。但對我們來說，卻可能有很大的差別。

埃米特不理會公爵夫人，朝擺在書桌上的電話走去。公爵夫人看見埃米特行進的方向，就匆匆往同一個方向奔去，但埃米特搶在他前面。

埃米特一手攔住公爵夫人，一手抓起電話聽筒，卻發現電話沒有聲音——電話線路要到主人家回來的時節才會恢復。

公爵夫人明白電話線路不通之後，就放鬆下來。

——我們好好談一下。

——走，埃米特抓住公爵夫人的手肘，我們開車去警察局。

埃米特拖著公爵夫人離開書房，穿過走廊。公爵夫人拚命找理由想再拖延一下，但埃米特聽都不想聽。

——這件事情真的太可怕了，埃米特，我最有資格這麼說。但是，這是毛毛自己的選擇。他有他自己的理由，也許是我們永遠無法完全瞭解，也沒有權利擅自多加揣測的理由。現在最重要的是，我們必須記得毛毛想要的是什麼。

兩人走到雜物間的紗門前時，公爵夫人轉身面對埃米特。

——你弟弟說他想在加州蓋房子的時候，可惜你不在場，沒親耳聽見。我從沒看過毛毛那麼興奮，他完全可以想像你們兩個住在那裡的情景。要是我們現在去找警察，我告訴你，不到一個鐘頭，這個地方就會擠滿人，而毛毛起了頭的這件事，我們永遠也沒辦法完成了。

埃米特一手打開紗門，一手把公爵夫人往台階下方推。

公爵夫人往前踉蹌了好幾步，身體往小船的方向衝，但突然一轉身，彷彿想到了好點子。

——嘿！你看見那間船屋沒？裡面有張工作檯，全套的鑿子、銼刀和鑽子。對我來說什麼也派不上用場，但我敢說，如果是你的話，只要花幾分鐘的時間，就能打開保險箱。等我們拿出毛毛的信託基金，就可以一起去找部電話。一旦救護車上路，我們就可以像毛毛期待的那樣，出發去加州了。

——**我們**哪裡也不去，埃米特說，臉漲得通紅。我們不去舊金山，不去洛杉磯，也不去好萊塢。我弟和我要去加州，**你**要回薩林納。

公爵夫人看著埃米特，不敢置信。

——我幹嘛要去薩林納，埃米特？

埃米特沒回答，公爵夫人搖頭，指著地上。

——在保險箱打開之前，我都要留在這裡。如果你不想留下來幫忙，那是你的事，反正這是個自由的國家。但我告訴你，埃米特，要是你現在離開了，以後肯定會後悔自己做了這個決定。因為等你到了加州就會明白，那一點點錢是撐不了多久的。到那個時候，你就會希望你留下來和我分這筆信託基金。

埃米特踏步向前，抓住公爵夫人的衣領，就像在惠特尼家那時一樣，只是這回他用上雙手，緊握雙拳，感覺到公爵夫人脖子周圍的布料繃緊了。

——你還不明白嗎？他咬緊牙關說，沒有什麼信託基金。沒有遺產。保險箱裡沒有錢。這只是個童話故事。是毛毛為了要你帶他回家而編造的童話故事。

埃米特彷彿很厭惡似的，推開公爵夫人。

公爵夫人撞上步道旁邊的石頭，倒在草地上。

——你一定要去警察局，埃米特說，就算要拖，我也會把你拖去。

——可是，埃米特，保險箱裡有錢。

埃米特轉身，發現弟弟站在雜物間門口。

——比利！你在這裡幹嘛？

比利還來不及回答，表情就從耐心說明變成驚恐，這讓埃米特立即轉身——正好迎上公爵夫人揮來的手臂。

這一拳很用力，打得埃米特倒下來，但力道沒強到讓他昏迷不醒。埃米特感覺到額頭涼涼的，是流血了。他拚命集中精神，用四肢撐起身體，但才抬起頭，卻看見公爵夫人把比利拉進屋裡，摔上內門。

公爵夫人

前一天，毛毛承認保險箱密碼已經從他腦袋裡溜走，不留一絲痕跡之後，他問我要不要到甲板散步。

——你去吧，我說，我想要自己一個人靜靜。

毛毛走到屋外之後，我在他外曾祖父的保險箱前站了幾分鐘，雙手叉腰狠狠瞪著。然後我搖搖頭，開始行動。首先，我耳朵貼在鐵箱上，轉動轉盤，傾聽齒輪的喀噠聲，就像在電影裡看到的那樣——效果呢，也就像你模仿電影情節做的任何事情一樣。

我從書包裡拿出奧塞羅的盒子，取出我爸的刀。我的想法是，把刀尖硬塞進門和箱殼之間的縫隙，前後撬動。但我卯足全力把刀子往裡戳，卻只讓刀刃硬生生從刀鞘折斷。

——什麼匹茲堡的頂尖工匠打造、鍛鍊、拋光，你看看！我喃喃自語。

接著，我到處搜尋真正堪用的工具。打開廚房的每一個抽屜，搜遍每一個櫃子之後，我到雜物間，翻找每一個小隔間和籃子，全都一無所獲。我甚至還考慮拿把來福槍射穿保險箱，但以我這衰運來說，很可能會被反彈的子彈給擊中吧。

所以我走到甲板，看見毛毛在那裡欣賞風景。

——嘿，毛毛，我在湖岸喊，你知道附近哪裡有五金行嗎？

——什麼行？他轉頭問，五金行？我不確定。可是走那條路，差不多八公里的地方，有家雜貨店。

——太好了。我去去就回。你需要什麼嗎？

毛毛想了想，搖搖頭。

——我需要的東西都有了，他露出毛毛特有的微笑，我要散一下步，整理行李，然後也許睡一下。

——有何不可呢？我說，你應該休息一下。

二十分鐘之後，我在雜貨店的貨架走道間晃來晃去，心想，這種店之所以叫雜貨店，很可能是因為他們雜七雜八什麼都賣，就是不賣你真正需要的東西。這讓人很想把房子整個倒過來抖一抖，把裡面所有沒釘在毯子上的東西全從門口倒出來：鍋鏟、隔熱手套、煮蛋計時器；海綿、刷子、肥皂；鉛筆，便條紙、橡皮擦；溜溜球和皮球。我像個惱怒的顧客，問老闆有沒有長柄大鎚。他能找到的，就只是一把圓頭鎚和一組螺絲起子。

我回到大宅的時候，毛毛已經上樓了，所以我帶著工具回到書房。我大概敲了這個保險箱一個鐘頭，但保險箱紋風不動，什麼動靜都沒有，只在金屬表面留下凌亂擦痕，讓我身上的襯衫泡在汗水裡。

接下來的一個鐘頭，我在書房裡到處找密碼。我想，像渥卡特先生這麼狡猾的老富豪，絕對不會把保險箱密碼交付給變化無常的記憶力。特別是他當時已經九十幾歲了。他一定會寫下來，藏在某個地方。

理所當然的，我先從他的書桌開始找起。首先，我在抽屜裡找日記或電話簿，因為重要的號碼有可能登錄在最後一頁。接著我拉出抽屜，翻過來，看有沒有寫在某個抽屜的背面。我查看檯燈底下，亞伯拉罕．林肯的半身銅像底部，雖然這銅像重達九十公斤。接著，我的注意力轉到書本上，翻著書頁找尋夾在裡面的紙條。這工作持續了一段時間之後，我醒悟到，如果要把這位老先生的書全部翻一遍找紙條，可能要耗掉我一輩子的光陰。

這時我決定要去叫醒毛毛——問說他外曾祖父的臥房是哪一間。

之前毛毛說他要去小睡片刻，我也沒多想。就像我提過的，他前一天晚上睡得不好，而且天一亮就叫醒我，好趁早啟程。所以我覺得他是真的想睡一下。

但一打開臥房的門，我就知道自己眼前看見的是什麼。畢竟，我以前也曾經站在像這樣的門口過。我認出了房間裡的井然有序——毛毛的物品在抽屜櫃上排成一排，他的鞋子並排擺在床尾。我認出了房間裡的靜止氣息——讓窗簾的微微掀動和收音機新聞廣播的低聲播送，顯得格外明顯。我認出了毛毛臉上的表情——那表情，就像小丑馬歇林臉上的表情，既不快樂，也不憂傷，但看起來頗為平靜。

毛毛的一條手臂從身體旁邊垂了下來，他肯定是因為睡得太熟或太不在乎，懶得把手抬起來，指尖都碰到地板了，就像在霍華強生旅館那樣。而我也和當時一樣，拉起他的手臂，但這次讓他的雙手交叉擱在胸前。

最後最後，我心想，房子、車子和羅斯福總統們，終於都傾頹了。

——**他居然忍受如此之久，這才是奇事**[54]。

走出房間之前，我關掉收音機，但馬上又打開，因為在接下來的幾個鐘頭裡，偶爾有廣告陪伴，毛毛應該會很開心。

這天晚上，我吃焗豆罐頭，灌下微溫的百事可樂，這是我在廚房裡唯一能找到的食物。為了不驚擾毛毛的魂魄，我睡在大房間的沙發上。早晨醒來，就馬上開始工作。

接下來的幾個鐘頭，我肯定敲了保險箱上千次。我用榔頭捶，用捶球棍敲，甚至還想過要用亞伯

54 引自莎士比亞戲劇《李爾王》第五幕。

拉罕・林肯雕像來砸，但我的手沒辦法抓得住這雕像。

大約下午四點，我決定去凱迪拉克車上看看，希望能找到千金頂。但一走出房子，我就發現倒扣在鋸木架上的小船，船頭有個大洞。我知道這船擱在這裡，肯定是等人來修理，所以我走到船屋，希望找到有用的道具。當然，在划槳與獨木舟後面有張多抽屜的工作檯。我大概花了半個鐘頭仔細搜尋整張檯子，但只找到各式各樣的手工工具，對我的幫助沒比雜貨店買的那些東西來得大。我記得毛毛提過，每年七月四日，他們會在這個營地放煙火，所以我把船屋搞個天翻地覆，拚命找炸藥。就在我意志消沉，準備離開船屋時，看見有把斧頭擱在牆面的兩根牆釘上。

我像伐木工人那樣吹聲口哨，從容回到老先生的書房，在保險箱前就定位，開始揮舞斧頭。我才捶了不到十下，埃米特・華特森就不知道從哪裡突然冒出來，走進書房。

——埃米特！我大叫，小子，真高興見到你！

我是說真的。因為天底下我認識的人裡面，唯一可以幫我打開保險箱的，就只有埃米特一個。

但我還來不及解釋眼前的情況，我們的對話就偏離正軌了——如果可以這樣說的話。埃米特抵達的時候，我人在船屋，他沒看見人，於是走上二樓，發現了毛毛。

這讓他驚惶不安，因為他從未見過屍體，當然更沒見過朋友的屍體。所以他劈頭就痛罵我，我實在也不能怪他。驚惶的人本來就會有這樣的反應。他們會找個責怪的對象。他們會指著離他們最近的人罵，而我們身邊既然沒有其他人，所以最可能挨罵的當然是朋友，而不是敵人。

我提醒埃米特，過去一年半以來，我無時無刻不盯著毛毛。我看得出來，埃米特慢慢冷靜下來。但他後來又有些抓狂。說的話，做的事，都很瘋狂。

首先，他想打電話報警。發現電話不通之後，他又想開車去警察局——他還想載我一起去。

我努力和他講道理。但他受的打擊太大，拖著我穿過走廊，把我推出門口，摔倒在地，說保險箱裡沒有錢，說我一定得去警察局，如果有必要，他會拖著我去。

有鑑於他此時的狀態，我一點都不懷疑他說到做到，不管他事後會有多後悔。換句話說，是他讓我別無選擇。

命運似乎也站在我這邊。因為埃米特推倒我的時候，我倒在草地上，一手撐在彩漆過的石頭上。這時，比利不知道從哪裡冒出來——剛好讓埃米特的注意力轉向他那邊。

我手上的石塊約莫葡萄柚大小，但我不想對埃米特造成嚴重的傷害。我只需要他倒下幾分鐘就好，讓他在做出無可彌補的事情之前，能重新把情況看個透澈。我往旁邊爬了幾步，拿起一顆不比蘋果大的石塊。

當然，我拿石頭一敲，他就倒在地上，但主要是因為出其不意，而不是因為我力道太強。我也知道，他很可能在我還沒回過神來之前，就爬起來了。

我知道如果有任何人可以說服埃米特恢復理智，那肯定非他弟弟莫屬。所以我衝上台階，把比利拉進屋裡，鎖上門。

——你為什麼要打埃米特？比利問，看起來比他哥哥更驚恐。你為什麼要打他，公爵夫人？你不該打他的！

——你說的一點都沒錯，我贊同，想要安撫他。我不該這麼做的。我發誓，我絕對不會再這麼做了。

我帶他離開門口幾步，手搭在他肩上，想用男人對男人的態度和他講話。

——聽我說，比利：事情亂套了。屋裡確實有保險箱，就像毛毛說的一樣。我完全同意你的看法，錢就在保險箱裡，等我們去拿。但我們沒有密碼。所以我們需要一點時間，一點洋基佬的足智多謀，以及充分的團隊合作。

我一摟住比利的肩膀，他就閉上眼睛，而我話才講到一半，他就開始搖頭，悄悄喊著他哥哥的名字。

——你擔心埃米特？我問。是這樣的嗎？我保證，你一點都不必擔心。我只是輕輕打他一下，他現在應該隨時都可能站起來了。

就在我這樣說的時候，我們背後的門把開始喀啦喀啦響，然後埃米特用力敲門，大喊我的名字。

——看吧，我帶比利往走廊走去，我就說吧。

門上的敲擊聲停止，我壓低嗓音，推心置腹地說：

——其實呢，比利，因為某些我現在無法詳細討論的原因，你哥哥想通報有關當局。但我怕萬一他這麼做，我們就永遠無法打開保險箱，不能平分那筆錢，你們的房子——你、埃米特和你們媽媽要一起住的房子——也永遠蓋不起來。

我想我已經把情況說得很清楚了，但是比利還是閉著眼睛拚命搖頭，喊著埃米特的名字。

——我們會和埃米特談談的，我有點挫折地安撫他，我們會和他討論全部的問題，比利，但眼前就只有你和我。

聽我這麼說，這孩子突然不再搖頭了。

好了，我心想，我這下過關了。

但比利睜開眼睛，突然踢了我的小腿肚。

這不是很荒謬嗎？

才一轉眼，我還在單腳原地跳，而他已經衝過走廊了。

——該死！我說，開始追他。

上帝為證，雖然這孩子離開我的視線不到三十秒鐘，但他已經消失無蹤了——和那隻鳳頭鸚鵡露辛達一樣。

——比利？我喊他，在一張張沙發後面找他。比利？

從房子的另一個方向，又傳來拚命轉動門把的聲音。

——比利！我大聲對著房間裡喊，心裡越來越焦急。我知道這趟大冒險和我們原本的計畫不太一樣，但重要的是，我們大家聚在一起，共同完成！你，你哥和我！人人為我，我為人人！

這時從廚房那邊傳來敲破玻璃的聲音。再過一會兒，埃米特就要進來了。毫無疑問。我別無選擇，只能直直衝向雜物間，結果發現槍櫃上鎖，於是挑了顆槌球，砸破玻璃。

比利

在二十八號道路的白峰汽車旅館十四號房登記入住之後，比利剛拿下背包，埃米特就說他要去找毛毛和公爵夫人。

——這段時間呢，他對比利說，你最好待在這裡。

——而且，莎莉說，你上次洗澡是什麼時候呢，年輕人？要說是在內布拉斯加的時候，我也不意外。

——沒錯，比利點頭，我上次洗澡是還在內布拉斯加的時候。

埃米特開始和莎莉講悄悄話，比利重新揹上背包，走進浴室。

——你洗澡也需要那個背包啊？莎莉問。

——我需要啊，比利手握門把說，因為裡面有我乾淨的衣服。

——好吧，可是別忘了洗耳朵後面喔。

——我不會忘記的。

埃米特和莎莉繼續講話，比利走進浴室，關上門，打開浴缸的水龍頭，但沒脫掉身上的髒衣服。他沒脫掉髒衣服，是因為他並不打算洗澡。這是個白色謊言。就像莎莉對彼德生警長說的那個謊言一樣。

比利先確定浴缸的排水孔沒關上，所以水不會滿出來，然後拉緊背包繫帶站上馬桶，拉開氣窗，神不知鬼不覺地從窗戶溜出去。

比利知道他哥哥和莎莉只會談幾分鐘，所以他得儘快跑，繞到汽車旅館另一頭，斯圖貝克停放的位置。他跑得好快，爬進後行李廂，蓋上蓋子之後，他都聽得見自己心臟在胸口跳動的聲音。

公爵夫人告訴比利，他和毛毛如何躲進典獄長車子的後行李廂時，比利問過他後來是怎麼從裡頭出來的。公爵夫人解釋說，他帶了一根湯匙，好撬開廂蓋的鎖。所以在爬進斯圖貝克後行李廂之前，比利已經從背包拿出他的折疊刀。接著也拿出手電筒，因為蓋子一旦蓋上，裡頭就會很黑。比利不怕黑。但公爵夫人提過，伸手不見五指的時候很難撬開鎖。**我們只差這麼一點點**，公爵夫人用拇指和食指比了僅僅兩公分的距離，**就要又被載回薩林納了，甚至來不及看內布拉斯加一眼**。

比利打開手電筒，迅速瞄了一眼毛毛的手錶，確認時間。三點三十分。然後他關掉手電筒，靜靜等待。幾分鐘之後，他聽見車門打開又關上，引擎發動，他們出發了。

⋯⋯ ⋯⋯

在汽車旅館房間的時候，埃米特告訴比利，他最好待在旅館，比利一點都不意外。埃米特老是覺得他去什麼地方的時候，比利最好待在原地不動。譬如他要去摩根法院聆聽舒默法官判決的時候。**我想**，他當時對比利說，**你最好和莎莉待在家裡**。或是他們在柳伊斯火車站，埃米特要去找開往紐約的貨運火車的時候。或是他們在西區高架鐵路，他要去找公爵夫人父親的時候。

在《英雄大全：冒險家與其他的英勇旅人》的序言裡，亞伯納斯教授說每一個英雄展開冒險行程的時候，通常都讓他的家人朋友留在原地。他不讓家人朋友跟隨，是因為擔心置他們於危險之中，也因為他有勇氣獨自面對未知的一切。所以埃米特才會老是覺得比利最好留下，別跟著他去。

但埃米特不知道所謂的色諾斯。

在《英雄大全》第二十四章裡，亞伯納斯教授說：**只要有創造偉大功業的偉大英雄存在，就會有熱切渴望述說這些探險故事的說書人存在。但不管是海克力斯或翟修斯，凱撒或亞歷山大，這些英雄**

人物所達成的功績，所締造的勝利，所克服的敵手，如果沒有色諾斯的貢獻，就不可能為人所知。

雖然「色諾斯」（Xenos）聽來像是某個歷史人物的名字——譬如薛西斯國王或歷史學家色諾芬——但這並不是某人的名字。「色諾斯」是古希臘的字彙，意指外國人或陌生人，客人或朋友。或者更簡單的解釋是：「他者」。亞伯納斯教授說：**色諾斯是身在外圍，低調不起眼，你很難注意到的人。在歷史上，他有種種偽裝身分：巡夜員或隨從，信差或侍者，店員、服務生、流浪者。儘管通常無名無姓，不為人知，也易為人遺忘，但色諾斯總會在正確的時間，出現在正確的地點，在事件發生的過程中扮演他的必要角色。**

這也是為什麼埃米特說他要出門去找毛毛和公爵夫人，比利最好待在旅館的時候，比利別無選擇，只能偷偷溜出窗戶，躲進汽車後行李廂。

⁂

離開汽車旅館十三分鐘之後，斯圖貝克停下來，駕駛座車門打開，又關上。

比利正要打開後行李廂蓋，卻聞到汽油味。他們一定是在加油站，他想，埃米特在問路。雖然毛毛在比利的地圖上畫了一個大大的紅星，標出他們家族房舍所在的位置，但這張地圖的比例尺太大，並未標出地方道路。所以埃米特雖然知道他離毛毛家不遠，卻不知道那幢房子究竟在哪裡。

比利豎起耳朵仔細聽，聽見哥哥對某人道謝。然後車門打開又關上，他們再次上路。十二分鐘之後，斯圖貝克轉彎，開得越來越慢，最後完全停下來。引擎熄火，駕駛座車門打開又關上。

這一次比利決定至少要等五分鐘才打開後行李廂蓋。他用手電筒照亮毛毛的手錶，看見時間是四點零二分。四點零七分時，他聽見哥哥喊毛毛和公爵夫人的聲音，接著紗門砰一聲關上。埃米特大概是進屋裡去了，比利想，但他又等了兩分鐘。四點零九分，他打開後行李廂，爬出車子。他把折疊刀和手電筒收回背包，再把背包揹回身上，悄悄關上後行李廂。

這幢房子比他以前見過的房子都來得大。最靠近的一個門，應該就是埃米特剛才進去的那個紗門。比利悄悄爬上台階，透過紗門往裡看，然後進屋，不讓門在他背後發出任何聲響。

他走進的第一個房間是個儲藏區，有戶外活動可能用到的各式各樣東西，例如靴子、雨衣、溜冰鞋和來福槍。牆上有「關門」的十項規定。比利看得出來，手寫的這份清單應該是要人按著這個順序來做的，但最後一項卻讓他狐疑。回家？愣了一晌，比利斷定那應該只是俏皮話。

比利把頭探出儲藏室，看見哥哥在走廊另一頭，瞪著大房間的天花板。埃米特有時會這樣，停下腳步盯著某個房間看，只為了瞭解這房間是怎麼打造出來的。一會兒之後，埃米特爬上樓梯。比利聽見哥哥的腳步聲在他頭頂上響起，於是穿過走廊，進到大房間。

一看見那個足以讓所有人圍聚在一起的大壁爐，比利就知道這是什麼地方。透過窗戶，他看到有屋頂往外延伸的門廊，下雨的午後，你可以坐在屋簷下，溫暖的夏夜，你可以躺在那裡。而牆角就是專門留給聖誕樹的空間。

樓梯後面是個有長桌與椅子的房間。這一定就是餐廳，比利想，毛毛背蓋茨堡演說的地方。

穿過大房間，進到另一條走廊，比利把頭探進他經過的第一個房間。這是書房，和毛毛形容的一模一樣。但相較於大房間的整齊潔淨，這裡卻完全相反。書房一片凌亂，書本紙張散落各處，亞伯拉罕·林肯的半身像躺在地上，上方是一幅簽署獨立宣言的畫作。雕像旁邊的椅子上有一把榔頭和幾把螺絲起子，保險箱正面刮痕累累。

毛毛和公爵夫人一定是想用榔頭和螺絲起子敲開保險箱，比利想，但這絕對是辦不到的。保險箱是鋼鐵打造，設計得刀槍不入。要是你用榔頭和螺絲起子就能打開保險箱，那還有何保險可言。

保險箱門上有四個轉盤，每一個都有零到九的數字，表示有一萬種不同的數字組合。公爵夫人和毛毛最好是從〇〇〇〇開始到九九九九，試完這一萬種組合，這樣應該比嘗試用榔頭和螺絲起子打開保險箱來得快。雖然，更快的方法是猜猜毛毛外曾祖父所選的數字組合。

比利總共試了六次。

保險箱門一打開，比利就想起收在他爸爸抽屜櫃最底層的那個盒子，裝滿重要的文件，只是保險箱裡的東西多更多。在擺放這些重要文件的層架下方，比利發現有十五疊五十元紙鈔。比利記得毛毛的外曾祖父在保險箱裡收存了十五萬元的現金。意思就是，每一疊是一萬元。一萬元一疊的現金，比利想，擺在有一萬種可能數字組合的保險箱裡。比利闔上箱門，轉身想要離開，但馬上又轉回身來，旋轉轉盤。

比利離開書房，沿著走廊走到廚房。這裡也很整潔，只是有個空汽水瓶和一個焗豆罐頭。空罐頭裡插著一根湯匙，很像插在糖蘋果上的棍子。此外，唯一看得出來有人進過廚房的跡象是，夾在胡椒罐與鹽罐之間的信封。信封上寫著：「等我不在再打開」。是毛毛留下的。比利知道這是毛毛留下的，因為信封上的筆跡和毛毛畫這幢房子給他看時的筆跡一模一樣。

比利把信封放回胡椒罐和鹽罐中間時，聽見金屬敲擊金屬的聲音。他躡手躡腳穿過走廊，在書房門口探頭偷看，看見公爵夫人掄起斧頭砍保險箱。

他正要對公爵夫人解釋那一萬種數字組合的事，就聽見哥哥衝下樓梯的腳步聲。比利馬上回到走廊，溜進廚房，不讓哥哥看見。

埃米特走進書房之後，比利聽不見哥哥說了什麼，但從他的嗓音和語氣聽來，他很生氣。隔了一會兒，比利聽見拖著腳步的聲音，看見埃米特從書房出來，抓住公爵的手肘往外扯。埃米特拖著他穿過走廊，公爵夫人速度飛快地說著什麼毛毛自有他的理由做出他的選擇之類的。埃米特把公爵夫人拖進儲藏室。

比利保持安靜，但快步穿過走廊，透過儲藏室的門框偷看，聽見公爵夫人對埃米特說他們為什麼不該去找警察。然後埃米特就把公爵夫人推出門外。

在《英雄大全：冒險家與其他的英勇旅人》第一章裡，亞伯納斯教授先解釋為何最偉大的冒險故事都從中間說起之後，接著就說明傳統英雄的悲劇性缺點。**所有的傳統英雄**，他說，**無論多麼強壯、睿智或英勇，性格都有某種缺點，導致他們最終鑄成大錯**。例如阿基里斯的致命缺點就是他的怒氣。只要一生氣，阿基里斯就克制不了自己。儘管有預言指出，他會命喪特洛伊戰爭，但好友帕特羅克斯一死，他就回到戰場，除了滿懷凶惡殘暴的怒氣之外，什麼也看不見。而這也就是他會被毒箭射中的原因。

比利知道哥哥的缺點和阿基里斯一樣。埃米特不是個魯莽的人，很少大聲說話或表現出不耐。但若是有事惹他生氣，那猛烈的怒火會沸騰翻滾到讓他做出不智的行為，釀成不可收拾的可怕後果。據爸爸所說，這也是舒默法官判埃米特傷害吉米．史奈德的行為有罪時說的：**做出不智的行為，釀成不可收拾的可怕後果**。

透過紗門，比利看見埃米特的怒火已近沸騰，臉漲得通紅，抓著公爵夫人的襯衫衣領，開始咆哮。他大聲喊叫，說沒有什麼信託基金，保險箱裡沒有錢，然後把公爵夫人推倒在地。

時候到了，比利想。這必定就是他現身登場的時機，是他在正確的時間、正確的地點，扮演在事件發生過程中重要角色的時機。所以比利打開紗門，告訴哥哥，保險箱裡**有**錢。

但埃米特一轉身，公爵夫人就拿石頭砸他的頭，埃米特倒在地上。他倒在地上，就像吉米．史奈德當時一樣。

——埃米特！比利大叫。

埃米特一定聽到比利的聲音，因為他撐住身體跪起來。這時衝到門口的公爵夫人突然把比利往屋裡推，鎖上門，飛快對他講話。

——你為什麼要打埃米特？比利說。你為什麼要打他，公爵夫人？你不該打他的。

公爵夫人發誓他不會再這麼做，但他馬上又開始滔滔不絕。他講到什麼事情亂套了，又講到保險箱。還有毛毛，以及洋基隊。

埃米特開始敲儲藏室的門，公爵夫人把比利推到走廊。埃米特不再敲了之後，公爵夫人又開始講話，這次是提到有關當局和加州的房子。

突然之間，比利覺得自己以前好像碰過相同的情況。公爵夫人緊緊抓住他，迫不及待地拚命講話，讓比利覺得自己彷彿回到西區的高架鐵路，碰到約翰牧師的那個晚上。

——我們會和埃米特談談的，公爵夫人說。我們會和他討論全部的問題，比利，但眼前就只有你和我。

於是比利理解了。

埃米特不在。尤里西斯不在。莎莉不在。他再次孤身一人，被遺棄了。被所有的人遺棄，包括他的造物主。接下來事態不管要怎麼發展，都只掌握在他自己手裡。

比利睜開眼睛，卯足全力踢了公爵夫人一腳。

霎時，比利感覺到公爵夫人鬆開手。接著，比利衝過走廊。他跑過走廊，到樓梯下方的藏身處。他發現門上有個小小的鎖，就像毛毛告訴他的一樣。這門只有正常門的一半大，上方呈三角形，以吻合樓梯的形狀。但裡面的空間足夠比利藏身。他溜進去，關上門，屏住呼吸。

一會兒之後，他聽見公爵夫人在喊他的名字。

比利感覺得出來，公爵夫人離他只有幾步遠，但找不到比利。就像毛毛說的，沒有人會想到要看看樓梯底下的空間，因為那就在他們面前。

埃米特

埃米特試著轉動雜物間的門把，發現已經上鎖，所以繞到房子後面，試試通往餐廳的門。這門也上鎖了，廚房的門也是。但他受夠了。他取下皮帶，纏在右手，皮帶釦剛好擋在指關節上。接著，他猛力擊破門上的玻璃板，用皮帶的金屬釦環敲掉凸出門框的殘餘玻璃碎片，然後左手伸進門裡，打開鎖。他沒解開纏在手上的皮帶，想著待會兒說不定還會派上用場。

埃米特走進廚房，看見公爵夫人的身影晃過走廊盡頭，正轉過牆角，消失在雜物間裡——但沒看見比利。

埃米特沒跑步追上去。知道比利已經逃掉，他不再有大禍臨頭的感覺。他現在所感受到的，是結局已定的感覺。不管公爵夫人跑得再快，想跑去哪裡，埃米特終將抓住他。

但埃米特走出廚房，聽見玻璃破碎的聲音。不是一小塊玻璃板破裂，而是一大片玻璃粉碎的聲音。不到一會兒，公爵夫人再次出現在走廊盡頭，手裡一把來福槍。

公爵夫人手中有來福槍，對埃米特來說，情況並沒有任何改變。他緩慢卻毫不遲疑地朝公爵夫人走去，而公爵夫人也朝他走來，走到都距離樓梯約三公尺的時候，兩人停下腳步，彼此之間保持約六公尺的距離。公爵夫人一手握著來福槍，槍管指地，手扣在扳機上。從公爵夫人握槍的姿勢，埃米特知道他不是第一次碰槍，但這也沒改變任何情況。

——放下槍，埃米特說。

——不行，埃米特，除非你冷靜下來，開始講道理。

——我講的就是道理啊，公爵夫人。一個星期以來頭一次講道理。不管你願不願意，都得去警察局。

公爵夫人看起來是真的很沮喪。

——因為毛毛的事？

——不是因為毛毛。

——那是為什麼？

——因為警察認為你在摩根拿木板條打了某人，然後又把艾克力打到住院。

公爵夫人目瞪口呆，說不出話來。

——你在講什麼，埃米特？我為什麼要在摩根打人？我這輩子根本沒到過那個地方。至於艾克力，想把他打到住院的人，名單應該有一千頁那麼長吧。

——你有沒有做過這些事情都不重要，公爵夫人。重要的是，警察認為是你做的，然後我好像也擺脫不了干係。所以你必須到警察局，把這些問題搞清楚。

埃米特踏前一步，但這次公爵夫人舉起來福槍，槍口對準他的胸膛。

埃米特內心深處知道，他應該嚴肅看待公爵夫人的威脅。就像唐豪斯說的，公爵夫人只要一打定主意，他周圍的人都有危險。不管他現在打定的主意是不回薩林納，或拿到保險箱的錢，還是找他爸爸擺平還沒了結的事，在情緒激動的此刻，公爵夫人絕對有可能做出像扣下扳機這樣的蠢事。如果埃米特中槍了，比利該怎麼辦？

但埃米特還沒釐清心中這一連串的思緒，甚至還來不及遲疑，眼角就瞥見高背椅的椅墊上有頂軟帽，於是想起在瑪貝爾的客廳裡，坐在鋼琴前面彈琴的公爵夫人頭上歪歪戴著這頂帽子，一副志得意滿的模樣，這讓埃米特心中不禁再次湧起怒火，感覺到結局已定。埃米特要親手逮住公爵夫人，要送他進警察局，過不了多久，公爵夫人就會被送回薩林納，或托佩卡，或是他們想送他去的任何地方。

埃米特開始往前走，逐漸縮短他們之間的距離。

——埃米特，公爵夫人露出莫可奈何的惋惜表情說，我不想開槍打你，但如果你讓我別無選擇，我就會開槍。

兩人之間只距離三步時，埃米特停下腳步。他之所以停下來，不是因為公爵夫人的威脅或哀求。而是在公爵夫人後面三公尺之處，比利出現了。

他剛才一定是躲在樓梯底下。他現在跑出來，是為了看看究竟怎麼回事。埃米特想對比利打暗號，要他躲回原來的地方。要在不驚動公爵夫人的情況下打暗號。

但來不及了。公爵夫人已經注意到埃米特表情的變化，轉頭看背後有什麼東西。公爵夫人發現是比利之後，就往旁邊兩步，側身四十五度，於是就可以眼睛盯著埃米特，而槍口對準比利。

——別動，埃米特對弟弟說。

——沒事的，比利，別動。你哥哥不動，我也不動，那我們三個就可以好好談一談。

——別擔心，比利對埃米特說，他不會對我開槍的。

——比利，你不知道公爵夫人會做什麼，或不會做什麼。

——對，比利說，我是不知道公爵夫人會做什麼，或不會做什麼。但我知道他沒辦法對我開槍。因為他不識字。

——什麼？埃米特和公爵夫人異口同聲說，但一個困惑不解，一個惱羞成怒。

——誰說我不識字？公爵夫人逼問。

——你自己說的呀，比利說。你先是說小字讓你頭暈，接著說在車上看字會讓你想吐。後來又說你對書過敏。

比利轉頭看埃米特。

——他之所以這麼說，是因為他覺得太丟臉，不敢承認他不識字。就像他覺得太丟臉，不敢承認他不會游泳。

比利說話的時候，埃米特的眼睛始終盯著公爵夫人。他看得出來，公爵夫人臉紅了起來，也許是因為覺得丟臉，埃米特想，但更可能是因為氣憤。

——比利，埃米特提醒他，不管公爵夫人是不是識字，都沒有差別。你何不讓我來應付呢？

但比利搖頭。

——當然有差別啦，埃米特。差別很大，因為公爵夫人看不懂關門的規定。

埃米特看了弟弟一晌，然後看著公爵夫人——這誤入歧途的可憐文盲公爵夫人。埃米特繼續往前三步，雙手抓住槍，從公爵夫人手裡奪走。

公爵夫人開始用一分鐘一公里的速度，說他為什麼絕對不會扣下扳機。他不會對華特森兄弟開槍，永遠不會。但在公爵夫人的滔滔不絕之中，埃米特聽見弟弟說了三個字。他叫了埃米特的名字，當成一種提醒。

——埃米特……

埃米特意會過來。在郡法院的草地上，他曾對弟弟有過承諾。這是他打算堅守的承諾。所以公爵夫人繼續滔滔不絕講他不會做什麼的時候，埃米特默默從一數到十。他一面數，一面覺得心中的怒火慢慢平息了。他感覺到怒氣一點一滴消失，最後完全不生氣了。這時他抬起來福槍的槍托，卯足全力，打中公爵夫人的臉。

……　……

——我覺得你應該看看這個，比利堅持。

公爵夫人倒地之後，比利到廚房，一會兒之後又回來。但埃米特叫他坐在樓梯上，動也別動。埃米特從腋下撐起公爵夫人，開始把他拖過客廳。他的打算是把公爵夫人從雜物間拖出去，下台階，越過草地，到斯圖貝克車子旁邊，這樣他就可以載公爵夫人到最近的警察局，丟在門口。但他才走了不到兩步，比利就又開口了。

埃米特抬頭，看見弟弟手上有個信封。又一封他們爸爸寫的信，埃米特有點氣憤地想。不然就是他們媽媽的又一張明信片。再不然就是另一張美國地圖。

——我等一下再看，埃米特說。

——不行，比利搖搖頭。不行，我想你應該現在就看。

埃米特把公爵夫人丟回地上，走向弟弟。

——是毛毛寫的，比利說，要我們在他不在之後才打開。

埃米特嚇了一跳，說不出話來，看著信封上的筆跡。

——他現在不在，不是嗎？比利問。

埃米特還沒決定應該怎麼告訴弟弟毛毛的事，甚至不知道該不該說。但從比利說他「不在」的語氣聽來，他似乎已經知道了。

——是啊，埃米特說，他是不在了。

埃米特挨在比利身邊，也在樓梯坐下，打開信封。裡面是用華勒斯．渥卡特信紙寫的一封短箋。埃米特不知道這位華勒斯．渥卡特是毛毛的外曾祖父、外公，還是舅舅。但這是誰的信紙，一點都不重要。

日期是一九五四年六月二十日，收信人是「敬啟者」，信中聲明署名人身心健全，決定將十五萬元的信託基金留給三個人：三分之一給埃米特．華特森先生，三分之一給公爵夫人．希韋特先生，三分之一給威廉．華特森先生——任憑他們處置。署名的是：**最真誠的華勒斯．渥卡特．馬丁**。

埃米特折起信，但知道弟弟已經越過他肩頭看見信的內容了。

——毛毛病了嗎？他問，像爸爸那樣？

——是的，埃米特說。他病了。

——他把他舅舅的手錶送我的時候，我就覺得他病了。因為那應該是家族代代相傳的手錶。

比利想了想。

——所以你才會告訴公爵夫人說，毛毛是希望公爵夫人帶他回家？

——是的，埃米特說，我是這個意思沒錯。

——我想你說對了，比利說，點頭同意。但你說保險箱裡沒有錢是錯的。

比利沒等埃米特回答，就站起來，穿過走廊。埃米特很不情願地跟著弟弟走回渥卡特先生的書房，站在保險箱前面。書架旁邊有個像三階樓梯的家具，比利拉到保險箱前面，爬上階梯，旋轉四個轉盤，扭一下把手，打開箱門。

埃米特好一會兒說不出話來。

——你怎麼知道密碼的，比利？毛毛告訴你了？

——不是。毛毛沒告訴我。但他以前跟我說過，他外曾祖父最喜歡的假日就是七月四日國慶日，所以我試的第一組密碼就是一七七六[55]。接著我試七四七六，因為這是一七七六年七月四日的另一種寫法。再來我試了一七三二，也就是喬治・華盛頓出生的那年，但我想起毛毛的外曾祖父曾經說，是華盛頓、傑佛遜和亞當斯創建了美利堅合眾國沒錯，但卻是林肯先生以勇氣讓國家臻之完備。所以我試了一八〇九，林肯總統出生的那年，然後又試了一八六五，他去世的那年。這時我醒悟，密碼肯定是一一一九，因為十一月十九日是林肯在蓋茨堡發表演說的日子。過來，他從階梯上走下來說，你過來看看。

埃米特推開階梯，走近保險箱，在放文件的層架下面，整整齊齊排著一疊疊五十元新鈔。

55 美國於一七七六年建國。

埃米特掩住嘴巴。

十五萬元，他想。老渥卡特先生留給毛毛的十五萬元財產，而現在毛毛要留給他們。他以最後的遺願，以及一紙正確簽上名字與日期的遺囑，把這筆財富留給他們。

毛毛的意向毫無疑問。關於這一點，公爵夫人說得沒錯。這是毛毛的錢，他很清楚自己要怎麼用他這筆錢。他已經知道自己暫時無法使用這筆錢，但很希望他不在之後，他的朋友能隨心所欲使用這筆錢。

但如果埃米特真的把公爵夫人拖上斯圖貝克，丟到警察局門口，會有什麼結果？

埃米特很不願意承認，但公爵夫人對這個問題的看法也是正確的。一旦公爵夫人落進警方手裡，外界得知毛毛死亡，那麼埃米特和比利奔向未來的命運之輪將戛然而止。警方和調查人員會到這幢大宅來，家族成員和律師也會緊接著趕到。他們會詳細檢視環境情況，登錄財產，事後之明地推敲各種意圖，提出沒完沒了的問題。而任何的好運道都會被解讀為極度可疑。

再過一會兒，埃米特就會關上渥卡特先生的保險箱。這一點絕無疑問。但保險箱一旦關上，他們面前就可能會有兩個不同的未來：一個是保險箱裡的東西原封不動；另一個是文件層架下方空無一物。

——毛毛想把最好的留給朋友，比利說。

——沒錯，他確實是這樣想。

——留給你和我，比利說，還有公爵夫人。

•••• ••••

作出決定之後，埃米特知道他們必須儘快行動，讓所有的東西恢復原狀，留下的線索越少越好。

埃米特關上保險箱的門，交待比利清理書房，而他自己負責大宅的其他部分。

首先，他收拾公爵夫人找來的全部工具——榔頭、螺絲起子和斧頭——拿到屋外，經過那艘破損的小船，進到工具間。

回到大宅之後，埃米特走進廚房。毛毛絕對不會直接吃罐頭裡的焗豆，所以他確定這罐頭不是他吃的。埃米特把空罐頭和空的可樂瓶裝進紙袋，準備丟掉，把湯匙洗乾淨，收回餐具抽屜裡。

他不擔心廚房門上破損的玻璃，有關當局會認為毛毛是為了搆到門裡的鎖，才打破玻璃的。但槍櫃又是另一個問題。這很可能招來質疑。嚴重的質疑。埃米特把槍擺回槍櫃裡，拿走敲破玻璃的搥球。然後他重新擺放那疊成一堆的戶外草地椅，弄成像椅子倒下，撞破了玻璃。

接下來該處置公爵夫人了。

埃米特再次從他腋下把公爵夫人整個人撐起來，拖過走廊，走出雜物間，步下門階到草地上。埃米特和比利決定要帶走他們應得的錢，並把公爵夫人應得的份留給他。而且比利要埃米特保證，不會再進一步傷害公爵夫人。但時間多拖一分鐘，公爵夫人清醒過來，造成新問題的風險就高一分。埃米特得先找個地方安置他幾個小時。時間至少要長得足以讓比利和埃米特完成工作，啟程離開。

凱迪拉克的後行李廂？他思忖。

後行李廂的問題是，公爵夫人一清醒過來，不是迅速爬出來，就是爬不出來，而這兩個下場都很慘。

工具間呢？

不行，因為工具間沒有可以從門外門上的鎖。

埃米特望向工具間的時候，心中自然而然浮現一個想法，一個很有意思的想法。但躺在埃米特腳邊的公爵夫人突然發出一聲呻吟。

——見鬼了！埃米特自言自語。

他低頭看見公爵夫人的腦袋輕輕左右擺動，好像就快醒了。公爵夫人又呻吟一聲，埃米特轉頭確認比利不在附近。他彎腰，左手抓著公爵夫人的衣領，把他拉起來，用右手揍了他的臉一拳。

公爵夫人再次倒地，埃米特把他拖向工具間。

二十分鐘之後，他們已經準備出發了。

毫不意外的，把書房恢復原狀的工作，比利做得盡善盡美。每一本書都回到書架上，每一張紙都整齊疊好，每個抽屜都收回原位。他唯一無法歸位的是亞伯拉罕．林肯的半身雕像，因為太重。埃米特幫忙從地上拿起雕像，四處張望，想找到擺放的位置。比利跑向書桌。

——這裡，他說，指著書桌上一個隱約的印子，是雕像底座留下的痕跡。

比利等在廚房門邊，埃米特鎖上通往前門廊和雜物間的門，然後又在屋裡繞了一圈。

他回到樓上的臥房，站在門口。他原本打算什麼也不動，讓一切保留原貌，像他當初發現的時候一樣。但他看見那個褐色小瓶子，於是拿起來，收進自己的口袋。埃米特對華勒斯．渥卡特．馬丁說最後一次再見。

關門的時候，埃米特發現他的舊書包擱在一把椅子上，突然想起他借給公爵夫人的書包一定也在屋裡某處。埃米特檢查過所有的臥房之後，又開始搜索客廳，發現書包躺在一張沙發旁邊的地板上。公爵夫人必定是在這張沙發上過夜。他走向廚房去找比利的時候，又想起一樣東西，於是找到擺在高背椅上的軟帽。

他們從廚房走到屋外，經過甲板，埃米特讓比利看，公爵夫人安安穩穩躺在那裡。他在凱迪拉克的前座丟進公爵夫人的書包和帽子；在斯圖貝克的後行李廂擺進兩個紙袋——一袋是廚房的垃圾，一袋是毛毛基金分給他們的部分。他正要關上後行李廂時，想起僅僅九天之前，他就站在這輛車旁邊相同的位置，拿出爸爸的遺產：現金和愛默生的引文，那半是藉口、半是勸誡的一段話。朝著相反的方向走了兩千四百公里，馬上又要再走四千八百公里的此刻，埃米特相信他內在有著一股全新的力量，只有他知道自己有能力做到什麼，而他自己也才正要開始去瞭解他所能達成的一切。

他關上後行李廂，和比利一起坐進前座，轉動鑰匙，發動引擎。

——我本來打算過一夜才走，埃米特對弟弟說，但是如果我們去接莎莉之後，馬上就出發，你覺得怎麼樣？

——好主意，比利說。我們去接莎莉，馬上出發。

埃米特倒車，繞個弧形，讓車頭正對車道，而比利已經開始看地圖了——皺起眉頭研究。

——怎麼了？

比利搖搖頭。

——這是從我們這裡出發最快的路線。

比利指尖壓在毛毛畫的紅色大星星上，從渥卡特家往西南方走，順著一條條不同的道路，經過薩拉托加泉、斯克蘭頓，然後往西到匹茲堡，從那裡他們就可以接上林肯公路。

——現在幾點？埃米特問。

比利看看毛毛的手錶，說四點五十九分。

埃米特指著地圖上的另一條路。

——要是我們回頭走，他說，我們就可以從時代廣場開始我們的旅程。如果開快一點，我們應該可以在所有的燈亮起之前就趕到。

比利睜大眼睛抬頭看。

——可以嗎，埃米特？我們真的可以這麼做嗎？可是我們這樣不是又繞了遠路嗎？

埃米特假裝想了一秒鐘。

——是繞一點點路，我想。但今天是幾月幾日？

——是六月二十一日。

埃米特給斯圖貝克上檔。

——那我們還有十三天的時間可以橫跨美國，如果我們想要在七月四日趕到舊金山的話。

清醒過來的時候我覺得身體在漂——宛如在有陽光的午後，坐在船上。結果，這竟然就是實際的情況：我在有陽光的午後，坐在船上！我搖搖頭，讓腦袋清楚一點，雙手放在舷緣，撐起身體。

我注意到的第一件事——我不得不承認——是眼前的大自然美景。雖然我從來就不是鄉巴佬，總是覺得戶外活動很不舒服，有時甚至覺得很討厭，但這片景色卻讓我打從心底升起一股滿足的感覺。松樹在湖濱聳立的姿態，太陽從天空射下的光線，微風在湖面掀動的漣漪。看見這壯麗的美景，誰都會不由自主地驚豔歎息。

還好屁股的疼痛讓我回到現實。我低頭，看見我坐在一堆上過漆彩的石頭上。拿一顆石頭起來細看，才發現不只我手上有乾掉的血跡，而且襯衫前襟也有一行乾掉的血跡。

這時我想起來了。

埃米特用槍托打我！

我正努力想打開保險箱門的時候，他突然從房門口衝進來。我們意見不同，還針鋒相對，扭打一番。為了表現戲劇效果，我抓起槍，槍口約略朝向比利。但埃米特馬上錯誤解讀我的意圖，抓住我的槍，打了我一記。

他說不定打斷了我的鼻子，我想。這可以解釋我鼻孔的呼吸為什麼如此困難。

我伸手想輕輕摸傷口看看的時候，聽見車子引擎轉動的聲音。我往左看，看見那輛斯圖貝克，黃得像金絲雀似的那輛車，往後倒退，引擎空轉一會兒，然後加速開出渥卡特家的車道。

——等等！我大喊。

但我歪著身子想大喊埃米特的名字時，船身往水裡沉。

我小心翼翼地坐回來，讓身體保持在船身正中央。

好吧，我心裡想，埃米特用來福槍槍托把我打暈。但他沒像他威脅的那樣，把我送到警察局，而是讓我在一艘沒有划槳的小船上漂流。他為什麼要這樣做？

我瞇起眼睛。

因為那個小萬事通先生告訴他，我不會游泳。這就是為什麼。華特森兄弟讓我在湖上漂流，他們才可以有時間去打開保險箱，把毛毛的遺產據為己有。

但就在我心裡浮現這個醜惡想法的時候——為了這個念頭，我永遠也清償不了我所欠下的罪債，發現船頭有一疊鈔票。

埃米特打開那個老頭的保險箱了，好喔，我就知道他做得到。但他沒讓我兩手空空，他讓我擁有我該有的份。

這是我理當擁有的份，對吧？

我的意思是，這看來不就是五萬元該有的樣子嗎？

我按捺不住好奇，緩緩往船頭移動，想迅速清點一下這筆錢。但我的身體才開始移動，重量的挪移就壓得船頭往下沉，湖水開始從船頭的破洞湧進來。我馬上縮回到原本的位置，於是船頭浮起，水也不再灌進來。

這不是隨便哪艘船，水濺上腿的時候，我明白過來。這是那艘擺在船屋旁邊等待修理的划艇。這也是埃米特要在船尾擺石頭的原因，他要讓破損的船頭高出水面。

真是太有創意了，我微笑想。一艘有破洞的船，沒有槳，漂在湖中央。這簡直是卡桑提克斯的表演情節。除非埃米特把我的雙手綁在背後，或乾脆給我上手銬，否則應該沒有比眼前更慘的情況了。

——好吧，我說，決心面對挑戰。

據我估計，我離湖岸差不多三十公尺左右。要是我身體往後靠，雙手插進水裡輕輕划，應該可以安全抵達岸上。

把手臂往後伸到船外的動作意外不順暢，而水也出乎意料的冷。幾分鐘之後，我不得不停下划水的動作，想辦法讓手指暖起來。

但就在我這艘船開始有進度的時候，傍晚的微風吹起，我每划一段時間稍微休息一下，就會發現自己又漂回湖中央。

為了抵銷風力的作用，我開始划快一些，休息短一點。但彷彿和我作對似的，風也開始變強了。就這樣，一張紙鈔從整疊鈔票上面飛起，飄落在前方六公尺的水面上。接著又一張飛起來。再一張。

我儘快往前划，完全不再停下來喘息。但風繼續吹，鈔票繼續飛，五十元的紙鈔啪啪啪從船身側面一張張飛走。

我別無選擇，只能停止划水，站起來，慢慢往前走。就在跨出第二小步的時候，船頭往下沉了幾公分，水又開始灌進來。我後退一步，水不再湧進。

這麼小心根本沒用，我醒悟過來。我必須先抓住鈔票，在船頭還沒灌進太多水之前就迅速後退。我雙臂前伸保持平衡，準備要往前衝。

這需要的就只是動作靈巧。手腳快速，外加動作輕盈。就像從葡萄酒瓶裡拉出瓶塞那樣。就是這樣，我心想。整個行動只需要不到十秒鐘。但沒有比利在一旁協助，我只能自己倒數計時。

我默唸「十」，跨出第一步，船向右晃。「九」，我跨出左腳，船向左傾。「八」，在左搖右晃中，我失去平衡，踉蹌向前，倒在那疊鈔票上，而水開始從破洞裡灌進來。

我伸手抓住舷緣，想讓自己站起來，但我的手指已經因為划水而變得麻痺，什麼也抓不住，身體再次往前倒——我已被打斷的鼻子撞上船頭。

我哀號一聲，冰冷的湖水灌進來，漫過我的腳踝。我反射動作似的倉皇想站起來。但這時我全部的體重都壓在船頭，所以船尾翹起來，彩漆石頭滾到我腳邊，讓船又再繼續下沉，我整個人倒栽蔥掉進湖裡。

我雙腿在水面下猛踢，雙臂拚命拍水，想抬頭深吸一口氣，卻只灌進一口水。我拚命打水，咳嗽，覺得頭已經沒入水面，身體開始下沉。透過水波粼粼的水面望去，我看見鈔票的影子，在湖面飛轉，宛如秋天的落葉。船漂到我上方，映下更大的一個黑影，向四面八方不斷延伸的黑影。

但整個湖彷彿就要被黑暗吞噬時，巨大的布幕升起，我發現自己站在繁忙大都會的擁擠街頭，只是周圍的人都是我認識的，而且都僵在原地一動也不動。

坐在附近長椅上的是毛毛和比利，因加州那幢房子的建築設計圖而微笑。莎莉靠在嬰兒推車上，為她照顧的寶寶蓋好毯子。在花攤旁邊的是莎拉姐，她看起來很孤單，若有所思。而那邊，距離不到十五公尺之外，站在他那輛鮮黃汽車門邊的，是埃米特，看起來正直體面。

——埃米特，我喊他。

但儘管我出聲大喊，卻還聽得見遠遠的有時鐘滴答的聲音。只是那並不是時鐘，而且也不遠。那是原本塞在我背心口袋裡的金錶，此時卻突然握在我手上。我低頭看錶面，看不出來現在是幾點鐘，但我知道只要這錶再滴答幾聲，整個世界就會恢復運轉。

所以我摘下頭上歪戴的軟帽，對莎拉和莎莉鞠躬。我對毛毛和比利鞠躬。我對獨一無二的埃米特·華特森鞠躬。

最後的滴答聲響起，我轉身面對他們，用我最後的一口氣說：**餘下的僅有沉默**，就像哈姆雷特說的。

還是《奧賽羅》裡的伊阿古說的？

我再也記不得了。

上流法則

亞莫爾·托歐斯　著
謝孟蓉　譯

假如我們只會愛上最適合自己的人，
愛情又怎會讓人心碎神傷？

★美國《華爾街日報》2011年十大好書、英國《泰晤士報》嚴選好書

★2012年榮獲法國費茲傑羅文學獎

★美國企鵝集團旗下維京出版社，以百萬美金天價搶下的新人處女作

★美國Amazon書店、紐約時報、出版者週刊、美國書商協會、洛杉磯時報、今日美國暢銷榜

一封寫給紐約的情書，一個追索自我價值的永恆課題

莫斯科紳士

亞莫爾・托歐斯　著
李靜宜　譯

★2016年出版後高踞《紐約時報》暢銷榜將近一年

★銷售破兩百萬冊，售出27國語言版權

★美國前總統歐巴馬2017年最佳推薦書

★湯姆・漢克斯最珍愛的「荒島書單」

★比爾・蓋茲 2019夏日閱讀書單唯一入選小說

一個終身不能離開豪華飯店的紳士，卻活出了精彩優雅的一生！

1922年，紅色政權席捲蘇聯。

一位帝俄時期的青年貴族，

被迫在莫斯科一家豪華飯店度過餘生。

在劇變的時代，成為最不自由也最幸運的人。

林肯公路

The Lincoln Highway

作　　者　亞莫爾・托歐斯（Amor Towles）
譯　　者　李靜宜
封面設計　倪旻鋒
內文排版　高巧怡
行銷企畫　蕭浩仰、江紫涓
行銷統籌　駱漢琦
業務發行　邱紹溢
營運顧問　郭其彬
責任編輯　吳佳珍
總 編 輯　李亞南
出　　版　漫遊者文化事業股份有限公司
地　　址　台北市大同區重慶北路二段88號2樓之6
電　　話　（02）27152022
傳　　真　（02）27152021
服務信箱　service@azothbooks.com
發　　行　大雁出版基地
電　　話　（02）89131005
傳　　真　（02）89131056
地　　址　新北市新店區北新路三段207-3號5樓
劃撥帳號　50022001
戶　　名　漫遊者文化事業股份有限公司
初版一刷　2022 年11月
初版十刷(1)　2024 年06月
定　　價　新台幣550元（平裝）
I S B N　978-986-489-718-6（平裝）

國家圖書館出版品預行編目(CIP)資料

林肯公路 / 亞莫爾・托歐斯(Amor Towles)著；
李靜宜譯. -- 初版. -- 臺北市：漫遊者文化出版：大雁文化發行, 2022.11
512面；14.8×21公分
譯自：The Lincoln Highway
ISBN 978-986-489-718-6(平裝)

874.57　　111016694